浙江山水文学史

何方形　著

ZHEJIANG UNIVERSITY PRESS
浙江大学出版社

图书在版编目(CIP)数据

浙江山水文学史/何方形著. —杭州:浙江大学
出版社,2020.5
ISBN 978-7-308-20209-1

Ⅰ.①浙… Ⅱ.①何… Ⅲ.①地方文学史－浙江
Ⅳ.①I209.955

中国版本图书馆 CIP 数据核字(2020)第 074973 号

浙江山水文学史

何方形　著

责任编辑	宋旭华	
文字编辑	吴　超	
责任校对	闻晓虹	
封面设计	周　灵	
出版发行	浙江大学出版社	
	(杭州市天目山路148号　邮政编码310007)	
	(网址:http://www.zjupress.com)	
排　　版	浙江时代出版服务有限公司	
印　　刷	杭州高腾印务有限公司	
开　　本	710mm×1000mm　1/16	
印　　张	21.5	
字　　数	363 千	
版 印 次	2020 年 5 月第 1 版　2020 年 5 月第 1 次印刷	
书　　号	ISBN 978-7-308-20209-1	
定　　价	78.00 元	

目　录

导　论　浙江山水文化与山水文学综论

　　石涛(1642—1718?)《苦瓜和尚画语录·山川章第八》有言:"山川使予代山川而言也,山川脱胎于予也,予脱胎于山川也。搜尽奇峰打草稿也。山川与予神遇而迹化也,所以终归之于大涤也。"①山水文学创作就需要这样一种精神。中国山水文学的孕育和发展经历了一个漫长的历程,也深含社会和文化传承因素。左思(250?—305?)《〈三都赋〉序》的一段话正可以用来论述山水文学的创作缘由与美学价值:"发言为诗者,咏其所志也;升高能赋者,颂其所见也。"人类与自然,朝夕相对,休戚与共。"山川风土者,诗人性情之根柢也。得其云霞则灵,得其泉脉则秀,得其风陵则厚,得其林莽烟火则健。"(孔尚任《〈古铁斋诗〉序》)中国传统文化崇尚人与自然的和谐,大自然洋溢着生机,也给人以无限的诗情画意,从而触引出士人风发泉涌的灵感兴会,歆慕天地之大美,企慕隐逸,向往高蹈人生,游心于山水自然之间。王维(701—761)《请施庄为寺表》的"乐住山林,志求寂静",应该是人们山水审美,寄情于自然山水、适性而已的基本取向。人们欣赏山水相得之美,啸傲泉石,寄情山林。宗白华在《美从何处寻?》一文中指出:"专在心内搜寻是达不到美的踪迹的。美的踪迹要到自然、人生、社会的具体形象里去找。"②人们又往往要为表达一种抽象的情感去苦苦寻觅客观对应物,而自然山水正是最为合适的对象之一,既成为一种美的载体,也往往带来情感表现的强化。

---

① 俞剑华编著:《中国古代画论类编》(修订本),人民美术出版社1998年版,第153页。
② 宗白华:《美学散步》,上海人民出版社1981年版,第15页。

　　法国学者埃莱娜·西苏曾说:"不论在什么情况下,当写作是发自内心的行为时,它甚至是地狱中的天国,写作永远意味着以特定方式获得拯救,作家是富有者。"①这要是用来阐述山水文学的创作缘由是颇为确切的。人们敏感于自然物色的刺激,以寻山问水为志趣,对自然关注和热爱,饱览奇景伟观,又领悟自然真意,或寻求心灵的慰藉和归依,也正是通过这样一些客观事物以表情达意,才有了一曲曲吟唱大自然的恋歌。所以,山水文学是人类崇尚自然的必然产物。人们在看山听水的时候,往往引发心灵的触动,有着最为真切的人生感受,也有着对人生的一份洞悟,从而反映出特定的社会生活和自然景象。如张岱《家传》载其祖张汝霖(1561? —1625)的中晚年生活与创作情况:"辛亥朱恭人亡后,乃尽遣姬侍,独居天镜园,拥书万卷,日事绁绎。暇则开山九里,每日策杖于猿崖鸟道间,作《游山檄》,遍游五泄、洞岩、天台、雁宕、玉甑诸峰,诗文日尽。"固然人们感叹"景物从人赏,登临著句难"(戴复古《赵寿卿西屿山亭》),但这样的创作无不立足于自己的体验与感悟,表达对自然风物的热爱,进而传达艺术家对历史、人生和宇宙的深层体验,刻下心灵和生命的印痕,演绎着不同时代的价值观和审美观,在较大的意义上实现了白居易(772—846)所谓"遍寻山水自由身"(《闲行》)的人生理想。而为了更好地表现自己深刻的感悟,诗人必须打造相应的文体形式。于是,作为认识生活、表现生活的基本方式之一,以山水文学为主体构成的山水文化就称得上是中国式艺术精神最集中、最充分也最完美的体现,因为"不堪景物撩人甚,倒尽诗囊未许悭"(朱熹《次秀野极目亭韵》)。山水文学往往表现为不满现实而又无法改变现实的一种精神与情感的转移,写出人生情思的深微处,有着丰富的社会内容和审美价值,承载极为深厚的文化精神,极具文化史意味,也有着多元的艺术品格。维·什克洛夫斯基在其《散文理论》中说:

　　　　艺术的目的是为了把事物提供为一种可观可见之物,而不是可认可知之物。艺术的手法是将事物"奇异化"的手法,是把形式艰深化,从而增加感受的难度和时间的手法。因为在艺术中感受过程本身就是目的,应该使之延长。②

---

　　① 〔法〕埃莱娜·西苏:《从潜意识场景到历史场景》,张京媛主编《当代女性主义文学批评》,北京大学出版社1992年版,第223页。

　　② 〔苏〕维·什克洛夫斯基:《散文理论》,百花洲文艺出版社1994年版,第10页。

这也适合于关于山水文学的审美判断。

固然一切终将成为历史的陈迹,但文化的发展总是呈现出积累性的特性,意脉相贯。别林斯基(1811—1848)《一八四〇年的俄国文学》指出:"文学表现出民族精神的发展;文学是一个民族的历史的重要方面。"①山水文学自然也一样。弗洛伊德(1856—1939)在他的《文明及其缺憾》一书中指出这样的文化现象:"在精神生活中,一旦形成了的东西就不再消失了;在某种程度上,一切都保存了下来,并在适当的时候……它还会出现。"②这同样也适合评判中国的文化现象与文学创作历史。郭熙(1000?—1090?)在他的《林泉高致·山水训》中说:"君子之所以爱夫山水者,其旨安在? 丘园养素,所常处也;泉石啸傲,所常乐也;渔樵隐逸,所常适也;猿鹤飞鸣,所常观也;尘嚣缰锁,此人情所常厌也;烟霞仙圣,此人情所常愿而不得见也。"③郭熙从不同的侧面论及人们与山水之间的亲密关系。

审美从来都是社会文化的有机组成部分。中国山水文学史上留下的动人篇章,是一个包孕非常丰富的话题,或者说是一个具有恒久生命力的主题。人们也可以从山水文学的层面去探测时代足音。如果追溯其最初渊源,从大的意义上说,曹操(155—220)等都是表现这一艺术情怀的先驱。王士禛(1634—1711)《带经堂诗话》卷一甚至认为:"古人山水之作,莫如康乐、宣城,盛唐王、孟、李、杜及王昌龄、刘眘虚、常建、卢象、陶翰、韦应物诸公,搜抉灵奥,可谓至矣。然总不如曹操'水何澹澹,山岛竦峙'二语,此老殆不易及。"④韩作荣《说不出来的话》:"灵魂、精神或心灵,这存在而又虚妄的看不到、不可触摸的范畴,其本身就是无法触及、无法超越的。想实在的把握,如同用手去捉光线一样愚不可及。可诗人就是这样的愚不可及者。"⑤山水诗人大多属于这一"愚不可及者"群体,卓绝一世。

贯休《上杭州令狐使君》:"爱山成大癖。"浙江历代文学家也不例外,人融化在大自然中,有着纵情山水、不为物累的心性,息心林泉,体玄悟道,安身静心,即杨蟠所说"峰北看云忘世务,涧南听水得天真"(《山中回忆东山

---

①　〔俄〕别林斯基:《别林斯基选集》(第二卷),上海译文出版社1979年版,第390页。

②　〔瑞士〕西格蒙德·弗洛伊德:《文明及其缺憾》,安徽文艺出版社1987年版,第7—8页。

③　俞剑华编著:《中国古代画论类编》(修订本),人民美术出版社1998年版,第632页。

④　王士禛著,张宗柟纂集,戴鸿森校点:《带经堂诗话》,人民文学出版社1963年版,第37页。

⑤　韩作荣:《诗歌讲稿》,昆仑出版社2007年版,第2页。

老》),找到真正能够安顿心灵的居所。"行尽江南都是诗。"(萨都剌《重过九华山》二首其二)林庚在《中国文学简史》一书中指出：

> 山水诗是继神话之后,在文学创作上大自然的又一次人化。这一诗歌发展的必然阶段,便通过谢灵运旅人的心情而表现出来。①

自谢灵运确立我国山水文学的审美化范式之后,人们越来越注重在对自然的审美中提炼诗情,山容水态成了人们审美观照的主要对象。如张岱《祭周戩伯文》:"余独邀天之幸,凡平生所遇,常多知己。……余好游览,则有刘同人、祁世培为山水知己。"浙江"山水之趣,尤深人情"(郦道元《水经注》卷四〇),客观山水给人以触发,人们的作品从不同侧面展现作者身处各个时期的自我角色意识,属于不同美学观的呈现,又多能随着时代不断前进,胎息前贤而加以变化,艺术技巧趋于多样,经得起历史的考验,体现出山水审美经验的丰富与发展。

韦勒克、沃伦《文学理论》说:"无论是一出戏剧,一部小说,或者是一首诗,其决定因素不是别的,而是文学的传统和惯例。"②一个作家在创作的时候,或多或少会受到文学传统的影响而有所依傍,自觉或不自觉。朱立元《接受美学》也指出:"每个时代的每个作家,当他执笔投入创作之际,他是被此前的文学传统包围、浸染着的,有时是直接的,有时是间接的。"③文化精神薪火相传,但并不是原样继承。星移斗转,历史无情也有情。文学作品毕竟是文学史建构的主干。所以,拙著首先立足于纵向的考察,顺着古往今来的历史脉络展开叙述,从历时性的动态过程中,梳理和勾勒浙江山水文学发展轨迹,把握其求新求变的精神意脉流向。但也分析他们创作的具体情况,准确地探索因时运气脉之异而形成的时代与诗人创作之间的相互关系。一个时代有一个时代的表达方式。把一个时期的作家相对集中,以期同中见异,探讨每一个时期浙江山水文学发展的基本规律。这又属于横向的剖析了。谢榛(1495—1575)《四溟诗话》卷三:"作诗譬如江南诸郡造酒,皆以曲米为料,酿成则醇味如一。善饮者历历尝之曰:'此南京酒也,此苏州酒也,此镇江酒也,此金华酒也。'其美虽同,尝之各有甄别,何哉？做手不同故尔。"④由

---

① 林庚:《中国文学简史》,北京大学出版社1988年版,第172—173页。
② 〔美〕韦勒克、沃伦:《文学理论》,生活·读书·新知三联书店1984年版,第72页。
③ 朱立元:《接受美学》,上海人民出版社1989年版,第170页。
④ 丁福保辑:《历代诗话续编》(下册),中华书局1983年版,第1184页。

于自身生活阅历、性情心境及审美趣味的差异，人们的创作在具体意趣的确立、材料的选择使用、诗风的最后形成等方面都存在很大的差异。着力实现微观与宏观并重，仁智自见。只有将这些不同作家、不同时期所创作的体式不一、风格独具的作品合而观之，才能真正把握浙江千余年山水文学创作与发展的全貌。

山水诗文都是人们南北游历后抒发情感的自然结晶，其中尤以信笔所至、随意写来最受推崇。拙著在文化与文学关系的大背景下对此进行宏观考察，做出富有深度的描述和解析，着重挖掘其中的文化内涵。在前人的基础上如何取得突破，这是一种较为严峻的挑战。笔者深知，文学研究的过程实际上也就是对研究对象的认识不断深化的过程。拙著正留下笔者几年来苦心研读有关山水诗文的足迹。

"爱山爱水成吾癖。"（查慎行《绿波亭》）在中国，喜山乐水可以说是跨越时空的士大夫意识，并不随着时代的前行而削弱与泯灭。作为传统文化的承载者，浙江历代文人有这一癖好者数不胜数。吕祖谦在给丞相周必大（1126—1204）的一封信中有"卧游"的畅想："若十年不死，嵩之崇福、兖之太极、华之云台，皆可卧游也。"（《与丞相子充书二二》）又如贝琼（1314—1379）《题王立本山水图》"我有爱山癖，每欲名山去"、王守仁《舍利寺》"一段沧州兴，沙鸥莫浪猜"与《四明观白水二首》其二"野性从来山水癖，直躬更觉世途难"等等。方孝孺在《龟岩隐居记》中深情表达"余少也好游，每遇夫名山秀川之寓乎目而乐乎心者，辄左右瞻眺"，甚至"栖身丹壑总忘归，水阁频登趣不稀"（《登归云寺阁》）。山水之好，归欤之志，可谓是浙地文人生命主旋律之一，也是他们的诗魂所在，群山众水于是得以各现风姿，而因为"试登山岳高"，也才能"方见草木微"（孟郊《上河阳李大夫》）。

"颔下采珠，难求十斛；管中窥豹，但取一斑。"（韦庄《〈又玄集〉序》）浙江山水文学车载斗量，水深林茂，蔚为大观，并以不断创新的成果续写它曾经拥有的辉煌历史，呈示出一个不断孕育新变的历程。在不同的历史时期，不同作家对山水题材的选择、对自然山水的审美理解及由此反映的精神意绪也有所不同，呈现出较为鲜明的历时性变化特征。浙江山水文学家都具有一种着力追求、开拓新意的精神，既追求情趣之新异，也谋求技艺之改进。浙江山水文学史真可以说是珠玑琳琅，绚丽灿烂，品读他们生动鲜活的作品就如同自我徜徉、流连于山水之间。浙江历史上每一时期都有执时代牛耳、主盟文（诗）坛的山水文学大家，如谢灵运、陆游、王士性、袁枚等，单是有明一代,即有王士性之沉雄秀逸,王思任之诡怪奇崛,张岱之雅而俗,整而活……①这在中国的其他地区是很难想象的。要完整、深入地探讨这一现象的产生缘由、发展脉络与辉煌成就,就像地平线上的雪山一样遥不可及。笔者在这里也只是择其要者而论之。

浙江山水文学家既有个人奋斗,也有群体探讨,并组成一个个较为强大的创作集团。六朝时期的谢氏家族可谓雏形。唐代就有了一个不是很成熟的"睦州诗派"(唐时睦州辖有今杭州市的桐庐、建德、淳安等地),以后则有宋代以吕祖谦、叶适为代表的浙东学派,徐照、徐玑、翁卷、赵师秀等人的"永嘉四灵",元代杨维祯、李孝光、吴莱等组合成的"铁崖派"。宋元之际,舒岳祥、戴表元、袁桷,一脉相承。明代,王士性与他的族叔王宗沐、族兄王士崧、族弟王士昌等构成临海王氏家族。人们各有林泉之志,诗情澎湃,缘物抒怀,切磋诗艺,兼收并蓄,各显神通。

浙江山水文学家以汉族为主体,但回、蒙等其他民族的作家也有不俗成就,有语意两工之妙,并且呈现出审美风格的多元化趋向。泰不华、迺贤等是其中的优秀代表,对山水都有着极强的感悟力和表现力。

浙江山水文学家既以经济相对繁荣、文化相对发达、交通相对便捷以至首先成熟的主体城市的作家构成主线,但随着历史的发展,全省各地尤其是一些相对较为偏远的地区也不断涌现一批创作群体,这表明浙江山水文学作家群体地域的逐步扩大与进一步完善,可见"旧婴诗病舍终难"(李中《赠谦明上人》)者大有人在。如林待聘(1089—1152),字绍伊,号毅斋,出生于现在的泰顺县泗溪镇(原属平阳归仁),北宋徽宗政和五年(1115)进士,任中书舍人等,有《文集》十卷,其《游白云山》描写家乡风貌如画,可以说是拓展了浙江山水文学所描写的领域,前所未有:"上白云山溪径斜,霏霏仿佛载仙槎。盘旋藤道锁深霭,葱郁春林带落霞。神迹峰灵非绝地,仙踪洞杳别人家。蜿蜒变态无穷趣,倏有浮岚眼底花。"再如吴昙(1156—1236),瑞安义翔(今属泰顺)人,南宋宁宗庆元二年(1196)进士,官终朝议大夫,有《锦谷庵偕友人栖游偶作》诗,也是写泰顺一带奇特景致诱发出人们的无比游兴与创作情志:"谷静水更好,山深岩又奇。岫中云欲出,展意入新诗。"又有吴昙的同乡,也是瑞安义翔(今为泰顺县新浦库车)人的吴驲(1167—1247),字由正,宁宗嘉泰二年(1202)武举,官终武经大夫,有《岚壁集》。《百花岩》诗简洁有致:"一岩千古异,百卉四时开。不假栽培力,天然锦绣堆。"

---

① 详参夏咸淳:《明代山水审美》,人民出版社 2009 年版,第 371 页。

浙江山水文学诗、词、曲、文、赋等等无所不包，无所不善，借用严维《余姚祗役奉简鲍参军》的话来说，即是"歌诗盛赋文星动"。就山水诗来说，有时候也很难完全可以确定：一些从题目上看好像是山水诗，但实际侧重点并不在于山水景物的描写，甚至几乎没有山水成分，如秦系（720？—810）《访会稽山居》，粗看以为写的是山水诗，但从内容上判断，最多也只是田园诗，不应作山水诗看待（田园诗与山水诗，同中还是有异，此处不做展开论述）："忽道仙翁至，幽人学拜迎。华簪窥瓮牖，珍味代藜羹。洗砚鱼仍戏，移樽鸟不惊。兰亭攀叙却，会此越中营。"一些则刚好相反，诗题上看是送别、酬赠或其他题材（笔者《唐诗审美艺术论》一书专门论及唐诗中的送别、酬赠等题材），①但实际却可以说是完全意义上的山水诗，如权德舆（759—818）《戏赠天竺灵隐二寺寺主》是一首酬赠诗，但其实质内容，则应该算是较为标准的山水诗了："石路泉流两寺分，寻常钟磬隔山闻。山僧半在中峰住，共占青峦与白云。"同样是权德舆，《早发杭州泛富春江寄陆三十一公佐》情况又有些不一样："候晓起徒驭，春江多好风。白波连青云，荡漾晨光中。四望浩无际，沉忧将此同。未离奔走途，但恐成悲翁。俯见触饵鳞，仰目凌霄鸿。缨尘日已厚，心累何时空。区区此人世，所向皆樊笼。唯应杯中物，醒醉为穷通。故人悬圃姿，琼树纷青葱。终当此山去，共结兰桂丛。"诗题像山水诗，且诗中也有一定的山水描写，但却很难认定是山水诗。对于种种复杂的文学创作实情，本文尽量给予准确的定位，并做出相对合适的处理与安排。何况，任何一种文体形成的原因都是多元的，不同的文体各有属于自己的艺术规律，人们必须予以遵循。浙江山水文学家不断耕耘，辛勤探索，融会贯通，终臻极致。张可久《小山乐府》的山水散曲正是这一山水交响旋律中不可或缺的音符，迥然有异于他人。赵孟頫、徐渭融书画之长于山水诗文，精美绝伦，有力地拓展了山水文学的艺术空间。

郁达夫在《闲书》中说："欣赏山水以及自然景物的心情，就是欣赏艺术与人生的心情。"进而认为："所以欣赏自然，欣赏山水，就是人与万物调和，人与宇宙合一的一种谐合作用。"浙江山水文学家深谙观山水之法，山情水系了然于胸，不断变换角度审视自然，写出山水精神，使人们从山水形象以及由此创造的意境中去领略大千世界之美；同时对山水文学的产生、发展等等都进行了深层的探索，以此为基础，逐渐形成各自有别的山水审美思想，时有高论宏裁，因为"山川即文字耳"（王思任《泛太湖游洞庭两山记》），略举

---

①　参看何方形：《唐诗审美艺术论》，浙江大学出版社 2007 年版。

数例。张先《喜朝天·清暑堂赠蔡君谟》就有"江山助诗才"的表达。又如贝琼《游冶亭记》:"君子不观山川之胜,无以广其志,宣其文。"王祎在《马迹山紫府观碑》中认为:"夫宇宙间名区奥壤,大抵扶舆清淑之气所钟,然必得至人高士为之增重,而后益有以显其灵,所谓地以境而胜,境因人而著也。"宋濂《题〈北山纪游〉卷后》说:"人物固借乎山川而生,而山川则专倚乎人物为之引重。"王思任《〈游唤〉序》称:"夫天地之精华,未生贤者,先生山水。"山水而遇真正的贤达之士,人与自然完全融为一体,才有真正的山水文学。几乎在同一时期,陈函辉(1590—1646)在赠徐霞客的《纪游》诗中承接王守仁"烟霞有本性"(《青原山》)的思想,提出"山川有性情,岂许人批抹"的观点,道出了山水文学创作的更高要求。人们只有遵循自然山川的本性,才能发现美,享受美,表达出美的意蕴。戴良(1317—1383)为郑觉民(1300—1364)《求我斋文集》所作的《序》中称:"昔人自谓文章与世相高下,然亦恒发于山川之秀,本诸文献之传。以鄞一郡观之,其地环以大海,而四明、骠骑诸山往往趋海而尽。士生其间者,率伟茂博洽,有古作者之遗风。……若先生者,岂非有得于山川之所发、文献之所传而致然耶?"宋濂《送陈庭学序》叙写天台陈庭学历览蜀中山水后发而为诗,"其气愈充,其语愈壮,其志意愈高,盖得于山水之助侈矣",由此进一步论述:"非得夫江山之助,则尘土之思,胶扰蔽固,不能有以发挥其性灵。"由此可见,山水文学创作的背后,有着更为深刻的文艺观念的变革与提升。

中国古代山水纪游文学的收集、编辑工作也基本上是由清一色的浙江文学家完成的,这又为文坛生色不少。自南宋陈仁玉(1212—?)辑《游记》首创,元明之际陶宗仪(1329—1412?)再辑《游记续》,至明代何镗辑《古今游名山记》、慎蒙辑《天下名山诸胜一览记》、杨尔曾辑《新镌海内奇观》,继承也是很明显的。王士性《寄吴伯与学宪》则认为:"振卿(何镗字)本虽冗,而蒐辑之功多,至慎氏删而节之,参以鱼目,便成恶道。足下校文之暇,何不取其书笔削成一家言,亦奇事也。"

本课题的研究对象主要是浙江本土家世居里及占籍的作家,适当考虑一些不是浙江本土,但却在浙江生活时间很长的客籍作家,也突出部分描写浙江山水有重大影响的作家与作品,因人因事而异,将做出适当的安排与处理。李益(750—830?)《送襄阳李尚书》有"诗情满沃洲"的赞叹,扩而大之,中国文化史上还真可以说存在"诗情满浙江"的现象,很值得探索。具体作家以生年为准,有些特殊情况另做安排。生卒年不详者放在相对合适的位置给予适当介绍。拙著所论说的浙江山水文学以浙江作家反映浙江山川风貌的作品为主。时间上则参照本人《中国山水诗审美艺术流变》的标准,下限为公元 1911 年。①

　　文学创作的成功在于个性,文学批评的重要任务就在于揭示个性因素。研究文学史,要讲求从历史的高度俯视,以探古人之真精神;但研究古代文学现象,又不能不关注其现代价值。拂去历史的尘埃,人们近年在地方文学发展进程的梳理与研究方面用力甚殷,成果显著,开掘出新的思想内涵和美学意蕴。分省分地区的文学史不断涌现,再具体而微者,由此形成文学史研究的一种全新思路。几千年发展演变过程中,人们有着极为复杂的精神意绪,研究课题的历史跨度这么长,深知要描述历史的真实面貌,并对历史现象做出准确而完整的判断,梳理山水文学发展的历史趋势,并对如此悠久的文学传统做出现代阐释,挖掘山水美学的真谛,阐发文化内涵,诚非易事。文中所论,也许都是揣摩研读之后的一己浅识鲰见,但力争接近于历史的真实,最后的实际效果究竟如何,则有待时间的检验,这只能待以后有机会再做修补。严维《奉和独孤中丞游云门寺》“新诗酌茗论”,贯休《桐江闲居作十二首》之七则说“诗好抵琼瑶”,研读之不能不心思专一。拙著在笔者已有的《中国山水诗审美艺术流变》《唐诗审美艺术论》等相关成果基础上,以史为线索,以作家的作品为基点,全面展开时代审美思潮、作家生平、诗文创作的精神意蕴、艺术拓展与旅游文化资源等方面的综合论述,既宏观地把握浙江历代山水诗文的艺术走向,又对名家名篇进行具体的艺术剖析,力争对根植于不同时代社会土壤的诗文有较为正确的理解与把握。同时,既突出大家、名家,又适当注重地域之间的相对平衡,对每一个地区、每一个县市的山水文学创作现象尽量都有所涉及。同样,在选取山水文学作品时,既着重歌咏名山大川的作品,也放眼整个浙江山水,对一些吟唱浙江大地上并不为人所知但却颇具自我特征的丘山与沟壑的篇章适量安排。

　　山水文学是文化与文学有机融合的艺术结晶。拙著力图从更广阔的视野来思考文学问题,以期获得更大的探究空间。具体地说,就是把山水文学放在民族文化的背景中加以观照,寻求文学的生成环境。拙著尽力讲求结构的相对平衡,在此基础上,对一些现象的探讨能有所掘进或拓展,并对一些个案做较为细密的分析;同时,并不因人废文,而是不拘成说,对一些政治等方面并没有留下多少好名声,但在山水文学领域却有所成的人给予适当的关注。为了深入探索山水文学所独具的艺术奥秘,在前人和时贤研究的

---

　　①　何方形:《中国山水诗审美艺术流变》,广西师范大学出版社 2006 年版。

基础上加以深化。未来永远充满生机与希望。笔者很赞赏法国著名美学家德拉克罗瓦(1798—1863)的良好期望:"真正的美的历史,尤其是美的演变的历史,是一个重要的空白,我们将来要把它填补起来。那时我们将要见到,这种永恒不变的与令人崇敬的理想,以无尽的各种各样的形式出现。"①拙著也许可以算得上是为之而做出的一种努力吧。

当一切都逐渐沦为历史印痕的时候,人们很难再现过去历史的全部真实。拙著在写作过程中固然已是广鉴前贤,力求去伪存真,但也难免有思虑不周之处和以管窥豹之弊,这不能不成为一种历史的遗憾,还望方家正之!如何全面描述、准确评价浙江历史上的山水文学创作现象,把握人们对时代精神的忠实感受,是一个值得深究的、兼有历史意义和现实意义的话题,需要人们不断为之努力。

第一节　浙江历史、地理简述

欧明俊在《陆游研究》的《引言》中强调:"古代文学研究,要重视大环境、大背景,还要重视小环境、小背景,更要重视具体的情境,应做具体而微的深入分析,避免廓大空泛之论。"②艺术离不开人类生于斯、长于斯的现实土壤的滋养。无论就具体的作家来说,还是就一个文学现象如时代性文风变迁而言,都是如此。任何文学现象的产生和发展都不能脱离具体的历史环境;任何一个艺术家的创作,都不是与时代隔绝的孤立的艺术品,而与他所处时代的政治、经济、文化、审美情趣等等都有着盘根错节的联系。

一　沧桑之变

摸清历史脉搏,是为了更好地按照历史的流向描述文学现象,在大文化的背景下研究文学本体,立足于大的时代背景进行全方位观照,避免凿空之论,以期求得历史真实。同时,诗歌又是时代的多棱镜,从中折射出生活的丰富多彩。

"越郡佳山水"(权德舆《送上虞丞》),沧海桑田几多情。浙江是一个美丽而又洋溢着鲜活生气的所在,民丰物阜。浙江也有着悠久而深厚的历史积淀,自然景观和人文景观交相辉映。1974年,从建德市李家镇新桥村乌龟

---

① 〔法〕德拉克罗瓦:《德拉克罗瓦论美术和美术家》,辽宁美术出版社1981年版,第27页。
② 欧明俊:《陆游研究》,上海三联书店2007年版,第2页。

洞内发现的"建德人牙"化石鉴定,早在 5 万年前,就有人类在此繁衍生息,留下丰富的古文化遗存。1973 年成功发掘的余姚河姆渡遗址,距今 7000 年左右,证明南方长江、钱塘江流域与北方的黄河流域一样,也是中华文明的发祥地之一,并非原先认定的化外之所。嘉兴的马家浜文化是继承河姆渡文化因素发展而来,再往后面发展,就有了 1936 年发现的新石器晚期文化——良渚文化。全省境内已发现的新石器时代遗址达百处以上。

　　《史记》卷一二九《货殖列传》载:"江南卑湿,丈夫早夭……楚越之地,地广人稀,饭稻羹鱼,或火耕而水耨……"《隋书·地理志》也说:"江南之俗,火耕水耨,食鱼与稻,以渔猎为业,信鬼神,好淫祀,君子尚礼,庸庶敦庞。"浙江古属扬州地,后建有越国,浙江大部属之,唯现在的湖州、嘉兴部分地区属吴。《史记·越王句践世家》:"其先禹之苗裔,而夏后帝少康之庶子也。封于会稽,而奉守禹之祀。"战国时期楚灭越,浙地入于楚。"越人安越,楚人安楚"(《荀子·荣辱》),自古而然。公元前 222 年,秦置会稽郡,与鄣、九江二郡同属扬州,今浙江中、北部属之。会稽郡计 26 县,其中在浙江境内的有山阴、句章、乌伤、太末等县。次年置闽中郡,今浙江东南部与福建一部分属之。汉顺帝刘保永建四年(129)以钱塘江为界,分设原会稽郡为吴郡和会稽郡。三国时,浙江地入东吴版图,增设临海、东阳、新都、吴兴等郡。

　　历史在艰难中演进,而在时代的推迁过程中,又形成一个相对完整的自然段落。中国社会的王朝更迭也影响了浙江的历史进程,沈约《宋书》卷六六《何尚之传》:"荆、扬二州,户口半天下。江左以来,扬州根本。"六朝时代祚短命促,战争不断,中土士民南迁,浙江经济得到较大程度上的开发。谢灵运《与庐陵王义真笺》称:"会境即丰山水,是以江左嘉遁,并多居之……至若王弘之拂衣归耕,逾历三纪;孔淳之隐约穷岫,自始迄今;阮万龄辞事就闲,纂成先业。浙河之外,栖迟山泽,如斯而已。"永嘉之乱,晋室南迁,南方优越的自然条件得以开发利用。《通典》卷一八二《州郡》第十二载:"永嘉以后,帝室东迁,衣冠避难,多所萃止。艺文儒术,斯之为盛。"唐宋时期,有了更大的发展。唐太宗贞观元年(627),全国分设为十道,浙地属于江南道。玄宗开元二十一年(733),分江南道为东、西两道,浙地属于江南东道。肃宗乾元元年(758),江南东道又分为浙江东道与浙江西道两节度使。浙江第一次作为行政区域名出现。钱镠(852—932)于唐昭宗乾宁三年(896)任镇海、镇东两节度使,尽有今浙江之地。后定杭州为西府,正式建吴越国,采取保境安民、轻徭薄敛的策略,至宋太宗太平兴国三年(978)其孙钱弘俶降于宋。宋初,浙江地区属两浙路。南宋时,分设为两浙西路与两浙东路。钱穆先生有这样高卓的见解:"唐中叶以前,中国经济文化之支撑点,偏在北方。(黄河流域)。唐中叶以后,中国经济文化的支撑点,偏倚在南方(长江流域)。这一个大转变,以安史之乱为关捩。"①这是一种历史的必然。就浙江的经济、文化而言,也与这一自然天惠的条件有密切的关系。浙江本为地瘠民贫之地,《管子》卷一四《水地》所谓"越之水浊重而洎,故其民愚疾而垢"。因为远离兵燹,给人们以休养生息的更大空间。宋室南迁,浙江历史更是进入一个辉煌的时期。

元朝的建立,给中原以汉民族为主体的本土文化造成一定的历史断裂,形成一个独特的历史语境,民族记忆由此进入一个特定时期。浙江也走到历史的拐弯处,但也正是这一时期,即元顺帝至正二十六年(1166),以在杭州置浙江等处行中书省为标志,浙江作为一个省级行政区域名,正式得以确立。元朝统治者不恤民困,生灵涂炭,终于酿成红巾军起义。明清以后,浙江一直作为一个相对稳固的省级地域存在于中华大地。

任何文学作品都是特定历史范畴的产物,反映审美趣味的承续与演化,以及时代的变迁。浙江山水文学发展进程也都留下时代的印痕,有历史的嬗变演化的轨迹。

二 山海之胜

地理环境虽本身不是文化,但它却是文化赖以生存的基石。管子说:"地者,万物之本源,诸生之根菀也,美恶、贤不肖、愚俊之所生也。水者,地之血气,如经脉之通流者也。"(《管子》卷一四《水地》)浙江位于中国的东南部,北与江苏、上海连接,西靠安徽、江西,南与福建接壤,总面积十万余平方千米。浙江全省北部地势平坦,西、南多被丘陵阻隔,东际于海,浩茫无际,天造地设,为寰宇绝胜处。邵晋涵(1743—1796)为陶元藻(1728—1801)编纂的《全浙诗话》所作《序》称"浙江山隩而水复,多韬光匿采之士",阐述了浙地山水与两浙文人精神意脉之间的关系。实际上,各呈异态又能相映成趣的胜迹能够在获得美的享受的同时,也提供人们一个展现才情的上好机会,山水自然与文学创作往往又得以融而为一。"盖人为地面产物,既受地面教育,亦受地面限制。故任何地区之作家,或有形,或无形,必受地理环境之薰染,即或超奇之辞人,发其神秘之玄思,铸成划时代之作品,亦不能自外于地

---

① 钱穆:《国史大纲》,商务印书馆 1996 年修订第 3 版,第 704 页。

缘而独立。"①浙江真可谓山奇水胜,有名山大川可供悦目,或崇岩叠嶂,或一泻千里,崇尚隐逸或游兴浓郁者都完全得以览胜挹美。郦道元(470?—527)《水经注》卷四〇写天目溪(分水江):"山水东南流,名为紫溪,中道夹水,有紫色盘石,石长百余丈,望之如朝霞,又名此水为赤濑,盖以倒影在水故也。紫溪又东南流径白石山之阴,山甚峻极,北临紫溪。又东南,连山夹水,两峰交峙,反项对石,往往相捍。十余里中,积石磊砢,相挟而上。涧下白沙细石,状若霜雪。水木相映,泉石争晖,名曰楼林。"写剡溪的一段,在客观山水的叙写中透露出人们对美的崇尚:"北则罅山,与嵊山接,二山虽曰异县,而峰岭相连。其间倾涧怀烟,泉溪引雾,吹畦风馨,触岫延赏。是以王元琳谓之神明境。"苏轼(1037—1101)《墨妙亭记》也称道:"吴兴自东晋为善地,号为山水清远。"又如丘迟《永嘉郡教》:"控带山海,利兼水陆,实东南之沃壤,一都之巨会。"于是,就有了薛嵋《山中》这样的作品:"依然木石居,造物任乘除。时事今休问,山中计不疏。泉声增雨后,禽语变春初。吟得诗名世,终身甘荷锄。"

苏过(1072—1123)《后旬日雨止遂行至大成冈初见嵩少》:"真山真似有情人,百里相迎列万屯。"浙江的山山水水也充满着这样的情意,每一处都可以说是孕育清诗美文的宝地,徐照《酬翁常之》所谓:"扁舟莫负林间约,好把清诗慰此心。"浙江山水文学的萌生、发展与成熟,与拥有山海之胜这一独特的地理环境有直接而密切的关系。正如伏尔泰(1694—1778)《论史诗》所指出的,人们"的花朵和果实虽然得到了同一太阳的温暖,并且在同一太阳的照射下成熟起来,但他们从培育他们的国土上接受了不同的趣味、色调和形式"。②如钱江潮举世闻名,可谓绝无仅有。历代描写这一壮观场景的作品俯拾皆是。又如周密《观潮》:"浙江之潮,天下之伟观也。自既望以至十八日为盛。方其远出海门,仅如银线;既而渐近,则玉城雪岭,际天而来,大声如雷霆,震撼激射,吞天沃日,势极雄豪。"如徐凝《观浙江涛》:"浙江悠悠海西绿,惊涛日夜两翻覆。钱塘郭里看潮人,直至白头看不足。"

第二节　浙江旅游资源略说

"江南形胜真无双。"(何鉴《南明寺》)绝胜山水往往衍生出丰富深厚而

---

① 张仁青:《魏晋南北朝文学思想史论》,文史哲出版社1978年版,第284页。
② 伍蠡甫主编:《西方文论选》(上卷),上海译文出版社1979年版,第322—323页。

又各具特色的文化底蕴，给人以灵魂净化的奇效。浙江拥有杭州、绍兴、宁波、衢州、临海、金华、湖州、龙泉八座国家历史文化名城，有极为丰富的旅游资源，正如王思任在描写青田风光的《小洋》一文中所感叹的“不观天地之富，岂知人间之贫哉!”真可谓行处堪诗。不同的人都能从中亲身体验适意自如的游历之乐，对山水做审美掌握，涤净尘世俗垢，然后表现出江南山水的美学特征。王良心(1537—1579)《游孤屿》称“谢公题咏遍东瓯”，而从谢灵运之后，更可以说是“名家题咏遍两浙”了。现着重就两点略加叙说。

一　类型丰富

归安(今湖州)严书开(1612—1672)《东皋纪胜》称：“夫山水者，天下之至奇者也。”浙江旅游资源类型丰富、齐全，特色鲜明，雄、奇、险、幽、秀无所不备。其中龙泉市境内的黄茅尖，海拔1921米，为全省第一高峰。袁枚《随园诗话》卷七：“山水各自争奇，无重复者。”①浙江山水景致又应该说是其中最充分、最具典型性的，正如陈庆龙(1846？—?)在《古剡东渡泛舟》所感叹的：“我生若擅丹青术，绘写溪山入画中。”“七山一水二分田”的民谚，道出了浙江的省情。在这里，百山祖高耸云表，峰岩奇绝；西子湖波光潋滟，秀丽迷人。仙都单峰独秀，方岩峭壁丹霞，天目巍峨矗立。溶洞众多，既多洞天福地；海岸曲折，又兼海天佛国。地势平旷，多秀岭清泉。道教的108处洞天福地中，浙江境内约占三分之一。山、海、江、湖、洞、潮自然旅游资源，靡不毕具。这一切都能够给不同审美需求的人以山川登涉之乐，人们也可以根据自己的审美需要创造出更为丰富多彩的艺术世界。王士性《〈游武林湖山六记〉序》：“临安胜以西湖为最。白傅之函，苏公之堤，唐宋以前，夫非潴溉地耶？南渡后，山有塔院，岸有亭台，堤有花木，水有舸舫。”宋濂《五泄山水志》称道五泄山水幽境“不类人世，如升蓬峤坐水晶宫，生平烟火气消尽”。“清凉世界”莫干山更以竹、云、泉和清、净、绿、凉闻名于世。王士性《游雁宕记》赞美雁荡山“刻物肖形，如镂木石，则种种天巧，咸可指数”，总之，乃“真造化之巧哉”。人们一般只知道浙江有雁荡山之美景，殊不知雁荡山实际上有北雁、中雁、南雁之分，各有神采。如施元孚《游雁荡山记》总写乐清雁荡之胜景：

> 雁荡山在吾乐之东，距县七十里。余家县西，距山百里。山分东、西、内、外四谷，自白岩东走石门潭，折入荡阴，层峦叠嶂，争奇百里。

① 袁枚著，王英志校点：《随园诗话》，江苏古籍出版社2000年版，第182页。

其峰百有二、其洞三十有八，以岩名者五十四，以石名者五十一，以障名者十有五，以谷名者八；为梁三、为桥四、为门八、为泉十、为潭十有六、为溪十有四，而瀑布得名者十一、称龙湫者三；为湖一，在山巅，即雁荡也；曰峡、曰涧、曰池、曰滩、曰水、曰屿、曰岭不胜指数。其有名者共三百六十有零，合之为八大观，离之为二十景，拔其尤为三绝，而十八刹参差罗列，盖东南之绝胜也。

癸亥仲冬，余拉友往游，莫有应者，乃携杖独行。丁未离家，明日至山，入西谷能仁，又明日入大龙湫。又明日，庚戌季冬朔日也，入斤竹涧，明日出西外谷，入梅雨岩。又明日，转西谷入东谷灵岩。又明日入铁城障，更入灵峰。又明日，出东外谷入石梁洞。又明日而返。

于时冰霜刻秀，谷迴峰高，云林鸟兽萧疏，点缀山间奥秘，靡不呈露。余以只身俯仰其间，释虑忘机，任意纵观，无牵挠败兴之嫌，有隰括不遗之思。景与神契，兴会酣逸，独往独来，浩歌长啸，不觉自诩曰：施生，天为尔幻耶，尔游尔奥，尔乐尔知耶。一任痴狂，自以为天不我负，而恋恋不能已。

曩我少时，见岩壑小异，辄夸为奇。其后北走吴会，南极闽徼，窃为东南山水，我得其概。今游兹山，始知我向所奇者，非化景未足以当，至乐也。独坐空山，悄焉深思，而不知其所以然。既返，次花村，梦寐见之，遂忘其不文，而急为之记。

王十朋《登白岩山》写家乡中雁荡山风光，领悟泉石幽趣："十里湖山翠黛横，两溪寒玉斗琼玲。路从飞鸟头上过，人在白云深处行。岩下行田谢康乐，洞中辟谷李先生。凭栏下瞰人间世，转觉此心名利轻。"陈经正《游南雁》叙写南雁之胜，从不同的层面描绘山景："雨晴华表插天孤，雾散丹霞落雁湖。洞窈不知红日过，峰危常倩白云扶。人间谁道无蓬岛，天地分明有画图。山鸟冈知人未醒，隔林款款唤提壶。"山势锐峰叠嶂，洞穴深窈幽静。雨晴则壮美，雾散自清新。浙江大地又四季景致分明，各具胜致。如春和景明的时节，有"暮春三月，江南草长，杂花生树，群莺乱飞"（丘迟《与陈伯之书》）之美。单以西湖而论，则如王士性《〈游武林湖山六记〉序》所言"晴雨雪月，无不宜者"：

当其暖风徐来，微波如玉，桃柳遍堤，丹青炫目；妖童艳姬，声色杂陈，尔我相觑，不避游人。余时把酒临风，其喜则洋洋然，故曰：宜晴。及夫白云出岫，山雨满楼，红裙不来，绿衣佐酒；推蓬烟里，忽遇归舟，有叟披蓑,钓得艋头。余俟酒醒,山青则归,雨细风斜则否。故曰:宜雨。抑或琼岛银河,枯槎迷路,山椒转处,半露楼台,天风吹雪,堕我酒杯;偶过孤山,疑为落梅。余时四顾无人,则浮大白,和雪咽之,向逋仙墓而吊焉。故曰:宜雪。若其晴空万里,朗月照人;秋风白苎,露下满襟;离鸿惊起,疏钟清听。有客酬客,无客顾影,此于湖心亭佳,而散步六桥,兴复不减。故曰:宜月。

郦道元《水经注》卷四〇引《钱唐记》:"防海大塘在县东一里许,郡议曹华信家议立此塘,以防海水。始开募有能致一斛土者,即与钱一千。旬月之间,来者云集,塘未成而不复取,于是载土石者,皆弃而去,塘以之成,故改名钱塘焉。"钱塘江全长约600千米,为浙江第一大江,流域面积约占全省总面积的一半,出海口真可谓是"大江东去,寒光静、水与天长"(葛郯《满庭霜》),其中尤以富春江为美。孟郊《送无怀道士游富春山水》盛赞:"造化绝高处,富春独多观。山浓翠滴洒,水折珠摧残。溪镜不隐发,树衣长遇寒。……"皎然《送文会上人还富阳》更是认为"春山偏爱富春多"。人们一般所说的富春江是指钱塘江的中游河段,起自建德梅城,下至萧山闻家堰,约110千米。在浙江全省的名山胜水中,富春江确实是大自然赐予人类的杰作,绣岭掩映,江水澄碧,令人惊叹。富春山水素以幽深清丽著称,"富春县前江势奔,危楼如画俯山根"(厉鹗《富春》),吸引了几多骚人墨客,人们往往"为多山水乐,频作泛舟行"(孟浩然《经七里滩》)、"青山复渌水,想入富春西"(李频《送张郎中赴睦州》),李郢(生卒年不详)《秦处士移家富春发樟亭怀寄》也有"尝闻郭邑山多秀"的赞誉。

"富春山色桐江水"(俞樾《壬申春日自杭州至福宁集诗》三十二首之二),幽美的富春山水成了诗人情感的有效触媒。古今之乐山水者,心意又自相通。任何艺术创作实际上都是诗人人生观与美学观的审美实践。所以,历代描写富春江优美山水的作品数不胜数,角度灵活、视野多样,甚或逞才炫世,一些作品艺术上臻于完美,甚至可以说是随意遣驱,辄有佳构。方士颖(生卒年不详),字伯阳,淳安人,顺治末诸生。有《恕斋偶存》。方士颖《富春江赋》是描写富春山水的长篇,全面展现了富春两岸的山水奇观和人文底蕴:

> 锦峰拔地,绣岭排天;星分斗牛之次,域界吴越之偏。遥争奇于风峤,迤夺秀于龙嶂;锁江流而互折,环郡郭以回旋。尔乃迹著严陵,名彰汉世;居浙水之上游,届桐溪之边际。行百里溪纵横,复千重兮巨丽;想

俗境之斯悬,疑仙灵之或閟。而且源通回奥,径入高旻,峡将颓而未落,崖既仄以还撑。匿风雷于窗窔,吞日月于危岑,挂飞流则砰訇界道,攒立石则窣嵂穿云。至其变幻难名,端倪莫测;呈暝霭之千容,献晴岚之万色。林飒飒兮涛翻,涧浨浨兮雨集。蒸霞则烂漫以红酣,染雾则微蒙而翠湿。若夫天时递易,物候频推,鸟喧春于谷口,蝉噪暑于崇隈。岩未霜而秋风缀菊,坞初雪而瘦影冻梅。夕阳将收,叠巘模糊而渐没;晨烟乍卷,层峦历乱以俱开。下则有七里回滩,波澄碧洌,是曰佳泉,传之陆叟;稽品第于《茶经》,次南零乎十九,停客航之兰桡,试陶铛而汲取。上则有云根对峙,截薜横江,严君寄此,托兴沧浪;曾披裘钓而雪,且辟世以相羊。拜遗祠于岫麓,垂百代而犹芳。复有逦迤坡平,盈盈隔水,古墓斯存,碑题谢氏,怀击石之高歌,叹流风其未已。又有村依别岸,数里渔津,中栖处士,厥谥玄英,著诗名于唐室,号里名以白云。维往迹之依稀,与兹山为远近,人即事而俱传,地因人而益胜:洵隐遁之名区,亦游观之别境。故纪美于舆图,复标灵名于志乘。于是孤寻载楫,静讨支筇,揽烟萝兮峻陟,缘藓石兮斜通,瞩千村于旷野,视四野于遥空。古树阴边,隐约露僧庐佛阁,寒沙渺处,依微飘贾舶渔舠。穷向背以搜奇,仿宗少文之逸趣;极低昂而造险,类谢灵运之高风。爰作歌以舒其长啸,乃搔首而问乎苍穹。歌曰:

> 郁彼神秀兮镇我邦,循厥端委兮亘且长。蜿蜒奔逝兮抱澄江,山川映发兮互为光。振衣登历兮神远翔,超然万古兮远茫茫。

方士颖又有《舟上七里滩》:"日暮风愈迅,轻舟逐浪回。岸移村互出,帆转轴争开。乱草参军墓,寒松隐客台。名泉须品试,记此碧滩隈。"七里滩,一称"七里泷"、"七里濑",在桐庐县城南十五公里处的富春江上,因两岸山峦对峙,岸山夹水,江流湍急,连亘七里而得名。不数里便是严陵濑,所以,谢灵运《七里濑》有"目睹严子濑"之句。骆宾王《钓矶应诘文》自叙:"余以三伏晨行,至七里濑,此地即新安江口也,有严子陵钓矶焉。澄潭至清,洞彻见底,往往有群鱼戏,历历如水上行耳。"舟行人宿,情意万千。又如周昶《暮春过严滩》:"七里泷中路,舟行次乍经。帆连千片白,山拥万重青。轩冕归诸将,江湖老客星。钓台高峙处,矫绝想鸿冥。"总体上看,这些作品都能有机地联系富春江岸山绵延的独特地理环境与风光特色,充分展现了民众的生活风情,写出富春江的雾气氤氲之态,绘出江南生气和情趣,词彩富丽,可圈可点。苏轼也作有《行香子·过七里濑》一词,提升了这一题材的艺术品格:

"一叶舟轻,双桨鸿惊。水天清、影湛波平。鱼翻藻鉴,鹭点烟汀。过沙溪急,霜溪冷,月溪明。　　重重似画,曲曲如屏。算当年、虚老严陵。君臣一梦,今古空名。但远山长,云山乱,晓山青。"

杭州西湖北高峰高 314 米,南高峰为 257 米。南、北高峰单就海拔而论并无优势可言,但奇峰突起于平地,又比肩联立,成"双峰插云"之势,可谓珠联璧合。杨蟠《北高峰》称赞:"杳杳孤峰上,寒云带远城。不知山下雨,奎斗自分明。"诗人又有《南高峰》:"日气层层秀,连山万丈孤。崔嵬天上影,一半入江湖。"各道出形胜特点。

二　积淀深厚

欧阳修(1007—1072)《与梅圣俞书》说过:"……作宰江浙,山水秀丽,益为康乐诗助,谁与敌哉?"浙江本为穷州僻壤,六朝后逐渐成为山水文学的讴歌对象,陆游《题庐陵萧彦毓秀才诗卷后》"法不孤生自古同,痴人乃欲镂虚空。君诗妙处吾能识,正在山程水驿中",从山水诗与行旅的关系阐述了创作的必然性。欧阳修《和圣俞聚蚊》:"江南美山水,水木正秋明。自古佳丽国,能助诗人情。"浙江就是这样的佳丽之处,自有其优越性。山,充满了生机;水,孕育着灵秀。自然山水充满无穷的活力,水乡泽国是纯美文学的渊薮,为人们深入观察与领会生活提供了很好的舞台,正如陆游《镜湖》所谓:"傍水无家无好竹,卷帘是处是青山。"

钱江两岸,不仅景致变幻万千,而且大多具有深厚的历史文化积淀:优美的自然景致、宏伟的历代建筑、动人的民间传说等相得益彰,足资畅游,无数骚人墨客为之倾倒。借用王袆《青岩山居记》的话来说,就是"一山之隈,一水之涯,特吾寄意于斯焉耳",充分展示出精神世界的丰富性与深刻性。如西湖与白娘子、苏小小,西湖与白居易、苏轼、岳飞等。唐穆宗长庆二年(822),白居易任杭州刺史。他在任期间,他疏浚西湖,修筑湖堤,人们改白沙堤为白公堤。神宗熙宁四年(1071),苏轼以太常博士直史馆通判杭州,十一月到任。哲宗元祐四年(1089)四月,苏轼以龙图阁学士知杭州,疏浚西湖。现在的苏堤长约三公里,建有映波、锁澜、望山、压堤、东浦、跨虹六座石拱桥。又如,郦道元《水经注》卷四〇引晋《太康地记》:"舜避丹朱于此(指上虞),故以名县,百官从之,故县北有百官桥。亦云禹与诸侯会事讫,因相虞乐,故曰上虞。"

葛洪(284—364)《抱朴子·正郭篇》记汉末郭泰(128—169)不愿在乱世中冒风险奔波,"未若岩岫颐神,娱心彭老,优哉游哉,聊以卒岁",主要是着眼于养生山林，尚没有从审美角度看待山水。日后，人们渐渐有了"足迹凭双屦，溪山恣胜游"（石金《九华山》）的观念。人们往往得地域文化与家庭文化的双重滋养。戴表元《〈胡天放诗〉序》就把山水灵秀与人才杰出联系起来进行考察："严于浙中为佳州。奇山帷攒，清流练飞，世人骚人称之，有'锦峰绣岭'之目。迨至于淳安，则佳益甚，山丛而益奇，川疏而益清。异时余尝识其间知名者数公，衣冠笑谈，处处然称其山川者乎。"历史上的唐诗之路，更是人们在历史长河的演进过程中不断寻访浙江山水所创造的奇迹。（详见第三章第二节）

第三节　浙江旅游、山水文学的精神原型

戴逵（326—396）《闲游赞》说："然如山林之客，非徒逃人患、避争门，谅所以翼顺资和，涤除机心，容养淳淑，而自适者尔。凡物莫不以适为得，以足为至……故荫映岩流之际，偃息琴书之侧，寄心松竹，取乐鱼鸟，则澹泊之愿，于是毕矣。"王阳明自称"未妨适意山水间，浮名于我亦何有"（《重游开先寺戏题壁》），这并不是什么浮词客套，而是真情实意的抒发。人生在世，每为尘事所累，而适意山水，却可忘怀一切。中华民族自古有崇尚自然、钟情山水之风，有山则登，有水则游，并且一脉相承，赓续不断，不受时空阻隔，览物而后生情，既有情感体验，更具理性思致，寻觅千山万水而后形于笔下，借山水以写我心中之意。这已经成为文学史家和评论家颇感兴趣的研究现象。

浙江历代山水文学家有关于"游道"的探索。王士性《五岳游草·自序》首先肯定"游亦有道"，然后就这一话题逐步展开："夫太上天游，其次神游，又次人游，无之而非也。上焉者形神俱化，次焉者神举形留，下焉者神为形役。然卑之或玩物，高之亦采真。"夏咸淳指出："王士性是明代后期对游道作出深刻阐释的第一人。"[①]陶望龄《〈天目游记〉序》认为"仁"、"智"、"勇"不可或缺，有"五岳"之志："夫游之为道，仁者暇，智者畅，勇者决，三德备焉，缺则无以为游。志五岳者，吾让其广；保一丘者，吾病其隘必也。"王思任《游唤·纪游》更强调"游道如海"："台荡之胜，入怀者廿年，如梦者几夜。……予尝谓官游不韵，士游不服，富游不都，穷游不泽，老游不前，稚游不解，哄游不思，孤游不语，托游不荣，便游不敬，忙游不慊，套游不情，挂游不乐，势游

---

①　夏咸淳：《明代山水审美》，人民出版社 2009 年版，第 390 页。

不甘,买游不远,赊游不偿,燥游不别,趁游不我,帮游不目,苦游不继,肤游不赏,限游不逍,浪游不律。而予之所谓游,则酌衷于数者之间,避所忌而趋所吉,释其回而增其美,游道如海,庶几乎蠡测之矣。"《游唤·石门》又说:"夫游之情在高旷,而游之理在自然,山川与性情一见而洽,斯彼我之趣通。"他们以不同的旅游理论指导自己的实践,提升旅游品位,在山水中寻求自适的诗意,并与山水文学的创作有机地结合起来进行考察,在中国山水文学史上有着最为显著的贡献。如戴表元《〈刘仲宽诗〉序》:

> 余少时喜学诗,每见山林江湖中有能者,则以问之,其法人人不同。有一老生云:"子欲学诗乎? 则先学游;游成,诗当自异。"于时方在父兄旁,游何可得? 但时时取陆放翁《入蜀记》、范至能《吴船录》之类,张诸坐间,想象上下,计其往来,何止日行数千万里之为快。已而得应科目,出交接天下士大夫,谙其乡土风俗。已而得宦学江淮间,航浮洪流,车走巍坂,风驰雨奔,往往经见古今战争兴废处所。虽未能尽平生之大观,要自胸中潇潇然,无复前时意态矣。身又展转,更涉世故,一时同学诗人,眼前略无在者。后生辈因复推余能诗,余故不自知其何如也。然有来从余问诗,余因不敢劝止以游。及徐而考其诗,大抵其人之未有游者,不如已游者之畅;游之狭者,不如游之广者之肆也。呜呼,信有是哉。

优美的自然山水是启发文思的源泉。固然说"景物从人赏,登临着句难"(戴复古《赵寿卿西屿山亭》),但人们性乐山水,领悟山水灵性,总是极力提炼题材,贡献独具特色的佳作,贡献前人没有贡献的东西,人们的心灵世界也以此洞开。翁方纲(1733—1818)《石洲诗话》卷五以黄公望(1269—1354)为例说明诗画创作原理之一:"黄子久尝终日在荒山乱石丛木深筱中坐,意态忽忽,又往泖中通海处,看急流轰浪,虽风雨骤至,水怪悲诧,不顾也。作诗亦须如此用功,乃有得耳。"[①]创作中的诗画兼通之理于山水题材最为显明,而在浙江作家身上也体现得最为充分。

隐逸文化是我国传统文化的重要组成部分。嘉遁之士以逸情林泽表现对政治的回避,盘桓其中,与自然对话和沟通,由此悟彻了生命,全身心地进入一种自由的精神境界,当然也涉及人与自然和谐依存的文化命题。陈洪

---

① 郭绍虞编选,富寿荪校点:《清诗话续编》(下册),上海古籍出版社 1983 年版,第1467 页。

绶(1599—1652)在《游净慈寺记》中说:"老悔(洪绶别号)一生感慨多在山水间。何则?既脱胎为好山水人矣,每逢得意处,辄思携妻子栖性命骨肉归于此,魂气则与云影水声、山光花色同生灭,吾愿足矣!"他们痛感仕路坎坷与世道维艰,以大地山川抚慰内心的苦痛,以诗歌记录自身的人生足迹与心路历程,既呈质实之美,同时也让生命的存在更带有诗意,有些作品所展现的往往是诗人主观理想化的风景,山水气象与隐逸精神融合为一,他们把自己对河山的喜爱之情熔铸在美好的意象之中,具柔和温丽之美。或集中景致,或遗貌取神。与没有"纯粹"的风景画一样,世界上也不会有完全"纯粹"的山水诗。戴复古有"清吟无尽兴"(《陈伯可山亭》)的心灵表达。法国诗人波德莱尔(1821—1867)《艺术的镜子》中"每一现象的特殊部分是由感情产生出来的:我们既有我们自己的特殊感情,我们就有我们自己的美"[1]一句正好可以用来讨论这一现象。作家对生活的感受有深浅之异,不同时代也有不同的艺术理想与思维特征,共同构筑成五彩多姿的艺苑,固然也不排除有情思浅露之作。

　　文学与现实的关系,一直困扰着创作活动的展开,山水文学固然反映了人与社会、人与自然和谐相处的现象,也往往关联着一个时代社会的整体活动,所以也涉及这样的问题,山水描写又与不同作家、不同时期的阅历、心态很有关系。杨万里(1127—1206)《题刘高士看云图》:"谁言咽月餐云客,中有忧时致主心。"人们既关注现实,又厌倦尘世,感遇咏怀,贯穿了整部文学史,从而成为文学史上的一种悠长传统。"颠危知往事,漂泊长诗才。"(王守仁《舍利寺》)从历史文化背景的广阔视野来看,即使厄运危时,浙江士人仍能以国事为重并保持这样的主调。一些作者直面惨淡的时代,正视家国的痛苦。刘勰(465?—520?)《文心雕龙·附会》说:"夫才童学文,宜正体制,必以情志为神明,事义为骨髓,辞采为肌肤,宫商为声气。"[2]作为真正审美的诗篇,山水诗创作也是这样。这样的精神体现在山水文学这一特定的视域,人们以特有的襟怀去接纳自然,并且薪尽火传,赓续发展,最后成为一个深层延续着的艺术系统。正如钱锺书《中国诗与中国画》所论:"一个艺术家总在某些社会条件下创作,也总在某种文艺风气里创作。这个风气影响到他对题材、体裁、风格的去取,给予他以机会,同时也限制了他的范围。就是抗拒或背弃这个风气的人也受到它负面的支配,因为他不得不另出手眼来逃

---

①　伍蠡甫主编:《西方文论选》(下卷),上海译文出版社1979年版,第250页。

②　刘勰著,周振甫注:《文心雕龙注释》,人民文学出版社1981年版,第462页。

避或矫正他所厌恶的风气。"①艺术家与艺术家之间经过一个历史时期的会通和传承,便渐渐形成艺术传统。

陆游《秋思》诗称:"诗情也似并刀快,剪得秋光入卷来。"总体上看,不同文体发展创新的过程就构成文学史。"天下无百年不变之文章,有作始自有末流,有末流还有作始。"(袁中道《珂雪斋文集·花云赋引》)文体又往往处处在不断变革的状态下,有一种递生新变的特点,呈现出复杂多变的风貌,也日渐丰富了文化内涵。

在中国山水文学的发展流程中,山水诗是一个主体样式,山水散文也是一个重要的艺术门类。王思任《游唤·东山(上虞)》:"出东关,得箬舟。雾初醒,旭上。望虞山一带,坦迤绎直,絮棉中埋数角黑幕,是米癫浓墨压山头时也。然不可使癫见,恐遂废其画。亭午过蒿坝,江鱼入馔。两岸山各以浅深色媚行,伸脚一眠,小醉而梦,舟子突叫看东山。山麓嶕石兽蹲,守江如拒。从谢公棹楔上磴路,每数十武,长松绣天,涛声百沸。又壑中时有哀玉淙淙,草多远志。看洗屐池,一泓不竭,可当万里流也。池上数级,得蔷薇洞,文靖携妓常憩此。李供奉《忆东山》词花开,月落,几度,谁家,何物少年轻薄,然致语大是晓语,可以唤起文靖,不必多撼。窈蔼曲折入国庆寺,寺僧指点调马路,英风爽然。上西眺。西眺名韵甚,白天布曳,直入大海,浩然不疑。独琵琶一洲,宛作当年掩袂态。古今人岂甚相殊?那得不为情感?东山辨见宋王埕(误,当作铚)记甚详。吾以为山之所住,偶然四隅耳,何以喜东不喜南也?夫东山之借鼎久矣,足忌之而口祥之,人遂视东山为南山。絜令家有从未面识,而辄谓其知情者乎?吾安能倒决曹江之水,一为洗清两字冤也?山可矣,去其东而可矣。"又如《游唤·南明(新昌)》:"过剡县十五里,青螺背上望见二山,追蠡之痕犹在,而渊填之声隐然也。生钟生鼓,岂在生山生水之前乎?从钟鼓山取溪入谷,是武库,铁帽堆围多多许。一岭凿百级入县,画中路矣。岭下方塘澄澈,苍松傲睨,大枫数十章,翳以他树,万顷冷绿,人面俱失。入寺,礼石佛像,端严福好,即耳长丈余。齐永明中,僧护见神异,发北山愚公愿,三世僧,此相始成。前有犺猊二石,俯仰似悲,云是智者大师所蓄,师寂后,一泣天,一号地而死。凡名胜之地,僧各奇一说,以灵其主人,将毋同耳。由僧寮仰视,四壁斩削,俱青瑕紫玉,老树毵毵,倒尻横肋。壁中一罍,有百尺松窒之。前峰如曰,上危置一方石,是仙人博局,五斛玉尘,不记何人负进也。予直走其颠,天风急,几吹堕。乃坐伏稍窥,崖绝万

---

① 钱锺书:《七缀集》(修订本),上海古籍出版社 1994 年版,第 1 页。

仞,急饬下,始大怖。寺左有二厂,疑是蝮洞,虚愒入之,阴风沁骨,湿碧侵寒,苔溺盈尺。雨甚,凡三宿寺中。每出寺门,望云飞,多龙气往来各峤。熟看大枫树,若至深秋,便如万点朱砂,映发出土绣绿。小桥红寺,骑驴至此,或当醉心绝倒,亦直得号天泣地也。"

山水词、山水散曲等等无所不有,如宋代归安(今湖州)人沈瀛(生卒年不详)《满庭芳》:"柳外山光,林间塔影,一溪横泻清流。四围洲渚,绿叶泼如油。荷盖亭亭照水,红蓼岸、芦荻萧飕。乘闲兴,溪云亭畔,终日看莲游。

修篁栽欲遍,青松相映,两径成丘。种桃杏,随时亦弄春柔。此是先生活计,高卧处、无喜无忧。门前事,人来问我,回首但摇头。"陆游写家乡的《好事近·登梅仙山绝顶望海》:"挥袖上西峰,孤绝去天无尺。拄杖下临鲸海,数烟帆历历。　　贪看云气舞青鸾,归路已将夕。多谢半山松吹,解殷勤留客。"明人朱谏亦有写家乡雁荡山的《梁州令·谢公岭》:"着屐登山客,历尽云霞天壁。屐痕犹在白云中,峰回路转,千古无人识。　　春来秋去成尘迹,一代风流歇。斜阳影落溪外,长松几树连天碧。"名不见经传的明代乌程(今湖州)人赵金(生卒年不详)也有《谒金门》词:"湖天渺,一片水云沙鸟。俯景茫茫空懊恼,孤吟秋色老。　　自爱琅玕芝草,茅屋碧山环绕。高卧长松心尽了,年来机事少。"周密甚至有《木兰花慢·西湖十景》词。

浙江的山水诗词中又各有回文诗、回文词,回文诗词固有文字游戏的性质,但部分作品也有创造成分,值得一提。回文诗如蔡汝楠《山中同客赋》:"莺啭竹亭幽兴发,鹿眠苔径小园闲。萦溪远泛重来棹,永昼清谈共掩关。"回文词如顾应祥回文《菩萨蛮》:"横溪一带烟凝碧,晴峰远映槐庭日。村径曲穿林,芳塘夕度阴。　　轻凉微动竹,隔圃幽鸣玉。乱风吟午松,疏雨过亭空。"

浙地山水赋成就也很高,如王十朋有《双瀑赋》、《剡溪春色赋》、《蓬莱阁赋》,薛季宣有《雁荡山赋》,程俱有《松江赋》、《松江后赋》、《临芳观赋》,白珽(1248—1328)有《西湖赋》,赵孟頫有《吴兴赋》,吴莱有《盘陀石观日赋》,方士颖有《富春江赋》等。洪若皋(1624—1696)的《游雁山赋》亦可谓名篇。这一切,都是"诗料森然纷满眼"(倪偁《减字木兰花·岭头独览》)的自然结晶。

第四节　浙江山水名胜楹联艺术论略

强化审美自觉性,吸收有益的成分以丰富和拓展自我表现力是艺术永远的法则。楹联是随着骈文和律诗成熟起来的一种独立的文学形式,属于我国民族传统文化中最辉煌的部分之一,是讲究均衡对称的传统美学心理在艺术领域的创造性发挥,于极度限制中显露诗才,有很高的艺术性与欣赏性。历经岁月淘洗,楹联仍自璀璨夺目。古往今来,无数的人对它倾注真情。自然山水是美的源泉。面对雄山险水,人们一览河山之余,不禁荡涤心志,诗情澎湃,缘物抒情,各显神通,袁枚《自题》联所谓:"人得交游是风月,天开图画即江山。"作为一种中华民族特有的表达手段,山水名胜楹联往往显示人们在闲适生活中对于山水景物的审美观照,但实际上并不局限于单纯的吟咏之兴。换言之,山水名胜楹联表面上多为客观物象切实或虚灵的描绘,细细品味里面实有深情,能给人以一种智性的快乐。山水楹联也使得名胜之地备显文化意味,增强艺术美感。浙江历代山水文学家在楹联领域也有自己的杰出贡献。

形式和内容密切关联。山水名胜楹联为观山览水之后所构想,一般首先要讲求切合时地,才能令人回味。王十朋为温州江心寺题写的叠字联最富美的意趣:"云朝朝,朝朝朝,朝朝朝散;潮长长,长长长,长长长消。"山水之游,人们之意多在娱心。作品充分利用汉语一字多音又多义的特点,贴切地写出瓯江潮的潮汐规律及江心寺所处的江中绿洲且又近海的地理位置特点。人们在心领神会之后,必获得一种难以言说的畅意与满足。江心寺由蜀僧清了(字真歇)始建于高宗绍兴七年(1137)。清光绪年间永嘉举人陈寿宸(字子万)为江心寺圆通殿题写一联:"四面烟波,几疑蓬岛移来,金山飞到;一龛香火,剩有蜀僧胜迹,宋跸遗踪。"上联写江心寺山水风物特征,体现了鲜明的孤屿特色,下联转换视角,点出高宗驻跸的往事,有人事沧桑之慨。陈亮为家乡永康观音阁与朱熹合撰一联"万壑烟云浮槛出,半天松竹拂面来",切合当地的风物特点。

杜范为黄岩委羽山题联:"东望蓬莱,南连雁荡;西亘盖竹,北控天台。"整体描写还算是恰合分寸,虚实结合颇为神妙。委羽洞为道教第二洞天,据传能够直通东海仙山。相传汉代刘奉林在此得道,乘鹤升天。赵孟頫为灵隐寺题联:"龙涧风回,万壑松涛连海气;鹫峰云敛,千年桂月印湖光。"灵隐寺在杭州西湖西北武林山下,始建于东晋时。联文融合地理、历史两方面对灵隐寺做了切当的叙述。徐渭有《太湖盘山古道凉亭》联:"台温孔道连天汉,黄乐通衢到海滨。"太湖盘山古道北连台州,南接温州,沟通黄岩与乐清,向为浙东沿海重要的交通要道。徐渭题写的《千峰阁》联"晴山秦望近,春水镜湖宽"与《观畴阁》联"云拥千峰连禹穴,星罗万井见箕畴",把家乡的历史事件、地理地貌有机融汇。再如徐渭的绍兴蓬莱阁联:"王公险设,带砺盟存,八百里湖山,知是何年图画?牛斗星分,蓬莱景胜,十万家烟火,尽归此处楼台。"元稹任越州刺史时，曾作《以州宅夸于乐天》诗，其中有这样的自嘲："我是玉皇香案吏，谪居犹得住蓬莱。"越州州宅新楼因此改为蓬莱阁。王十朋《蓬莱阁赋(并序)》称："越中自古号嘉山水，而蓬莱阁实为之冠。"张岱撰写的龙井联："夜壑泉归，渥洼能致千岩雨；晓堂龙出，崖石皆为一片云。"嵌入"龙井一片云"的山水胜景，审美的观照中有着一番灵性的参悟。张岱题写的西湖湖心亭联则用《世说新语》的典故写出亭、景之间的微妙关系，婉曲自如："如月当空，偶以微云点河汉；在人为目，且将秋水剪瞳神。"李渔为家乡兰溪筹建且且亭，亭成，题写意趣盎然的楹联一副："名乎利乎，道路奔波休碌碌；来者往者，山溪清净且停停。"李渔题写的绍兴越望亭联写出了越望亭尽收绍兴风光于此的特点："若耶溪上，泛者去来不止，何如游此地乎，静听争流之万壑；山阴道中，苦于应接不暇，是以建斯亭也，坐看竞秀之千峰。"骋目眺望，越地万千景象，聚乎一亭。若耶溪，在今绍兴市东南，相传为西施浣纱处。以"若耶溪"对"山阴道"，可谓天衣无缝。毛万龄《白龙潭》联："千山飞瀑当街泻，万里奇峰入座来。"气势与情味皆备。杭世骏《仙霞岭》联："日住烟萝，幽鸟相逐；月明华屋，碧松交阴。"凡是到过闽浙咽喉仙霞岭的人应该都有会心的一刻。

山水名胜楹联也讲求在切合时地的基础上提升意境，也反映出不同的情志，正如朱熹《读道书作》一诗中所说的："至乐在襟怀，山水非所娱。"田汝成撰写的《西湖南高峰》联为寓意感兴之作，为登高望远者进一言："两脚不离大道，吃紧关头，须要认清岔路；一楼俯看群山，占高地步，自然赶上前人。"王叔果为家乡瑶溪觞咏亭(在今温州市龙湾区)题联："云林双短屐，天地一壶舟。"又为仙岩流觞亭(在今温州市瓯海区)题写一联："明月清风引兴，闲云流水同情。"王叔果弟王叔杲也题有《瑶溪觞咏亭》联："云林双短屐，天地一壶舟。"何白《江心屿》联："窗虚五月六月寒，人在冰壶中酌酒；门外千山万山翠，客从图画里题诗。"诗僧灵睿的赤城山联在写实中透露出一种豪气："不与众山同一色，敢于平地拔千寻。"

秋瑾为新昌天姥山题联："如斯巾帼女儿，有志复仇能动石；多少须眉男子，无人倡议敢排金。"新昌天姥山有动石夫人庙，相传金兵入侵之时，山上一老妇推动山头巨石抵挡，吓退金兵，保住浙东片土。后人立庙祀之。作品没有花费笔墨去叙写山水景致，而是直入主题，表达心中的敬仰之情，立意严正，与时代意识、个人情怀都完全合若磬笙，又有着厚重的历史感。李渔为简寂观作联："天下名山僧占多，也该留一二奇峰，栖吾道友；世间好语佛说尽，谁识得五千妙论，出我仙师。"刘基《发普济过明觉寺至深居记》说："人言天下名山多为浮屠所占,岂虚语哉?"李渔题联承接此意而又略加点染,即与常人所得大异其趣,别有风味。景、情、意完美融合,独具个人面目。朱彝尊嘉兴山晓阁联借景抒情:"不设樊篱,恐风月被他拘束;大开户牖,放江山入我襟怀。"既道出眼前景,又显出胸中意。沈景修题写的杭州放鹤亭巢居阁联赞颂林逋的高节:"泉冷古梅花,可与盟心唯白水;亭空孤鹤影,居然埋骨共青山。"总之,人们在不同的领域,以别样的方式显现了真。何焜题岳阳楼联是浙籍作家创作的一副山水名胜长联,长达 120 字:

> 说什么无风三尺浪,纵八百里波涛争汹涌,合九江七泽五溪四川,纷至沓来。有何难涵容殆尽,纲大不捐,只稍须当头处置乱石一拳,便撑搘中流为砥柱。

> 最堪嗟欲雨满楼烟,连十二点鼍鼕并模糊,看万艇千艘片帆孤舻,横过直去。虽幸他履险如夷,平安可报,誓必待转盼间开晴天双眼,偏收揽远岸好湖山。

山水名胜楹联手法多样,不拘一格,并无定法。楹联创作时要追求余韵无穷,尽力避免平实直露。诗人进入一种自然而然的创作情境,创作中也能逐渐内化为一种较为自觉的艺术手段。康熙十年(1671),李渔从金陵(今南京)移家杭州,自号"湖上笠翁",并为自己杭州湖上居所作一联:"繁冗驱人,旧业尽抛尘世里;湖山招我,全家移入画图中。"此联反客为主,技法高超。施山题黄鹤楼联:"白云黄鹤,四顾苍茫,有好诗传九百年前,楼阁重新谁更上;词客神仙,一流人物,看东湖在三千里外,海潮不到我能来。"施山是会稽(今绍兴)人,绍兴有东湖。所以,施山自然从眼前景,接以家乡的东湖,不可谓不妙。融古今情事于一联,令人遐想。相对来说,陶浚宣题写的绍兴东湖联则是语短情长:"此是山阴道上,如来西子湖头。"

明代天台宗大师释传灯为天台中方广寺题联:"林间野客松为侣,石上枯藤云作衣。"联句以动态着墨,动静相生。相比而言,《石梁飞瀑县华亭》联更为奇妙,完全可以说是诗偈:"僧于方广习圆通,长养一生之圣果;水于石梁宣般若,洗清万劫之尘心。"

一代宗师俞樾在楹联艺术方面有极高的造诣,《自题书斋》谓"诗兴似春多丽藻,斋心如水自澄澜",略举数联与人共享。俞楼,在孤山南麓,六一泉旁,光绪四年(1878)俞樾门人徐琪等集资所建,彭玉麟增建。楼成后,俞樾自撰一联:"合名臣名士为我筑楼,不待五百年后,斯楼成矣;傍山北山南沿堤选胜,适在六一泉侧,其胜何如?"联语立足形胜,勾连古今,体现了深沉的人文关怀。散文句法与文言虚词的运用,更有效地营造出别一番深沉的意境和诗味。六一泉,在杭州孤山西南麓。苏轼通判杭州时,经欧阳修介绍,识僧人惠勤于孤山。到元祐四年(1089)苏轼出知杭州的时候,欧阳修、惠勤二人已先后谢世。惠勤弟子二仲画欧阳修及惠勤像祀之。适有泉水出讲堂下,苏轼因欧阳修自号六一居士,即以"六一"名泉,并为之铭。俞樾又自撰有一联以寄寓情思:"小筑几间楼,集成难得二三子;比邻半潭水,清话长临六一泉。"俞楼自身也与西湖山水相得益彰。后谭钟麟赞之:"千古一诗人,文章有交神有道;五湖三亩宅,青山为屋水为邻。"《西湖小曲园》:"湖山恋我,我恋湖山,然老夫耄矣;科第重人,人重科第,愿吾孙勉之。"别有一番情怀。俞樾又为西湖红栎山庄撰联:"选胜到里湖,过苏堤第二桥,距花港不数武;维舟登小榭,有奇峰四五朵,又老树两三行。"俞樾捐建家乡德清的四仙桥,并题联:"野渡傍溪山,会有才人题驷马;嘉名登志乘,不劳仙迹访骖鸾。"切合时地,显得特别雅洁。

俞樾又曾为神宗熙宁四年(1071)郡守钱暄(1018—1085)开凿的临海东湖题联:"好山好水,出东郭不半里而至;宜晴宜雨,比西湖第一楼何如?"下联也用设问的艺术,增加韵味。俞樾又为天台上方广寺题联,格调高雅:"邀月替灯,临流作镜;垒藓为褥,拓松为屏。"

俞樾《春在堂随笔》记下了一段有关山水胜景楹联的佳话:

> 灵隐冷泉亭,旧县(悬)一联云:"泉自几时冷起,峰从何处飞来。"乱后失去,寺僧属吴平斋观察补书之。戊辰九月,余与内子往游,小坐亭上,因读此联。内子谓问语甚俊,请作答语。余即云:"泉自有时冷起,峰从无处飞来。"内子云:"不如竟道'泉自冷时冷起,峰从飞处飞来'。"相与大笑。越数日,次女绣孙来湖楼,余语及之,并命亦作答语。女思之久,笑曰:"泉自禹时冷起,峰从项处飞来。"余惊问:"项字何指?"女曰:"不是项羽将此山拔起,安得飞来?"余大笑,方啜茗,不禁襟袖之淋漓也。[①]

俞樾题写的冷泉亭联家喻户晓,"有"、"无"二字显笔墨收纵之妙。"泉自冷时冷起,峰从飞处飞来",开合自如,俞樾之女俞绣孙也可谓灵心一片。

---

①　俞樾著,方霏点校:《春在堂随笔》,江苏古籍出版社2000年版,第15页。

第一章　唐前浙江山水文学

　　历史在不断地发展前进。展开历史画卷，人们都知道：任何一种文学样式总是由不完美的初级形态发展成熟为完美的高级形态；文学的发展又与它所依赖的文化传统与文化背景密切相关。浙江早期文学创作散佚湮灭者不在少数，经过诸多劫难留存至今的作品整体上内容狭窄，体式单一，更缺乏深刻的哲思理致，比如陈文新《明代诗学的逻辑进程与主要理论问题》所指出的那样："汉魏大赋的铺陈，抹杀了景物的个性，写了等于没写。"①但一些作品固然呈现出一种偶发自在的状态，也已经有较为浓郁的诗思理趣，表现一种朴素的人生感悟，也蕴含了一些新变因子，逐步具备法国学者雅克·德里达（1930—2004）所概括的诗性特征："以不确切的方式与世界打交道。"②这一时期初现文学创作的自觉，作品也多是山水文学的初始形态，远没有"山情与诗思，烂熳欲何从"（皎然《送丘秀才游越》）的审美之思，但这一展现山水之姿的艺术并不由于初创的原因而显得幼稚与浅薄。玄学的发展为山水诗的创作与成熟提供了真正的契机。日后，随着文人个体意识的进一步觉醒，经过人们的共同努力，踵事增华，从自然物体的简易铺排，到山水形象的全新塑造和山水意境的整体建构，体式亦渐趋完善，从而构成浙江山水文学的缤纷光华。李纲（1083—1140）《衡岳》自称："嗟予平生好山水。"浙江诸多"平生好山水"的作家，生活在一个"山水会稽郡"（孟浩然《夜登孔伯

---

①　陈文新：《明代诗学的逻辑进程与主要理论问题》，武汉大学出版社 2007 年版，第 213 页。

②　〔法〕德里达：《论文字学》，上海译文出版社 2005 年版，第 403 页。

昭南楼,时沈太清、朱曰升在座》)的周遭,结成一个强大的艺术群体,把自己对山水的炽热之情形诸篇章,为中国的山水文学做出最为杰出的贡献。那一时期,"山水成了士人生活的一部分,甚至成为生活的过程。……他们对于佛理的体认与对山水的感受,就常常是同时进行的"①。可见,山水进入文人笔端的同时,释氏之念亦逐渐入心,二者几乎同步,这也是中华文化的神奇处。

胡国瑞在《魏晋南北朝的诗歌在我国诗歌发展史上的地位》一文中有这样的比喻:"如果说,在我国古代诗歌领域里,唐代诗歌是珠穆朗玛峰,则魏、晋、南北朝的诗歌应是青藏高原。在这个诗国的高原上,到处还是布列着奇秀的丘壑林峦,引人入胜的。因此,魏、晋、南北朝这一阶段的诗歌,对唐代诗歌的高度繁荣,是起着胎息孕育的作用,在我国诗歌发展史上有着非常重要的地位的。"②就浙江山水文学与中国山水文学的关系而言,亦近于是。没有谢灵运等人的首义之功,中国的山水文学成型、成熟都要更加迟缓得多,或者将完全是另一番景象。谢灵运之于中国山水文学的影响与历史地位,犹如鲁迅之于中国现代文学。法国著名艺术家安格尔(1780—1867)说过:"艺术的生命就是深刻的思维和崇高的激情。必须赋予艺术以性格,以狂热!炽热不会毁灭艺术,毁灭它的倒是冷酷。"③这样的理论总体上也可以适合关于谢灵运文学创作与实际影响的历史评判。

第一节　简说

民族的文化承传,都是在前人的基础上追求创新。文学也随着社会的发展而发展,积累着新的元素。为了更好地表现新的内容,人们又需要寻找全新的表现形式。

先秦时期,人们对大自然的审美水平没有达到一定高度,谈不上自觉的山水鉴赏意识,山水文学属于肇端期,是自我与自然间建立的初步联系。饶宗颐《山水文学之起源与谢灵运研究》认为:"(先秦时期)从文学本身来讲,山水文学有写得好的。《楚辞》中就有很多代表作,比如《山鬼》篇,就是非常

---

①　罗宗强:《魏晋南北朝文学思想史》,中华书局 1996 年版,第 186—187 页。
②　胡国瑞:《诗词赋散论》,上海古籍出版社 1992 年版,第 21—22 页。
③　〔法〕安格尔:《安格尔论艺术》,辽宁美术出版社 1980 年版,第 23 页。

重要的山水文学作品。《招隐士》也是篇非常好的山水文学佳作。"①李觏(1009—1059)《遣兴》:"境入东南处处清,不因词客不传名。屈平岂要江山助,却是江山遇屈平。"屈原建立起一种借助抒情以言志的艺术精神,放逐期间所写的部分作品如《涉江》等,作为山水文学的一种先导性存在,往往借自然现象展开对人生与社会现象的描述与评判。以后,人们对自然美的审美意识日益觉醒,景物描写也逐渐增加,如陆机(261—303)的一些作品对自然景物就有比较充分的描写。刘勰《文心雕龙·物色》说:"及《离骚》代兴,触类而长,物貌难尽,故重沓舒状,于是嵯峨之类聚,葳蕤之群积矣。"②乔亿(生卒年不详)《剑溪说诗》卷下认为:"景有神遇,有目接。神遇者,虚拟以成辞,屈、宋已下皆然,所谓五城十二楼,缥缈俱在空际也。目接则语贵征实,如靖节田园,谢公山水,皆可以识曲听真也。"③文体的引人入胜意味着诗歌艺术的成熟,写作经验逐渐丰富。由于年代久远,文献多有湮灭,浙地先人的具体创作状况难以确知。应该说,这一时期的浙江文坛尚属沉寂。班固(32—92)《汉书·地理志》卷八下:"吴越之君皆好勇,故其民好用剑,轻死而易发。"无论如何,这一时期,浙江大地已经逐渐从"好用剑"而"好用笔",人们得以在作品中展现出当时山水游览意识的一定自觉。

汉末六朝期间,文人对自然山水的眷恋明显深于前代,其中慕仙求隐者亦不在少数,"自南朝始,中国士人对于山水的接受,逐渐由理入情,以情之所需、情之所好,来体貌山水"。④换言之,人们逐渐具有较为自觉的山水审美观念,上升到艺术感情的高度,也就是在寻找着精神享受。现在的绍兴一带涌现出诸多山水文学家,有意写山叙水,真实记录下崭新时代的特异风尚与趣味,打破文坛冷寂的局面,为日后山水文学创作经验的定型与成熟做出探索性的准备,而中国的山水文学也由此得以稳定地发展下去。从刘勰《文心雕龙·情采》所论"志深轩冕,而泛咏皋壤;心缠几务,而虚述人外",⑤可以纵览当时的总体创作情况。王十朋《剡溪》赏叹:"千古剡溪水,无穷名利舟。乘闲雪中兴,唯有一王猷。"当历史来到谢灵运时代,自然山水逐渐成了人们

---

①　臧维熙主编:《中国山水的艺术精神》,学林出版社1994年版,第2页。

②　刘勰著,周振甫注:《文心雕龙注释》,人民文学出版社1981年版,第493页。

③　郭绍虞编选,富寿荪校点:《清诗话续编》(上册),上海古籍出版社1983年版,第1097—1098页。

④　罗宗强:《魏晋南北朝文学思想史》,中华书局1996年版,第186页。

⑤　刘勰著,周振甫注:《文心雕龙注释》,人民文学出版社1981年版,第347页。

实实在在的审美对象,吸引着那些将"诗名满世间"(戴叔伦《题秦隐君丽句亭》)作为人生目标之一的人们。顾云(?—894)《〈在会稽与京邑游好诗〉序》:"造化之功,东南之胜,独会稽知名,前代词人才子谢公之伦,多所吟赏。湖山清秀,超绝上国;群峰接连,万水都会。升高而望,尽目所穷,苍然黤然,兀然澹然,先春煦然;似画似翠,似水似冰,似霜似镜;削玉似剑者,霞布似窈窕者,霜清似英绝者,如是者千姿万状,绵亘数百里间,则夫盘龙于泉,巢凤于山,蕴玉于石,藏珠于渊,固必有矣。真骇目丧眼之所也!其土沃,其人文。虽逼闽蛮而不失礼节,虽枕江海而不甚瘴疫,斯焉郡邑,一何胜哉!将天地之乐,萃于此耶?至于物土所产,风气所被,鸟兽草木之奇,妖冶婵娟之出,前圣灵踪,往哲盛事,此传记所详,不假重言也。"

"历史上每一位诗人的创作都是文学史的一部分。"①浙江山水文学也不例外,后人应该尊重每一位为之做出贡献的作者,略举如下。

虞翻(164—233),字仲翔,余姚人。虞翻本是会稽太守王朗部下功曹,后投奔孙策,自此仕于东吴,精于《易》学。虞翻与王朗称美家乡风致的一番话,是浙人山水审美意识的曙光初现:"夫会稽上应牵牛之宿,下当少阳之位,东渐巨海,西通五湖,南畅无垠,北渚浙江,南山攸居,实为州镇,昔禹会群臣,因以名之。山有金木鸟兽之殷,水有鱼盐珠蚌之饶。海岳精液,善生俊异。"(《三国志·吴书·虞翻传》裴注引虞预《会稽典录》)

帛道猷《陵峰采药触兴为诗》是浙江境域较早的山水诗,描写自我认定的诗性生活环境中万物各处其宜的状态,展示僧家静心安乐的情怀:

> 连峰数千里,修林带平津。云过远山翳,风至梗荒榛。茅茨隐不见,鸡鸣知有人。闲步践其径,处处见遗薪。始知百代下,故有上皇民。

帛道猷(生卒年不详),俗姓冯,山阴(今绍兴)人。释慧皎(497—554)《高僧传》卷五载帛道猷"少以篇牍著称,性率素,好丘壑,一吟一咏,有濠上之风"。居若耶山、沃洲山等,性好丘壑。天长日久,情意孳生,乃有此作。黄庭坚(1045—1105)《论诗作文》说:"吟诗不必务多,但意尽可也。古人或四句、二句,便成一首。今人作诗,徒用三十、五十韵,子细观之,皆虚语矣。"帛道猷《陵峰采药触兴为诗》貌似随意吟出,却绝非虚语,乃是尽意之作,给人以浑厚的感觉。

《世说新语·伤逝篇》载:"戴公见林法师墓,曰:'德音未远,而拱木已

---

①　蒋寅:《大历诗风》,上海古籍出版社1992年版,第5页。

积。冀神理绵绵,不与气运俱尽耳。'"戴公,戴逵。林法师,支道林。支遁(314—366),字道林,俗姓关,东晋高僧,长期生活于剡地沃洲山,优游于林泽之间。释道世《法苑珠林》卷四十八载:"晋剡沃洲山有支遁,字道林,本姓关氏,陈留人,或云河东林虑人。幼有神理,聪明秀彻。晋王羲之睹遁才藻,惊绝罕俦。遂披衿解带,留连不能已。仍请住灵嘉寺,意存相近。又投迹剡山,于沃洲小岭立寺行道。"支遁《咏怀五首》其三以平列式的意象结构应和着自然的节奏和旋律,有浑朴之气:"尚想天台峻,仿佛岩阶仰。泠风洒兰林,管濑奏清响。霄崖育灵蔼,神蔬含润长。丹沙映翠濑,芳芝曜五爽。苔苔重岫深,寥寥石室朗。……愿投若人踪,高步振策杖。"支遁也有《八关斋诗三首》其三这样的作品:"靖一潜蓬庐,愔愔咏初九。广漠排林筱,流飙洒隙牖。从容遐想逸,采药登崇阜。崎岖升千寻,萧条临万亩。望山乐荣松,瞻泽哀素柳。解带长陵坡,婆娑清川右。泠风解烦怀,寒泉濯温手。寥寥神气畅,钦若盘春薮。达度冥三才,恍惚丧神偶。游观同隐丘,愧无连化肘。"

孔灵符(? —465),名晔,山阴(今绍兴)人。孔灵符《会稽记》写赤城山的部分极富丽色:"赤城山,土色皆赤,岩岫连沓,状似云霞,悬溜千仞,谓之瀑布。飞流洒散,冬夏不竭。"(《太平御览》卷四一《地部》六)《会稽记》写会稽风光引王子敬语:"山川之美,使人应接不暇。"

孔稚圭(447—501),一作孔圭,字德璋,山阴(今绍兴)人。刘宋时,曾任尚书殿中郎。齐武帝永明年间,任御史中丞。《游太平山》是其代表作:"石险天貌分,林交日容缺。阴涧落春荣,寒岩留夏雪。"太平山山高林密,多有溪涧,已是不俗,兼有顶峰积雪未化,溪涧之间尚有春花开而复落,一番自在之状,更是奇异。

丘迟(464—508),字希范,吴兴乌程(今湖州)人。丘迟初仕南齐,官至殿中郎、车骑录事参军。入梁后,天监四年(505)随萧宏北伐,为其记室,以一封《与陈伯之书》成名,历任永嘉太守,拜中书郎,迁司徒从事中郎。张溥辑有《丘司空集》。钟嵘(468? —518?)《诗品》:"丘诗点缀映媚,似落花依草。"丘迟《旦发渔浦潭》可以说是早期比较成熟的一首山水诗,有一定的情感厚度:"渔潭雾未开,赤亭风已飏。棹歌发中流,鸣鞭响沓障。村童忽相聚,野老时一望。诡怪石异象,峥绝峰殊状。森森荒树齐,析析寒沙涨。藤垂岛易陟,崖倾屿难傍。信是永幽栖,岂徒暂清旷。坐啸昔有委,卧治今可尚。"《文选》五臣注吕向认为:"迟为新安郡太守,经此潭宿,至中流作此诗也。"又有《夜发密岩口》:"弥棹才假寐,击汰已争先。敞朗朝霞彻,惊明晓魄悬。万寻仰危石,百丈窥重泉。丛枝上点点,崩溜下填填。"蕴藉婉约,初具规模。

　　虞骞(生卒年不详)，会稽(今绍兴)人。官至王国侍郎。《寻沈剡夕至嵊亭》随兴而生，属于以心灵拥抱山水后的结晶："命楫寻嘉会，信次历山原。扪萝上云纠，磐石下雷奔。澄潭写度鸟，空岭应鸣猿。榜歌唱将夕，商子处方昏。"嵊亭在今嵊州市东北三十里。"扪萝"、"澄潭"二联山景的描写增强了诗境的形象感，又能够从时间的微妙变化切入物色。虞骞《登钟山下峰望》实际上是一首古律，表达避世远隐、栖心林泉的意愿："冠者五六人，携手岩之际。散意百忉端，极目千里睇。叠岫乍昏明，浮云时卷闭。遥看野树短，远望樵人细。"许印芳《〈物色〉跋》："物色助文，天地自然之理妙。所难者，耳目遇之，即能融会于心，达之于口耳！辞达岂易事哉？"[①]纵观山水诗草创时期的作品，多自然流丽之妙。

第二节　王羲之、孙绰的山水诗文

　　魏晋六朝时期，中原文化迅速南移。这是一段充满着矛盾、充满着沉思也充满着生气的时代，新的审美原则崛起，开亘古未有之变局。诗歌言说方式也有很大变化。干宝(282? —351)《晋纪·总论》："学者以《庄》、《老》为宗，而黜六经。"玄学有广义和狭义之分。一般人所论的都是指狭义的玄学，即是指魏晋时期"以老庄思想为骨架，企图调和儒、道，会通自然与名教的一种特定的哲学思潮"。[②] 黄永武《魏晋玄学对诗的影响》指出：

　　　　中国诗人喜爱山水，实有其悠远的哲学背景，中国文化的根本原是主张天人合一、彼我玄同，宇宙一元一体，而不是相互对立的。儒家早有"民胞物舆"的观念，心中培养"鸢飞鱼跃"的景象。道家亦有"天地与我并生，万物与我为一"的说法，庄子辨不清蝶梦我还是我梦蝶；列子辨不清风乘我还是我乘风。这些思想，对于自然景物与个人都取相互融合的看法，所以从庄老的自然落实为山水的自然时，总是采取"心与境会"的态度，不复细辨何者为我、何者为景。这种心与境融合的想法，加上魏晋时品藻人物的风尚，于是常将自然当作人物一般地品赏；也将人物当作自然景物一般地品赏。[③]

---

①　张文勋、郑思礼、姜文清：《许印芳诗论评注》，云南教育出版社 1992 年版，第 30 页。

②　汤一介：《郭象与魏晋玄学》，收入《当代学者自选文库》，安徽教育出版社 1999 年版，第 21 页。

③　黄永武：《中国诗学——思想篇》，巨流图书公司 1979 年版，第 171 页。

玄言诗和山水诗有着共同的生活基础和思想基础。从诗歌审美思潮演变的角度考察,诗歌的一元走向并不排斥其多元性的存在。"文学史的经验告诉我们,任何时代、任何作家都有自己特定的审美趣味和价值标准,它们取决于由一定的社会思潮和个性特征熔铸成的文化——心理结构。每个时代不同阶层的人接受什么、排斥什么,尽管也受传统的约束,但在更大程度上是由当时的政治、伦理观念、生活态度和心理状态以及审美趣味等因素决定的。"①人们在悠游山水中清谈,感受人生真趣及对自然之道的领悟,感悟政治理想的追求与幻灭,探幽触微的阐发,展示人生真谛,借用张栻(1133—1180)《清明后七日与客同为水东之游翌朝赋此》中的一句话,就是"平生山水癖,妙处只自知"。老庄之学崇尚自然,以自然为美,追求直观性的审美方式,也往往能赋予它一定的历史内容和文化意蕴。不过,借景谈玄之作,固然具备山水诗的一些基本品格,难泯其首创之功,但多以富博自矜,文句艰奥,自然晦涩难解,疏于内容表达而寡于情致,又颇近模式化和凝定化,在美学追求上留下缺憾,有着诗味相对淡薄的艺术缺陷,诗性相对缺失,一定程度上削弱了人们阅读的情感兴味,注定被历史所扬弃。这是诗的悲剧,也是诗人的悲剧。这是个创造力并不贫乏,但个性色彩却较为淡薄的时代。这几乎可以说是一种时代病。别林斯基论及的一些情况大概也与此有些类似:"德国诗歌是和哲学并行发展的,因而,它在内容方面得到许多好处,可是它在形式方面却大有损失,变成了哲学概念的某种诗情发展,沦为象征和讽喻。"②

一　王羲之

1.奇特人生,风骨清举。东晋以后,王氏渐成江南显族,子孙绵延,贯休《秋居寄王相公三首》之三:"只应王与谢,时有沃州期。"那一时期,对他们来说,"平流进取,坐致公卿"(《南齐书·褚渊王俭传论》)已是一种极为普遍的现象。王导(276—339)少有风鉴,识量清远。王氏的政治地位自然是"朝野倾心,号为仲父"(《晋书·王导传》)的王导确立的,但就艺术领域而言,王羲之则可谓导河积石。

王羲之(303?—361?),字逸少,号澹斋,原籍琅琊临沂(今属山东),后迁居山阴(今绍兴),官至右军将军、会稽内史,人多称王右军。《晋书·王羲

---

①　蒋寅:《大历诗风》,上海古籍出版社1992年版,第28页。

②　〔俄〕别林斯基:《别林斯基选集》(第二卷),上海译文出版社1979年版,第178页。

之传》载"羲之既去官,与东土人士尽山水之游,弋钓为娱。又与道士许迈共修服食,采药石不远千里,遍游东中诸郡,穷诸名山,泛沧海,叹曰:'我卒当以乐死'",向往自然任性,素志不改,终日沉溺于山光水色之中,足当金圣叹(1608—1661)《天下才子必读书》卷九"古今第一情种"之誉。祝穆(?—1255)《方舆胜览》卷六载:"镜湖,在州南二里。后汉马臻,顺帝永和五年为太守,于会稽、山阴二县界筑塘,周回三百一十里,以蓄水。(顾野王)《舆地志》曰:'南湖在城南百许步,东西二十里,南北数里。萦带郊郭,连属峰岫,白水翠岩,互相映发,若鉴若图,故王逸少云:"从山阴路上行,如在鉴中游。"湖水高平畴丈许,筑塘以防之。'"①

"取欢仁智乐,寄畅山水阴。"(王羲之《答许询诗》)郦道元《水经注》卷四〇载:"浙江又东与兰溪合,湖南有天柱山,湖口有亭,号曰兰亭,亦曰兰上里。太守王羲之、谢安兄弟,数往造焉。吴郡太守谢勖封兰亭侯,盖取此亭以为封号也。太守王廙之,移亭在水中。晋司空何无忌之临郡也,起亭于山椒,极高尽眺矣。"有一点需要说明,王羲之、谢安数次往造的兰亭位于会稽山之天柱山下镜湖口,并不是现在人们在绍兴所见到的兰亭。兰亭数次迁徙,北宋时已经迁在会稽山中的天章寺。现在的兰亭是明嘉靖二十七年(1548),绍兴知府沈启在天章寺旧址重建的。王羲之的兰亭之作,有意识地融合抒情与体物,是反映时世心态并有个性的作品:"三春启群品,寄畅在所因。仰望碧天际,俯瞰绿水滨。寥朗无崖观,寓目理自陈。大矣造化功,万殊莫不均。群籁虽参差,适我无非新。"除了诗法技巧的熟练程度,王羲之还表现出一种新的审美特征,说空谈玄,而玄理与景物已能较好地融会在一起。

2.兰亭韵事,千古一文。修禊在中国有悠久的历史,应劭《风俗通》说:"按周礼,女巫掌岁时以被除疾病。禊,洁也,故于水上盥洁之也。巳者,祉也,邪疾已去,祈介祉也。"《续汉书·礼仪志》载:"三月上巳,官民皆洁于东流水上,自洗濯,被除宿垢,为太洁。"这种除灾驱邪的风俗,后来逐渐演变为一种文人雅士畅达性情的游春活动,饮酒赋诗更是常态。曹魏以后,定为三月三日。西晋以还,以此为题材的文学作品逐渐多了起来,如张华《太康六年三月三日后园会诗》、陆机《三月三日诗》、张协《洛禊赋》等,尤以东晋穆帝永和九年(353)三月三日王羲之、谢安、孙绰等人的山阴兰亭聚会最为后人津津乐道,有着非同寻常的意趣,结集后,"羲之自为之序以申其志"(《晋

---

① 祝穆撰,祝洙增订,施金和点校:《方舆胜览》,中华书局 2003 年版,第 108 页。

书·王羲之传》)。戴表元《临池亭记》说:"右军遗事,令人追慕不已,良必有激摩动荡于翰墨之外者,此临池所以为美也。"近千年后,朱右(1314—1376)还有《余姚续兰亭会补余杭令谢藤诗》道及此事:"陟彼崇阿,游目遥岑。川云凌岫,树木蔽阴。喈喈黄鸟,怀之好音。亦有良朋,载啸载吟。"

崇尚自然是魏晋风度的重要体现。王羲之的《兰亭集序》是一篇千古名文,充分展现自身学养,表达了那个时代人们普遍的生命感受,抒发崇尚自然的文化情感:

> 永和九年,岁在癸丑,暮春之初,会于会稽山阴之兰亭,修禊事也。群贤毕至,少长咸集。此地有崇山峻岭,茂林修竹;又有清流激湍,映带左右,引以为流觞曲水,列坐其次。虽无丝竹管弦之盛,一觞一咏,亦足以畅叙幽情。是日也,天朗气清,惠风和畅,仰观宇宙之大,俯察品类之盛,所以游目骋怀,足以极视听之娱,信可乐也。夫人之相与,俯仰一世,或取诸怀抱,晤言一室之内;或因寄所托,放浪形骸之外。虽取舍万殊,静躁不同,当其欣于所遇,暂得于己,快然自足,不知老之将至。及其所之既倦,情随事迁,感慨系之矣。向之所欣,俯仰之间,已为陈迹,犹不能不以之兴怀。况修短随化,终期于尽。古人云:"死生亦大矣。"岂不痛哉! 每览昔人兴感之由,若合一契,未尝不临文嗟悼,不能喻之于怀。固知一死生为虚诞,齐彭殇为妄作。后之视今,亦犹今之视昔。悲夫! 故列叙时人,录其所述,虽世殊事异,所以兴怀,其致一也。后之览者,亦将有感于斯文。

身处玄风大畅的时代,王羲之《兰亭集序》一文寄情寓意,感人肺腑。就算是了无人知的山间景色,也必将成为人们最为景慕的对象。境象开豁,神情万种。庞垲(1657—1725)《诗义固说》:"《三百篇》能言当下之心,写当前之景,于无字中生字,无句中生句,所以千古长新也。"[1]王羲之《兰亭集序》亦当此评。几百年后,鲍溶(生卒年不详)《上巳日寄樊瓘、樊宗宪,兼呈上浙东孟中丞简》勾连当年王羲之传情达意的时代气息之关系:"世间禊事风流处,镜里云山若画屏。今日会稽王内史,好将宾客醉兰亭。"刘基《题王右军兰亭帖》:"王右军抱济世之才而不用,观其与桓温戒谢万之语,可以知其人矣。放浪山水,抑岂其本心哉! 临文感痛,良有以也,而独以能书称于后世,悲夫!"可称会心之言。据乾隆年间编撰的《新剡琅琊王氏宗谱》记载,东晋升

---

[1]　郭绍虞编选,富寿荪校点:《清诗话续编》(上册),上海古籍出版社1983年版,第730页。

平四年(360),王羲之"炼丹于剡县之鼓山,有题辞志石"。内容为:"粤若吾先,琅琊肇址。临沂孝弟,郡公燮理。轩冕盈朝,会稽内史。兰亭追趣,祓除上巳。致政金庭,南朝别墅。光鼓西涯,剡邑东鄙。绝巘周重,崇岗顿起。鼓宏对旗,巅夷若砥。其地可锄,有药堪饵。奚啻沃州,岂让天姥?纯庵紫芝,爱居乐土。文坛武埂,鹅池墨沚。留候赤松,明哲可许。诗赋英发,簪盍良士。眺望栖迟,思惟窈取。仲尼成仁,朝闻夕死。孟轲传道,无有乎尔。厥赋惟均,为之亦是。世远人非,知谁遁此。右军镌石,鼓山同峙。"鼓山,金庭东侧,今新昌城西五里。其时去古未远,诗多质直之气。

胡应麟《诗薮·外编》卷二提到一个有趣的文化现象:"王、谢江左并称。诸谢纵横《文选》,而王氏一何寥寥也。大令名胜风流,兰亭数语,宁至阁笔而取适罚觥,即非才具使然,亦其好尚素乏。康乐、宣城辈当此兴会,纵赋诗有禁,能自已耶!"①实际上,除王羲之外,王氏家族也有一些人涉足诗文,时有可观。王徽之(338—386)《兰亭诗二首》之一就自称"散怀山水,萧然忘羁"。

二　孙绰

1.孙绰其人其诗。孙绰(314—371),字兴公,原籍太原中都(今山西平遥),居于会稽(今绍兴),游放山水十余年。曾任章安(今属台州市)令、永嘉(今温州)太守、廷尉卿等。有《孙廷尉集》。刘义庆(403—444)《世说新语·品藻篇》载孙绰语:"然以不才,时复托怀玄胜,远咏老、庄,萧条高寄。"《世说新语·赏誉篇》又载:"孙兴公为庾公参军,共游白石山。卫君长在坐。孙曰:'此子神情都不关山水,而能作文?'"

孙绰是东晋玄言诗的代表人,其中一些作品在套用玄言名理的时候也夹杂山水景物描写,如《答许询诗九章》其三:"遗荣荣在,外身身全。卓哉先师,修德就闲。散以玄风,涤以清川。或步崇基,或恬蒙园。道足匈怀,神栖浩然。"也有一些集中描写山水风光的诗篇,如《秋日诗》由写景而咏怀:"萧瑟仲秋月,飂戾风云高。山居感时变,远客兴长谣。疏林积凉风,虚岫结凝霄。湛露洒庭林,密叶辞荣条。抚菌悲先落,攀松羡后凋。垂纶在林野,交情远市朝。澹然古怀心,濠上岂伊遥。"孙绰《兰亭诗二首》其二:"流风拂枉渚,停云荫九皋。莺语吟修竹,游鳞戏澜涛。携笔落云藻,微言剖纤毫。时珍岂不甘?忘味在闻《韶》。"固然也不可避免地拖有玄言的尾巴,借以表达玄对山水时体会着大道无穷的忘我与喜悦,但已对自然山水做了充满情趣

---

① 胡应麟:《诗薮》,上海古籍出版社1979年版,第150页。

的描述,创造出静谧的境界,标志着意象审美等方面又有了新的逾越。人类的美感活动本也是一种情感活动。孙绰《三月三日兰亭诗序》固然远逊于王羲之《兰亭集序》,但也自有可观处:"古人以水喻性,有旨哉斯谈! 非以停之则清,混之则浊邪? 情因所习而迁移,物触所遇而兴感,故振辔于朝市,则充屈之心生;闲步于林野,则辽落之志兴。仰瞻羲皇,邈已远矣;近咏台阁,顾深增怀。为复于暧昧之中,思萦拂之道,屡借山水以化其郁结,永一日之足,当百年之溢。以暮春之始,禊于南涧之滨。高岭千寻,长湖万顷,隆屈澄汪之势,可为壮矣。乃席芳草,镜清流,览卉木,观鱼鸟,具物同荣,资生咸畅。于是和以醇醪,齐以达观,泱然兀矣,焉复觉鹏鷃之二物哉! 耀灵纵辔,急景西迈,乐与时去,悲亦系之。往复推移,新故相换。今日之迹,明复陈矣。原诗人之致兴,谅歌咏之有由。"孙绰又有《太平山铭》:"嵬(巍)峨太平,峻逾华霍。秀岭樊蕴,奇峰挺萼。上干翠霞,下笼丹壑。有士冥游,默往寄托。肃形枯林,映心幽漠。亦即覯止,焕焉融滞。悬栋翠微,飞宇云际。重峦寒峤,回溪萦带。被以青松,洒以素濑。流风仁芳,翔云榜霭。"太平山,即太白山,又称白石山。

2.掷地有声,千古奇文。孙绰以宏富博学著称于世,其诗在当时亦有极大影响力,但真正给孙绰带来声誉的应该还是《游天台山赋(并序)》。

> 天台山者,盖山岳之神秀者也。涉海则有方丈、蓬莱,登陆则有四明、天台,皆玄圣之所游化,灵仙之所窟宅。夫其峻极之状,嘉祥之美,穷山海之瑰富,尽人神之壮丽矣。所以不列于五岳,阙载于常典者,岂不以所立冥奥,其路幽迥:或倒景于重溟,或匿峰于千岭;始经魑魅之途,卒践无人之境;举世罕能登陟,王者莫由禋祀。故事绝于常篇,名标于奇纪。然图像之兴,岂虚也哉! 非夫遗世玩道、绝粒茹芝者,乌能轻举而宅之? 非夫远寄冥搜、笃信通神者,何肯遥想而存之? 余所以驰神运思,昼咏宵兴,俯仰之间,若已再升者也。方解缨络,永托兹岭。不任吟想之至,聊奋藻以散怀。

> 太虚辽阔而无阂,运自然之妙有,融而为川渎,结而为山阜。嗟台岳之所奇挺,实神明之所扶持。荫牛宿以曜峰,托灵越以正基。结根弥于华岱,直指高于九疑。应配天于唐典,齐峻极于周诗。邈彼绝域,幽邃窈窕。近智以守见而不之,之者以路绝而莫晓。哂夏虫之疑冰,整轻翮而思矫。理无隐而不彰,启二奇以示兆:赤城霞起以建标,瀑布飞流以界道。

睹灵验而遂徂,忽乎吾之将行。仍羽人于丹丘,寻不死之福庭。苟台岭之可攀,亦何羡于层城?释域中之常恋,畅超然之高情。被毛褐之森森,振金策之铃铃。披荒榛之蒙笼,陟峭崿之峥嵘。济楢溪而直进,落五界而迅征。跨穹隆之悬磴,临万丈之绝冥。践莓苔之滑石,搏壁立之翠屏。揽樛木之长萝,援葛藟之飞茎。虽一冒于垂堂,乃永存乎长生。必契诚于幽昧,履重险而逾平。

既克跻于九折,路威夷而修通。恣心目之寥朗,任缓步之从容。藉萋萋之纤草,荫落落之长松。觌翔鸾之裔裔,听鸣凤之嘤嘤。过灵溪而一濯,疏烦想于心胸。荡遗尘于旋流,发五盖之游蒙。追羲、农之绝轨,蹑二老之玄踪。

陟降信宿,迄于仙都。双阙云竦以夹路,琼台中天而悬居。朱阁玲珑于林间,玉堂阴映于高隅。彤云斐亹以翼棂,曒日炯晃于绮疏。八桂森挺以凌霜,五芝含秀而晨敷。惠风伫芳于阳林,醴泉涌溜于阴渠。建木灭景于千寻,琪树璀灿而垂珠。王乔控鹤以冲天,应真飞锡以蹑虚。骋神变之挥霍,忽出有而入无。

于是游览既周,体静心闲。害马已去,世事都捐。投刃皆虚,目牛无全。凝思幽岩,朗咏长川。尔乃羲和亭午,游气高褰。法鼓琅以振响,众香馥以扬烟。肆觐天宗,爰集通仙。挹以玄玉之膏,嗽以华池之泉;散以象外之说,畅以无生之篇。悟遣有之不尽,觉涉无之有间;泯色空以合迹,忽即有而得玄;释二名之同出,消一无于三幡。恣语乐以终日,等寂默于不言。浑万象以冥观,兀同体于自然。

形式的华美丝毫没有损害内容之真实,该赋借助环境渲染,饱含诗的激情,写出山水全景,描画出台岳的神奇绚丽,给人以走遍万水千山,不如天台一山的痴迷之感,洋溢着浪漫情愫。《世说新语·文学篇》载:"孙兴公作《天台赋》成,以示范荣期,云:'卿试掷地,要作金石声!'范曰:'恐子之金石非宫商中声。'然每至佳句辄云:'应是我辈语。'"孙绰的自负之情溢于言表。论者指出:"像这样以山水景物为主要描写对象,使山水成为作品中主体的赋作,在此之前是没有的,它对后来纪游文学的发展有重要影响,开南朝纪游山水文学之先声。"①宇文所安《初唐诗》认为:"由于宫廷诗几乎不写险景,诗人可以从较早的诗歌和赋中借用材料,重新组成作品。孙绰的《游天台山

____
① 李伯齐主编:《中国古代纪游文学史》,山东友谊书社1989年版,第58页。

赋》就为山水诗提供了很好的材料。……通过杜审言的诗,或许直接取自孙绰的赋,这个新的惯例被用于唐代的山水诗中。如韩愈冗长的《南山》就采用了这种写法。"①

邱濬(1421—1495)《重编琼台稿》卷二三《南溟奇甸赋》:"地以人胜,从昔皆然。兰渚以羲之而著,天台以孙绰而传。夫以残山剩水之胜,一经骚人墨客之所赏咏,尚扬芳于四外,流美于当年。"王羲之、孙绰二人都好自然而乐于自适,留下的作品固然直接与山水有关的并不是很多,且主题单薄,内蕴不足,部分作品于形象性有所弱化,致力藻饰,丧失自然本性,以一种形式上的美感为满足,但无论对于中国山水文化还是对于浙江山水文学都有着奠基性的历史意义。

第三节　沈约、吴均的山水诗文

一　沈约的山水诗

文学发展的过程,本来就是不断创新的过程。作为中国文化的特定时代,中国历史在六朝时期有巨大的变化,文坛也极一时之盛,发生着新的嬗变。沈约又是其中的领袖人物,往往能择取一些自己比较有感受的题材,自显个性,诗名尤巨,诚为一代文魁。

沈约(441—513),字休文,武康(今德清)人。其父沈璞为刘骏所杀,沈约年幼即遭潜窜,备极艰辛,但仍然"笃志好学,昼夜不释"(《南史·沈约传》)。沈约历仕南朝宋、齐、梁三代,曾任尚书左丞、东阳太守等,官至尚书令,封建昌县侯,卒谥"隐"。有《沈隐侯集》。

《梁书·沈约传》载:隆昌元年(494),沈约除吏部郎,出为宁朔将军、东阳太守。沈约的山水诗大多写于这一时期。沈约等人所创的"四声八病"之说增强了诗歌的音乐性,充满着对诗歌艺术的真知,对诗歌韵律的发展有重要影响,"遂开古诗近体分途之渐"(贺贻孙《诗筏》)。《梁书·庾肩吾传》:"齐永明中,文士王融、谢朓、沈约始用四声,以为新变。"沈约自己的一些作品就是在新理论的指导下创作出来的,如《泛永康江》:"长枝萌紫叶,清源泛绿苔。山光浮水至,春色犯寒来。临睨信永矣,望美暖悠哉。寄言幽闺妾,罗袖勿空裁。"固然也犯失粘等病,但整体结构已俨然是唐人五律。陈祚明

① 〔美〕宇文所安:《初唐诗》,生活·读书·新知三联书店2004年版,第256页。

(1623—1674)《采菽堂古诗选》卷二三有很高评价："咏景,咏光与色,神遇空际,目接实睹。言传毕形,捕虚得踪,绘微极彻。"①沈约又倡导文学创作直写形神的"三易"原则。颜之推《颜氏家训·文章篇》:"沈隐侯曰:'文章当从三易,易见事,一也;易识字,二也;易读诵,三也。'"又载:"邢子才常曰:'沈侯文章,用事不使人觉,若胸臆语也。'深以此服之。"尽量避免那些过分生僻、晦涩的典故,身处一个中国文学史上最为讲求文学藻饰的时代,沈约提出"三易"的创作主张,彰显向艺术本体回归的旨趣,显示了一个文学理论家的敏锐目光,对以后的中国文学史(主要是诗歌史)所产生的影响是怎么估量也不为过的。沈约自己的创作有相当篇章也实现了这样的文学主张。梁元帝即称沈约是"诗多而能者"(李延寿《南史·何逊传》)。

"早欲寻名山,期待婚嫁毕。"(《还园宅奉酬华阳先生》)沈约山水诗抒发了在大自然中激发的情感,《新安江至清浅深见底贻京邑同好》便是一首情真意厚、吐露肺腑的诗:"眷言访舟客,兹川信可珍。洞澈随清浅,皎镜无冬春。千仞写乔树,万丈见游鳞。沧浪有时浊,清济涸无津。岂若乘斯去,俯映石鳞鳞。纷吾隔嚣滓,宁假濯衣巾。愿以潺湲水,沾君缨上尘。"意象结构主要是平列式,抒写世间之真美。诗是情绪的载体,诗歌用"沧浪之水"的典故,将目所顾盼的清景与濯洗人世嚣滓的清意结合一体,更增心物交融的摇曳之致。宋人张伯玉《睦州》诗有"高吟多谢沈家令"之论。陈祚明《采菽堂古诗选》卷二三赞赏:"绘水绘清,取神之笔。"②并在论《还园宅奉酬华阳先生》一诗时强调:"休文诗往往直写,喜无矫饰。"③沈德潜(1673—1769)《古诗源》卷一二肯定沈约诗"边幅尚阔,词气尚厚,能存古诗一脉"④,《新安江至清浅深见底贻京邑同好》即为一例。沈约《早发定山》也是文学史上颇具影响力的杰作:"夙龄爱远壑,晚莅见奇山。标峰彩虹外,置岭白云间。倾壁忽斜竖,绝顶复孤圆。归海流漫漫,出浦水溅溅。野棠开未落,山樱发欲然。忘归属兰杜,怀禄寄芳荃。眷言采三秀,徘徊望九仙。"陈祚明《采菽堂古诗选》卷二三:"'标'、'置',字新。"⑤《早发定山》诗实为五排,所以,《古诗源》卷一

---

①　陈祚明评选,李金松点校:《采菽堂古诗选》,上海古籍出版社 2019 年版,第 747 页。

②　陈祚明评选,李金松点校:《采菽堂古诗选》,上海古籍出版社 2019 年版,第 739 页。

③　陈祚明评选,李金松点校:《采菽堂古诗选》,上海古籍出版社 2019 年版,第 741 页。

④　沈德潜:《古诗源》,中华书局 1963 年版,第 294 页。

⑤　陈祚明评选,李金松点校:《采菽堂古诗选》,上海古籍出版社 2019 年版,第 740 页。

二指出："通体对偶,亦成一格。"①

自然山水多能净化诗人的情感。《登玄畅楼诗》是描述和揭示感情过程的名篇,最后展示心中的妙悟玄观:"危峰带北阜,高顶出南岑。中有陵风榭,回望川之阴。岸险每增减,湍平互浅深。水流本三派,台高乃四临。上有离群客,客有慕归心。落晖映长浦,焕景烛中浔。云生岭乍黑,日下溪半阴。信美非吾土,何事不抽簪。"忠于自己的真实体验,给水光山色笼罩上一层思乡念归的悲情气氛,以诗言理,愁怀难抑,脉络细密。沈约后又作《八咏》,玄畅楼也因此改名为八咏楼,成为金华一大名胜。韩元吉《〈极目亭诗集〉序》:"婺城临观之许凡三:中双溪楼,西为八咏楼,东则此亭(极目亭),旨尽见群山之秀。两川贯其下,平林旷野,景物万态。"崔颢(?—754)《题沈隐侯八咏楼》:"梁日东阳守,为楼望越中。绿窗明月在,青史古人空。江静闻山狖,川长数塞鸿。登临白云晚,留恨此遗风。"杜桓《双溪风月》一诗也感叹:"却忆休文千载没,至今吟咏属先生。"沈约又有《游金华山》:"远策追凤心,灵山协久要。天倪临紫阙,地道通丹窍。未乘琴高鲤,且纵严陵钓。若蒙羽驾迎,得奉金书召。高驰入闻阖,方睹灵妃笑。"名为游山,但重心并不在过程,而集中于畅想,叙写笔调悠扬。《赤松涧》也写到金华山"惟有清涧流,潺湲终不息"的景象。

梁简文帝萧纲《与湘东王书》:"至如近世谢朓、沈约之诗,任昉、陆倕之笔,斯实文章之冠冕,述作之楷模。"这也可以说是做出的历史评定。颜之推《颜氏家训·文章篇》载北朝诗人邢邵和魏收有诗名,"时俗准的,以为师匠。邢赏服沈约而轻任昉,魏爱慕任昉而毁沈约。每于谈宴,辞色以之。邺下纷纭,各有朋党"。任昉(460—508)有《严陵濑》:"群峰此峻极,参差百重嶂。清浅既涟漪,激石复奔壮。神物徒有造,终然莫能状。"江淹(444—505)有《赤亭渚》:"吴江泛丘墟,饶桂复多枫。水夕潮波黑,日暮精气红。路长寒光尽,鸟鸣秋草穷。瑶水虽未合,珠霜窃过中。坐识物序晏,卧视岁阴空。一伤千里极,独望淮海风。远心何所类,云边有征鸿。"

二 吴均的山水诗文

吴均(469—520),字叔庠,吴兴故鄣(今安吉)人。曾私撰《齐春秋》,有志怪小说《续齐谐记》。《南史·吴均传》说他"家世寒贱","好学有俊才"。曾得到当时文坛领袖(也是同乡)沈约的称赏,与吴兴太守柳恽友善,"日引

---

① 沈德潜:《古诗源》,中华书局 1963 年版,第 299 页。

与赋诗"。吴均原有著作多种,后散佚。明人张溥辑为《吴朝请集》。《梁书·吴均传》:"文体清拔有古气,好事者或效之,谓之吴均体。"所谓"吴均体",主要是指诗歌,①梅尧臣(1002—1060)《将离宣城寄吴正仲》所谓"吴均诗语多奇揭"。陈祚明《采菽堂古诗选》卷二六认为:"均诗气非不清,而一往轻率,都无深致。想其才气俊迈,亦太白之流也。"②

吴均诗作题材较为丰富,有些作品能反映现实社会的生活,表达寒门士人激愤不平的心情,其中山水诗也有所成。如《山中杂诗三首》(其一):"山际见来烟,竹中窥落日。鸟向檐上飞,云从窗里出。"全诗写山中薄暮景色。四句小诗,诗意简洁单纯,融会着诗人崇尚隐逸的情趣,又多选用具有极强延展性的字眼,构成意蕴深厚的美学境界,已着唐代王维写景小诗的先鞭。陈祚明《采菽堂古诗选》卷二六以"写山深迥"四字评之,可谓精到。沈德潜《古诗源》卷一三指出:"四句写景,自成一格。"③《同柳吴兴、何山集送刘余杭》主体也以山水画面构成:"王孙重离别,置酒峰之畿。逶迤川上草,参差涧里薇。轻云纫远岫,细雨沐山衣。檐端水禽息,窗上野萤飞。君随绿波远,我逐清风归。"残句《和柳恽毗山亭诗》"平湖旷复远,高树峻而危"亦当探幽揽胜之所得。

与抒发野趣闲情的山水诗有所不同,吴均的山水散文多描写水光山色,给人以直观的美感,以笔倾心,表达一种更为丰厚的情怀,最著名的莫过于《与朱元思书》了。

> 风烟俱净,天山共色。从流飘荡,任意东西。自富阳至桐庐,一百许里,奇山异水,天下独绝。水皆缥碧,千丈见底;游鱼细石,直视无碍。急湍甚箭,猛浪若奔。夹峰高山,皆生寒树。负势竞上,互相轩邈。争高直指,千百成峰。泉水激石,泠泠作响。好鸟相鸣,嘤嘤成韵。蝉则千转不穷,猿则百叫无绝。鸢飞戾天者,望峰息心;经纶世务者,窥谷忘反。横柯上蔽,在昼犹昏;疏条交映,有时见日。

《与朱元思书》选自《艺文类聚》卷七,朱元思生平不详。清黎经诰《六朝文絜笺注》据《艺文类聚》卷三七有刘峻《与宋玉山元思书》,改"朱"为"宋"。

---

① 谭家健:《吴均文章略论》,北京大学诗歌中心、北京大学中文系编:《立雪集》,人民文学出版社 2005 年版,第 253 页。
② 陈祚明评选,李金松点校:《采菽堂古诗选》,上海古籍出版社 2019 年版,第 825 页。
③ 沈德潜:《古诗源》,中华书局 1963 年版,第 314 页。

友人的信札往来之中,多叙自然山水之致,时人多有之,如萧纲《答张缵谢示集书》:"至如春庭落景,转蕙承风,秋雨且晴,檐梧初下,浮云生野,明月入楼。时命亲宾,乍动严驾,车渠屡酌,鹦鹉骤倾。伊昔三边,久连四战,胡雾连天,征旗拂日,时闻坞笛,遥听塞笳。或乡思凄然,或雄心喷薄。是以沉吟短翰,补缀庸音。寓目写心,因事而作。"可见这也是一种社会习尚,吴均又可以说是其中的一代作手了。

《与朱元思书》首先总写行旅景色之美,点出夏秋之交,天高山远,水清如镜,恬静寥廓景象尽收眼底;又写出行舟时怡然轻松的心境,"奇山"八字契合全篇。江水的澄澈碧透,于静境中见出动态,又通过听觉、视觉和感受、联想的综合运用,展现两岸山林的秀丽景致,给人以审美的愉悦。在赞美大自然造化之功的同时,又通过"鸢飞"几句,道出作者与世俗之不谐,为文章增添抒情色彩。客观的自然景象被注入了深浓的主观情意,有着理想世界的投影,有着韵外风致。全文骈散相间,结构错落有致,工整清丽而又不失流动变化,节奏富于乐感,语言诗化,笔调轻清明快,真正可以列入气韵清拔之属。

吴均《与施从事书》也是写景名篇,语言省净,表现朴质,展山林隐逸之趣,能给人以美的享受:"故鄣县东三十五里,有青山。绝壁干天,孤峰入汉。绿嶂百重,青川万转。归飞之鸟,千翼竞来;企水之猿,百臂相接。秋露为霜,春萝被径,风雨如晦,鸡鸣不已。信足荡累颐物,悟里散赏。"又有《与顾章书》,写法也类似:"仆去月谢病,还觅薜萝。梅溪之西,有石门山者,森壁争霞,孤峰限日;幽岫含云,深溪蓄翠;蝉吟鹤唳,水响猿啼,英英相杂,绵绵成韵。既素重幽居,遂葺宇其上。幸富菊花,偏饶竹实。山谷所资,于斯已办。仁智之乐,岂徒语哉!"

钱锺书《管锥编》指出:"吴均《与施从事书》、《与朱元思书》、《与顾章书》。按前此模山范水之文,惟马第伯《封禅仪记》、鲍照《登大雷岸与妹书》二篇跳出,其他辞、赋、书、志,佳处偶遭,可惋在碎,复苦板滞。吴之三书与郦道元《水经注》中写景各节,轻倩之笔为刻画之词,实柳宗元以下游记之具体而微。吴少许足比郦多许,才思匹对,尝鼎一脔,无须买菜求益也。"①接着列举有关内容如下:

《与朱元思书》:"风烟俱净,天山共色";按参观论简文帝《临秋赋》。

① 钱锺书:《管锥编》,中华书局 1986 年版,第 1456 页。

"水皆缥碧,千丈见底,游鱼细石,直视无碍";按参观《水经注·沭水》:"绿水平潭,清洁澄深,俯视游鱼,类若乘空矣",又《夷水》:"虚映,俯视游鱼,如乘空也","空"即"无碍",而以"空"状鱼之"游"较以"无碍"状人之"视",更进一解。"夹岸高山,犹生寒树,负势竞上,互相轩邈,争高直指,千百成峰";按参观论鲍照《登大雷山与妹书》,《水经注》中乃成熟语,如《河水》:"山峰之上,立石数百丈,亭亭竦竖,竞势争高",又《汝水》:"左右岫壑争深,山阜竞高",又《瀍水》:"双峰共秀,竞举群峰之上。""蝉则千转不穷,猿则百叫无绝";按参观《水经注·江水》:"猿啼至清,山谷传响,泠泠不绝。"《与顾章书》:"森壁争霞,孤峰限日";按参观《水经注·易水》:"南则秀嶂分霄,层崖刺天",又《滱水》:"岫嶂高深,霞峰隐日",又《瀍水》:"高峦截云,层陵断雾",又《济水》:"华不注山单椒秀泽,不连丘陵以自高,虎牙桀立,孤峰特拔以刺天",又《江水》:"重岩叠嶂,隐天蔽日。"①

最后,钱锺书把吴均的山水散文与郦道元《水经注》做了比较后得出这样的结论:"吴、郦命意铸词,不特抗手,亦每如出一手焉。然郦《注》规模弘远,千山万水,包举一编,吴《书》相形,不过如马远之画一角残山剩水耳。幅广地多,疲于应接,著语不免自相蹈袭,遂使读者每兴数见不鲜之叹,反输只写一丘一壑。"②实际上吴、郦各有千秋,只不过是体制不同的缘由而已。

杨载(1271—1323)《诗法家数》说:"凡作诗,气象欲其浑厚,体面欲其宏阔,血脉欲其贯串,风度欲其飘逸,音韵欲其铿锵,若雕刻伤气,敷演露骨,此涵养之未至也,当益以学。"③总体而言,这一时期的山水文学作品都没有达到杨载所论的理想高度,但都是往这一目标迈进的一个重要环节,不可或缺。

①　钱锺书:《管锥编》,中华书局1986年版,第1456—1457页。
②　钱锺书:《管锥编》,中华书局1986年版,第1457页。
③　何文焕辑:《历代诗话》(下册),中华书局1981年版,第736页。

第二章　谢灵运山水诗

　　左思《咏史》八首之二:"地势使之然,由来非一朝。"这可以借以论述谢氏家族的文化、文学情况。文学的产生与发展离不开它赖以存在的社会文化土壤。这社会文化土壤也正是美的渊薮。陈寅恪先生在《唐代政治史述论稿》中曾指出:"夫士族之特点既在门风之优美,不同于凡庶,而优美之门风实基于学业之因袭。故士族家世相传之学业乃于当时之政治社会有极重要之影响。"①寄情山水可以说是谢氏家风,所谓"谢家兴咏日"(皇甫冉《和朝郎中扬子玩雪寄山阴严维》),这一特异风貌中有浓郁的世族审美趣味。《南史》卷一九《谢灵运传》载:"谢氏自晋以降,雅道相传。"李雁《谢灵运研究》认为:"这雅道在学术思想上应指远离道统的老庄玄学和佛学,在生活趣味上则是指长期积淀而成的非功利性山水情结,而在文学传统上则表现为良好的审美素养、创作才情和对语言辞采的驾御能力。"②谢氏家族素有重文传统,以此营造出浓郁的文学氛围。辛弃疾(1140—1207)《沁园春·灵山齐庵赋,时筑偃湖未成》写江南山水有"似谢家子弟,衣冠磊落"的妙语。灵运的远代先祖谢缵(214—282),是曹魏时期的典农中郎将,其子谢衡(240—300)官国子祭酒,渡江南迁,选择会稽郡始宁定居,为东山谢氏始祖。始宁县于汉顺帝永建四年(129)分上虞县南乡析置,隋文帝开皇九年(589)废。炀帝大业元年(605)复立。唐高祖武德四年(621)析剡城、始宁两县置嵊州。八年,州废。德宗贞元二十一年(805),洪水决城,始宁乃废。其地为今上虞南

---

① 陈寅恪:《唐代政治史述论稿》,上海古籍出版社1997年版,第71页。
② 李雁:《谢灵运研究》,人民文学出版社2005年版,第219页。

部、嵊州北部,县治在今嵊州市三界镇。

　　谢衡子谢鲲(280—323),字幼舆,官至豫章太守,因功受封咸亭侯。《世说新语·品藻篇》载:"明帝问谢鲲:'君自谓何如庾亮?'答曰:'端委庙堂,使百僚准则,臣不如亮。一丘一壑,自谓过之。'"其中"一丘一壑"语出《汉书·叙传上》:"渔钓于一壑,则万物不奸其志;栖迟于一丘,则天下不易其乐。"谢衡的另一个儿子谢裒(282—346),字幼儒,官至太常卿。谢裒有六个儿子,分别是谢奕、谢据、谢安、谢万、谢铁、谢石。乱世的仕途自然充满着凶险。《晋书·谢安传》载:谢安(320—385)因仕途不顺,隐居始宁东山,诸人每相与言曰:"安石不肯出,将如苍生何!"又载:(安)"又于土山营别墅,楼馆林竹甚盛,每携中外子侄往来游集,肴馔亦屡费百金。"谢安曾经"寓居会稽,与王羲之及高阳许询、桑门支遁游处,出则渔弋山水,入则言咏属文,无处世意",并与孙绰等人有"风起浪涌"的泛海壮举,放浪形骸、散怀洒脱之至。袁枚《再答李少鹤书》:"来札所讲'诗言志'三字,历举李、杜、放翁之志,是矣。然亦不可太拘。诗人有终身之志,有一日之志,有诗外之志,有事外之志,有偶然兴到,流连光景,即事成诗之志,'志'字不可看杀也。谢傅之游山,韩熙载之纵伎,此其本志哉?"也可谓知言。《晋书·谢安传》史臣赞:"建元之后,时政多虞,巨猾陆梁,权臣横恣。其有兼将相于中外,系存亡于社稷,负扆资之以端拱,凿井赖之以晏安者,其惟谢氏乎!"至谢安时代,谢氏家族在文才武功等方面都进入鼎盛状态。他们之间又相互推赏。谢万(321—361),字万石,谢安弟。《晋书》列传第四十九载:"万字万石,才器隽秀,虽器量不及安,而善自炫曜,故早有时誉。工言论,善属文。"谢万有《兰亭集诗》:"肆眺崇阿,寓目高林。青萝翳岫,修竹冠岑。谷流清响,条鼓鸣音。玄崿吐润,霏雾成阴。"又有五言《兰亭诗》:"司冥卷阴旗,句芒抒阳旌。灵液被九区,光风扇鲜荣。碧林辉英翠,红葩擢新茎。翔禽抚翰游,腾鳞跃清冷。"王夫之(1619—1692)《古诗评选》卷二评为:"不一语及情而高致自在,斯以为兰亭之首唱。"①义熙中,谢混(?—412)擅名文坛,"风华为江南第一"(《南史》卷一九《谢晦传》),《游西池》颇负盛名:"悟彼蟋蟀唱,信此劳者歌。有来岂不疾,良游常蹉跎。逍遥越城肆,愿言屡经过。回阡被陵阙,高台眺飞霞。惠风荡繁囿,白云屯曾阿。景昃鸣禽集,水木湛清华。褰裳顺兰沚,徙倚引芳柯。美人愆岁月,迟暮独如何?无为牵所思,南荣戒其多。"王夫之《古诗评选》卷四评为:"文密意新,已全乎其为康乐法曹矣。太玄以下,浮腐之习初

---

① 王夫之评选,张国星校点:《古诗评选》,文化艺术出版社1997年版,第102页。

洗,此得不为元功乎? 用情起易入单侧,此独委蛇有度,盖东晋之仅长也。'景昃鸣禽集,水木湛清华',率然故自灵警,诸谢于此别有风裁。"①

谢惠连(407—433)《泛湖归出楼中望月》亦为一时名篇:"日落泛澄瀛,星罗游轻桡。憩榭面曲汜,临流对回潮。辍策共骈筵,并坐相招要。哀鸿鸣沙渚,悲猿响山椒。亭亭映江月,浏浏出谷飙。斐斐气幕岫,泫泫露盈条。近瞩祛幽蕴,远视荡喧嚣。晤言不知罢,从夕至清朝。"湖,指巫湖,在谢灵运始宁墅附近。作品对生活环境做了诗意化的描摹。又有《泛南湖至石帆》,也给人以超逸清绝之感:"轨息陆途初,枻鼓川路始。涟漪繁波漾,参差层峰峙。萧疏野趣生,逶迤白云起。登陟苦跋涉,睥盻乐心耳。即玩玩有竭,在兴兴无已。"方东树(1772—1851)《昭昧詹言》卷五赞之:"章法断斩,字句清峭,兴象华妙,节短韵长,一往清绮,耐人寻味,惠连所长也。"②

植根于自我生长区域的文化土壤之中,都会带上本区域的文化色彩。正所谓"吴山本佳丽,谢客旧淹留"(刘长卿《送长史纵之任常州》),这一特定的人生背景和生活环境对谢灵运日后的生活与创作产生了深远的影响。

第一节　谢灵运生平

梁启超说过:"人类于横的方面为社会的生活,于纵的方面为时代的生活,苟离却社会与时代,而凭空以观一个人或某一群人之思想动作,则必多不可了解者。未了解而轻下批评,未有不错误也。故作史如作画,必先设构背景;读史如读画,最要注察背景。"③谢灵运(385—433)生活的正是一个对国势与个人命运都完全难以把握的时代。动荡不安,风云变幻。谢灵运是这一时代的孤独者,更是对这一时代苦闷情怀体验最为深刻的人之一,与当时的一般作家相比,也更富于诗的气质和才情。面对着一个社会危机和个人危机都不断加重的客观现实,他的目光固然也关注现实的人事,但为了消释朝代鼎革等因素带给自己的烦恼,诗人必须重新审视自己的生命价值,然后寻找一种快捷而有效的解脱方式,早先就萌生的"昔余游京华,未尝废丘壑"(《斋中读书》)那种醉心山水的念头就成了最佳的,或许也是当时唯一的选择,于是主动地亲近当时来说还多少带有陌生之感的自然山水。谢灵运

---

① 王夫之评选,张国星校点:《古诗评选》,文化艺术出版社1997年版,第199页。
② 方东树著,汪绍楹校点:《昭昧詹言》,人民文学出版社1961年版,第157页。
③ 梁启超:《中国历史研究法》,华东师范大学出版社1995年版,第137页。

作为一个能够领导一代美学风范的文学巨匠,以时代先驱者所特有的那种天才和直觉,典型地体现了晋宋间人对人生诗意化的追求,而在个人生活的描绘中又展现出一定的时代面貌,从而显示了审美追求上的独特品质。

迄今为止,研究谢诗的历史也已跨越千年,经过古圣今贤的不懈努力,成果不可谓不丰,但在许多方面还值得我们去往更深处探究。总之,谢灵运得到自然山水的熏陶,从玄言诗垂死的母体中孕育出中国诗歌中一个崭新的文学体式,充满着生命和活力,并且通过自己手中的生花妙笔刻画出了丰富多姿的山水风貌,代表着文学发展的历史动向,历千年而旺盛如初。谢氏之功,名垂千秋。

一 入籍会稽

《宋书·谢灵运传》载:"父祖并葬始宁县,并有故宅及墅,遂移籍会稽,修营别业,傍山带江,尽幽居之美。"此后,谢氏家族便在这里繁衍生息,对这一地方的感情也由疏转亲。谢奕,字无奕。《晋书》卷七九《谢奕传》:"三子:泉、靖、玄。"谢玄(343—388),字幼度,为叔父谢安所器重,官至建武将军、兖州刺史,监江北诸军。孝武帝太元八年(383)淝水之战中大破秦军。十年(385)以军功封康乐县公。后因病转会稽内史,卒赠车骑将军、开府仪同三司,谥献武。

二 长于靖室

谢灵运原名公义,后以字行。钟嵘《诗品》上载:"初,钱塘杜明师夜梦东南有人来入其馆,是夕即灵运生于会稽。旬日而谢玄亡。其家以子孙难得,送灵运于杜治养之。十五方还都,故名客儿。"现代学者一般认为谢玄当是谢安之误。谢灵运在钱塘杜明师靖室生活直至十五岁。《宋书》本传称他"少好学,博览群书"。只有这样,才能做到博观约取。

三 遭遇磨难

《宋书·谢灵运传》载谢灵运十八岁时,"以国公例,除员外散骑侍郎,不就"。义熙元年(405)三月,谢灵运成了琅邪王司马德文的大司马行参军,次年为抚军将军刘毅记室参军。义熙八年(412)四月,刘毅坐镇江陵,谢灵运任卫军从事中郎。十月,刘裕部攻陷江陵,刘毅兵败自杀。刘裕在捕杀谢混的同时,任命谢灵运为秘书丞,后又借故免职。元熙二年(420)六月,刘裕称帝,以宋代晋。一方面大封刘氏宗室,另一方面又极力削弱士族的力量。旧有的许多封爵都被取消,而谢灵运则因其祖谢玄在淝水战功而仅从康乐县公降为康乐县侯,食邑从两千户减为五百户,并被任命为散骑常侍,不久转为太子左卫率。田余庆《东晋门阀政治》指出:"皇帝恢复了驾驭士族的权威,士族则保留着很大的社会政治影响。这就是具有南朝特点的皇权政治。"①这一时期,谢灵运可谓是希望和失望相互交织,既具与世不合的情怀,又以重振门庭为己任,有高度的功业意识,显亲扬名,但人生叵测,衰运难挽,"况值乱邦不平年"(马异《与卢全结交诗》),官场污浊,遭尽了现实的磨难,加深了诗人对生命的悲剧体验。谢灵运本来极为自诩:"天下才共有一石,曹子建独得八斗,我得一斗,自古及今共用一斗。"(《蒙求集注》引后晋李瀚语)诗人蓄养而待,但却生非其时,经历了易代动荡。荷妮曾论及的这一现象在很大的程度上适合谢灵运的人生企求与其实际遭遇的评判:"荣誉的追求通往了痛苦的心狱。"②为了心中的这一追求,在实际生活中,"他会试图去依附周遭最有权势的人;会反抗与格斗;会使他的内在生活与他人隔绝开来,且意气用事地远离他人"。③

四 情系山水

《宋书·谢灵运传》:"灵运为性偏激,多愆礼度。朝廷惟以文义处之,不以应实相许。自谓才能宜参权要,既不见知,常怀愤愤。"永初三年(422),谢灵运终因"煽构异同,非毁执政"而被排挤出朝,任为永嘉太守。七月离京时,作《邻里相送至方山》。方山,因山形方如印而得名,又名天印山,在江宁(今南京市)东五十里,山下即是一个渡口。八月至郡后,谢灵运基本不与政事,而是优游于永嘉山水名胜。诗人选择放浪于大自然的人生道路,希望借此实现真正的审美的人生道路。历史往往以个体的偶然性来体现时代选择的必然性。就谢灵运而言,也是这样。贯休《秋末寄上桐江冯使君》称:"山东山色胜诸山,谢守清高不可攀。"正如汤因比所指出的:"在一个正在解体的社会中,它的成员的灵魂分裂是以各种不同的形态来表现的,因为这种分裂发生在行为、情感和生活的每一种方式里。"④次年秋,谢灵运托病辞官回始宁。两年后,文帝召他为秘书监,撰《晋书》,罗隐后来《孙员外赴阙后重到三衢》有"谢守已随征诏入"之语。与其父一样,固然表面上恩宠有加,但是,文帝把谢灵运也只是看作一个文学弄臣而已,于是,谢灵运被迫上表请疾,告假东归,充满明主难求之叹。

---

① 田余庆:《东晋门阀政治》,北京大学出版社 1989 年版,第 349 页。
② 〔德〕荷妮:《自我的挣扎》,中国民间文艺出版社 1986 年版,第 17 页。
③ 〔德〕荷妮:《自我的挣扎》,中国民间文艺出版社 1986 年版,第 19 页。
④ 〔英〕汤因比:《历史研究》(中),上海人民出版社 1966 年版,第 236 页。

五　弃市广州

东归后,由于冶游无度,谢灵运先被御史中丞傅隆弹劾,又因决湖为田一事与会稽太守冯瞻构隙。元嘉八年(431)调任临川(今属江西)内史,因继续放任恣肆,为有司所纠,他便率部反抗,当郑望生领司徒刘义康之命前来临川拘捕时,"灵运执(郑)望生,兴兵逃逸"(司马光《资治通鉴》卷一二二)。受擒后徙赴广州,终遭弃市。李雁《谢灵运研究》认为:"元嘉十年为公元 433年,是年岁末灵运被杀,则当已入公元 434 年。同理,灵运生于太元十年(385)十一月,是月初一为当年公历十二月十七日,则灵运生时可能已是公历 386 年。"①可备一说。

《资治通鉴》卷一二二强调:"灵运恃才放逸,多所陵忽,故及于祸。"自负自傲往往成为中国古代杰出知识分子的通病,教训不可谓不深。《北齐书·文襄纪》载东魏孝静帝元善见因受高澄压迫,"不堪忧辱,咏谢灵运诗曰:'韩亡子房奋,秦帝鲁连耻。本自江海人,忠义感君子。'因流涕"。马晓坤《趣闲而思远:文化视野中的陶渊明、谢灵运诗境研究》一书有精到的论述:

> 谢灵运的思想充满矛盾,作为高门望族子弟,他希望能够平流进取,坐致公卿,但又处于刘宋时期皇权加强,士族势力被不断削弱的社会现实中;而且,个性狷狂的诗人从骨子里看不起出身寒微、靠武力取得天下的刘氏皇族,但在实际政治生活中又需要倚仗这些人才能实现政治抱负。同时,他一方面希望能在政治上有所建树,继续光大祖业,但内心深处又认为自然清旷之域高于世俗名利场所。这些矛盾使他一直在进退之际徘徊。于是,当他在现实政治活动中遇到挫折时便会愤而归隐,一旦形势好转,又会重返官场。这样的心态决定了他总是带着某种情绪去游山玩水,山水之美之理所带来的精神愉悦与心境平和往往是暂时的。但不可否认,在两次隐居故乡始宁期间,谢灵运具有一种真诚的隐逸心态,山水自然在他的心灵中占有极其重要的地位。②

---

① 李雁:《谢灵运研究》,人民文学出版社 2005 年版,第 85 页。

② 马晓坤:《趣闲而思远:文化视野中的陶渊明、谢灵运诗境研究》,浙江大学出版社 2005 年版,第 203 页。

第二节　取径多元的谢灵运山水诗

"人间少平地，森耸山岳多。"孟郊《君子勿郁郁》中的两句诗显露了诗人内心的幽愤难平。就谢灵运而言，他的诗，也就是他的生活。谢灵运一生多遭社会挤压，充溢着一股浓厚的悲剧意识。他的山水诗抒发看山听水的真切感受，多是对自然的一种情绪寄托，从而较为全面地展现出诗人的情感波澜，个性精神得到极大张扬，给人以强大的震撼力，孟浩然(689—740)《秦中苦雨思归赠袁左丞贺侍郎》所谓"谢公积愤懑，庄舄空谣吟"，备写其身世盛衰之感，让情感得到最大程度的宣泄。

山水则既解哀情而自娱，更促人对景悟道，感情由此呈现出立体化的特征。单一的营养有悖于诗歌的艺术传统，谢灵运更是不屑为之的。

到底是哪些因素促成山水诗在这一时期登上历史舞台；为什么最终由谢灵运完成，而不是别的其他人；谢灵运有哪些他人所不具备的人生际遇、文化素养、精神渊薮……关于这些，至今论者并不很多，借用谢灵运自己的话来说，大概就是《登江中孤屿》一诗中所感叹的"表灵物莫赏，蕴真谁为传"了。谢诗取径多源，从多方面汲取文化和艺术的养料。通过对其诗歌文本的初步考察与梳理，我们可以得知，谢灵运山水诗展现出诗人自身雄厚的学力和才力，其历史渊源更多地来之于历史环境的造就、经籍著作的习得、自然山水的触发、佛学思想的推研诸方面，承载着极为丰富的文化意义。在这样的基础上，谢诗进一步强化诗歌内在的艺术魅力，具有一种极大的审美张力，从而在很大的意义上为中国诗史确立了新的美学风范。

一　历史环境的造就

宗白华《论〈世说新语〉和晋人的美》有着这样的精辟论断："汉末魏晋六朝是中国政治上最混乱、社会上最痛苦的时代，然而却是精神史上极自由、极解放，最富于智慧、最浓于热情的一个时代。因此也就是最富有艺术精神的一个时代。"[①]谢灵运正是其中"最富有艺术精神"的人之一，无愧于这一呼唤并产生着天才的时代；他的山水诗也正孕育于这一特定的历史环境。对历代文人而言，社会多显得那么的冷酷无情，谢灵运自然也不例外。《道路忆山中》所谓"楚人心昔绝，越客肠今断"，郁纡之思，最后总要找到一个适合

---

① 宗白华：《美学散步》，上海人民出版社 1981 年版，第 177 页。

的发泄之处,在诗人看来,最好的选择无非就是拥有"濯流激浮湍,息阴倚密竿"之乐了。

诗人少而聪慧,非常人所能及,风云际会之日,自当一展自己的天生奇才,谁料想一生却仕途失意。诗人感慨时势变迁,有情难陈,于是臆想采取一种特于常人的生活态度,处处显出与社会的格格不入;同时也属意于文学创作,由此来减轻社会人事的不如意给人带来的苦痛与烦闷。他虽称不上在所有领域都才识过人(比如政治才能,诗人固然自视极高,认为宜参权要,但其实际政治能力,后人很难确知),也不是那种恪尽职守、用心民事者,因此而多遭人诟病,但《北亭与吏民别》"晚来牵余荣,憩泊瓯海滨。时易速还周,德乏难济振"等表白实际上也还真诚,在许多方面还是应该说是迥出其类的。不过,到他走上仕途前后,谢氏的家业已经渐成盛世残梦。刘宋代晋,降爵为侯,已经使他深刻地洞悉朝代兴替与世事变迁。入宋后,接连而至的人生打击,诸如外放州郡(近于流贬)、入主秘阁、撰写《晋书》(实质与文学弄臣无异),均非其愿,意味着一种人生价值的幻灭,也就是《岁暮》诗所谓的"运往无淹物,年逝觉已催"。这既勾起对盛世的怀恋,也使他品出深重的失落感,逐渐深切体验到了人世的艰难与前途的渺茫,干政济时,重振家业,建立像乃祖一样勋业的远大理想也渐渐远去。"晚暮悲独坐,鸣鹍歇春兰。"(《彭城宫中直感岁暮》)这样的落拓失意而产生的悲慨,在中国诗史上代有不绝。诗歌大概也就成了他们最大的安慰,于是不得不通过创作来消解内心的忧郁。谢灵运人生之中有着对于逝去的家国盛世的执着回味。"殷忧不能寐,苦此夜难颓"(《岁暮》)这样一种深切的生命体验,反映到艺术作品中,自然使得他的诗作中也屡屡折射出朝不保夕的现实政治涂抹在诗人心理上的阴暗色调,也有着对家族勋业的深深眷念,这些都可以说是内心世界真实冲动在审美艺术上的反映,倾吐心中的郁结,情怀之凄婉可以想见。正如白居易在《读谢灵运诗》所称:"谢公才廓落,与世不相遇。壮志郁不用,须有所泄处。泄为山水诗,逸韵谐奇趣。大必笼天海,细不遗草树。岂惟玩景物,亦欲摅心素。往往即事中,未能忘兴谕。因知康乐作,不独在章句。"最为不易的是,作为时代美学思想变迁的敏锐感受者,诗人并不将诗境完全封闭在一己愁思之中,而是着力外拓而显得阔大,力求创变,进一步完善诗歌的表现力,给人以全新的审美感受。

二　经籍著作的习得

沈德潜《说诗晬语》卷上:"曹子建善用史,谢康乐善用经。"①王世懋(1536—1588)《艺圃撷余》对此更有详尽的分析:"古诗,两汉以来,曹子建出而始为宏肆,多生情态,此一变也。自此作者多入史语,然不能入经语。谢灵运出而《易》辞、《庄》语,无所不为用矣。剪裁之妙,千古为宗,又一变也。中间何、庾加工,沈、宋增丽,而变态未极。"②方东树《昭昧詹言》卷五"如康乐乃是学者之诗,无一字无来处率意自撰也,所谓精深",③所论固然有极端的地方,但因此得出"精深"的结论还是正确的。方东树同时又特别强调:"康乐固富学术,而于《庄子》郭注及屈子尤熟,其取用多出此。至其调度运用,安章琢句,必殚精苦思,自具炉锤,非若他人掇拾恒饤,苟以充给,客气假象为陈言也。"④唐人卢仝(795—835)有《寄赠含曦上人》诗:"楞伽大师兄,夸曦识道理。破锁推玄关,高辩果难揣。《论语》《老》《庄》《易》,搜索通神鬼。起信中百门,敲骨得佛髓。此外杂经律,泛读一万纸。"剔除其中一些不恰当的话语,用来描述谢灵运与儒、道、玄、佛等(这里主要指儒、道、玄三者,佛详下)的渊源,也是很切合的。谢灵运的作品除了化用屈原、曹植等人的有关诗句之外,更多的是取材于历史上的所谓"三玄"(《周易》《老子》与《庄子》)。谢灵运的创作以此有了"以庄老为意,山水为色"(沈曾植《寐叟题跋》)的审美特征。萧子显(489—537)《南齐书·张融传》载张融"左手执《孝经》《老子》,右手执《小品法华经》",可见,追求儒、道、佛合流完全是那一时代的一种风尚。对于谢灵运而言,与《庄子》的渊源尤深。《庄子·知北游》:"圣人者,原天地之美而达万物之理。"庄子继承和发扬光大了道家文化,而这一文化的精髓就是提倡人的生活和精神达到一种不为外物所束缚的绝对自由的独立境界,而要实现这样的境界,往往要结合与道同一的审美体悟。如《登石门最高顶》:"晨策寻绝壁,夕息在山栖。疏峰抗高馆,对岭临回溪。长林罗户穴,积石拥基阶。连岩觉路塞,密竹使径迷。来人忘新术,去子惑故蹊。活活夕流驶,噭噭夜猿啼。沉冥岂别理,守道自不携。心契九秋干,目玩三春荑。居常以待终,处顺故安排。惜无同怀客,共登青云梯。"在谢诗中,这应该算是以写实为主的了,其中的"共登青云梯"即为李白(701—762)

① 丁福保辑:《清诗话》(下册),上海古籍出版社1978年版,第524页。
② 何文焕辑:《历代诗话》(下册),中华书局1981年版,第774页。
③ 方东树著,汪绍楹校点:《昭昧詹言》,人民文学出版社1961年版,第131页。
④ 方东树著,汪绍楹校点:《昭昧詹言》,人民文学出版社1961年版,第146页。

《梦游天姥吟留别》"身登青云梯"之所本,但也有"处顺"一类的语词,基本构想来源于《庄子·养生主》:"老聃死,秦失吊之,三号而出。……适来,夫子时也;适去,夫子顺也。安时而处顺,哀乐不能入也。"

　　谢灵运自小即寄养于钱塘杜明师靖室中,一生受道学文化浸染甚深。谢氏家业的奠基人谢鲲当年即是"通简有高识,不修威仪,好《老》《易》,能歌,善鼓琴,王衍、嵇绍并奇之"(《晋书·谢鲲传》),灵运自然濡染之,并进而内化为一种极为自觉的放任天性的审美意识,创作中也就多次化用老庄词句,并且有《入道至人赋》等作品,而《罗浮山赋(并序)》由梦而成文的奇思,造境独特,对李白《梦游天姥吟留别》这样的创作不无影响。《南史·王惠传》载"(王惠)素不与灵运相识,尝得交言,灵运辩博,辞义锋起",可见一斑。《庄子·达生》中有"入山林,观天性"、"以天合天"之论,《田子方》中又有探求"至美至乐"的境界,这大概即是谢灵运山水诗创作的哲学基点,灵运也成为历经探索并最终真正发现山水之美的第一人。如《初去郡》:"或可优贪竞,岂足称达生。"诗人自信比一些追名逐利者还是略优,但离通达养生的道理差距倒是不小,这一番真心实意的话语就源于《庄子·列御寇》:"达生之情者傀,达于知者肖。达大命者随,达小命者遭。"又如《游赤石进帆海诗》"溟涨无端倪,虚舟有超越",其中"虚舟"一词即为道家语,出自《庄子·山木》:"方舟而济于河,有虚船来触舟,虽有偏心之人不怒。"在"定山缅云雾,赤亭无淹薄。溯流触惊急,临圻阻参错"(《富春渚》)的景象中,诗人竟然跳跃性地想到《列子·黄帝》篇里所描写的"伯昏无人"这一形象,所谓"亮乏伯昏分,险过吕梁壑",至于在作品中常常出现"异人"、"羽人"、"浮丘公"一类形象,也就不难理解了。但这并不等于说有所谓"悟得玄虚理,能令句律精"(徐玑《读徐道晖集》)而臻致化境的艺术功能,恰恰相反,如果诗歌创作与道、玄的关系处理不当,将导致诗性精神的丧失。这在一定程度上削弱诗歌的艺术表现力与感染力,就是不可避免的了,谢诗的部分篇章也因此有了生涩之弊。也就是说,谢灵运的诗歌在总体上能够以自己的学养和才力,烹炼融会经籍语词而达到精雅自然的美学境界,给人以美的愉悦,但一些作品在阐扬玄理的时候也留下了滞涩拼凑的痕迹。

三　自然山水的触发

　　王勃(650?—676?)在《〈越州秋日宴山亭〉序》中曾经说过:"东山可望,林泉生谢公之文;南国多才,江山助屈平之气。"谢灵运《斋中读书》自诩:"昔余游京华,未尝废丘壑。"在《山居赋(并序及自注)》中,谢灵运又自叙:"爰初经略,杖策孤征。入涧水涉,登岭山行。陵顶不息,穷泉不停。栉风沐雨,犯露乘星。"可见,谢灵运钟情自然山水之意早年即存于心底,作品中多次提及尚长,如《初往新安至桐庐口》"远协尚子心,遥得许生计",也认识到"不有千里棹,孰申百代意"(《初往新安至桐庐口》),而今终于真的沉醉于美的发现中,终于找到了情思触发与传达的最佳途径。可以说,常人所不至的自然山水,对谢灵运来说却是"旅客易山行"(《赠王琇》),在很大的程度上满足了诗人宣泄感情的心理需求,然后又能很好地将这种感受与发现转化到诗的艺术表现之中,从而在一个新的空间体现自己的生命价值。"青山峰峦接,白日烟尘起。……自秦穷楚越,浩荡五千里。闻有贤主人,而多好山水。"(白居易《长庆二年七月自中书舍人出守杭州路次蓝溪作》)谢灵运世居始宁,长于钱塘,往来京都,从游京口,奉使彭城,主政永嘉与临川,东晋刘宋的胜景都为诗人独有。尤其赴任永嘉,逆钱塘江而上,如《夜发石关亭》"随山逾千里,浮溪将十夕。鸟归息舟楫,星阑命行役。亭亭晓月映,泠泠朝露滴",有明显的时间行进过程,然后舍舟越括苍诸岭,再顺瓯江而下。到任后也肆意山水,崇尚野性之美,《游岭门山》一诗畅叙"千圻邈不同,万岭状皆异"的喜悦,回程的路上也如《归涂赋(并序)》所谓"停余舟而淹留,搜缙云之遗迹"。(台州以至国内部分学者在谈到谢灵运与临海的关系时总是认为谢灵运去永嘉的赴任之路途径天台、临海,其实是完全错误的。谢灵运永嘉来回均没有经过临海,而是在隐居家乡期间才有临海之行。)在数十年的行旅生涯中,谢灵运固然也有"尝自始宁南山伐木开径,直至临海,从者数百人。临海太守王琇惊骇,谓为山贼,徐知是灵运乃安"(《宋书·谢灵运传》)这样的怪异之举,兴师动众,过于招摇,不足为训,但总体上也是审美投入中的一种偏激、特异的行为而已。宋代曾任温州知州的杨蟠才可以说是谢灵运的异代知音,前举《谢公祠》"爱诗已成癖,山癖过于诗",即为明证。谢灵运《还旧园作,见颜、范二中书》所表达的也是真情:"投沙理既迫,如邛愿亦愆。长与欢爱别,永绝平生缘。……闽中安可处,日夜念归旋。事踬两如直,心惬三避贤。托身青云上,栖岩挹飞泉。"外放并非所愿,隐居的生活一时难以实现。所以,诗人到永嘉后才有亲山水而忘诉讼的事情。《酬从弟惠连》首句"寝瘵谢人徒,灭迹入云峰",其意近之。《入东道路》所叙"属值清明节,荣华感和韶。陵隰繁绿杞,虚圃粲红桃"这样的情景,亦非寡情之口所能道出。

谢灵运的一腔真情实际上都充盈于诗中。由于这些得天独厚的自然条件,加上自身的灵性与心中自小就有的那一份对山水的深情,《初发石首城》所谓"游当罗浮行,息必庐霍期。越海凌三山,游湘历九嶷",诗人用心灵感受着自然美给他带来的一切,业已完全沉浸在被自然山水所诱发并能与之交融的美感中,如"江山共开旷,云日相照媚。景夕群物清,对玩咸可喜"(《初往新安至桐庐口》)。由此可见,山水诗到谢灵运手上从玄言诗中脱颖而出,传达出自己心灵深处真实的生命感受,就是最为切当的了,正如王寿昌(生卒年不详)《小清华园诗谈》卷上所说的:"陶彭泽志在归来,实多田园之兴。谢康乐志在山水,率多游览之吟。"①所以,牟愿相(生卒年不详)《小澥草堂杂论诗》也说:"陶渊明全幅精神在朋友、田园上用,谢康乐全幅精神在山水上用。"②可谓是深知灵运者,这一切的取得也正是诗人始践无人之境、探幽寻奇的人生结晶。《发归濑三瀑布望两溪》就是诗人实地踏勘后的感受,也可见出诗人营造意境的苦心,波澜层出:"我行乘日垂,放舟候月圆。沫江免风涛,涉清弄漪涟。积石竦两溪,飞泉倒三山。亦既穷登陟,荒蔼横目前。窥岩不睹景,披林岂见天。阳乌尚倾翰,幽篁未为邅。退寻平常时,安知巢穴难。风雨非攸吝,拥志谁与宣? 倘有同枝条,此日即千年。"《舟向仙岩寻三皇井仙迹》是诗人的又一精品:"弭棹向南郭,波波浸远天。拂鲦故出没,振鹭更澄鲜。遥岚疑鹫岭,近浪异鲸川。蹑屐梅潭上,冰雪冷心悬。低徊轩辕氏,跨龙何处巅。仙踪不可即,活活自鸣泉。"诗歌写出仙岩一带的万千气象,最后一句尤显得生机无限。深情通过实景的描写表现出来。其他如杜甫《岳麓山道林二寺行》"久为谢客寻幽惯,细学周颙免兴孤。一重一掩吾肺腑,山鸟山花吾友于"等,都是对谢诗体验入微的心灵感悟。

四　佛学思想的推研

在诗人生活的时代,佛学广泛而纵深地影响着人们的精神生活,并通过内在的审美意识的感染,一方面冲击着传统的文化,同时也为整个文艺领域带来了新的变化。宋齐以来,佛教更是大兴,渐有"竭财以赴僧,破产以趋佛"(范缜《神灭论》)之势,赵抃《次韵范师道龙图三首》之一感叹"可惜湖山天下好,十分风景属僧家"。不过,由于佛寺多建于深山幽僻也即风景幽美之处,有利于静心推研佛理。《高僧传》卷六载慧远主持修建的东林寺,"洞尽山美,却负香炉之峰,傍带瀑布之壑,仍石垒基,即松栽构,清泉环阶,白云满室。复于寺内别置禅林,森树烟凝,石筵苔合。凡在瞻履,皆神清而气肃焉。"

谢灵运与佛学渊源颇深。谢安、谢玄与支遁就过往甚密,据《世说新

---

①　郭绍虞编选,富寿荪校点:《清诗话续编》(下册),上海古籍出版社 1983 年版,第 1860 页。

②　郭绍虞编选,富寿荪校点:《清诗话续编》(上册),上海古籍出版社 1983 年版,第 918 页。

语·文学篇》载,谢玄在丁忧期间还与支遁"剧谈终日"。谢灵运在推宗老庄的同时,更是笃好佛理。《山居赋》自注说他"自弱龄奉法";释慧皎《高僧传》卷七《慧睿传》称:"陈郡谢灵运笃好佛理,殊俗之音,多所达解。"又曾作《菩萨六臂》像,至唐犹存。诗人又景仰慧远,十八岁时参加由慧远发起的誓生净土的盛会。慧远"少为诸生,博综六经,犹善《庄》、《老》。性度弘博,风览朗拔,虽宿儒英达,莫不服其深致"(释慧皎《高僧传》卷六《慧远传》),谢灵运也是其中之一。谢灵运《庐山慧远法师诔》序称:"余志学之年,希门人之末。惜哉诚愿弗遂。"谢灵运与昙隆、慧严、慧观等也是深交,于佛学理解的程度和造诣,并不亚于一般高僧。谢灵运曾整理北本《大般涅槃经》,并著《辨宗论》以阐扬佛理,支持竺道生的"顿悟"观,今尚有《佛影铭》、《昙隆法师诔(并序)》等著作传世。《南史》卷二三《王惠传》称:"(王惠)素不与灵运相识,尝得交言,灵运辩博,辞义锋起。"应该说,在一种自我人生价值的极大失落感的支撑下,诗人以较为主动的态度去感悟和接受佛教思想。而在这一过程中,向佛之志益坚,并且还强调"待为己之日用也"(《山居赋》),也许诗人是希望以这样的行为来抚慰内心深处的迷惘与忧伤。而推研佛理的结果也真的进一步充实了诗人的写作功夫。他的一些诗以一定的佛国意象去展现对佛理的表达,对佛教典籍可谓是信手拈来,如《过瞿溪山饭僧》:"望岭眷灵鹫,延心念净土。若乘四等观,永拔三界苦。"谢灵运在许多作品中都提到佛教圣山灵鹫山,大概心中有佛,一切山都可以看成灵鹫山,如上举的《舟向仙岩寻三皇井仙迹》"遥岚疑鹫岭"。再如《石壁立招提精舍》:"四城有顿踬,三世无极已。浮欢昧眼前,沉照贯终始。……敬拟灵鹫山,尚想祇洹轨。"取象之奇,实自有因。"四城"典出《因果经》,"三世"也源于《维摩经》等。虽然总体上看宗教的意蕴还是较为外露与生硬,《石壁立招提精舍》更是几乎每句不离佛旨。

但是,作为一个具有敏锐的艺术感受力的诗人,谢灵运更是善于从宗教思想中吸取一些有益于诗歌艺术发展的合理成分,显示出格高而气清的品格,从而呈现出一种审美趋向的延展性。皎然《诗式》:"康乐公早岁能文,性颖神澈。及通内典,心地更精,故所作诗,发皆造极。得非空王之道助邪?夫文章,天下之公器,安敢私焉?曩者尝与诸公论康乐为文,真于情性,尚于作用,不顾词彩,而风流自然。彼清景当中,天地秋色,诗之量也!庆(一作卿)云从风,舒卷万状,诗之变也。不然,何以得其格高,其气正,其体贞,其貌古,其词深,其才婉,其德宏,其调逸,其声谐哉。……惠休所评'谢诗如芙蓉出水',斯言颇近矣！故能上蹑《风》《骚》,下超魏晋。建安之作,其椎轮乎?"①在这里,皎然指出谢灵运诗格之高,在很大的程度上得益于般若空宗的奥旨,这一结论应该说是经得起历史检验的。贯休《寄宋使君》也触及这样的话题:"寺倚乌龙腹,窗中见碧棱。空廊人画祖,古殿鹤窥灯。风吼深松雪,炉寒一鼎冰。唯应谢内史,知此道心澄。"所以,郭英德说:"'清物论'虽由晚明的竟陵派大加提倡,但其历史渊源至为深远。从人格或情操着眼,'清'与隐逸品格在六朝即已建立起对应关系。南朝宋诗人谢灵运,其山水诗讲求意境的空明澄澈和音节的调谐浏亮,他对'清'的钟情,即源于他对山水之美的富于玄学意味的独特领悟。"②

第三节　谢灵运山水诗的情感世界

谢诗山水描写与言志抒怀相结合,保持情与理的统一,融社会、人生、自然之感悟于一体,全面拓展山水诗的表现范围。正如朱光潜《中西诗在情趣上的比较》所论:"诗虽然不是讨论哲学和宣传宗教的工具,但是它的后面如果没有哲学和宗教,就不易达到深广的境界。"③人们要到诗外才能真正寻觅诗人要传达的感情。忧虑自危之思,留下自我心灵之旅的特殊印记,对那些引发体悟人生的特殊情景非常珍视,以此来陶写心中的寂寞。抒发的是内心积郁,但诗人又往往能突破审美情感的层面,而升华到悟理的境界,实现更高层次的跨越,这是国人文化意味拓展的一个重要方面。谢灵运表现出与时人截然不同的审美趣味,构思深入了一步。诗中往往引入宦海浮沉的感慨,有比较深沉的内容,并不是那种单纯抒写个人孤独情感体验的技艺。

一　世事感悟

谢灵运经历了一个理想从产生到幻灭的旅程,常常寻觅着"邂逅赏心人,与我倾怀抱"(《相逢行》)。他的诗歌多表现为一种自觉意义上的性情展露,突出了诗人对生命情态的关注,也使诗歌得以从这一特定的角度贴近社会现实。《七里濑》传达出一种诗意的哲思与浓重的忧伤,也构成时间上的纵深感:"羁心积秋晨,晨积展游眺。孤客伤逝湍,徒旅苦奔峭。石浅水潺湲,日落山照曜。荒林纷沃若,哀禽相叫啸。遭物悼迁斥,存期得要妙。既

---

①　何文焕辑:《历代诗话》(上册),中华书局1981年版,第30页。

②　郭英德主编:《中国古代文学通论·明代卷》,辽宁人民出版社2005年版,第180页。

③　朱光潜:《朱光潜全集》(第三卷),安徽教育出版社1987年版,第78—79页。

秉上皇心,岂屑末代诮。目睹严子濑,想属任公钓。谁谓古今殊,异代可同调。"谢灵运的《七里濑》是描述和揭示感情流变的名篇,有着极具个性的人生感悟,流露出孤独、凄清的心境。李白《独酌清溪江石门,寄权昭夷》主体构思从此诗化出:"永愿坐此石,长垂严陵钓。寄谢山中人,可与尔同调。"

文学作品往往表达作者对社会、历史和人生的感悟,诗歌也总与人的情感活动相联系。《过始宁墅》可以说是诗情与哲理的结合体,渗入了作者的思索与感慨:"束发怀耿介,逐物遂推迁。违志似如昨,二纪及兹年。缁磷谢清旷,疲薾惭贞坚。拙疾相倚薄,还得静者便。剖竹守沧海,枉帆过旧山。山行穷登顿,水涉尽洄沿。岩峭岭稠叠,洲萦渚连绵。白云抱幽石,绿筱媚清涟。葺宇临回江,筑观基曾巅。挥手告乡曲,三载期归旋。且为树枌槚,无令孤愿言。"颇含深意,又饶情趣。突兀的结想,尤见深情。何焯《义门读书记》卷四六:"且为树枌槚,以示老死不出,亦所以息徐、傅之猜也。"①总之,谢灵运体味了人生的失意与现实生活的重负,借助自然山水净化不平的情感,把诗歌当作自己心灵的表现和自然的流露,传达出对世事哲理的感悟。

二　玄理探索

胡明《谢灵运山水诗辨议》:"玄理正是谢诗安身立命的中脊和灵魂!"②确实如此,自然山水成了诗人表达玄理的审美触媒。谢灵运的一些作品往往将山水精神与佛理玄意融合起来,"刘宋谢灵运,其山水诗讲求意境的空明澄澈和音节的调谐浏亮,他对'清'的钟情,即源于他对山水之美的富于玄学意味的独特领悟。"③《登池上楼》以意象向情思定点敛聚的艺术构思,展现仕隐两难的矛盾与痛苦心情,但最后则转向对玄理的领悟:"潜虬媚幽姿,飞鸿响远音。薄霄愧云浮,栖川怍渊沉。进德智所拙,退耕力不任。徇禄反穷海,卧疴对空林。衾枕昧节候,褰开暂窥临。倾耳聆波澜,举目眺岖嵚。初景革绪风,新阳改故阴。池塘生春草,园柳变鸣禽。祁祁伤豳歌,萋萋感楚吟。索居易永久,离群难处心。持操岂独古,无闷征在今。"王夫之《古诗评选》卷五论:"始终五转折融成一片,天与造之,神与运之,呜呼,不可知已!'池塘生春草',且从上下前后左右看取,风日云物,气序怀抱,无不显者,较'蝴蝶飞南园'之仅为透脱语尤广远而微至。"④

① 何焯著,崔高维点校:《义门读书记》,中华书局 1987 年版,第 916 页。
② 胡明:《古典文学纵论》,辽海出版社 2003 年版,第 369 页。
③ 陈文新:《明代诗学的逻辑进程与主要理论问题》,武汉大学出版社 2007 年版,第 6 页。
④ 王夫之评选,张国星校点:《古诗评选》,文化艺术出版社 1997 年版,第 214 页。

《登永嘉绿嶂山》一诗按照游览的先后顺序,依次写出游览的全过程以及山路的奇险感受,而景物的展开也正是以诗人行迹游踪的方式,引人入胜:"裹粮杖轻策,怀迟上幽室。行源径转远,距陆情未毕。澹潋结寒姿,团栾润霜质。涧委水屡迷,林迥岩逾密。眷西谓初月,顾东疑落日。践夕奄昏曙,蔽翳皆周悉。蛊上贵不事,履二美贞吉。幽人常坦步,高尚邈难匹。颐阿竟何端,寂寂寄抱一。恬如既已交,缮性自此出。"诗歌先麇栝《庄子·逍遥游》"适千里者,三月聚粮"文意,以裹粮策杖寻幽觅胜,循山间流水直溯源头的行动,透视自己沉迷山水的热忱,再写绿嶂山一带林密涧曲、山重水复的景象,感觉细敏,深得山深之幽趣,所谓"涧委水屡迷,林迥岩逾密",一直到东月初升,仍是意犹未尽,兴致不歇,最后借助对"三玄"之理的参悟,抒发了隐居不仕投入自然怀抱守道养性的"高尚邈难匹"的情志,展示诗人心中的人生之真谛。王夫之《古诗评选》卷五论:"前二十句皆赋也,后又用之为兴,精金入大冶,何像之不可成哉! 远者皆近,密者皆通,康乐之独致也。他人远则必迁,密则必涩矣。"①

陶翰(生卒年不详)《宿天竺寺》承接着谢灵运的抒情模式而有所发展:"松柏乱岩口,山西微径通。天开一峰见,宫阙生虚空。正殿倚霞壁,千楼标石丛。夜来猿鸟静,钟梵响云中。岑翠映湖月,泉声乱溪风。心超诸境外,了与悬解同。明发唯改视,朝日长崖东。湖色浓荡漾,海光渐瞳朦。葛仙迹尚在,许氏道犹崇。"殷璠《河岳英灵集》论陶翰诗"三百年以前,方可论其体裁也",着眼点就在这里。

三 山水陶乐

"傥若果归言,共陶暮暮时。"(《酬从弟惠连》)谢灵运以审美的方式获得生命的拯救,在数十年的行旅生涯中,谢灵运固然也有兴师动众、过于招摇的怪异之举,不足为训,但总体上也是审美投入中的一种偏激、特异的行为而已,大概创造者总是要显得与众不同的。李亮在《山水隐逸与资生适性——以谢灵运为中心》一文中把这一行为定性为"乃属掠夺性墅地扩张",②于情于理都是不恰当的,令人难以接受。谢灵运一生展现卓尔不群的独立人格,出于对美的自觉追求,山登绝顶,水尽涧沿,所到之处都是常人所未曾见的佳景奇观,极具艺术悟解天赋的诗人必然以巨大活力,进行最富创

---

① 王夫之评选,张国星校点:《古诗评选》,文化艺术出版社1997年版,第216页。
② 臧维熙主编:《中国山水的艺术精神》,学林出版社1994年版,第30页。

造意义的审美活动,这也是"语到江山端有助"(吴芾《送许守》)。谢灵运诗多是肆志山水后为我们留下的一幅幅诗人远游探险的真实图景,一些作品充分表现野性的自然。他的诗歌表现自己沉醉于其中的情趣,一种对于自由境界的向往与追求。《初往新安至桐庐口》:"绤绤虽凄其,授衣尚未至。感节良已深,怀古亦云思。不有千里棹,孰申百代意。远协尚子心,遥得许生计。既及冷风善,又即秋水驶。江山共开旷,云日相照媚。景夕群物清,对玩咸可喜。"王夫之《古诗评选》卷五把此诗与陶渊明的作品对比,从而给予很高的评价:"亦闲旷,亦清宛,秋月空山、夕阳烟水中吟此萧然,岂不较'结庐在人境'为尤使人恬适?乃世人乐吟陶而不解吟谢,则以陶诗固有米盐气、帖括气,与流俗相入,而谢无也。"[1]《登江中孤屿》亦为谢诗中的成功之作,是诗人直觉型审美感受的典范运用,也基本上可以说是自然景象完全实现了心象化:

> 江南倦历览,江北旷周旋。怀新道转迥,寻异景不延。乱流趋正绝,孤屿媚中川。云日相辉映,空水共澄鲜。表灵物莫赏,蕴真谁为传?想象昆山姿,缅邈区中缘。始信安期术,得尽养生年。

张玉谷《古诗赏析》卷一六:"诗有喜得奇境意。……莫赏谁传,写出自矜得意。"[2]诗人游兴浓郁,不断寻找新奇美景,终于在横渡孤屿时得遂心愿,也希望以此为基点,能够如安期生那样,游乐终生,把全诗惊喜之情引向高潮。李白《与周刚清溪玉镜潭宴别》(题下自注:潭在秋浦桃树陂下余新名此潭):"康乐上官去,永嘉游石门。江亭有孤屿,千载迹犹存。我来游秋浦,三入桃陂源。千峰照积雪,万壑尽啼猿。兴与谢公合,文因周子论。"陶翰《乘潮至渔浦作》"云景共澄霁,江山相吞吐",明显就是模仿谢诗的。整首诗从五古的选择到格调的确定也留下明显的模仿痕迹:"舣棹乘早潮,潮来如风雨。樟台忽已隐,界峰莫及睹。崩腾心为失,浩荡目无主。陾憛浪始闻,漾漾入鱼浦。云景共澄霁,江山相吞吐。伟哉造化工,此事从终古。流沫诚足诫,商歌调易若。颇因忠信全,客心犹栩栩。"

谢灵运《从斤竹涧越岭溪行》一诗既有深厚的内涵,又有诗意情趣,诗笔深婉:"猿鸣诚知曙,谷幽光未显。岩下云方合,花上露犹泫。逶迤傍隈隩,迢递陟陉岘。过涧既厉急,登栈亦陵缅。川渚屡径复,乘流玩回转。蘋萍泛

---

① 王夫之评选,张国星校点:《古诗评选》,文化艺术出版社1997年版,第223页。

② 张玉谷:《古诗赏析》,上海古籍出版社2000年版,第365页。

沉深,菰蒲冒清浅。企石挹飞泉,攀林摘叶卷。想见山阿人,薜萝若在眼。握兰勤徒结,折麻心莫展。情用赏为美,事昧竟谁辨。观此遗物虑,一悟得所遣。"正如王明居所论:"这里表现了诗人挥洒生命激情而观照山水之美时美感的升华,达到了万虑俱抛的妙悟境界。"①而在这样的环境中,失意情怀得以自我排遣,大概也有阎防《与永乐诸公夜泛黄河作》所谓"爱兹山水趣,忽与世人疏"的感叹了。

关于"池塘生春草"的话题,在这里再适当展开一下。钟嵘《诗品》卷中在评价谢惠连的诗时引《谢氏家录》:"康乐每对惠连,辄得佳语。后在永嘉西堂思诗竟日不就。寤寐间忽见惠连,即成'池塘生春草'。故尝云:'此语有神助,非吾语也。'"王直方《王直方诗话》引:"田承君云'池塘生春草',盖是病起忽然见此为可喜,而能道之,所以为贵。"一片明媚景色生出一腔愁思。安磐《颐山诗话》:"古人一句诗称振绝者,如'枯桑知天风',如'海日生残夜'。下此如'满城风雨近重阳'之句,然未若谢客之'池塘生春草'也。少日读此不解,中岁以来始觉其妙。意在言外,神交物表,偶然得之,有天然之趣,所以可贵。谢客自谓'殆有神助',非虚语也。今观谢客诸作,皆精练似此者,绝少信乎有神助也。"就连李白对此也是倾倒不已,诗人多次化用这一意象,如:"梦得池塘生春草,使我长价登楼诗"(《赠从弟南平太守之遥》其一)、"他日相思一梦君,应得池塘生春草"(《送舍弟》),"昨梦见惠连,朝吟谢公诗。东风引碧草,不觉生华池"(《书情寄从弟邠州长史昭》),《游谢氏山亭》又有"谢公池塘上,春草飒已生"的慨叹,《宫中行乐词八首》之五也有"宫花争笑日,池草暗生春"的叙写,所以,单就李白一人而言,就可以说是"客儿诗句满人间"了(皮日休《奉和鲁望秋赋有期次韵》)。杜审言《和晋陵陆丞早春游望》"淑气催黄鸟,晴光转绿蘋"的构思格局,明显也是就这一写作思路下来的。但也有人由于这样那样的原因,曲解或误读此诗,吴景旭(1611—1695?)《历代诗话》卷三二"诗祸"条曾对这种完全不顾实际的偏见有深入的剖析:诗人先引《吟窗杂录》语:"'池塘生春草,园柳变鸣禽。'灵运坐是诗得罪,遂托以阿连梦中授此语。有客以请舒王(王安石)曰:'不知此诗何以得名于后世,得以得罪于当时?'王曰:'权德舆已尝评之,其略云:池塘者,泉水潴溉之地;今曰生春草,是王泽竭也。《豳风》所纪一虫鸣,则一候变。今曰变鸣禽,是候将变也'",最后指出:"权文公谓其托讽深重,为广州祸张本。此

---

① 王明居:《唐代美学》,安徽大学出版社 2005 年版,第 10 页。

等附会恶劣,胜致顿削,余所恨恨。"①

第四节　谢灵运山水诗的意象美

贯休《山中作》把谢灵运与李白相提并论:"山为水精宫,藉花无尘埃。吟狂岳似动,笔落天琼瑰。伊余自乐道,不论才不才。有时鬼笑两三声,疑是大谢小谢李白来。"何焯《义门读书记》卷四七"诗家炼字琢句始于景阳,而极于鲍明远",②黄子云《野鸿诗的》指出张协诗歌"写景渐启康乐",③如张协《杂诗》之二"白人驰西路"对谢灵运《游南亭》"云归日西驰"的影响等,不一而足。固然一些作品匠心刻意以传神写照,展现最为引人注目的美学特质,但多不失自然的真趣,产生新辟诗境的效果,拓展新的文学表现领域。宗白华《中国美学史中重要问题的初步探索》写道:"从这个时候起,中国人的美感走到了一个新的方面,表现出一种新的美的理想。那就是认为'初发芙蓉'比之于'错采镂金'是一种更高的美的境界。"④谢灵运有着自己的深切感受,诗歌才能显得那样的亲切而又深刻。路子也很正,多摄取大景入诗,具有自足的美学意义,冠绝一代。这一切都可以理解为是对诗歌文学潜力的充分发展。

在古今演变的历史坐标上,谢诗给人以生新的审美感受,应该说获得了一定的文学史价值。林文月在《鲍照与谢灵运的山水诗》一文中指出:"谢灵运在山水诗的领域里,既是开山祖,同时也是最成功的代表作家。故其客观赏鉴之态度,及细腻摹描之笔法,遂成为山水诗之典型写作方法。山水诗得以独据诗坛一角,成为诗人写作的一个新鲜的题材对象,也正因为不仅是形容山水自然的诗句在每篇的分量比例方面有显著的增加而已,乃因为从此诗人用更认真的态度去式法自然之故。"⑤诚为的论。

意象是诗的基本艺术符号,是情的物化,更是中国诗歌中最具民族特色的美学品格之一。诗人捕捉意象,然后加以有序化组合,以实现美的目标。营建有首创意义的意象来构建情境尤为重要。也就是说,诗人只有化情思

---

① 吴景旭著,陈卫平、徐杰点校:《历代诗话》,京华出版社 1998 年版,第 280 页。

② 何焯著,崔高维点校:《义门读书记》,中华书局 1987 年版,第 932 页。

③ 丁福保辑:《清诗话》(下册),上海古籍出版社 1978 年版,第 862 页。

④ 宗白华:《美学散步》,上海人民出版社 1981 年版,第 29 页。

⑤ 林文月:《山水与古典》,三民书局 1996 年版,第 113 页。

为意象,并通过意象的提纯,才能形象生动地表达自我襟怀。然后,众多的意象通过各种方式的组合,构建成浑然的整体,达到美的深境。

为了更好展现深情,诗人在艺术层面做了诸多的拓展,其中意象的选择应该说是最有典型意义的,并以此构成至情至性的山水诗境,真切地传递出审美思潮变异的信息。韩愈《荐士》:"逶迤抵晋宋,气象日凋耗。中间数鲍谢,比近最清奥。"这里的"清奥"是指"逸韵"与"奇趣"(白居易《读谢灵运诗》),而这种"奇趣"之所以到谢诗才会正式产生,其中一个主要因素是诗人以审美之心精微地体验对象,以崭新的美学观念去撷取诗材,选择并成功地刻画出时人还没有注意到的意象,以意象嵌接思想,使观赏山水所产生的审美思致得以深化。

"中国诗歌艺术的发展,从一个侧面看来就是自然景物不断意象化的过程。"①这其中就有谢灵运的独特贡献。就搜寻和营构新鲜奇异的意象而言,谢灵运比时人表现出更为自觉的意识。谢灵运在诗歌中固然也袭用《楚辞》及其他典籍中的一些传统意象,如《郡东山望溟海》一诗中的"策马步兰皋,绁控息椒丘。采蕙遵大薄,搴若履长洲"之类,借助原有意象以寄寓主体情思。但由于历史经验的过多积累,这类意象多成熟老化,失去富于个性的新奇之美。谢诗中的意象大多是诗人新创的具有特定时代审美特征的意象,源于生活,有着较强的现实感,令人耳目一新,升华全诗意境,实现变中求新、变中求美的艺术理想。

谢诗中的意象从一定的意义上说,显示了一种历史的觉醒意识,涉及人类深层心理现象。因为,谢灵运生活时代的诗坛,笼罩在玄言诗的浓郁空气中。玄言诗的弊端之一,就是诗歌意象的纯熟化和定型化。在这一文化背景下,谢灵运感悟政治理想追求之幻灭,探索能够更好地表达自我心声的艺术趣味,并且获得了成功,处于时代文学高峰,具有一种超越前人的历史意义。其中意象的选择颇具典范意义。诗的功能并不就是在表现人的情感本身,也在于诗人以具体的审美意象把一时难以言说的情感体验真切生动地加以展示,给人以丰富的审美享受。换言之,诗歌是以意象的方式呈现作者性情,而诗歌中的艺术形象从本质上看,都是浸透了诗人审美感情的意象,凝聚着诗人的审美情感与审美评价。自然山水各自争奇,充满无穷的活力,进入文学视野的山水意象也自然丰富多彩。谢灵运着力体物入微,穷形尽相,把自己对山水的喜爱之情熔铸在可感可触的美好意象中,又交织着复杂

---

① 　袁行霈:《中国诗歌艺术研究》(增订本),北京大学出版社 1996 年第 2 版,第 3 页。

的生命体验,创造了奇美的意象世界,成就了审美的愉悦性和抒情的感
染力。

一 谢灵运山水诗的意象类型

谢灵运山水诗中的山水意象主要可以分为三类:

第一,描述性意象。诗人善于从生活中提炼出具有典型意义的意象。
谢灵运忠于自己的真实体验,以诗心观照自然,在山水诗中展现自己的生活
环境,更是着力找寻客观景物与主观感情的契合点,较多的是用写实手法细
致描摹,细腻而传神地刻画险峻高大或曲折幽深的客观物象。然后以意象
嵌接思想,表现情感的倾诉和深刻的人生感悟。谢诗多有意象的连续展开
表达出纵情山水美景的情怀。如《富春渚》一诗的前半部分:"宵济渔浦潭,
旦及富春郭。定山缅云雾,赤亭无淹薄。溯流触惊急,临圻阻参错。亮乏伯
昏分,险过吕梁壑。洊至宜便习,兼山贵止托。平生协幽期,沦踬困微弱。
久露干禄请,始果远游诺。宿心渐申写,万事俱零落。怀抱既昭旷,外物徒
龙蠖。"永初三年(422),谢灵运出守永嘉,回故乡始宁少住,然后走水路溯浙
江而上。《富春渚》诗便创作于这一时期。渔浦潭,《文选》卷二六李善注引
《吴郡记》:"富春东三十里有渔浦。"定山也叫狮子山,在今杭州市郊,赤亭则
在其东十余里。渔浦潭、富春郭、定山、赤亭这些意象如电影中的蒙太奇一
样次第而出,诗人的赏阅之情自在其中。王夫之《古诗评选》卷五评《富春
渚》:"微心雅度所不待言,'洊至'、'兼山',因势一转,藏锋锷于光影之中,得
不谓之神品可乎?"①可惜诗歌的后半部分较多地涉入玄理,使诗意有所割
裂。《登永嘉绿嶂山》一诗在写实中融入主观感受,主体情感借助外在物象
而展现,通过水这一意象得到了最完美的表现,造成一定的语言张力。既有
时间推移,又有空间变幻。景、情并出,契合交融。意象倏然多变,情深文
丽。固然客观景物的叙写中渗透着审美主体强烈的情绪性和主观色彩,但
诗中所呈现的感性世界与理性世界叠合状态还是较为自然和谐的,并不显
得突兀生涩。

与其他文学式样相比,意象可以说是构成诗歌的生命,没有意象往往也
就没有诗,而任何游离、浮泛的意象也会使诗歌归于失败。谢灵运通过自己
手中的生花妙笔刻画出了丰富多姿的山水风貌,从而也更丰富、更生动地传
达了自己的心境。魏、晋、南北朝诗人,进行了多方面的艺术探索,对唐代诗

---

①　王夫之评选,张国星校点:《古诗评选》,文化艺术出版社 1997 年版,第 212 页。

歌的全面繁荣,有着重要的奠基意义,谢灵运尤为其中最具代表性的诗人之一。王士祯《带经堂诗话》卷五:"《诗》三百五篇,于兴观群怨之旨,下逮鸟兽草木之名,无弗备矣,独无刻画山水者;间亦有之,亦不过数篇,篇不过数语,如'汉之广矣'、'终南何有'之类而止。汉魏间诗人之作,亦与山水了不相及。迨元嘉间,谢康乐出,始创为刻画山水之词,务穷幽极渺,抉山谷水泉之情状,昔人所云'庄老告退,而山水方滋'者也。宋齐以下,率以康乐为宗。至唐王摩诘、孟浩然、杜子美、韩退之、皮日休、陆龟蒙之流,正变互出,而山水之奇怪灵閟,刻露殆尽;若其滥觞于康乐,则一而已矣。"①确为有识之见,证之以史,谅无大碍。

第二,比喻性意象。陈骙《文则》:"《易》之有象,以尽其意;《诗》之有比,以达其情。文之作也,无可喻乎?"在山水流连之际,谢诗中有一些已经是比喻性意象,饱含情味、寓意深长,超出所描写的具体物象,强化了诗歌情意的深度,如《登池上楼诗》:"潜虬媚幽姿,飞鸿响远音。薄霄愧云浮,栖川怍渊沉。"诗人痛感仕路坎坷与世道维艰,以泉涌不绝的灵感真实地展现了内心的积郁及情感冲突,凝聚着诗人对世界和生命的独特体验,蕴蓄着诗人的无尽思绪。以这样的意象置于开头,寓意婉曲,别有一番深沉的意境和诗味。这是渗透着人生智慧的情意体验,与陶渊明因生计所迫不得已而出仕时发出"望云惭高鸟,临水愧游鱼"(《始作镇军参军经曲阿》)的慨叹灵犀相通,在意象中闪烁着理性的精光,使作品既蕴含着醇厚的诗意,也包容着较为深刻的人生哲理。外贬以后,谢灵运对生命有了更多更深的感悟,所以,这一时期的作品既有诗的美学追求,更承载着深沉的人生思考,往往都带有一种深情的调子,感伤情调也更为浓郁。在对自然风物的描写中,蕴含着无限的沉痛,给人以强烈的情感冲击和心灵震荡,进一步拓开诗境。

第三,象征性意象。比兴、象征的艺术手法在中国由来已久。"意象"本属于哲学范畴,被引进文学领域后仍保留其自身的象征特性,而象征性意象往往都有着自身特定的意蕴。谢诗中的意象有时也被赋予较为深刻的象征意义,寄托了作者的深远情思,从而呈现出多层次的诗情结构,成为一个极具理性深度的审美意象,在其中倾注了诗人的悲愁与哀痛,整体上表现为个体价值向社会价值的融入,诗作就获得了阐释的多维空间,从而建构成一种特殊的审美效应。《七里濑》一诗中的万物都经过诗人的精心筛选,融进时

① 王士祯著,张宗柟纂集,戴鸿森校点:《带经堂诗话》,人民文学出版社1963年版,第115页。

代的悲慨与个人独特的感受,现实感与身世感的交织,能够很好体现这一时节的情感倾向,委婉深曲地抒发了自己凄楚孤寂的情思,虚实双关。客观物象成了诗人心境的象征,而象征的层面又能由浅而深。王嵩《七里濑》也感叹:"身世严陵钓,山川谢客诗。寥寥人境外,千载有心期。"

《石壁立招提精舍》是较为特殊的一首:"四城有顿踬,三世无极已。浮欢昧眼前,沉照贯终始。壮龄缓前期,颓年迫暮齿。挥霍梦幻顷,飘忽风电起。良缘迨未谢,时逝不可俟。敬拟灵鹫山,尚想祇洹轨。绝溜飞庭前,高林映窗里。禅室栖空观,讲宇析妙理。"全诗基本上把生活实景与佛国世界进行连贯,所以,意象多具禅意。

总体上看,谢灵运在山水诗领域已经建构起想象、象征、隐喻为主的表现体系,具备象征抒情色彩,诗歌的意旨由于借助意象的暗示而得以延展或深化,使诗的意境获得丰富与扩展。这些意象往往蕴含着独属于作家个人的情感内涵和精神强度,情态表现得逼真如绘,又能造成一种新奇的情境,诗境中饶有画境,能给读者带来意外的审美喜悦,值得人们细心玩索。这一成就深刻地影响了中国的山水诗创作实践。在这样的作品中,象征性、隐喻性远大于描述性和写实性,景、情是真切而浑成的。刘勰《文心雕龙·神思》说:"玄解之宰,寻声律而定墨;独照之匠,窥意象而运斤:此盖驭文之首术,谋篇之大端。"[1]谢诗正可以说是这一理论在当代最为经典的艺术阐释,开创了我国山水文学的审美化历程,赋予诗作以一种较为深远的哲理意蕴。诗歌中的意象带有强烈的个性美学特征。谢灵运的山水诗以多姿的意象构成多层次、多侧面的丰富内涵,部分作品更能融写景、抒情和悟理为一体,深化了象征的意义,拓宽了诗歌的意境。从更大的意义上说,则是拓展出诗歌比兴艺术的新天地。这样的意象往往不再是直觉印象,而经过了审美主体的重新创造,蕴含着情绪化的审美移情,因此带有较为强烈的主观色彩。这就不是极貌写物,穷力追新这样的艺术概括所能容纳得了的了。

二　谢灵运山水诗的意象组合

谢灵运之于自然山水有着本能的诗意痴迷,以一种独特的审美体验感知山水,创作中又注重感情的投入,注重抒写自己内心的感受和情调。其山水诗中的意象系统表现了他的美学理想和人生追求。在诗歌创作过程中,意象的选择固然显示着诗人的灵感,但意象组合更显出诗人的匠心,因为诗

---

[1]　刘勰著,周振甫注:《文心雕龙注释》,人民文学出版社1981年版,第295页。

歌的意境不仅体现在单个意象中,更是包蕴在意象千变万化的时空组合关系之中,意象系统的丰富、严谨与完美有利于充分地展现诗人的心灵世界。谢诗的审美意象不但类型众多,技法上也多与常人不同,也使意象充满感染力。主要表现为:

第一,并举式的意象展开。谢灵运的山水诗意象密度一般都很大,这与诗人常常采用并举式的意象展开这一手法有关。《过始宁墅》"岩峭岭稠叠,洲萦渚连绵。白云抱幽石,绿筱媚清涟",就是诗人一生为后人留下的最为动人心魄的意象组合,诗人抓住了美感最丰富的一瞬。诗人选择一系列富于动态感的意象,并加以完美的艺术剪接,勾连成一片清新灵妙的审美天地,景美情深,令人称奇。这其中也应该有理想世界的一丝投影,给人以视觉和心灵的双重震撼。任何客观万物进入诗人的视野并被描画进作品,它就不再是外在于人的孤立存在,而成为浸透着诗人情感的诗歌意象,谢诗中的山水也是这样,而这一切都从诗人的生活深处得来。《游南亭诗》"时竟夕澄霁,云归日西驰。密林含余清,远峰隐半规",也是诗人的经典意象构造,通过意象的静态并置构成一幅完美的画面,以画意启诗情,用平淡的语言表达精深的诗意,注重空间的转换,又能产生出时间的流动感,有着丰富的审美层次感。这些都得力于诗人自己的绘画经验。又如《于南山往北山经湖中瞻眺》:

> 朝旦发阳崖,景落憩阴峰。舍舟眺迥渚,停策倚茂松。侧径既窈窕,环洲亦玲珑。俯视乔木杪,仰聆大壑淙。石横水分流,林密蹊绝踪。解作竟何感,升长皆丰容。初篁苞绿箨,新蒲含紫茸。海鸥戏春岸,天鸡弄和风。抚化心无厌,览物眷弥重。不惜去人远,但恨莫与同。孤游非情叹,赏废理谁通?

王夫之《古诗评选》卷五说:"一命笔即作数往回,古无创人,后亦无继者。人非不欲继,无其随往不穷之才致故也。"[1] 在这"数往回"中,即是意象密集而不断的变换,充满了美的力感。

《登上戍石鼓山》:"旅人心长久,忧忧自相接。故乡路遥远,川陆不可涉。汩汩莫与娱,发春托登蹑。欢愿既无并,戚虑庶有协。极目睐左阔,回顾眺右狭。日末涧增波,云生岭逾叠。白芷竞新苕,绿蘋齐初叶。摘芳芳靡谖,愉乐乐不燮。佳期缅无像,骋望谁云惬。"王夫之《古诗评选》卷五有比

---

① 王夫之评选,张国星校点:《古诗评选》,文化艺术出版社 1997 年版,第 219 页。

较全面的分析:"谢诗有极易入目者,而引之益无尽;有极不易寻取者,而径遂正自显。然顾非其人,弗与察尔。言情则于往来动止缥缈有无之中,得灵蚃而执之有象;取景则于击目经心丝分缕合之际,貌固有而言之不欺。而且情不虚情,情皆可景;景非滞景,景总含情。神理流于两间,天地供其一目,大无外而细无垠。落笔之先,匠意之始,有不可知者存焉。岂徒兴会标举如沈约之所云者哉?自有五言,未有康乐;既有康乐,更无五言。或曰不然,将无知量之难乎?"①

在这些作品中,谢灵运都能够以完美的意象组合充分描画自然山水所给他带来的一切。谢诗在意象组接上的创造性,对以后孟浩然、王维等人的山水诗创作产生了深远的影响。如王维的"啼鸟忽临涧,归云时抱峰"(《韦侍郎山居》)、"园庐鸣春鸠,林薄媚新柳"(《晦日游大理韦卿城南别业四首》其二)。孟浩然《夏日南亭怀辛大》的前半基本上就是这样的运思模式,传达出心灵上最细微的颤动:"山光忽西落,池月渐东上。散发乘夕凉,开轩卧闲敞。荷风送香气,竹露滴清响。欲取鸣琴弹,恨无知音赏。感此怀故人,中宵劳梦想。"当然,经过诗人的创造,全诗更具视听审美的艺术效果。谢诗中与之构思类似的还有《晚出西射堂》的"连障叠巇嶵,青翠杳深沉。晓霜枫叶丹,夕曛岚气阴"等,都是用并举方式实现意象的连续展开,体现出一种独特的审美结构与生命体悟,使全诗充满意趣,有很强的创造性。

陈伯海认为:"如果说情志是诗性生命的本原,那意象就是诗性生命的实体,因亦构成诗歌艺术的审美本体;离开了意象,便无从把握诗歌的内在生命情趣及其审美意蕴,故意象实可视为诗歌艺术生命之所系。"②就谢灵运山水诗创作而言,极为正确。除了奇山异水的主体意象之外,谢灵运继续探索标新立异的诗艺,还是中国诗歌史上最早创造飞舟意象的诗人之一,从而更好地展现自我激昂的诗情。如《登临海峤初发强中作,与从弟惠连,见羊何共和之》"隐汀绝望舟,骛棹逐惊流"、《石室山》"清旦索幽异,放舟越坰郊。苒苒兰渚急,藐藐苔岭高"等,叙写转瞬即逝、变化迅疾的景象,以此实现审美表达的奇异效果,诗意丰富,含而不露,自然传之久远。又如上举《七里濑》中的"孤客伤逝湍,徒旅苦奔峭",从一个侧面叙写出这样的景象,它所传达和负载的思想感情,也是极为深厚感人的。"伤"、"苦"二字凝集了心中的无限感慨。文帝元嘉九年(432),谢灵运于外放临川内史途中,作《入彭蠡湖

---

① 王夫之评选,张国星校点:《古诗评选》,文化艺术出版社1997年版,第217页。
② 陈伯海:《中国诗学之现代观》,上海古籍出版社2006年版,第161页。

口》,其"洲岛骤回合,圻岸屡崩奔"一联描写人在快速飞奔的船上所看到的景象,也能给人以真切的生活感受,从而建构成一种特殊的审美效应。谢灵运在其他题材的作品中也运用飞舟意象,如《九日从宋公戏马台集送孔令》"河流有急澜,浮骖无缓辙",说明诗人对飞舟意象的钟爱,这也和诗人一生南北奔波的急速生活有关,因为诗人常常有"浮舟千仞壑,总辔万寻巅"(《还旧园作见颜、范二中书》)的人生征程,所以,每当"解缆及流潮"(《邻里相送至方山》)的时候,自然勾起他的诗情。这也可以说是诗人动荡不宁生活的真实记录,而借助于飞舟的意象也能更好地抒发出人生旅途上深沉复杂的悲苦之思,有着对于生命真谛的感悟,显示出深刻的人生体验。可见,这一切又可归结为时代和历史的产物。固然《楚辞·哀郢》里就有了"将运舟而下浮兮,上洞庭而下江"的描写,湛方生《帆入南湖》也有乘风扬帆的过程叙说等,但有意识地进行飞舟意象创造的当属谢灵运。

窗意象的成功运用,既表达自己对人生况味的体验,以机灵与悟性去捕捉生活的瞬间感受,又营建起富于画意的空间造型,境界开阔,而人们也由此可以对自然万物进行更多角度的深切透视。这也是谢灵运对中国诗歌的重大贡献,如《田南树园激流植援》"群木既罗户,众山亦对窗"、《登池上楼诗》"衾枕昧节候,褰开暂窥临。倾耳聆波澜,举目眺岖崟"等等,观物于微,感受细腻,运思奇绝,构成富有艺术魅力的篇章,创造出一种全新的诗美品格,独出群伦,具有超越时代的意义。这些作品都能实现层次分明而又能突出景物中心地位的美学效果,其中窗意象的成功运用功不可没。《山居赋》也有"罗曾崖于户里,列镜澜于窗前"的描写,与诗歌画面相映成趣。贝特森(1904—1980)《英诗与英语》认为:"一首诗中的时代特征不应去诗人那儿寻找,而应去诗的语言中寻找。我相信,真正的诗歌史是语言的变化史,诗歌正是从这种不断变化的语言中产生的。而语言的变化是社会和文化的各种倾向产生的压力造成的。"[①]这也可以用来论谢诗。

第二,色彩的完美配置。谢灵运在《山居赋》中强调"废张、左之艳辞,寻台、皓之深意,去饰取素,傥值其心",固然由于时代环境等一些主客观因素,诗人在这方面没有很好地贯彻自己的美学理念,但他还是在这些方面做了一定努力,也取得了一些不俗的成就。诗是情绪的载体,《石门岩上宿》的"暝还云际宿,弄此石上月",有着诗人独特的情感体验,是一种审美心态的真切流露。从字面上看,"云"、"月"等字并无多少色彩可言。但正是这淡然

---

① 〔美〕韦勒克、沃伦:《文学理论》,生活·读书·新知三联书店1984年版,第186页。

无色映衬出诗人较为宁静的心境,有效地传达出经过艺术升华后的审美情趣,较完美地实现了人生审美和艺术审美的有机结合,人们也可以由此透视诗人的心灵世界。意大利学者卡尔维诺(1923—1985)认为:"只要月亮一出现在诗歌之中,它就会带来一种轻逸、空悬感,一种令人心平气和的、幽静的神往。"①谢灵运的思维是否也完全属于这样的情况呢?刘长卿(709—788)《渡水》诗"不如波上棹,还弄山中月"即从此诗化出,但还不如谢诗浑成。向子諲(1085—1152)《峡山飞来寺》"惭无陶谢挥斥手,落笔纵横对酒杯",应该也是有感而发。

第三,由意象展现联想。诗歌往往成为作者生命的表现与寄托,贯穿着深沉的身世之感。因为,"缺少真情而从事创作,艺术家其实也是在蒙骗自己。他既没有宣泄内心郁结的需要,又没有对诗意生存境界的强烈祈盼,只是为了某种外在目的而刻意为之,将自由的劳作降格为雇佣的劳动"。②谢诗并无此弊,多属情真意厚、吐露肺腑之作。《登江中孤屿》一诗与谢灵运的大部分山水诗一样,呈现出一种表现寄托的艺术结构。作品通过巧妙的联想,从诗的意象中突现主旨,种种复杂的感情层层于诗中展现,体验生命自由的真谛。情事理浑然合一,通篇浑然,委婉有致,具有美的撼动力和征服力。选用具有极强延展性的字眼,发挥意象的幻想特质,构成意蕴深厚的美学境界。王士禛《香山寺月夜》"清晖一相照,万象皆澄鲜",明显是从谢诗脱胎而出。张玉谷《附论古诗四十首》之二十七说:"搜山剔水思何穷,游览篇章服谢公。我取诗文参错证,柳州小记庶同工。"③谢诗、柳文并称,是合适的。这一份异曲同工的成就中,由意象展现联想进而表情达意的艺术手法不可或缺。《南齐书·高帝十二王传》载,武陵昭王晔诗学谢灵运,高帝却说:"康乐放荡,作体不辨有首尾,安仁、士衡深可宗尚,颜延之抑其次也。"这样的说法实际上是有失偏颇的。

总之,这都展现出诗人着意突破前人的一种努力,可以理解为是对诗歌文学潜力的发展。诗的个性和特点除了意象上有所表现外,更体现在由意象所蕴含着的诗趣上。谢诗就展现了时人少有的一种情趣。若细论之,这一系列意象里也有着时代与家世的一些投影,诗的内涵也由此而得到拓展。深入地探求作家寄寓在作品中的思想与情志,人们不难发现,谢诗就不再是

---

① 〔意大利〕卡尔维诺:《未来千年文学备忘录》,辽宁教育出版社1997年版,第17页。
② 胡家祥:《志情理:艺术的基元》,百花洲文艺出版社2005年版,第208页。
③ 张玉谷:《古诗赏析》,上海古籍出版社2000年版,第4页。

个人情志的随意抒发,而是深入一层地表现了诗人当时极为复杂的心绪,寄托深微,构成了独特的美学境界。谢诗多为绘形写心之作,这样的审美追求显示出诗人独出心裁的探索精神与创新意识。诗人利用客体物象融进自己的人生感受与艺术感知力,诗情也就由直露而变得婉曲,这都表明诗人对于意象建构的技巧得心应手。刘长卿《罢摄官后将还旧居留辞李侍郎》说:"世难慵干谒,时闲喜放归。潘郎悲白发,谢客爱清辉。""谢客爱清辉",这是一个包孕非常丰富的话题,深得作者诗心。这一清辉理想境界的有效建构,审美意象是其中起重要作用的一个内涵。黄子云《野鸿诗的》:"康乐于汉、魏外别开蹊径,舒情缀景,畅达理旨,三者兼长,洵堪睥睨一世。"①"睥睨一世"地位的确立也蕴含着富有包孕性的新奇意象的开掘之功。

　　总之,谢灵运以独具的慧心慧眼,通过自己手中的生花妙笔刻画出了多姿的山水风貌,进一步拓展了诗歌的本质内涵,其中蕴含着极为丰富的地域审美因素,从而也更生动地传达了自己的心境,凸显了诗歌的抒情性,也让自我生命的存在带有诗意。这一现象的出现具有一种历史意义的飞跃,也蕴含着历史的必然性,也才有嗣后文人的不绝咏唱。林继中在评述唐君毅《中国文化之精神价值》"中国民族之精神,由魏晋而超越纯化,由隋唐而才情汗漫,精神充沛"一句时指出:"晋宋之际文学意象化追求,正是其超越纯化的体现,由此培养了独特的诗性思维,是文学自立之根本。"②审美技法、艺术品格等方面都是既有承续也有新创的。魏、晋、南北朝诗人,进行了包括意象化追求在内的多方面的艺术探索,对唐代诗歌的全面繁荣,有着重要的奠基意义,陶乐自然的谢灵运尤为其中最具代表性的诗人之一。但也不可否认的是,谢灵运的作品中,意象密度过高,一些作品甚至给人以密不透风之感,情志与哲理在写景或叙事的过程中自然消融于意象中的完美结合还不是很好,这有待于唐人在这一基础上的进一步完善。文学成就和文学影响作为一种历史现象,值得后人细加探究。葛晓音《走出理窟的山水诗——兼论大谢体在唐代山水诗中的示范意义》强调:"大谢状物的精致使王维懂得形象确定性的重要,而其堆砌和繁琐又使王维明白形象的过分确定也会限制人的想象空间,使诗歌失去回味的余地。因而他善于用清丽去冲淡大谢的华靡,用简约压缩大谢的繁缛。"③

---

① 丁福保辑:《清诗话》(下册),上海古籍出版社1978年版,第862页。
② 林继中:《文化建构文学史纲(魏晋—北宋)》,北京大学出版社2005年版,第72页。
③ 臧维熙主编:《中国山水的艺术精神》,学林出版社1994年版,第161页。

作为一个时代美学思想变迁的敏锐感受者,谢灵运得时代风气之先,对社会现象、自然物象都有独特的发现和感受,从而全面深刻地展示了诗坛的变革路向。谢灵运山水诗是一个特定时代的产物,较为全面地拓展了诗歌的言说空间,深刻地揭示出本不为人注意的"虚泛径千载,峥嵘非一朝。乡村绝闻见,樵苏限风霄"(《石室山》)的自然美之奥秘,又深藏着对人生的那一份执着,固然一些作品匠心刻意以传神写照,以繁富取胜,但多不失自然的真趣,在玄言诗之后重振中国传统诗歌的生命力,审美力度之强少有人及。谢诗在当时就得到极高的评价。《南史·颜延之传》载:"延之与陈郡谢灵运俱以辞采齐名……延之尝问鲍照己与灵运优劣,照曰:'谢五言如初发芙蓉,自然可爱。君诗若铺锦列绣,亦雕缋满眼。'"鲍照之外,汤惠休也有这样的评语"谢诗如芙蓉出水,颜如错彩镂金"(钟嵘《诗品》卷中引),这或许与文人相轻有关,因为"延之每薄汤惠休诗,谓人曰:'惠休制作,委巷中歌谣耳,方当误后生。'"(《南史·颜延之传》)但鲍照、汤惠休二人都强调谢诗展现出一种自然美,很能说明那一时代的审美取向。这表明当时文坛对这一现象在本质上的认同。梁简文帝萧纲《与湘东王书》也称赞谢灵运"吐言天拔,出于自然"。后人遂用"自然"一词来肯定和赞美谢诗的审美主导品格。如叶梦得《石林诗话》卷下:"古今论诗者多矣,吾独爱汤惠休称谢灵运为'初日芙蕖',……最当人意。'初日芙蕖',非人力所能为,而精彩华妙之意,自然见于造化之妙。灵运诸诗,可以当此者亦无几。"①陈绎曾《诗谱》论谢诗也称"以险为主,以自然为工"。②

谢灵运生活时代的诗坛,笼罩在玄言诗的浓郁空气中。陶渊明、谢灵运二人探索能够更好地表达自我心声的艺术趣味,并且都获得了成功。方东树《昭昧詹言》卷五认为:"陶公不烦绳削,谢则全由绳削,一天事,一人功也。"③陶、谢之诗处于时代文学高峰,具有一种超越前人的历史意义。但陶诗的冲淡风格在当时的艺术界、美学界又没有多少市场,并为时人所讥评。谢诗的出现,带给人们一种崭新而奇异的诗美,对读者审美心理构成一股强大的撞击力,正合乎时代与时人的审美需求。"谢灵运的山水诗中,甚至东晋一部分写到山水的玄言诗中那些谈论玄理的句子,其实未尝不可视为作者企图传达其审美感受的一种努力。……当时人对山水之美的感受是与对

① 何文焕辑:《历代诗话》(上册),中华书局1981年版,第435页。
② 丁福保辑:《历代诗话续编》(中册),中华书局1983年版,第630页。
③ 方东树著,汪绍楹校点:《昭昧詹言》,人民文学出版社1961年版,第131页。

玄理的领悟密不可分的。"①

　　同时,谢诗大量使用双声叠韵字,如《于南山往北山经湖中瞻眺》"侧径既窈窕,环洲亦玲珑",《从斤竹涧越岭溪行》"萍蘋泛沉深,菰蒲冒清浅",更是上句双声叠韵,下句叠韵双声,以及《夜发石关亭》"亭亭晓月映,泠泠朝露滴"等叠字的运用等,都从一定层面推动诗艺的完美。萧涤非先生《读谢康乐诗札记》引黄节语:"双声叠韵,在六朝时,诗家文家,皆极注意。唐宋以下,此道不讲,唯工部一人,尚经意为之。康乐诗中此类对语极多。"②

　　总之,谢灵运在诗歌创作(尤其是山水诗创作)中将生活现象加以"诗化",吸取前代诗人的成果而加以创造,别创诗格,师心独造,进一步完善诗歌的表现力,完全不同于过去任何一个时代的任何一个作家的创作实践,有着一种唯我独具的文学新景观,开辟了传统诗歌的全新天地,中国已逾千年的诗坛风气为之丕变。王夫之《明诗评选》评汤显祖(1550—1616)《遥和诸郎夜过桃叶渡》:"用康乐五言新法入歌行。"顾璘《客居杂言》:"迟日照东轩,淑景媚清晓。暖吹荡轻花,晴光悦幽鸟。披衣俯前楹,茸茸见新草。感时思故乡,怀人伤远道。南望登高台,长河波浩浩。"廖可斌指出此诗"婉丽清雅,显然有谢灵运诗的影子。《四库总目提要》谓顾璘诗'远挹晋安之波'者,大约即指此类"。③

　　叶燮《原诗·外篇下》曾经就谢灵运与曹植二人做了一番比较,所论不一定完全正确,但给人一个很好的思考角度:"谢灵运高自位置,而推曹植之才独得八斗,殊不可解。植诗独《美女篇》可为汉、魏压卷,《箜篌引》次之,余者语意俱平,无警绝处。《美女篇》意致幽眇,含蓄隽永,音节韵度,皆有天然姿态,层层摇曳而出,使人不可仿佛端倪,固是空千古绝作。后人惟杜甫《新婚别》可以伯仲,此外谁能学步?灵运以八斗归之,或在是欤?若灵运名篇,较植他作,固已优矣,而自逊处一斗,何也?"④

第五节　谢灵运山水诗对浙地山水文学的影响

　　吴乔(1611—1695)《围炉诗话》卷二引冯班(1602—1671)语:"汉人作

---

①　王运熙、杨明:《魏晋南北朝文学批评史》,上海古籍出版社 1990 年版,第 212 页。

②　萧涤非著,萧光乾选编:《萧涤非文选》,山东大学出版社 2006 年版,第 416 页。

③　廖可斌:《明代文学复古研究》,商务印书馆 2008 年版,第 185 页。

④　丁福保辑:《清诗话》(下册),上海古籍出版社 1978 年版,第 602 页。

赋,颇有模山范水之文,五言则未有。后代诗人之言山水,始于康乐。"①谢灵运之所以能够开创山水诗领域的新天地,与浙江山水的滋养有极大的关系。李嘉祐(生卒年不详)《送舍弟》说:"诸谢偏推永嘉守。"王十朋《同钱用明、用章游白石岩》表达得更为明确:"谢公好山水,得郡古东瓯。"此言不虚,谢灵运倚山临水之余,倾注全力作诗,将人生的激情与感喟都融合到景物中,还曾专门作有中国最早地记之一的《永嘉记》。在谢灵运前后,关于浙江的山水纪游之作有孔灵符《会稽记》,郑缉之(420—479)《永嘉记》《东阳记》,孙诜(生卒年不详)《临海记》等。把王十朋所论扩而大之,作为古今山水知己的谢灵运,一生闻奇必赴,发现自然界的美,而他的山水诗之所以能够真切地写出山水的真性情,几乎可以说是一笔一境,更多地得益于浙江大地的奇山异水;同时,他的人生探险与艺术探索别生眼目,有着不同流俗的魅力,给后代的浙江山水文学家以极大的启示。沈德潜《说诗晬语》卷下认为:"游山诗,永嘉山水主灵秀,谢康乐称之;蜀中山水主险隘,杜工部称之;永州山水主幽峭,柳仪曹称之。略一转移,失却山川真面。"②陈仅(1787—1868)《竹林答问》也指出:"游山水者,秦、蜀诗学老杜,江、浙诗学康乐,滇、粤诗学仪曹,边塞诗学嘉州。"③面对充满活力的浙江山水,人们借以躲避生活中的凄风冷雨,探奇抉奥,晨昏晴雨而不顾,然后形诸吟咏,"中心藏之,何日忘之"(《诗经·小雅·鱼藻之什》),代代赓续,未曾衰竭。浙东唐诗之路的形成也与谢灵运的贡献与影响密不可分。

固然是"谢公行处苍苔没"(李白《庐山谣寄卢侍御虚舟》),但如同宋之问(656?—712?)在《宿云门寺》一诗中所说的:"庶几踪谢客,开山投剡中。"更多的人步谢客之后,身自盘桓,投入到山水的无限世界中,倾心于描绘山水风光,这一切都源自皇甫曾《过刘员外长卿别墅(一作碧涧别业)》所说的"谢客开山后",有着特定的情感指向。谢灵运所开创的山水题材创作范式对后世产生了无可估量的影响,可谓百代风范,泽惠无限。当时就从者甚众,如萧晔(467—494)"与诸王共作短句,诗学谢灵运体"(《南齐书》卷三五《高帝十二王传》),稍后,伏挺(484—548)"有才思,好属文,为五言诗,善效谢康乐体"(《梁书》卷五五《伏挺传》)。

---

① 郭绍虞编选,富寿荪校点:《清诗话续编》(上册),上海古籍出版社 1983 年版,第 521 页。

② 丁福保辑:《清诗话》(下册),上海古籍出版社 1978 年版,第 550 页。

③ 郭绍虞编选,富寿荪校点:《清诗话续编》(下册),上海古籍出版社 1983 年版,第 2246 页。

"要使名如越山重,直须人似谢公贤。"(王十朋《东高山》)后人受惠于谢灵运创作经验者众,也各擅胜场,但浙地更为直接,更能实地考察而得。王履(1332—1391)《〈华山图〉序》曾经说过:"吾师心,心师目,目师华山。"从另一个角度去理解,在华山脚下写华山是最适当的,即后梁荆浩《笔法记》所说的:"写云林山水,须明物象之源。"①谢灵运与浙江山水文学的关系亦近之,是别一层意义上的以造化为师,后人更是以谢为师。谢灵运生活与创作的场景总是无限吸引着后人,李白也禁不住神往"谢公宿处今尚在"(《梦游天姥吟留别》),遐思无限。如《南史》卷二一《王籍传》载:"(王)籍好学,有才气,为诗慕谢灵运。至其合也,殆无愧色。时人咸谓康乐之有王籍,如仲尼之有丘明,老聃之有严周。"王籍(生卒年不详)的《入若耶溪》是山水诗上的名篇,天机自流:"舻艓何泛泛,空水共悠悠。阴霞生远岫,阳景逐回流。蝉噪林逾静,鸟鸣山更幽。此地动归念,长年悲倦游。"王夫之《古诗评选》卷六评为:"清婉,则唐人多能;一结弘深,唐人之问津者寡矣。'蝉噪林逾静,鸟鸣山更幽',论者以为独绝,非也,自与'海色晴看雨,江声夜听潮'同一反跌法,顺口转成,亦复何关至极!'逾'、'更'二字,斧凿露尽,未免拙工之巧。拟之于禅非比二量语;所摄非现量也。"②

崔峒(生卒年不详)《越中送王使君赴江华》"旧许新诗康乐齐",希望创作过程中突破陈套,使抒情言志的美学旨趣得以实现与升华,表达了许多诗人的共同愿望。谢灵运山水文学创作对后世的影响大致可分为几个方面:

第一,题材选择。

审美首先是一种选择。谢灵运追求新鲜的审美体验,并不囿于古人。葛立方(?—1164)《韵语阳秋》卷十三认为:"烟霞泉石,隐遁者得之,宦游而癖此者鲜矣。谢灵运为永嘉,谢玄晖为宣城,境中佳处,双旌五马,游历殆遍,诗章吟咏甚多,然终不若隐遁者藜杖芒鞋之为适也。"③苏渊雷为黄立中主编《江心屿历代题咏选》所作的在《序》中以诗的语言写道:"永嘉山水窟,远溯东瓯旧治。自郭璞筑城,白鹿献瑞,九山斗拱,一江襟带,南北景点,于焉罗列。逮夫谢客寻异,浩然题诗,李白发江亭之咏,赵碬称东晋江山之最,中川孤屿遂名噪一时。"④永嘉山水"山间阁道盘岩底,海界孤峰在浪中"(方

---

① 俞剑华编著:《中国古代画论类编》(修订本),人民美术出版社1998年版,第607页。
② 王夫之评选,张国星校点:《古诗评选》,文化艺术出版社1997年版,第305页。
③ 何文焕辑:《历代诗话》(下册),中华书局1981年版,第589页。
④ 黄立中主编:《江心屿历代题咏选》,浙江古籍出版社1995年版,第1页。

干《送永嘉王令之任二首》之二），谢灵运对此情有独钟，肆意游玩，留下不灭的记忆，也多表现为理性的激情。孟郊《越中山水》所谓"赏异忽已远，探奇诚淹留"，显然是承接这样的精神。吴师道(1283—1344)《吴礼部诗话》："作诗之妙，实与景遇，则语意自别。古人模写之真，往往后人耳目所未历，故未知其妙耳。"①观点通达，正可以论谢诗。永嘉人许及之有题写家乡风光的《题江心寺》："屹立中川屿，江行结斗城。千滩界岩下，两塔涌波擎。布地有沙涨，中天惟月明。清宵挠禅定，端是棹歌声。"把自己的感情对象化，散淡自在，在同类作品中有一定特色，首句构想明显源于谢灵运《登江中孤屿》诗。许及之(？—1209)，字深甫，号涉斋。孝宗隆兴元年(1163)进士，累官至知枢密院事。有《涉斋集》。

　　皎然《诗式》："两重意已上，皆文外之旨。若遇高手，如康乐公，览而察之，但见情性，不睹文字，盖诣道之极也。"②白居易《余杭形胜》说："梦儿亭古传名谢。"朱庆余《送僧游温州》也说："石门期独往，谢守有遗篇。"这些都对后人有极大震动。方干《叙钱塘异胜》对谢灵运有极高的评价："暖景融融寒景清，越台风送晓钟声。四郊远火烧烟月，一道惊波撼郡城。夜雪未知东岸绿，春风犹放半江晴。谢公吟处依稀在，千古无人继盛名。"徐玑《初夏游谢公岩》："又取纱衣换，天晴起细风。清阴花落后，长日鸟啼中。水国乘舟乐，岩扉有路通。州民多到此，独自忆髯公。"徐玑来到谢公岩，品味山林神韵，由眼前山水回望历史，最令人提及的自然是谢公。又《谢步石鼓山》更是以眼前景象为触发情怀的媒介，从"谢公曾步处"起笔，翻空立意："谢公曾步处，石鼓尚依然。地狭川多涨，山高浦欲旋。不因诗句说，更复有谁传？怀望徘徊久，寒郊起暮烟。"清代永嘉本土诗人陈遇春(1765—1842)作有《怀谢灵运追步〈登绿嶂山〉原韵》诗，基本得谢诗神髓："贪缘山水胜，妙入维摩室。木屐不辞艰，淹日兴未毕。山霞绚古文，石苔炫新质。藤萝咫尺迷，竹箓参差密。峰顶凌苍雯，岩罅漏红日。缅昔谢公游，神理恍能悉。习静屏喧嚣，履险叶贞吉。苍翠尚多群，灵秀迥非匹。晦明态各殊，温寒候讵一。日夕咏而归，白云携袖出。"又，乐清徐乃康(1828—1892)有《和谢康乐〈登江中孤屿〉诗》，不敢说能得其神髓，也算是基本领悟谢诗意味："神山不可即，绝岛足盘旋。江流自千古，胜景为谁延？双峰兀孤屿，一水划中川。日月深沐浴，云山倍明鲜。梵音象外领，风籁空中传。四顾旷心目，一觉息尘缘。何

---

①　丁福保辑：《历代诗话续编》(中册)，中华书局1983年版，第593页。

②　何文焕辑：《历代诗话》(上册)，中华书局1981年版，第31页。

必登员峤,栖真以养年。"这真称得上"孤屿共题诗"(孟浩然《永嘉上浦馆逢张八子容》)了。总之,这一类作品,个性面貌较为突出;与谢诗相比,略显疏密有致。

谢灵运过后一千多年,清人杭世骏过富春江,作《七里濑用康乐韵》:"读书面前修,夙昔蕴嘉眺。帆迟路转纤,景入山逾峭。绝代揖孤潜,荒途隐客曜。鱼衔堕叶沉,鸥倚丛竹啸。披裘既沉冥,晞发亦宏妙。共葆遗世情,庶远攒峰诮。高台蔓荒烟,千古仰垂钓。手无竹如意,扣舷未殊调。"魏之琇也有《七里滩次谢康乐韵》:"众壑喧夕闻,连山竦晨眺。苍波既渺弥,赤岸亦陀峭。激瀑时飞凌,微阳数隐曜。渚暖水禽戏,崖阴木客啸。客星此沉冥,陈迹缅幽妙。肥循犹雅怀,虚声讵遗诮。落日响樵苏,前川答渔钓。仿佛沧浪歌,泠泠多古调。"比起谢诗原作,均略显奔放流丽。

除了对题材进行广泛开拓的同时,也有具体而微的如李白《梦游天姥吟留别》所谓"谢公屐"之类的接受与影响。戴复古《会心》诗就说:"我本江湖客,来观雁荡奇。脚穿灵运履,口诵贯休诗。景物与心会,山灵莫我知。白云迷去路,临水坐多时。"观永嘉山水,"脚穿灵运履"是最自然不过的了。

第二,写作技艺。

方东树《昭昧詹言》卷六:"谢、鲍二家起句,多千锤百炼,秀绝寰区;与杜公峥嵘飞动,往复顿挫,皆为起句宗法。"[①]文学体式的变化,是推动文学演化的重要力量。上引皎然《诗式》:"曩者尝与诸公论康乐为文,真于情性,尚于作用,不顾词彩,而风流自然。……惠休所评'谢诗如芙蓉出水',斯言颇近矣!故能上蹑《风》《骚》,下超魏晋。建安之作,其椎轮乎?"寒山《重岩我卜居》就直接引用谢灵运《过始宁墅》全句:"重岩我卜居,鸟道绝人迹。庭际何所有,白云抱幽石。"厉鹗《雪中圣几招饮秋声馆用前韵》自称"力将陶谢追风雅,耻共金张较瘦肥",但也寻绎精雕细琢的艺术技巧,期待自创一片天地。谢灵运《七里濑》"潺湲"一词,写出富春江的特征,沈约《新安江至清浅深见底贻京邑同好》加以化用:"愿以潺湲水,沾君缨上尘。"杜牧(803—852?)《睦州四韵》进而强化,远近得宜:"州在钓台边,溪山实可怜。有家皆掩映,无处不潺湲。好树鸣幽鸟,晴楼入野烟。残春杜陵客,中酒落花前。"就沈约而言,游仙诗《游沈道士馆》的山水描写部分都有谢诗的影子:"山嶂远重叠,竹树近蒙笼。开襟濯寒水,解带临清风。"所以,陈祚明《采菽堂古诗选》卷二三

---

① 方东树著,汪绍楹校点:《昭昧詹言》,人民文学出版社1961年版,第167页。

甚至肯定"休文诗体,全宗康乐"①,认为沈约《早发定山》"颇仿康乐,故知昭明所选,惟取高清"。②吕祖谦《清晓出郊》总体章法上也有谢诗影子:"落月窥瓮牖,殷勤唤人醒。蓐食治野装,行行向郊坰。林端横宿霭,未放群山青。藕花断复续,莫辨浦与汀。初闻露花香,一洗廛市腥。清景竟难挽,晨光著邮亭。留眼数天际,尚余三四星。车尘驾暑气,白汗如翻瓶。凉燠一机耳,愠喜谁使令。泠然解其会,冰壶在中扃。"前半写景如画,后半说理,全诗几乎分为两截,甚为憾事。

方东树《昭昧詹言》卷五认为:"谢公不过言山水烟霞丘壑之美,已志在此,赏心无与同耳,千篇一律。惟其思深气沉,风格凝重,造语工妙,兴象宛然,人自不能及。"③谢灵运一度真的与山水烟霞为伴,有一种审美的投入感,"造语工妙"自不待言,后人更加讲求手法成熟。周衣德有描写家乡楠溪江美景的《溪行》诗:"每爱溪行胜陆行,免教攀陟太劳生。水禽导我多闲意,山翠窥人有故情。九丈潭深龙影卧,双岩滩险虎牙撑。淹留日暮沙边宿,何处浮槎贯月横。"周衣德(1778—1842),永嘉人。深山溪涧幽曲,逗人游兴。两岸奇异景致扑面而来,目不暇接,动静相谐,富含生机,不知不觉中已经是日暮时分。

严维《晦日宴游》称道:"谢客旧能诗。"严维自己的《奉和独孤中丞游云门寺》就有谢诗影子:"绝壑开花界,耶溪极上源。光辉三独坐,登陟五云门。深木鸣驺驭,晴山曜武贲。乱泉观坐卧,疏磬发朝昏。苍翠新秋色,莓苔积雨痕。上方看度鸟,后夜听吟猿。异迹焚香对,新诗酌茗论。归来还抚俗,诸老莫攀辕。"胡应麟《诗薮·外编》卷六指出:"(元人)至登山临水,真景目前,却不能著语形容。谢康乐五言古,王中允五言绝,皆闲远幽深,读之如画。乃元世无一篇近者,殊可笑也。"④指的大概就是这样的作品。戴表元《〈赵子昂诗文集〉序》则这样认为:"余评子昂古赋,凌历顿迅,在楚、汉之间;古诗沉潜鲍、谢;自余诸作,尤傲睨高适、李翱云。"实际上,赵孟頫的作品固然有"池塘处处生春草"(《虞美人》)之类借用谢诗意象,但全面衡量,与谢灵运还是有较大距离的。戴表元自己的《北溪》则融会谢灵运以游观为特征的审美艺术,流注着审美主体真挚的感情,又具曲折回环之趣:"乱云穿尽得平

① 陈祚明评选,李金松点校:《采菽堂古诗选》,上海古籍出版社 2019 年版,第 728 页。
② 陈祚明评选,李金松点校:《采菽堂古诗选》,上海古籍出版社 2019 年版,第 740 页。
③ 方东树著,汪绍楹校点:《昭昧詹言》,人民文学出版社 1961 年版,第 129 页。
④ 胡应麟:《诗薮》,上海古籍出版社 1979 年版,第 239 页。

芜,一段冰寒碧玉壶。犹是春风未相弃,山前吹长万龙须。"

第三,情感定位。

唐志契(1579—1651)《绘事微言》:"凡画山水,最要得山水性情。"①谢灵运可以称得上中国文化史上最早"得山水性情"的人之一。由于政治上受到排挤,极不得志,"殷忧不能寐,苦此夜难颓"(《岁暮》),谢灵运于是移情山水,"春事日已歇,池塘旷幽寻"(《读书斋》);他的内心本来就不清净,外放州郡后,就更要展现与时俗殊异的生活情趣,寻求地理上的偏远,"遂肆意游遨,遍历诸县,动逾旬朔。……寻山陟岭,必造幽峻,岩嶂千重,莫不备尽登蹑",并且,"尝自始宁南山伐木开径,直至临海,从者数百人。临海太守王琇惊骇,谓为山贼,徐知是灵运乃安"(《宋书·谢灵运传》),于是,就有了"杪秋寻远山,山远行不近"(《登临海峤初发强中作,与从弟惠连,见羊何共和之》)的自乐,也有了"邦君难地险,旅客易山行"(《赠王琇》)的自诩。洪颐煊(1765—1837)《台州札记》卷一指出:"临海自吴立郡,其路不至,灵运始开。当是山僻仄径,其榛芜就加除尔。"②极是。可以想见,奇异的蛮荒山水,已完全吸引了诗人全部的审美注意力。而在一番寻幽探奇之后,诗人"所至则为诗咏,以致其意焉"(《宋书·谢灵运传》),以恣情游览各地胜境、赏会景物独具之美为乐,真的要"将穷山海迹"(《永初三年七月十六日之郡初发都》),并且从心底呼喊出"苕苕万里帆,茫茫终何之? 游当罗浮行,息必庐霍期。越海陵三山,游湘历九嶷"(《初发石首城》)的壮语。谢灵运《登江中孤屿》宣称"江南倦历览,江北旷周旋",洋溢着诗人个体的生命体验,正如李文初所论:

> 这个"倦"字,不是体力上的疲倦,也不是精力上的困倦,而是审美心理上得不到新的满足而生起的厌倦。③

可见,这一个"倦"字才是全诗最为出彩的点睛之笔。自此以后,谢灵运游历更为广泛,也更以恣情游览各地胜境为乐,处于僻远荒陬者亦全身心投入,以此丰富自己审美感受,而非徒具表面。谢灵运作品更多的还是展现自身对现实所采取的极富个体意义的抗争历程,反映诗人探索人生的历程。叶绍翁《登谢屐亭赠谢行之》:"君家灵运有山癖,平生费却几两屐。从人唤渠作山贼,内史风流定谁识。西窗小憩足力疲,梦赋池塘春草诗。只今屐朽

---

① 俞剑华编著:《中国古代画论类编》(修订本),人民美术出版社 1998 年版,第 742 页。
② 洪颐煊著,徐三见点校:《台州札记》,中国文史出版社 2004 年版,第 5 页。
③ 李文初:《汉魏六朝诗歌赏析》,广东人民出版社 2008 年版,第 282—283 页。

诗不朽,五字句法谁人追。天台览遍兴未已,天竺山前听流水。秦人称帝鲁连耻,宁向苍苔留屐齿。摩挲苔石坐良久,便欲老此岩之根。吾侪劝渠且归去,请君更学遥遥祖。遥遥之祖定阿谁,曾出东山作霖雨。乙庵未省却问侬,莫是当年折屐翁?"称道他人也是以谢家为拟,如李良年(1635—1694)《酬曹升阶中翰》:"君家中丞爱丘壑,探奇日有登临作。已得清吟共惠连,更从天际怀康乐。"李良年,原名法远,又名兆潢,字武曾,号秋锦,秀水(今嘉兴)人,和朱彝尊并称"朱李"。李良年《〈石月楼诗〉序》:"予尝谓山水之外无诗。非无诗也,诗不得山水之助,虽极工,予之好不存焉,是予之癖也。"这样的"癖好"应该有谢灵运的影响。《四库全书总目》卷一八三《〈秋锦山房集〉提要》评李良年创作:"良年少有隽才,其游踪几遍天下,所未至者秦蜀、岭峤耳。其诗清峭洒落,亦颇得江山之助。惟自少至老,风调不变,其蹊径之狭,殆才分所偏欤。"

施闰章(1619—1683)《〈阳坡草堂诗〉序》:"诗言志,视其性情。苟非其人,虽学弗工也。其次则视地,邱壑之美,江山之助,古之咏歌见志者,往往藉是。"此论发前人所未发。山水文学的成功与否,取决于人的性情与山水之美是否有机而完美地结合。"东南富春渚,曾是谢公游。"(郎士元《送奚贾归吴》)纵情游览名山胜景,对自然的感悟力大大提高,进一步激发诗情。"从人类生命生成的生态条件看,人类与生俱来就有对于自然山水的归依性,回归自然是其生命存在本身的生态意识和感觉的顺应。"[1]艺术注意力自然发生相应的转移。谢灵运的好游之风影响到人们山水文学创作的情感定位问题,杨蟠《谢公祠》说:"爱诗已成癖,山癖过于诗。今我见公影,笑公还自痴。"深厚之情而出之以清淡之致。刘基《九日舟行至桐庐》有"溯湍怀谢公,临濑思严子"的情意表达,骆文盛(1496—1554)《假山》也自称"平生山水兴"。有一颗真诚的诗心,爱得真切,诗境才美。王思任一生更以"游山不及老,灵运许心知"(《衢江道中》)而自得,亲近山水的秉性以谢公为标杆。谢灵运感慨世道,怀才不遇,从而情满山水,人们自然感慨系之,但新的立意也是不可避免的。

"昔之善写山川者,莫如康乐。"(屈大均《〈桂林纪游诗〉引》)植根于当时诗坛所提供给他的历史条件,谢灵运汲取并发展了这一有益的艺术经验,在诗艺方面有自己的体悟。尽物之态,穷物之情,重视精雕细刻,但并不丧失诗歌应有的美质。正所谓文各有体,得体为佳。苏轼在《寄题兴州晁太守新

---

① 王志清:《盛唐生态诗学》,北京大学出版社2007年版,第25页。

开古东池》诗中表达了"自言官长如灵运，能使江山似永嘉"的愿望。谢灵运作于景平元年(423)的《归涂赋》先阐述行旅赋的创作缘由，主体部分叙写作者从永嘉返始宁一路所见的深秋景色与内心感受："昔文章之士，多作行旅赋。或欣在观国，或怵在斥徙，或述职邦邑，或羁役戎阵。事由于外，兴不自己。虽高才可推，求怀未惬。今量分告退，反身草泽，经涂履运，用感其心。赋曰：承百世之庆灵，遇千载之优渥。匪康衢之难践，谅跬步之易局。践寒暑以推换，眷桑梓以缅邈。褫簪带于穷城，反巾褐于空谷。果归期于愿言，获素念于思乐。于是舟人告办，仁楫在川。观鸟候风，望景测圆。背海向溪，乘潮傍山。凄凄送归，愍愍告旋。时旻秋之杪节，天既高而物衰。云上腾而雁翔，霜下沦而草腓。舍阴漠之旧浦，去阳景之芳蕤。林承风而飘落，水鉴月而含辉。发青田之枉渚，逗白岸之空亭。路威夷而诡状，山侧背而易形。停余舟而淹留，搜缙云之遗迹。漾百里之清潭，见千仞之孤石。历古今而长在，经盛衰而不易。"

最后也须指出，谢诗固然取得不俗成就，但其缺陷也是不可避免的，一些作品结构分为前后两截，情景乖离；一些则文辞艰涩，影响审美传达效果。后人逐渐避免谢灵运在创作中过于讲究藻饰的瑕疵；当然，后人学谢有成功，也有失败。厉志《白华山人诗说》卷一："学古人最难，须以我之性情学问，暗暗与古人较计，所争在神与气，袭貌者不足道也。"①说的就是这个道理。

总之，谢灵运的创作给后人以极大的启示，后人也以此为基础展开全面探索，深化表现内涵，构建整体意境，扩大文化意蕴，并最终实现主观情思与山水物象之间的相互融化，山水文学也就成了中国文学中异彩绽放的领域之一。

---

① 郭绍虞编选，富寿荪校点：《清诗话续编》(下册)，上海古籍出版社 1983 年版，第 2272 页。

第三章　唐代浙江山水文学

第一节　简说

文化具有共时性和历时性双重特征。有唐一代,历史进入一个新时期,民物康阜,而物质生活水平的提高带来文化艺术的繁荣。从以诗观人的方法可知,唐代的文人群体发生极大变化,多有封侯万里之愿。人们对诗歌美学品格的认识也越来越深刻。初盛唐之间更是具有鲜明的盛世气象,有着极为宽松的创作环境。生值明时,遭逢圣君。沐浴着同一时代精神,他们都充满生命的激情与对现实的关怀,具有鼎盛时代的雄大气魄和浪漫情怀,怀抱旋转乾坤的理想,表现出一种盛世的时代精神,吸取各家之长,共同创造出流光溢彩的唐型文化。胡明《关于唐诗》所语实为有得之论:"整整一个时代,诗是生命的原旨,诗是文化的正色,诗是学术的主调。几乎整整一代人高张着感性的风帆,喷薄着生命的热力,内心激涌着诗的冲动,笔下铺展开锦绣玉缀。"①有唐一代,崇尚天性自由诗人的文化视野更为开阔,艺术触角敏锐,抒写世间之真美,真正浸透了浪漫精神,也富有朝气和开拓精神,多有宏大的叙事视角,注重炼气、炼神,加之变化无方的抒情方式,为帝国润色鸿业。

"诗寻片石依依晚,帆挂孤云杳杳轻。"(赵嘏《送滕迈郎中赴睦州》)在全方位展示的同时,唐代山水文学也多展现一派人与自然怡然相亲的气象,都

---

① 胡明:《关于唐诗》,《古典文学纵论》,辽海出版社 2003 年版,第 14 页。

有着对诗美的一种自觉追求,信笔挥洒,进一步拓宽山水美学领域,一扫先前曾经有过的绮丽柔靡之风,追求一种审美的无限境界,自然朗畅,气势之雄更是难以跨越。"漫游无远近,漫乐无早晏"(元结《漫酬贾沔州》),唐人心灵空间得以真正张扬,富有现实的精神,足迹所及亦远远超过前代,情境也更趋于个性化、具体化,展现了令后人难以企及的深刻的审美力,产生了李白、杜甫、王维等杰出的山水文学作家。吴乔《答万季野诗问》所谓"读唐人诗集,知其性情,知其学问,知其立志",①唐人固然极为注重主观情意的抒发,但后人可以透过他们的内心冲突更全面、更真切地窥见社会的缤纷陆离。

著名学者顾随认为:"文明、文化在打破限制,但旧的方打破,新的就成立了,重重打破,重重成立。人生如此,文学表现人生,故亦如此。"②在这"重重打破,重重成立"的社会浪潮中,唐代的浙江山水文学也随着时代的步伐前进。浙江作家人品诗品多有足观者,甚至有了一个地方性的诗歌流派——"睦州诗派"。他们任心自适,高视阔步,张扬主体精神,展现了对理想生活方式的追求,也表达出酷嗜山水美景的情怀,从审美角度去感受、审视对象,并能融胸襟抱负于山水景物之中,开掘大自然蕴藏的美,天然带有诗意的情调。他们学无常师,或倾心于壮美,如骆宾王、祝其岱等;或着力于幽美,如著名诗僧皎然、钱起、施肩吾等;或阳刚、阴柔二者兼具,如顾况等,对中国文学题材完善与艺术精美等均做出巨大开拓。李从军在《唐代文学演变史》一书中肯定地指出:"文学史上伟大变革的完成,常常需要经过好几代人的努力。这中间既有潜移默化,又有飞跃突变。"③就山水文学而言,唐代就是一个飞跃突变的时代。而这一飞跃突变的成功,更多地与浙江大地发生极为重要的关联。可以分几个层面加以叙说:这既得益于交通的更为便利,如李肇(生卒年不详)《唐国史补》卷下所说"凡东南郡邑无不通水,故天下货利,舟楫居多",更来自于作家本身的更加成熟;既有浙江本土作家的努力与创造,固然他们中间有一部分人最终也带着"诗道未闻天"(朱可名《应举日寄兄弟》)的遗憾,也有浙江山水给全国各地作家所带来的惊叹与奇思,如贾岛(779—843)《送朱兵曹回越》"会稽半侵海,涛白禹祠溪"之类,或

---

① 丁福保辑:《清诗话》(上册),上海古籍出版社 1978 年版,第 25 页。

② 顾随讲,叶嘉莹笔记,顾之京、高献红整理:《中国古典文心》,北京大学出版社 2014 年版,第 82 页。

③ 李从军:《唐代文学演变史》,人民文学出版社 1993 年版,第 49 页。

如孟浩然《早发渔浦潭》所写："日出气象分,始知江湖阔。"总之,唐人对文学尤其是诗歌新领域的开拓比例高,力度大,不泥于成法,又往往能够把作品的主旨提升到一个新高度,艺术上也更为纯熟,可谓格高意远,流动华美,唤起人们热爱自然的情趣。傅雷:"对待新事物或外来的文化艺术采取'化'的态度,才可以达到融会贯通,彼为我用的境界。"①这一论述对唐人是最为适当的。下面,先介绍一下浙江籍部分作家的创作情况,再着重厘清"浙江唐诗之路"方面的一些问题。

骆宾王(619?—687?),字观光,又字务光,婺州(今金华)义乌人。出身寒门,其祖雪庄隋时曾任右军长史,父履元为青州博昌令,早卒。骆宾王早慧,七岁即能赋《咏鹅》诗,被时人目为神童。高宗朝为道王李元庆府属,后历任奉礼郎,武功、长安二县主簿,迁侍御史。骆宾王有过出塞的真正经历,曾久戍西疆,寻求立功穷荒,又宦游蜀中。高宗仪凤三年(678),骆宾王任侍御史,因上疏言事,触忤武后,被诬下狱。调露元年(679)遇赦出狱,贬临海丞。诗人作《久客临海有怀》:"天涯非日观,地纪望星楼。练光摇乱马,剑气上连牛。草湿姑苏夕,叶下洞庭秋。欲知凄断意,江上步安流。"痛苦的心灵在自然的天地里找到了归宿。后弃官,更增加了一份落寞无依的哀愁。睿宗文明元年(684),骆宾王随徐敬业起兵讨武,为艺文令,兵败不知所终。有《骆临海集》。

骆宾王一生傲岸不羁,诗作往往纵笔挥洒,议论风发。《秋日与群公宴序》展现了诗人的文学理想:"不有雅什,何以摅怀,共引文江,同开笔海。"

王勃《〈入蜀纪行诗〉序》说:"嗟乎! 山川之感召多矣,余能无情哉!"骆宾王也同样是一个钟情于山水的文学家,时有万丈豪情,"林泉恣探历,风景暂裴徊"(《同辛簿简仰酬思玄上人林泉诗四首》之三),寻找抒情遣怀的手段,帝国声威并不淹没他们的个性。冯梦祯《快雪堂集》卷三《序〈四子采真录〉》:"余之论文,以真为宗。一语之真充之,启口皆真矣。一言之真充之,掇体皆真矣。所谓美在其中,而畅于四肢,发于事业,直文也云乎哉!"骆宾王往往借助诗歌披露胸襟,注意质实真切的感情的抒发,在一定意义和层面上承诺了社会历史的使命。《淮南子·齐俗训》:"且喜怒哀乐,有感而自然者也。故哭之发于口,涕之出于目,此皆愤于中而形于外者也。譬若水之下流,烟之上寻也,夫有执推之者? 故强哭者,虽病不哀,强亲者,虽笑不和,情发于中而声应于外。"骆宾王的创作也多坦率真诚,一无伪饰。《至分水戍》

---

① 　傅敏编:《傅雷家书》(增补本),生活·读书·新知三联书店 1994 年版,第 410 页。

具有特定的兴寄内涵,思想深度与情感强度有机融会:"行役忽离忧,复此怆分流。溅石回湍咽,萦丛曲涧幽。阴岩常结晦,宿莽竞含秋。况乃霜晨早,寒风入戍楼。"分水戍,在今桐庐县。《早发诸暨》写于离家赴任临海路过诸暨的时候,诗歌借助山水描写,展示细腻曲折的心理活动,把那种难以名状的愁苦之情与眼前景物有机融会,五排的格式也比较独特:"征夫怀远路,凤驾上危峦。薄烟横绝巘,轻冻涩回湍。野雾连空暗,山风入曙寒。帝城临灞涘,禹穴枕江干。橘性行应化,蓬心去不安。独有穷途泪,长歌行路难。"《称心寺》写出意绪的纷繁杂乱,美景固然暖心,但难掩中情不悦,情思急速流转:"征帆恣远寻,逶迤过称心。凝滞蘅茞岸,沿洄楂柚林。穿溆不厌曲,舣潭惟爱深。为乐凡几许,听取舟中琴。"称心寺原名称心资德寺,建于梁武帝大同三年(537),在越州上虞(今绍兴市上虞区)的称心山上。称心山又名称山。《出石门》叙写石门奇观,先是远处环视,再是近处细察,顺作出世之想,有清雄之美,颇能体现唐人风韵:"层岩远接天,绝岭上栖烟。松低轻盖偃,藤细弱丝悬。石明如挂镜,苔分似列钱。暂策为龙杖,何处得神仙。"骆诗也写山水之乐,如《夏日游山家同夏少府》:"返照下层岑,物外狎招寻。兰径薰幽珮,槐庭落暗金。谷静风声彻,山空月色深。一遣樊笼累,唯余松桂心。"《游灵公观》写家乡风光:"灵峰标胜境,神府枕通川。玉殿斜连汉,金堂迥架烟。断风疏晚竹,流水切寒弦。别有青门外,空怀玄圃仙。"颔、颈二联以多个意象并置而实现美的价值的最大化:宝殿巍峨,玉堂高耸;风过疏竹,水自淙淙。

艺术作品是艺术家的个性创造。骆诗艺术上也自有成,诗境宏廓,不落窠臼。骆宾王山水诗与整体诗风一样,也称得上雄放清丽。《春晚从李长史游开道林故山》:"幽寻极幽墅,春望陟春台。云光栖断树,灵影入仙怀。古藤依格上,野径约山隈。落蕊翻风去,流莺满树来。兴阑荀御动,归路起浮埃。"诗人并不直白心曲,而是融情于物,章法井然有序。中间几句集中笔力写诗人的触目所见,为全诗之重心,使意象充满感染力,以此使抒发的情意更为深邃,诗歌自然生色不少。大自然的奇观丽景给人以美的享受,也唤醒人们的创造精神。"唐诗之所以能够以有若麻雀的鼻子那么短小的篇幅,蕴涵着有若沧海一样浩大的文化含量和精神含量,就是它以出色的悟性使有限的文字'接通'千载万里,给后世阅读者的悟性留下了广阔的'后设空间'。"①骆宾王的诗固然还没有完全达到这等包容古今的艺术深境,但探索

---

① 　杨义:《李杜诗学》,北京出版社 2001 年版,第 18 页。

之功自不可没。《冬日野望》把写景与思乡结合起来:"故人无与晤,安步陟山椒。野静连云卷,川明断雾销。灵岩闻晓籁,洞浦涨秋潮。三江归望断,千里故乡遥。劳歌徒自奏,客魂谁为招。"创新是艺术精神的集中体现。就诗歌语言而言,正如吴乔《围炉诗话》卷一所说的:"诗贵活句,贱死句。……无丰致、无寄托,死句也。"①骆诗多有深情寄寓其中,如寄意幽远的《渡瓜步江》,就有颇具个性的领悟:"捧檄辞幽径,鸣榔下贵洲。惊涛疑跃马,积气似连牛。月迥寒沙净,风急夜江秋。不学浮云影,他乡空滞留。"

祝其岱(634—729),字台峰,号东山,江山人。祝其岱曾于家乡江郎山上创办江郎书院,今犹留有遗址,正如沈九如(生卒年不详)《登江郎山怀古》诗所说的:"记得东山遗迹在,书香远镇甲东南。"江郎山位于江山市境内,2010 年 8 月作为"中国丹霞"系列之一与广东丹霞山、江西龙虎山等地列入世界自然遗产名录。顾祖禹(1631—1692)《读史方舆纪要》载:"《志》云:山高六百寻,一名金纯山,一名须郎山。有三峰皆耸秀,俗呼江郎三片石。山顶有池,人迹罕至。"祝其岱《登江郎山咏》四首从家乡美景写起,较好地结合物与情,内蕴丰富,也使作品具有一种豪壮美,以气局取胜。如其一:"一自登山洗旧踪,层层尽是白云封。今来古往谁如此,诸葛南阳有卧龙。"诗歌以即目触兴的写实手法入手,但接着就展开联想,主体不离刚健质朴之风。其二更是时代开放精神的张扬,展现俯仰天地的非凡气度,壮志自在其中,诗风轻俊飘逸:"三峰屹立插云天,笔笔书空年复年。待我养成翎翮健,奋身直上翠微巅。"白居易《江郎山》诗的后半部分明显深受其影响:"林虑双童长不食,江郎三子梦还家。安得此身生羽翼,与君来往醉烟霞。"

施肩吾(780—861),字希圣,号东斋,分水(今属杭州市富阳区)人。元和十五年(820)进士。张籍(766?—830?)《送施肩吾东归》:"知君本是烟霞客,被荐因来城阙间。世业偏临七里濑,仙游多在四明山。早闻诗句传人遍,新得科名到处闲。惆怅灞亭相送去,云中琪树不同攀。"施肩吾入道后称栖真子,《与徐凝书》中自称:"仆虽幸忝成名,自知命薄,遂栖心玄门,养性林壑。赖先圣扶持,虽年迫迟暮,幸免龙钟,其所得如此而已。"有《西山集》。《新唐书·艺文志三》载:"施肩吾诗集十卷。"

施肩吾过了二十多年的隐居日子后,开始漫游生活,途经钱塘、四明、越州、台州等地。写四明的有《同诸隐者夜登四明山》:"半夜寻幽上四明,手攀松桂触云行。相呼已到无人境,何处玉箫吹一声。"没有多少新异的意象描

---

① 郭绍虞编选,富寿荪校点:《清诗话续编》(上册),上海古籍出版社 1983 年版,第 504 页。

写,单在景色中蕴含了作者无限深情。《宿四明山》也是情感真切,景象鲜活:"黎洲老人命余宿,杳然高顶浮云平。下视不知几千仞,欲晓不晓天鸡声。"《忆四明泉》:"爱彼山中石泉水,幽深夜夜落空(一作夜落空窗)里。至今忆得卧云时,犹自涓涓在人耳。"品泉,思索,感叹,均是深沉绵长。《寄四明山子》:"高栖只在千峰里,尘世望君那得知。长忆去年风雨夜,向君窗下听猿时。"最后的回想看似自然,实际上显得新警,这一构思技巧也许对李商隐《夜雨寄北》诗有一定启发。涉及台州的有《送端上人游天台》:"师今欲向天台去,来说天台意最真。溪过石桥为险处,路逢毛褐是真人。云边望字(一作寺)钟声远,雪里寻僧脚迹新。只可且论经夏别,莫教琪树两回春。"这样的送别诗完全可以当作山水诗解读。开头两句起着统辖全诗的作用,接着以奇想构思与行文,拓展境界。诗歌情感抒发的主脉是联结天台山水,而禅意自在。又有《送人归台州》:"莫驱归骑且徘徊,更遣离情四五杯。醉后不忧迷客路,遥看瀑布识天台。"与越州有关的如《遇越州贺仲宣》"君在镜湖西畔住,四明山下莫经春"的精美叙写,《送僧游越》则有"栖禅莫向苎罗山"之语。

施肩吾一些山水小诗也颇有意味。如《兰渚泊》:"家在洞水西,身作兰渚客。天昼无纤云,独坐空江碧。"诗人跨越钱塘江隐身越州,固然是一样的碧水,但总有一种微淡而难以言说的情怀。《秋山归》情意较为相近:"夜吟秋山上,袅袅秋风归。月色清且冷,桂香落人衣。"杨载《诗法家数》强调:"绝句之法,要婉曲回环,删芜就简,句绝而意不绝。"[1]施肩吾《兰渚泊》与《秋山归》诗足堪当之。施肩吾《瀑布》也是清新可爱的:"豁开青冥颠,泻出万丈泉。如在一条素,白日悬秋天。"

施肩吾《春日宴徐君池亭》记录与徐凝之间的友谊:"暂凭春酒换愁颜,今日应须醉始还。池上有门君莫掩,从教野客见青山。"徐凝则以《回施先辈见寄二首》回赠。

罗邺(852—?),余杭人,累举进士不第,与罗隐、罗虬并称"江东三罗"。罗邺《宿云门寺》:"入松穿竹路难分,藉地连岩总是云。欲问老僧多少事,乱泉相聒不相闻。"此类题材常见,较难着手。罗邺先以句中对形式略显新意,再以反衬法的使用取得不错效果,突出林泉隐逸之味。《题水帘洞》:"乱泉飞下翠屏中,似共真珠巧缀同。一片长垂今与古,半山遥听水兼风。虽无舒卷随人意,自有潺湲济物功。每向暑天来往见,拟将仙子隔房栊。"先以比喻

---

① 何文焕辑:《历代诗话》(下册),中华书局 1981 年版,第 732 页。

拟物,后缀以描写,又突出瀑水的济物之功,但后二句稍平。水帘洞近沃洲湖。罗邺同题材的《水帘》属于启宋诗风调的作品之一,能够扣住瀑布特征,以抒写个人主观感受为主,但后二句也较为平弱:"万点非泉下白云,似帘悬处望疑真。若将此水为霖雨,更胜长垂隔路尘。"

第二节　浙江唐诗之路概述

一　唐诗之路何以产生

"唐诗之路"概念的提出。

所谓"唐诗之路",是指对唐诗特色的形成起了载体作用的,具有代表性的一条道路。根据这一定义,则这条道路由以下三个要素构成:

(1)范围的确定性:在一个相对独立的地区内,有大量的风望甚高而格调多样的唐代诗人游戈歌咏于此。(2)形态的多样性:诗人在这一区域旅游的表现形式丰富多样。(3)文化的继承性:这一地区的人文景观、自然景观,与唐诗有着整体性的渊源关系。三要素中的任何一项,都不能单独形成或构成"唐诗之路"。

准上,则剡溪当是一条名副其实的"唐诗之路"。①

客观与理性而论,"唐诗之路"应该有几个层次,以诗即可观世。大的方面,只要有比较多的唐人走过并创作有大量诗歌的通道都可以称之为"唐诗之路",如两京、巴蜀、关陇,甚至岭南等,均不乏唐人对自然山水的吟赏与真情实意的抒发。李德辉《唐代两京驿道——真正的"唐诗之路"》认为唐代联通长安、洛阳两京的驿道才是"典型的真正的唐诗之路":"唐代联通长安、洛阳两京的驿道是全国最重要的一条通路,沿线的交通量大,景观密集,经行的文人众多,产生的唐诗也多,其与唐诗发展的关系是很密切的。无论从文学创作功能上看还是从实际效果上看,较之于人们所熟知的浙东那条'唐诗之路',它都堪称一条更典型的真正的唐诗之路。"②

本文所论的"唐诗之路"是指"浙江唐诗之路",但更多的则是指"浙东唐

----

① 竺岳兵:《剡溪——唐诗之路》,《唐代文学研究》(第六辑),广西师范大学出版社1996年版,第865页。

② 李德辉:《唐代两京驿道——真正的"唐诗之路"》,《山西大学学报》(哲学社会科学版)2007年第1期,第23页。

诗之路"。"浙江唐诗之路"一般是指唐人（当然是指非浙籍的北方人士）南下进入现在的浙江区域并从事诗歌创作，但也包括浙江本土作家描写浙江区域的山水文学（主要是山水诗）。"浙东唐诗之路"严格地说也有两条，其一，逆钱塘江而上，进入睦州（治今建德市梅城镇）、婺州（今金华）、衢州，甚至南下至温州等地，也可以称"钱塘江唐诗之路"。刘昫《旧唐书》卷四〇《地理志》载江南东道之睦州："隋遂安郡，武德四年平汪华，改为睦州，领雉山、遂安二县。七年废严州之桐庐县来属。"其二，渡过钱塘江，再从西兴进入浙东运河，到达上虞曹娥，转嵩坝进入曹娥江，再沿剡溪溯流而上，以天台山为基本目的地，然后或东出明州（今宁波），或到台州州治临海直至继续南下至温州等地，这是最为狭义的"浙东唐诗之路"，也是现在一般人所说的"浙东唐诗之路"。

白居易《沃洲山禅院记》："东南山水，越为首，剡为面，沃洲、天姥为眉目。"唐诗之路人文景观与自然景观相互交融，如谢公古道、绍兴古纤道、沃洲湖、越州法华寺、新昌大佛寺、天台国清寺、太白读书堂等等，文化积淀丰厚。释慧皎《高僧传》卷四《于法兰传》载："（于法兰）性好山泉，多处岩壑……后闻江东山水，剡县称奇，乃徐步东瓯温州，远瞩零嵊，居于石城山足，今之元华寺是也。"陶醉于神奇险丽的浙东山水之中，于法兰只是其中有代表性的人之一。唐诗之路举目即画，触处是诗，自可涤荡胸中积恼，奇意妙趣自生，无须拘于门户，略举数首。王铚《题剡溪》由家乡美景勾连历史："我家住在剡溪曲，万壑千岩看不足。却笑当年访戴人，雪夜扁舟去何速？"前联颇具气势，后联意趣不凡。朱放（生卒年不详）《剡山夜月（一题剡溪舟行）》紧扣南国山水造景设色，写尽剡地夜景，区区二十四个字，就足以巧妙地构成一幅层次极为丰富的《剡山夜月图》，亦见出诗人的艺术素养："月在沃洲山上，人归剡县溪边。漠漠黄花覆水，时时白鹭惊船。"李群玉（823？—860）《法华微上人盛话金山境胜（旧游在目，吟成此篇）》："江上青莲宫，人间蓬莱岛。烟霞与波浪，隐映楼台好。潮门梵音静，海日天光早。愿与灵鹫人，吟经此终老。"金山境胜：指越州法华寺的山水清境。

唐诗之路的产生有其历史与现实的必然性。之所以在这时形成一条属于浙江的唐诗之路，也许用得上车尔尼雪夫斯基（1828—1889）在《生活与美学》中的一句话："没有生活原形或者现象就没有艺术创作的源头和灵感。"①唐诗之路也许是这一美学原则较为完美的诠释。可以从下面几个角度略做

---

① 〔俄〕车尔尼雪夫斯基：《生活与美学》，人民文学出版社1957年版，第5页。

考察。

首先,进入唐代,浙江开始全面融入中华主体文化,原有的文化积淀与中原文化互为融合,富有生机的浙江秀山丽水被更多的北方士人所接受以至艳羡,所谓"东南江路旧知名"(权德舆《自桐庐如兰溪有寄》),闻听盛名马上兴致盎然,于两浙山水间发现真正的自然纯美,也说明当时士人情思相近,具有共有心态与审美趋向:"东南山水,余杭郡为最"(白居易《泠泉亭记》),"人居玉府真仙格,地占钱塘最物华"(孔平仲《三园诗》),"地穷沧海阔,云入剡山长"(武元衡《送寇侍御司马之明州》),"有寺山皆遍,无家水不通"(孟郊《送朱庆余及第归越》)……豪情贯注的最终结果,令人产生浩阔的审美联想。浙江本土诗人也快速成长,"枕上用心静,唯应改旧诗"(项斯《病中怀王展先辈在天台》),通过自身的努力,开始登上全国的文学舞台,抒怀畅志,占籍文坛的一席之地,如骆宾王、贺知章、崔国辅、丘为、钱起、秦系、顾况、孟郊、项斯、罗隐等。唐诗之路的最终形成及辉煌也离不开浙江本土诗人自身的贡献。胡应麟《诗薮·外编》卷三:"唐诗人千数,而吾越不能百人。初唐虞永兴,骆临海,中唐钱起、秦系、严维、顾况,晚唐孟郊、项斯、罗隐、李频辈,今俱有集行世。一时巨擘,概得十二三,似不在他方下。独盛唐贺知章、沈千运稍不竞。明《一统志》复刊落其半,遂益寥寥。今类考诸书,录之于左,文士亦并附焉。"①

其次,唐人以诗名世者莅浙众矣,或慕名漫游,广访名山,杜甫就曾流连数年,诗圣之后,又有张祜;或决意归隐,所谓"从此幽深去,无妨隐姓名"(权德舆《送谢孝廉移家越州》),陆羽、戴叔伦等都有念归思隐的行动;或因访友以排解内心郁闷,孟浩然盘桓越、台、温、睦;或以任职与贬谪,所谓"星使行看入"(孙逖《送周判官往台州》),如宋之问、李邕、张子容、郑虔、刘长卿、白居易、元稹、李嘉祐、李绅、柳泌、李敬方、许浑、杜牧;或心向佛道,满足心底的宗教信仰,如司马承祯、贺知章、杜光庭;亦有兼杂诸种因素者,如李白、寒山、贾岛等。宋人苏舜钦(1008—1049)《杭州巽亭》的"东南地本多幽胜,此向东南特壮哉",很能反映唐人对浙地山水的审美意趣。

同时,中原士人与浙籍文人均不染尘俗,自信昂扬,富于人生的理想和激情,又互相倾慕,互相切磋,有些甚至成为莫逆之交,促进唐诗之路的形成、繁荣以及一直在美的道路上前行,具有重要的时代特点,也可以说是一个异乎寻常的文化现象。这一时期,客籍作家对浙地士人的影响以及他们

---

① 胡应麟:《诗薮》,上海古籍出版社 1979 年版,第 179 页。

之间的相互交流、沟通、学习,扬长避短,相辅相成,共同提高等也是一个很有意义的话题。许印芳《〈知音〉跋》:"知音之难,此文切指其弊矣,而义有未尽。盖文人相轻,其病根于器小识浅,自矜所长,虑人胜己。"①唐代少有此弊。

王夫之《唐诗评选》卷三评张子容诗的时候说过:"只于心目相取处得景得句,乃为朝气,乃为神笔。景尽意止,意尽言息,必不强括狂搜,舍有而寻无。在章成章,在句成句,文章之道,音乐之道,尽于斯矣。"客籍人士来至浙江,倾心于自然之美,不但亲身体验与原先全然不同的游历之乐,产生物我交融的心境,创作热情被彻底激活,对这些非其家乡固有的地域特征毫不掩饰地表达赞美之意,从一个角度展示了文学创作中的地域差异,又能兼备众体,创作个性高扬,独创崭新意境,也与浙籍人士结下深情厚谊;通过各种方式的指导,推动浙江的山水诗创作水平达到新的高度,抬高了艺术平台,无论是个人情怀的抒发,还是描写功能的提升;通过他们的揄扬,本来诗名不彰的浙江本土作家为更多的人所熟知,进一步激发其创作欲望,找到自己的坐标,浙江也逐渐成为中国一处新兴而充满希望的文学基地。作为时代精神的传播和弘扬者,这一时期的人们总体上风节高远。他们在文化碰撞中提高与完善自我,诗文取径也更宽,体式进一步发展,将山水诗文传统与所处时代生活及个人秉性较为完美地结合,余韵远扬;也有一些人则以道义相勉,互相倾服,通过诗赋酬答,建立真情,对人生本质有新的感悟,个人的理想志趣得以全面抒发,从而超出了一般酬赠诗文的纯粹的审美意义。

杨敬之与张籍先后对项斯的提携与关爱最具典范意义,有"说项"一词流传至今。项斯(生卒年不详),字子迁。辛文房(生卒年不详)《唐才子传》卷七:"斯,字子迁,江东人也。会昌四年王起下第二人进士。始命润州丹徒县尉,卒于任所。开成之际,声价藉甚,特为张水部所知赏,故其诗格颇与水部相类,清妙奇绝。郑少师薰赠诗云:'项斯逢水部,谁道不关情。'斯性疏旷,温饱非其本心。初筑庐于朝阳峰前,交结净者,盘礴宇宙,戴蓟花冠,披鹤氅,就松荫,枕白石,饮清泉,长哦细酌,凡如此三十余年。……杨敬之祭酒赠诗云:'几度见君诗总好,及观标格过于诗。平生不解藏人善,到处逢人说项斯。'其名以此益彰矣。集一卷,今行。"杨敬之,杨凌之子、杨凭之侄。标格,指人的仪表风度。项斯于会昌三年(843)至长安,第二年即登进士第,授丹徒(今属江苏)尉。

---

① 张文勋、郑思礼、姜文清:《许印芳诗论评注》,云南教育出版社1992年版,第33页。

项斯初筑草屋于朝阳峰前,《忆朝阳峰前居》可证之,也是其中一篇颇为别致的诗篇:"每忆闲眠处,朝阳最上峰。溪僧来自远,林路出无踪。败褐黏苔遍,新题出石重。霞光侵曙发,岚翠近秋浓。健羡机能破,安危道不逢。雪残猿到阁,庭午鹤离松。此地虚为别,人间久未容。何时无一事,却去养疏慵。"诗歌扣住地方特色,画面错落有致,包孕无限情思。《寄石桥僧》:"逢师入山日,道在石桥边。别后何人见,秋来几处禅。溪中云隔寺,夜半雪添泉。生有天台约,知无却出缘。"项斯《泛溪》情景结合得也不错:"溪船泛渺弥,渐觉减炎辉。动水花连影,逢人鸟背飞。深犹见白石,凉好换生衣。未得多诗句,终须隔宿归。"

张籍也垂青朱庆余。朱庆余(797—?),名可久,以字行,越州(今绍兴)人。宝历二年(826)进士,官秘书省校书郎。《南湖》一诗写家乡山水如画,但最后却引出当年一睹风采的楚乡岁月,也是别有一番情志在其中:"湖上微风小槛凉,翻翻菱荇满回塘。野船着岸入春草,水鸟带波飞夕阳。芦叶有声疑露雨,浪花无际似潇湘。飘然蓬艇东归客,尽日相看忆楚乡。"景物的选择万物与当时的心境有密切关系。诗人以"微风"、"小槛"、"野船"、"春草"等景象的组合,构成一幅清新而淡雅的画面,颈联宕笔,更是饱含丰富的人生经验。沈德潜《唐诗别裁集》卷一四评卢纶《长安春望》:"诗贵一语百媚,大历十子是也;尤贵一语百情,少陵、摩诘是也。"[1]朱庆余《南湖》应该也属于"一语百情"之作,笔笔含情。《观涛》诗描写钱江潮的壮观,寄情会意,气势不凡:"木落霜飞天地清,空江百里见潮生。鲜飙出海鱼龙气,晴雪喷山雷鼓声。云日半阴川渐满,客帆皆过浪难平。高楼晓望无穷意,丹叶黄花绕郡城。"相同题材的又有《看潮》诗,豪情不减:"不知来远近,但见白峨峨。风雨驱寒玉,鱼龙迸上波。声长势未尽,晓去夕还过。要路横天堑,其如造化何。"

从钱起《酬王维春夜竹亭赠别》一诗,人们可以探知王维与钱起的关系,也可以进而了解王维诗歌对钱起创作的影响。辛文房《唐才子传》卷四更是详载诗僧皎然与颜真卿、韦应物之间的关系:

> 皎然,字清昼,吴兴人。俗姓谢,宋灵运之十世孙也。幼入道,肄业杼山,与灵澈、陆羽同居妙喜寺。羽于寺旁创亭,以癸丑岁癸卯朔癸亥日落成,湖州刺史颜真卿名以"三癸",皎然赋诗,时称"三绝"。真卿尝

---

① 沈德潜:《唐诗别裁集》,上海古籍出版社 1979 年版,第 477 页。

于郡斋集文士撰《韵海镜源》，预其论著，至是声价藉甚。贞元中，集贤御书院取高僧集上人文十卷藏之，刺史于頔为之序。李端在匡岳，依止称门生。一时名公，俱相友善，题云"昼上人"是也。时韦应物以古淡矫俗，公尝拟其格，得数解为赞，韦心疑之。明日，又录旧制以见，始被领略，曰："人各有长，盖自天分。子而为我，失故步矣。但以所诣，自名可也。"公心服之。往时住西林寺，定余多暇，因撰序作诗体式，兼评古今人诗，为《昼公诗式》五卷，及撰《诗评》三卷，皆议论精当，取舍从公，整顿狂澜，出色骚雅。公性放逸，不缚于常律。初，房太尉琯早岁隐终南峻壁之下，往往闻湫中龙吟，声清而静，涤人邪想。时有僧潜戛三金以写之，惟铜酷似。房公往来，他日至山寺，闻林岭间有声，因命僧出其器，叹曰："此真龙吟也。"大历间，有秦僧传至桐江，皎然戛铜碗效之，以警深寂。缁人有献讥者，公曰："此达僧之事，可以嬉禅。尔曹胡凝滞于物，而以琐行自拘耶？"时人高之。公外学超然，诗兴闲适，居第一流、第二流不过也。诗集十卷。

　　大历八年(773)，颜真卿莅湖州，任刺史，组织了多次的联句唱和活动，促进当时文学创作繁荣与艺术的提高。颜真卿又延揽文士修订《韵海镜源》，诗僧皎然也参预其事，得与一批名士诗酒追游，逐渐成为浙西联唱集团的骨干人物。[1]皎然诗《同颜使君真卿、李侍御萼游法华寺，登凤翅山，望太湖》可见其盛况："双峰开凤翅，秀出南湖州。地势抱郊树，山威增郡楼。正逢周柱史，来会鲁诸侯。缓步凌彩蒨，清铙发飕飗。披云得灵境，拂石临芳洲。积翠遥空碧，含风广泽秋。萧辰资丽思，高论惊精修。何似钟山集，征文及惠休。"

　　葛立方《韵语阳秋》卷十三说："钱塘风物湖山之美，自古诗人，标榜为多。……城中之景，唯白乐天所赋最多。"[2]刘禹锡(772—842)《白舍人自杭州寄新诗，有"柳色春藏苏小家"之句，因而戏酬，兼寄浙东元相公》："钱塘山水有奇声，暂谪仙官领百城。"白居易任杭州刺史，元稹、李绅先后擢浙东观察使，身边都聚集了一批浙江士人，徐凝就是其中之一，在《自鄂渚至河南将归江外，留辞侍郎》一诗中有深情表达："一生所遇惟元、白。"徐凝(生卒年未详)，睦州分水(今属桐庐)人。元和中官至侍郎。徐凝在山水诗领域取得较

---

①　详参贾晋华：《皎然出家时间及佛门宗系考述》，《厦门大学学报》1990年第1期。
②　何文焕辑：《历代诗话》(下册)，中华书局1981年版，第585页。

高成就,好诗较多,主要有叙写今浙江缙云县仙都风光的《题缙云山鼎池二首》,显出自我天性,婉丽动人,悠扬平和,自有其卓异之处。其一:"黄帝旌旗去不回,空余片石碧崔嵬。有时风卷鼎湖浪,散作晴天雨点来。"其二:"天地茫茫成古今,仙都凡有几人寻。到来唯见山高下,只是不知湖浅深。"计有功《唐诗纪事》载:"徐凝又题处州缙云山,黄帝上升之所,鼎湖盖黄帝铸鼎处也。有池在山顶,诗云(诗略),自后无敢题者。"可以想见其成就及影响力。处州:隋置括州,唐因之,又改为缙云郡,后复名括州,避德宗李适(音括)讳改处州,今丽水。《云封庵》:"登岩皆山阿,立石秋风里。隐见浙江涛,一尺东沟水。"极尽夸张之能事。《天台独夜》写出石梁夜月的风姿:"银地秋月色,石梁夜溪声。谁知屐齿尽,为破烟苔行。"

著名诗人姚合(779?—855?)对浙江诗人李频(818—876)的爱护与指导也有典型性。姚合有《杭州观潮》诗:"楼有章亭号,涛来自古今。势连沧海阔,色比白云深。怒雪驱寒气,狂雷散大音。浪高风更起,波急石难沉。鸟惧多遥过,龙惊不敢吟。坳如开玉穴,危似走琼岑。但褫千人魄,那知伍相心。岸摧连古道,洲涨踏丛林。跳沫山皆湿,当江日半阴。天然与禹凿,此理遣谁寻。"李频,字德新,睦州寿昌(今属建德)人。给事中姚合以女妻之。大中八年(854)进士。任校书郎、建州(今属福建)刺史等。有《梨岳集》。"家临浙水旁,岸对买臣乡。"(《及第后归》)李频《灵栖洞》写家乡山水,一气贯下,神思通畅,构图清丽:"一径入双崖,初疑有几家。行穷人不见,坐久日空斜。石上生灵笋,泉中落异花。终须结茅屋,到此学餐霞。"灵栖洞位于今建德市的铁帽山麓,在寿昌镇东北,由灵泉、清风、霭云三洞构成,山、水、洞、石融为一体。关于此诗,民国《寿昌县志》载:"唐大中初年,县令穆君游此,爱其幽胜,微吟曰:'一径入双崖,初疑有几家。行穷人不见,坐久日空斜。'得此二联,思颇迟涩。时李频从行,即续云:'石上生灵笋,泉中落异花。终须结茅屋,到此学餐霞。'"李频《越中行》:"越国临沧海,芳洲复暮晴。湖通诸浦白,日隐乱峰明。野宿多无定,闲游免有情。天台闻不远,终到石桥行。"首联即具深意,笔叙畅游之乐,后面情意喷发而出,但仍然显得清淡而迥远。《春日南游寄浙东许同年》:"孤帆处处宿,不问是谁家。南国平芜远,东风细雨斜。旅怀多寄酒,寒意欲留花。更想前途去,茫茫沧海涯。"昔日山水畅游也难掩今日落寞之情。

姚合对方干、郑巢(生卒年不详)、刘得仁(生卒年不详)、顾非熊(795—854?)等从生活到诗艺都有用心的关怀。郑巢,钱塘人,大中时曾至长安应进士举,不仕而终。辛文房《唐才子传》卷八:"时姚合号诗宗,为杭州刺史,巢献所业,日游门馆,累陪登览燕集,大得奖重,如门生礼然。"郑巢有《秋日陪姚郎中登郡中南亭》等。由于与姚合的交往,"巢性疏野,两浙湖山,寺宇幽胜,多名僧,外学高妙,相与往还酬酢"(《唐才子传》卷八),于是,就有了《宿天竺寺》之类学习姚合的诗歌,"体效格法,能伏膺无斁,句意且清新"。

除了中原士人对浙籍文人有所影响外,也有浙江本土诗人之间的互相交往与学习,如施肩吾与徐凝之间的关系等。他们共同拥有流连山水的高情远韵,也进一步将文学创作中的抒情因素及技艺发挥到极致,并尽力展现广阔的历史背景,格局宏阔,从而取得全面而辉煌的成就。

最后,了解一下严维从刘长卿学习又传教章八元的情况。严维(生卒年未详),字正文,越州山阴(今绍兴)人。初隐桐庐,与刘长卿善。天宝间举进士不第,至德二载(757)进士,授诸暨尉。十几年间一直定居越中,过着半官半隐的悠闲生活。大历五年(770)官至金吾卫长史。大历末又入朝任秘书郎,建中初年去世。严维《发桐庐寄刘员外》:"处处云山无尽时,桐庐南望转参差。舟人莫道新安近,欲上潺湲行自迟。"刘员外即指刘长卿。诗歌写桐庐一带的清江美景,自然引人逗留。刘长卿则有《七里滩送严维》诗。严维也与李嘉祐、皇甫冉等友善。李嘉祐有《和韩郎中扬子津玩雪寄严维》吐露真情:"雪深扬子岸,看柳尽成梅。山色潜知近,潮声只听来。夜禽惊晓散,春物受寒催。粉署生新兴,瑶华寄上才。"皇甫冉(717?—771?)有《和朝郎中扬子玩雪寄山阴严维》:"凝阴晦长箔,积雪满通川。征客寒犹去,愁人昼更眠。谢家兴咏日,汉将出师年。闻有招寻兴,随君访戴船。"

严维《同韩员外宿云门寺》可以说是写越中山水的代表作:"小岭路难近,仙郎此夕过。潭空观月定,涧静见云多。竹翠烟深锁,松声雨点和。万缘俱不有,对境自垂萝。"云门寺在今绍兴云门山(又名东山)上,始建于晋安帝义熙三年(407),旁有若耶溪,宋之问《宿云门寺》所谓"云门若邪里"。唐代名僧智永等都在寺里栖隐过。严维虽然在诗中渗透着佛教"于境观心"的禅趣,但还是传神地描绘出夜色中会稽山水的清幽深邃,赞叹山川形胜之美。《夏日纳凉》写夏日风姿如画,湖光日影,交相辉映:"山阴过野客,镜里接仙郎。盥漱临寒水,褰闱入夏堂。杉松交日影,枕簟上湖光。衮衮承嘉话,清风纳晚凉。"

章八元(743—829),字虞贤,睦州桐庐人。少从严维游,大历六年(771)进士,任句容(今属江苏)主簿。《新安江行》追求一种诗美的传达,在描写新安江的作品中也有自己的立足空间:"江源南去永,野渡暂维梢。古戍悬鱼网,空林露鸟巢。雪晴山脊见,沙浅浪痕交。自笑无媒者,逢人作解嘲。"人们都认为中国传统诗歌中,律诗最符合形式美规律。章八元《新安江行》在符合形式美规律的同时,也做了一些新探索,诸多物象构成和谐的画境。高仲武《中兴间气集》卷上赞誉颈联二句:"此得江山之状貌极矣。"《天台道中示同行》:"八重岩崿叠晴空,九色烟霞绕洞宫。仙道多因迷路得,莫将心事问樵翁。"作者对天台山的烟霞形貌与仙道齐聚的神奇都有深刻的体会。

章八元之子章孝标(791—873),字道正,计有功《唐诗纪事》作桐庐人,辛文房(生卒年不详)《唐才子传》作钱唐(今杭州)人,应该是桐庐人,家于钱塘(唐)。元和十四年(820)进士,除秘书省正字。有几首山水诗值得一读,如《思越州山水寄朱庆余》:"窗户潮头雪,云霞镜里天。岛桐秋送雨,江艇暮摇烟。藕折莲芽脆,茶挑茗眼鲜。还将欧冶剑,更淬若耶泉。"诗歌以越州山水风物的铺陈来表达对朱庆余的关念之情。《瀑布》诗写得气势非凡:"秋河溢长空,天洒万丈布。深雷隐云壑,孤电挂岩树。沧溟晓喷寒,碧落晴荡素。非趋下流急,热使不得住。"《题翠微山上方》则显得静谧无限,有隐逸情调,清旷淡远:"地势连沧海,山名号紫微。景闲僧坐久,路僻客来稀。峡影云相照,河流石自围。尘喧都不到,安得此忘归。"由此也可以看出,章孝标还是能够写出多样的山水景致的。

再次,整个浙江的山水在唐人手中都得到较为完美的呈现,景象壮观。通过他们把内心那一番热爱形诸诗篇的创作,人们可以进一步见出自然景物的丰富多彩与灵动变化,尤其是最具浙江特色的山海景象,充分拓展了诗歌反映自然与社会的深广度,气势格局,已自不凡,可谓"写我新篇作画障,不须更觅丹青师"(陈与义《初至陈留南镇夙兴赴县》)。部分表现了人与自然之间的亲和关系,如刘长卿《上巳日越中与鲍侍郎泛舟耶溪》,山川民俗之美毕现,诗人的情志意绪也融化在所写景物中:"兰桡缦转傍汀沙,应接云峰到若耶。旧浦满来移渡口,垂杨深处有人家。永和春色千年在,曲水乡心万里赊。君见渔船时借问,前洲几路入烟花。"部分作品能够给人以美的联想,如皮日休《寄题天台国清寺齐梁体》:"十里松门国清路,饭猿台上菩提树。怪来烟雨落晴天,元是海风吹瀑布。"陆龟蒙有同题诗,深婉雅丽:"峰带楼台天外立,明河色近罘罳湿。松间石上定僧寒,半夜楢溪水声急。"部分则能给人以哲理化的启示。如孙逖《夜宿浙江》:"扁舟夜入江潭泊,露白风高气萧索。富春渚上潮未还,天姥岑边月初落。烟水茫茫多苦辛,更闻江上越人吟。洛阳城阙何时见,西北浮云朝暝深。"部分则与佛道题材融合而感发。李邕《游法华寺》:"山势转深看更好,岭霞溪雾没楼台。异时花向阴崖发,远处泉从青壁来。世界自知千古促,贤愚悉被四时催。须知此地堪终老,七窍终成一片灰。"

　　写湖州的,有皇甫曾(生卒年不详)《乌程水楼留别》:"悠悠千里去,惜此一尊同。客散高楼上,帆飞细雨中。山程随远水,楚思在青枫。共说前期易,沧波处处同。"乌程,今湖州。波光山影互为映衬,思念之情悠然无限。皇甫曾又有《送陆鸿渐山人采茶回》也描写湖州风光:"千峰待逋客,香茗复丛生。采摘知深处,烟霞羡独行。幽期山寺远,野饭石泉清。寂寂燃灯夜,相思一磬声。"湖州,人称"南渡六朝士大夫之过江者,乐其山川"(吴伟业《湖州岘山九贤祠碑记》),人们陶醉在山水间往往乐而忘返。张籍《雪溪西亭晚望》:"雪水碧悠悠,西亭柳岸头。夕阴生远岫,斜照逐回流。此地动归思,逢人方倦游。吴兴耆旧尽,空见白蘋洲。"诗歌前一部分着重写湖州山水,但后半转入怀乡与怀人。

　　写杭州较有典范意义的如孟浩然《与颜钱塘登障楼望潮作》:"百里闻雷震,鸣弦暂辍弹。府中连骑出,江上待潮观。照日秋云迥,浮天渤澥宽。惊涛来似雪,一坐凛生寒。"障楼,指樟亭驿楼,一作"樟楼"。诗人在美感上的有意追求,从一个侧面营建了盛唐气象,别有一番情调,眼界高远。喻坦之(生卒年不详)有《题樟亭驿楼》:"危槛倚山城,风帆槛外行。日生沧海赤,潮落浙江清。秋晚遥峰出,沙干细草平。西陵烟树色,长见伍员情。"以临景写生为基础,时空交错,视界空阔,真可谓触景而情自生。权德舆《富阳陆路》:"又入乱峰去,远程殊未归。烟萝迷客路,山果落征衣。欹石临清浅,晴云出翠微。渔潭明夜泊,心忆谢玄晖。"诗人赏览万物,觉得一切都是那么的安逸,情与景和谐共振,真切传神。白居易更是日夜陶醉于胜景中,歌咏杭州的诗文约二百篇。写睦州(后改严州,治今建德市梅城镇,今已整体并入杭州)的有前举的杜牧《睦州四韵》:"州在钓台边,溪山实可怜。有家皆掩映,无处不潺湲。好树鸣幽鸟,晴楼入野烟。残春杜陵客,中酒落花前。"方回《瀛奎律髓》卷四定为:"轻快俊逸。"何焯叹赏:"溪山岂不佳?只韦、杜才地不堪常闲置处耳。'残春'、'中酒',比年事蹉跎,作用既微,笔力尤横。"纪昀《〈瀛奎律髓〉刊误》卷四称之为:"风致宜人。三、四今已成套,然初出自佳。六句不自然。结得浅淡有情。"①首叙溪山之美,继以反对申之,宕笔写骋目远眺,后归自我当下之情。又如《秋晚早发新定》,表现出江南秋色的美学特征:"解印书千轴,重阳酒百缸。凉风满红树,晓月下秋江。岩壑会归去,尘

────────────

　　① 均见方回选评,李庆甲集评校点:《瀛奎律髓汇评》,上海古籍出版社2005年版,第162页。

埃终不降。悬缨未敢濯,严濑碧淙淙。"写富春江神奇景象的如喻坦之《晚泊富春寄友人》:"江钟寒夕微,江鸟望巢飞。木落山城出,潮生海棹归。独吟霜岛月,谁寄雪天衣。此别三千里,关西信更稀。"

写越州(今绍兴)的作品最为丰富,多为"东湖发诗意"(朱庆余《送吴秀才之山西》)之作,如宋之问《泛镜湖南溪》:"乘兴入幽栖,舟行日向低。岩花候冬发,谷鸟作春啼。沓嶂开天小,丛篁夹路迷。犹闻可怜处,更在若耶溪。"南溪临泛,诗的灵感何须寻找?宋之问又有《忆云门》:"树闲烟不破,溪静鹭忘飞。更爱幽奇处,斜阳艳翠微。"綦毋潜有《春泛若耶溪》:"幽意无断绝,此去随所偶。晚风吹行舟,花路入溪口。际夜转西壑,隔山望南斗。潭烟飞溶溶,林月低向后。生事且弥漫,愿为持竿叟。"层层展开,细腻委婉。綦毋潜又有《若耶溪逢孔九》:"相逢此溪曲,胜托在烟霞。潭影竹间动,岩阴榴外斜。人言上皇代,犬吠武陵家。借问淹留日,春风满若耶。"颔联动静结合,尤为精警动人。又如张南史《寄静虚上人初至云门》:"寒日白云里,法侣自提携。竹径通城下,松门隔水西。方同沃洲去,不自武陵迷。仿佛心疑处,高峰是会稽。"已是清幽,又能增强其深远感,见出笔势之腾挪。唯此诗《全唐诗》屡出,作者难辨,题目与文句也偶有出入。戴叔伦(732—789)《兰溪棹歌》:"凉月如眉挂柳湾,越中山色镜中看。兰溪三日桃花雨,半夜鲤鱼来上滩。"兰溪:又名兰亭溪,在越州城西南,流经兰亭,北入镜湖。第一联以清澈的画面展现,第二联则显得新警生动。真可谓不事藻绘,洗尽铅华。

写明州(今宁波)的有刘长卿《游四窗》:"四明山绝奇,自古说登陆。苍崖倚天立,覆石如覆屋。玲珑开户牖,落落明四目。箕星分南野,有斗挂檐北。日月居东西,朝昏互出没。我来游其间,寄傲巾半幅。白云本无心,悠然伴幽独。对此脱尘鞅,顿忘荣与辱。长笑天地宽,仙风吹佩玉。"明州,《旧唐书·地理志》载:"开元二十六年,于越州鄮县置明州。"

写婺州(今金华)一带的如李白《见京兆韦参军量移东阳二首》之二:"闻说金华渡,东连五百滩。全胜若耶好,莫道此行难。猿啸千溪合,松风五月寒。他年一携手,摇艇入新安。"以作者心中的好山水来劝慰友人,以见出旷达情思。严维《送人入金华》:"明月双溪水,清风八咏楼。昔年为客处,今日送君游。"名人名楼,与自然风光相映生色。鲍溶《秋暮送裴垍员外刺婺州》:"婺女星边气不秋,金华山水似瀛州。含香太守心清净,去与神仙日日游。"构思近之,增加了诗歌的情致。权德舆有《送卢评事婺州省觐》:"知向东阳去,晨装见彩衣。客愁青眼别,家喜玉人归。漠漠水烟晚,萧萧枫叶飞。双溪泊船处,候吏拜胡威。"写温州的如朱庆余《送僧游温州》:"夏满随所适,江湖非系缘。卷经离峤寺,隔苇上秋船。水落无风夜,猿啼欲雨天。石门期独往,谢守有遗篇。"赵嘏《送张又新除温州》:"东晋江山称永嘉,莫辞红旆向天涯。凝弦夜醉松亭月,歇马晓寻溪寺花。地与剡川分水石,境将蓬岛共烟霞。却愁明诏征非晚,不得秋来见海槎。"写括州(后改处州,今丽水)一带的如庾光先《奉和刘采访缙云南岭作》:"百越城池枕海圻,永嘉山水复相依。悬萝弱筱垂清浅,宿雨朝暾和翠微。鸟讶山经传不尽,花随月令数仍稀。幸陪谢客题诗句,谁与王孙此地归。"首句横空领起,最后写到谢客,亦是切题。孙逖《送杨法曹按括州》主体意象也是由山水构成:"东海天台山,南方缙云驿。溪澄问人隐,岩险烦登陟。潭壑随星使,轩车绕春色。傥寻琪树人,为报长相忆。"

写台州(天台山)的如张佐(一作张祜)《忆游天台寄道流》:"忆昨天台到赤城,几朝仙籁耳中生。云龙出水风声急,海鹤鸣皋日色清。石笋半山移步险,桂花当涧拂衣轻。今来尽是人间梦,刘阮茫茫何处行。"一路优美的意象组合,最后更是以刘阮旧事增强浪漫主义色彩。

最后,唐诗之路的创作意蕴丰富,精彩纷呈,各有擅长,但尤以孟浩然、李白、白居易等最为丰硕,也最有影响力。

据两唐书《孟浩然传》记载:孟浩然早年隐居家乡鹿门山,游长安应进士不第,遂东游吴越,其间多有诗记之,《自洛之越》自叙"山水寻吴越,风尘厌洛京。扁舟泛湖海,长揖谢公卿",是真实情境的描绘。作者并不指望以诗博取名誉,于是就有了《渡浙江问舟中人》:"潮落江平未有风,扁舟共济与君同。时时引领望天末,何处青山是越中?"诗人的向往之情溢于言表,因为创作主体的心态自然带出情思。《舟中晓望》是孟浩然离开越地前往台州之作:"挂席东南望,青山水国遥。舳舻争利涉,来往接风潮。问我今何适?天台访石桥。坐看霞色晓,疑是赤城标。"表面平淡而内蕴深沉,意余象外,有虚静空灵的审美意境。《寻天台山》也集中体现了这一审美主导风格,在主体构思上与此诗颇为接近,潜藏着颇为丰富的内蕴:

> 吾爱太乙子,餐霞卧赤城。欲寻华顶去,不惮恶溪名。歇马凭云宿,扬帆截海行。高高翠微里,遥见石梁横。

诗歌以意遣词:首句平起,逐步开掘,最后突出心中的那一份惊喜,一派诗情画意,字有限而意无穷,境界高远,寄意深邃,读之有行云流水之感。待到结识当时任职乐城(今浙江乐清)尉的张子容后,诗人应邀到那里度岁,有《宿永嘉江寄山阴崔国辅少府》《永嘉上浦馆逢张八子容》《永嘉别张子容》

等。其中的《宿永嘉江寄山阴崔国辅少府》一诗就有这样的运思模式，全身心地投入山水足以排遣悲愁："我行穷水国，君使入京华。相去日千里，孤帆天一涯。卧闻海潮至，起视江月斜。借问同舟客，何时到永嘉？"诗歌注重情景关系建构，尾联一问，更表露心情之急切，也使诗的意境更为悠远。孟浩然又有《题云门山，寄越府包户曹、徐起居》："我行适诸越，梦寐怀所欢。久负独往愿，今来恣游盘。台岭践磴石，耶溪溯林湍。舍舟入香界，登阁憩旃檀。晴山秦望近，春水镜湖宽。远怀仡应接，卑位徒劳安。白云日夕滞，沧海去来观。故国眇天末，良朋在朝端。迟尔同携手，何时方挂冠。"由"诸越"而言"台岭"，诗歌叙写往来台、越两地的景况，也显得萧散自然。"两见夏云起，再闻春鸟啼"（《久滞越中，赠谢南池、会稽贺少府》），"往来赤城中，逍遥白云外"（《越中逢天台太乙子》），在久游台、越后泛舟西上，途经富春、桐庐等地，孟浩然留下《宿桐庐江寄广陵旧游》《宿建德江》等诗，笔触又多灵动自如，是山水诗短制中的代表作，也有《浙江西上留别裴、刘二少府》："西上浙江西，临流恨解携。千山叠成嶂，万水泻为溪。石浅流难溯，藤长险易跻。谁怜问津者，岁晏此中迷。"数年后重归鹿门。日后，孟浩然在《宿终南山翠微寺》一诗中也有"缅怀赤城标，更忆临海峤"的深情回顾。

白居易于穆宗长庆二年（822）任杭州刺史，在任期间，疏浚西湖，修筑湖堤，《别州民》中还这样深情地告白："唯留一湖水，与汝救凶年。"人们改白沙堤为白堤，以纪念这位西湖美景的播扬者。《留题天竺灵隐两寺》自称"在郡六百日，入山十二回。宿因月桂落，醉为海榴开"，昭示着诗人所发现的哲理。诗人对杭州可以说是情有独钟，《杭州回舫》就表达出这一眷恋之情怀："自别钱塘山水后，不多饮酒懒吟诗。欲将此意凭回棹，报与西湖明月知。"《春题湖上》叙写出诗人的审美情趣：

> 湖上春来似画图，乱峰围绕水平铺。松排山面千重翠，月点波心一颗珠。碧毯线头抽早稻，青罗裙带展新蒲。未能抛得杭州去，一半勾留是此湖。

起笔扣题，择取"乱峰"、"松"、"月"等意象，一路以"画图"为中心左旋右转，融合物我，写出西湖风情。全诗一直以景为主，最后托物言情，韵味横生。《钱塘湖春行》以白描手法刻画西湖早春特有的新鲜景致，生机勃勃。又如《杭州春望》、《江楼夕望招客》等。《江楼晚眺景物鲜奇吟玩成篇寄水部张员外》写出西湖一带的地势特征与风月：

> 淡烟疏雨间夕阳，江色鲜明海气凉。蜃散云收破楼阁，虹残水照断

桥梁。风翻白浪花千片,雁点青天字一行。好著丹青图写取,题诗寄与水曹郎。

任何艺术都需要选择和截取。诗人默默地感受着大千世界给他带来的一切,以闲适的心境,品味着西湖风物的原始和明丽,迷醉于"淡烟疏雨"、"风翻白浪"、"雁点青天"等景致中,恬淡闲散情态尽出,意味无限,以至于产生"但令长守郡"(《诗解》)之念。

二　"唐诗之路"的成就与影响

"唐诗之路"取得很高的成就,对山水景象有了深入引申和发挥的空间,斐然可观,影响深远。为叙述方便,特分为三个方面展开一下。

第一,山水诗情,相得益彰。

"天下风光数会稽。"(元稹《寄乐天》)面对如此美景,诗人个性自会得到极大的张扬,自然山水与个体生命体验有了较为完美的向一性。总体而言,唐人志向闳远,富有青春旋律,多具荦荦不群之神情,情感意蕴丰富,在取境上往往借助最具地域特征的意象选择,如"岸沙全借白,山木半含清"(张祜《中秋夜杭州玩月》)之类,独辟蹊径,博宗诸家,形式又比较多样,诗笔或峭奇,或平实,最终蔚为大观。先看白居易七律《元微之除浙东观察使,喜得杭越邻州,先赠长句》:"稽山镜水欢游地,犀带金章荣贵身。官职比君虽校小,封疆与我且为邻。郡楼对玩千峰月,江界平分两岸春。杭越风光诗酒主,相看更合与何人。"杭、越两地隔钱塘江相望,风光无限,一一可为诗料,适合把酒吟怀,在一番生命体验后见出真性情。因为元、白二人乃各自平生交往之情谊最亲者。张祜(785—849)《题樟亭》是晚唐难得的有气势之作,就是因为诗人就潮水之势而为:"晓霁凭虚槛,云山四望通。地盘江岸绝,天映海门空。树色连秋霭,潮声入夜风。年年此光景,催尽白头翁。"樟亭,又名妆亭,据康熙《萧山县志》载:相传"西施于此妆整而入吴"。张祜又有《题杭州孤山寺》:"楼台耸碧岑,一径入湖心。不雨山长润,无云水自阴。断桥荒藓涩,空院落花深。犹忆西窗月,钟声在北林。"刘长卿的七绝《赠微上人》也有一定代表性:"禅门来往翠微间,万里千峰在剡山。何时共到天台里,身与浮云处处闲。"浙地山水与佛门胜景共同造就一种特有的静谧环境,诗歌也营造出安详的艺术效果。刘长卿又有五排《送荀八过山阴旧县,兼寄剡中诸官》:"访旧山阴县,扁舟到海涯。故林嗟满岁,春草忆佳期。晚景千峰乱,晴江一鸟迟。桂香留客处,枫暗泊舟时。旧石曹娥篆,空山夏禹祠。剡溪多隐吏,君去道相思。"曹娥碑、夏禹祠都是浙江特有的人文景致,富有十足的审美意味。皇甫曾《寄净虚上人初至云门（一作刘长聊诗）》:"寒踪白云里,法侣自提携。竹径通城下,松门隔水西。方同沃洲去,不似武陵迷。仿佛方知处,高峰是会稽。"以武陵比沃洲,用疏淡之笔白描而成,重在迷离与神奇。刘昭禹的《苍岭》也是别具意味:"尽日行方半,诸山直下看。白云随步起,危径极天盘。瀑顶桥形小,溪边店影寒。往来空叹息,玄发改非难。"先从眼前实景展开,想象奇突,尺幅之中,波澜顿生。尾联初具宋调,将理思与山水形胜打成一片。张谦宜(1638—?)《茧斋诗谈》卷一论刘昭禹的诗歌理论:"(此)皆唐人论诗之高者。焉得谓作诗而不谈诗!"①李绅(772—846)太和中擢浙东观察使,有《新楼诗二十首》,如其中的《望海亭(在卧龙山顶上越中最高处)》:"乌盈兔缺天涯迥,鹤背松梢拂槛低。湖镜坐隅看匣满,海涛生处辨云齐。夕岚明灭江帆小,烟树苍茫客思迷。萧索感心俱是梦,九天应共草萋萋。"切合时地,情志深婉。总之,浙江大地的山水使唐人的才情文藻有了比较适当的发挥空间。

第二,名篇迭出,永载史册。

宋之问《灵隐寺》:"鹫岭郁岧峣,龙宫锁寂寥。楼观沧海日,门对浙江潮。桂子月中落,天香云外飘。扪萝登塔远,刳木取泉遥。霜薄花更发,冰轻叶未凋。夙龄尚遐异,搜对涤烦嚣。待入天台路,看余度石桥。"宋之问的诗歌极为注重声律,起句已展现一定气势,第二联更为阔远,遂为写景名句,既是全诗之精神,也是最为充分展现浙江山水之美的经典表述之一,自有画笔不能到处。诗歌紧针密线,有效把握当地景观的美学特征,最后一联更是渗入诗人的主观想象,拓展诗境。《游称心寺》:"步陟招提宫,北极山海观。千岩递紫绕,万壑殊悠漫。乔木转夕阳,文轩划清涣。泄云多表里,惊潮每昏旦。问予金门客,何事沧洲畔。谬以三署资,来刺百城半。人隐尚未弭,岁华岂兼玩。东山桂枝芳,明发坐盈叹。"诗歌注重意象结构,奇趣横生,技法成熟。宋之问又有《游禹穴回出若邪》:"禹穴今朝到,邪溪此路通。著书闻太史,炼药有仙翁。鹤往笼犹挂,龙飞剑已空。石帆摇海上,天镜落湖中。水低寒云白,山边坠叶红。归舟何虑晚,日暮使樵风。"若邪,即若耶溪。诗歌在自然美景的描绘中传达心曲。崔颢《舟行入剡》:"鸣棹下东阳,回舟入剡乡。青山行不尽,绿水去何长。地气秋仍湿,江风晚渐凉。山梅犹作雨,溪橘未知霜。谢客文逾盛,林公未可忘。多惭越中好,流恨阅时芳。"笔势腾挪,产生灵动变幻的审美情致,也构成一种内在气势。《入若耶溪》中,诗人

① 郭绍虞编选,富寿荪校点:《清诗话续编》(上册),上海古籍出版社1983年版,第799页。

以体验入微后的心灵感悟去寻找无言的山水,展现自我对美的发现的那一种惊喜,力求创造美的意境,一气呵成,是出神入化的杰作:"轻舟去何疾,已到云林境。起坐鱼鸟间,动摇山水影。岩中响自答,溪里言弥静。事事令人幽,停桡向余景。"《游天竺寺》不烦雕饰,天然如画:"晨登天竺山,山殿朝阳晓。崖泉争喷薄,江岫相萦绕。直上孤顶高,平看众峰小。南州十二月,地暖冰雪少。青翠满寒山,藤萝覆冬沼。花龛瀑布侧,青壁石林杪。鸣钟集人天,施饭聚猿鸟。洗意归清净,澄心悟空了。始知世上人,万物一何扰。"傅璇琮《崔颢考》一文指出:"在天宝三载以前,崔颢即已游历过江南与塞北。"①《游天竺寺》即写于这一时期。诗歌可以说是一次审美感受的真切展现,层层作势,逼出末句,别有一番韵味。

孙逖(696—761)《和登会稽山》:"稽山碧湖上,势入东溟尽。烟景昼清明,九峰争隐嶙。望中厌朱绂,俗内探玄牝。野老听鸣驺,山童拥行轸。仙花寒未落,古蔓柔堪引。竹涧入山多,松崖向天近。云从海天去,日就江村陨。能赋丘尝闻,和歌参不敏。冥搜信冲漠,多士期标准。愿奉濯缨心,长谣反招隐。"诗歌写出会稽山的特有景致。云雾缭绕中,诗人穿行在碧湖、松崖间,尽日里有仙花、古蔓、古松、清涧相伴。画面之中充满意趣,最后将诗意切入历史的纵深之处。

李白"一生好入名山游"(《庐山谣寄卢侍御虚舟》),"心爱名山游,身随名山远"(《金陵江上遇蓬池隐者》),更往往是"此中多逸兴,早晚向天台"(《送友人寻越中山水》),心地澄明,不杂浊思,成了时代精神的最佳代言人。

李白《别储邕之剡中》充分表达出心中对浙江山水的向往,称得上是篇中无多字而篇外有余韵:"借问剡中道,东南指越乡。舟从广陵去,水入会稽长。竹色溪下绿,荷花镜里香。辞君向天姥,拂石卧秋霜。"《送友人寻越中山水》进一步写出了以越中为代表的浙江山水的神奇与逸丽,情韵相生:"闻道稽山去,偏宜谢客才。千岩泉洒落,万壑树萦回。东海横秦望,西陵绕越台。湖清霜镜晓,涛白雪山来。八月枚乘笔,三吴张翰杯。此中多逸兴,早晚向天台。"《同友人舟行游台越作》等诗也明显述及自己漫游的收获与感思,表现内心的切实感受。《天台晓望》一诗显示出大自然的律动,情趣充盈:"天台邻四明,华顶高百越。门标赤城霞,楼栖沧岛月。凭高登远览,直下见溟渤。云垂大鹏翻,波动巨鳌没。风潮争汹涌,神怪何翕忽。观奇迹无倪,好道心不歇。攀条摘朱实,服药炼金骨。安得生羽毛,千春卧蓬阙?"作

---

① 傅璇琮:《唐代诗人丛考》,中华书局1980年版,第71页。

品有着很好的通体构思,雄壮阔大的山水摹写,使全诗整体上具有开阔宏伟的气势;尾句尤具语言张力,诗人的遐思也引人神往。李白《送王屋山人魏万还王屋·并序》从创作目的与诗题看都是一首标准的送别诗,但是却是最符合"唐诗之路"格局的山水诗,主体构思与山水想象都极见创造性,展现了作者征服题材的智慧。作品在一种宏阔的文化视野背景下袒露情怀,展现了诗人对以浙江为代表的江南山水的一片深情,也融入李白自身极为丰富的社会人生体验,有着一种变化性和层次感,意象大幅度跳转,具纵横驰骋之势,与复杂情怀的抒发极为谐拍。大气包举,气势豪宕,承转分明,千载独步:

> 王屋山人魏万,云自嵩宋沿吴相访,数千里不遇。乘兴游台越,经永嘉,观谢公石门。后于广陵相见,美其爱文好古,浪迹方外,因述其行而赠是诗。

> 仙人东方生,浩荡弄云海。沛然乘天游,独往失所在。魏侯继大名,本家聊摄城。卷舒入元化,迹与古贤并。十三弄文史,挥笔如振绮。辩折田巴生,心齐鲁连子。西涉清洛源,颇惊人世喧。采秀卧王屋,因窥洞天门。朅来游嵩峰,羽客何双双。朝携月光子,暮宿玉女窗。鬼谷上窈窕,龙潭下奔潈。东浮汴河水,访我三千里。逸兴满吴云,飘飖浙江汜。挥手杭越间,樟亭望潮还。涛卷海门石,云横天际山。白马走素车,雷奔骇心颜。遥闻会稽美,且度耶溪水。万壑与千岩,峥嵘镜湖里。秀色不可名,清辉满江城。人游月边去,身在空中行。此中久延伫,入剡寻王许。笑读曹娥碑,沉吟黄绢语。天台连四明,日入向国清。五峰转月色,百里行松声。灵溪咨沿越,华顶殊超忽。石梁横青天,侧足履半月。忽然思永嘉,不惮海路赊。挂席历海峤,回瞻赤城霞。赤城渐微没,孤屿前峣兀。水续万古流,亭空千霜月。缙云川谷难,石门最可观。瀑布挂北斗,莫穷此水端。喷壁洒素雪,空蒙生昼寒。却思恶溪去,宁惧恶溪恶。咆哮七十滩,水石相喷薄。路创李北海,岩开谢康乐。松风和猿声,搜索连洞壑。径出梅花桥,双溪纳归潮。落帆金华岸,赤松若可招。沈约八咏楼,城西孤岧峣。岧峣四荒外,旷望群川会。云卷天地开,波连浙西大。乱流新安口,北指严光濑。钓台碧云中,邈与苍岭对。稍稍来吴都,裴回上姑苏。烟绵横九疑,漭荡见五湖。目极心更远,悲歌但长吁。回桡楚江滨,挥策扬子津。身著日本裘,昂藏出风尘。五月造我语,知非僮儜人。相逢乐无限,水石日在眼。徒干五诸侯,不致百

金产。吾友扬子云,弦歌播清芬。虽为江宁宰,好与山公群。乘兴但一行,且知我爱君。君来几何时,仙台应有期。东窗绿玉树,定长三五枝。至今天坛人,当笑尔归迟。我苦惜远别,茫然使心悲。黄河若不断,白首长相思。

魏万(生卒年不详)是李白诗风的有力追随者。在诗歌中,李白展示了一次奇特的审美发现,较为完整地介绍了浙江山水的神奇与美丽,也展开丰富的想象与幻想,使现实之美得以升华,情调壮伟,格局宏大,气概雄阔。但面对胜景,又难消愁情,最后落到相思的主题上来。诗中之景既是客观世界的写真,实际上也经过诗人主观化、心灵化的酿造。纵观全诗,笔意纵横,气象壮阔。王运熙认为:"刘勰所谓有风骨的作品是指:思想感情表现得明朗,语言质素而劲健有力,气势刚健,措辞精要。"①以此论之,李白的创作是最符合"风骨"要求的实践之一。

张籍《送越客》与李白《送王屋山人魏万还王屋》一诗情形有些类似:"见说孤帆去,东南到会稽。春云剡溪口,残月镜湖西。水鹤沙边立,山猿竹里啼。谢家曾住处,烟洞入应迷。"诗歌打破视觉和听觉的界限,但总体还是给人一种宁静神秘的感觉,韵出天然。《送越客》一诗是张籍作品集中的名篇。作者不去渲染波翻浪涌的壮丽景象,而是以幽淡意象营造出一种特有的情感空间,形神气势自在其中。郭熙《林泉高致》:"山有三远:自山下而仰山巅,谓之高远;自山前而窥山后,谓之深远;自近山而望远山,谓之平远。高远之色清明,深远之色重晦,平远之色有明有晦。高远之势突兀,深远之意重叠,平远之意冲融而缥缥缈缈。"又:"真山水之川谷,远望之以取其势,近看之以取其质。"②韩拙《山水纯全集》:"郭氏谓山有三远,愚又论三远者,有近岸广水,旷阔遥山者,谓之阔远;有烟雾溟漠,野水隔而仿佛不见者,谓之迷远;景物至绝,而微茫缥缈者,谓之幽远。"③心宽境自大。诗歌的尾句把绘画上的"三远"理论为我所用,使作品具有更广阔的阐释空间,是运用成功的典范。李郢《重游天台》也是吟咏浙江山水的名篇:"南国天台山水奇,石桥危险古来知。龙潭直下一百丈,谁见生公独坐时?"辛文房《唐才子传》卷八载:"(李郢)初居余杭,出有山水之兴,入有琴书之娱。"《重游天台》就是李郢"山水之兴"的收获。

---

① 王运熙:《文心雕龙探索》(增补本),上海古籍出版社 2005 年版,第 93 页。
② 俞剑华编著:《中国古代画论类编》(修订本),人民美术出版社 1998 年版,第 639 页。
③ 俞剑华编著:《中国古代画论类编》(修订本),人民美术出版社 1998 年版,第 664 页。

第三,垂范后代,法门无限。

方回《瀛奎律髓》卷四:"大抵中唐以后人多善言风土。"①这里的所谓"风土"既指一般意义上的风土人情之类,实际也应该包含山水。这些作品抒写游山戏水之情,物象和情感交织,追求切当,务取生新,开启后人无数法门。张继(生卒年不详)《会稽郡楼雪霁》:"江城昨夜雪如花,郢客登楼齐望华。夏禹坛前仍聚玉,西施浦上更飞沙。帘栊向晚寒风度,睥睨初晴落景斜。数处微明销不尽,湖山清映越人家。"诗歌别出奇笔,以雪霁带动视线,注重语言深度的开掘,写出夏禹坛前、西施浦上等越地的特有风姿,萧闲隽永。薛据(生卒年不详)《西陵口观海》写景鲜明如画,从一个特定的视角展示了人们所熟知的盛唐气象,这是李白、杜甫、孟浩然等同一代诗人所没有涉及的观察角度与写作思路,别树一帜:"长江漫汤汤,近海势弥广。在昔胚浑凝,融为百川决。地形失端倪,天色潜滉漾。东南际万里,极目远无象。山影乍浮沉,潮波忽来往。孤帆或不见,棹歌犹想像。日暮长风起,客心空振荡。浦口霞未收,潭心月初上。林屿几遭回,亭皋时偃仰。岁晏访蓬瀛,真游非外奖。"诗中的"长江"指钱塘江。刘禹锡《浪淘沙九首》其七为经典名篇,传颂不衰:"八月涛声吼地来,头高数丈触山回。须臾却入海门去,卷起沙堆似雪堆。"《送元简上人适越》则集中了浙东山水、文化的迷人与神奇:"孤云出岫本无依,胜境名山即是归。久向吴门游好寺,还思越水洗尘机。浙江涛惊狮子吼,稽岭峰疑灵鹫飞。更入天台石桥去,垂珠璀璨拂三衣。"张籍《寄灵一上人初归云门寺》亦同之:"寒山白云里,法侣自招携。竹径通城下,松门隔水西。方同沃洲去,不作武陵迷。仿佛遥看处,秋风是会稽。"诗歌最后以高扬的深情绾结全篇。

元稹(779—831)《以州宅夸于乐天》:"州城迥绕拂云堆,镜水稽山满眼来。四面常时对屏障,一家终日在楼台。星河似向檐前落,鼓角惊从地底回。我是玉皇香案吏,谪居犹得住蓬莱。"元稹《送王十一郎游剡中》题为送别,实则山水:"越州都在浙河湾,尘土消沉景象闲。百里油盆镜湖水,千峰钿朵会稽山。军城楼阁随高下,禹庙烟霞自往还。想得玉郎乘画舸,几回明月坠云间。"李敬方(生卒年不详)存诗不多,但作于台州刺史任上的《登天姥》却是极为成功的作品:"天姥三重岭,危途绕峻溪。水喧无昼夜,云暗失东西。问路音难辨,通樵迹易迷。依稀日将午,何处一声鸡。"诗歌前半写实,真实可信,"何处一声鸡"的写法承前启后,最得空灵之趣,颇为精警。张

---

① 方回选评,李庆甲集评校点:《瀛奎律髓汇评》,上海古籍出版社2005年版,第158页。

祜《登天台山》在描写浙江山水尤其是天台山方面可谓是鸿篇巨制:"崔嵬海西镇,灵迹传万古。群峰日来朝,累累孙侍祖。三茅即拳石,二室犹块土。傍洞窟神仙,中岩宅龙虎。名从乾取象,位与坤作辅。鸾鹤自相群,前人空若骜。巉巉割秋碧,娲女徒巧补。视听出尘埃,处高心渐苦。才登招手石,肘底笑天姥。仰看华盖尖,赤日云上午。奔雷撼深谷,下见山脚雨。回首望四明,蠹若城一堵。昏晨邈千态,恐动非自主。控鹄大梦中,坐觉身栩栩。东溟子时月,却孕元化母。彭蠡不盈杯,浙江微辨缕。石梁屹横架,万仞青壁竖。却瞰赤城颠,势来如刀弩。盘松国清道,九里天莫睹。穹崇上攒三,突兀傍耸五。空崖绝凡路,痴立麏与麜。邈峻极天门,觑深窥地户。金庭路非远,徒步将欲举。身乐道家流,惇儒若一矩。行寻白云叟,礼象登峻宇。佛窟绕杉岚,仙坛半榛莽。悬崖与飞瀑,险喷难足俯。海眼三井通,洞门双阙拄。琼台下昏侧,手足前采乳。但造不死乡,前劳何足数。"诗歌以浙江山水文化为背景,对天台山进行了全方位的描摹,尾句饶有理趣。许浑(791?—858?)《早发天台中岩寺,度关岭,次天姥岑》可以说是唐诗之路的重要收获:"来往天台天姥间,欲求真诀驻衰颜。星河半落岩前寺,云雾初开岭上关。丹壑树多风浩浩,碧溪苔浅水潺潺。可知刘阮逢人处,行尽深山又是山。"许浑又有《泛五云溪》:"此溪何处路,遥问白髯翁。佛庙千岩里,人家一岛中。鱼倾荷叶露,蝉噪柳林风。急濑鸣车轴,微波漾钓筒。石苔萦棹绿,山果拂舟红。更就千村宿,溪桥与剡通。"以"一将功成万骨枯"(《己亥岁》二首之一)闻名的曹松(828—903)在《天台瀑布》一诗中以想象的方式展开也是颇具创意的,飘逸空灵:"万仞得名云瀑布,远看如织挂天台。休疑宝尺难量度,直恐金刀易剪裁。喷向林梢成夏雪,倾来石上作春雷。欲知便是银河水,堕落人间合却回。"

唐诗之路的话题具有广阔的拓展空间和前景,笔者日后将专门论之。

第三节　寒山的山水诗

一　寒山其人

由于资料的缺乏及相互矛盾等原因,寒山其人的事迹至今仍不甚了了,成为诗歌史上难以定论的悬案。就目前的条件而言,人们还很难强予落实。但从其诗中还是能够找寻到时代风云的印记。如《我住在村乡》诗所记:"我住在村乡,无爷亦无娘。无名无姓第,人唤作张王。并无人教我,贫贱也寻常。自怜心的实,坚固等金刚。"诗人一番"学文兼学武,学武兼学文"(《一为书剑客》)之后,竟然屡试不售,一事无成,于是绝意仕宦,而生活渐趋穷困潦倒,终于充分体悟到读书误人与人情浇薄:"雍容美少年,博览诸经史。尽号曰先生,皆称为学士。未能得官职,不解秉耒耜。冬披破布衫,盖是书误己"(《雍容美少年》)、"缘遭他辈责,剩被自妻疏。抛绝红尘境,常游好阅书。谁能借斗水,活取辙中鱼"(《少小带经锄》)。寒山一度醉心于黄老典籍之中,希望修炼成仙:"生为有限身,死作无名鬼。自古如此多,君今争奈何?可来白云里,教尔紫芝歌。"(《手笔大纵横》)后又感悟到神仙之事缥缈虚幻,长生难求:"徒闭蓬门坐,频经石火迁。唯闻人作鬼,不见鹤成仙。念此那堪说,随缘须自怜。回瞻郊郭外,古墓犁为田。"(《徒闭蓬门坐》)于是栖心于佛禅玄理与自然山水之中。

总之,寒山绝非随波逐流之辈,在现实的多重压迫与激发下,最后选择融入自然的人生之路。正所谓空诸一切,才能心无障碍。"千云万水间,中有一闲士。白日游青山,夜归岩下睡。倏尔过春秋,寂然无尘累。快哉何所依,静若秋江水。"(寒山《千云万水间》)这大概就是定格了的寒山。曹文晦《天台山十景》诗中有一首《寒岩夕照》,写得很深情:"岩户阴森隔万松,暮云卷尽寺林空。天边渐蚀千峰紫,木杪犹余一缕红。两个归僧开竹院,数声残磬渡溪风。凭谁唤起寒山子,共看回光入梵宫。"别里沙也有《宿寒岩》诗,有对寒山的深切念想:"朝发赤城山,暮抵寒岩宿。飞瀑洒长松,清风动修竹。人行古径台,僧在悬崖屋。寒拾在何许?白云满林麓。"

二 寒山其诗

"古人诗字耻无僧。"(王安石《和平甫招道光法师》)寒山就是我国诗歌史上一位较早的诗僧。寒山诗在谋划意象方面有独到之处,叙写出积淀在自己心目中的别一种山水物态,努力使丰厚的情感容量突破有限的篇幅,李彭(生卒年不详)《次九弟游云居韵兼简郑禹博士》所谓"以彼有限景,写我无穷心"。审美者的心境和视点是创作的一个重要因素。《闲游华顶上》为寒山诗中的名篇之一:"闲游华顶上,日朗昼光辉。四顾晴空里,白云同鹤飞。"表面上看通篇写景,但这些事物已经不再是单纯的自然景物,而是融合了诗人在谛观宇宙人生后的价值判断。自出精神,自成面目。生活中的人,谁也无法远离现实,寒山的诗也叙写到社会生活的方方面面,表达丰厚的内涵,容量宏博,既有高度的概括力,又有很强的形象性。经过长期的艺术实践,不为世风所左,全无虚伪矫饰,托言讽世,情丰意永。《自见天台顶》:"自见天台顶,孤高出众群。风摇松竹韵,月现海潮频。下望青山际,谈玄有白云。野情便山水,本志慕道伦。"作品传达出诗人质朴而真率的性情,具有特定的象喻功能,融会佛理,却又是满心而发,肆口而成。诗意本在情深处。诗人往往通过具体的事件和生存境况的叙写表现自己的生活体验,但又往往包含着更深的寓意和象征;而就生命体验而言,诗心与禅意往往是相通的。寒山诗内容驳杂不纯,也不是一般意义上的超凡脱俗,而是"似儒非儒,非儒亦儒;似道非道,非道亦道;似僧非僧,非僧亦僧;似俗非俗,非俗亦俗"(魏子云《寒山子其人其诗之我观》)①。

　　寒山的山水诗立足于真情,是其生命的表现与寄托,有深蕴之意,并非一时的猝然兴会,富有真实的人间味。《杳杳寒山道》就是其中的代表性作品:"杳杳寒山道,落落冷涧滨。啾啾常有鸟,寂寂更无人。淅淅风吹面,纷纷雪积身。朝朝不见日,岁岁不知春。"诗人写出自然山水的荒寒景象,进而展露内心的复杂情怀,可谓触目会心。又如《今日岩前坐》:"今日岩前坐,坐久烟云收。一道清溪冷,千寻碧嶂头。白云朝影静,明月夜光浮。身上无尘垢,心中那更忧。"直书所见,蕴藏万法皆空之境。语言自然而又经济,无意求工而能自工。脱尽繁华,纯乎写景,无一语言情,却又充满感情。尾联与慧能大师的偈语有异曲同工之妙。《自乐平生道》:"自乐平生道,烟萝石洞间。野情多放旷,长伴白云间。有路不通世,无心孰可攀。石床孤夜坐,圆月上寒山。"常人眼中的寂寞空山,寒山却觉得生机一片。没有丝毫雕琢之痕,纯然是思想感情的自然流泻,首尾相应,言尽情遥。寒山既有诗人的激情,又有禅家的恬淡。齐周华《名山藏副本》上卷《台岳天台山游记》论寒山诗:"绝尽烟火之气,圆洁自然,颇近于陶,僧也,而仙矣。"项楚在《寒山诗注》一书的《前言》中说:"在寒山的世界里,只有寒岩与白云,细草和青天,还有一个任运栖迟的诗人。任随天地变改,他枕石而眠,快活自在,在与自然的融合中,诗人似乎已经化为了寒岩的灵魂,而进入了永恒的境界。"②

　　姜夔(1154—1221)《白石道人诗说》:"一家之语,自有一家之风味。如乐之二十四调,各有韵声,乃是归宿处。"③寒山也是诗艺可称之士。寒山有一首三言诗《寒山深》:"寒山深,称我心。纯白石,勿黄金。泉声响,抚伯琴。有子期,辨此音。"期盼着有真正了解自己的人。寒山虽称不上方外的诗坛

---

①　转引自项楚:《寒山诗注·前言》,中华书局 2000 年版,第 5 页。

②　项楚:《寒山诗注》,中华书局 2000 年版,第 14 页。

③　何文焕辑:《历代诗话》(下册),中华书局 1981 年版,第 683 页。

宗主之类,但其诗在身后不久,就有较大的影响,自此历千年而不衰。贯休《寄赤松舒道士二首》之一:"不见高人久,空令鄙吝多。遥思青嶂下,无那白云何。子爱寒山子,歌惟乐道歌。会应陪太守,一日到烟萝。"王安石(1021—1086)有《拟寒山拾得诗二十首》,他如王九思(1468—1551)《读寒山子诗四首》《再次韵学寒山子二首》,江湜(1818—1866)《拟寒山诗》二十首和《续拟寒山诗》二十首等。

　　《四库全书总目》卷一五三《〈击壤集〉提要》认为:"朱国祯《涌幢小品》曰'佛语衍为《寒山诗》,儒语衍为《击壤集》,此圣人平易近人、觉世唤醒之妙用',是亦一说。"唐顺之(1507—1560)《答皇甫百泉郎中》自称"其为诗也,率意信口,不调不格,大率以寒山、击壤(即指邵雍的《伊川击壤集》——引者注)为宗,而欲摹效之,而又不能摹效之。"

　　拾得(生卒年不详),十岁左右被丰干从赤城道旁拾得,故名。拾得诗歌流传至今极少,多湮没不闻,可以略做讨论。"若论常快活,唯有隐居人。林花长似锦,四季色常新。或向岩间坐,旋瞻见桂轮。虽然身畅逸,却念世间人。"(拾得《若论常快活》)与前述寒山近似。

　　钱谦益(1582—1664)《列朝诗集小传》闰集称雪梅和尚"工诗文,自序其诗,以寒山、拾得自况"。

第四节　顾况、孟郊、皎然、钱起等人的山水诗

　　中唐之后,国势转衰。受社会变动大潮的驱动,诗歌也多反映动荡不安的社会内容。正如刘长卿《宋州东登望题武陵驿》:"白骨半随河水去,黄云犹傍郡城低。平陂战地花空落,旧苑春田草未齐。"江南已经是"吴越征徭非旧日,秣陵凋敝不宜秋"(李嘉祐《早秋京口旅泊,章侍御寄书相问,因以赠之,时七夕》),浙东更是"空城垂故柳,旧业废春苗"(刘长卿《送朱山人放越州贼退后归山阴别业》)。那是一种盛世不再的时代变迁之感,山水诗自然也受到波及。

一　顾况

　　顾况(727—815?),字逋翁,海盐人。肃宗至德二载(757)进士,官校书郎、著作郎等,因《海鸥咏》诗讽刺权贵,贬饶州司户参军,晚年隐居茅山,自号华阳真逸。据《集仙传》载:江苏茅山原名句曲山,以汉代三茅真君——茅盈、茅固、茅衷隐居修仙而得名,故"三茅"为汉魏六朝神仙道教圣地。又据

《南史》卷七六记载,陶弘景隐居于茅山,自号华阳隐居,有弟子徐勉、江淹、沈约、萧子云,创立茅山宗。到唐代时,茅山已经是声名显赫。顾况"颇好吟咏,善画山水"(张彦远《历代名画记》卷一〇)。有《华阳集》。

顾况将自我个性投注于自然山水,充分领略到隐逸真谛,深情不可抑制地流露出来,也展现了诗人的格调。《从剡溪至赤城》以新巧之思抒写出胸中丰富的情理世界:"灵溪宿处接灵山,窈窕高楼向月闲。夜半鹤声残梦里,犹疑琴曲洞房间。"顾况在《送张鸣谦适越序》中称:"余尝适越,东至剡,南登天姥,天姥之西即东阳。"《从剡溪至赤城》就是这期间的作品。剡溪山水,冲淡积压在心底的烦扰。顾况《临海所居三首》是诗人生活的真实情感记录,能自出己意,又能妙在以形传神,虚实兼备,有高品位的意蕴,如其一:"此是昔年征战处,曾经永日绝人行。千家寂寂对流水,唯有汀洲春草生。"景象当是即目所见。其二:"此去临溪不是遥,楼中望见赤城标。不知叠巘重霞里,更有何人度石桥。"写实与用典结合得恰如其分。其三则是禅悟与人生之思的融会:"家在双峰兰若边,一声秋磬发孤烟。山连极浦鸟飞尽,月上青林人未眠。"陈耆卿《嘉定赤城志》卷三二载:"唐顾况,吴中人,字逋翁,以文入仕,终江南郡城。有文集二十卷,皇甫湜为之序。尝寓临海,有所居三绝,及剡溪至赤城诗。"顾况《临海所居三首》注重视角的切换,使诗思有了波澜,第二首时空较为开阔。刘永济指出顾况《临平坞杂题十四首》中的《石窦泉》"吹沙复喷石,曲折仍圆旋。野客漱流时,杯粘落花片"、《欹松漪》"湛湛碧涟漪,老松欹侧卧。悠扬绿萝影,下拂波纹破"等作品是"小小景物,写来皆如画,与王、裴《辋川杂咏》,钱玙《江行无题》,可称五言描写景物佳构"。[①]作为一位向道之士,顾况自然有《望简寂观》这样的诗篇:"青嶂青溪直复斜,白鸡白犬到人家。仙人住在最高处,向晚春泉流白花。"

二 孟郊

1.孟郊的人生与诗情。孟郊(751—814),字东野,武康(今属德清)人。家世卑微,少隐嵩山,耿介寡合,《上达奚舍人》所谓:"万俗皆走圆,一身尤方学。"屡试不第,德宗贞元十二年(796)中进士。梅尧臣《永叔寄诗八首并祭子渐文一首因采八诗之意警以为答》可谓知言:"昔闻退之与东野,相与结交贱微时。孟不改贫韩渐富,二人情契都不移。韩无骄矜孟无脑,直以道义为己知。我今与子亦似此,子亦不愧前人为。"孟郊自称"松色不肯秋,玉性不

① 刘永济:《唐人绝句精华》,人民文学出版社1981年版,第100页。

可柔。登山须正路,饮水须直流"(《送丹霞子阮芳颜上人归山》),慨叹"太行耸巍峨,是天铲不平。黄河奔浊浪,是天生不清"(《自叹》),可见其注重诗歌创作与人品及世运之间的关系。孟郊《赠苏州韦郎中使君》对谢灵运极为推崇:"谢客吟一声,霜落群听清。文含元气柔,鼓动万物轻。嘉木依性植,曲枝亦不生。尘埃徐庾词,金玉曹刘名。章句作雅正,江山亦鲜明。萍藻一浪草,菰蒲片池荣。曾是康乐咏,如今寒其英。顾惟菲薄质,亦愿将此并。"其中"萍藻一浪草,菰蒲片池荣"一联更是直接从谢灵运的"池塘生春草,园柳变鸣禽"(《登池上楼》)和"萍藻泛沉深,菰蒲冒清浅"(《从斤竹涧越岭溪行》)二句演化而来。

孟诗现存五百余首,以短篇五古为多,无一律诗。应该说,形式既受制于内容,更服务于内容。文体的选择往往反映出一个人的秉性、兴趣、艺术追求,但也规约着一个人的创造。孟诗多独创之思,崇尚"瘦硬",追求古拙奇险,力矫大历以来内容空洞、格调平庸的诗风,以寒峭枯槁为美,与韩愈共同创造诗史新变。苏轼《读孟郊诗》指出其拳拳之心:"诗从肺腑出,出则愁肺腑。有如黄河鱼,出膏以自煮! ……何苦将两耳,听此寒虫号。"范仲淹《唐异诗序》"诗家者流,厥情非一:失志之人其辞苦,得意之人其辞逸,乐天之人其辞达,觏闵之人其辞怒。如孟东野之清苦,薛许昌之英逸,白乐天之明达,罗江东之愤怒,此皆与时消息,不失其正者也",肯定孟郊诗歌的发自内心。《寒江吟》一诗结合自然景象有生动的展开,最后披露心志:"冬至日光白,始知阴气凝。寒江波浪冻,千里无平冰。飞鸟绝高羽,行人皆晏兴。荻洲素浩渺,碕岸渐崚嶒。烟舟忽自阻,风帆不相乘。何况异形体,信任为股肱。涉江莫涉凌,得意须得朋。结交非贤良,谁免生爱憎。冻水有再浪,失飞有载腾。一言纵丑词,万响无善应。取鉴谅不远,江水千万层。何当春风吹,利涉吾道弘。"

作为韩孟诗派的中坚力量,孟郊在创作中注重主观感受的传达,一吐胸中块垒,从一己的生活感受出发,表现出一种典型的孤独体验。孟郊又执着于艺术探索,以"尚奇"为创作旨趣,力求创新出奇,喜欢用奇字、造拗句、押险韵,诗风奇崛。布鲁诺《论英雄激情》有言:"只有与其说善于创作,毋宁说善于模仿的人,才需要依赖规则。"①钱仲联《韩昌黎诗系年集释》卷一中指出:"东野诗奇警处甚多,不必与韩往来始奇绝也。"诚为有见。

---

① 中国社会科学院外国文学研究所编:《欧美古典作家论现实主义和浪漫主义》(一),中国社会科学出版社 1980 年版,第 135 页。

2.孟郊山水诗的独特性。谢榛在《四溟诗话》卷四中评李贺、孟郊的诗歌风格时说："险怪如夜壑风生,暝岩月堕,时时山精鬼火出焉;苦涩如枯林朔吹,阴崖冻雪,见者靡不惨然。"[①]这一诗风的出现,是时代的必然。毛先舒《诗辩坻》卷四引谭元春语"诗家变化,盛唐已及,后又欲别出头地,自不得无东野、长吉一派",[②]极是。孟郊的"瘦硬"诗风在山水诗中有充分的体现,多具奇险僻奥之美,这是传统题材所不曾有的崭新内容。"换却世上心,独起山中情。"(《题从叔述灵岩山壁》)人世间既无可恋之处,只有到青山绿水中去寻找慰藉。孙枝蔚《与王贻上》说:"太白云:'郎官爱此水,因号郎官湖。'仆尝推广此义,谓永嘉、宣城山水,当永属二谢;柳州山水,当永属子厚;金陵当永属太白;下此如石淙、冰溪,当永属东野。"石淙、冰溪,孟郊才算找到真正属于自我的精神归宿之地。厉鹗《花坞二首》也称:"法华山西山翠深,松篁蒙密自成阴。团瓢更在云深处,惟有樵风引磬音。白练鸟从深竹飞,春泉净绿上人衣。分明孟尉投金濑,吟到日斜犹未归。"

孟郊《春集越州皇甫秀才山亭》:"嘉宾在何处,置亭春山巅。顾余寂寞者,谬厕芳菲筵。视听日澄澈,声光坐连绵。晴湖泻峰嶂,翠浪多萍薸。何以逞高志,为君吟秋天。"诗歌立足于现实,意蕴也较为丰厚,感人至深。《越中山水》由自然山水转而阐发事理,把个人的哀怨与社会问题联系起来,是诗人真性情、真胸臆的披露:"日觉耳目胜,我来山水州。蓬瀛若仿佛,田野如泛浮。碧嶂几千绕,清泉万余流。莫穷合沓步,执尽派别游。越水净难污,越天阴易收。气鲜无隐物,目视远更周。举俗媚葱蒨,连冬撷芳柔。菱湖有余翠,茗圃无荒畴。赏异忽已远,探奇诚淹留。永言终南色,去矣销人忧。"作品经过诗人的审美化,显示出动人的诗化力量。皇甫湜(777—835)《答李生第一书》:"意新则异于常,异于常则怪矣;词高则出于众,出于众则奇矣。"这可以用来论孟郊的山水诗。

《峡哀十首》的总体构思亦近此,但奇险峭硬之风依然。如之三:"三峡一线天,三峡万绳泉。上兀碎日月,下掣狂漪涟。破魄一两点,凝幽数百年。峡晖不停午,峡险多饥涎。树根锁枯棺,直骨夭夭悬。树枝哭霜栖,哀韵杳杳鲜。逐客零落肠,到此汤火煎。性命如纺绩,道路随索缘。奠泪吊波灵,波灵将闪然。"先从大景、远景写起,逐步转入细描,极尽夸张之能事,把人生的哀叹植入其中。《峡哀十首》之八也这样,重视炼饰,透出一种苍凉之音:

---

① 丁福保辑:《历代诗话续编》(下册),中华书局1983年版,第1217页。

② 郭绍虞编选,富寿荪校点:《清诗话续编》(上册),上海古籍出版社1983年版,第83页。

"峡棱剿日月,日月多摧辉。物皆斜仄生,鸟亦斜仄飞。潜石齿相锁,沉魂招莫归。恍惚清泉甲,斑斓碧石衣。饿咽潺湲号,涎似泓浤肥。峡青不可游,腥草生微微。"全诗是时代气氛的某种写照,所谓"奈危世山林亦有忧"(陈著《沁园春·次韵刘改之》)。

贾岛《哭孟郊》痛悼之中也有一丝欣慰:"身死声名在,多应万古传。寡妻无子息,破宅带林泉。冢近登山道,诗随过海船。故人相吊后,斜日下寒天。"又《吊孟协律》:"集诗应万首,物象遍曾题。"贯休《读〈孟郊集〉》:"东野子何之,诗人始见诗。清剜霜雪髓,吟动鬼神司。举世言多媚,无人师此师。因知吾道后,冷淡亦如斯。"孟郊的影响一直存在着。

三 皎然

1. 皎然的身世与诗论。皎然(720?—805?),俗姓谢,名昼,字清昼,晚年以字行,湖州长城卞山(今长兴)人,中唐著名诗僧。皎然系出陈郡阳夏谢氏,自称是谢灵运十世孙。《述祖德赠湖上诸沈》:"我祖文章有盛名,千年海内重嘉声。雪飞梁苑操奇赋,春发池塘得佳句。"但据贾晋华考证,他实为梁吴兴守谢朏的七世孙。谢灵运于他为九世从祖。①润州(今镇江)长干寺出家。"文章隽丽,当时号为释门伟器。"(释赞宁《宋高僧传·皎然传》)几年后,回湖州定居。上元年间与陆羽游,结成莫逆之交。辛文房《唐才子传》卷四载:"(皎然)幼入道,肄业杼山,与灵澈、陆羽同居妙喜寺。"释赞宁《宋高僧传·皎然传》称"凡所游历,京师则公相敦重,诸郡则邦伯所钦",可见其入世颇深,并非全然不问世事之人。著作有《儒释交游传》及《内典类聚》共四十卷,《号呶子》十卷,今不见传,另有《杼山集》十卷、《诗式》五卷等传世。刘禹锡《澈上人文集纪》载:"世之言诗僧,多出江左。灵一导其源,护国袭之,清江扬其波,法振沿之,如么弦孤韵,瞥人耳目,非大乐之音。独吴兴昼公,能备众体。昼公后,澈公承之。"皎然《诗式》显示了他对诗歌本质的深刻认识,如:"至险而不僻,至奇而不差,至丽而自然,至苦而无迹,至近而意远,至放而不迂。"

2. 皎然的山水诗。皎然《赠李舍人使君书》自称"意在适性情,乐云泉",其诗歌创作"在唐诸僧之上"(严羽《沧浪诗话·诗评》),具有感染力,如《若耶春兴》:"春生若耶水,雨后漫流通。芳草行无尽,清源去不穷。野烟迷极浦,斜日起微风。数处乘流望,依稀似剡中。"皎然《题沈道士新亭》:"何处好

---

① 贾晋华:《皎然非谢灵运裔孙考辨》,《江海学刊》1992年第2期。

攀跻,新亭俯旧溪。坐中千里近,檐下四山低。小浦依林曲,回塘绕郭西。桃花春满地,归路莫相迷。"诗歌把一时的感觉诉诸笔端,具有鲜明的写实主义诗歌品格,"依"、"绕"等动词的推敲与运用,增强了诗歌的形象性。作为释迦弟子,在面对山水时生出禅家意念最是平常不过的事情,所以,诗歌最后有佛理禅机的演绎,也是借用想象来扩大诗歌的意境。《晚春寻桃源观》构想近之:"武陵何处访仙乡,古观云根路已荒。细草拥坛人迹绝,落花沉涧水流香。山深有雨寒犹在,松老无风韵亦长。全觉此身离俗境,玄机亦可照迷方。"皎然《奉和崔中丞使君论李侍御萼登烂柯山宿石桥寺,效小谢体》:"常爱谢公郡,幽期愿相从。果回青骢臆,共蹑玄仙踪。灵境若仿佛,烂柯思再逢。飞梁丹霞接,古局苍苔封。往想冥昧理,谁亲冰雪容。蕙楼耸空界,莲宇开中峰。昔化冲虚鹤,今藏护法龙。云窥香树杳,月见色天重。永夜寄岑寂,清言涤心胸。盛游千年后,书在岩中松。"又如《赤松》:"绿岸朦胧出见天,晴沙沥沥水溅溅。何处羽人长洗药,残花无数逐流泉。"以"何处"发问,丰富诗句内涵,别有韵味。《望远村》疏淡有致:"林杪不可分,水步遥难辨。一片山翠边,依稀见村远。"《题湖上兰若示清会上人》:"峰心惠忍寺,嵊顶谢公山。何似南湖近,芳洲一亩间。意中云木秀,事外水堂闲。永日无人到,时看独鹤还。"化典无迹,如同己出,有禅家的空寂之境。《题湖上草堂》:"山居不买剡中山,湖上千峰处处闲。芳草白云留我住,世人何事得相关。"这些诗中的物象都经过诗人的精心筛选,能够很好体现情感倾向。诗人找寻到客观景物与主观感情的契合点,从而表达出自己深厚之情,涉及人类深层心理现象。虽然引禅入诗,但贴近生活,依然有着强烈的现实感。《咏小瀑布》细腻柔婉,最后又是禅思泛起:"瀑布小更奇,潺湲二三尺。细脉穿乱沙,丛声咽危石。初因智者赏,果会幽人迹。不向定中闻,那知我心寂。"

灵澈(746?—816),俗姓汤,字源澄,会稽(今绍兴)人。中唐著名诗僧,少从严维学诗,后与皎然游,多有唱和。《天姥岑望天台山》是其代表作之一,以真景传达出远在天边的意韵:"天台众峰外,华顶当寒空。有时半不见,崔嵬在云中。"

贯休(832—912),俗姓姜,字德隐,兰溪人。吴师道《吴礼部诗话》载:

> 吾乡兰溪,去城三十里,其地名白雁,次则望云山与建德接境。建德之镇山曰乌龙,旁一港通分水县,先君尝诵乡人赵叔嘉左藏说有人赋诗一联云:"乌龙分水去,白雁望云来。"可谓精确,惜不得全篇。

贯休七岁于和安寺出家,年少即能与邻院的处默(832?—?)"每隔篱论诗,互寻吟偶对"(释赞宁《宋高僧传》本传)。二十岁受具足戒,开始十年苦行,后云游各地,与段成式、方干等交游酬唱,最后赴蜀,深受王建礼遇。

《寒望九峰作》写家乡风貌,全然水墨画法,自得天趣:"九朵碧芙蕖,王维图未图。层层皆有瀑,一一合吾居。雨歇如争出,霜严不例枯。世犹多事在,为尔久踌躇。"九峰:山名,在今兰溪市南。意匠经营而又努力归于自然,妙语浅出,尾句陡生波澜。贯休《秋过钱塘江》诗有想象,有史实,既夸张,又写实:"巨浸东隅极,山吞大野平。因知吴相恨,不尽海涛声。黑气腾蛟窟,秋云入战城。游人千万里,过此白髭生。"《马上作》也展示了如画的风采:"柳岸花堤夕照红,风清襟袖辔璁珑。行人莫讶频回首,家在凝岚一点中。"贯休为诗亦苦吟,如在《偶作》中自述"无端为五字,字字鬓星星",诸诗都极见锤炼之功。

贯休精研佛典,具有深厚的佛学修养。《全唐诗》小传称其"既精奥义,诗亦奇险,兼工书画"。《野居偶作》正反映了精于奥义,又神于诗的状况:"高淡清虚即是家,何须须占好烟霞。无心于道道自得,有意向人人转赊。风触好花文锦落,砌横流水玉琴斜。但令如此还如此,谁羡前程未可涯。"里德说:"艺术与宗教一旦失去相互间的密切联系,就不可能产生伟大的艺术或伟大的艺术家。"①贯休《野居偶作》一诗正是艺术与宗教较完美的融合,呈浑融冲淡之态。又如《招友人宿》:"银地无尘金菊开,紫梨红枣堕莓苔。一泓秋水一轮月,今夜故人来不来?"以空明澄净之心观万物,万物亦自如之。

处默以《题圣果寺》最为著名:"路自中峰上,盘回出薜萝。到江吴地尽,隔岸越山多。古木丛青霭,遥天浸白波。下方城郭近,钟磬杂笙歌。"圣果寺在杭州凤凰山。《瀛奎律髓汇评》卷一引陆贻典语:"题只'圣果寺',无'登'、'望'、'临'、'眺'等字,故但写景亲切,便是合作。"②

四 钱起

钱起(722?—783?),字仲文,吴兴长兴人。天宝九载(750)进士,授秘书省校书郎,终尚书考功郎中。高仲武《中兴间气集》开卷即列钱起诗十二首,称:

> 员外诗,体格新奇,理致清赡。越从登第,挺冠词林。文宗右丞,许以高格,右丞没后,员外称雄。荽齐宋之浮游,削梁陈之靡嫚,迥然独

---

① 〔英〕H.里德:《艺术的真谛》,辽宁人民出版社1987年版,第55页。

② 方回选评,李庆甲集评校点:《瀛奎律髓汇评》,上海古籍出版社2005年版,第12页。

立,莫之与群。且如"鸟道挂疏雨,人家残夕阳",又"牛羊上山小,烟火隔林疏",又"长乐钟声花外尽,龙池柳色雨中深",皆特出意表,标雅古今。又"穷达恋明主,耕桑亦近郊",则礼义克全,忠孝兼着,足可弘长名流,为后楷式。士林语曰:"前有沈宋,后有钱郎。"

"宁嗟世人弃虞翻,且喜江山得康乐。"(《送毕侍御谪居》)钱起的山水诗有较高成就。翁方纲《石洲诗话》卷二说:"仲文、文房皆沿右丞余波。"①刘熙载(1813—1881)《艺概·诗概》也说:"钱仲文、郎君胄大率衍王孟之绪,但王、孟之浑成,却非钱、郎所及。"②如《早发东阳》:"信风催过客,早发梅花桥。数雁起前渚,千艘争便潮。将随浮云去,日借故山遥。惆怅烟波末,佳期在碧霄。"艺术地再现了寥廓的生活画面,借以廓张诗歌容量。小诗《远山钟》也运用这样的构思技艺,让全诗焕发异彩:"风送出山钟,云霞度水浅。欲寻声尽处,鸟灭寥天远。"谢榛《四溟诗话》卷三:"凡作诗不宜逼真,如朝行远望,青山佳色,隐然可爱,其烟霞变幻,难于名状。及登临非复奇观,惟片石数树而已。远近所见不同,妙在含糊,方见作手。"③钱起《宿云门寺》很符合这样的美学要求:"山寺宜静夜,禅房开竹扉。支公方晤语,孤月复清晖。一磬响丹壑,千灯明翠微。平生厌浮世,兹夕更忘归。"又有《奉陪使君十四叔晚栖大云门寺》:"野寺千家外,闲行晚暂过。炎氛临水尽,夕照傍林多。境对知心安,人安觉政和。绳床摇麈尾,佳趣满沧波。"钱起也能从一个新角度来抒发自己独特的感受,如《登胜果寺南楼雨中望严协律》:"微雨侵晚阳,连山半藏碧。林端陟香榭,云外迟来客。孤村凝片烟,去水生远白。但佳川原趣,不觉城池夕。更喜眼中人,清光渐咫尺。"诗歌选用入声韵来表现深沉而强烈的感情,合乎情理。又如《登秦岭半岩遇雨》:"屏翳忽腾气,浮阳惨无晖。千峰挂飞雨,百尺摇翠微。震电闪云径,奔流翻石矶。倚岩假松盖,临水羡荷衣。不得采苓去,空思乘月归。且怜东皋上,水色侵荆扉。"翠峦层叠之地,飞雨不期而至,别具一番情致。钱起部分作品则有谢诗痕迹,如《仲春晚寻覆釜山》:"蝴蝶弄和风,飞花不知晚。王孙寻芳草,步步忘路远。况我爱青山,涉趣皆游践。萦回必中路,阴晦阳复显。古岸生新泉,霞峰映雪巘。交枝花色异,奇石云根浅。碧洞志忘归,紫芝行可搴。应嗤嵇叔夜,林卧方

---

① 郭绍虞编选,富寿荪校点:《清诗话续编》(下册),上海古籍出版社 1983 年版,第1384 页。

② 刘熙载:《艺概》,上海古籍出版社 1978 年版,第 62 页。

③ 丁福保辑:《历代诗话续编》(下册),中华书局 1983 年版,第 1184 页。

沉湎。"

与盛唐时代的诗人相比，大历诗人群体往往与世沉浮，由关注时事变为注重生活，与当时的风尚相融合。山水本自有胜景，寓目而记，即成妙品，如宋人洪炎(1067—1113)《四月二十三日晚同太冲表之公实野步》所说的："有逢即画原非笔，所见皆诗本不言。"钱起的山水诗多能达此。如《宿远上人兰若》："香花闭一林，真士此看心。行道白云近，燃灯翠壁深。梵筵清水月，禅坐冷山阴。更说东溪好，明朝乘兴寻。"直记所见而情思清婉。

第五节　方干、罗隐等人的山水诗

晚唐时期，国事日非，看到的景象大多是"荒村带返照，落叶乱纷纷。古路无行客……野桥经雨断"(刘长卿《碧涧别墅喜皇甫侍御相访》)，由于对社会现实的失望，晚唐诗人再也激发不起蓬勃的热情，缺失了一种豪迈的气概。较之他人也更深沉地感受到命运的压迫，多有一种悲剧性命运笼罩下的生存体验，有着深重的危机感。由于受儒家"文以载道"传统文艺观影响，晚唐诗人的创作也隐隐透露出衰世文学的特征，整体上缺少一种大的气度。正如吴功正《中国文学美学》所言："从晚唐开始，中国美学思想史出现重要变迁，外向性的事功立业的热烈性转入内心对自身体验到的思绪细细咀嚼、品味的内敛性。这首先是由司空图开始实现完成的。晚唐秋花的景象诚然是一种美，但已缺少了盛唐春花的生机。当然，社会理想和审美理想并不重合，但是，审美理想的确立和改变却无法摆脱社会理想所造成的影响，因为社会理想是孕育审美理想必要的现实精神土壤和心理环境、氛围。"[1]山水诗创作方面，则如姚合《寄周十七起居》所谓"莫笑老人多独出，晴山荒景觅诗题"，气势明显不足。

一　方干

先讲方干坎坷不偶的奇特人生与山水情怀。方干(809—888)，字雄飞，新定(今桐庐)人。其居白云村，地近严子陵钓台，风光优美，《与乡人鉴休上人别》自叙："一枝竹叶如溪北，半树梅花似岭南。"方干幼有诗才，徐凝对之甚为器重。方干早年即隐于故乡，"桐庐江水闲，终日对柴关。因想别离处，不知多少山。钓舟春岸泊，庭树晓莺还。莫便求栖隐，桂枝堪恨颜"(周朴

---

[1]　吴功正：《中国文学美学》(下卷)，江苏教育出版社2001年版，第820页。

《寄处士方干》），以诗名重江南，终因唇缺貌陋不得仕，于是又隐遁会稽（今绍兴）。后学私谥为玄英先生。辛文房《唐才子传》卷七载："干早岁偕计，往来两京。公卿好事者争延纳，名竟不入手，遂归，无复荣辱之念。浙中凡有园林名胜，辄造主人，留题几遍。"可见钟情之深。施宿（1164—1222）《嘉泰会稽志》卷九《山川志》载："方干岛，在（会稽）县南五里。唐方干别墅也。干咸通中居越中，有诗云：'沙沙贾客喧渔市，岛上潜夫醉笋庄。'郑谷（851？—910）《题方干别墅》云：'野岫分开径，渔家并掩扉。'今镜湖中小山是也。"

　　再讲方干的山水诗创作。"此日因师话乡里，故乡风土我偏谙。"（《与乡人鉴休上人别》）方干出仕无望，但感情并不苦窘，其诗多写浙江山水风貌，色彩配置完美，表达回归自然的愿望，字里行间都能让人感受到诗人心灵的跃动。方干《赠李郢端公》"山川正气侵灵府，雪月清辉引思风"，亦可视为自我创作经验总结。部分作品写钱塘江两岸，如《暮发七里滩夜泊严光台下》写新安江风光，慨叹严光不仕，结构紧凑无间："一瞬即七里，箭驰犹是难。樯边走岚翠，枕底失风湍。但讶猿鸟定，不知霜月寒。前贤竟何益，此地误垂竿。"《题睦州郡中千峰榭》观物于微，叙述平淡而自含深情："岂知平地似天台，朱户深沉别径开。曳响露蝉穿树去，斜行沙鸟向池来。窗中早月当琴榻，墙上秋山入酒杯。何事此中如世外，应缘羊祜是仙才。"千峰榭在睦州郡城（今建德市梅城镇），今圮。七言排律《侯郎中新置西湖》的主体部分写家乡景色："激滟清辉吞半郭，萦纡别派入遥村。砂泉绕石通山脉，岸木黏萍是浪痕。已见澄来连镜底，兼知极处浸云根。波涛不起时方泰，舟楫徐行日易昏。烟雾未应藏岛屿，凫鹭亦解避旌幡。虽云桃叶歌还醉，却被荷花笑不言。"另外一部分写于越州时期，如《思越中旧游寄友》："甸外山川无越国，依稀只似剑门西。镜中叠浪摇星斗，城上繁花咽鼓鼙。断臂青猿啼玉笋，成行白鸟下耶溪。此中曾是同游处，迢递寻君梦不迷。"《和剡县陈明府登县楼》写出山水的佳胜之处，气势具足，与盛唐诸诗人相比而无愧色："郭里人家如掌上，檐前树木映窗棂。烟霞若接天台地，分野应侵婺女星。驿路古今通北阙，仙溪日夜入东溟。彩衣才子多吟啸，公退时时见画屏。"又如《题仙岩瀑布呈陈明府》："方知激蹙与喷飞，直恐古今同一时。远壑流来多石脉，寒空扑碎作凌澌。谢公岩上冲云去，织女星边落地迟。聚向山前更谁测，深沉见底是澄漪。"仙岩瀑布在今嵊州境内。陈明府，即陈永，时为剡县令。《题宝林寺禅者壁》（题下自注：山名飞来峰）："邃岩乔木夏藏寒，床下云溪枕上看。台殿渐多山更重，却令飞去即应难。"第一句写出一般寺院的建筑实情，第二句开始突出宝林寺的特有景致。三、四两句就山名着笔，更属全诗的点睛之处。

也有描写其他地区的作品,如《夏日登灵隐寺后峰》:"绝顶无烦暑,登临三伏中。深萝难透日,乔木更含风。山叠云霞际,川倾世界东。那知兹夕兴,不与古人同。"表现自我的人生感受,深婉沉挚,不见点化之功而意兴自备,别具风神。方干《游雪窦寺》:"绝顶空王宅,香风萍薜萝。地高春色晚,天近日光多。流水随寒玉,遥峰拥翠波。前山有丹凤,云外一声过。"《登雪窦僧家》:"登寺寻盘道,人烟远更微。石窗秋见海,山霭暮侵衣。众木随僧老,高泉尽日飞。谁能厌轩冕,来此便忘机。"主观情绪与客观景物糅合。《自缙云赴郡,溪流百里,轻棹一发,曾不崇朝,叙事四韵,寄献段郎中》:"激箭溪湍势莫凭,飘然一叶若为乘。仰瞻青壁开天罅,斗转寒湾避石棱。巢鸟夜惊离岛树,啼猿昼怯下岩藤。此中明日寻知己,恐似龙门不易登。"情思意味与缙云一带的风景有机结合,时空转换较为合理。又有《因话天台胜异仍送罗道士》,有着随意自然的风采:"积翠千层一径开,遥盘山腹到琼台。藕花飘落前岩去,桂子流从别洞来。石上丛林碍星斗,窗边瀑布走风雷。纵云孤鹤无留滞,定恐烟萝不放回。"《送钱特卿赴职天台》的前半也以山水景象构成,刻意夸张渲染天台山的神奇与迷幻,余韵悠然:"路入仙溪气象清,垂鞭树石罅中行。雾昏不见西陵岸,风急先闻瀑布声。"

二 罗隐

先讲罗隐的独特生活道路。罗隐(833—909),字昭谏,原名横,后因屡试不第,愤而改名为隐,自号江东生,新登(今属富阳)人。罗隐性情耿介,计有功《唐诗纪事》卷六九"罗隐"条:"隐与桐庐章鲁齐名。钱镠初起,以鲁风为表奏孔目官,不就,执之。后以隐为钱塘令,惧而受命……镠自是厚礼之。"自遇钱镠后,罗隐一直在钱镠幕下任官,历任钱塘令、以秘书省著作郎充镇海军掌书记、以司勋郎中充镇海节度判官、给事中、盐铁发运使。罗隐自称"平生四方志"(《思故人》),但长期辗转飘零,隐居池州梅根浦,最后终得安定,是"江东三罗"之一。独特的生活道路,形成对生活独特而深切的感受。释智圆(976—1022)《读〈罗隐诗集〉》,十分推崇罗隐诗"正人伦,惩劝旨"的诗教功能。王迈《读杨诚斋新酒歌仍效其体》:"古来作酒称杜康,作诗只说杜草堂。"罗隐《河中辞令狐相公启》追求"达情"的创作目标:"歌者不系音声,惟思中节;言者不期枝叶,所贵达情。苟抑扬之理或差,则流诞之辞亦弃。"袁枚《示儿》二首之一:"可晓儿翁用意深?不教应试只教吟。九州人尽知罗隐,不在科名记上录。"

再讲罗隐的山水诗创作。刘赞《赠罗隐》为罗隐感慨"明主既难谒,青山何不归",罗隐自己也称"景胜堪长往"(《寄剡县主簿》),则罗隐山水之志可知。罗隐山水作品多能展现细密敏锐的审美感受,其中的文化内涵也值得后人深入挖掘。魏庆之《诗人玉屑》卷五引韩驹语:"学诗须是有始有卒,自能名家,方不枉下工夫。如罗隐、杜荀鹤辈,至卑弱,至今不能泯没者,以其自成一家耳。"①有一定道理,如罗隐《秋日富春江行》:"远岸平如剪,澄江静似铺。紫鳞仙客驭,金颗李衡奴。冷叠群山阔,清涵万象殊。严陵亦高见,归卧是良图。"颈联特别寻求从眼前有限的客体向着无限的时空超越,最后略做深沉之思。《赵能卿话剡之胜景》,能够构成较为新奇的艺术世界:"会稽诗客赵能卿,往岁相逢话石城。正恨故人无上寿,喜闻良宰有高情。山朝绝巘层层耸,水接飞流步步清。两火一刀罹乱后,会须乘兴月中行。"《钱塘江潮》也有着审美主体胸怀的展露,最后发为奇想:"怒声汹涌势悠悠,罗刹江边地欲浮。漫道往来存大信,也知反覆向平流。任抛巨浸疑无底,猛过西陵只有头。至竟朝昏谁主掌?好骑赪鲤问阳侯。"《寄剡县主簿》:"金庭养真地,珠篆会稽官。境胜堪长往,时危喜暂安。洞连沧海阔,山拥赤城寒。他日抛尘土,因君拟炼丹。"这些作品多精于遣词造句,能建构意义相关的意象群来展现各地山水之美。

三　吴融

吴融(?—903),字子华,山阴(今绍兴)人。工诗能文,昭宗龙纪元年(889)进士,官至户部侍郎。有《唐英歌集》。吴融《〈西岳集〉序》:"上人之作,多以理胜,复能创新意。其语往往得景物于混茫自然之际,然其旨归必合于道。"此处亦可见诗人自身的创作旨趣。

吴融明确自己的艺术追求,也有较丰富的创造美感的手段。如《春山行》较显松散与随意:"重叠太古色,蒙蒙花雨时。好峰行恐尽,流水语相随。黑壤生红黍,黄猿领白儿。因思石桥月,曾与故人期。"《秋末长兴寺作》以情感为线索安排结构:"荒寺古江滨,莓苔地绝尘。长廊飞乱叶,寒雨更无人。栗不和皮落,僧多到骨贫。行行行未得,孤坐更谁亲。"《溪边》虽是小品,却动静结合,展现了绘画都难以达到的艺术深境:"溪边花满枝,百鸟带香飞。下有一白鹭,日斜翘石矶。"

《秋过钱塘江》:"巨浸东隅极,山吞大野平。因知吴相恨,不尽海涛声。

---

① 魏庆之著,王仲闻校点:《诗人玉屑》,中华书局2007年版,第164页。

黑气腾蛟窟,秋云入战城。游人千万里,过此白髭生。"这样的景致进一步激发了诗人的山水志趣。《桐江闲居作十二首》之一也写出这样的动人之景,然后融入自我才情:"木落雨翛翛,桐江古岸头。拟归仙掌去,刚被谢公留。猛烧侵茶坞,残霞照角楼。坐来还有意,流水面前流。"《富春》:"水送山迎入富春,一川如画晚晴新。云低远渡帆来重,潮落寒沙鸟下频。未必柳间无谢客,也应花里有秦人。严光万古清风在,不敢停桡更问津。"并不失落对社会的忧患意识,《夏日晚望》既给人以深远幽缈之感,也触及难于诉说的情感,思索人生:"登临聊一望,不觉意悽然。陶侃寒溪寺,如今何处边。汀沙生旱雾,山火照平川。终事东归去,干戈满许田。"典故运化无迹,释慧皎《高僧传·慧远传》载:陶侃曾在广州得阿育王像,赠与寒溪寺。

第四章　宋代浙江山水文学

第一节　简说

与唐代相比,宋代的都市经济文化高度繁荣。人们尽情地享受着生活,心性的自由也以另一种形式呈现。宋代是一个历史大转折的时期,急剧变化下的客观现实也有着要求变革的时代精神。人们的创作多能顺应历史发展潮流,以日常生活为表现对象,展现丰富多变的社会生活图景,开拓新的表现方式。宋人好深湛之思,有着理性精神高扬的神采;理学的发展又进一步兴盛强化了宋诗的理性精神。潘立勇《朱子理学美学的社会、人格及思想背景》指出:

> 从历史上看,处于中国封建文明发展史中承前启后的转折点的两宋社会基本结构,具有突出的强内虚外、强弱并存的二重性特征,这种二重性的社会基本结构使当时的社会文化心理及其审美意识都形成了相应的二重性矛盾结构与特征。当然,我这里所谓二重性矛盾还是权宜的说法,实际上,宋代社会及其文化心理和审美意识的矛盾是多重性、错综复杂的,可以说没有另外任何一个朝代汇集了有如宋代这样错综复杂而又具有对峙性的内在矛盾与冲突。然而,如果从主体结构和主导趋势上去把握,我们还是可以在这错综复杂中发现二重性特征。例如,就社会基本结构而言,经济文化的空前发达与民族危机的极端深重,即繁荣与忧患的同时并存;就社会文化心理结构而言,形上道德规

范的极度强化与形下生命情感的肆意追求,即伦理和情欲的并驾齐驱(如理学与宋词的双璧生辉、儒学道统与禅悦之风的并行不悖);就社会审美意识结构而言,审美伦理教化说与审美自由论感受,即功利与超功利的对立并峙,如此等等,都是这种二重性矛盾特征的体现。①

与唐代相比,宋代文化可以说是另一种意义上的开放型文化。变中求新,变中求美,在自然中感悟哲理,进一步拓开诗境,更富于时代性的内容。陈恭尹《次韵答徐紫凝》的说法很值得玩味:"文章大道以为公,今昔何能强使同?只写性情流纸上,莫将唐宋滞胸中。"宋人多借生活实境的描写抒发情怀。

历史决定存在。三唐之后艺术的开拓似已到尽头,宋人的努力反映了文学发展升降代变的历史规律。宋初释智圆在《评钱塘郡碑文》中强调"夸饰山水之辞"是"无用之文",立足点是偏颇的;皎然《送王居士游越》所谓"野性配云泉,诗情属风景"才是唐宋人的共同感受。总体上看,社会生活的变化使宋人总体上失去了唐人那种元气淋漓的气势,与唐人相比,宋人肆力于学,不名一家,文学创作更加注重由社会生活转向伦常情感、身边琐事,情思内敛而生活气息更为浓郁。宋初一些作品往往蹊径狭而取境幽,如行肇(生卒年不详)《送希昼之九华》:"忽起尘外心,迹谢人中境。云去竹堂空,鹭下秋池静。野宿清溪深,月在诸峰顶。日暮立长江,遥看片帆影。"其他无须胪举。

毋庸置疑,每个时代都有区别于其他时代的审美情趣。吴乔《围炉诗话》卷三早就指出:"诗乃一念所得,于一念中,唐、宋体有相参处,何况初、盛、中、晚而能必无相似耶?"②钱锺书《宋诗选注》则强调:"有唐人作榜样是宋人的大幸,也是宋人的大不幸。"③山水文学领域也是这样。宋人多能以一种不同于唐人的独特的审美体验去感知山水,即景赋咏,妙笔成篇,展现意兴之涌动,丝毫不亚唐人"诗成不枉青山色"(钱起《送褚大落第东归》)的情怀,更是多了一份闲暇意味,完全称得上是一种创造性的接受。吴师道《吴礼部诗话》有这样的记载:"大德丙午,师道侍先君在仙居,郭外数里南峰僧寺,山水颇清绝,尝一至焉。寺有蓝光轩,宋季名士吴谅直翁讲授其上,壁间题刻诗词,甚有佳者,略记三首于后。郭三益诗云:'山光竹影交寒辉,下有

① 潘立勇:《审美人文精神论》,浙江大学出版社1996年版,第142—143页。
② 郭绍虞编选,富寿荪校点:《清诗话续编》(上册),上海古籍出版社1983年版,第553页。
③ 钱锺书:《宋诗选注》,人民文学出版社1958年版,第13页。

碧浸吹涟漪。沙痕隐隐白鸟去,石声凿凿扁舟归。芝兰发香禅味远,云雾吐秀人家稀。须知春事不可挽,杜鹃已绕林中飞。'郭南渡后人,尝为令。"①作为宋室南渡后的仙居县令尚有这等闲适淡定之心,与唐人何异?与全国其他地方略有不同的是,宋代建国初年的浙江大地不是通过战争而是以吴越国钱氏所谓"纳土归宋"的形式实现与中央政权统一的,钱弘俶有《登蓬莱阁怀武肃王》表达这样的情怀,写出较为深切的生活感受:"黄鹤摧残漫有名,建时方始珍罗平。飞棉叠栱重装束,刻槛雕甍又茸成。十载兴隆吴与越,二邦安肃弟兼兄。从兹登赏云楼上,愿祝江南永宴清。"所以,浙江一地的山水诗自然多一些祥和,少一分狰狞。南宋以后,生活在浙江大地的人多了一份陆游《鹧鸪天》词所谓"家住东吴近帝乡"的感受,自然地"就岩题几诗"(薛嵎《送友人之括苍》)。

　　宋代浙江山水文学进一步体现了题材拓展、作家队伍扩大、手法多样与意境完善等艺术特征,呈现出极为浓郁的人文气息。这样一群扩大了的作家队伍进一步走向自然,有着不同于唐人的审美发现,比如在题材的选择方面就显示出较为开阔的视野。陆蒙老的《嘉禾八咏》是目前所知最早以嘉兴景色为题材的组诗,分别叙写会景亭、金鱼池、披云阁、苏小小墓、五柳桥、羞墓、宣公桥、月波楼等景致。现举二首为例。《会景亭》:"清入栏干酒易醒,春风杨柳几沙汀。平波抵得潇湘阔,只欠螺峰数点青。"《披云阁》:"城角巍栏见海涯,春风帘幕暖飘花。云烟断处沧波阔,一簇楼台十万家。"陆蒙老(生卒年不详),字元光,一字元中(《至元嘉禾志》卷三一),归安(今湖州)人。徽宗宣和初知嘉兴,后调晋陵(今江苏常州)。陆蒙老最为人称颂的就是陈岩肖《庚溪诗话》卷下所载的逸事,于此可见其为人处世之原则:"吴兴陆蒙老元光,尝为常之晋陵宰,颇喜作诗。时州幕官有好逸谤同列者,一日同会,忽闻蝉声,幕官谓陆曰:'君既能诗,可咏此也。'陆辞之,不可,因即席为之,曰:'绿荫深处汝行藏,风露从来是稻粱。莫倚高枝纵繁响,也宜回首顾螳螂。'因以是讥之,其人愧而少戢。"②宋代,又出现专以山水词写作为长的倪偁。倪偁(1116—1172),字文举,吴兴(今湖州)人。绍兴八年(1138)进士。官常州教授、太常寺主簿。有《绮川词》。《全宋词》收录其词三十三首。倪偁词多为山水题材,表达对家乡的深情,也往往透露出较为强烈的隐逸情怀,这一切都是词人"超然远览……更乞清诗,要见胸中一吐奇"(《减字木兰

---

① 丁福保辑:《历代诗话续编》(中册),中华书局1983年版,第593—594页。

② 丁福保辑:《历代诗话续编》(上册),中华书局1983年版,第188页。

花》)所取得的成果。如《西江月·四面烟鬟绕翠》:"四面烟鬟绕翠,一川鸭绿摇光。危亭缥缈短松冈,把酒与君西望。 万事尽皆前定,人生底用干忙。只应醉里是家乡,且尽玉壶新酿。"《蝶恋花》一词也对家乡风貌进行生动形象的描绘:"长羡东林山下路。万叠云山,流水从倾注。两两三三飞白鹭。不须更觅神仙处。 夜久望湖桥上语。欸乃渔歌,深入荷花去。修竹满山梅十亩。烦君为我成幽趣。"再如《蝶恋花·我爱西湖湖上路》:"我爱西湖湖上路。万顷沧波,河汉连天注。一片寒光明白鹭。依稀似我登临处。

报答溪山须好语。痛饮高歌,何必骑鲸去。环舍清阴消几亩。无人肯辨归来趣。"倪偶一生,常常"岭头独览"(《减字木兰花》),"登翠岭,更溪游"(《鹧鸪天》),所以才能集中创作出诸多山水作品。

宋人善于用诗歌表现凡俗生活,也有独具特色的意象选择,其他艺术探索亦无止境,情理兼备,刻意追新,从而构成与唐代迥异的美学境界,也可以说是在学习中的一种创新出变。吴之振(1640—1717)序《宋诗钞》曾强调宋诗之优长,在"变化于唐,而出其所自得,皮毛落尽,精神独存"[1]。确实如此。宋代的部分山水诗于"诗思碧云秋"(张祜《高闲上人》)之际,蕴含着理趣,于凡近中见出巧思,追求情、景与哲理的自然生发,但又各具情状。宋人日伴青山绿水之时,不是一味地搜章觅句,纯为追求"诗句造玄微"(王贞白《忆张处士》),而是继续醉心于大自然中,乐而与之为伍,因为其中"涵理趣深"(薛嵎《重游雁山分得六题·照胆潭》)。

"圣明宽大许全身,衰病摧颓自畏人。"(《初到杭州,寄子由二绝》之二)苏轼一些描写以"西湖天下景"(《怀西湖寄晁美叔同年》)为代表的浙江山水的作品就很有典范意义,别具境界,一如方东树《昭昧詹言》所说的:"杜、韩、李、苏四家,能开人思界,开人法,助人才气兴会,长人笔力,由其胸襟高,道理富也。"[2]苏轼《跋〈石钟山记〉后》称道浙江的山水之美:"钱唐、东阳皆有水乐洞,泉流空岩中,自然宫商。又自灵隐下天竺而上至上天竺,溪行两山间,巨石磊磊如牛羊。其声空磬然,真若钟声。乃知庄生所谓天籁者,盖无所不在也。"一生也真的是"天教看尽浙西山"(《与毛令方尉游西菩寺二首》之一),苏轼的诗文便生动地展现了浙地的奇异美景,因为浙地山水激发起诗兴。最经典的当为《饮湖上初晴后雨二首》之二:"水光潋滟晴方好,山色空蒙雨亦奇。欲把西湖比西子,淡妆浓抹总相宜。"首联把山水与阴晴错合描

---

① 吴之振等:《宋诗钞》,中华书局 1986 年版,第 3 页。

② 方东树著,汪绍楹校点:《昭昧詹言》,人民文学出版社 1961 年版,第 237 页。

写,貌似道尽西湖之美,令人无从下笔。第二联先有神妙的比喻,在显得时间无限延长的同时给人以美的联想;继以总分结合,再次增进感情的强度,遂为绝唱。《六月二十七日望湖楼醉书五绝》也是苏诗极品。其一:"黑云翻墨未遮山,白雨跳珠乱入船。卷地风来忽吹散,望湖楼下水如天。"《望海楼晚景五绝》其一写出江潮雪浪翻滚的气势:"海上涛头一线来,楼前指顾雪成堆。从今潮上君须上,更看银山十二回。"其他几首亦各有成。如其二:"横风吹雨入楼斜,壮观应须好句夸。雨过潮平江海碧,电光时掣紫金蛇。"其三:"青山断处塔层层,隔岸人家唤欲膺。江上秋风晚来急,为传钟鼓到西兴。"《六和寺冲师闸山溪为水轩》:"欲放清溪自在流,忍教冰雪落沙洲。出山定被江潮浼,能为山僧更少留。"朴素的叙写笔调与机警的构想完美结合,给人的总体感受是轻松畅适。

《腊日游孤山,访惠勤、惠思二僧》:"天欲雪,云满湖,楼台明灭山有无。水清出石鱼可数,林深无人鸟相呼。腊日不归对妻孥,名寻道人实自娱。道人之居在何许?宝云山前路盘纡。孤山孤绝谁肯庐?道人有道山不孤。纸窗竹屋深自暖,拥褐坐睡依团蒲。天寒路远愁仆夫,整驾催归及未晡。出山回望云木合,但见野鹘盘浮图。兹游淡薄欢有余,到家恍如梦蓬蓬。作诗火急追亡逋,清景一失后难摹。"爱新觉罗·弘历《唐宋诗醇》:"结句'清景'二字,一篇之大旨。云雪楼台远望之景,水清林深,近接之景。未至其居,见盘纡之山路;既造其屋,有坐睡之蒲团。至于仆夫整驾,回望云山,寒日将晡,宛然入画。'野鹘'句于分明处写出迷离,正与起五句相对照。语语清景,亦语语自娱。而道人有道之处,已于言外得之。栩栩欲仙,何必涤笔于冰瓯雪椀。"①《新城道中》二首之一:"东风知我欲山行,吹断檐间积雨声。岭上晴云披絮帽,树头初日挂铜钲。野桃含笑竹篱短,溪柳自摇沙水清。西崦人家应最乐,煮芹烧笋饷春耕。"作品糅合了山水描写与对农事的关心,爱山之深与爱民之切融会无间,所感的并非个人悲欢得失,体现了诗人的仁者情怀。《将之湖州,戏赠莘老》更有"余杭自是山水窟,仄闻吴兴更清绝"之叹,语意亲切,于是就有了"湖中橘林新著霜,溪上苕花正浮雪"的精妙叙写。苏轼还写了别有意味、以机趣胜的《庐山烟雨浙江潮》:"庐山烟雨浙江潮,未至千般恨不消。到得还来别无事,庐山烟雨浙江潮。"作品所拥有的回环结构也许来自李商隐的《巴山夜雨》,但诗人更多的是为了显示心中那挥之不去的曾使心灵得以安顿的神异记忆,能够遍阅这等奇山丽水,亦人生之一快。杨万

---

① 爱新觉罗·弘历:《唐宋诗醇》(下卷),中国三峡出版社1997年版,第673页。

里《〈江湖续集〉序》自称:"观余诗,江湖岭海之山川风物多在焉。"这番道白由苏轼口中说出应该更合适。

叶嘉莹在《人间词话七讲》里特别强调在创作过程中感情真诚的极端重要性:"无论客观主观,只要感情是真诚的,你就可以写出很好的诗。"[①]以陆游为杰出代表的宋代浙江籍作家,就能够在描山绘水的过程中寄寓真诚而深厚的情思,再通过艺术的不断创造,给人以多方位的审美享受。他们有着对天地古今的深沉思考,感情往往经过冷静理智的清滤,具有思致细密、情意深邃的理趣美。这也可以称得上是"筒中满贮千张纸,一路山川供役使"(张镃《夜坐放歌书兴》),又为后人提供了较为丰厚的艺术经验,这也是社会心理和文化思想变迁的一种必然反映。朱淑真的出现更使中国文学史上展开其极为绚丽的一页。

朱淑真(1135?—1180?),海宁人,一说钱塘(今杭州)人,与李清照(1084—1155?)齐名。有《断肠集》。常人只知朱淑真工于情语,实际上,朱淑真的山水诗也是极其有成的,如《秋日晚望》:"极目寒郊外,晚来微雨收。陇头霞散绮,天际月悬钩。一字新鸿度,千声落叶秋。倚栏堪听处,玉笛在渔舟。"写景、叙事、抒情,灵动多变,均属含蓄雍容。生活于两宋之交的朱淑真自称"题诗欲排闷"(《初冬抒怀》),又说:"诗书遣兴消长日,景物牵情入苦吟。"(《早春喜晴即事》)其山水诗创作最能体现这样的情思。《小阁秋日咏雨》:"疏雨洗高穹,潇潇滴井桐。润烟生砚底,凉气入堂中。翠锁交竿竹,红翻落叶枫。抚琴弄闲曲,静坐理商宫。"可谓格高调远。又如《游湖归晚》:"恋恋西湖景,山头带夕阳。归禽翻竹露,落果响芹塘。叶倚风中静,鱼游水底凉。半亭明月色,荷气恼人香。"西湖尽兴而游,回来之路,但见禽归果落,风吹鱼戏,作者却能仍然给人以远隔尘嚣之感,实为妙笔。又有《秋日晚望》:"烟浓难认别州山,仿佛鸥群浴远滩。一点客帆摇动处,排云红日弄光寒。"再如《秋日登楼》:"梧影萧疏弄晚晴,残蝉凄楚不堪听。楼高望极秋山去,满眼重重叠叠青。"

钱昭度(生卒年不详),字九龄,钱塘(今杭州)人。仕至供奉官。有《钱昭度诗》,苏易简作序。《雨霁剡溪》较有风致:"剡溪风雨霁,航苇重行行。到处杨柳色,几家荷叶声。噪蝉金鼎沸,游水玉壶清。最喜鱼梁畔,归帆的的轻。"山水吟咏唯恐情意不足,最后以"的的轻"加强诗意。又有《野水》:"野水光如壁,澄心不觉劳。与天无表里,共月见分毫。绿好磨长剑,清宜泛

---

① 叶嘉莹:《人间词话七讲》,北京大学出版社 2014 年版,第 141 页。

小舠。淡交今已矣,惆怅越波涛。"先叙静谧之野水,后出以淡淡之哀愁,亦为相谐。

　　张先(990—1078),字子野,乌程(今湖州)人。情是诗的第一要素,张先以表达怡情适性的审美趣味为主,多乐世之咏,亦有艺法探究。如《题西溪无相院》:"积水涵虚上下清,几家门静岸痕平。浮萍断处见山影,小艇归时闻草声。入郭僧寻尘里去,过桥人似鉴中行。已凭暂雨添秋色,莫放修芦碍月生。"以"涵虚"振领全篇,纵横错落。厉鹗《论诗绝句》之二写道:"张柳词名枉并驱,格高韵胜属西吴。可人风絮堕无影,低唱浅斟能道无?"王弈清(生卒年不详)《历代词话》卷四"张先柳永齐名"条引晁补之语云:"子野、耆卿齐名,而时论有以子野为不及耆卿者,然子野韵高,是耆卿所乏处。"①张先《破阵乐·钱塘》则是较早的一首山水词作:"四堂互映,双门并丽,龙阁开府。郡美东南第一,望故苑、楼台霏雾。垂柳池塘,流泉巷陌,吴歌处处。近黄昏,渐更宜良夜,簇簇繁星灯烛,长衢如昼,暝色韶光,几许粉面,飞甍朱户。　　和煦(一作欢遇)。雁齿桥红,裙腰草绿,云际寺、林下路。酒熟梨花宾客醉,但觉满山箫鼓。尽朋游、同(一作因)民乐,芳菲有主。自此归从泥诏,去指沙堤,南屏水石,西湖风月,好作千骑行春,画图写取。"旋律优柔仍不失壮阔之势,可与柳永著名的《望海潮》一阕媲美。固然在敦煌词中,就有一些描写山水的作品,如《浣溪沙》:"五两竿头风欲平,张帆举棹觉船轻。柔橹不施停却棹,是船行。　　满眼风波多闪灼,看山恰似走来迎。子细看山山不动,是船行。"但张先的山水词创作还是有一定的开拓意义。张先又有《倾杯乐·吴兴》,较为全面地叙写家乡春意之美:"横塘水静,花窥影、孤城转。浮玉无尘,五亭争景,画桥对起,垂虹不断。爱溪上琼楼,凭雕阑、久□飞云远。人在虚空,月生溟海,寒鱼夜泛,游鳞可辨。　　正是草长蘋老,江南地暖。汀洲日晚。更茶山、已过清明,风雨暴千岩、啼鸟怨。芳菲故苑。深红尽、绿叶阴浓,青子枝头满。史君莫放寻春缓。"《虞美人》词也有"苕花飞尽汀风定,苕水天摇影"的精妙表达。

　　毛滂(1060?—1124?),字泽民,号东堂,江山人。元丰三年(1080),其父毛维瞻(1011—?)受命任筠州(治所在今江西高安)知州,时苏辙(1039—1112)被贬为监筠州盐酒税,毛滂得以结识苏轼、苏辙两位大家。次年,毛滂任郧州(今湖北钟祥)县尉,又转任杭州、饶州(今江西鄱阳)法曹,一度时间在衢州、武康(今属德清)等地,过上亦仕亦隐的生活。后因转附新党,仕途

----

① 唐圭璋编:《词话丛编》(第二册),中华书局2005年版,第1161页。

时有反复,受党争等政治因素波及失官,并因事入狱。有《东堂集》与《东堂词》。

毛滂有"松竹藏幽讨,溪山助苦吟"(《登普宁寺岁寒庵面江山之胜令人欲赋而长老因公出诗集相示作此诗谢之》)和"云壑封诗物,烟波留客心"(《八月二十八日挈家泛舟游上渚诗》)的理念,也有"新诗定写水云姿"(《郭别驾秋日行县奉寄一首》)、"自喜江山助清绝"(《上湖守余行老》)的自叙。通过对景物做的多角度观察,毛滂的山水诗词创作流露出性灵与真情,各有所成,现分列如下。

毛滂山水诗多表现自己沉醉于其中的情趣,少去抒发怀才不遇的哀愁,亦无空廓之弊,如《八月二十八日挈家泛舟游上渚诗》:"秋色向幽处,浮家聊远寻。醉来蓬鬓乱,卧入蓼花深。云壑封诗物,烟波留客心。未应儿辈觉,余碌且勤斟。"泛舟寻胜之后,诗人把这样一番感受娓娓道来,就能够勾画出一个独特的艺术空间。毛滂《过净林杏花下微见晓色》有恬然自安之乐:"篮舆度水犯云巢,拂面垂杨翠欲交。春睡稳人殊未觉,半分晓色到花梢。"《过静林寺,与径山老禅曳杖溪滨,俯浅涧寒冽可照》:"寒溪数寸尔,下有万里天。烟云自变怪,寸碧殊湛然。蘋风亦可人,宁妨暂漪涟。终观镜面平,与君受嫵妍。有苔绿蒙茸,孺子俯可搴。前窥渐难量,忽此清冷渊。鱼暇亦无踪,但见空月圆。陶翁步屧处,独俾支郎肩。倚策心自知,鸥鹭纷联翩。"清丽幽雅的景致,自然能够止息心中杂念。《四库全书总目》卷一五四《〈东堂集〉提要》指出:"(毛滂)其诗有风发泉涌之致,颇为豪放不羁。文亦大气盘礴,汪洋恣肆,与李廌足以对垒。在北宋之末,要足以自成一家,固未可竟置之不议也。"

毛滂一生不忘对艺术的追求,其山水词饶有韵致。《夜行船·余英溪泛舟》写泛舟武康余英溪的情景,意象逼真如绘,委婉多姿:"弄水余英溪畔。绮罗香,日迟风慢。桃花春浸一篙深,画桥东,柳低烟远。 涨绿流红空满眼。倚兰桡,旧愁无限。莫把鸳鸯惊飞去,要歌时,少低檀板。"政和四年(1114)于嘉兴任上,毛滂重修月波楼,不久,作《点绛唇·月波楼重九作》,表达自得之乐:"手抚归鸿,坐临烟雨帘旌润。气清天近,云日温阑楯。 压玉浮金,一醉留青鬓。风光胜,淡妆人靓。眉黛生秋晕。"

又有《临江仙·宿僧舍》:"古寺长廊清夜美,风松烟桧萧然。石阑干外上疏帘。过云闲窈窕,斜月静婵娟。 独自徘徊无个事,瑶琴试奏流泉。曲终谁见枕琴眠。香残虬尾细,灯暗玉虫偏。"词篇以僧舍着眼,寄寓无限情怀。薛砺若在《宋词通论》一书中论毛滂词风的时候认定:"他有耆卿之清幽,而无其婉腻;有东坡之疏爽,而无其豪纵;有少游之明畅,而无其柔媚。"①
这样的定位是准确的。

宗泽(1060—1128),字汝霖,义乌人。哲宗元祐六年(1091)进士。钦宗
靖康元年(1126)知磁州,累官至延康殿学士,进东京留守。宗泽病死军中,
吴芾作《哭元帅宗公泽》祭奠,称得上是一曲富有时代感的慷慨悲歌,深化作
品的思想内蕴,也表现出对社会的清醒认识。贯休《古意九首》之四赞许:
"乾坤有正气,散入诗人脾。"宗泽就是拥有这一正气的诗人。明人杨慎
(1488—1559)《升庵诗话》卷六载:"宗(泽)、岳(飞)二公,以忠节战功冠于南
宋,戎马倥偬,笔砚想无暇也。余尝见宗忠简石刻《华阴道》二绝云:'烟遮晃
白初疑雪,日映斓斑却是花。马渡急流行小崦,柳丝如织映人家。'又云:'菅
茅作屋儿家居,云碓风帘路不纡。坡侧杏花溪畔柳,分明摩诘《辋川图》。'岳
公《湖南僧寺》诗有'潭水寒生月,松风夜带秋'之句,唐之名家,不过如此。
呜呼,二公其可谓全才乎!"②宗泽《早发》词简意深,语言天然本色也是很好
的例证:"伞幄垂垂马踏沙,水长山远路多花。眼中形势胸中策,缓步徐行静
不哗。"

程俱(1078—1144),字致道,号北山,衢州开化人。任秘书省著作郎、礼
部员外郎等。有《北山小集》。程俱心情豁达,山水诗多摅写天然的真性情,
传达了诗人的心曲。《四库全书总目》卷一五六《〈北山小集〉提要》:"诗则取
径韦、柳,以上窥陶、谢,萧散古淡,亦颇有自得之趣。"《豁然阁》是较有代表
性的作品:"云霞堕西山,飞帆拂天镜。谁开一窗明,纳此千顷静。寒蟾发澹
白,一雨破孤迥。时邀竹林交,或尽剡溪兴。扁舟还北城,隐隐闻钟磬。"对
现实的景物做出时间的追思,最后营造出一种朦胧而又催人深思的意境。
《登富阳观(自注:去声)山亭三首》之一也很有韵味,营建了一个诗美与诗思
交融的世界,自然畅达:"游云凝空日无华,烟江冥迷如眼花。观山直南是秦
望,不见高青天雨沙。"诗人又有《次韵和江司兵浙江观潮》等,有一定气势。

李光(1078—1159),字泰发,一作字泰定,越州上虞人。崇宁五年
(1106)进士。钦宗时擢右司谏,为侍御史。高宗即位,擢秘书少监。绍兴元
年(1131),除吏部侍郎。历官至参知政事。谥庄简。有前后集三十卷,已
佚。《两宋名贤小集》卷一五八收其《椒亭小集》一卷,清四库馆臣据《永乐大
典》辑有《庄简集》十八卷。

---

① 薛砺若:《宋词通论》;中国三峡出版社 2010 年版,125 页。
② 丁福保辑:《历代诗话续编》(中册),中华书局 1983 年版,第 740 页。

与一般的山水诗人一样,李光陶醉于名山胜水之中。李光的山水诗以七绝为多,多道山水之乐,但内容寄寓还是较为广泛的,情景俱佳。如陆游《老学庵笔记》卷一所载其描写家乡风光的《千岩亭》一首:"家山好处寻难遍,日月当门只卧龙。欲尽南山岩壑胜,须来亭上少从容。"一气盘旋,怡人之心。《游大龙湫观瀑亭遇小雨成咏》写雁荡龙湫美景,称得上是一时佳构:"十里苍崖转碧空,出山云雨细蒙蒙。只因便是龙湫瀑,溅沫飞流逐晚风。"《阳朔道中两绝》之一以他乡之胜称家乡之美,朴素清新:"北客多夸阳朔山,今朝了了见层峦。定知万壑千岩胜,不似山阴道上看。"山水词《水调歌头》为其过桐江、经严濑所作,从对以往历史的追溯中透露出其心情的危苦,也展现清醒而深沉的理性意识:

> 兵气暗吴楚,江汉久凄凉。当年俊杰安在?酌酒酹严光。南顾豺狼吞噬,北望中原板荡,矫首讯穹苍。归去谢宾友,客路饱风霜。
>
> 闭柴扉,窥千载,考三皇。兰亭胜处,依旧流水修篁。傍有湖光千顷,时泛扁舟一叶,啸傲水云乡。寄语骑鲸客,何事返南荒?

沈与求(1086—1137),字必先,号龟溪,德清人。政和五年(1115)进士。历官明州通判、监察御史、殿中侍御史、台州知州、吏部尚书兼权翰林学士兼侍读、荆湖南路安抚使、镇江知府兼两浙西路安抚使、吏部尚书、参知政事、明州知府、知枢密院事。谥忠敏。有《龟溪集》。沈与求《过卞山次韵朱仰止涧亭绝句》写家乡湖州风光,其一:"曲涧潺潺隐石堤,玉虹双引戏晴漪。相思后夜添清绝,木落山空月半规。"其二:"环佩琮琤落断崖,水清石瘦没平沙。幽人散策经过地,草阁柴扉趁水斜。"

吴芾(1105—1183),字明可,仙居人。有《湖山集》十卷。吴芾生卒年各种记载颇有出入,实际上可从诗人自己作品中考定。《丙戌送春有作》中诗人自称:"今日六十三,已是桑榆迫。"丙戌为孝宗乾道二年,公元1166年。以此逆推六十三年,则为徽宗崇宁三年,农历甲申年,公元1104年,诗人《闻同庚不幸有感》一开头就自述:"我生甲申岁。"又据《生朝偶成》"今晨是生朝,今夕是除夜",则诗人生于是年的除夕,实际上已是公元1105年的一月。吴芾高宗绍兴二年(1132)进士。《全宋诗》写成"绍兴二年(一一一三)"[①],年号正确,但具体的时间差得太大。

---

① 北京大学古文献研究所编:《全宋诗》第三五册,北京大学出版社1998年版,第21833页。

　　吴芾现存 1149 首诗歌中,山水诗为 130 余首,占十分之一强,诗人还常有"择胜把酒杯,搜奇入诗笔。犹恨景物多,未能尽收拾"(《答客难》)的遗憾。《符倅同游雁荡赓其所和范相游山韵》所称赏的"仙山寻胜外,妙句落人间"两句,要是移用来评论诗人自己的山水诗创作颇为合适。吴芾《寄季元集》称赏友人"高标拂烟云,雅志在山水",《江行阻风》诗称"我生走四方,足迹亦几遍",自吐性情。淳熙二年(1175),诗人已是七十二岁高龄,致仕在家,仍然以"何妨日凭栏,乐此佳山水"(《予与王瞻叔韩通一……》)为乐。这时,他的儿子为官丽水,诗人以"山水有佳致"(《送津儿之官丽水》)为教。合而观之,则诗人乐山喜水的志趣可知,正所谓"我爱平湖绕碧山,山光倒碧到樽前"(《和津喜雪二首》之二)。

　　吴芾一些作品能够把山水描写与言志抒怀相结合,渗入了作者的思索与感慨,具有一定的现实色彩。如《题碧云亭》:"累土创新亭,本拟还旧观。或言旧亭庳,视此才及半。我方安朴拙,岂敢事轮奂。言念梦幻身,终日困几案。既未许自如,超然脱羁绊。亦欲对江山,时发一笑粲。自从得新亭,顿觉百忧散。亭前柳色新,亭下荷花乱。明月可坐邀,积雪堪俯玩。凭栏送飞鸿,千里归一盼。诗成似有神,酒行欲无算。取次亦足乐,胡为尚兴叹。恨吾年已衰,志不在游宦。何当归去来,终老湖山畔。"诗歌选择了一些能够引起强烈视觉形象的色彩和物象,如"柳色"、"荷花"、"积雪"等。《和钱倅秋晚登帕帧亭》浸透了诗人的隐隐忧患,从一个特定的视角再现时代风云:"满目悲凉意,凭谁断送秋。寻僧求竹舍,俯槛得江流。天末高低雁,波间出没鸥。时危身局促,却羡汝无愁。"显露了诗人内心的幽愤难平。诗境通于世运,这样的诗文颇具证史的功能,再现真实的社会风貌,得杜诗感时伤乱的真髓。发自内心的真情实感寥寥数语,就寄寓无限情怀。

　　吴芾的山水诗创作讲求"诗当随景赋"(《初冬山居即事十首》之三),多即兴之作。《夏日游灵隐东园赠东方道人》"松竹回环十里阴,一声啼鸟觉山深",寥寥数语就勾画出艺术深境。又如《远眺》,写景阔大:"万壑千岩百尺楼,地形高压浙东州。旁窥照水烟波阔,四顾沧溟雪浪浮。远望尚赊秦辙迹,怀人还想晋风流。凭栏已足消尘虑,何必三山汗漫游。"

　　《登景星岩》直抒兴会,诗艺圆熟:"道满三千界,潮音未许缄。何为狮子座,却上景星岩。天近云随步,林深翠滴衫。我来宁惮远,端欲洗尘凡。"一些作品意象丰富,自然明丽,闪烁着诗人的悟性之光。《初冬山居即事十首》体物入微,或有王维诗风的飘拂,如之一:"我爱山居好,冬来惬野情。檐前朝日暖,谷口暮云横。柏子当轩堕,蕉花傍槛生。自堪安朴拙,何苦慕尘缨。"之二则由王诗而直溯靖节,有陶诗风范:"屋角营书室,新成八九椽。开林延爱日,甃石截流泉。山近岚光逼,窗疏月色穿。寒梅何日吐,我欲醉花前。"

吴芾还有一首较为少见的六言创作,《春尽同诸公游紫岩各赋六言》:"一径草深迷路,万点花飞到天。明日定知春去,只今便是残年。"

毋庸讳言,吴芾山水诗也存在一些问题,正如诗人自己慨叹的"题诗还愧我非工"(《滕王阁三首》之三)。一些作品前后不称,如《姑溪楼》:"四面楼成已壮观,兹楼仍更出云间。一条溪引五湖水,千里江分两岸山,是处风烟俱秀发,旧家气象顿追还。公余幸此同登览,一醉休辞酒量悭。"前半韵味无限,后半却归结为一醉方休之类,了无意趣。吴诗多偏重于个人情绪的宣达,囿于时风,新创不多。

喻良能(1120—?),字叔奇,号香山,义乌人。高宗绍兴二十七年(1157)登王十朋榜进士,补广德尉,后通判绍兴府、知处州等,以朝请大夫致仕。今存《香山集》十六卷。《登五峰亭望庐山》自称:"会当挂颊看山色,更欲题诗满涧滨。"喻良能与王十朋、杨万里等均有深交,《四库全书总目》谓其诗格与杨万里相近,极是。山水诗就体现了这样的特色,有诚斋风味,略举数首。《灵山寺》:"松竹声中寺,山深人迹稀。石从林背出,云向屋头飞。野鹿寒仍聚,栖禽暮自归。怪来襟袖冷,浓翠湿征衣。"淡淡几笔,就勾勒出清虚、澄净的禅境。《对镜芙蓉二岭相望仅三十里,高不知几百尺,十步九折,殆不啻蜀道之难也。己卯孟秋沿檄过之,仆夫告痛,己亦罢极,因成小诗》:"石镜宁堪对,芙蓉不是花。险中多虎迹,平处少人家。曲六蛇行迥,欹危鸟道斜。白云宜入望,不怕乱山遮。"诗歌有着自己独特的表情达意方式,景象幽美的同时,音节也显得圆转流畅,毫无滞碍。《题五泄瀑布四首》前三首未足观,第四首称佳:"瀑雨霏霏湿翠岚,来从天半许谁探。凌空踏尽崚嶒石,始到峰头第一潭。"这些作品无不显出作者的诗心诗才之妙。

五古《夜宿天章寺》遇景入咏,是诗人以较大心力构想的作品:"兰亭负崇冈,修竹翳寒绿。嚣烦隔人境,爽气森佛屋。薄暮行役罢,言就上方宿。是时秋峥嵘,西风响岩谷。越兰不可见,浩歌想余馥。右军恨何许,禊序空三复。夜久百虫绝,灯花媚幽独。萧然四壁静,一洗圣万斛。何当脱羁鞅,阴岩事卜筑。聊复得此游,澹然心赏足。"七古《天台歌》前几句从李白《梦游天姥吟留别》点化而来,极力歌颂天台山的神奇:"涉海神仙夸蓬莱,登陆胜地称天台。天台枕海连四明,万峰千岭相萦回。赤城绣出绮霞色,瀑布界破瑶山青。神仙居处寸步有,游人白日迷杳冥。"从"剡溪昔年有二客"开始,则渲染刘、阮二仙的传说,进一步强化天台山的迷人魅力。

徐大受(1128?—?),本名逸,字季可,号竹溪,天台人。有《竹溪文集》。朱熹(1130—1200)在台州时曾过访于他。徐大受《入万年谒简庵清老追和曾使君韵》很有韵致:"踏破深崖苍石棱,八峰来谒简庵清。山花照座一两点,雪猿叫云三四声。诗带烟霞藏旧刻,门开楼阁见经行。平田浅草归时路,风月依然度百城。"曾使君,即曾几,高宗绍兴二十六年(1156)知台州。

楼钥(1137—1213),字大防,号攻媿主人,明州鄞县(今宁波)人。孝宗隆兴元年(1163)进士,淳熙七年(1180)任台州通判,起知温州、婺州等。嘉定二年(1209)官至参知政事,卒谥宣献。有《攻媿集》。《大龙湫》为其山水诗的代表作:

> 北上太行东禹穴,雁荡山中最奇绝。龙湫一派天下无,万众赞扬同一舌。行行路入两山间,踏碎苔痕屐将折。山穷路断脚力尽,始见银河落双阙。矩罗宴坐看不厌,骚人弄词困搜抉。谢公千载有遗恨,李杜复生吟不彻。我游石门称胜地,未信此湫真卓越。一来气象大不侔,石屏倚天惊鬼设。飞泉直自天际来,来处益高声益烈。从他倒泻三峡流,到此谁能定优劣。雁山佳趣得要领,一日尽游神恶衷。骊龙高卧唤不应,自愧笔端无电掣。轮囷萧索端不怒,非雾非烟亦非雪。我闻冻雨初霁时,喷击生风散空阔。更期雨后再来看,净洗一生烦恼热。

诗歌首先强调"最奇崛",逗人兴味,在对比中突出雁荡雄姿,然后加以细描,穷形尽相,发挥七古的长处,最后从自然山水出发,表达净洗人生烦恼的理思。楼钥小诗《天台道中口占》富有奇趣,向为人所称赏:"路上人家短竹篱,缫蚕刈麦自熙熙。可怜日对千寻瀑,不解闲吟半字诗。"又有写雪窦山的《妙高峰》诗,颇有意趣:"一峰高出白云端,俯瞰东南千万山。试向岗头转圆石,不知何日到人间。"《千丈岩》则较为平淡:"惊见银河空外翻,湍流千丈有余寒。下流不用长劳望,只向悬崖顶上看。"

陈起(生卒年不详),字宗之,号芸居,钱塘(今杭州)人,刊刻《江湖集》、《江湖小集》等。陈起虽为书商,但自己亦能诗,韦居安(生卒年不详)《梅涧诗话》卷中就认为陈起的《夜过西湖》诗"鹊巢犹挂三更月,渔板惊回一片鸥。吟得诗成无笔写,蘸他春水画船头","语意殊不尘腐"。①陈起今存《芸居乙稿》一卷。《湖上即事》有"风景无穷吟莫尽,且将酩酊乐浮生"的吟咏,心绪

---

① 丁福保辑:《历代诗话续编》(中册),中华书局 1983 年版,第 556 页。

的苦乐自在其中。《寄题当湖隐渌亭》:"曲径一亭幽,三十六水聚。檐影接波光,蝉声入秋思。开藻静看云,爱月懒种树。濠上意如何,疏钟烟外寺。"诗歌为充分领略山水间乐趣后所作,以景明情。起势不凡,尾句疏朗。全篇明丽悠远,语言表现力比较强。《冷泉凭栏》意随笔至,别有一番意趣:"此山泉石胜,还思日日登。那知三生前,不是住山僧。"

许棐(?—1249),字忱父,号梅屋,海盐人。有《梅屋诗稿》。《梅屋诗稿》自跋称:"右甲辰一春诗,诗共四十余篇,寻求芸居吟友印可。"许棐《泛剡溪》表现恬淡、闲逸的心情:"水阔无风似有风,芦花摇落橹声中。鸥无一点惊猜意,认作当时戴雪翁。"

葛绍体(生卒年不详),字元承,临海人。葛绍体曾师事叶适,诗近四灵。有《东山诗选》。《春日即事二首》之二可谓得"半山体"精髓,悠闲自适情调自在其中:"一带青烟护白溪,溪流横截路东西。早春晴日自风度,岭树数声春鸟啼。"又如《过江心寺》,突显一股清逸之气:"寺带长江山作围,塔峰相对立涟漪。好风吹浪舟行急,正是午潮初长时。"

《诸暨道中五首》以丰富的意象构成系列画面。如之一:"寒雨路从岩洞出,晴天才见越山川。谁怜昨日经行地,回首苍茫起暮烟。"之五:"极目平畴似掌平,远山依约画难成。天宽地大空明处,渐近稽山接帝城。"《水陆寺》写景如画,也袒露了对远离尘嚣的人生止境的向往之情:"松柏苍苍荫碧澜,碧澜深处有龙蟠。清闲日月长廊静,惨淡云烟画阁寒。林鸟忽鸣疑悟道,石矶危坐似逃禅。天台行客东嘉友,一笑春风共倚栏。"《五部岭》自吐性情,意味十足:"岭上烟云作伴行,远山凝绿向谁横。醉来睡足茅檐雨,三十六滩春水生。"《赠黄友把酒东皋三首》之一也不错,融入在赏景中萌生的复杂情思:"野水平流一带斜,去来征棹几年华。东风又染山光绿,好拂丝纶钓浪花。"

乔行简(1156—1241),字寿朋,东阳人。《游三丘山》:"疑是乘风到九天,不知身在此山巅。万家攒簇炊烟底,一水萦纡去鸟边。便学尘缘轻似羽,何妨诗意涌如泉。停杯更待林梢月,归去家僮想水眠。"一路赏心惬意,诗思自然涌出。

高似孙(1158—1231),字续古,号疏寮,明州鄞县(今宁波)人。《琼台西路》体现曲折变化的特色,声情恳切,真挚动人,画面则清新疏淡:"一夜天台雨,青鞋踏遍砂。添将清瀑水,温尽碧桃花。涉涧除山术,和云嚼野茶。纵无仙骨份,不敢更思家。"《天台渡》则变换视野,充满生命体悟的张力:"一江夹清浑,回首青村注。余云拖薄润,远霭霏轻素。船轻顺流下,石狭奔湍怒。苍阴布仙迹,野芳生幽趣。山色各有旧,春情宛如诉。徘徊良自得,泱漭又将暮。遐瞻金碧庭,可入丹泉路。今夜宿桃源,切莫匆匆去。"

　　高翥(1170—1241),初名公弼,后改名翥,字九万,号菊涧,余姚人。有《菊涧小集》。正如陶文鹏所论,江湖诗人中"也有一些作品借山水景物作为象征依托,曲折地、深沉地表达伤时忧国情思。在这个诗人群里,无论就诗歌创作的全貌或仅从山水诗创作的角度看,成就较大的诗人应是戴复古、刘克庄、高翥、方岳、叶绍翁等人"。①高翥常常旅食异地,淹留经年,所以,有描写各地风物的作品,《乌镇普静寺沈休文故居》就是其中之一:"寂寞梁朝寺,深廊十数间。碑存知殿古,香冷觉僧残。断岸舟横浦,平坡树补山。休文如好在,依旧带围宽。"普静寺原为沈约故居,后改建为寺。诗歌刻画工致,情满意溢,词微意深。《度仙霞岭》展现出诗人深沉的意绪:"尽日度仙霞,西风吹鬓华。乍寒抛白苎,临晚见黄花。山险全无路,溪清半是沙。岭云逢宿处,斜月带栖鸦。"《晓出黄山寺》:"晓上篮舆出宝坊,野塘山路尽春光。试穿松影登平陆,已觉钟声在上方。草色溪流高下碧,菜花杨柳浅深黄。杖藜切莫匆匆去,有伴行春不要忙。"诗中"高下碧"、"浅深黄",刻画精细,景真情切。

　　杜旟(生卒年不详),字仲高,金华人。兄弟五人俱博学工文,人称"金华五高"。辛弃疾曾为之开山田,杜旟有《从辛稼轩游月岩》诗:"雾露朦胧晓色新,半空依约认冰轮。婆娑弄影寒山露,中有钗横鬓乱人。"月岩在义乌城南,以其山形如月而得名。

　　赵善湘(?—1242?),字清臣,宋宗室,明州鄞县(今宁波)人。庆元进士,历官兵部尚书、资政殿大学士。《钓台》二首之二:"小泊逢阴雨,登临得晚晴。两山浩然气,一水圣之清。路险崖边望,台窥阁外行。何当清夜至,到是客星明。"全诗符合意象建构的简洁规则。

　　杜范(1182—1245),字仪甫(父),改字成之(己),号立斋,黄岩人。宁宗嘉定元年(1208)进士,累迁殿中侍御史,出知宁国府,理宗淳祐四年(1244)十二月,为右丞相兼枢密使。卒谥清献,有《清献集》。杜范《雁荡山》:"东南富山水,杰气钟雁峰。巨灵排屃赑,妙力开鸿蒙。断崖据险绝,峭壁凌寒空。分岑献万状,转盼无一同。或叠如锦缬,或铸如青铜。或前如舞凤,或却如飞鸿。或伏如卧虎,或矫如游龙。并如兄语弟,差如儿对翁。锐如笔露颖,岐如剪开锋。二湫分大小,二灵俨西东。古语聊近似,天巧难形容。我久埋

---

　　①　陶文鹏、韦凤娟主编:《灵境诗心——中国古代山水诗史》,凤凰出版社2004年版,第53页。

世埃,幸此拔天风。应接费耳目,魄磊罗心胸。有僧本儒家,伴我追云踪。攀跻不知劳,指引殊未穷。胡然便语别,问之以涕从。为渠游兴尽,生我归意浓。出计无草草,回涂复匆匆。还此未了缘,邂逅须有逢。"

叶绍翁(1194—?),字嗣宗,号靖逸,龙泉人。有《靖逸小集》。叶绍翁山水诗往往能够给人以美的享受,如《嘉兴界》:"平野无山见尽天,九分芦苇一分烟。悠悠绿水分枝港,撑出南邻放鸭船。"又如《烟村》:"隐隐烟村闻犬吠,欲寻寻不见人家。只于桥断溪回处,流出碧桃两三花。"笔墨简省,一派天籁,这一切都通过桃花这一意象得到完美的表现。

陆德舆(生卒年不详),字载之,崇德(今属桐乡)人。嘉定十年(1217)进士。官至吏部尚书。陆德舆《平绿轩》触景伤神,融哲理于情感之中,流露出一种喟叹感:"带市人烟远,连村野色幽。山从天际出,水向槛前流。茅屋无端碍,松醪有意留。因怀陵谷感,无语对归鸥。"

薛嵎(1212—?),字仲止,一字宾日,永嘉人。理宗宝祐四年(1256)进士,官长溪簿。有《云泉集》。薛嵎一生陶醉于"浙中山水最"(《天童寺》),称赏"四灵诗体变江西"(《徐太古主清江簿》),与之同声相应,所作诗亦多"永嘉四灵"之风。《雁山纪游七首·能仁寺》比较有代表性:"过尽盘山险,登临意忽平。殿灯摇佛影,瀑布杂钟声。湫阔龙居顶,路回峰换名。晓行林日薄,海气接云生。"又有《重游雁山分得六题》,如其中的《水帘谷》,抒情较为显豁:"石壁斧修痕,风泉断续闻。琉璃光闪日,空洞湿飞云。妙出神功造,源从湫底分。谁能为钩起,深处谒龙君。"

贾似道(1213—1275),字师宪,号秋壑,天台人。贾似道于政于德乏善可陈,胡明《关于宋诗》称:"他的诗,特别是七绝,还写得相当清秀明媚,《题孤山》、《凤山》、《紫薇岭》、《梅花》等均属南宋诗中的上品。"[①]贾似道的诗歌也许缺少应有的高度与深度,但品格并不卑下。《昌化道中》:"西风落叶路漫漫,衣袂微生旦暮寒。只隔片云家便到,远山移入梦中看。"一开始就有一定的画面效果,后面更有新的开拓,审美空间辽远,余意不尽。《天竺山行》:"山北山南雪半消,村村店店酒旗招。春风过处人行少,一树疏花傍小桥。"自我乐而忘返,也就不在乎行人之多寡,传递出闲适安谧之气。

陈著(1214—1297),字谦之,一字子微,号本堂,鄞县(今宁波)人。理宗宝祐四年(1256)进士,官至监察御史。有《本堂集》。《过鉴湖》写出自然界的蓬勃生机:"越城胜景素来夸,才入东关分外嘉。八百顷荷西子态,几千余

---

① 胡明:《古典文学纵论》,辽海出版社 2003 年版,第 94 页。

寺贺君家。画屏山色饶烟水,丽锦天光落晚霞。惜景欲图湖上住,钓船泊处是生涯。”“西子态”之喻,借前人笔意而为我用。

柴望(1212—1280),字仲山,号秋堂,江山人。景炎二年(1277)荐授迪功郎、国史馆编校。宋亡不仕,自名宋遗臣,与弟随亨、元亨、元彪俱隐遁于乡,世称“柴氏四隐”。后人辑有《柴氏四隐集》。柴望有《秋堂集》。《四库全书总目》卷一六五《〈秋堂集〉提要》:“其诗虽格近晚唐,未为高迈。而《黍离》、《麦秀》,寓痛至深。”《江心寺》诗从景入史,感叹不尽:“寺北金焦彻夜开,一山恰似小蓬莱。塔分两岸波中影,潮长三门石上苔。遗老为言前日事,上皇曾渡此江来。中流滚滚英雄恨,输与高僧入定回。”柴随亨(1220—?),字刚中。理宗宝祐四年(1256)进士。柴随亨《江郎山》写家乡风光:“世事无情几变迁,郎峰万古只依然。移来渤海三山石,界断银河一字天。云卷前川龙挂雨,风生阴洞虎跑泉。群仙缥缈来笙鹤,石顶天香坠玉莲。”韶光流逝,沧海桑田,但江郎山依然美丽如画。柴元彪(生卒年不详),字炳中,号泽臞居士。咸淳四年(1268)进士,官建宁府观察推官等。有《秋日江郎山道中》:“豆花疏雨浥轻埃,野店新凉入酒杯。草带淡烟栖古道,树含断霭翳荒台。湖光隐见萍分合,山色有无云去来。满眼秋光无尽意,三峰万古碧崔嵬。”全诗情辞兼胜,尾句尤见明快豪放。

周密(1232—1298?),字公谨,号草窗、四水潜夫等,吴兴(今湖州)人。宋亡,寓杭州。戴表元《周公谨〈弁阳诗〉序》:“公谨盛年,藏书万卷,居饶馆榭,游足僚友。其所居弁阳,在吴兴,山水清峭。遇好风佳时,载酒肴,浮扁舟,穷旦夕赋咏于其间。就使失禄不仕,浮沉明时,但如苏子美、沈睿达辈,亦有足乐者;今皆无之,虽其弁阳且不得居,颓颜皤鬓,离乡索居,而歌欹歔如此。”周密有《武林旧事》、《癸辛杂识》、《齐东野语》、《草窗词》等。

周密《乙丑良月游大涤洞天,书于蓬山堂》是有关大涤洞天题材的高水准作品:“太虚灏气浮空蒙,烟霞九锁蓬莱宫。崩腾云木竞奇秀,洞芳野实垂青红。何年断鳌立天柱,古洞阴森白鸦舞。玉书宝剑不可寻,老翠封崖滴元乳。光芒灵气干斗牛,遗丹箬底谁能求? 黄精紫杞遍岩谷,仙禽夜捣声幽幽。懒蛟千年睡未足,痴涎吼雷喷飞瀑。阴风黑穴吹海腥,石虎当关横地轴。是非万古一笑慨,神仙不死今安在?”周密《谒金门·吴山观潮》:“天色碧,染就一江春色。鳌戴雪山龙起蛰,快风吹海立。　　数点烟鬟青滴,一杼霞绡红湿。白鸟明边帆影直,隔江闻夜笛。”上片联想奇富,下片色彩斑斓,形成争优斗胜的画面。周密有《木兰花慢·西湖十景》词,沈雄《古今词话·词品下卷》:“公谨赋《西湖十景》,当日属和甚众。”

韦居安《梅涧诗话》卷下载：

> 天台刘澜，字养源，号江村，以诗游江湖，后村西涧二公尝跋其吟稿。集中有《桐江晓泊》诗云："风萧萧，水瑟瑟，淡烟空蒙冠朝日。滩头枯木如画出，鸲鹆飞来添一笔。"又《登昭亭》一联云："东风半绿官圩草，西日遥红别岸山。"皆警策可喜。

第二节　林逋、赵抃、杨蟠等人的山水诗

《四库全书总目》卷一五三《〈击壤集〉提要》："北宋自嘉祐以前，厌五季佻薄之弊，事事反朴还淳，其人品率以光明豁达为宗，其文章亦以平实坦易为主。故一时作者，往往衍长庆余风，王禹偁诗所谓'本与乐天为后进，敢期杜甫是前身'者是也。"指出一种较为普遍的时代艺术风会，殊为有见。这一时期的浙江山水文学总体上也呈现出这样的风貌。

一　林逋

林逋（967—1028），字君复，奉化人。宦海沉浮，自古难测。出于对官场的鄙夷，林逋晚年在杭州西湖的孤山上品梅养鹤，过着"梅妻鹤子"的生活，人称"逋仙"，死后赐谥"和靖"。《宋史》卷四五七本传称："初，放游江淮间。久之，归杭州，结庐西湖之孤山，二十年足不及城市……喜为诗，其词澄浃峭特，多奇句。"范仲淹（989—1052）《寄赠林逋处士》"早晚功名外，孤云可得亲"，称道诗人那一份身心的悠然与自在。王士性《西湖放鹤亭》称："放鹤亭前月上时，逋仙深怪鹤归迟。鹤归梦断梅花白，影落寒塘君未知。"有《林和靖诗集》。

张岱《西湖梦寻》卷二《冷泉亭》："余故谓西湖幽赏，无过东坡，亦未免遇夜入城。而深山清寂，皓月空明，枕石漱流，卧醒花影，除林和靖、李峤嵝之外，亦不见有多人矣。即慧理、宾王，亦不许其同在卧次。"林逋论诗强调一个"真"字，注入诗人特有的感受，如《和运使陈学士游灵隐寺寓怀》"泓澄冷泉色，写我清旷心。飘飘白猿声，答我雅正吟"、《雪三首》之三"酒渴已醒时味薄，独援诗笔得天真"等，把文学创作当作自己心灵的表现和自然的流露，这就是林逋的诗歌审美观。以此为基础，才谈得上以诗情去创造意境，人们也可以进而探讨创作个体与文学思潮的双向建构关系。梅尧臣《〈林和靖先生诗集〉序》称："其谈道，孔、孟也。其语近世之文，韩、李也。其顺物玩情为之诗，则平淡邃美，读之令人忘百事也。其辞主乎静正，不主乎刺讥，然后知

趣尚博远,寄适于诗尔。"

"竹树绕吾庐,清深趣有余。"(《小隐自题》)林逋有长期细腻的生活与艺术体验,然后把这些一般人所不具备的感情融入在自己描绘的山水景物中,将得境而忘我的隐逸之兴表现得执着而深沉。《四库全书总目》卷一五二《〈和靖诗集〉提要》称林逋:"其诗澄淡高逸,如其为人。"《中峰行乐却望北山因而成咏》就可以说是诗人情绪的诗意展示:"拂石玩林壑,旷然空色秋。归云带层巘,疏苇际沧洲。固自堪长往,何为难久留。庶将濠上想,聊作剡中游。"诗人抓住美感最丰富的一瞬,也将目光投向纵深处。诗人既以诗心观照自然,又交织着复杂的生命体验,在自然中感悟哲理。虚虚实实,促人遐想。叙写这一情致的作品很多,重复而不觉其厌烦。林逋的诗篇多有淡泊尘世的韵味,永久为人传诵。如《山北写望》:"晚来山北景,图画亦应非。村路飘黄叶,人家湿翠微。樵当云外见,僧向水边归。一曲谁横笛,蒹葭白鸟飞。"诗歌抒发忘情于美景的感受,多层面的空白结构,显空灵之美;但又是随意而出,并无造作,更注入生命的灵动。《孤山寺端上人房写望》:"底处凭栏思眇然,孤山塔后阁西偏。阴沉画轴林间寺,零落棋枰葑上田。秋景有时飞独鸟,夕阳无事起寒烟。迟留更爱吾庐近,只待重来看雪山。"世上万物,有情有意。时空妙合,极富美的张力。《湖楼写望》:"湖水混空碧,凭栏凝睇芳。夕寒山翠重,秋净鸟行高。远意极千里,浮生轻一毫。丛林数未遍,杳霭隔渔舠。"以我之心灵观照自然,然后表露一己之悟,不虚而虚,天然无饰。《湖上初春偶作》:"梅花开尽腊亦尽,春暖便如寒食天。气色半归湖岸柳,人家多上郭门船。文禽相并映短草,翠潋欲生浮岸烟。几处酒旗山影下,细风时已弄繁弦。"情事理浑然合一,以画意启诗情,卓然自是一家。林逋《西湖》颇得山水之神采:"混元神巧本无形,匠出西湖作画屏。春水净于僧眼碧,晚山浓似佛头青。栾栌粉堵摇鱼影,兰杜烟丛阁鹭翎。往往鸣榔与横笛,细风斜雨不堪听。"武衍《适安藏拙余稿·春日湖上》四首之三这样慨叹:"飞鹢鸣镳鼓吹喧,繁华应胜渡江前。吟梅处士今还在,肯住孤山尔许年?"日籍诗人小雨(生卒年不详)《将别西湖剪十指甲埋林处士墓畔》也有情感上的认同:"一支健杖纵跻扳,游遍山光水色间。我骨愿埋林墓畔,先将指爪葬孤山。"

二　赵抃

赵抃(1008—1084),字阅道,号知非子,西安(今衢州)人。仁宗景祐元年(1034)进士,曾知睦、杭等州,官至资政殿大学士、参知政事,以太子少保致仕。苏辙《贺赵少保启》称赞赵抃"德侔金玉,节贯冰霜"。曾巩(1019—

1083)《寄赵宫保》诗"素节谠言留简册,高情清兴入林泉"句,很好地概括了赵抃的一生,赞誉赵抃任御史期间不避权贵、不为苟合、行藏由我的高洁人格,晚年自当以悠游山水为乐。赵抃卒赠太子少师,谥清献,有《清献集》。在《次毛维瞻溪庵》中,赵抃称赞友人毛维瞻是"曲肱饮水真贤乐,何用渊明漉酒巾",亦可谓夫子自道。

《宋史》卷二八二:"宋至真宗之世,号为盛治。"其言不虚。相对于前后其他时期,真宗一朝可谓海内宴安。与整个时代思潮一样,由于游览山川胜景,多富恣意徜徉山水的情趣,赵抃这一时期的创作也大多充满一种平和宁静的气氛,从一个特定的角度体现盛世风貌,这与唐代王、孟情形有些类似。如《杭州八咏·巽亭》:"越山吴水似图屏,妙笔无缘画得成。闲上东南亭上望,直疑身世似蓬瀛。"《次韵程给事会稽八咏·鉴湖》:"阁下平湖湖外山,阴晴气象日千般。主人便是神仙侣,莫作寻常太守看。"远山迷茫,近水清澈。百态千姿,目遇之而成仙。作品通过自然景物的真切描写来表现其情性,取喻设譬,纯出天然。又如描写温州风光的《江心寺》:"峰面雪妆银世界,江心春动锦波澜。遨头老矣君知否,莫作风流太守看。"江心屿成了诗人移情的对象,只是后一句立意类似,稍成憾事。《出雁荡回望常云峰》:"游遍名山未肯休,征车已发尚回眸。高峰亦似多情思,百里依然一探头。"青山与我情意缠绵,依依不舍。当然,赵抃在创作中追求在平常的事物中发现丰富而又新奇的诗意,自然山水也多成为诗人情绪的外化形象。实际上,被诗人的情意所浸染的客观物象,也就成为意象。又如《玉泉亭》:"潺潺朝暮入神清,落涧通池绕郡厅。乱石长松三十里,寻源须上玉泉亭。"

赵抃这些成之于天然的作品显示了诗人敏锐的感受能力和出色的表现能力,诗歌语言充满弹性,以有限的语词,寄不尽的情意。出语微淡,却味之无穷。歌德(1749—1832)评席勒(1759—1805)的诗说:"席勒对哲学的倾向损害了他的诗,因为这种倾向使他把理念看得高于一切自然,甚至消灭了自然。"[1]赵抃的诗则无此虞。赵抃诗轻描而不重抹,以悠然自得的笔调絮语,闲淡清疏之中,却自有韵致,这是诗歌创作很高的境界了。王士禛《带经堂诗话》卷九:"世人谓宋诗学西昆体有杨文公、钱思公、刘子仪,而不知其后更有文忠烈、赵清献(抃)、胡文恭(宿)三家,其工丽妍妙不减前人。"[2]《登真

---

① 〔德〕爱克曼辑录:《歌德谈话录》,人民文学出版社1978年版,第13页。

② 王士禛著,张宗柟纂集,戴鸿森校点:《带经堂诗话》,人民文学出版社1963年版,第211页。

岩》："殿阁凌空锁翠岚，雪晴春色在松杉。芝軿羽驾归何处，留得双鸟宿归岩。"登真岩，在今浙江江山市，因唐代女冠詹妙容在此得道升天而得名。身处如此迷离奇特之境，人们自然尘念顿消。心境与物境融为一体，展闲适之意，透露出诗人的向往、意趣和追求。通过情境的感悟，人们的心智自会得到启迪。据刘国庆《三衢钩沉》载，江山市古烟萝洞，至今还留存一方摩崖题刻："赵抃阅道庆历五年孟冬十八日同宗人潜叔及郎诚之谒此洞。"[①] 赵抃《观音岩》展示了新奇的诗意联想，给人以一种兴寄深微的象征美，哲理深邃。没有丰富的想象，绝不会写出这等妙诗："石龙一滴水涓涓，大士岩溪峭壁间。我道音闻无不是，何须更入普陀山？"赵抃一些作品则气势阔大，情调高昂，《题衢州唐台山》一诗的"唐台压郡东北陲，势旋力转奔而驰"两句，就显示出雄奇一格。《次韵孔宪蓬莱阁》："山颠危构傍蓬莱，水阁长风此快哉。天地涵容百川入，晨昏浮动两潮来。遥思坐上游观远，愈觉胸中度量开。忆我去年曾望海，杭州东向亦楼台。"蓬莱阁在今绍兴。美景入眼，意绪飘忽，但总体上表露出一种适意之情。颔联是全诗炼句炼意的重心所在，气魄宏大，尤为人称颂。陈衍《宋诗精华录》卷四称美此诗："三四较孟公之'气蒸云梦泽'二语，似乎过之；杜老之'吴楚东南'一联，尚未知鹿死谁手。"

　　赵抃前后，也有一些诗人描写家乡风土，如毛渐（1036—1094），字正仲，江山人。《水帘泉》写家乡风光："一派寒泉几丈长，终年挂在翠岩旁。低垂岂逐风摇动，清莹偏宜月透光。激石散开珠落落，穿云飞上玉锵锵。真仙欲与尘嚣隔，不卷从教掩洞房。"起句无味，后渐入佳境。郑瓒，开化人。有《霞峰秋色》，意境较为开阔："漠漠平芜老岸容，蘋江白断蓼花红。振衣独啸无人见，一道寒光接天空。"

三　杨蟠

　　杨蟠（1017？—1106），字公济，号浩然居士，章安（今属台州市）人。庆历六年（1046）进士，历知高邮、温、寿等州。杨蟠一生并不受尘事羁绊，常常是"几夕论诗坐石窗"（《和契嵩》），对诗歌艺术有较为深刻的理解，并不拘于一家，所以，诗艺极工，为东坡所知，苏集有和杨公济梅花诗二十首。又为欧阳修所激赏，《读杨蟠章安集》称："苏梅久作黄泉客，我亦今为白发翁。卧读杨蟠一千首，乞渠秋月与春风。"本集佚，后人辑《章安集》。

　　《宿天竺寺赋闻泉呈二老》叙写自我置身大自然的畅快和惬意，诗风平

---

① 衢州市政协文史委：《衢州探古》，中国戏剧出版社2001年版，第32页。

实:"我有泉中兴,平生爱水经。山空时决决,夜静转泠泠。暗脉来湍急,清声出混冥。月寒风不响,高枕与君听。"又如《钱塘江上》:"一气连江色,寥寥万古清。客心兼浪涌,时事与潮生。路转青山出,沙空白鸟行。几年沧海梦,吟罢独含情。"《春日南园》也写这样的幽兴:"天净鸟飞远,路幽花自香。春风吹草木,野水满池塘。事去青山在,人闲白日长。兴来搔短发,微意久难忘。"《登孤屿》中二联次第写景,最后表达愉悦感受:"把麾何所往,海上有名山。潮落鱼堪拾,云低雁可攀。一城仙岛外,双塔画图间。当路谁知己,天应赐我闲。"《孤山》构思巧妙,情意无限:"袅袅云中路,沧波四面开。诗人吟不得,唤作小蓬莱。"《石桥》则可以说是深刻的生存体验酝酿出来的作品,以思理见胜:"金毫五百集龙尊,隐隐香山圣迹存。方广寺开无俗路,优昙花现有灵根。一峰突岸临天壁,双洞淙桥透石门。今日不将心洗尽,更从何处觅真源。"《三姑潭》寄玄理于山水之中:"瀑从千尺落,潭作五层流。更欲攀云去,真源在上头。"

《四库全书总目》卷一五三《〈击壤集〉提要》指出:"自班固作《咏史诗》始兆论宗,东方朔作《诫子诗》始涉理路。沿及北宋,鄙唐人之不知道,于是以论理为本,以修词为末,而诗格于是乎大变。"杨蟠的作品正是从生活小事中寄寓哲理,表现了他对于人情世态的独特思考。《游仙岩》立意近之,跌宕生姿:"云顶连连更九峰,下观人世一樊笼。五潭雨洒青天外,二井雷生赤日中。惟有浊猿梯尚在,更无飞鸟路应穷。寻幽欲访高真谒,谁谓风尘不许通。"

杨蟠诗在艺术上则是格式多样,手法完熟。略举七律数首。《练江亭》:"寒光万顷淡高秋,粉壁朱栏停客愁。晚日萧萧闻落叶,长天历历数飞鸥。烟横绝岛疏难卷,月在平波莹不流。怀抱未忘知有处,且和风笛醉沧洲。"目与景遇,有感而发。又如《澄江门》:"独上高楼望海门,青山几点送归船。寒光淡淡浮红日,晓色冥冥散白烟。浦外落霞争卷烧,池中流水自鸣弦。扶栏下见蓬莱影,一半仙魂在月边。"

第三节　陆游的山水诗文

一　陆游生平

陆游(1125—1210),字务观,号放翁,山阴(今绍兴)人。陆游胸怀兼济之志,"以经纶天下自期"(《跋文武两朝献替记》),毕生为抗金救国、图复中原而奔走呼号。"少小遇丧乱,妄意忧元元"(《感兴》),早年就有"上马击狂胡,下马草军书"(《观大散关图有感》)的豪情,成年后更有"逆胡未灭心未平,孤剑床头铿有声"(《三月十七日夜醉中作》)的情意表达,立志恢复,但中间落职多年,被迫闲置。陆游一生个人遭际坎坷不平,饱受丧家失国的剧烈之痛,可以说是一直生活在时代政治的激荡风浪中。"初仕瑞安;再仕宁德、福州;召至行在;通判镇江、隆兴;入蜀八年;提举建安、抚州;起知严州;再召至行在;三召至行在。"①

"人间处处是危机。"(《上书乞祠》)陆游于高宗绍兴二十三年(1153)应进士第,名列第一,但次年礼部复试被黜,不过这也更加坚定了诗人立志救国的信念。孝宗时,赐进士出身,乾道元年(1165)七月由镇江通判改隆兴府通判,次年政局逆转,以"交结台谏,鼓唱是非,力说张浚用兵"(《宋史·陆游传》)之罪被劾免官,诗人再次经历生活磨难,抱负难伸。乾道六年(1170),陆游除夔州通判。九年(1173),权理蜀州通判。据《入蜀记》可知,陆游于乾道六年农历八月十八日过黄州。《舟行蕲黄间雨霁得便风有感》应该就创作于这一时期。到黄州那一天,诗人感慨万千,作《黄州》诗:"局促常悲类楚囚,迁流还叹学齐优。江声不尽英雄恨,天意无私草木秋。万里羁愁添白发,一帆寒日过黄州。君看赤壁终陈迹,生子何须似仲谋!"淳熙五年(1178),陆游离川东下时再过黄州。

光宗绍熙三年(1192)后基本闲居家乡,遗英雄于草莱,报国壮志难酬,但诗人继续发扬以杜甫为代表的匹夫忧国精神,正如《陇头水》所说:"报国欲死无战场。"《宋史》卷三九五《陆游传》载之甚详。曾几《题陆务观草堂》:"草堂人去客来游,竹笕泉鸣山更幽。向使经营无陆子,残僧古寺不宜秋。"所以,诗人在《感事六言》中发"双鬓多年作雪,寸心至死如丹"之叹,心灵深处滚动着忧愤的情感波澜,正所谓"闲居非吾志,甘心赴国忧"(曹植《杂诗六首》之五)。"古之君子,为道者也盖不同,而其所以同者,则在超世之志,与夫不屈之节而已。"(王国维《此君轩记》)陆游号"放翁",展现了自我性情豪放、不受礼法拘束的特征。

陆游对时局的动乱有较深的感触,但始终恪守儒家风雅教化,怀抱积极参与现实的入世精神。其志之坚,可敬可叹。陆游有《剑南诗稿》、《入蜀记》等。陆游诗歌现存近万首,题材无比丰富。赵翼(1727—1814)《瓯北诗话》

---

① 邹志方:《陆游研究》,人民出版社 2008 年版,第 127 页。

卷六的判断是正确的:"凡一草、一木、一鱼、一鸟,无不剪裁入诗。"①歌德曾经说过:"一个伟大的戏剧体诗人如果同时具有创造才能和内在的强烈而高尚的思想情感,并把它渗透到他的全部作品里,就可以使他的剧本中所表现的灵魂变成民族的灵魂。"②所论固然是就"戏剧体诗人"方面,但可以推而广之到一切优秀的诗人乃至任何文学艺术家。因为,任何一个优秀作家,其作品蕴含的思想感情都不是个人化的,而具有一定的普遍性,代表着整个时代乃至是历史文化精神。陆游诗歌气格本于杜陵。翁方纲《石洲诗话》卷四强调:"平生心力,全注国是,不觉暗以杜公之心为心,于是乎言中有物,又迥出诚斋、石湖上矣。然则放翁,则自作放翁之诗,初非希杜作前身者,此岂后之空同、沧溟辈但取杜貌者,所可同日而语!"③日本诗人大洼诗佛(1767—1837)《题剑南诗稿后》深得诗心:"偷安南渡几多年,只爱湖山风月妍。忧国伤时杜工部,赋诗泣鬼李青莲。纵能寿及八十六,谁能诗传一万千。读到乃翁家祭句,使人不觉泪潜然。"艺术的意志反映了时代的意志。陆游是中国文学史上具有典型意义的作家之一。"杜门忧国复忧民。"(《春晚即事》)诗人一生始终把个人的命运与整个国家、民族的命运紧密联结,初涉世间,即存志高远,而事与愿违,但"唯有一片心,可受生死托"(《对酒叹》),通过创作来稀释内心的郁结情绪,发为诗歌就成为动人的情感表现,抒发爱国激情与忧时之思,正如柴升《放翁诗钞序》所指出的,陆游"大约身之所历,目之所寓,梦寐之所怀思,靡不有作"。这一情思又往往通过深远的意境来展现,其中山水诗就成了一种主要的诗歌格式。

陆游固然在《长相思·面苍然》中慨叹"面苍然,鬓皤然,满腹诗书不值钱",但更多的还是强调"读书本意在元元"(《读书》),可见,悲天悯人是其一生根柢所在,胸怀博大。陆游以其特殊的时代遭历,在作品中充分宣泄了强烈的爱国感情和浓郁深切的忧民情怀,是一种时代精神的强力表现。梁启超甚至这样深情赞誉:"诗界千年靡靡风,兵魂销尽国魂空。集中什九从军乐,亘古男儿一放翁!"(《读陆放翁集四首》之一)《二友》诗:"清芬六出水栀子,坚瘦九节石菖蒲。放翁闭门得二友,千古夷齐今岂无。"作为一位有着强烈使命感与历史感的诗人,志高而才雄的诗人并不在乎个人的不幸,而是深

---

① 赵翼著,霍松林、胡主佑校点:《瓯北诗话》,人民文学出版社1963年版,第78页。

② 〔德〕爱克曼辑录:《歌德谈话录》,人民文学出版社1978年版,第128页。

③ 郭绍虞编选,富寿荪校点:《清诗话续编》(下册),上海古籍出版社1983年版,第1439页。

切地表现爱国主义的思想感情,展现人们共同的心理企盼,表现出积极的抗争精神,力排浊浪,奋然前行,雄视古今。正所谓"位卑未敢忘忧国"(《病起书怀》二首之一),陆游的作品大多寄寓了强烈的恢复之志,表达对国运民生的深切关注之情,如《关山月》、《金错刀行》等,情辞俱壮。

孝宗隆兴二年(1164),陆游至镇江通判任,收复失地之心再次涌起。

"爱山入骨髓,嗜酒在膏肓。"(《晨起看山饮酒》)乾道六年(1170),陆游除夔州通判,"身游万死一生地,路入千峰百嶂中"(《晚泊》)。一路之上,陆游得以在游赏山水中消解宦情的羁束,"看尽江湖千万峰"(《六月十四日宿东林寺》),一时间,诗人真有"看山看水自由身"(《独游城西诸僧舍》)的审美享受了,悦山乐水,对生活进行诗化,信笔写来,顿成华章。陆游《钓台见送客罢还舟熟睡至觉度寺》:"抽身簿书中,兹日睡颇足。缥缈桐君山,可喜忽在目。纷纷众客散,杳杳一筇独。昔如脱渊鱼,今如走山鹿。诗情森欲动,茶鼎煎正熟。安眠簟八尺,仰看帆十幅。逍遥富春饭,放浪渔浦宿。送老水云乡,羹藜勿思肉。"陆游为自己与韩元吉唱和之作《京口唱和集》所写的《序》中说:"隆兴二年闰十一月壬申,许昌韩无咎以新番阳守来省太夫人于润。方是时,予为通判郡事,与无咎别盖逾年矣。相与道旧故部,问朋侪,览观江山,举酒相属,甚乐。……润当淮江之冲,予老,益厌事,思自放于山巅水涯,与世相忘。而无咎又方用于朝,其势未能遽合。则今日之乐,岂不甚可贵哉!"方东树《昭昧詹言》卷一二引姜坞先生语:"自《石首县雨中系舟》至此,庚寅尽戊戌,并入蜀至东归诗。然放翁七言歌行佳处,亦尽于此矣。"[1]南北名山大川、风物景致齐入他的诗笔之下,全面展现审美主体高扬远举的襟怀,实现社会功能意识与审美意识的同步追求,是强大生命力以另一种形式的喷薄。刘克庄《后村诗话》前集卷一:"文字意脉,人生通塞系焉。"陆游《闰二月二十日游西湖》:"南山老翁爱出游,百钱自挂竹杖头。"八十六岁的时候,诗人还自称"九十衰翁心尚孩,幅巾随处一悠哉"(《游山》),是一种情感的倾诉。

淳熙三年(1176),陆游领衔主管台州桐柏山崇道观。《玉霄峰》就是这时候的吟唱:"竹舆冲雨到天台,绿树阴中小阁开。唤作玉霄君会否?不知散吏按行来。"此诗原注:"天台县有小阁,下临官道,予为名曰玉霄。"玉霄峰在桐柏宫西北。淳熙十三年(1186),陆游起知严州。《宋史》卷三九五《陆游传》载孝宗对陆游说:"严陵,山水胜处,职事之暇,可以赋咏自适。"《小园》诗中的"行遍天下千万里",是诗人生活的真实写照。陆游忠贞而富有才干,但

---

[1]　方东树著,汪绍楹校点:《昭昧詹言》,人民文学出版社1961年版,第338页。

却难以进用,当"年来亲友凋零尽"的时刻,更加认识到"惟有江山是旧知"(《过六和塔前江亭小憩》)。陆游八十三岁时写的《梅市暮归》说:"时逢佳山水,尚复快登涉。"《绝胜亭》更有"地胜顿惊诗律壮"的豪情。

二 陆游的山水诗文

沈松勤指出:

> 不论亚里士多德所说的"人是政治动物"之命题的本来意思是什么,就每一个创作主体来说,他对政治理想的追求,对社会群体的关注,对现实政治的关怀,以及由此生成的政治行为,无法避免地积淀在他的生命情结之中。①

陆游的诗歌就反映了这样的生命情结。只有走进诗人的内心世界,才会发现一切都是丰富多彩的。情感是诗歌的最本质属性甚至是生命所在。判断文学作品的优劣与否,人们往往以社会效果作为一个极为主要的指标。中国传统文人从事诗歌创作,往往讲求"诗从骚雅得,字向铅椠正"(陆龟蒙《村夜二篇》之二),鄙视那些"万事不关思想内,一心长在咏歌中"(李昉《依韵奉和见贻之什且以答来章而歌盛美也》)的创作倾向。陆游的诗作遥奉圭臬,嗣响承流,寓情于物,汇纳百川,拥有宋人并不多见的涵茹万状、吞吐宇宙的气象和格局。

南渡之初,文学进入一个历史上少有的灿烂时代,诗坛呈现中兴气象,雄才崛起的"中兴四大家"更是其中杰出代表,以"吾诗满箧笥"(《夜雨》)自诩的陆游自是其中最为翘楚者,正如诗人《衰疾》中所说的:"一生事业略存诗。"诗人淘沙拣金,尽情抒写自己的人生阅历与感情活动,又能融入新的时代精神,天才横放,情致高远。时代精神特质在总体上已经规定着诗人的运思模式和诗的主导风格,追求崇高壮美的艺术境界。萨都剌《寄金坛元鲁宣行操二年兄》:"自是诗人有清气,出门千树雪花飞。"陆游是中国诗歌史上最具"清气"的诗人之一。

诗人才学既富,性又豪迈,但由于身处"登临亦可悦,但恨时非平"(高启《吴越纪游诗·早过萧山历白鹤柯亭诸邮》)的特定历史时期,诗人难以有所作为,自身又系心家国,所以,在登览山水中流露出伤时忧国之情,融进清醒明确的主体意识,心中郁积的愤懑与现实的苦难也就完美地转化为诗,贯穿着一定的关注人生、切近现实的精神,具有深厚的现实色彩,正所谓:"青山

---

① 沈松勤:《南宋文人与党争》,人民出版社 2005 年版,第 2—3 页。

绿水谁能识,怀古登临玩物华。"(康熙《驻跸石景山》)陆游是个入世很深的人,身逢板荡,忧世伤生,敢于表现重大的现实题材,有着高度的社会批判精神,山水诗中也多寓意恢复的情感,自具一种博大气象。因为中国传统文化特别强调精神境界的高远,如《论语·卫灵公》:"君子谋道不谋食","忧道不忧贫"。《孟子·尽心》:"穷不失义,达不失道。"正如韦凤娟所指出的那样,屈原"对大自然的亲近感与对政治理想的执着追求及九死不悔的献身精神融会在一起,升华为对祖国——这片特定意义的江山的挚爱。可以说,屈原是文学史上第一个有意识地把自然山水风物与个人的思想感情联系起来的诗人。后世不少诗人如杜甫、陆游等常采用追念山川风物的方式来表达爱国情愫,而这种抒情方式正发端于屈原"①。林景熙《题陆放翁诗卷后》领悟了陆游一腔难以言表的深情:"天宝诗人诗有史,杜鹃再拜泪如水。龟堂一老旗鼓雄,劲气往往摩其垒。"陆游一生对杜甫低首敛衽,从精神实质上继承和发扬诗骚传统。陆游《读杜诗》:"向令开天太宗业,马周遇合非公谁?"杨万里《跋陆务观〈剑南诗稿〉》:"重寻子美行程旧,尽拾灵均怨句新。"

绍兴二十六年(1156),陆游任瑞安主簿,作《泛瑞安江风涛贴然》:"俯仰两青空,舟行明镜中。蓬莱定不远,正要一帆风。"②名家下笔,自非常人所及。诗歌以壮美景色显示了情绪的昂扬。二十八年(1158)任福建宁德县主簿,次年任福州决曹。

《〈曾裘父诗集〉序》:"感激悲伤,忧时悯己,托情寓物,使人读之,至于太息流涕,固难矣。"陆游自己的一些作品就表达了这样的深情,伤怀国事。如《婺州州宅极目亭》:"尚书曳履上星辰,小为东阳作主人。朱阁凌空云缥缈,青山绕郭玉嶙峋。似闻旋教新歌舞,且慰重临旧吏民。莫倚阑干西北角,即今河洛尚胡尘。"顾念国家兴亡,遇到惘然情绪、难言之隐而又想有所表达,山水诗在这个时候往往就成了一种较为合适地展现思想感情的艺术手段。吕进《中国现代诗学》:"诗美世界决不是与现实世界绝缘的符号世界。从认识论来说,诗是一种特殊的意识形态;从实践论来说,诗是诗人对现实世界的一种美的升华与净化。从本质上讲,诗的世界就是现实世界的一种投影。"③淳熙五年(1178)作的《过灵石三峰》二首:"奇峰迎马骇衰翁,蜀岭吴山一洗空。拔地青苍五千仞,劳渠蟠屈小诗中。""晓日曈昽雪未残,三峰杰立

---

① 陶文鹏、韦凤娟主编:《灵境诗心:中国古代山水诗史》,凤凰出版社 2004 年版,第 21 页。
② 邹志方:《陆游研究》,人民出版社 2008 年版,第 130—131 页。
③ 吕进:《中国现代诗学》,重庆出版社 1991 年版,第 265 页。

插云间。老夫合是征西将,胸次先收一华山。"诗歌以华山为背景,以灵石山(又称江郎山)为主体,把视野推及社会与历史,表达诗人时刻系心家国与人民的壮志,蕴含着慷慨复国之气,可谓是气壮语豪而又托意深微,诗人自身所推崇的雄浑之气流贯于字里行间。《宿仙霞岭下》也表达了这样的审美意蕴:"吾生真是一枯蓬,行遍人间路未穷。暂听朝鸡双阙下,又骑赢马万山中。重裘不敌晨霜力,老木争号夜谷风。切勿重寻散关梦,朱颜改尽壮图空。"

《蟠龙瀑布》诗托物寓意:"远望纷珠樱,近观转雷霆。人言水出奇,意使行人惊。人惊我何得?定非水之情。水亦有何情?因物以赋形。处高势趋下,岂乐与石争?退之亦隘人,强言不平鸣。古来贤达士,初亦愿躬耕。意气或感激,邂逅成功名。"诗中的瀑布已具有很大的象征意义,而不是纯客观的物象。诗歌也并不单是借山水以发泄诗人仕途失意的不平,笔酣墨饱,畅快淋漓。陈衍《宋诗精华录》卷三:"言凡物之出色,皆遭遇而已。此正告怀才不遇者,内重自然外轻也。"

诗人也尽情欣赏大自然的无穷乐趣,《观潮》诗就有丰富的审美意趣:"江平无风面如镜,日午楼船帆影正。忽看千尺涌浪头,颇动老子乘桴兴。涛头汹汹雷山倾,江流却作镜面平。向来壮观虽一快,不如帆映青山行。嗟余往来不知数,惯见买符官发渡。云根小筑幸可归,勿为浮名老行路。"先写江面之静,马上凸显浪峰之动。此情此景不禁触发诗人摆脱浮名羁绊的深思。古人呼石为云根,以为云乃触石而生。《新秋往来湖山间》:"会稽山下樵风溪,翠屏倒影青玻璃。尤奇峭壁立千仞,行子欲上无阶梯。商山坐看紫芝老,武陵无奈桃花迷。人间得意妄自喜,一哄怜汝真醯鸡。"日与山水亲切晤对,山水既情真,诗人自意切。

"家住苍烟落照间"(陆游《鹧鸪天》),一片风景往往也就是一种心灵境界。山水是诗人表现心灵的意象,"以晋、宋间人为开端,发现了一种审美性的自然观,并且也是由他们开始,于文学上尝试以山水形象阐发玄理,表现对于一种终极目标的体认,后人循此途径发展,才为中国传统文学积累起一种丰富而独特的精神资源"。[①]叶适《〈王木叔诗〉序》认为:"夫争妍斗巧,极外物之变态,唐人所长也;反求于内,不足以定其志之所止,唐人所短也。"程杰就此指出:"前人之不足,正是宋人之所长。宋人自然审美中处处表现出透过物色表象,归求道义事理,标揭道德进境,书写品格意趣的特色。自然物

---

① 　陈广宏:《竟陵派研究》,复旦大学出版社 2006 年版,第 423 页。

色审美中的义理之求应该是丰富多彩的。"①由于生当宋代理趣盛行的时代，陆游的诗歌自然也具有这样的审美成分，山水诗中也时有展露。诗人既以诗心观照自然，又能在自然中感悟哲理。

陆游的精神世界是极为丰富的。《秋夜怀吴中》说："更堪临水登山处，正是浮家泛宅时。"自然山水既能触发人们的思乡念头，但在一定程度上也能消解诗人的怀乡思亲之情。"千金不须买画图，听我长歌歌镜湖。湖山奇丽说不尽，且复为子陈吾庐。"（《思故山》）陆游山水诗中其中多有对家乡佳山胜水的深情赞美，尤其是赋闲在家，即所谓"欣然击壤咏陶唐"（《示儿子》）时期，把农村日常生活写得饶有意味。方回《瀛奎律髓》卷四所谓"（放翁）南渡后诗至万篇，佳句无数。有越中诗，言鉴湖风物尤精"，②部分作品更可以说是晚年心灵的投影，怀有更为深挚的情思。如《幽居记今昔事十首，以诗书从宿好、林园无俗情为韵》："故乡多名山，幸得遂所好。舟舆虽难具，信步亦可到。清溪无尘滓，奇峰有云冒。雨垫林宗巾，风落孟嘉帽。岂惟狂故在，望远亦未眊。"《会稽行》则成了表现人情世态的篇章，自然景观与人文景观融成一片："我欲游蓬壶，安得身插羽；我欲隐嵩华，叹息非吾土。会稽多名山，开迹自往古。岂惟颂刻秦，乃有庙祀禹。山形舞鸾凤，泉脉流湩乳。家家富水竹，处处生兰杜。方舟泛曹娥，健席拂天姥。朱楼入烟霄，白塔临云雨。修梁看龙化，遗箭遣鹤取。茶荈可作经，杨梅亦著谱。湖莼山蕨辈，一一难遽数。终年游不厌，冰玉生肺腑。诵诗有樵童，乞字到俚妪。况复青青衿，盛不减邹鲁。古诗三千篇，安知阙吴楚。土风聊补亡，吾言岂夸诩。"又如《稽山》："我识康庐面，亦抚终南背。平生爱山心，于此可无悔。晚归古会稽，开门与山对。奇峰缩髻鬟，横岭扫眉黛。岂亦念孤愁，一日变万态。风月娱朝夕，云烟阅明晦。一洗故乡悲，更益吾庐爱。东偏得山多，寝食鲜不在。宁无度世人，谈笑见英概。御风倘可留，为我倾玉瀣。"朱良志在《中国艺术的生命精神》一书中着重强调："心理时空虽不宜谨守自然时空的秩序，但也不能完全游离于自然时空，力求在气象氤氲、意度盘桓中重置时空，进行一种合乎自然内在节奏韵律的不露痕迹的加工。"③陆游《稽山》诗深得其理。

再举几首遣兴之作。《舍北晚眺》二首："红树青林带暮烟，并桥常有卖

---

① 程杰：《宋代咏梅文学研究》，安徽文艺出版社 2002 年版，第 58 页。
② 方回选评，李庆甲集评校点：《瀛奎律髓汇评》，上海古籍出版社 2005 年版，第 181 页。
③ 朱良志：《中国艺术的生命精神》，安徽教育出版社 1995 年版，第 164 页。

鱼船。樊川诗句营丘画,尽在先生拄杖边。""日日津头系小舟,老人自懒出门游。一枝筇杖疏篱外,占断千岩万壑秋。"《湖上今岁游人颇盛戏作》:"翠阜青林烟叠重,朱楼画阁雨空蒙。禹祠西走兰亭路,一片湖山锦绣中。"《舟中》:"江天云断漏斜晖,靡迤群山翠作围。帆影似经吴赤壁,橹声如下蜀青衣。卧闻裂水长鱼出,起看凌风健鹘飞。禹会桥边最清绝,忆曾深夜叩渔扉。"这一切正所谓"村村皆画本,处处有诗材"(《舟中作》)了。《泛湖》这样的作品则可以说在这貌似超脱的语句中隐含着内心的痛楚:"笔床茶灶钓鱼竿,漾漾平湖淡淡山。浪说枕戈心万里,此身常在水云间。"

陆游的创作并不是一般的游山水而论山水,往往别有深意,是身居斗室而胸怀天下者的心灵展示。堂庑阔大、气势充沛是陆诗总体特征,但由于身处中国历史上的多事之秋,抑郁不平之气自在其中,浮夸自侈之论也不能免,留下时代的印痕。《幽兴》有着人生经验的寓意表现,与陶诗有所勾连:"老向浮山意渐阑,飘然俟死水云间。龟支床稳新寒夜,鹤附书归旧隐山。无意诗方近平淡,绝交梦亦觉清闲。一端更出渊明上,寂寂柴门本不关。"

每个人都有着各自不同的艺术感受,陆游终其一生都拥有激昂的诗情。在《寄赵昌甫并简徐斯远》中,陆游自称"我诗非大手,我酒亦小户。得游名胜间,独以用心苦",是对生活的心灵感悟,然后遍参诸家,用精美的艺术形式表达自己的心声,《枕上》诗也有"炼句未安姑弃置"一说。"雪山万叠看不厌,雪尽山青又一奇。今代江南无画手,矮笺移入放翁诗。"(《春日》)陆游一些作品富有包孕性的意象,有着深宏广大的诗歌意境,气吞山河;又极具剪裁之功,加强诗歌的节奏感,运典能化,有穷极变幻之妙。《追怀曾文清公呈赵教授》:"律令合时方妥帖,工夫深处却平夷。"方回《瀛奎律髓》卷四评陆游的诗学渊源时曾说:"放翁诗出于曾茶山,而不专用'江西'格,间出一二耳,有晚唐,有中唐,亦有盛唐。"(《顷岁从戎南郑,屡往来兴、凤间,暇日追忆旧游,有赋》评)[1]在《瀛奎律髓》卷二三中又说:"放翁诗万首,佳句无数。少师曾茶山,或谓青出于蓝。然茶山格高,放翁律熟;茶山专主山谷,放翁兼入盛唐。"(《登东山》评)二评不但指出放翁诗学渊源,而且比较了师徒二人差异所在,而此差异正是放翁自成一家之处。纪昀批:"此评确。"[2]赵蕃(1143—1229)《呈陆严州二首》之一也称:"一代诗盟孰主张,试探源委见深长。家声

---

① 方回选评,李庆甲集评校点:《瀛奎律髓汇评》,上海古籍出版社 2005 年版,第 181 页。

② 均见方回选评,李庆甲集评校点:《瀛奎律髓汇评》,上海古籍出版社 2005 年版,第 1006 页。

甫里归严濑,句法茶山出豫章。"陆游《昼卧初起书事》:"锻诗未就且长吟。"
《四库全书总目》卷一六〇《〈剑南诗稿〉提要》:"(陆)游诗清新刻露,而出以
圆润,实能自辟一宗,不袭黄、陈之旧格。"陆游《夜读巩仲至闽中诗,有怀其
人》可谓夫子自道:"诗思寻常有,偏于客路新。能追无尽景,始见不凡人。"
但由上举《幽兴》诗等也可知,陆游又特别推崇"无意诗方近平淡"的艺术深
境。又如《柳桥晚眺》:"小浦闻鱼跃,横林待鹤归。闲云不成雨,故傍碧
山飞。"

放翁七律深为后人推重。赵翼《瓯北诗话》卷六指出:"放翁以律诗见
长,名章俊句,层见叠出,令人应接不暇。使事必切,属对必工;无意不搜,而
不落纤巧;无意不新,亦不事涂泽:实古来诗家所未见也。"①现举几首略做
展开。

《闲游》:"白石床平偶小留,青芒屦稳复闲游。微丹点破一林绿,淡墨写
成千嶂秋。竹院频分斋钵饭,苔矶时把钓鱼钩。要知此老神通否,二十年来
不识愁。"物象选择就很能见出诗人的情思。陆游的作品借诗抒情言志,自
觉继承中国山水诗的画面构图原则,意境深婉。首尾相承,气局开阔。《游
山西村》是放翁集中名篇:"莫笑农家腊酒浑,丰年留客足鸡豚。山重水复疑
无路,柳暗花明又一村。箫鼓追随春社近,衣冠简朴古风存。从今若许闲乘
月,拄杖无时夜扣门。"全诗有很好的意境的创造,又从现实生活现象的描写
中生发哲理。意象的选择与结构的安排均妥帖匀称,总体上呈现平实畅达
的诗风。沈德潜《说诗晬语》:"放翁七言律,对仗工整,使事熨贴,当时无与
比埒。"②贺裳(生卒年不详)《载酒园诗话》"陆游"条在认为陆游诗歌总体上
"大抵才具无多,意境不远"的同时,也还是肯定陆诗"善写眼前景物,而音节
琅然可听。一诗中必有一联致语,如雨中草色,葱翠欲滴"。③吴师道《吴礼部
诗话》:"世称宋诗人,句律流丽,必曰陈简斋;对偶工切,必曰陆放翁。"④可见
其推崇。

诗的语言很能体现出意化与虚化审美特点的话语模式,正如陈与义《初
至陈留南镇夙兴赴县》所说的:"写我新篇作画障,不须更觅丹青师。"就以虚
境为尚的写意艺术而言,唐代诗人中,王维较有代表性。陆游《跋〈王右丞

①　赵翼著,霍松林、胡主佑校点:《瓯北诗话》,人民文学出版社1963年版,第80页。
②　丁福保辑:《清诗话》(下册),上海古籍出版社1978年版,第544页。
③　郭绍虞编选,富寿荪校点:《清诗话续编》(上册),上海古籍出版社1983年版,第451页。
④　丁福保辑:《历代诗话续编》(中册),中华书局1983年版,第593页。

集〉》自叙:"余年十七八时,读摩诘诗最熟,后遂置之者几六十年。"日长月久,陆游的创作也颇受王维的浸润,《游张园》有一定的代表性,颇具典雅工丽之风,可称王诗嫡传:"冷局归差早,名园得缓行。穿林山骤出,度硖路微平。霜近柳无色,风生蒲有声。出门还惆怅,满路夕阳明。"

陆游的一些创作"篇幅虽短,却含蓄蕴藉,耐人寻味。陆游当时从前线返回后方,心情是郁愤悲伤的,而表面却轻松言笑,像是个到处游山玩水的闲人,字句清丽流转,情致深婉,颇有唐人绝句意境回归的迹象"。①所论甚是。张戒《岁寒堂诗话》卷上认为:"大抵句中若无意味,譬之山无烟云,春无草树,岂复可观。"②陆游也深谙此理,并往往以此自励,追求一种意与象的完美结合,与宋人尚意的文学思想合拍,清超拔俗。陆游诗也多有对乡居生涯的叙写,如《独游城西诸僧舍》:"我是天公度外人,看山看水自由身。薜崖直上飞双屐,云洞前头岸幅巾。万里欲呼牛渚月,一生不受庾公尘。非无好客堪招唤,独往飘然觉更真。"赋予自然之景以生机与活力,时空跨度也比较大,在意象中融入情绪。朱熹《答徐载叔赓》:"放翁之诗,读之爽然,近代惟见此人有诗人风致。"《答巩仲至第十七书》:"放翁老笔尤健。"正如论者所言:"朱熹精到地指出了早年陆诗有'风致',亦即有意境,有韵味,明快爽健,兴会淋漓的风格;而他所说的陆诗'老笔尤健',显然是指其晚年诗风的朴实平淡、高古朴挚。"③

陆游又有六言诗的探索,如:"溪涨清风拂面,月落繁星满天。数只船横浦口,一声笛起山前。"(《夏日六言》四首其三)黄庭坚《论诗作文》说:"吟诗不必务多,但意尽可也。古人或四句、二句,便成一首。今人作诗,徒用三十、五十韵,子细观之,皆虚语矣。"陆游此诗应该说是符合展示画境的艺术要求,令人称奇。写情含蓄而不刻露,写景呈虚实掩映之妙,给人以强烈的空间印象,是一首富有韵味的小诗。

陆游汲取历代诗人与同时代诗人的营养,在相对规整的格局中寻求变化,颇具视听审美的艺术效果。诗歌是抒情的语言艺术。放翁诗博采杂取,淹有众长,各适其宜,用典新而能活,可谓唐之韵、宋之意兼胜,具有多样化的面貌。正如韩作荣《诗的光芒》一文所说:"在人们司空见惯的琐碎庸常里,敏感者发现了诗。不是世上有什么,写作者才描摹什么,而是诗人发现

---

① 袁向彤:《姜夔与宋韵研究》,齐鲁书社 2007 年版,第 207 页。

② 丁福保辑:《历代诗话续编》(上册),中华书局 1983 年版,第 451 页。

③ 王锡九:《宋代的七言古诗》(南宋卷),天津人民出版社 1996 年版,第 196 页。

了什么,读者看到了什么。"①陆游诗歌之所以能够展现不同的审美风貌,与诗人注重意象选择也有很大关系。

杨万里《和陆务观见贺归馆之韵》:"君诗如精金,入手知价重。铸作鼎及鼐,所向一一中。"赵蕃《呈陆严州五首》之一说:"江山不闲人,何以相发挥。人而非江山,兴亦无所归。是故新定郡,得公倍光辉。岂惟江山然,鸥鸟亦依依。"汪琬在《〈剑南诗选〉序》中说"宋南渡百四十年,诗文最盛,其以大家称者,于文当推文公朱子,于诗当推(陆)务观,其他皆名家而已",是具有卓识的精到评论。陆诗洋溢着宋代士人的一股逸怀浩气,在接受过程中使受众产生心灵的共鸣。阙名《静居绪言》:"放翁学问人品,俱能胜人。平生著作,景仰杜陵,虽幕府军旅之间,手不辍卷,故其诗沉郁悲壮,笔力矫健。"②深得陆诗思想艺术真谛。韩愈《醉赠张秘书》:"至宝不雕琢,神功谢耕耘。"深谙艺术创作规律的陆游是中国历史上为数不多的长期保持艺术巅峰状态的诗人之一。都穆(1458—1525)《南濠诗话》:"予观欧、梅、苏、黄、二陈,至石湖、放翁诸公,其诗视唐未可便谓之过,然真无愧色者也。元诗称大家,必曰虞、杨、范、揭。以四子而视宋,特太山之卷石耳。"③阙名《静居绪言》:"金、元之际,要惟元遗山骚坛一旅,驰骋其间,摩盾横槊,英姿飒爽,可入东坡之垒,张放翁之军。"④

陆游的散文艺术在有宋一代也是卓然挺出的。关于陆游的《南园记》与《阅古泉记》,《四库全书总目》卷一六○《〈渭南文集〉提要》有这样的评论:"(陆)游晚年再出,为韩侂胄撰《南园》、《阅古泉记》,见讥清议。今集中凡与侂胄启,皆讳其姓,但称曰'丞相',亦不载此二记。惟叶绍翁《四朝闻见录》有其全文,(毛)晋为收入《逸稿》,盖非游之本志。然足见愧词曲笔,虽自刊除,而流传记载,有求其泯没而不得者,是亦足以为戒矣。"

鲁迅《〈越铎〉出世辞》:"于越古称无敌于天下,海岳精液,善生俊异,后先络绎,展其殊才。"陆游就是其中最具代表性的人物。

---

① 韩作荣:《诗歌讲稿》,昆仑出版社 2007 年版,第 55 页。

② 郭绍虞编选,富寿荪校点:《清诗话续编》(下册),上海古籍出版社 1983 年版,第 1648 页。

③ 丁福保辑:《历代诗话续编》(下册),中华书局 1983 年版,第 1344 页。

④ 郭绍虞编选,富寿荪校点:《清诗话续编》(下册),上海古籍出版社 1983 年版,第 1648 页。

第四节 王十朋、吕祖谦、叶适等人的山水诗文

一 王十朋

王十朋(1112—1171),字龟龄,号梅溪,乐清人。高宗绍兴二十七年(1157)进士第一。曾任秘书省校书郎、国史院编修及湖州、泉州等知州,除太子詹事,后以龙图阁学士致仕。卒谥忠文。有《梅溪集》五十四卷及《东坡诗集注》等。《左原诗序》自称:"地虽荒僻,有山水足以自娱。"王十朋作诗致力于实现雅正之道,《读亲征诏书二首》之二称:"凭谁决得天河水,一洗乾坤万里清。"《四库全书总目》卷一五九《〈梅溪集〉提要》称:"十朋立朝刚直,为当代伟人……(刘)珙称其诗浑厚质直,恳恻条畅,如其为人。今观全集,淳淳穆穆,有元祐之遗风。"袁枚《随园诗话》卷一四强调:"人必先有芬芳悱恻之怀,而后有沉郁顿挫之作。"①王十朋创作也符合这样的定论。

诗人广泛汲取文化素养,在《陈郎中公说赠韩子苍集》中说:"唐宋诗人六七作,李、杜、韩、柳、欧、苏、黄。近来江西立宗派,妙句更推韩子苍。非坡非谷自一家,鼎中一胾曾已尝……古诗三百未能学,句法且学今陵阳。"推崇"人如西湖有涵养,句与和靖争奇瑰"(《前日探梅,李元翁以疾不往,和诗有"玉华野人多病恼,独守寒炉煨芋魁"句,复用前韵,约同赏》),讲求"句法天然自圆熟"(《郑逊志、胡叔成、谢鹏、刘敦信、万廓、邬一唯和诗,复用前韵》)。艺术的精髓在于创造,王十朋山水诗多能达到这样的深境。如《石城山》:"修径入幽壑,梵宫摩碧霄。仰头惊突兀,跬步怯岧峣。宝相石间涌,钟声云外飘。明朝南北路,身世各尘嚣。"又如《过天台》:"目逆神仙路,丹城未暇跻。雪深封佛陇,云暗锁桃溪。流水无还有,乱山高复低。欲寻刘阮洞,归路恐成迷。"王十朋《桃源洞》属于乘兴而作,却诗思新奇,用字饱满:"涧水桃花路易迷,不同人世不成蹊。自从重入山中去,烟雨深深琐旧溪。"

《东漈》诗自序:"玉甑、东漈,白石二佳景也,余未之见。昌龄弟比年登览,作二诗以寄。模写景物之奇,盖我家摩诘二幅山水图也。秋凉一访之,当按诗以游,不必假图经矣。因次韵见意。"诗歌对家乡风光礼赞不已:"飞流喷沫下烟岚,肯使名同盗与贪?莫讶来时多汩汩,定知止处却潭潭。遥通雁荡龙湫两,巍压龙门巨浪三。好景不须摩诘画,尽归诗客句中含。"又如写

---

① 袁枚著,王英志校点:《随园诗话》,江苏古籍出版社 2000 年版,第 373 页。

家乡"萧台明月"风光的《游萧峰》:"蜡屐穿云去,山深喜路通。人家烟色里,古寺水声中。金濑星犹在,丹成灶已空。吹箫人不见,台下想仙风。"相关的作品还有《题双瀑》:"瀑水萧峰下,灵源不可寻。倚天双宝剑,点石万星金。势合鲸鲵斗,声联虎豹吟。我来游胜境,洗耳听清音。"

固然是"十年九行役,屡经此山中。爱山不厌观,每愧行匆匆"(《度谢公岭》),在《雁山僧景暹求文记本觉殿》中又自叹"本觉殿成功德满,愧无笔力助壮严",王十朋还是留下题写雁荡山的诗歌近三十首,以此表达对家乡山水的礼敬,并一以贯之。《题灵峰寺》道出一种闲情逸致:"家在梅溪水竹间,穿云蜡屐可曾闲。雁山新入春游眼,却笑平生未见山。"《大龙湫》展开想象,有比喻的思路,写景生动:"灵源东接雁池遥,裂石崩崖下九霄。云断青天倚长剑,月明泉室挂生绡。江声雨势三秋急,雪片冰花五月饶。休勒移文北山去,他年来赴石梁招。"又有七绝《大龙湫》:"龙大那容在此湫,银河得得为飞流。好乘风雨昂头角,直到天池最上头。"《游灵岩,辉老索诗,至灵峰寄数语》由写景转而叙事:"雁荡冠天下,灵岩犹绝奇。烟霞列屏障,日月明旌旗。岩前有卓笔,可以书雄词。天聪况非遥,茫然听无疑。愿起灵湫龙,霖雨行何为。愿用真柱石,永支廊庙危。愿煽造化炉,四海归淳熙。愿招鸾凤友,朝廷相羽仪。何人梦石室,妄诞夸一时。那能了世缘,未免贪嗔痴。名山误见污,公议安可欺。愿借灵湫水,一洗了堂碑。诗以寄老禅,狂言勿吾嗤。"

《同钱用明、用章游白石岩》集中笔墨写雁荡白石山风光以及由此引发的感慨:"谢公好山水,得郡古东瓯。造物惜佳境,雅志多不酬。松萝蔽雁宕,烟霭埋龙湫。行田径白石,不到仙山头。寥寥数百年,天付黄冠流。巍然万仞崖,壁立东南州。谁将补天手,化出白玉楼。两龛藏洞府,中有群仙游。上通尺五天,下接三神洲。飞泉落岩腰,碧涧鸣山陬。群峰真培塿,沧海为渠沟。隘视人间世,万象同蜉蝣。我家雁山阳,崎岖厌经丘。翩翩钱公子,呼我寻岩幽。初惊小雨密,忽扫群阴浮。杖屦穷巉岏,一洗尘埃眸。山林有真乐,富贵何足求。但愿乞二山,不愿万户侯。"王十朋《过雁山》通篇写雁荡山奇景,但总体上有模仿谢灵运《从斤竹涧越岭溪行》的痕迹:"雁山五经眼,兹行尤可观。初冬天气佳,雁归山未寒。有日照幽谷,无云翳层峦。入境见祥云,振衣登马鞍。瀑水飞玉龙,羽旗导翔鸾。石柱屹天外,卓笔书云端。灵峰观石室,杖屦穿巉岏。山禽知我来,好音若相欢。群峰列春笋,丹青状尤难。行色愧匆遽,更约他时看。"

王十朋山水赋成就也很高,多写越地风光,如《双瀑赋》、《剡溪春色赋》、《大嵩山赋》、《蓬莱阁赋》等。《双瀑赋》中有一段专门描写金溪双瀑的壮丽

景象:"于是骤雨初歇,飘风迅击。飞泉汹涌,怒流湍激,喷烟雾于苍岚,吼蛟
龙于大泽而澎湃,万类纷其辟易。疑若倾崖转壑,变丘谷而为陵;又类万马
千兵,奏鼓鼙而赴敌。久之狂潦微杀,巨流顺适。灵源复循于故道,双派交
驰于绝峤。势偶殊而卒合,路虽分而稍迫。玉箸垂兮拂轻寒,长绅拖兮蘸
深碧。"

二 吕祖谦

刘埙(1240—1319)《隐居通议》卷二指出:"宋乾淳间,浙学兴,推东莱吕
氏为宗。……当是时,性命之说盛,鼓动一世,皆为微言高论,而以事功为不
足道。"事功学植根于苦难深重的社会现实,既有着深刻的文化根源,也有着
非同寻常的文化意义,增强了理性和思辨的成分。《四库全书总目》卷一六
〇《〈浪语集〉提要》:"然朱子喜谈心性,而季宣则兼重事功,所见微异。其后
陈傅良、叶适等递相祖述,而永嘉之学遂别为一派。"《四库全书总目》卷一九
〇《〈御定全金诗〉提要》批评"宋自南渡以后,议论多而事功少,道学盛而文
章衰。中原文献,实并入于金"。王柏(1197—1274)《题碧霞山人王公文集
后》指出:"文以气为主,古有是言也;文以理为主,近世儒者尝言之。"就文学
创作而言,浙东学派也体现出较强的开拓意识,坚持自我创作个性,以吕祖
谦、叶适成就最高。

吕祖谦(1137—1181),字伯恭,金华人。少年时代对一个人的成长至关
重要。一生由于科考、赴任、侍亲等原因,吕祖谦遍游南宋的半壁江山,与山
水文学创作结下不解之缘。在编录《卧游录》时,吕祖谦在给丞相周必大的
一封信中说"若十年不死,嵩之崇福、兖之太极、华之云台,皆可卧游也"(《与
丞相子充书二二》),可见其志趣。金华市东二十里的登高山,相传因吕祖谦
重九登高而得名。吕祖谦出生、居家、为官、讲学的地方,都是风光秀丽之所
在。日长月久,自然孕育了诗人浓郁的诗情,而吕祖谦也因此敏感于自然物
色的刺激,有着不同于常人的审美发现,生动地描画出仕宦与游历之处的山
川风物、世态人情等等,表达自己对自然山水的赏爱之情。与当时的一般作
家相比,吕祖谦的山水诗文在作品集中所占比例固然不是特别高,以致诗名
不彰,但无论情感的丰富与艺术的上乘都不可小视。胡应麟在《诗薮·杂
编》卷五中感叹:"宋诸人诗……掩于儒者,朱仲晦、吕伯恭。"[1]

高宗绍兴三十一年(1161),吕祖谦被擢升为右迪功郎,授严州桐庐县尉

---

① 胡应麟:《诗薮》,上海古籍出版社1979年版,第314页。

职,此年曾为武义县儒官巩庭芝所邀,首赴明招山讲学,有诗咏明招。《明招杂诗四首》其一:"鸟声报僧眠,钟声报僧起。静中轻白日,邂视东流水。风月有逢迎,出门聊徙倚。传遍南北村,松间横展齿。"其二从苏轼的妙悟中化出,由景涉理,并不夸饰,却别有趣味:"前山雨退花,余芳栖老木。卷藏万古春,归此一窗竹。浮光泛轩槛,秀色若可掬。丰腴当夕餐,大胜五鼎肉。"孝宗隆兴元年(1163),赴朱熹约同游兰溪灵洞山,并题"涌雪洞"。吕祖谦《富阳舟中夜雨》有一种参差错落的韵味,意象也有自己的蕴含,渗透与寄托了自我性情意趣,代表当时士人的审美趋向:"万顷烟波一叶舟,已将心事付滨鸥。蓬笼夜半萧萧雨,探借幽人八月秋。"《题刘氏绿映亭二首》之一以物映情,写出心地的清静无染,思致深微:"凉叶翻翻不受尘,芒鞋藤杖及清晨。开窗小放前溪入,澄绿光中独岸巾。"感受纤细,写出精神世界被净化的瞬间,短章而有大格局,殊为不易。《晚步溪上》展现了诗人的心理律动:"疏疏屐齿印平隄,露着乌纱客未知。别浦归舟争占岸,横林宿鸟自分枝。开张渔父胸中趣,漏泄骚人句外悲。会与清溪约长夏,风帘水簟答涟漪。"《春日七首》其二写出一番萧散之趣,成了一种本原生命的表现:"短短菰蒲绿未齐,汀洲水暖雁行低。柳阴小艇无人管,自送流花下别溪。"充满生机而又静谧无限的和谐生活宛然在目,意趣清淡。其三:"岸容山意两溶溶,便是东皇第一功。春色平铺人不见,却将醉眼认繁红。"风景如画,以景衬情,人们不禁为之悄然动容,心驰神移。《春日七首》其七也是情韵无限:"檐铎无声鸟语稀,径深钟梵出花迟。日长遍绕溪南寺,未信东风属酒旗。"《江南序·游水帘亭》为讲学期间游武义水帘亭所作,题完意足:"岩前清漱玉,银线挂珠帘。山隐隐,水涟涟,石峡浮云带断烟。登临旋鸟道,身向白云边。重来曲水三杯酒,坐卧苔矶一醉眠。"

曾几(1084—1166)《赠外甥吕祖谦》:"昔别溪南寺,奇庞总角儿。传闻不好弄,胜喜更能诗。弦术真吾道,躬行是汝师。披垣家学在,何以遍参为?"希望他能继承家学传统,同时也有"胜喜更能诗"的勉励。纵观吕祖谦的一生,也没有辜负外祖父的期望。实际上,吕祖谦一生喜好山水,也与曾几的言传身教有很大影响,二者之间表现出一种自然的启承关系。曾几自称"爱山已成痴,爱石又成癖"(《何德器赠太湖石》),对中国山水诗做出过重大贡献,固然也从"江西诗派"中来,但赵庚夫《读〈曾文清公集〉》赞其诗风"新如月出初三夜,淡比汤煎第一泉",有其特定的时代色彩,这自然也包括山水诗在内,如代表作《三衢道中》"梅子黄时日日晴,小溪泛尽却山行。绿阴不减来时路,添得黄鹂四五声",这在"江西诗派"末流盛行,诗的情思、诗的魅力都差不多全已丧失的时候显得极为珍贵。吕祖谦虽然在山水诗方面真正投入的精力不是很多,并没有给人们开辟一个全新的艺术境界,诗歌所具有的时代感和历史感也有所欠缺,但时间必将证明,他的作品将永久被人传诵。

山水散文有《入越录》与《游赤松记》等。淳熙二年(1174)六月,吕祖谦主管台州崇道观。八月二十八日至九月二十七日,吕祖谦与潘叔度从金华出发作"会稽之游",游越城、鉴湖、兰亭等地,撰日记体山水散文《入越录》,共三千五百二十余字,为山水题材中少有的长文。文中既有幽美景致的叙写,也是诗人心境与情绪的坦诚展露,写景、纪游与感怀杂拌而出,接近了更为深层、内在的审美之域。如其中一段:"九月一日,晨雾,上横陇,东嶂出日,金晕吞吐。少焉全璧径升,晃耀不可正视,升数尺,韬于云,绚彩光丽,因蔽益奇,非浮翳所能掩。露稻风叶,皆鲜鲜有生意。……二日,辨色发枫桥,阴风薄寒。十里,乾溪,溪桥榉柳数百株,有十围者。过桥绕山足行十里,古博岭,岭左右皆丛筱。五里,洪口,有别径入明。自枫桥而上,美竹佳树相望。近洪口,曲折,循小溪,水声虢虢,风物渐佳。十里,含晖桥亭,天章寺路口也。遂穿松径至寺,寺盖晋王羲之兰亭。山林秀润,气象开敞。寺右臂长冈达桥亭,植以松桧,疑人力所成者。法堂后砌筒引水,激高数尺。堂后登阶四五十级,有照堂,两旁修竹,木樨盛开,轩槛明洁。又登二十余级,至方丈,眼界颇阔。寺右王右军书堂,庭下皆杉竹。观右军遗像。出书堂,径田间百余步,至曲水亭,对凿两小池,云是羲之鹅池、墨池。曲水乃污渠,蜿蜒若蚓,必非流觞之旧,斟酌当是寺前溪,但岁久失其处耳。由曲水亭穿小径涉溪,复出官道数里,买舟泛鉴湖。湖多堙为田,所存仅如溪港然。秋水平岸,菰蒲青苍,会稽秦望、云门诸山,互相映发,城堞楼观,跨空入云,耳目应接不暇。"以时间为主线展开叙写,眉目清楚,虽然篇幅相对来说还是过于短小,但实际上颇有开启《徐霞客游记》创作运思之风范。

陈亮(1143—1194),字同甫,号龙川,永康人。杨维桢为宋濂《潜溪新集》所写的《序》中说:"余闻婺学在宋有三氏,东莱氏(吕祖谦)以性命绍道统,说斋氏(唐仲友)以经世立治术,龙川氏(陈亮)以皇帝王霸之略志事功。"叶适《书龙川集后》,谓陈亮有长短句四卷,每一章就,辄自叹曰:"平生经济之怀,略已陈矣。"陈亮《龙川词》中有山水词数阕,吴熊和《论词绝句一百首·陈亮》"磊落嵚奇笔一枝,水心传语最相知。平生经济情怀在,假手花间侧艳词",如果把"侧艳词"换成"山水词",也极为符合陈亮的创作实际。如《水调歌头·和吴允成游灵洞韵》:"人爱新来景,龙认旧时湫。不论三伏,小住便觉凛生秋。我自醉眠其上,任是水流其下,湍激若为收。世事如斯去,不去为谁留。　本无心,随所寓,触虚舟。东山始末,且向灵洞与沉浮。料得神仙窟穴,争似提封万里,大小几琉球。但有君才具,何用问时流。"此词是作者在淳熙十一年(1184)十月与永康尉吴允成游灵洞对所作。上阕写景,凸显灵洞的凛冽与流泉湍激;下阕从实景提升为虚景,由实到虚,抒情言志,突出自我旷荡的襟怀,气势雄壮。《江南序·游水帘亭》也主要写悠游之乐:"有液垂银溅,珠帘不用钩。山寂寂,水悠悠,石室生寒五月秋。　微行苔印履,流水不浮舟。夕阳林外归路急,未知何日再重游?"王国维《人间词话删稿》:"词人之忠实,不独对人事宜然。即对一草一木,亦须有忠实之意,否则所谓游词也。"①陈亮这些词作都有真情表现,具有极高的审美价值。

吕祖俭(1146—1198),字子约,号大愚,祖谦弟,于诗文均有同好。《游赤松山记》与《游候涛山记》为其山水文学代表作,另如《题史子仁碧沚二首》,可谓满心而发,肆口而成。之一:"相家小有四明山,更葺桃源渺茫间。四面楼台相映发,一川烟水自弯环。"之二:"中川累石势嵯峨,城上遥岑耸翠螺。旧说夕阳无限好,此中最得夕阳多。"

巩丰(1148—1217),字仲至,号栗斋,武义人。巩丰既拜朱熹为师,又从吕祖谦学。淳熙十一年(1184)进士。巩丰一生勤于作文,尤善为诗,有三千余首,但多佚。陆游《夜读巩仲至闽中诗,有怀其人》对巩诗有较高评价:"诗思寻常有,偏于客路新。能追无尽景,始见不凡人。细读公奇作,都忘我病身。兰亭尽名士,逸少独清真。"巩丰的词也有可观之处,如《江南序·游水帘亭》:"石笋泉飞急,源深流自长。声滴滴,影苍苍,一泓清影泻沧浪。涧草侵入碧,山花绕路香。水帘佳景皆诗句,酒兴无如逸兴狂。"既具高雅的情致,又展很美的画面,两者结合得比较到位,韵味富赡。

三　叶适

薛季宣(1134—1173),字士龙,号艮斋,永嘉(今温州)人。以荫入仕,曾任武昌令、大理正,出知湖州。卒谥文宪。开永嘉事功学派先声。有《浪语集》。吴之振等《宋诗钞》谓:"其诗质直,少风人潇洒之致。"②薛季宣《游飞霞洞》写家乡风光,则颇具流动之美:"横塘富花柳,杳杳镜中行。楼观朱涵碧,洞天珉掩闳。林深暮云合,地僻夏寒生。康乐屏岩静,鸣椰时一声。"又如写

---

① 王国维:《人间词话》,人民文学出版社1960年版,第242页。
② 吴之振等:《宋诗钞》,中华书局1986年版,第2315页。

江心屿的《龙翔寺》:"二江涵古寺,双屿耸平沙。翠浪环流净,金城到眼奢。水光摇暖阁,塔影动龙蛇。不减蓬壶意,屯云未许遮。"薛季宣《雁荡山赋》为描写雁山的长篇,如其起手几句:"溟渤转乎东南,雁荡嵬其高峙。抱层峦之四合,耸群峰之崛起。仙凡道绝,类隔一尘。摩空下望,俨若屯云。聊登临以寄,傲循石磴之萦纡。移顾步于观瞻,瞥风气之悬殊。幽谷之中,别有天地。"

陈傅良(1137—1203),字君举,人称止斋先生,瑞安人。乾道八年(1172)进士。授迪功郎,历任福州通判、吏部员外郎,后挂冠回里,创办仙岩书院。宁宗继位,召还为中书舍人,官至宝谟阁待制。卒谥文节。陈傅良一生充满着一种深沉的生命悲剧精神,曾长期在梅雨潭边隐居、讲学。《题仙岩梅雨潭》就是面对故乡山水而做的思考,表现深刻的人生感悟:"衮衮群山俱入海,堂堂背水若重闉。怒号悬瀑从天下,杰立苍崖夹道陈。晋宋至今堪屈指,东南如此岂无人?结庐作对吾何敢,聊向渔樵寄此身。"最后表达了身处孤独而仍自我守望的情思。

叶适(1150—1223),字正则,号水心居士,永嘉人,南宋中后期著名思想家。少从吕祖谦游,后有深情回忆:"昔从东莱吕太史,秋夜共住明招山。正见谷中孤月出,倒影接碎长林间。凭师记此无尽意,满扫一方相并闲。"(《月谷》)淳熙五年(1178)进士。宁宗朝,历权吏部侍郎、宝文阁待制,知建康府,沿江制置使,兼制江淮。叶适一生亢直,力主抗金,光明磊落。开禧三年(1207)被夺职归里,从事讲学、著述。卒谥忠定。有《水心文集》、《别集》及《习学记言序目》等。作为浙东学派的大家、"永嘉学派"的集大成者,叶适与"永康学派"的陈亮一起,以提倡现实功利、反对空谈理性为标志,与朱熹、陆九渊尖锐对立。在文学方面,叶适被人称为宋儒中对诗文最为讲究者,强调提纯个体的人生阅历。在南宋中期这一特定的历史时期,他的创作无论情感境界,还是艺术成就,都可以说是超逾时流,这在一代士人主体意识失落的岁月里,显得尤有价值。

叶适《习学记言序目》卷四九认为:"记虽愈及宗元犹未能擅所长也,至欧、曾、王、苏,始尽其变态,如《吉州学》、《丰乐亭》、《拟岘台》、《道山亭》、《信州兴造》、《桂州修城》,后鲜过之矣。若《超然台》、《放鹤亭》、《筼筜偃竹》、《石钟山》,奔放四出,其锋不可当,又关钮绳约之不能齐,而欧、曾不逮也。"所以,叶适自身在这方面做出极大的努力,如《烟菲楼记》、《宝婺观记》、《北村记》等。《宝婺观记》突出建筑物取位之胜:"夫山峙以近则迫而易穷,川浩以远则荡而难限,皆游观之病也。金华虽高千仞,旁走三县,靡迤回环,不自意深入也。其余漫陇伏冈，林茂野蕃，若轾若轩，若万马纵收于平原，锦出绣没，不可控搏。两溪广长，会清合凉，匪厉伊方，徐纳于江。南山绵绵，果蔬之区，柘桑之园，日月风雨，借其姿态，雾烟氛霭，相为吐吞，而光气灵响之答于耳目异矣。四顾百里，不荡不迫，有临望之美，无游观之病。浙以东，兹楼称最焉。"再以《醉乐亭记》中的一段为例："永嘉多大山，在州西者独细而秀，十数步内，辄自为拱揖，高不孤耸，下亦凝止，阴阳附从，向背以情。水至城西南阔千尺，自峙岩私盐港，绿野新桥，陂荡纵横，舟艇各出菱莲中，棹歌相应和，已而皆会于思远楼下。"又如《石洞书院记》的一部分：

> 初，洞深复无行径，薪者给采而已。君始以意疏治，益前，阴崖壁，众不知所为，欲止。君逼视其罅，遥闻水声出空中，曰："嘻！是也。"盖凿崖百步，梯级而后进，土开谷明，俄若异境。稍复深入，臻于旷平，则石之高翔俯踞，而竹坚木瘦皆衣被于其上；水之飞湍瀑流，而蕉红蒲绿皆浸灌于其下。潭涧之洼衍，阿岭之嵌突，以亭以宇，可钓可奕，巧智所欲集，皆不谋而先成。

方回《瀛奎律髓》卷二〇《道上人房老梅》评："乾、淳以来，尤、杨、范、陆为四大诗家，自是始降而为'江湖'之诗。叶水心适以文为一时宗，自不工诗。而'永嘉四灵'从其说改学晚唐，诗宗贾岛、姚合。凡岛、合同时渐染者，皆阴掇取摘用，骤名于时，而学之者不能有所加，日益下矣。名曰厌傍'江西'篱落，而盛唐一步步不能少进。天下皆知'四灵'之为晚唐，而巨公亦或学之。"[①]叶适《周宗夷东山堂》体物入微："城嶂标辰极，谁家特有山。偏怜东崦好，只对北堂闲。动石低檐住，流莺拂槛还。仙关锁琼海，幽梦或时攀。"《雪后思远楼晓望》在诗境上做了一定的开掘："腊尽冻初合，风花江欲平。急从高处赏，已向负前晴。莫与鬓争白，试将身比清。楼头接远岫，历历正分明。"叶适《月波楼》中也有"爱君楼高出江上，百里江山开四向。峻屏森耸远更寒，纹练萦回静犹浪"的壮句，可见诗人的笔锋多样。

全祖望（1705—1755）在《宋元学案》卷五五《水心学案》下论："永嘉功利之说，至水心始一洗之。……然水心工文，故弟子多流于辞章。"叶适学生陈耆卿也偶有较为成功的山水诗作，值得一提。陈耆卿（1180—1236），字寿老，号筼窗，临海人。嘉定七年（1214）进士，曾任青田县主簿、庆元府学教授，官至国子司业。有《筼窗初集》三十卷、《续集》三十八卷，二集均佚，四库

---

① 方回选评，李庆甲集评校点：《瀛奎律髓汇评》，上海古籍出版社2005年版，第771页。

馆臣从《永乐大典》中辑得诗文一百七十余首,编为《篑窗集》十卷。林表民(生卒年不详)编《赤城集》中收其诗文十余篇,多为四库本不载。另有《嘉定赤城志》。吴子良《荆溪林下偶谈》载,叶适"晚得篑窗陈寿老,即倾倒付嘱之。时士论犹未厌,水心举《太息》一篇为证,且谓'他日之论,终当定于今日'。今才十数岁,世上文字日益衰弱,而篑窗卓然为学者所宗,则论定因无疑",以名节自励。陈耆卿《过龙潭澳》展现了空阔无际的意境:"久阔松揪信,因为龙澳来。四山黄乱叶,一水绿澄苔。地旷樵声出,天寒雁影回。无人且无酒,清坐兴悠哉。"

第五节 "四灵"及戴复古的山水诗

一 "四灵"山水诗

《四库全书总目》卷一六五《〈云泉诗〉提要》:"江西一派,由北宋以逮南宋,其行最久。久而弊生,于是永嘉一派以晚唐体矫之,而四灵出焉。"处于四方多警的苟安时代,君主无所作为,士人也无心用世。"永嘉四灵"的出现应该与这样的创作定律之间有必然的联系。他们的创作是中国诗歌史上无法轻易略过的景观,兴起时声势还一时称盛。这也可见诗领域之大。文人结社往往是诗歌结集的一个载体,在中国有着悠久的历史,"永嘉四灵"的组合也有一丝这样的味道。"永嘉四灵"是徐照、徐玑、翁卷、赵师秀四位诗人的合称。徐照(?—1211),字道晖,一字灵晖,自号山民;徐玑(1162—1214),字文渊,一字致中,号灵渊;翁卷(生卒年不详),字续古,又字灵舒;赵师秀(1170—1219),字紫芝,号天乐,又号灵秀。四个人的字号中都有一个"灵"字,并且他们又都是永嘉人,所以人称"永嘉四灵"。叶适《水心文集》卷二九《题刘潜夫南岳诗稿》:"往岁徐道晖诸人,摆落近世诗律,敛情约性,因狭出奇,合于唐人,夸所未有,皆自号'四灵'云。"四灵现存诗共计702首,其中:徐照《芳兰轩集》,有诗259首,是四灵中存诗最多的一个;徐玑《二薇亭集》,有诗164首;翁卷《苇碧轩集》,有诗138首;赵师秀《清苑斋集》,有诗141首。

戴表元《〈洪潜甫诗〉序》:"豫章黄鲁直出,又一变而为雄厚。……迩来百年间,圣俞、鲁直之学皆厌,永嘉叶正则倡四灵之目,一变而为清圆。"赵师秀《寄薛景石》也自称:"家务贫多阙,诗篇老渐圆。"一切表征为美的事物,必含真趣。他们出仕无途或任职卑微,更多地关心自身的生存境遇,沉溺于一个内向而狭窄的精神小天地中。作品也重在表现个人的感受与情怀,而较少反映社会生活。[1]所以,四灵之作多近于技而远于道。但由于开掘不深,缺乏意境的创新。所以,他们的创作也就缺乏真正动人的情感力量。四灵和宋初九僧一样,他们作诗的特点,一是仅工五律,作为古代诗歌最完美形态的七律皆格卑体弱,古体更不能作。二是他们的创作笔调轻快,以抒情的笔调来叙事。刘永济《词论》卷上《风会》曾说:"文艺之事,言派别不如言风会。派别近私,风会则公也。言派别,则主于一二人,易生门户之争;言风会,则国运之隆替、人才之高下、体质之因革,皆与有关焉。盖风会之成,常因缘此三事,故其变也,亦非一二人偶尔所能为。"[2]见地精深。这可以说是解读四灵山水诗的一把钥匙。

《四库全书总目》卷一六二《〈清苑斋集〉提要》:"(赵师秀)其诗主于野逸清瘦,以矫'江西'之失,而开、宝遗风则不复沿溯也。"这也可以扩大为对"四灵"诗的整体评价。黑格尔(1770—1831)在其《美学》一书中指出:"抒情诗人本来一般地都在倾泻他自己的衷曲。"[3]但抒情不可强求。人们写景也是为了直接或间接地写心中之情。"四灵"多"题诗兴欲酣"(徐玑《绝境亭》),有很强的创作欲望,沉湎其中,乘时代风会,竭尽才思,徐照《宿翁卷书斋》所谓"君爱苦吟吾喜听,世人谁更重清才",所以也有较多的山水诗。但由于创作视域的制约,"四灵"山水诗多描写家乡永嘉一带的山水风光。如徐玑《初夏游谢公岩》:"又取纱衣换,天时起细风。清阴花落后,长日鸟啼中。水国乘舟乐,岩扉有路通。州民多到此,犹自忆髯公。"方回《瀛奎律髓》卷一一:"予许其诗在四灵中当居丁位,学者细考之,则信予言。"纪昀批:"起二句作意而不佳,三、四自佳。末以谢客为'髯公',未免杜撰。谢固美髯,然无此称。"[4]又《谢步石鼓山》:"谢公曾步处,石鼓尚依然。地狭川多涨,山高浦欲旋。不因诗句说,更复有谁传?怀望徘徊久,寒郊起暮烟。"翁卷《题江心寺》:"名与金山并,僧言景更幽。寺无双屿近,地占一江浮。曾是龙为宅,还疑蜃吐楼。他乡远归者,望此得停舟。"写雁荡山的也比较多。如徐玑《大龙

---

① 详参陈书良:《南宋江湖诗派与儒商思潮》,甘肃文化出版社 2004 年版,第 71 页。

② 刘永济:《词论》,上海古籍出版社 1981 年版,第 49 页。

③ 〔德〕黑格尔:《美学》第一卷,商务印书馆 1979 年第 2 版,第 259 页。

④ 均见方回选评,李庆甲集评校点:《瀛奎律髓汇评》,上海古籍出版社 2005 年版,第 407 页。

湫》:"瀑水数千尺,何曾贴石流。还疑众山坼,故使半空游。雾雨初相乱,波涛忽自由。道场从建后,龙去任人游。"真切自然。《灵峰寺洞》:"洞在寺之右,昔存罗汉从。石峰排似笋,山势裂因龙。自有泉甘美,无愁路叠重。圣灯云照夜,宿客间曾逢。"凸显山寺超绝尘寰的境界。也有写人生旅途中其他的地方。翁卷《寿昌道中》:"清游从此起,过处必须看。背日山梅瘦,随潮海鸭寒。平途迷望阔,峻岭痴行难。听得居人语,今年冬又残。"

1. 富有情趣。"四灵"诗歌创作中所包蕴的情感一般较为浅易,人们容易领略。这一类作品篇幅繁多,但无深情的诗歌总是苍白的。赵师秀《桃花寺》:"旧有桃花树,人呼寺故云。石幽秋鹭上,滩远夜僧闻。汲井连黄叶,登台散白云。烧丹勾漏令,无处不逢君。"绘形绘声,但不离幽寂。方回《瀛奎律髓》卷四七释梵类批语:"'四灵'诗赵紫芝为冠。大抵中四句锻炼磨莹为工。以题考之,首尾略如题意,而中四句者亦可他入,不必切于题也。"纪昀批语:"此评切中'四灵'、'九僧'之病,并切中晚唐人之病。"又评:"起二句太率易,五句自佳。"[①]赵师秀《桐柏观》写出道观的地貌特征与神采:"山深地忽平,缥缈见殊庭。瀑近春风湿,松多晓日青。石坛遗鹤羽,粉壁剥龙形。道士王灵宝,轻强满百龄。"据徐灵府《天台山记》,桐柏观是唐睿宗景云二年(711)为司马承祯所置,"自天台山北路上桐柏观,一十二里,皆悬崖蹬道。盘折而上,皆长松狭路,至于桐柏洞门"。赵师秀《刘隐君山居》也很富有情趣:"嫌在城中住,全家入翠微。开松通月过,接竹引泉归。虑淡头无白,诗清貌不肥。必无车马至,犹掩向岩扉。"所描写的物象与所寄寓的情感自然和谐。又如《潇洒亭》,物象的描写中隐含着某种意趣:"高树出禅关,人家向下看。千峰春隔雾,数里夜闻滩。偶至因成宿,前游亦值寒。州人多有咏,何不见方干。"徐玑《舟过水口作》:"舟行遥知福城阙,天宇开时地势宽。二百里溪平似掌,一帆风色到怀安。"徐玑五律中也多有这类作品,如《晨起》:"晨起风吹面,朝晴野雾收。高峰多远见,浅水少平流。世事非难了,尘劳独未休。今年看鬓发,已变一茎秋。"又,《春日晚望》:"楼上看春晚,烟分远近村。晓晴千树绿,新雨半池浑。柳密莺无影,泥新燕有痕。轻寒衫袖薄,杯酌更须温。"

徐照《舟上》:"小船停桨逐潮还,四五人家住一湾。贪看晓光侵月色,不知云气失前山。"徐照《石门瀑布》:"一派从天落,曾经李白看。千年流不尽,

---

① 均见方回选评,李庆甲集评校点:《瀛奎律髓汇评》,上海古籍出版社 2005 年版,第 1713 页。

六月地长寒。洒木喷微沫,冲崖激怒湍。人言深碧处,常有老龙蟠。"石门:
永嘉县北的石门山。叶适《宿石门》有"好溪泻百壑,南北倾万峰"之句,描写
这一奇妙景色。徐照诗首联有气势,说曾经李白题写,楼钥《石门洞》也说
"谪仙曾来写胜句"。贺裳《载酒园诗话》称颔联"无愧作者",但结语"却
丑"①,很有见地。

　　2. 富有理趣。翁卷《野望》是其中颇富代表性的一篇:"一天秋色冷晴
湾,无数峰峦远近间。闲上山来看野水,忽于水底见青山。"诗歌运笔简约,
不尚虚饰,撷取动人画面的瞬间,融浸禅意玄机,单凭写作技艺本身就给人
以很强的美感。同样是翁卷,其《处州苍岭》颔颈二联都情韵、理趣具足,最
后一联则无味:"步步蹑飞云,初疑梦里身。村鸡数声远,山舍几家邻。不雨
溪长急,非春树亦新。自从开此岭,便有客行人。"相对来说,徐玑这一类作
品更多一些,如《丹青阁》:"翠霭空霏忽有无,笔端谁著此工夫。溪山本被人
图画,却道溪山是画图。"意新语工。《新秋》:"新秋一雨洗林关,晚色清澄满
望间。风静白云横不断,山前又叠一重山。"从杨万里的有关诗中得到启示,
阐扬人生理思,对光与色的感受也运用得比较自然。又如《过九岭》:"断岸
横路水潺潺,行到山根又上山。眼看别峰云雾起,不知身也在云间。"

　　"四灵"以赵师秀的成就为最高。《数日》诗深于言情,亦有一定代表性:
"数日秋风欺病夫,尽吹黄叶下庭芜。林疏放得遥山出,又被云遮一半无。"
葛天民(生卒年不详)《简赵紫芝》表达了羡叹之情:"紫芝虽漫仕,五字已专
城。清坐有仙骨,苦吟无宦情。"关于翁卷,薛师石《送翁灵舒闲游》:"袖有新
诗如美玉,知君去意十分浓。"赵师秀《简同行翁灵舒》:"水禽多雪色,野笛忽
秋声。必有新成句,溪流合让清。"翁卷《登飞霞山作》:"局居厌纷丛,荡志寻
岖嵚。拂衣出城隅,杖策循湖阴。何年彼真仙,遗宫寄幽岑。连树窈蒙密,
灵洞疑虚沈。攀条承薜飙,立石弄澄深。眺睐增殊欢,超忽涓烦襟。美人逝
云远,青草畴与吟。感昔兴重嗟,会意良在今。山公悦崇资,稽氏陶清音。
保真道无违,逐欲情易淫。顾乏安期资,华鬓能不侵。虽非尚子贤,悦遂毕
娶心。"总体上立足于时间的变化,但全诗构思缜密,而又能腾挪跳跃,变化
生新。翁卷《送人游天台》也以山水意象作为立诗之本,思致不俗:"暂游行
李少,几日到天台? 船带落潮发,月从前浦来。花源香不断,药地绿成堆。
莫学他刘阮,经年忘却回。"

　　叶适《徐道晖墓志铭》称徐诗"上下山水,穿幽透深"。大景小取是"四

---

　　①　郭绍虞编选,富寿荪校点:《清诗话续编》(上册),上海古籍出版社 1983 年版,第 454 页。

灵"诗歌构思的基本特征,由此也产生一些缺失,主要是受才力局限,诗路狭窄,笔法小巧细碎,笔势不宽。或者也可以说是体现了一定的时代感,但缺乏更为深广的社会感,格卑气弱。陶文鹏就曾经这样指出:"他们识见短浅,又脱离政治现实,生活面太窄,作品大都是流连光景,吟咏山居和田园生活,抒写羁旅情思以及应酬唱和,其中有大量的山水诗。这些山水诗缺乏鲜明突出的个性和艺术独创性,却共同显示出晚宋衰飒消沉的时代风气和他们作为一个诗歌流派共同的艺术特色。"①他们固然也写了一些生动精警的景句,状景真切,但"四灵的才思学力都比较浅薄,他们的山水诗中极少深厚阔大的气象",②边幅狭小。

二 戴复古山水诗

戴复古(1168—1247),字式之,号石屏,黄岩(其地今属温岭)人。戴复古尚在襁褓之中,其父戴敏便去世了。楼钥《跋式之诗卷》载:"(戴敏)且死,一子方襁褓中,语亲友曰:'吾之病革矣,而子甚幼,诗遂无传乎!'为之太息,语不及他,与世异好乃如此。"戴复古长大了以后,"或告之以遗言,式之乃笃学古志"(《嘉靖太平县志》卷六),诗人感喟身世,自然表示要不忘父训,继承家学,并付之以实际行动。

大约从宁宗庆元三年(1197)开始,戴复古离开海东家乡漫游江湖,先后到过现在的浙江、江苏、安徽、江西、湖北、湖南、福建、广东、广西等地,获得了在当时应该算是最为开放的视野。理宗嘉熙元年(1237),戴复古最后回归故里,应该也有其师陆游《渔家傲·寄仲高》一词"行遍天涯真老矣"之叹。几十年的日子里,戴复古目睹政治腐败、时局混乱等,往往面山流涕,临水叹息,但也有诗酒为乐的时分,于是,又有了娱情山水以后的所得所悟,颇具神采。戴复古是南宋江湖诗派的代表作家。

1. 诗情满溢。戴复古的许多山水诗全凭自己的审美体悟而得,山水登临之际着力寻觅着其中特有的意趣,丰富而深挚。《会稽山中》贯串着诗人起伏变化的情感:"晓风吹断花梢雨,青山白云无唾处。岚光滴翠湿人衣,踏碎琼瑶溪上步。人家远近屋参差,半成图画半成诗。若使山中无杜宇,登山临水定忘归。"诗歌以颈联为中心,时空极为展开,其他诗句的安排犹如众宾

---

① 陶文鹏、韦凤娟主编:《灵境诗心——中国古代山水诗史》,凤凰出版社 2004 年版,第 525 页。

② 陶文鹏、韦凤娟主编:《灵境诗心——中国古代山水诗史》,凤凰出版社 2004 年版,第 527 页。

拱主,俊逸而传神,又使诗歌拥有一定的力度和厚度,可以说是一首具有才气的作品。《题赵庶可山台二首》也写绍兴风光,平淡素净,简洁自然。之一:"层台高几许,此即会稽图。一目空秦望,千峰压镜湖。云烟分境界,城郭限廉隅。他日传佳话,兰亭与此俱。"之二:"天造此一景,趋然阛阓间。坐分台上石,看尽越中山。松月照今古,樵风送往还。只愁轩冕出,闲却白云关。"作品打开时空限隔,自由纵横,远近相谐,通过意象寓托主体情怀,更是增加了行文的美感。《游天竺》交代的则是另一番景象,以心会景,表现为一种美学上的选择:"好山看不了,遂借上方眠。酒渴倾花露,诗清泻涧泉。生无适俗韵,老欲结僧缘。睡觉钟声晓,窗腾柏子烟。"又如《诸侄孙登白峰观海上一景》:"自有此山在,无人作此游。气吞云海浪,笑撼玉峰秋。开辟几百载,登临第一筹。诸郎莫高兴,刻石记风流。"全诗给人以一种流动感。《山村》二首之二也是诗情满溢,趣味横生:"万竹梢头云气生,西风吹雨又吹晴。题诗未了下山去,一路吟声杂水声。"

诗歌倚靠意的锻炼焕发出应有的神采。戴复古许多山水诗实现这样的目标,深情远韵。如《巾子山翠微阁》:"双峰直上与天参,僧共白云栖一庵。今古诗人吟不尽,好山无数在江南。"《巾子山翠微阁》一诗以空灵之笔从事创作,表达一种充分净化的情思,情语多于景语,真正称得上是主观情志与客观物境的契合交融,有一种睿智的理趣,风神飘逸,引人回味。"僧共白云栖一庵",应该是从郑谷《少华甘露寺》"上楼僧踏一梯云"等诗句点化而成,但翻新出奇,画面似空非空,比原诗更富于包容性,也更富情韵。诗人迁移自己的感情于自然之中,把自然看作充溢着生命的物体。第三句的"今古诗人吟不尽",合乎杨载《诗法家数》关于绝句结构的判断:"宛转变化工夫,全在第三句,若于此转变得好,则第四句如顺流之舟矣。"[1]作者的命意之高也可以想见。

王国维《人间词话删稿》说:"词家多以景寓情。"[2]如果把这个"情"字从"情爱"的范围解放出来,扩大为更为深广的意涵,就比较适合关于山水诗创作的基本评判,即:山水诗人往往通过景物的描写寄寓自己的情怀。总体上看,戴复古的山水诗既蕴蓄着深厚的历史内涵,也有对生命的真切感受,又展开了富有美学意义的拓展,时有胜义可寻,又能远离情景分离的弊端,有着独具的审美价值。

---

① 何文焕辑:《历代诗话》(下册),中华书局1981年版,第732页。
② 王国维:《人间词话》,人民文学出版社1960年版,第226页。

2.笔势腾挪。"日莫远途行未休,白头又作长沙游。"(《长沙呈赵东岩运使并简幕中杨惟叔通判诸丈》)诗人日与山水相拥抱,进一步锤炼自我精微敏锐的艺术感受力,在大自然的俯仰优游中寻找表达自己内在意绪的感性符号,在常景中发掘美,表现诗人真实的个性,重视诗思的提炼和凝聚,在诗歌情感和意象之间开拓出一个广阔的想象空间。"不可形容处,无穷造化机"(《大龙湫》),经过自我情感过滤,在吟咏自然万象的过程中,戴复古少有静态描写,而是"善于以豪健潇洒的笔触,描写大景、壮景,往往简洁地勾勒一二笔,就能传出景物对象的风神气象"。[1]《括苍石门瀑布》:"少泊石门观瀑布,明知是水却疑非。乱抛雪玉从天下,散作云烟到地飞。夜听萧萧洗尘梦,风吹细细湿人衣。谢公蜡屐经行处,闻有留题在翠微。"光绪《青田县志》卷一载:"石门山,县西七十里,道书为石门洞天。临大溪,两峰壁立,高数百余丈,对峙如门。深入为洞,可容数千人。六月生寒,飞瀑千仞,中断,蒙蒙作雨状,随风漂洒里许。近视如烟云散聚,有气无质,冬夏不竭。积瀑回激为潭,深数十丈。"诗歌固然也有"少泊石门观瀑布"之类的纪实笔法,但文中的主体部分也还是以"夜听"、"闻有"等虚笔展开,想象奇特,动静成趣,借助于一番虚化叙事的艺术剪裁,有明显的灵动感。后汤显祖有《石门泉》咏叹,清新流畅:"春虚寒雨石门泉,远似虹蜺近若烟。独洗苍苔注云壑,悬飞白鹤绕青田。"戴复古《桐庐舟中》着墨不多,只以"吴山青未了,桐江绿相迎",便写尽了富春江的旖旎风光,描写了广阔的山水空间,展示了高超的剪裁技巧,手笔不可谓不大,称得上是诗人的神来妙笔。

又如《江村晚眺二首》之一:"数点归鸦过别村,隔滩渔笛远相闻。菰蒲断岸潮痕湿,日落空江生白云。"寥寥几笔就写出了一个寂静而又不失生机的海滨世界,散发着浓郁的江南气息。想象飞腾,虚实相生,有出其不意之妙,情韵悠扬。诗歌既抓取了典型意象,化用前人语句妥适无间,在谋篇结构上也颇为成功,可能寄托着一种言外之意。借用包恢《和戴石屏见寄韵二首》之一的话,真可以说是"海上诗翁间世奇"了。《江村晚眺二首》之二更是出色的写景佳句,用笔精练,人和大自然、情和景的契合交融都可以说是达到化境,远韵悠扬:"江头落日照平沙,潮退渔舠阁岸斜。白鸟一双临水立,见人惊起入芦花。"

3.气势壮阔。《灵峰、灵岩有天柱、石屏之胜,自昔号二灵》追求诗的纯

---

[1] 陶文鹏、韦凤娟主编:《灵境诗心——中国古代山水诗史》,凤凰出版社2004年版,第533页。

粹性,气势壮阔:"骇见二灵景,山林体势豪。插空天柱壮,障日石屏高。揽胜苦不足,登危不惮劳。白云飞动处,绝壁有猿猱。"五律这样的短小篇幅能够写出大场面,显示大气象,浑融完整而无溢美夸饰,皆可见诗人笔法之完美与技艺之成熟。张表臣《珊瑚钩诗话》卷一:"诗以意为主,又须篇中有句,句中炼字,乃得工耳。以气韵清高深眇者绝,以格力雅健雄豪者胜。"①戴复古这些作品畅叙山光水色之乐,展现山水相映之美,字斟句酌,笔力纵横,可以称得上是"得工"之诗。《高九万见示落星长句,赋此答之》是一首歌行体的巨制,行文也如神龙摆尾,左旋右突,婀娜多姿:"天星堕地化为石,老佛古作青莲宫。东来海若献秋水,环以碧波千万重。云根直下数百丈,时吐光焰惊鱼龙。凤凰群飞拥其后,对面庐阜之诸峰。阴晴风雨多态度,日日举目看不同。高髯能诗复能画,自说此景难形容,且好收拾藏胸中。养成笔力可扛鼎,然后一发妙夺造化功。高髯高髯须貌取,万物升沉元有数。君闻此石三千年,复化为星上天去。"诗中描画壮美景色,炼句老辣,而所叙写的这一切都是从诗人机敏的心灵窗口所透视出来的,时空阔大。"东来海若"句异想天开,想象奇幻,非常人所能道。"千万重",极显境界之空廓。全诗都为散行单句,"高髯能诗复能画"中间又插以三句式,显得拗气横生。

《乌聊山登览》情调活泼可爱:"抖擞器尘上翠微,旁溪寺上坐题诗。忽闻啼鸟不知处,细看好山无厌时。风扫云烟开远景,人携香火谒丛祠。客来千里登临意,说与时人未必知。"诗人调动丰富的生活经验,经过艺术想象和意象重构会使一些常景也颇能呈现出优美意境,显得淡远而开阔。诗人固然在《长沙呈赵东岩运使并简幕中杨惟叔通判诸丈》中慨叹"吟边万象写不得",但实际上注重中国传统审美经验的积累,写景中往往借物兴感,注入诗人浓郁的主观感情,既有全景式的鸟瞰,以疏朗的笔触勾勒山水气势,偶有一些细景勾描,呈现浓墨重彩之美,从而开拓出新的诗歌意境。

戴氏家族其他一些诗人也有较好的山水诗作,如戴昺(生卒不详),字景明,号东野,复古从孙。嘉熙三年(1239)授赣州法曹参军。有《东野农歌集》。《夜过鉴湖》可谓代表:"推蓬四望水连空,一片蒲帆正饱风。山际白云云际月,子规声在白云中。"诗歌借鉴唐人诗歌的有关句法与章法,比较成功地营造出空灵意境。

---

① 何文焕辑:《历代诗话》(上册),中华书局1981年版,第455页。

第六节　舒岳祥、汪元量等人的山水诗

　　宋元鼎革之际多难的经历与苦涩的回味促使人们对人类情感有丰富而深刻的体验,这些作品中有着对历史往事的反思,更融会了对个体的生存状态更为深厚的体验与感受,从自身人生拓展关怀国运民瘼的情意,心态复杂。"遗民者,天地之元气也。"(黄宗羲《谢时符先生墓志铭》)他们用自己的诗笔描绘出时代的苦难,以自己的声音为时代唱一曲哀歌,融进了物是人非的思想感情,兴起一股遗民文学之风,有着强大的美感力量。钱谦益《〈纯师集〉序》:"夫文章者,天地之元气也。忠臣志士之文章,与日月争光,与天地俱磨灭。然其出也,往往在阳九百六,沦亡颠覆之时。"在这一时期,客观的山水景物与诗人的主观情志彼此沟通,感伤情调更为浓郁。在对自然风物的描写中,寄寓了遗民所特有的家国之悲,含蕴着无限的沉痛,充满叹息和泪水,变得沉重而忧伤。就艺术而言,这一时期的创作则是象征性、隐喻性与描述性和写实性实现有机结合。残酷现实扭曲了诗人的实际生活,也改变着文学的价值取向与审美趣味。

一　舒岳祥

　　1.舒岳祥的遗民人生。舒岳祥(1219—1298),字舜侯,以旧字景薛行,宁海人。因家居阆风里,学者称阆风先生。有《阆风集》。

　　舒岳祥出身于世代读书的官宦之家,受到很好的文化熏陶,幼年聪慧,理宗宝祐四年(1256)中进士,授奉化尉,开始仕宦生涯。宋末元初战祸连连,舒岳祥亲身感受这一血腥现实,在《韵酬达善诗序》中对此有所揭露:"丙子(至元十三年,1276)兵祸,自有宇宙,宁海所未见也。"王朝改换而江山依然。舒岳祥为免遭迫害,隐姓改名,留寓他乡,卖文为生。宋亡,诗人怀抱亡国之恨,做新朝之遗民。隐居民间,不问政治,教书谋生,游于山水之间,不废弦歌,赋诗言志,深刻表现人世的沧桑,所谓"夏日山居好,日长宜学文"(《夏日山居好十首》其五)。《浙江通志》卷四六《古迹八》之《台州府》:"舒岳祥宅。《台州府志》宁海雁苍山,宋舒岳祥隐此。"即使在艰难境遇下,晚年的舒岳祥仍潜心于诗文创作,奋笔不辍,成为宋末元初一位多产而重要的诗人,在诗界亦有较高名望。翁方纲《石洲诗话》卷四:"元初之诗,亦宋一二遗

民开之,况其诗半在入元后所作,似乎入元亦是。"①于舒岳祥而言,亦当此理。这里暂时按照习惯做宋末诗歌处理。

2.舒岳祥的复杂情怀。诗歌是诗人心声的真切表达,源自对生活的悉心感悟。舒岳祥《诗诀》就是富有哲理的诗行:"欲自柳州参靖节,将邀东野适卢仝。平原骏马开黄雾,下水轻舟遇快风。"《四库全书总目》卷一六五《〈阆风集〉提要》称"其宗旨所在,可以想见矣"。舒岳祥《夏日山居好十首》:"焚香诵《周易》,痛饮读《离骚》。"生当宋代末世,景物感触之际,舒岳祥与屈原、杜甫有了情感上的直接契合。"燕骑纷纷尘暗天,少陵诗史在眼前。……君能于此更著力,唐体派家俱可捐"(《题〈潘少白诗〉》),确为知会之言。又如"寻春曾作太平民,说著花时泪湿巾"(《暮春书怀寄董正翁寺正》),正所谓愁苦出诗人。舒岳祥诗歌多表达亡国之哀,感情沉痛,托喻深微。刘勰《文心雕龙·原道》指出:"云霞雕色,有逾画工之妙;草木贲华,无待锦匠之言。"②舒岳祥《山行》就是这样的作品:"今日新晴好,东风散麦须。山泉中琴瑟,岩鸟合笙竽。总是太平曲,何劳击壤图。谁知花溅泪,杜老独嗟吁。"晴好的天气,一派祥和的景象,但诗人最后一笔抹倒,弥漫着一种浓烈的哀怨情绪,颇见遗民心绪。舒岳祥的山水诗也有这样的情调,如《题巾山翠微阁》:"逆水游鲲去不回,两鳍插背尚崔嵬。月将塔影和峰转,风作潮花入寺来。星斗四垂双阙壮,乾坤一览八窗开。山僧高卧还知否,人世如今换劫灰。"前面一路写从翠微阁看大地美景,最后点出时代的剧变,让通篇浸透寒意。《登楼》:"千年日月藏丹鼎,万里乾坤着白头。落木断虹天渺渺,闲云倦鸟日悠悠。开门碧海通诸岛,极目青山是别州。我欲便骑黄鹤去,回头还有故乡愁。"这里的"故乡愁"也应该是家国之愁,又以"白"、"碧"、"青"、"黄"等色彩以反衬。

舒岳祥《和正仲送达善归钱塘》说"好诗甚似无形画,昏眼差同没字碑",诗人自己的诗作就追求这样的美学境界。《石台纪游》一诗,画面幽美,曲折尽意:"苍山面长溪,势若饮奔马。层台跨其脊,万古绝萧洒。登临惟兹时,朋从未云寡。迢迢史榛莽,靡靡眺原野。白云与翠霞,复在履舄下。穷秋向摇落,霜菊摘盈把。赏心孰与同,幽抱欣已写。邈矣千载期,名山后来者。"总之,舒岳祥的诗文不刻意雕饰但用意极深,展示出一种朴拙自然的审美趣

---

①　郭绍虞编选,富寿荪校点:《清诗话续编》(下册),上海古籍出版社1983年版,第1443页。

②　刘勰著,周振甫注:《文心雕龙注释》,人民文学出版社1981年版,第1页。

尚,洋溢着一种活力。《四库全书总目》卷一六五《〈阆风集〉提要》对舒岳祥冲澹圆融诗风有准确品评:"其诗文类皆称臆而谈,不事雕缋。"

二 林景熙

林景熙(1242—1310),又名林景曦,字德阳,一作德旸,号霁山。平阳人。度宗咸淳七年(1271)上舍释褐,历泉州教授,礼部架阁,转从政郎。宋亡,隐居不出。身处国家民族危难深重之际,林景熙洁身自好,南宋诸陵被杨琏真伽挖掘之后,收拾遗骨重新安葬,尤为人称道。有诗集《白石樵唱》六卷,文集《白石稿》十卷,均佚。明吕洪编定五卷诗文集《霁山集》。

林景熙有深厚的家国系念之情,论诗自然最重关合时世,《〈二薛先生文集〉序》引叶适语:"为学而不接统绪,虽博无益也;为文而不关世教,虽工无益也。"在一些山水诗中抒写出作为一代遗民的民族气节,如同是写家乡风物的《天柱峰》,寓意深刻而丰富:"谁作孤峰紫翠巅,流泉一脉到宫前。却怜千尺擎天柱,不拄东南半壁天。"天柱峰一柱凌霄,高峻挺拔,曾经见证时代兴亡。诗人对景吟咏,以孤臣之心,叹恨它撑不住东南半壁天,造成天塌地陷,从而形象、含蓄地抒写出亡国之恨,寄寓对故国的眷恋之情,神化无迹。由此可以读出遗民心史。作品咏物赋形,物中见情,言简意长,格调雄豪。贺裳《载酒园诗话》论及林景熙诗:"尝叹诗法坏而宋哀,宋垂亡诗道反振,真咄咄怪事。读林景熙诗,真令人心眼一开。"①方逢辰《序〈白石樵唱〉》:"德旸自雁荡游会稽,禹穴荒寒,云愁木怆,凭高西望,钱塘潮汐之吞吐,吴山烟霏之舒卷,纷感互发,凡以写我郁陶者何恨。故其诗凄婉,而悠以博,微以章,宛然六义之遗音,非湖海啸吟风月而已。"章祖程《注〈白石樵唱〉》称林景熙为"真诗家之雄杰"。吴之振等《宋诗钞》说林景熙:"大概凄怆故旧之作,与谢翱相表里。翱诗奇崛,熙诗幽宛。蛟峰方逢辰曰:'诗家门户,当放一头。'非虚语也。"②如《道中》:"程入江乡宿,新炊饭带沙。乱山愁外笛,孤驿梦中家。野水平菰叶,春风足楝花。西来三两客,闲说旧京华。"尾句表面上交代超然物外的冷淡心情,但是实际是通过对历史的追忆回味来传达自我的淑世情怀。又如《宿台州城外》:"荒驿丹丘路,秋高酒易醒。霜增孤月白,江截乱峰青。旅雁如曾识,哀猿不可听。到家追此夕,三十五邮亭。"山水景色的描写与愁怀的抒发完美结合,诗思悠长。

---

① 郭绍虞编选,富寿荪校点:《清诗话续编》(上册),上海古籍出版社 1983 年版,第 458 页。
② 吴之振等:《宋诗钞》,中华书局 1986 年版,第 2895 页。

由于所过多为隐居生活,林景熙山水诗以写家乡景致为主,如《昆岩》:"神斧何年凿,南山片石盘。玉藏仙笋古,翠落县门寒。老木天边瘦,归云雨外残。市尘吹不到,朝夕静相看。"成功的作品,往往都能充分展现诗人特有的审美眼光。诗歌先以问句提起,逐步拓展出旷远的天地,但又笼罩在寂寥冷落的时代氛围中。林景熙又有《飞云渡》(题下自注:在瑞安州西一里):"人烟荒县少,澹澹隔秋阴。帆影分南北,潮声变古今。断峰僧塔远,初日海门深。小立芦风起,乘槎动客心。"诗歌在客观景象的叙写中巧妙地融进自我深挚情怀。《江心寺》找寻富于表现力的字眼,构想很美,富有很强的画面感,也让人在时空的无限中体验山水:"佛借龙宫五百年,平分城树与村烟。丛林忽涌中流地,双塔曾擎半壁天。石色带云笼客袖,钟声和月落渔船。裂袍不限侵门水,十载何人坐象筵。"林景熙描写乐清山水的《芙蓉峰》有"驿路入芙蓉,秋高见早鸿。荡云飞作雨,海日射成虹。一水通龙穴,诸峰尽佛宫。如何灵运屐,不到此山中"的慨叹,从审美视角反映出主体个性化的趣味和追求,在富有时代特征的同时也具备为我所有的独特个性,笔法也参差而灵动。又如《新昌道上》:"江湖犹是客,岁月已成翁。仙路重云外,人家落木中。山痕经烧黑,土脉入泉红。又得春风信,孤花照驿东。"首句勾勒出时间的悠长,然后集中写景。

三　汪元量

汪元量(1241?—1317?),字大有,号水云,钱塘(今杭州)人。度宗时以善鼓琴侍奉谢太后、王昭仪。1276年元兵攻陷临安,掳恭帝、太皇太后谢氏、太后全氏以及诸宫妃北去,汪元量随行至大都(今北京)。后随宋恭帝赴上都(今内蒙古正蓝旗东闪电河北岸)、居延(今甘肃居延海附近)、天山(即祁连山)等地,流窜蛮荒。至元二十五年(1288)上书乞允黄冠南归,由儒入道。南归后遍游吴、越、赣、湘等地。田汝成《西湖游览志余》载:"时有王清惠、张琼英皆故宫人,善诗,相见辄啜泣……世皇(元世祖)闻其(汪元量)善琴,召入侍,鼓一再行,骎骎有渐离之志,而无便可乘,遂哀恳乞为黄冠(道士),世皇许之。频行,与故宫人十八人酾酒城隅,鼓琴叙别,不数声,哀音哽乱,泪下如雨……元量还钱塘,往来彭蠡间,风踪云影,倏无宁居,人莫测其去留之迹。遂传以为仙也,人多画像记之。"遁贤《读汪水云诗集》诗序说:"(汪元量)北归,数来往匡庐彭蠡之间,若飘风行云,世莫能测其去留之迹。江右之人,以为神仙,多画其像以祠之。像至今有存者。"有《湖山类稿》。

身处易代之际的特定时空,山河易色引发诗人内心的黍离麦秀之悲。

汪元量对于赵宋有着深沉而执着的思念,所以,他的诗歌创作多以怀念故国为主题,反映宋元易代之际的社会乱离之苦,多表达亡国之痛与故国哀思,贯注了作者的真实感情,充满忧伤和悲哀的情调。汪元量有一种无限的漂泊之感,表现尖锐、深重的人生感受。"少年读杜诗,颇厌其枯槁。斯时熟读之,始知句句好。"王祖弼《题汪水云诗卷》:"相逢邂逅不相期,又是江湖一段奇。我悲恨生南渡后,道人啸出北征诗。百年岁月心难老,万里江山梦已驰。细阅行程更相问,河清久说水涟漪。"汪元量有宏大组诗《湖州歌》,既渗透伤时忧国之情,又得以骋其才力。钱锺书《宋诗选注》对汪元量创作有这样的总体评说:"他对于'亡国之苦、去国之戚',有极痛切的感受,用极朴素的语言抒写出来。在宋代遗民叙述亡国的诗歌里,以他的《湖州歌》九十八首和俞德邻的《京口遗怀》一百韵算规模最大,但是他写得具体生动,远在俞德邻之上。从全部作品看来,他也是学江湖派的,虽然有时借用些黄庭坚、陈师道的成句。"[1]

丁绍仪《听秋声馆词话》卷一七"蒋敦复"条有言:"宋末词人语馨旨远,浅涉者每视为流连景物而已,不知其忠愤之忧,恒寓于谐声协律中。"[2]这也可以论汪元量的一些表达时代忧伤感的作品。汪元量诗往往因事立题,寄托着作者的亡国哀思,颇富表现力,沉哀入骨。《四库全书总目》卷一六五《〈湖山类稿〉提要》:"其诗多慷慨悲歌,有故宫黍离之感。于宋末诸事,皆可据以征信。"也就是说,汪诗多抒写神州陆沉之痛,有无限深意和远思;又具有一定的史料价值,可以弥补有关史书的阙略。如《吴山晓望》:

> 城南城北草芊芊,满地干戈已惘然。燕燕莺莺随战马,风风雨雨渡江船。小儒愁剧吟如哭,老子歌阑醉欲眠。一夜春寒花命薄,乱飘红紫下平川。

诗篇也是以意统辞,亡国之悲构成诗歌基调。皇城南北都已经野草连绵,一派干戈过后的惨象。叠词的运用,增添了这样的凄清之状,尾联尤具象征意味,深沉悠远。赵文《书汪水云诗后》谓之"亲见苍黄归附,又展转北行,道途所历,痛心骇心"。情味不是靠雕饰和辞藻得来的。厉鹗《宋诗纪事》评《湖山类稿》:"纪其亡国之戚,去国之苦,间关愁叹之状,备见于诗。……水云之诗,亦宋亡之诗史也。"汪元量《杭州杂诗和林石田二十三首》其

---

① 钱锺书:《宋诗选注》,人民文学出版社 1958 年版,第 315 页。
② 唐圭璋编:《词话丛编》(第三册),中华书局 2005 年版,第 2370 页。

九融山水描写与时事悲叹于一体,景情合一:"吟身春共瘦,独立望江亭。越水荒荒白,吴山了了青。军降欣解甲,民喜罢抽丁。拍碎阑干曲,吞声血泪零。"

四　真山民

真山民(生卒年不详),或名桂芳,自呼山民,处州括苍(今丽水)人。宋末进士,具体事迹不可考,宋亡后,因遭宗国覆亡的惨痛打击,浪迹山湖,所至好题咏。有《真山民诗集》。苏轼《和陶〈西田获早稻〉》说过"美好出艰难"这样的话语,思想的深刻造就诗文滋味的醇厚。真山民诗就属于真正的真人真诗,以真动人,以情感人。潘是仁《〈真山民诗集〉小引》称其"幽寻雅赏之外,绝不作江湖酬应语"。真山民《晚步》命意奇警超拔:"未暝先啼草际蛩,石桥暗度晚花风。归鸦不带残阳老,留得林梢一抹红。"

真山民心存宋室,一些作品中的意象往往隐喻当时社会现实,表达时代盛衰的感受,借以抒发遗民情绪,倾情不已,《舟泊严滩》着意于整体感悟,因事遣词:"天色微茫入暝钟,严陵滩上系孤篷。水禽与我共明月,芦叶同谁吟晚风? 隔浦人家渔火外,满江愁思笛声中。云开休望飞鸿影,身即天涯一断鸿。"幽深之景中寄寓了家国之思与感伤之情,诗意与写实性交融叙写,纵览千年人事,想象独特而又不乖情理。《泊白沙渡》也是诗人的经典之作:"日暮片帆落,渡头生暝烟。与鸥分渚泊,邀月共船眠。灯影渔舟外,湍声客枕边。离怀正无奈,况复听啼鹃。"《兰溪舟中》:"一舸下中流,西风两岸秋。橹声摇客梦,帆影挂离愁。落日鱼虾市,长烟芦荻洲。篙人夜相语,明发又严州。"诗中的"客梦"、"离愁"云云,当也有所深指。《朱溪涧》高情逸致自在其中:"路转峰回又一村,天寒大半掩柴门。云融山脊岚生翠,水啮沙洲树出根。任拥重裘风亦冷,未投荒店月先昏。今宵只傍梅花宿,赢得清芬入梦魂。"司空曙(生卒年不详)《独游寄卫长林》曾说:"身外惟须醉,人间尽是愁。"宋元之际的真山民在最为传统普遍的题材里,关联社稷江山,表现诗人强烈的现实精神。他的情思并未离开过现实生活的土壤,心存宋室,这是丧乱时期与异代之际一种现实的必然选择。刘熙载《艺概·诗概》"诗品出于人品"[①]之论,用在这里是最合适的。

真山民的诗在艺术上也取得较高成就。如《山亭避暑》:"怕碍清风入,丁宁莫下帘。地皆宜避暑,人自要趋炎。竹色水千顷,松声风四檐。此中有

---

① 刘熙载:《艺概》,上海古籍出版社 1978 年版,第 82 页。

幽趣,多取莫伤廉。"颔联着意深刻,颈联写景如画,情理安排自有佳处,句法参差变化。《光霁阁晚望》更是情景融会无间:"一阁纳万象,危栏俯渺茫。白沙难认月,黄叶易为霜。宿鸟投烟屿,归樵趁野航。孤吟谁是伴?渔笛起沧浪。"又如《晓行山间》:"出门谁是伴?只约瘦藤行。一二里山径,两三声晓莺。乱峰相出没,初日乍阴晴。僧舍在何许?隔林钟磬清。"诗人寄意于山水之间,所作诗篇语言淳朴,又如行云流水,最后的补叙更使诗意得到升华。

第五章　元代浙江山水文学

第一节　简说

　　文学创作与人们所生活的历史环境有着深刻的依赖关系。元朝是中华大地上第一次由非汉族人建立的大一统王朝。元朝建立后,统治者推行民族分化和民族压迫政策,分人为蒙古、色目、汉人、南人四等,无论在刑法、赋役、任官等方面都严格规定了不平等的待遇,其中最受凌虐的自然是原属南宋的江南汉人即所谓"南人"。两浙本为南宋行都所在,则这一带所受的经济、文化摧残尤甚。历史演进常常出人意料。经历了亡国之变的赵孟頫有《钱塘怀古》诗述说情事:"东南都会帝王州,三月莺花非旧游。故国金人泣辞汉,当年玉马去朝周。湖山靡靡今犹在,江水悠悠史自流。千古兴亡尽如此,春风麦秀使人愁。"后来,人们也逐渐接受宋元兴替的现实。正如陈孚《阳罗堡歌》所说:"乾坤一统自此始,坐见北极朝衣冠。"异族统治的政权对汉族士人心态产生很大的影响。数十年后,民变蜂起,社会动荡。

　　傅雷认为:"人没有苦闷,没有矛盾,就不会进步。有矛盾才会逼你解决矛盾,解决一次矛盾即往前迈进一步。到晚年矛盾减少,即是生命将要告终的表现。"[①]有元一代,士人内心的矛盾与挣扎更为尖锐与复杂。身处这样的生活环境,感受民族痛史,浙地文人又大多仕途淹滞,有志不骋,于是,他们更多地与山水为伴,寻找心灵的慰藉,与友人切磋诗文,丰富和发展着艺术

---

　　① 　傅敏编:《傅雷家书》(增补本),生活·读书·新知三联书店1994年版,第410页。

技巧。元代以后,由于戏曲等新文学形式的崛起,传统诗文创作的地位固然有所侵袭,但其影响尚不明显。就山水文学而论,元代的浙江文坛依然是生机勃勃,更为明代的全面复苏与振兴积聚力量,提供更为丰富的文学经验。

元诗在总体上呈现向浑厚博大的唐诗审美精神的回归,这其中有陈孚、黄庚、戴表元等人的努力,山水诗领域尤为明显。文学创作总是从对前代的继承开始。"文化的接受有两种:一种是主动接受,它是指两个发展水平相对接近的文化间的互相交流、借鉴与吸纳;另一种是被动接受,这种被动接受的情况通常发生在两个发展水平相对悬殊的文化间。当一种相对落后的文化面对一种较为成熟、先进的文化时,无论它愿不愿意,它都要自觉不自觉地接受影响,因为文化的流向也表现出一种由低向高的演进过程。北方民族文化作为一种起步、发展、成熟都相对较晚的文化,它在发展演进中必然要把一种成熟的文化作为参照系来建构自己的文化。"①元代文化可当此论。顾嗣立(1665—1722)《元诗选·凡例》:"有元之诗,每变递进。迨至正之末,而奇才益出焉。"欧阳玄《罗舜美诗序》:"我元延祐以来,弥文日盛,京师诸名公咸宗魏、晋、唐……江西之在京师者,其诗亦尽弃其旧习焉。"萧华荣《中国诗学思想史》:"元人的宗唐倾向不仅表现在这类(指对唐、宋诗——引者)比较轩轾中,更表现在他们对诗的性质、发生、艺术手法、审美特征等方面的认识上也异于宋而近于唐。"②宋末元初,政治嬗变,历史情境发生了很大的变化,构成了民族文化传统的巨大断裂。东南诗坛是一个独特的群体存在,形成一种共同的艺术嗜好。就浙江山水文化而言,宋末元初这一时期所达到的整体高度是过去所罕见的,实际上处于一个新的艺术开拓期,往往贯穿着深沉的身世之感。元代初年,东南诗坛是一个独特的群体存在,一改宋代诗坛的整体格局,自具气象。这一群体执意于诗歌艺术美的追求,传达出深浓的情思,精致高妙,陈孚、戴表元、赵孟頫等都是其中颇具代表意义的作家,而这一切也往往与"南国多山水,君游兴可知"(齐己《送人游南》)的实践有相当大的关联。他们走进自然,笑傲林泉,把笔自歌,道出心中的意趣,也深叹人生的无常。

元统治者虽有文饰政治的措施,但是都没有真正执行过,对待江南儒士的差徭如普通江南汉人同样沉重,而且元朝官吏大多以买官贿赂为途径入官,文化水平相当低下,甚至有"目不识丁,书押文卷,但攒三指,染墨印纸

①　张奎志:《文化的审美视野》,社会科学文献出版社 2005 年版,第 53 页。
②　萧华荣:《中国诗学思想史》,华东师范大学出版社 1996 年版,第 220 页。

上"(朱国桢《涌幢小品》)之说。《元史·贡师泰传》:"自世祖以后,省台之职南人斥不用,及是始复旧制。"也就是说"元世祖时期,南土流民文人和北方少数民族本土文人已经相互接纳,但是,有元一代,在政治上对南土文人的任用却是经常遇到障碍","以后很长一段时间,南土文人在政治上是受压抑的"。①如果说这一群体还有例外的话,那大概就是赵孟頫了。生命价值可以从多角度思考与探索,可以做多样化的理解。人们不能完全用现在的标准来评判过去的社会现象。

　　元代,浙江作家努力寻找独特的文体建构模式:杨维祯的"铁崖体"为浙江的山水文学注入新的活力,表达出对自我生活的惬意之感,充盈着山情水意;张可久的山水散曲更是中国文学史上的奇葩,在自由舒展性情的同时,也显露出作家各自的人格风范。也就是说,皎然《送王居士游越》所谓"爱作烂熳游"的人类共同情致触及隐居的真谛,并不会随朝代更迭而泯灭,只是呈现不同的情感表达技巧而已。

　　顾嗣立《寒厅诗话》对元代少数民族创作群体的崛起有这样一个总体把握,极为准确:"元时蒙古、色目子弟,尽为横经,涵养既深,异材辈出。贯酸斋、马石田(祖常)开绮丽清新之派,而萨经历(都剌)大畅其风,清而不佻,丽而不缛,于虞、杨、范、揭之外,别开生面。于是雅正卿(琥)、马易之(葛逻禄迺贤)、达兼善(泰不华)、余廷心(阙)诸公,并呈词华,新声艳体,竟传才子,异代所无也。"②他们的创作绝不会有"此诗成亦鄙"(姚合《送陟遐上人游天台》)的疑虑。作为一个多民族的国家构成,有元一代,诸多少数民族诗人"凭着浓厚的兴趣、昂扬的热情和顽强的意志,迅速实现了熟知华史、娴习华言的心愿,并运用日益纯熟、日臻完美的汉语汉文创作了大量的作品。众多才华横溢的回族诗文作家,带着自己特有的生命气质和鲜活的艺术思维,进行着卓有成效的文学创作活动。他们那些充满时代精神和民族风貌的诗文佳篇,有着永久的艺术魅力和不朽的美学价值。他们的诗文作品,将豪放粗犷的草原风格与含蓄细腻的中原情韵,融会在一起,博得了各族文人学士的一致赞叹",③这一接受汉文化滋养的作家群中,泰不华可谓代表。

　　金履祥(1232—1303),字吉父,号次农,兰溪人。学者称"仁山先生",王柏弟子。《游下灵洞》由秋景而思,即景赋得,信手点染,自有灵趣:"久知灵

---

① 李炳海:《民族融合与中国古代文学》,东北师范大学出版社1997年版,第99页。
② 丁福保辑:《清诗话》(上册),上海古籍出版社1978年版,第84页。
③ 张迎胜:《元代回族文学家》,人民出版社2004年版,第44页。

洞锁瑰奇,水石幽深路转崎。佳境自多平爽处,笑渠索隐厉裳衣。"

黄溍(1277—1357),字文晋,又字晋卿,婺州义乌人。仁宗延祐三年(1316)进士,授宁海县丞,历任翰林应奉文字、江浙等地儒学提举。追封江夏郡公,谥文献。有《黄文献集》等。黄溍山水诗以写本地风光为长,不乏精彩之作。《癸酉四月同子长等游北山》描写金华北山的景致,感受自然的馈赠:"春尽山仍好,村深涧忽穷。天低时霢雨,寺远但闻钟。吊古田无鹿,探奇洞有龙。寻幽穿窈窕,高步踏玲珑。灵草多成药,疏篁不成丛。岚光疑无路,野色在空蒙。下瞰疑无底,言旋复向东。岩阿栖断础,烟外落飞淙。细路缘苔磴,危桥驾石碕。泉依山曲曲,云与树重重。巨刹连名岳,穿垣护敝宫。依栏斜日下,入室诸僧逢。后期当岁暮,来往意憧憧。"野桥流水之间,幽趣自在,令人有无限遐想。《晓行湖上》紧扣诗题层层生发,把平常景色升华到诗意境界:"晓行重湖上,旭日青林半。雾露寒未除,凫鹥静初散。黄缘际余景,闪倏多遗玩。会心乍有得,抚己还成叹。夙予丹霞约,久兹芳洲畔。独往愿易违,离居岁方换。沙暄芒芽动,春远川华乱。存期乃寂寞,取适岂烂漫。小隐倘见招,渔樵共昏旦。"重湖在今义乌市区,一名绣湖。

《桃岩》写景开阔:"立石平如削,飞云近可梯。莫穷千古胜,但惜众山低。灵草经年长,珍禽隔树啼。人言旧朝士,感事有留题。"《寿山》:"凿开混沌是何年?一石垂空一发悬。飞瀑化为天下雨,老僧常伴白云眠。旧游不改桃源路,化境能同杞国天。回视人间成壤相,无端劫海正茫然。"寿山与前面的桃岩,都在永康境内。与《桃岩》一样,《寿山》诗也由山水景物而入社会万象,尽显咏叹艺术。后胡翰作《和寿山韵》:"一峰横辟五峰连,岩屋层台势绝悬。日月只从空外掷,云烟浑似洞中眠。泉飞玉雪常清暑,木落轩窗始见天。四十余年黄太史,足音两度走蛩然。"李畹也有《寿山》诗:"双涧桥西五老峰,分明朵朵翠芙蓉。半空绝壁开金象,一道飞泉喷玉龙。怪石坐来斜听鸟,曲栏凭处倒看松。平生自倚凌云笔,不愧山僧饭后钟。"

王冕(1287—1359),字元章,一字元肃,号煮石山农、饭农翁等,诸暨人。几次应进士试不中,乃焚所作文,转而研读兵书、剑法,平生历览名山大川,《山水图》称:"我生爱看真山水。"甚至在大雪天赤足登山,四顾大呼:"遍天地间皆白玉合成,使人心胆澄澈,便欲仙去!"(宋濂《王冕传》)表明对美的追求的执着。所以,王冕山水诗很有所成,展现一个相对广阔的诗意空间。《偶成》同样显出画家真面目,清新灵动,非常人所能及:"出门无侣杖藜轻,溪上梅花笑相迎。独鹤远从天际下,老夫如在画中行。千峰日出流云气,万壑松鸣杂水声。巾袂不知苍翠重,看山直过越王城。"又如《山中杂兴》:"信是山中好,春来物物丰。石蚕生断砌,玉蕈出枯桐。暖雨蒸花气,轻烟飏柳风。眼前无限景,诗句无能穷?"客观景物的描绘服务于诗情的表达,"暖雨"两句尤其传神而富于情趣,语出天然。这一切都是"我生正坐山水癖"(《题米元晖画》)的艺术结晶。

鲁贞(生卒年不详),字起元,号桐山老农,开化人。元顺帝元统年间举人,余阙荐之,不起。鲁贞无心仕途,隐居不出,潜心研究理学。有《桐山老农文集》、《易注》等。《题塔山》较有神韵:"天低云有影,日午塔无阴。极目三秋望,登高万里心。"

程斗(生卒年不详),字仲元,号龙麓子。开化人。受业三江先生江浮之门,传性理之学。有《龙麓子集》。《题荆山》诗巧妙处理动静关系,意象宏大:"寻幽踏雪到荆山,喜见荆山瑞气蟠。翠绿林中天不雪,紫荆树下地无寒。地灵物异春常在,水曲山环景最宽。幸有名家居此处,谩将芜墨寄毫端。"

曹文晦(1290?—1360),字伯辉,天台人。有《新山稿》。曹文晦山水诗创作多用直观形象表现感情,自有所成,现举组诗《天台山十景》几首为例。《赤城栖霞》:"赤城霞起建高标,万丈红光映碧寥。美人不卷锦绣段,仙翁泻下丹砂瓢。气连海屿贯旭日,光入溪瓮生春潮。我欲结为五色珮,碧桃花下呼王乔。"全诗表达耽于闲适的情趣,尾句的深情一笔,最具韵味。《石桥雪瀑》:"山北山南尽白云,云中有水接天津。两龙争壑那知夜,一石横空不渡人。潭底怒雷生雨雹,松头飞雾湿衣巾。昙华亭上茶初试,一滴曹溪恐未真。"《石桥雪瀑》诗有放达之气,"两龙"一联,专为此景而生,移易不得。《桃源春晓》:"数点残星挂绿萝,看桃行入旧山阿。洞门花雾红成阵,沙砾岩前翠作涡。天外曙光惊鹤梦,水边啼鸟和渔歌。刘郎去后无人到,吟依东风草色多。"色彩是形式美的重要因素,是大自然给人以美感作用的一种外在形式,在春色中更使人油然而生忘机之想。只是景依然,人难觅,有无尽的感叹。《清溪落雁》让人感受到生态的本真意味:"清溪溪口荻花秋,底事年年伴白鸥?北去不辞书帛寄,南来非为稻粱谋。荒烟渺渺长桥外,落叶萧萧古渡头。见说洞庭风日好,碧波千顷小渔舟。"尾联宕开,有一丝自由无羁的理想。《螺溪钓艇》:"昔日溪源浸巨螺,一竿来此老渔蓑。远寻短棹孤吟兴,高唱斜风细雨歌。夜泊松潭明月近,昼眠花港绿阴多。朝朝老瓦盆边醉,冷看王孙细马驮。"纤尘不染,意象清丽,人不免醉乎其间,但生出复杂而细微的感思。《南山秋色》:"观彼南山小众山,霜明红树碧云寒。余清入座挹不尽,积翠浮空染未干。漠漠只愁晴雾隔,霏霏休待夕阳看。何人会得悠然趣,前有陶公后有韩。"深有异代同心之感,远景近景也能做到纵横如意。

王佑夫《少数民族美学研究断想》有这样的论断:"在我看来,中国文化是由两大系统构成的,即:以中原为中心、以汉族为主体的汉族文化系统和以周边为圆圈、以少数民族为主体的少数民族文化系统。前者是中国文化的主体,后者是中国文化的有机组成部分。……在漫长的历史岁月中,以儒家文化为核心的汉族文化作为中心向四周辐射,而以宗教文化为核心的少数民族文化又从四周向中心凝聚,二者彼此渗透,相互结合,构成中国民族文化的整体。"①可谓精警而透辟。诗歌本是文化的一种呈现方式,往往从一个特定的角度和层面反映文化的审美演变流程。通过对泰不华、迺贤等现象的解读,寻绎其诗的审美个性与艺术特色,我们也许可以更真切地找寻到南、北文化和汉文化与少数民族文化的融化踪迹,更好地探索中国传统诗歌审美成就的历史继承性。时间使一切现实都变成了历史。突破人们原有的审美视野局限,就会发现,泰不华、迺贤等人都是元代诗人群体中极有所成的作家,他们的创作也就自然获得了一定的文学史价值。

泰不华(1304—1352),初名达普化,字兼善,号白野,人多称其为达兼善。元文宗赐其蒙古名泰不华。泰不华家族本为西域波斯人,先世随蒙古西征军来华。父塔不台,武将,"敦庞质实,宛如古人,而于华言尚未深晓"(苏天爵《滋溪文集》卷十三)。塔不台曾入直宿卫,初居丽水,后为台州录司判官,遂家居台州,原籍白野山,入籍浙江临海。

泰不华自小即表现出卓有才识的禀赋,后拜周仁荣、李孝光等为师。仁宗延祐七年(1320)江浙乡试第一,英宗至治元年(1321)殿试右榜第一,授集贤院修撰。文宗天历二年(1329),泰不华任奎章阁学士院典签,钱惟善作《送著作兼善赴奎章典签》:"龙飞天子中兴年,使者弓旌集俊贤。阊阖早朝班玉笋,瀛州夜直赐金莲。五经同异须刘向,三绝才名数郑虔。矞矞当时遗老在,长歌《黄鹄》送楼船。"诗中的刘向、郑虔之比,是称颂诗人的所学淹博,才气超人。泰不华在担任礼部侍郎、绍兴路总管等职期间,一直砥节守正,晚年回到台州,为台州路达鲁花赤,表现为一种社会承担精神,深得儒家文化的进取精髓,最后在与地方武装的接触中遇害。杨维祯《挽达兼善御史辛卯八月殁于南洋》浸润着诗人的生命意识:"黑风吹雨海冥冥,被甲船头夜点兵。报国岂知身有死,誓天不与贼俱生。神游碧落青骡远,气挟洪涛白马迎。金匮正修仁义传,史官执笔泪先倾。"叙写一代英豪最后壮志未酬,饮恨

---

① 王佑夫:《中国古代民族诗学初探》,民族出版社 2002 年版,第 175—176 页。

而终。王冕也有《悼达兼善平章》:"出师未捷身先死,忠义如公更不多。岂直文章惊宇宙,尚余威武振山河。中原正想刘安世,南海空思马伏波。我老未能操史笔,怀思时复动哀歌。"诗中把他与刘安世,马援相提并论,可见王冕对他的敬佩。

泰不华有《顾北集》行于世。诗歌存世的作品虽然不多,现存 30 首左右,总体上表现为以浩气为血脉的情怀的真诚流露,映现出诗人的心路历程,并努力使审美显示出新颖、警策,具有一种积极的美学意义,在元代近二百名少数民族诗人中,也是独树一帜的。

泰不华山水诗在前人的基础上有所突破,《送刘提举还江南》别有一番格调,以无限的诗情突破有限的诗篇,颇得唐人神韵,是诗人的短章妙品:"帝城三月花乱开,落红流水如天台。人间风日不可住,刘郎去后应重来。"前二句宛如一幅清丽的写生,又具苍茫不尽之势,给人以丰富的视觉效果;后二句通过别后友人所处环境的悬拟,使悠长的思念与自然景物交织,清俊的诗思得到充分的展现。该诗以构图敷彩的艺术原理进行创作,先以"花乱开"渲染色彩之鲜亮、明丽与动人,可谓奇思奇语,再以"如天台"连接京都与故土,情真意切;最后局势更加推开,赋予诗境以极为俊爽、浪漫的情韵。因诗歌主体主要由山水画面构成,所以,也可以理解为一首精美的山水诗,语短思巧,耐人涵咏。

迺贤(1309—1368),一作纳新,字易之,号河朔外史。本突厥葛逻禄氏,因"葛逻禄"译言为马,所以,人们多称马易之。迺贤先祖随蒙古军东迁,后迁居鄞县(今宁波)。迺贤曾就学浙东名儒高岳、郑觉民等门下。至元六年(1340)前,他曾出游大都(今北京)及蜀地。至正六年(1346),迺贤再游京师,他的新诗"每一篇出,士大夫辄传诵之"(柯劭忞《新元史》卷二百三十八《迺贤传》)。诗名远播,深为时人所重。至正十二年(1352),迺贤南归,二十三年(1363)被征京师,任国史院编修。迺贤自编的个人诗歌集有《金台集》(现存)、《海云清啸集》(遗失)。迺贤共留诗约 260 首。《月湖竹枝词四首》是其中较成功的作品,表露闲逸淡泊的心境。如其一:"丝丝杨柳染鹅黄,桃花乱开临水旁。隔岸谁家好楼阁,燕子一双飞过墙。"天长地久,自然诗思泉涌。最后一句增强了画面的动态感。

第二节　戴表元、赵孟頫等人的山水诗文

一　戴表元

戴表元(1244—1310),字帅初,一字曾伯,号剡源,奉化人。戴表元年幼时就聪慧好学,"五岁知读书,六岁知为诗,七岁知习古文"(《元史》卷一九〇《戴表元传》),对诗文的表现方式和技巧有某些直觉性的领悟。后以大儒王应麟(1223—1296)、舒岳祥为师。度宗咸淳七年(1271)进士,授迪功郎,后任建康府教授。恭帝德祐元年(1275)迁临安府教授,不就,归居故乡。宋亡后,戴表元退居剡源,以教书、卖文为生。元成宗大德八年(1304)前后,戴表元担任信州儒学教授,"如是垂三十年,执政者知而怜之,荐授一儒学官,因起教授信州。嘻!老矣!"(《剡源集》卷首《戴剡源先生自序》)任满调婺州,后以病而辞官。诗人在《送陈养晦赴松阳校官》中慨叹:"书生不用世,什九隐儒官。抱璞岂不佳,居贫良独难。"《己卯岁初葺剡居》更称:"休言声迹转沉沦,百折江湖乱后身。"有《剡源集》。

戴表元诗学的审美内涵较为丰富,比如强调诗歌创作要"缘于人情时务"(《〈张仲实文编〉序》)、"诵诗如流日千纸,更出清言洗纨绮"(《少年行赠袁养直》)等,其中尤以《〈洪潜甫诗〉序》提出的"宗唐得古"说最具影响力,以动态的方式把握历史流程,与陈孚、赵孟頫等理论桴鼓相应。戴表元在《〈汤子文诗〉序》中说:"余自学诗来,见作诗人讳寒语,兼不喜用书,云二者能累诗是矣。然古诗人作寒语,无如渊明;最多用书,无如太白、子美,而三人诗传至今,不见累之也。"《紫阳方使君文集〉序》有更为明确的表达:"人之精气,蕴之为道德,发之为事业,而达之于言语词章,亦若是而已矣。"《〈方使君诗〉序》论及当时的创作状况:"当是时诸贤高谈性命,其次不过驰骛于竿牍、俳谐、场屋破碎之文,以随时悦俗,无有肯以诗为事者。惟夫山林之退士,江湖之羁客,乃仅或能攻,而馆阁名成艺达者,亦往往以余力及之。"

"莫怪诗翁不出山,诗多那得是山间。"(《正仲今年鄞城之约不就,因次韵慰悦之》)戴表元自幼生长于浙东,晚年又隐居剡源,一生"性爱山水,每策杖游眺,远不十里,近才数百步,不求甚劳,意倦辄止。忘怀委分,或自称质野翁、充安老人云"(顾嗣立《元诗选》初集),于山水文学有自己的感悟。如《陈氏不碍云山堂记》:"功名富贵之人,一日而无所为,则其心不乐,日无以预乎烟云邱壑之事,而其力尝足以兼之。层台叠馆,翠被朱连,土石疲乎锹

凿,林垣夺乎绮縠,以至禽虫草木之情,震撼于歌钟舆隶之役,而皆失其素。故云山在前,日不得舒,心不暇领,则物有以碍之也。"《松风阁记》也提到:"余惟山林风物耳目情态之殊,樵夫野客能深知而不足以为乐,江湖市朝涉于世态者,忽然得之足以为乐而不能深知。"以这样的理论为指导,戴表元留下大量描绘山川美景的诗文,逞才纵笔,在叙事中表述自己高尚的审美追求。如《清茂轩记》:

> 剡源在云山,与四明洞天相为犬牙。异时避世幽栖之士,盖多有之。而故家荒芜,遗牒散落,余尝恨之久矣。独所谓大雷山者,尝为唐贤谢遗尘所居,其名著于骚人墨客之赋咏,踪迹宜可考见。然剡源有两大雷,东西相望百里,皆在万山之中,人迹罕到之处,余亦无从深核其何以也。两大雷之下,皆有石门。铁壁平立,湍流贯之,因而谓之门。而在东之门,适去吾家不远。余既来为农,时时以贱事往来其间。门傍有龙祠,间随父老祷谒水旱,颇爱其土狭不枯,山穷不悍,云泉蔽深,竹树蓊密。私以为谢公之居,庶其在此。访历其聚,则梯高以飞宇,夷凹以展囷,青檐垩垣,断续隐见,讴谣之声,忽出林莽。嘻乎异哉!

宋濂《题剡源〈清茂轩记〉后》称其"发明山水之胜,分明如画"。

戴表元代表作《四明山中十绝》,勾画出四明山四季美景的风光和风物,展现感情的起伏流动,语言较为平淡随意,又能避免艺术表现的单调,使四明山盛名进一步流播四方。如其中的《大小横山》:"小横欲尽大横来,万壑千岩汹涌开。闻道洞天深几许,紫云深处有楼台。"首先写出天地的空阔,让物象得到自身的呈现,然后再酝酿深远的意境。《白水》表达了作者从万物中所悟到的人生哲理,意味深远:"刘郎一去杳无踪,水白山青只故宫。欲问岩前老松树,人间禁得几秋风。"秋风又起,自生衰飒之意,约略给人以纤弱之感。《西兴马上》:"去时风雨客匆匆,归路霜晴水树红。一抹淡山天上下,马蹄新出浪花中。"任何意象都是一种特定的选择,诗歌以"霜晴"、"淡山"等作为主体意象构造,淡而有味,淡而有致。胡应麟《诗薮·外编》卷六有这样的判断:"宋五言律胜元,元七言律胜宋。歌行绝句,皆元人胜。"[①]所论不一定完全正确,但戴表元的绝句确实体现了很深的艺术功力,大得唐风,兼取宋调。中国人对自然美都极力推崇。戴表元《湖州》赞美湖州山水:"山从天目成群出,水傍太湖分港流。行遍江南清丽地,人生只合住湖州。"施补华

---

①　胡应麟:《诗薮》,上海古籍出版社 1979 年版,第 150 页。

《岘佣说诗》认为：“七绝用意宜在第三句，第四句只作推宕，或作指点，则神韵自出。若用意在第四句，便易尽矣。”①此论颇中肯綮。戴表元的七绝总体上都富有生发性。戴表元《赠子贞编修序》：“余之狷愚，生于穷海之滨，长于忧患，而渐老于贫贱。其足迹之所经，远不逾荆，近不跨越。”这客观上限制了诗人更大的创作空间。

对戴表元的创作，社会接受层面上呈现出较为复杂的态势。如戴表元诗现存 800 首，顾嗣立《元诗选》初集选入戴表元诗仅 95 首，远低于刘因的 234 首与赵孟頫的 200 首；张景星、姚培谦、王永祺等《元诗别裁集》收赵孟頫诗 40 首，戴表元诗则为 4 首。

戴表元的学生中，以袁桷最有成就。

袁桷(1266—1327)，字伯长，号清容居士，鄞县（今宁波）人。袁桷早年任丽泽书院山长。大德初年，由阎复(1236—1312)、程钜夫(1249—1318)等举荐为翰林国史院检阅官，升翰林应奉文字，兼国史院编修官。迁翰林待制，又任集贤直学士，在翰林、集贤两院任职二十余年。英宗至治元年(1321)，任翰林侍讲学士。泰定初，辞官归老于家。追封陈留郡公，谥文清。袁桷有《清容居士集》五十卷，存诗近一千五百首。

“凡是乱极思治的时候，文学上的心理，都不觉趋向到这一点，大家的手眼，都趋于扫淫哇而归清正，一心要树立和平的文学。”②堪称卓见。袁桷的山水诗正反映了这样的审美需求，顺应时代潮流的发展。大多数人往往接受命运的安排。入元既久，人心思定，时过境迁，人们更加向往精神生活的丰富，诗坛风尚也渐趋转变。这自然影响到山水诗审美客体的选择与情感基调的确定。也就是说，诗风不再如宋末时的慷慨激越，而步入典雅淡远的殿堂。这其中有诗人个性因素，也有纷繁复杂的社会原因。因为，人都是社会生活中的人，很难超越历史所能提供给你的恒定空间。袁桷《安山晓泊》具有历史生活场景的存真性，展现社会风情，着力表现物我交融的乐趣，别具会心：“两袖飞仙舞玉龙，晓来朝岳日华东。门当杨柳湾湾碧，水贴芙蓉岸岸红。隔艇茶香知楚客，连罾鱼熟总吴侬。白头已忘干戈事，不用乘轩问土风。”又如《望云州》：“望云州里松花白，金阁山前木叶丹。驻马摇鞭游不到，还家写作画图看。”诗歌首先选择颇具典型性的意象，融四季变幻之美于一瞬，有一种空阔苍茫的美学效果；也许觉得实写意犹未尽，再以虚笔宕开，别开生面。

---

① 丁福保辑：《清诗话》（下册），上海古籍出版社 1978 年版，第 996—997 页。
② 方孝岳：《中国文学批评》，生活·读书·新知三联书店 1986 年版，第 200 页。

《四库全书总目》卷一六七《〈清容居士集〉提要》对袁桷的诗史地位有准确把握:"少从戴表元、王应麟、舒岳祥诸遗老游,学问渊源,具有所自……其诗格俊迈高华,造语亦多工炼,卓然能自成一家。袁桷本旧家文献之遗,又当大德、延祐间为元治极盛之际,故其著作宏富,气象光昌,蔚为承平雅颂之声。文采风流,遂为虞、杨、范、揭等先路之导。其承前启后,称一代文章之巨公,良无愧也。"钱基博《中国文学史》指出袁诗"语多比兴,杂以游仙,其原出于陈子昂、李白,而上阐张协、郭璞,下参晚唐李商隐,以博丽救宋诗之野,以缥渺药宋诗之直者也。以唐救宋,以晋参唐,亦与戴表元同蹊径。惟表元美于回味,其意旷;而桷则才能发藻,其趣博也"①。至为宏论。

二　赵孟頫

1.诗书画兼擅的赵孟頫。赵孟頫(1254—1322),字子昂,号松雪道人等,宋太祖赵匡胤十一世孙,秦王赵德芳之后。因赐第居湖州,故为湖州人。14岁就以父荫补官,任真州司户参军。宋亡后闭居于家。元世祖至元二十四年(1287),为程钜夫举荐于朝,次年授兵部郎中。至元二十九年(1292),出任济南路同知。元成宗继位,授江浙等处儒学提举。至大三年(1310),任翰林侍读学士。元仁宗继位,授集贤侍讲学士。延祐元年(1314)改任翰林侍讲学士。三年拜翰林学士承旨,六年辞官南还。追封魏国公,谥文敏。著有《松雪斋集》十卷。

赵孟頫精绘画,擅书法,能诗文。杨载《赵公行状》曾说:"然公之才名颇为书画所掩,人知其书画而不知其文章,知其文章而不知其经济之学也。"《岳鄂王墓》是其代表作,把景仰、感叹之情表现得深挚哀婉,运思精湛,一直得以在艺林传诵:"鄂王坟上草离离,秋日荒凉石兽危。南渡君臣轻社稷,中原父老望旌旗。英雄已死何嗟及,天下中分遂不支。莫向西湖歌此曲,水光山色不胜悲。"

2.赵孟頫的山水情意与历史地位。赵孟頫有"对此山水咏,使人尘虑销"(《题先天观》)的情意表达,《送缪秀才教授真州》又称:"东园草木因人胜,北顾江山隔岸看。"这样的审美理想固然也有传统的影响,但更多地应该说决定于特定历史时期文人的心态。赵孟頫有较为地道的诗歌感受力,《松雪斋文集》卷三《赠张彦古》:"我今素鬓飒以白,宦途久矣思归耕。吴兴山水况清绝,白云满领堪怡情。老仙何当从我去,小筑茅屋依峥嵘。还丹已就蓬

---

① 钱基博:《中国文学史》,中华书局1993年版,第801页。

岛近,笑指尘海寻方平。"赵孟頫山水诗多带有孤清、闲适的情调,具高雅闲远之姿,如《题苕溪》:"自有天地有此溪,泓渟百折净无泥。我居溪上尘不到,只疑家在青玻璃。"《游普陀》:"缥缈云飞海上山,挂帆三日上潺湲。两宫福德齐千佛,一道恩光照百蛮。涧草岩花多瑞气,石林水府隔尘寰。鲰生小技真荣遇,何幸凡身到此闲。"尾句具警策之意。又如《早春》:"溪上春无赖,清晨坐水亭。草芽随意绿,柳眼向人青。初日收浓雾,微波乱小星。谁歌采蘋曲?愁绝不堪听。"中二联略显精严华丽的对偶,与诗人的闲适情调较为谐调。

赵孟頫诗也多能过去与今日交融,构筑深远意境,《桐庐道中》便很好地结合山水描写与情意抒发:"历历山水郡,行行襟抱清。两崖束沧江,扁舟此宵征。卧闻滩声壮,起见渚烟横。西风林木净,落日沙水明。高旻众星出,东岭素月生。舟子棹歌发,含词感人情。人情苦不远,东山有遗声……"能书擅画的赵孟頫在山水诗中充分展现自己特长。

赵孟頫在《〈南山樵吟〉序》中评吴仲仁诗:"吴君年盛资敏,不以家世废学,故其为诗清新华婉,有唐人之余风,此余所以深嗟累叹,爱之不能已也。"赵孟頫自己的创作也展现出弃宋调而主唐音的趋势,既能受知于当时又能传之于后世。顾嗣立《寒厅诗话》基本理清了宋、金、元诗歌之间的关系,充分肯定赵孟頫的诗学地位:"元诗承宋、金之际,西北倡自元遗山(好问),而郝陵川(经)、刘静修(因)之徒继之,至中统、至元而大盛。然粗豪之习,时所不免。东南倡自赵松雪(孟頫),而袁清容(桷)、邓善之(文原)、贡云林(奎)辈从而和之,时际承平,尽洗宋、金余习,而诗学为之一变。延祐、天历之间,风气日开,赫然鸣其治平者,有虞、杨、范、揭……"①

赵孟頫山水词《虞美人·浙江舟中作》也与其诗风接近,以虚实相间的笔法写钱江潮的风姿,词旨婉曲,超然有出尘之趣:"潮生潮落何时了?断送行人老。消沉万古意无穷,尽在长空淡淡鸟飞中。 海门几点青山小,望极烟波渺。何当驾我以长风,便欲乘桴,浮到日华东。"

赵孟頫《吴兴山水清远图记》描绘吴兴山水,突出"清远"之致,与其他体裁一样富有个性:"昔人有言:'吴兴山水清远。'非夫悠然独往,有会于心者,不以为知言。南来之水,出自天目之阳,至城南三里而近,汇为玉湖,汪汪且百顷。玉湖之上,有山童童,状若车盖者,曰车盖山。由车盖而西,山益高,曰道场。自此以往,奔腾相属,弗可胜图矣。其北小山坦迤,曰岘山,山多

---

① 丁福保辑:《清诗话》(上册),上海古籍出版社 1978 年版,第 83 页。

石,草木疏瘦如牛毛。诸山皆与水际,路绕其麓,远望唯见草树缘之而已。中湖巨石如积,坡陀磊魂,葭苇蓁焉,不以水盈缩为高卑,故曰浮玉。浮玉之南,两小峰参差,曰上下钓鱼山。又南长山,曰长超。越湖而东,与车盖对峙者,曰上下河口山。又东四小山,横视则散布不属,纵视则联若鳞比,曰沈长,曰西余,曰蜀山,曰乌山。又东北,曰毗山,远树微茫中,突若覆釜。玉湖之水北流入于城中,合苕水于城东北,又北东入于震泽。春秋佳日,小舟溯流城南,众山环周,如翠玉琢削,空浮水上,与船低昂。洞庭诸山,苍然可见,是其最清远处耶!”一笔写去,便得自然生动之趣。

第三节 陈孚、黄庚等人的山水诗文

一 陈孚

陈孚(1259—1309),字刚中,号笏斋,临海人。《元史·陈孚传》载:"大德七年,……卒于家,年六十四。"大德七年为公元 1303 年,以此上推六十四年,则他的生年在宋理宗嘉熙四年,即公元 1240 年。实际上,这样记载诗人生卒年月是错误的。临海市博物馆收藏的《陈孚圹志》记载诗人的生卒、履历都很清楚:"公于宋开庆元年己未七月二十六日生。至元二十二年献《大一统赋》于江淮行省,授上蔡书院山长。除翰林国史院编修官。钦奉特旨,擢奉训大夫、礼部郎中,佩金虎符,奉使安南国。使还,历建德、三衢别驾,召为翰林待制、奉直大夫、同修国史。谒告还乡,就除台州路治中。至大二年己酉六月初四卒于官。"圹志由诗人的儿子陈遘撰写,自然最为准确。至元三十年(1293),陈孚《交州使还感事二首》之一"金戈影里丹心苦,铜鼓声中白发生"下诗人自注"孚年三十五,已见二毛矣"。中国古人习称虚岁,以此逆推,陈孚生年自当以宋理宗开庆元年(1259)为是,《元史》定为 1240 年未知何据。生年有误,卒年问题也就彰然。

陈孚于元世祖至元中以布衣献《大一统赋》,得以署上蔡书院山长。至元二十九年(1292),陈孚以国史院编修官摄礼部郎中为梁曾副使身份出使安南(今越南),纵横南北,行程万里。次年不辱使命,全节以还,所以诗人有"自知报国无他技,赖有诗书可策勋"(《燕山除夜简唐静卿待制张胜非张幼度编修》)的自诩。诗人在庆幸自己能够"丁年奉使还"的时候,回想起来也不免有"旧梦未迷天禄阁,新愁犹忆鬼门关"(《泊安庆府呈贡父》)的感叹。有元一代,南土文人备受压抑,总是被摒落在政治的外缘,陈孚的政治命运也就可想而知。陈孚在朝为官，表现出凛然正气，且又是"南人"，因此招致廷臣嫉忌。"才能和正直，在中国社会只要具备一方就会生活得很不舒服，如果两方面都具备，则注定你将不能见容于世。"①陈孚应该属于这个既有才能，又见正直的群体之一。不久，陈孚出为建德路总管府治中，历衢州，后特授台州路治中。

陈孚有《陈刚中集》三卷，包括《观光稿》《交州稿》《玉堂稿》各一卷，共存诗289首。剔除其中重出一首（《交州稿》中的《黄河》即《观光稿》中的《出彭城北门》，唯以"拥"字易"拱"字，"绕"字易"下"字而已，名异而实一），实为288首。如果加上顾嗣立《元诗选》所列的附录三首，总计291首。顾嗣立编《元诗选·二集》选入陈孚诗208首，几占三分之二。陈孚创作以山水诗、咏史诗为优。

顾嗣立《元诗选·二集》陈孚小传称其"于安南道途往返纪行诸诗，山川草木虫鱼人物诡异之状，靡不具载，又若图经前陈，险易远近，按之可悉数也"。诗人在《黄州黄陂驿》一诗中也自称："平生一两屐，若有山水淫。天台雁荡路，坐对清猿吟。"在《飞来峰》中又说："平生山水癖，如人嗜昌歜。"可见，陈孚从自然中寻求个人感情的契合物，将山水形胜摄入笔下，吟咏成章，创作出较多的山水诗，生动描画所游历各地的山川风物与世态人情。陈孚现存291首作品中，山水诗97首，占总数的三分之一。如果加上有较多山水描写成分的行旅诗65首，则占总数的一半还多，这一比例远高于戴表元、赵孟頫及袁桷等人。《四库全书总目》卷一六六《〈观光稿〉、〈交州稿〉、〈玉堂稿〉提要》把陈孚与范成大相提并论，深具卓识："（陈孚）《观光》、《交州》二稿，皆纪道路所经山川古迹，盖仿范成大使北诸诗，而大致亦复相埒。《玉堂稿》多舂容谐雅，泬泬乎治世之音。其上都纪行之作，与前二稿工力相敌，盖摹绘土风，最所留意矣。"

陈诗中所抒发的情怀多能切合时地，并且审美风貌各异。陈孚一生游旅广泛，谒选京师，出使安南，真所谓"南穷衡岳北医闾"（《七星山玄元楼栖霞之洞》），足迹遍及南北。这给了他一个全面接触社会和开拓生活视野的时机，他的诗歌也由此有着南北各异、北质南妍的风貌，增强了诗歌的美感。陈孚一生重视诗思的提炼和凝聚，寻求一种回归唐风的诗美风范，《江天暮雪》《赤城驿》等诗都以自然美为皈依，深具唐人风致。陈孚与倡导唐音的戴表元等一起，与由金入元的耶律楚材、元好问等人尚壮美的诗学思想与创

① 蒋寅：《大历诗人研究》，中华书局1995年版，第25页。

作实践南北呼应,为元诗的全面成就起到重要的奠基作用。《元史》本传称陈孚"天材过人,性任侠不羁,其为诗文,大抵任意即成,不事雕斫",极是。正如诗人《弹琴峡》所赞叹的天籁自发:"月作金徽风作弦,清声岂待指中弹。伯牙别有高山调,写在松树乱石间。"诗人回归唐风的美学努力主要表现在:第一,意境浑融。先看《烟寺晚钟》一诗:

> 山深不见寺,藤阴锁修竹。忽闻疏钟声,白云满空谷。老僧汲水归,松露堕衣绿。钟残寺门掩,山鸟自争宿。

诗歌首先点破题面:白云幽深之处,难觅古寺,但见修竹一片,青藤数枝——此所谓"烟寺"。然后对古寺周边环境及人物活动状况等进行多角度、多层面的叙写:几声钟声飘来,方知寺在近处;松露滴落,寺门虚掩;老僧汲水而归,山鸟争宿不已。……综观全诗,画面的动静结合与远近配置浑然一体,切合诗题。全诗审美构思和传达手段极为精妙,弥漫着一派自然潇散之风,富有唐人式的情韵。诗人即物兴感的《赤城驿》也是饶有兴味,具有一种真纯流动的艺术美:"一溪流水绕千峰,宛与天台景物同。魂梦不知家万里,却疑只在赤城中。"台州境内有赤城山。诗人来到赤城驿,因其同名而萌生故园之思,展现一种独特的生活体验。这也许是骤然之间获得的诗句,心有所感,肆口而发,用语也口语化。但一经诗人轻笔点染,便显得意味深长,并非仅仅因为七绝篇制短小的缘故。第二,真率痛快。第三,用典切当。与真率痛快的诗风相联系,陈诗多直抒胸臆,或以白描手法叙写景色,较少使用典故。第四,近体成就较高。在 291 首陈诗中,七绝运用最为娴熟,可谓是诗人的擅胜之处,共 100 首,占总数的三分之一强,这与诗人自然畅达的诗风一致。其次是五古 47 首,歌行 45 首,七律 42 首,五律 38 首,其他如五排、乐府、六绝、四言及柏梁体及骚体等也偶尔用之,但数量极少,共计 16 首。第五,字词锤炼而又熨帖自然。方孝孺《谈诗五首》其四针对元人一些拟唐而仅得唐人之貌的作品下这样的结论:"天、历诸公制作新,力排旧习祖唐人。粗豪未脱风沙气,难诋熙、丰作后尘。"陈诗则无此弊。陈孚是一个具有较为全面创作能力的诗人,何况又生当宋末。所以,他的一些作品又能于唐风中糅合宋调,命意炼句得力于宋人,显示出多元的美学追求。

二　黄庚

黄庚(1260—1328?),字星甫,号天台山人,天台人。有《月屋漫稿》。黄庚在《〈月屋漫稿〉自序》中称自己早年苦习举子之业,生活了无意趣,入元,"科目不行,始得脱屣场屋,放浪湖海,发平生豪放之气为诗文"。张晶《元代诗歌概述》称："黄庚的诗有很浓的遗民意识,往往在清新别致的意境中抒写亡国之恨。如《晚春即事》、《孤雁》等。"①黄庚这些作品都蕴含着发人深省的内容。这样的审美理想固然也有传统的影响,但更多地应该说决定于特定历史时期文人的心态,从胸中自然流出,是诗人本真的天性使然。

黄庚《题东山玩月》："斜阳红尽暮云碧,一片天光涵水色。海涛拥出烂银盘,千里婵娟共今夕。主人邻客登东山,踏碎寒光看秋液。星河倒景浸空明,露华溥玉夜气清。冯夷激水水欲立,海若辟易天吴惊。孤舟卷帆泊烟屿,古木撼壑生秋声。恁高人在金鳌背,闲看潮生烟渚外。老龙翻海云气寒,长鲸卷雪浪花碎。茫茫万顷沧浪中,屹立孤峰锁苍翠。山巅扫石罗樽罍,宾主传杯不放杯。骚客掀髯赋诗去,山童踏月携琴来。剧谈浩饮不知醉,仰天大笑欢颜开。天边风月空四时,眼底江山自千古。谢安蹑屐游东山,袁宏登舟宴牛渚。庾亮南楼今在不,坡仙赤壁知何许。满眼往事转头空,千年人物俱尘土。人生光影若湍流,霜痕易点双鬓秋。胸中勿着尘俗事,眉间休锁名利愁。我辈适意在行乐,古人所以秉烛游。月山追忆旧游地,尽写风烟入缣素。我来见画如见景,想像高唐犹可赋。诸君后会应可期,云萍合散今何之。安得扁舟溯川去,日与杖履相追随。登山把酒醉明月,共看此画歌此诗。"《东山玩月图》是其代表作之一。诗歌气象开阔,兴寄高远,渗透与寄托了自我性情意趣。取材细微,借助诗的形式和节奏表达自己思想感情,袒露普通文人的真实心声。诗意层层递进,技巧纯熟。

黄庚生活天地总体过于狭窄,长期客居越中王英孙、任月山家,《夏日陪王君泛舟鉴湖》就叙写了这样的生活情趣:"波光万顷接天光,画舫归来载夕阳。一棹湖心天不暑,万荷风里满身香。"这一自我人生的写真之作,诗情奔放,给人以流畅自然的美感。《临平泊舟》:"客舟系缆柳阴旁,湖影侵篷夜气凉。万顷波光摇月碎,一天风露藕花香。"意象的选择与语词的锤炼都极见功力。《暮景》:"浮云开合晚风轻,白鸟飞边落照明。一曲彩虹横界断,南山雷雨北山晴。"文字雅洁,以形传神。理入于情,有含蓄不尽之意。黄庚《石门》抒发了故土之思,深婉沉挚,语言醇厚真挚:"羸马东山路,骎骎抵石门。落花春雨夜,流水暮烟村。久客悲行役,新愁搅梦魂。劳生多感慨,余恨付乾坤。"

《四库全书总目》卷一六六《〈月屋漫稿〉提要》论黄庚"其诗沿江湖末派,

---

① 张晶:《辽金元文学论稿》,北京广播学院出版社 2004 年版,第 291 页。

体格不免稍卑。而触处延赏,亦时逢警语。如五言之'斜阳明晚浦,落叶瘦秋山'、'柳色独青眼,梅花同素心'、'鸣榔丹叶聚,撒网浪花圆'诸句。七言之'钟带夕阳来远寺,碑和春雨卧平芜'、'细柳雨中垂绿重,残花风里乱红轻'、'清夜梦分千里月,故乡人各一方天'、'风月满怀诗可写,雪霜侵鬓镜先知'诸句。类皆风姿婉约,尤具晚唐之一体",①把握准确。

第四节 杨维桢的山水诗文

一 杨维桢与"铁崖体"

杨维桢(1296—1370),字廉夫,诸暨人。其父为其建读书楼于铁崖山中,因自号铁崖,又号铁笛道人,晚号东维子。泰定四年(1327)进士,署天台尹,"狷直忤物,十年不调"(《明史》卷二八五《文苑传》),官况冷落,后官至江西儒学提举,但已时逢战乱,避兵富春山而未赴职,后又迁居钱塘。张士诚据苏杭时,他不应其召,浪迹于浙西山水之间,由此对现实与人生也有自己新的思考。杨维桢平生足迹遍及两浙,但在吴中时间最久,所谓"愿住吴侬山水国,不入中朝鸾鹄群"(《苕山水歌》)。郑天鹏《过铁崖故居》为诗人一生不得志而愤懑:"铁崖高万丈,立马看嵯峨。此老文章少,为官坎坷多。列星还碧汉,废宅隐山阿。桃柳啼黄鸟,凄凉怨旧歌。"杨维桢有《东维子文集》三十卷、《铁崖先生古乐府》十六卷等。顾嗣立《元诗选》初集选入他的诗367首。

杨维桢能文善书,为元末诗坛领袖,不逐时风,不趋时流,高扬主体精神,追求纯意诗美,标新立异,创"铁崖体",增强诗歌奇特的美学效果,通过自己独具个性的投影,折射出时代的风采,不同凡响。山水诗又是"铁崖体"一个重要的组成部分,也是出于全面描绘山容水态的客观需要。经历宦海风波之后,更能加深对人生的体验,而这一体验的直接结果,则往往产生退隐思想,正如蔡松年《晚夏驿骑再之凉陉,观猎山间,往来十有五日,因书成诗》所说的:"一行作吏岂得已,归意久在西山岑。"歌德在评论荷兰画家吕邦斯的妙肖自然而非模仿自然的风景画时说:"这样构图要归功于画家的诗的精神……他脑里装着整个自然,自然总是任他驱使。"②执着于艺术的杨维桢

---

① 永瑢等:《四库全书总目》,中华书局1965年版,第1424页。
② 〔德〕爱克曼辑录:《歌德谈话录》,人民文学出版社1978年版,第130页。

也应该是这样的一个人。

胡应麟《诗薮·外编》卷六:"元五言古作者甚希,七言古诸家多善。"①杨维桢又可以说是七古中善之善者,又注重一直发展这一艺术特色。如《双阙》一诗放歌山水,淋漓透彻地表现出极富个性色彩的审美理想,属于才高艺精之作:"巨灵霹雳手,劈开双石阙。中有万丈奇嵯峨,铁锁高垂不可蹑。洪崖后人挟高掘,引我台端立高绝。仙人跗迹一一存,翩若飞虹印轻雪。柏梁柏山隔吴越,琼台不受东巡辙。周郎紫凤高可呼,待我一声吹铁笛。卿云五彩相蔽亏,琪树精光互明灭。山花山鸟自春秋,天气长清光日月……"为了把自然美更好地升华为艺术美,诗人肆意驰骋其想象力,笔端饱含激情,采用多变的角度来写景,又从五言转为七言,展示情思的推进和深入,表现出错综的节奏美,但内在脉络仍可寻觅,颇见结撰之妙,深厚的艺术功力不能不令人叹服。袁枚《随园诗话》卷一三:"凡咏险峻山川,不宜近体。"②总体上看是正确的。七言古诗是我国诗歌的基本体裁之一。杨载《诗法家数》:"七言古诗,要铺叙,要有开合,有风度,要迢递险怪,雄俊铿锵,忌庸俗软腐。须波澜开合,如江海之波,一波未平,一波复起。又如兵家之阵,方以为正,又复为奇,方以为奇,忽复是正。出入变化,不可纪极。"③沈德潜《说诗晬语》卷上:"歌行起步,宜高唱而入,有'黄河落天走东海'之势。以下随手波折,随步换形,苍苍茫茫中,自有灰线蛇踪,蛛丝马迹,使人眩其奇变,仍服其警严。至收结处,纡徐而来者,防其平衍,须作斗健语以止之;一往峭折者,防其气促,不妨作悠扬摇曳语以送之,不可以一格论。"④

杨维桢近体也有很高成就,如七律《玉京洞》:"上界繇来足宫府,玉京移得在人间。赤城飞动霞当户,银汉下垂星满坛。响石忽闻人语答,凤笙时逐鹤声还。宰官喜在神仙窟,何必更寻勾漏丹。"赤城山玉京洞列道教十大洞天第六,为太上玉清之天。诗篇将实景与妙理融为一体,不事雕琢,言近旨远,不落凡俗。全诗语带烟霞,流丽无比。《钱塘湖上》有对江南春天的独特发现,体察入微,但更是托物寓意,比一般的山水之作更有思想深度,写景也阔大:"西子湖头春色浓,望湖楼下水连空。柳条千树僧眼碧,桃花一株人面红。天气浑如曲江节,野客正是杜陵翁。得钱沽酒勿复较,如此好怀谁与

---

① 胡应麟:《诗薮》,上海古籍出版社 1979 年版,第 242 页。
② 袁枚著,王英志校点:《随园诗话》,江苏古籍出版社 2000 年版,第 340 页。
③ 何文焕辑:《历代诗话》(下册),中华书局 1981 年版,第 731—732 页。
④ 丁福保辑:《清诗话》(下册),上海古籍出版社 1978 年版,第 538 页。

同!"杨维桢一生致力于诗歌创作,探寻诗美。黄仁生评述杨维桢的诗歌创作时这样认为:"从总体上说,他的全部诗歌实际上都是吟咏情性、表现人性之作,比较完整而深入地保留了诗人主观精神世界构成和活动的印迹,形象而深刻地展示了作者身心矛盾的内涵与本质。"①确实,杨维桢的诗歌忠实地记录了那个时代的思想和心灵,心口相应,展现自己的生活环境,善于表现寻常生活中的诗意,空间范围更为拓展。既不空说遁世的情趣,也不在于故实的多少。

二　"铁崖体"的独特贡献

李东阳(1447—1516)《麓堂诗话》:"诗贵不经人道语。自有诗以来,经几千百人,出几千万语,而不能穷,是物之理无穷,而诗之为道亦无穷也。"②确为高见卓识。"铁崖体"正是诗道无穷的一个极好体现,在中国诗史上也是独树一帜的。但它一时间却不被人所理解,朱国桢(?—1632)《涌幢小品》引王彝语,斥为"文妖"。《四库全书总目》卷一九〇《〈御定四朝诗〉提要》则称:"有元一代,作者云兴,虞、杨、范、揭以下,指不胜屈。而末叶争趋绮丽,乃类小词。杨维桢负其才气,破崖岸而为之,风气一新,然迄不能返诸古也。"《四库全书总目》卷一六八《〈铁崖古乐府〉提要》认为:"元之季年,多效温庭筠体,柔媚旖旎,全类小词。维桢以横绝一世之才,乘其弊而力矫之,根柢于青莲、昌谷,纵横排奡,自辟町畦。其高者或突过古人,其下者亦多堕入魔趣。故文采照映一时,而弹射者亦复四起。"应该说,这样的把握是比较准确的。右庶子张豫章等"奉(康熙帝)敕"编撰的《御选元诗》入选杨维桢诗歌210首,列虞集(353首)、萨都剌(246首)之后。

文学创作并不是孤立个体的社会活动,而往往与一个时代的社会思潮、创作群体等等产生纷繁复杂的关系。正如论者所言:"复古与趋新,雄奇豪迈和绮艳柔丽,刚劲高爽和诡谲怪诞,在他的诗歌里被融合在一起,这些都表现在他所创造的'铁崖体'里。"③

宋濂《元故奉训大夫江西等处儒学提举杨君墓志铭》:"元之中世,有文章巨公起于浙河之间,曰铁崖君。声光殷殷,摩戛霄汉,吴越诸生多归之。殆犹山之宗岱、河之走海,如是者四十余年乃终。"杨维桢名重一代,追随者云集。一时间,"承学之徒,流传沿袭,槎牙钩棘,号为铁体,靡靡成风,久而

---

① 黄仁生:《杨维桢与元末明初文学思潮》,东方出版中心2005年版,第239页。

② 丁福保辑:《历代诗话续编》(下册),中华书局1983年版,第1372页。

③ 王锡九:《金元的七言古诗》,南京师范大学出版社2000年版,第17页。

未艾"(钱谦益《列朝诗集小传》甲前集《铁崖先生杨维桢》)。"铁崖体"形成一个庞大的队伍。杨维桢《〈可传集〉序》曾经自豪地谈起:"吾铁门能称诗者,南北凡百余人。"汪端《明三十家诗选》初集卷二甚至称"门人以千数",承其余泽者不在少数,可谓是一个名副其实的"铁崖派"(杨维桢《〈一沤集〉序》),用以表达心志。"铁崖体"的群体中主要有李孝光等作家,参与度比较高。胡应麟《诗薮·外编》卷六指出时人"前有虞范,后有杨李"之说。

李孝光(1285—1350),初名同祖,字季和,乐清人。因曾隐居雁荡山五峰下,故号"五峰狂客",有《大龙湫记》等文记其事。《大龙湫记》:

> 大德七年秋八月,予尝从老先生来观大龙湫,苦雨积日夜。是日,大风起西北,始见日出。湫水方大。入谷,未到五里余,闻大声转出谷中。从者心掉。望见西北立石,作人俯势;又如大楮。行过二百步乃见,更作两股相倚立。更进百数步,又如树大屏风。而其巅谽谺,犹蟹两螯,时一动摇。行者兀兀不可入。转缘南山趾,稍北,回视如树圭。又折而入东崦,则仰见大水从天上堕地,不挂着四壁,或盘桓久不下,忽迸落如震霆。东崖趾有诺讵那庵,相去五六步,山风横射,水飞着人。走入庵避,余沫迸入屋,犹如暴雨至。水下捣大潭,轰然万人鼓也。人相持语,但见口张,不闻作声,则相顾大笑。先生曰:"壮哉! 吾行天下,未见如此瀑布也。"是后,予一岁或一至。至,常以九月。十月,则皆水缩,不能如向所见。
>
> 今年冬又大旱。客入,到庵外石矼上,渐闻有水声。乃缘石矼下,出乱石间,始见瀑布垂,勃勃如苍烟。乍小乍大,鸣渐壮急。水落潭上洼石,石被激射,反红如丹砂。石间无秋毫土气,产木宜瘠,反碧滑如翠羽凫毛。潭中有斑鱼廿余头,闻转石声,洋洋远去,闲暇回缓,如避世士然。家僮方置大瓶石旁,仰接瀑水。水忽舞向人,又益壮一倍,不可复得瓶。乃解衣脱帽著石上,相持扼掔,欲争取之,因大呼笑。西南石壁上,黄猿数十,闻声皆自惊扰,挽崖端僵木牵连下,窥人而啼。纵观久之,行出瑞鹿院前。今为瑞鹿寺。日已入,苍林积叶,前行,人迷不得路,独见明月宛宛如故人。
>
> 老先生谓南山公也。

李孝光与泰不华等有师生之谊。"元代少数民族文人泰不华师事浙东大儒、著名诗人李孝光,李于至正七年(1347)应朝廷征召赴京师,任秘书监著作郎。这年泰不华适在礼部尚书任内,显然,李孝光的升迁和泰不华的推荐有直接关系。"①至正十年(1350),李孝光以奉训大夫、秘书监丞致仕。有《五峰集》二十卷,今存十一卷。顾嗣立《元诗选》入选李孝光352首,位列元好问(445首)、虞集(383首)、杨维祯(367首)之后。

张大千《对老友周企何的谈话》:"作画,务求脱俗气,洗浮气,除匠气,去秽气!"②固然论画,亦通于诗。李孝光应该属于去除了"四气"的人之一,如《远山》:"楼前万里月,窈窕碧峰孤。江上自浓淡,云间疑有无。行人穿乱树,落日界平芜。伫立有真意,阴阴鸟自呼。"诗歌表现自己对大自然只做审美静观,沉醉于其中的情趣,景物与情思交融,而不去堆砌故实,从而拥有超旷的意味。七古《游雁荡》迹近铁崖,收纵自如,见出错综之妙:

> 盘盘古荡倚苍穹,势压坤舆距海东。
> 异境从真三岛外,群山呈技五云中。
> 玲珑胜插连星斗,杳渺神鳌戴作嵩。
> 香雾千屏金沆瀣,暖霞万簇锦芙蓉。
> 峰亭玉女螺鬟鬒,瀑泻冰帘雨气浓。
> 怪底双鸾翔彩凤,崭然绝壁挂苍龙。
> 展旗轻扬神僧洞,天柱相高玉笋丛。
> 偃盖紫芝当锦帐,挺标卓笔对天聪。
> 北瞻瑞鹿晴岚薄,西溯飞泉紫翠重。
> 钜宦来观留好句,名才远访畅幽悰。
> 跻攀适带琴尊并,啸览纷陪杖屦同。
> 倦客岂知今再到,老僧能记昔相逢。
> 冰盘甘脆传秋果,芳饤新柔荐晚菘。
> 远社飞杯深缱绻,赞房对榻重从容。
> 晃衣枫锦飘阶叶,吹佩松涛度曲风。
> 悟趣只知玄圃近,探幽拟与虎溪通。
> 挂巾五老窥灵穴,脱屐常云濯剑锋。
> 涵日影摇临水塔,破烟声度隔林钟。
> 千年纪载文光烂,数日盘桓目力穷。
> 镌石题诗状难尽,遍图胜概贮诗筒。

---

① 李炳海:《民族融合与中国古代文学》,东北师范大学出版社1997年版,第78页。
② 李永翘编:《张大千论画精粹》,花城出版社1998年版,第4页。

歌行适合展现较为复杂的内容,与诗中所要表现的情怀相对应,但对结构上的变化要求则比较高。李孝光《游雁荡》起笔破空而来,通篇纵横变幻。首先以阔大的气势震撼人,发端奇峰突起,入笔便有波澜,中间充分展开,雁山绝世之景形神毕具,尾处归于平淡,风调悠扬,韵味无限。全诗硬语盘空,笔走龙蛇,既有多转折多层次的艺术构筑,又能充分发挥歌行体富于变化、不拘一格的艺术特征,雄浑开阔。《观龙鼻水赠天柱钦上人》更是越铁崖而追昌黎。

《鄮江寺拥翠楼》:"缥缈新居一握天,好山将绿到楼前。烟霏入闼清谈麈,紫气熏人湿坐毡。未放白云分榻住,爱看青雨映帘悬。自怜华发江南客,也为登临忆仲宣。"前面三联集中笔墨写景,最后借景抒情,丰富内涵。谛听诗人心灵深处的声音,更是感人至深。六言诗《江边》体现一种提炼、去杂的精神,弥足珍贵:"江边孤村犹碧,天际白云自流。七十二滩浩荡,夕阳照见归舟。"《四库全书总目》卷一六七《〈五峰集〉提要》给李诗很高评价:"元诗绮靡者多,孝光独风骨遒上,力欲排突古文。乐府古体皆刻意奋厉,不作庸音;近体五言疏秀有唐调;七言颇出入江西派中,而俊伟之气自不可遏……杂文凡二十首,皆矫矫无凡语。杨维桢作《〈陈樵集〉序》,举元代作者四人,以孝光与姚燧、吴澄、虞集并称,亦不虚矣。"①

铁崖旗下的诗人群体中较有影响力的还有吴莱。王士祯《戏仿元遗山论诗绝句三十二首》之十六:"铁崖乐府气淋漓,渊颖歌行格尽奇。耳食纷纷说开、宝,几人眼见宋、元诗?"把吴莱与杨维桢相提并论。《四库全书总目》卷一六七《〈渊颖集〉提要》在肯定了王士祯观点后强调:"其所选七言古诗,乃录莱而不录维桢。盖维桢为词人之诗,莱则诗人之诗。恃气纵横,与覃思冶炼者门户固殊。士祯《论诗绝句》作于任扬州推官时,而《古诗选》一书,则其后来所定,所见尤深也。"②

吴莱(1297—1340),字立夫,门人私谥渊颖先生,浦阳(今浦江)人。宋濂曾从其学。吴莱有描写家乡的《浦阳十景》组诗,其中《南江夕照》比较有韵味:"偶出官桥倚落曛,诗家触景漫纷纷。弹琴在峡惊闻瀑,罨画为溪喜得云。竹筱晚深樵弛儋,莎根秋短牧归群。道旁更有枌榆树,欲脱荷衣借酒醺。"又如《景阳宫登初阳台,谒抱朴子墓》初写景有生机,后感叹亦深刻,有着对人生的强烈感受:"人生扰扰间,颇觉天地窄。我忆抱朴子,高台睨空

---

① 永瑢等:《四库全书总目》,中华书局1965年版,第1449页。
② 永瑢等:《四库全书总目》,中华书局1965年版,第1443页。

碧。初阳出山上,照破万古石。丹光动鼎铛,雾气浮冠舄。遗书上下卷,道妙或黄白。老衰及病瘦,辛苦为形役。岂伊凤鸾姿,终以狐兔宅。尸解本无形,肉飞宁复迹。郑君曾有传,勾漏恍所历。降子倘可问,稚川特未隔。幽林来魑魅,缺井守蜥蜴。神仙果何人,海岳长戏剧。世传老聃死,吾谓方朔谪。虚坟谁所为,怪树独悲激。满前湖与山,秋色落几席。因兹些尔魂,目送云边翮。"

　　吴莱《夕泛海东,寻梅岑山,观音洞,登磐陀石,望日出》三首得普陀山水神韵,如之一:"山月出天末,水面生晚寒。扁舟划然往,万顷相渺漫。星河自摇撼,岛屿青屈盘。远应壶峤接,深已云梦吞。蟠木系予缆,扶桑缨我冠。寸心役两目,少试鲸鱼竿。"作者纵目骋怀,表现山水的陶乐之趣,无须借助华艳之词,而自开合相应,境界浑成。又之三:"茫茫瀛海间,海岸此孤绝。飞泉乱垂缨,险洞森削铁。天香固远闻,梵相俄一瞥。鱼龙互围绕,山鬼惊变灭。舟航来旅游,钟磬聚禅悦。笑捻小白华,秋潮落如雪。"工笔与写意结合得比较自然,情思深沉。吴莱另有《金华山游双龙、冰壶二洞,欲往朝真洞,晚不可到》等诗,也都是这样的诗风,如开头几句:"金华三十六洞天,高崖巨壑多风烟。老石斗瓮寒鸣泉,蛮花铁树森戈铤。"陆莹(生卒年不详)《问花楼诗话》卷二:"渊颖工古文,七言歌行尤奇肆。"[①]朱庭珍(1841—1903)《筱园诗话》卷二却称"吴渊颖歌行,真意真气皆苦不足,惟繁称博引,堆垛典故,擘积藻彩,以炫外貌,又乏剪裁之妙,融化之功,如涂涂附,非作者也"[②],指出了吴莱诗歌创作的一些特点,但立论显然偏颇,几乎是一笔抹倒,不尽合乎吴诗实际。如《次韵胡仲申〈云门纪行〉》诗,前半部分就比较自然,并没有堆垛多少典故,即使使用了,一般人也能够理会:"会稽多名山,乘兴我欲去。忽携一日粮,便踏青萝路。前峰如鸿骞,后岭类鹄举。吾知杖藜间,肯负鞋韈句。有湖但一曲,天影余秋宇。"《次定海候涛山》的前半亦如之:"悲歌忽无奈,天海何渺茫。放舟桃花渡,回首不可量。南条山断脉,北界水画疆。居然清泠渊,枕彼黄茅冈。朝渗日星黑,夜凄金碧光。蹲虎岩掎伏,斗鸡石乖张。"潘德舆(1785—1839)《养一斋诗话》卷三"吴渊颖研炼老重,而能密不

---

①　郭绍虞编选,富寿荪校点:《清诗话续编》(下册),上海古籍出版社 1983 年版,第2309 页。

②　郭绍虞编选,富寿荪校点:《清诗话续编》(下册),上海古籍出版社 1983 年版,第2370 页。

能疏,能华不能朴"①,持论比较公允。

第五节　张可久的山水散曲

一　张可九的生平与创作

张可久（1280?—1352?）,字小山,一作名伯远,字可久,号小山,庆元（今宁波）人。曾任桐庐典史、昆山幕僚等。张可久一生的活动地点,主要是江、浙一带。受生活风气润染,张可久曾与贯云石、薛昂夫等优游湖山,寻奇探胜,过上一段"白云来往青山在,对酒开怀"（〔双调〕《殿前欢·次韵酸斋》）的日子,也开始了无所多少依傍的创作实践。如《凤栖梧·天台石桥》营造了一个清空静寂的美学空间:"冉冉轻云随杖屦。重叠岚光,花暗蒙蒙雨。大耳胡僧同笑语。苍苔石中松阴古。　　亭角玉龙泉两股。隔水招提,依约闻钟鼓。浴罢行吟披白羽,三更月上菩提树。"

张可久以曲名世,诗赋词曲虽然体制有别,但都出于性情抒写之必要。张可久《小山乐府》所展示的多是作者在特定时代背景下的无奈,并能透过个人命运反映社会生活,其中〔双调〕《折桂令·西陵送别》中的"烟水悠悠,有句相酬,无计相留"数语,就很有象征意义,既源自现实的体验,也构成一种特有的美感。

中国文学的总体发展趋势可谓是一波未竟,一波又兴。散曲孕育于金,而成熟于元。《四库全书总目》卷一九八《词曲类一小叙》:"词曲二体,在文章技艺之间。厥品颇卑,作者弗贵,特才华之士以绮语相高耳。然三百篇变而古诗,古诗变而近体,近体变而词,词变而曲,层累而降,莫知其然。究厥渊源,实亦乐府之余音,风人之末派。"②吴衡照《莲子居词话》卷三"金元工于小令套数而词亡"③的判断,也从一个角度道出元散曲之兴盛。元代曲坛大盛,共有散曲作家 200 多人,其中张可久与乔吉并称为元代散曲两大家。李开先《乔梦符小令序》甚至推崇为"乐府(引者注:此指散曲)之有乔、张,犹诗家之有李、杜"。散曲中最先出现的是小令。王德骥《曲律》说:"所谓小令,盖市井所唱小曲也。"张可久全力写曲,现存作品即以小令为主,共有 855

---

① 郭绍虞编选,富寿荪校点:《清诗话续编》(下册),上海古籍出版社 1983 年版,第 2040 页。

② 永瑢等:《四库全书总目》,中华书局 1965 年版,第 1807 页。

③ 唐圭璋编:《词话丛编》(第三册),中华书局 2005 年第 2 版,第 2461 页。

首,套数仅9首。

二　张可九的山水散曲

张可久散曲的内容广泛,在山水、咏物、怀古、闺情、宴游等题材都有较为全面的展开,又能注入现实生活的内容,表达自己对人生况味的体验。其中山水方面很有代表性,〔越调〕《寨儿令·道士王中山操琴》所谓:"休弹山水兴,难洗利名心。寻,何处有知音?"展现了作者由山水感发的丰富意趣,一些作品还具有现代意味,堪称文坛翘楚。如〔越调〕《天净沙·江上》:"嗈嗈落雁平沙,依依孤鹜残霞,隔水疏林几家。小舟如画,渔歌唱入芦花。"缘情布景,略事点染,便是情趣盎然。黄子云《野鸿诗的》:"一日有一日之情,有一日之景。作诗者若能随景兴怀,因题著句,则固景无不真,情无不诚矣。"①虽为论诗,亦同于曲。景真情诚,曲家的人格秉性也自在其中。张可久〔越调〕《寨儿令·西湖秋夜》也是这样的作品:"九里松,二高峰,破白云一声烟寺钟。花外嘶骢,柳下吟篷,笑语散西东。举头夜色蒙蒙,赏心归兴匆匆。青山衔好月,丹桂吐香风。中,人在广寒宫。"〔双调〕《落梅风·春晓》则传达出心灵细微的颤动,也给人以疏朗有致的形式美的享受:"东风景,西子湖。湿冥冥柳烟花雾,黄莺乱啼蝴蝶舞。几秋千打将春去。"也许这些都无法尽意,张可久〔越调〕《普乐天·西湖即事》更是集中笔墨描写西湖风光:"蕊珠宫,蓬莱洞。青松影里,红藕香中。千机云锦重,一片银河冻。缥缈佳人双飞凤,紫箫寒月满长空。阑干晚风,菱歌上下,渔火西东。"深隽的感情从字里行间流溢出来,抒写世间真美,也可以看出作者有意识地注意创作的音乐美,又有着强烈的立体空间感。有了情感的酝酿与储备,创作往往在生活的不经意处一触即发,这样的艺术活动属于无为而为之,多能臻于自然深境。如〔中吕〕《红绣鞋·西湖雨》描画出深远缥缈之境,以展现纯净无邪情趣,格调高逸:"删抹了东坡诗句,糊涂了西子妆梳。山色空蒙水模糊。行云神女梦,泼墨范宽图。挂黑龙天外雨。"

大千世界本身充满了诗情画意,宗白华《看了罗丹雕刻以后》着重强调:"自然始终是一切美的源泉,是一切艺术的范本。艺术最后的目的,不外乎将这种瞬息变化,起灭无常的'自然美的印象',借着图画、雕刻的作用,扣留下来,使它普遍化、永久化。"②这是一种历史的趋势。张可久的山水散曲把

---

①　丁福保辑:《清诗话》(下册),上海古籍出版社1978年版,第857页。

②　宗白华:《美学散步》,上海人民出版社1981年版,第288页。

握住了这样的趋势,多能够在平淡中见深意。如〔双调〕《湘妃怨·纪行》:
"黄云缥缈四明山,绿水潺湲七里滩。碧桃零落双峰涧,往来图画间,为吟诗
倚遍阑干。丹鼎龙光现,仙衣鹤氅寒,月满天坛。"汤贻汾(1778—1853)《画
筌析览》:"'远欲其高,当以泉高之;远欲其深,当以云深之;远欲其平,当以
烟平之。'此不易之论矣。"①这对山水文学创作有很好的借鉴作用。张可久
的山水散曲多能实现这样的美学深境。又如〔双调〕《湘妃怨·瑞安道中》:
"篷低小似白云龛,山好青如碧玉簪。挂渔网茶灶整诗担,沙鸥惊笑谈,一丝
烟两袖晴岚。题遍松风阁,来看梅雨潭,夜宿仙岩。"〔双调〕《湘妃怨·多景
楼》也给人以轻快逶迤之感:"长江一带展青罗,远岫双眉敛翠蛾,几番急橹
催船过。不登临、山笑我,倚阑干尽意吟哦。月来云破,天长地阔,此景
能多。"

张可久的山水散曲通过新奇锻造,尽展江南风情,显示出绘景功力,既
展现广阔的世俗生活画卷,融会着深沉的生命感悟,展示了真诚心灵,如〔南
吕〕《一枝花·湖上晚归》的第一部分"长天落彩霞,远水涵秋镜。花如人面
红,山似佛头青。生色围屏,翠冷松云径,嫣然眉黛横。但携将旖旎浓香,何
必赋横斜瘦影",也渗透与寄托了自我性情意趣,指斥社会的不合理现象。
如〔中吕〕《红绣鞋·天台瀑布寺》更是其上乘之作,讥弹时弊,用意深远,腕
力不凡:"绝顶峰攒雪剑,悬崖水挂冰帘。倚树哀猿弄云天,血华杜宇,阴洞
吼飞廉。比人心,山未险。"作者把自身对安危莫测等社会现象的观察与反
思结果借自然物象加以感性显现。就散曲本身的特性而论,这一作品没有
那种故作艰深之感,也不去曲意隐喻,而是借题发挥,述事议理,有助于抒发
情感,也从一个侧面触及那个时代社会的矛盾,立意新奇而又境界浑然。
〔双调〕《落梅风·湖上》:"羽扇尘埃外,杖藜图画间,野人来海鸥惊散。四十
年绕湖赊看山,买山钱更教谁办?"最后顺笔讥刺一下支道林,别有意味。每
一个作家,总会自觉或不自觉地与前代、同代及后代作家发生直接或间接、
有形或无形的关系。张可久遭受到非常的生存境遇,正视现实和人生,文学
成为其生命的新支点,一种自我价值实现的新途径,文体特征和表现手法都
得到淋漓尽致的发挥,艺术手法也渐趋成熟和个性化。朱权《太和正音谱》
论张可久"词清而且丽,华而不艳,有不吃烟火食气,真可谓不羁之材,若被
太华之仙风,招蓬莱之海月,诚词林之宗匠也",就指出其迥然而异于他人
之处。

---

① 俞剑华编著:《中国古代画论类编》(修订本),人民美术出版社1998年版,第824页。

　　王国维在《宋元戏曲史》中说:"元曲之佳处何在? 一言以蔽之,曰:自然而已矣。古今之大文学,无不以自然胜。"①张可久的作品符合这样的美学标准。大食惟寅〔双调〕《燕引雏·奉寄小山先辈》称颂张可久:"气横秋,心驰八表快神游。词林谁出先生右? 独占鳌头。诗成神鬼愁,笔落龙蛇走,才展山川秀。声传南国,名播中州。"高栻〔双调〕《殿前欢·题小山〈苏堤渔唱〉》也写到张可久的创作情况:"小奚奴,锦囊无日不西湖。才华压尽香奁句,字字清殊。光生照殿珠,价等连城玉,名重《长门赋》。好将如意,击碎珊瑚。"

　　徐再思也是元代文坛的山水散曲作家。徐再思(生卒年不详),字德可,因喜食甘饴,故号甜斋。嘉兴人。徐再思与贯云石为同时代人,因贯号酸斋,故二人散曲,世称"酸甜乐府"。今存所作散曲小令约 100 首。〔中吕〕《朝天子·西湖》独具风情,一切都在自然的状态下展开,却自具丰厚的情理意兴,别有一番名言之外的理趣:"里湖,外湖,无处无春处。真山真水真画图,一片玲珑玉。宜酒宜诗,宜晴宜雨,销金锅锦绣窟。老苏,老逋,杨柳堤梅花墓。"

---

① 　王国维:《宋元戏曲史》,上海古籍出版社 1998 年版,第 98 页。

第六章　明代浙江山水文学

第一节　简说

历史在社会不断更替过程中发展。徐朔方在为自己毕数十年之功完成的经典著作《明代文学史》的《前言》中深情地指出:"客观地说,明代不过是宋代以后传统文学衰落史上的一环。在这样的环节中,的确没有产生像李、杜、韩、柳那样的诗文大家,但这只是事物的一面。另一方面,即令在寂寞冷落的衰季,局部也会出现蓬勃生机,甚至产生几个名家,这是明代传统文学的又一个客观实际。"①极为透辟。对艺术作品的接受就应是整体性的感受与领悟。

有明一代,模拟、复古之风弥漫,品诗唱和,雕章琢句,出入唐宋之间,但往往得其辞表而未得其神髓,造成文学创作严重失真的现象,审美主体的个性和时代特征可以说是黯然无彩,失去富于个性的新奇之美,诗坛也就在整体上呈现出一种式微与荒寂之势。关于由于时风熏染而造成诗歌整体衰落的这一现象,屠隆《鸿苞论诗文》就有所论说:"至我明之诗,则不患其不雅,而患其太袭;不患其无辞采,而患其鲜自得也。夫鲜自得,则不至也。"《明史》卷七二《职官志一》载:"明官制,沿汉、唐之旧而损益之。"有意思的是,与这样的官制相合拍,明代的文坛总体上也呈现出一种以汉、唐为楷模的写作追求,这是创作主体心态改变的结果。明初,单纯追求形式的台阁体盛极一

---

① 　徐朔方、孙秋克:《明代文学史》,浙江大学出版社2006年版,第11页。

时，"其诗文号台阁体……大都词气安闲，首尾停稳，不尚藻辞，不矜丽句，太平宰相之风度，可以想见，以词章取之则末矣"（钱谦益《列朝诗集小传·杨少师奇》），他们的创作"冗沓肤廓，万喙一音，形模徒具，兴象不存"（《四库全书总目》卷一九〇《〈明诗综〉提要》）。沈德潜、周准《明诗别裁集》卷三："永乐以还，尚台阁体，诸大老倡之，众人靡然和之，相习成风，而真诗渐亡矣。"①李重华《贞一斋诗说》"明人弊病，喜学唐人状貌，苟能遗形得神，便足垂世"②，可谓一语中的。明人学唐、学宋都有着极为深刻的历史文化背景。明人之学唐，主体意识日趋微弱，多着眼于格调与句法之类，极意规步唐人，递相沿袭，形成模式化的凝定诗风，斗工求巧的习气随之风行，少从精神实质上加以领悟、融会，更谈不上有所超越了。后来，明人也学宋，所以，他们的诗作常为唐法宋规所束缚。

但也必须申明，明人在总体上讲求复古的同时，并不是全面的裹足不前。他们在不同的层次和场合努力有所突破，时有新见，自然景物的描写中也有情志个性在里面，内容固多平淡，技艺却自精练。中国诗史在有明一代发生一些历史性的新变，深深烙下时代印记，并对后世产生较大的影响。浙江的刘基、于谦、王守仁等人既具治国雄才，也富文艺天赋，山水诗多清新可诵。韩国人南龙翼《壶谷诗评》指出："明诗格不及于唐，情不及于宋，惟以音响自高，观者多病焉，而其中亦有奇杰可取者存焉。"③浙江的刘基、于谦、王守仁等人的诗歌列入其中最为"奇杰可取者"之群体而毫无愧色。沈德潜、周准《明诗别裁集》卷一甚至认为："文成独标高格，时欲追逐韩、杜，故超然独胜，允为一代之冠。"④李东阳《麓堂诗话》说："元季国初，东南人士重诗社。"⑤并特别点出浦江的月泉吟社。明代浙江诗坛也有一些诗名虽然不著，但略有所成的地方文化作家所结成的各类形式的诗社，如湖州湖南崇雅社、岘山会、台州"花山诗派"等，也要适当加以一定程度的关注。

明代开国之初，社会上还有一些昌明博大的时代声音，刘基的大部分作品属于这样的品位。只是成化以后，人们逐渐过上相对来说安享太平的日

---

① 沈德潜、周准编：《明诗别裁集》，上海古籍出版社 1979 年版，第 59 页。

② 丁福保辑：《清诗话》（下册），上海古籍出版社 1978 年版，第 927 页。

③ 邝健行、陈永明、吴淑钿选编：《韩国诗话中论中国诗资料选粹》，中华书局 2002 年版，第 145 页。

④ 沈德潜、周准编：《明诗别裁集》，上海古籍出版社 1979 年版，第 1 页。

⑤ 丁福保辑：《历代诗话续编》（下册），中华书局 1983 年版，第 1380 页。

子,所以,产生了较多的台阁作品,体制工稳,无病呻吟,陈陈相因,千篇一律,诗歌题材陷入琐屑之境,整个诗坛可谓一时岑寂。明代中叶以后,进入天崩地解的前夜,王朝气脉将尽,已呈衰微崩溃之势,美学观也产生重大转机,个性解放的思潮日渐兴起,更多作家强调表现自我,张扬主体意识,弃旧图新,体现出鲜明的时代特点和风貌。德国哲学家席勒指出:"人是时代的公民,正如他是国家的国民一样。人生活在社会之中,因而置身于社会的道德与习俗之外是不适意的,甚至是不允许的。既然如此,人在选择他的事业时要符合时代的需要和风尚,为什么不应是他的义务呢?"①散文方面也一样。吴小如对明代的散文创作有这样的总体评判:"元明以来,封建士大夫所占据的正统文坛日趋衰落,作家作品虽多,却呈现出一片不景气的状况,卓然名世的极少。……明代立国三百年,在散文史上真正有所建树的却寥寥无几。'古文'的命运在明代已达到'日薄西山,气息奄奄'的地步了。"②但明代单是浙江就出现了刘基、王士性、王思任、张岱等散文大家,留盛名于后世。"最爱云山满目前,更怜亭榭俯清川。"(刘基《妙成观北亭用何逸林韵》)所以,就山水文学而言,浙江大地依然龙腾虎跃,生气蓬勃。有倾心林泉之雅好者代不乏人,王守仁、王士性、屠隆、王思任、张岱、祁彪佳等作家多于大自然中找到真正的自我,他们的作品摒弃对古人诗文体貌的模仿,直接表露沉浸于大自然的情致,多侧面写登山临水的审美感受,用语平淡而诗意精深,对山水题材进行了深入开掘,情理兼胜,取得了辉煌成就,构成了明代山水文学的绚丽篇章。袁枚《续诗品·著我》:"不学古人,法无一可。竟似古人,何处著我?"③文学创作可以说是作家自身感情波动的记录,明代的山水文学家在继承前人的基础也做了不同程度的拓展与努力。

　　夏咸淳在《明代山水审美》一书中指出:"中国人与山水有一种天然情结,乐山乐水,文人尤甚,对山水有着深刻丰富的体验,对于旅行意义的论述也不少。但是,将旅游从复杂纷纭的文化现象中抽绎出来,作为一个特定的审视对象,进行综合性学理性的研讨,以至提高到'道'的高度,提出'游道'的概念,这在明代以前即使明代前期中期都未曾有,有之则自明万历始。"④诚为不刊之论。王士性就是中国最早提出"游道"思想的旅游家之一,绍继

① 〔德〕席勒:《审美教育书简》,北京大学出版社 1985 年版,第 12—13 页。
② 吴小如:《古典诗文述略》,山西人民出版社 1984 年版,第 112 页。
③ 丁福保辑:《清诗话》(下册),上海古籍出版社 1978 年版,第 1035 页。
④ 夏咸淳:《明代山水审美》,人民出版社 2009 年版,第 389 页。

前贤又自出己见,表现自己不同于前人的审美意识,从而体现出新的时代特色,对"游道"思想的最终得以确立起了极大的推助之功,领导审美文化的潮流和方向。时代和环境成就了王士性的辉煌。

鲍恂(生卒年不详),字仲孚,元末明初崇德(今属桐乡)人。张士诚据苏州,聘为教授,不受。后隐居濮川(今濮院)之西溪讲学,人称西溪先生。有《西溪漫稿》等。鲍恂《次韵赠李焕章》把眼中所见之景轻轻描出,灵光一闪,便自得"淹留"之意:"辍棹清溪曲,题诗画阁幽。晴云松上过,暗水竹间流。把剑时惊鹤,持杯不远鸥。出门尘满眼,于此且淹留。"

朱希晦(1309—1386),名复翁,号云松,乐清人。明洪武初以贤才召至京,授朝列大夫,不拜。既归,日游雁荡山中,题咏不辍。《瑞鹿寺》就是这一生活的真实记录,道出超然忘世之情,也蕴含着诗人的人生之思,写实性与审美性得到较好统一:"闲来领客扣禅扉,屏障重重护翠微。山势浑如苍鹿卧,瀑花长作白龙飞。笔峰润湿含朝雨,碑刻荒凉带夕晖。我笑穷幽归未得,讵那何事也忘归?"应题而起,以情写景,情境谐和。朱希晦又有《小龙湫》:"湫小犹通海,蛟龙此处蟠。千年泉自涌,六月地长寒。霜气凋红叶,霞光湿翠峦。我来看不足,长啸独凭阑。"诗人更多地把情思融入"霜气"、"翠峦"等所写景物里,最后以"独凭阑"结之,意味具足。

宋濂(1310—1381),字景濂,其先世为金华潜溪人,故号潜溪。至正十年(1350)由金华潜溪携家迁居浦江县青萝山下,故为浦江人。学者称其为潜溪先生。受业于黄溍。宋濂晚年受株连被谪茂州,途中病逝,明正德年间追谥"文宪"。宋濂一生著述颇丰,有《宋学士全集》75卷。

宋濂一生有经世之志,这在文学思想中也有所反映,如《答章秀才论诗书》:"诗之格力崇卑,固若随世而变迁,然谓其皆不相师可乎?"又强调:"为诗当自名家,然后可传于不朽。若体规画圆,准方作矩,终为人之臣仆,尚乌得谓之诗哉! 是何者? 诗乃吟咏性情之具,而所谓风、雅、颂者,皆出于吾之一心,特因事感触而成,非智力之所能增损也。古之人,其初虽有所沿袭,末复自成一家言,又岂规规然必于相师者哉?"文学创作实践完全依循传统诗教。

宋濂元末曾长期隐居于家乡仙华山,又曾数游方岩之南的灵岩山,有《游灵岩山》诗。宋濂享受山林生活的闲情逸趣,所作诗文有清灵绝俗、淡雅旷远者,如《晓行》、《题玄麓山八景》中的《翠霞屏》等。《游览杂赋(三首)》之三艺术地再现山水景物:"幽崖不知日,湿气晴犹重。苔列无文钱,随阴贯寒洞。发啸破玄霭,万象争迎送。磴危石欲舞,云走山如动。思招幽鸟下,惊飞夐新弄。"又如《春日绣湖与德元同行》,也展露隐逸意趣:"十里华川上,年来足胜游。雨花林下寺,风柳驿边楼。漠漠芙蓉蓉浦,依依杜若洲。平生身外事,未许付浮鸥。"

山水散文如《桃花涧修禊诗序》、《五泄山水记》、《环翠亭记》等写景如画,不用多少夸饰手笔而秀丽清新自现;又有《游钟山记》、《琅琊山游记》等咏叹有情,也可一读。《四库全书总目》卷一六九《〈宋学士全集〉提要》:"濂文雍容浑穆,如天闲良骥,鱼鱼雅雅,自中节度。"所论也包括山水散文。《桃花涧修禊诗序》叙事、描写、抒情三者交互渗透,根据行文需要,前以空间为经,后以叙事为主:

> 浦江县北行二十六里,有峰耸然而葱蒨者,玄麓山也。山之西,桃花涧水出焉。乃至正丙申三月上巳,郑君彦真将修禊事于涧滨,且穷泉石之胜。前一夕,宿诸贤士大夫,厥明日既出,相帅向北行,以壶觞随。约二里所,始得涧流,遂沿涧而入。水蚀道几尽,肩不得比,先后累累如鱼贯。又三里所,夹岸皆桃花,山寒花开迟,及是始繁。傍多髯松,入天如青云。忽见鲜葩点湿翠间,焰焰欲爇,可玩。又三十步,诡石人立,高可十尺余,面正平,可坐而箫,曰凤箫台。下有小泓,泓上石坛广寻丈,可钓。闻大雪下时,四围皆璚树瑶林,益清绝,曰钓雪矶。西垂苍壁,俯瞰台矶间,女萝与陵苕蓼绕之,赤纷绿骇,曰翠霞屏。又六七步,奇石怒出,下临小洼,泉冽甚,宜饮鹤,曰饮鹤川。自川导水为蛇行势,前出石坛下,锵锵作环佩鸣。客有善琴者,不乐泉声之独清,鼓琴与之争。琴声与泉声相和,绝可听。又五六步,水左右屈盘始南逝,曰五折泉。又四十步,从山趾斗折入涧底,水汇为潭。潭左列石为坐,如半月。其上危岩墙峙,飞泉中泻,遇石,角激之,泉怒跃起一二尺,细沫散潭中,点点成晕,真若飞雨之骤至。仰见青天镜净,始悟为泉,曰飞雨洞。洞傍皆山,峭石冠其颠,辽夐幽邃,宜仙人居,曰蕊珠岩。遥望见之,病登陟之劳,无往者。

> 还至石坛上,各敷茵席,夹水而坐。呼童拾断樵,取壶中酒温之,实髹觞中。觞有舟,随波沉浮,雁行下。稍前有中断者,有属联者,方次第取饮。时轻飙东来,觞盘旋不进,甚至逆流而上,若相献酬状。酒三行,年最高者命列舰翰,人皆赋诗二首,即有不成,罚酒三巨觥。众欣然如约,或闭目潜思;或挂颊上视霄汉;或与连席者耳语不休;或运笔如风雨,且书且歌;或按纸伏崖石下,欲写复止;或句有未当,搔首蹙额向人;

或口吻作秋虫吟;或群聚兰坡,夺舣争先;或持卷授邻坐者观,曲肱看云而卧,皆一一可画。已而,诗尽成,杯行无算。迨罢归,日已在青松下。

又明日,郑君以兹游良欢,集所赋诗而属濂以序。濂按《韩诗内传》三月上巳桃花水下之时,郑之旧俗于溱、洧两水之上招魂续魄,执兰草以袚除不祥。今去之二千载,虽时异地殊,而桃花流水则今犹昔也。其远裔能合贤士大夫以修禊事,岂或遗风尚有未泯者哉!虽然无以是为也,为吾党者,当追浴沂之风徽,法《舞雩》之咏叹,庶几情与境适,乐与道俱,而无愧于孔氏之徒。无愧于孔氏之徒,然后无愧于七尺之躯矣,可不勖哉!濂既为序其游历之胜,而复申以规箴如此。他若晋人兰亭之集,多尚清虚,亦无取焉。

全文结构井然,脉络清晰可见,景情很好地融合,审美旨趣高洁。起手擒题,行文起伏自如,一似层峰叠峦。《五泄山水记》写泉窦:"泉自石窦中出,浏浏作声,若琴若笙竽。泉西流汇为小洼,莹澈泓澂,毫发不隐。鯈鱼数尾,洋洋往来,如行琉璃瓶中,见人至,潜去。洼左,大树离立,极怪伟,倒影入水中如画。"关于五泄,郦道元《水经注》卷四〇载:"(浦阳江)江水导源乌伤县,东径诸暨县,与泄溪合。溪广数丈,中道有两高山夹溪,造云壁立,凡有五泄。下泄悬三十余丈,广十丈;中三泄不可得至,登山远望,乃得见之,悬百余丈,水势高急,声震山外;上泄悬二百余丈,望若云垂。此是瀑布,土人号为泄也。"宋濂《见山楼记》描写上虞夏盖山的片断亦可见精绝,比喻奇妙:"龙山委蛇走其南,将升而复翔,其旁支斜迤而西,则为福祈诸峰,若车,若旌,若奔马,若渴鹿饮泉,不一而足。势之下降,为阴阜,为连坡,为平林,一奋一止,复襟带乎后先。东侧遥岑隐见青云之端,宛类蛾眉向群山,相妩媚为妍。其下有巨湖,广袤百里,汪肆浩渺,环浸三方,晦明吐吞,朝夕万变。方屏插起湖滨,曰夏盖山。去天若尺五,岩崎谷张,尤可玩爱。诚越中胜绝之境也。"

王祎(1322—1373),字子充,号华川,义乌人,与宋濂同受业于柳贯、黄溍。元末时政衰敝,王祎北走燕京,历览山川胜迹,至正十年(1350)后归隐家乡青岩山。朱元璋攻取婺州(今金华),征为中书省掾史,后任南康同知,得以畅游庐山,有《开先寺观瀑布记》、《游白鹿洞记》、《游栖贤院观三峡桥记》等。洪武二年(1369)召修《元史》,与宋濂同为总裁。后奉使吐蕃,至兰州,召还,改使云南。招降元梁王时被害。谥忠文。有《王忠文公集》。

王祎《远游》诗有"抚予年之方壮兮,翩吾好夫远游"的表白,《偕宋景濂、戴叔能陪蔡士安、韩思学游月泉书院,得矣字》有"望远登高丘,临幽玩清泚"的叙写,其游兴可见一斑。《青岩山居记》的描写得益于家乡的自然风貌,妙出机杼,给人以目不暇接的强烈美感:"青岩去义乌县南十里,其山由东阳两岘峰西来。三十里至于龙门,势益穹窿,由龙门而西,又二十里,是为青岩。至是山支为二,南支则重峦叠嶂,北支则崇岭峻峤,皆迤逦西行。方二支之分也,有山从中出,峰阜圆粹,累累若联珠,曰齐山,而其势遂卑。南北两山,势相环护,左昂右伏,当其前如龙虎,齐山俨然而中居。"又写青岩山双涧景色,造境古朴,随意点染,便成绝胜:"南涧水稍深,菖蒲生石山,与异草青翠相错,绝可爱。北涧水汪,稍雨,水激石面,声潺潺辄不休。有老梅数株,偃蹇横岸侧。由双涧所合,直两山之间而西望,金华芙蓉峰近在目睫,可览也。"

方孝孺(1357—1402),字希直,一字希古,人称正学先生,宁海人,受业于宋濂。方孝孺于洪武十四年(1381)召至京,授蜀王府教授,二十五年(1392)除汉中教授。惠帝建文时,召为翰林博士,任侍讲学士,极受倚重,后因拒绝为燕王朱棣起草登极诏书,被株连十族,共八百七十余人。《明史》卷一四一《方孝孺传》载:"及惠帝即位,召为翰林侍讲。明年迁侍讲学士,国家大政事辄咨之。帝好读书,每有疑,即召使讲解。临朝奏事,臣僚面议可否,或命孝孺就扆前批答。时修《太祖实录》及《类要》诸书,孝孺皆为总裁。更定官制,孝孺改文学博士。燕兵起,廷议讨之,诏檄皆出其手。"有《逊志斋集》。方孝孺志在匡世,节操孤高,彰显了慷慨激烈的男儿本色,也是人们津津乐道的"台州式硬气"的完美展现。《四库全书总目》卷一七〇《〈逊志斋集〉提要》评定方孝孺学术醇正,文章"乃纵横豪放,颇出入于东坡、龙川之间"。都穆《南濠诗话》则强调:"方正学先生集,传之天下,人人知爱诵之。"方孝孺《答王仲缙》体现了典型的传统儒家思想:"文者,道之余耳,苟得乎道,何患乎文之不肆耶?"

方孝孺《上巳约友登南楼》与一般作品相比,笔锋从景物描写折向社会现实,更多地关注世道人心,在诗意的描绘之中寄寓传统文化精神,浩气荡心:"生意忽满眼,不知春浅深。良朋旷嘉会,浊酒难孤斟。迢迢城上楼,高朗宜远临。曷不一举趾,纵望渊与岑?逍遥群动表,舒豁万古心。古人已寂寞,继者应在今。蕴真有至乐,外慕非所钦。畴昔舞雩咏,千秋虞氏琴。穷达各有适,宇宙流遗音。景风生穆清,佳趣溢鱼禽。愿言领众妙,无为郁冲襟。"郑敏《中国诗歌的古典与现代》一文中说:"古典诗词的价值观有很大的程度在于境界的高低。词藻、技巧、主题,往往最后是用来建立一种境界,境界是中国几千年文化的一种渗透入文史哲的精神追求,它是伦理、美学、知识混合成的对生命的体验与评价,它是介乎宗教与哲学之间的一种精神追求。"①境界的高远是诗歌的灵魂。方孝孺《巾山晨望柬钱克温》让人感悟到隐含在生活情境背后的人生哲理,意象、格调近于唐人:"月落江水明,疏钟发林杪。蒙蒙山气合,历历川光晓。妙静玄化机,纵意群动表。悠然悟真趣,忽觉天地小。是身本无累,万事相纷扰。愿识经世情,于兹共幽讨。"

程本立(? —1402),字原道,号巽隐,崇德(今属桐乡)人。洪武二十年(1387)春,任周王府长史。三十一年(1398)征入翰林,预修《太祖实录》,迁右金都御史。程本立《横湖》:"横湖如匹练,风景此中稀。日暖赤鳞跃,天晴白鸟飞。寒松蟠石岸,春水没苔矶。几度斜阳晚,渔舟渡口归。"诗歌描写桐乡东南横湖的自然风光。

金实(1371—1439),字用诚,开化人。永乐初以对策称旨除翰林典籍。仁宗立,授卫府左长史。《衢江》一诗在韵脚变化中,写出对家乡的一番深情,想象丰富,风调清新:"鲛人宵织灵虚宫,双垂练带光涵空。玉梭飞残半钩月,千尺平铺白如雪。经烟纬雾回暖纹,东风剪断春无痕。远山飞岚蘸新绿,潜蛟吹涛钿花簇。越罗蜀锦不胜裁,夜夜蓝江展银轴。"回归自然,发现一切都是那么的美好。

陈璲(1385—1466),字廷嘉,号逸庵,临海人。永乐六年(1408)乡试第一,次年会试第一。因"靖难"之役,殿试推迟,九年参加殿试,直言"靖难"中骨肉相残、处死方孝孺等,被列为二甲,授翰林院庶吉士,官至广西按察佥事、督学江西。有感于世道艰难,后辞官归里,创办白云书院,培育后人,人称"端士"。《登金鳌山》一诗淳实简质,时世的感喟自在其中:"巨鳌谁掣镇江坳,形势中州气象豪。四足断来无极稳,一峰削起有天高。边尘暝色霏烟雨,汴水苍茫带晚潮。开国中兴何草草,英雄抱恨泣重霄。"

于谦(1398—1457),字廷益,钱塘(今杭州)人。于谦自称"我昔少年时,垂髫发如漆。锐意取功名,辛苦事纸笔"(《忆老婢》),笃学好文。成祖永乐十九年(1421)中进士,次年选授山西道御史。宣宗宣德五年(1430),擢兵部右侍郎兼巡抚河南、山西,英宗正统十三年(1448)升左侍郎。次年秋,宦官王振挟持英宗亲征。明军主力在土木堡之战中一触即溃,英宗被俘,蒙古瓦剌军乘胜进攻京师(今北京)。于谦反对迁都,稳定人心,力主抗战。郕王监

---

① 　郑敏:《诗歌与哲学是近邻——结构—解构诗论》,北京大学出版社 1999 年版,第 328 页。

国,于谦受命于危难之际,出任兵部尚书,率部击败瓦剌军。后又多次击败瓦剌军的进攻,迫使其首领也先释放英宗回朝。景帝景泰八年(1457)正月,英宗借夺门之变重登帝位,于谦遭诬被害。孝宗弘治二年(1489)沉冤终于彻底昭雪,赠太傅,谥肃愍,万历中改谥忠肃。有《于忠肃集》。

一代有一代的忧患意识。诗人一生禀性纯真,志远节高,不受时代之习羁縻,以经时济世为己任,凭着一颗真诚的爱国忧民之心,卓立特行,有着一种至大至刚的人格精神,凛然不可犯:"名节重泰山,利欲轻鸿毛。所以古志士,终身甘缊袍。"(《无题》)《明史·于谦传》载:"(于)谦至官,轻骑遍历所部,延访父老;察时事所宜兴革,即具疏言之。"面对险象丛生、国家多故的社会现实,于谦显隐进退,泰然处之,神闲气定,对生命有了更多更深的感悟,也渗透了人格的力量,其思想高度超出同时代其他诗人之上,其才学识见亦非常人所及。诗人最后的悲惨结局,也不是中国历史上一般的所谓功高多厄。于诗表现了丰富的情思,在一定意义上也可以说是恢复了诗歌的艺术生命。于诗气势酣畅,笔力豪健,美学意趣在壮美一格,进一步提高山水诗的艺术品位。但这一成就长期被他的政治伟绩所掩盖。

诗歌创作与诗人品格密切关联。袁枚《谒岳王墓作十五绝句》其十曾将诗人与岳飞并提,给予耿耿精忠,永葆民族气节的凌云壮志以崇高的品评:"江山也要伟人扶,神化丹青即画图。赖有岳于双少保,人间始觉重西湖。"表达的是跨越时代的社会心声。秦松龄《于忠肃公墓》"定策当年奠帝京,墓门遥见半湖明。……古来遗恨钱塘水,又饶台山气不平",则是着重褒扬了诗人识见明敏、安定社稷的千古伟业。诗歌创作无非是人生性情的文学转换,作为一生讲求敦品修道、砥砺节操的诗人,虽然于谦并非以诗名家,但在现存六百余首诗歌中,也展现出审美主体真实而丰富的生命精神,也交织着诗人的爱恨。于谦认为"诗岂易言哉!发于心,形于歌咏,尽乎人情物变,非深于理而适于趣,则未易工也"(《玉岑诗集序》),既强调发于心源的诗歌本质,触于物而感于内,也强调给抽象而深厚的感情以具象的依托。

于谦生命本身就是一首以鲜血写成的壮丽诗篇,青史永存。于谦诗歌引发内在精神结构的深刻变化,展现奇情壮采,气度恢宏,无时人纤弱之病。固然也有表达"湿云拖雨过前山,远树冥冥烟雾间。碎石乱流人不渡,晚来惟有一僧还"(《雨中山行》)的萧散情致,但诗人在作品中对世俗做出理性的超越,其意义远远超越了诗作本身内在的艺术价值。《四库全书总目》论于谦诗"遭逢厄运,独抱孤忠。……风格遒上,兴象深远,虽志存开济,未尝于吟咏求工,而品格乃转出文士上",也适宜于论述其不附时流的有关山水诗作。《山行》诗写出林木苍翠的一片天然野趣，着墨清淡，清润可喜，表现出主体意识的一时消隐，这样的人生之爱伸展到了自然的最深处，独具神韵，给人以表里俱澄澈的感觉，即使置于王维集中也令人难以辨认："望极群峰远，行穿一径幽。云从树杪起，水绕竹根流。酒旆摇村舍，钟声出寺楼。更倩林外鸟，巧语答鸣驺。"但于谦诗中蕴含一股英豪之气，则又为王诗所无，展现了诗人独特的音调和情感色彩。他的诗可以理解成是诗人生活和创作的艺术晶体，以感情切入景物，洗尽物欲俗态，荡气回肠，耐人寻味。

于诗能上继刘基古朴雄健和高启俊逸清丽的诗风而又加以变化，平实明白，笔法朴素而又圆熟，形成极具个性的美学思想和艺术探求。这一不为时俗所迁的成就，对当时诗坛上盛行的以杨士奇、杨荣、杨溥为代表的了无新意、平庸芜弱、格式化文化典型的"台阁体"是一种有力的冲击和突破，扶衰救弊，为矫正形式主义的流弊起了一定作用。于谦山水诗篇接受历史传承，构成人格化的山水意境，并逐步形成自我朴素明畅、俊爽刚劲的诗风，也能唤起读者感同身受的某种相似的生活经验的谐振，开启后人描写太行山的无数法门，在中国山水诗史上自有其独特的地位，何绍基《爱山》"诗人爱山如骨肉，终日推篷看不足。诗人腹底本无诗，日把青山当书读"，就是诗人《舟中》诗"远道疲鞍马，舟行得暂闲。推篷看风景，只见太行山"精神的时代阐释。

范理（1410—1475），字道济，一字士伦，别号省庵，天台人。官至南京吏部左侍郎。有《天台要览》《丹城稿》。范理《游天台山》风韵神理均与山水相称："万仞悬崖一径斜，丹梯蹑尽到仙家。金庭缥缈迷青嶂，琼阙岩嶤散紫霞。野鹤阶前窥玉粒，山童洞里熟胡麻。桃源此去无多路，流水中间认落花。"

朱谏（1455—1541），字君佐，世居瑶岙，乐清人。因地处雁荡之南，故自号荡南。弘治九年（1496）进士，历任歙县、丰城县令，继升赣州、吉安郡守。有《宋史辩疑》《荡南集》和《雁山志》等。朱谏诗多写家乡雁荡山风光，不见模拟之迹，情意也都能够融在景物之中，带给读者较为丰富的解读空间。试举数首，如《忆灵岩》："曾到灵岩寺，斜阳带晚鸦。山童扫僧舍，茗椀对残花。拄杖看危石，移尊就浅沙。题诗转相忆，惆怅老年华。"《石门庵》："未尽东山兴，残春过石门。岭云连海岸，湖水落山根。鸟语飘经阁，花香拂酒樽。已于尘世远，不必问桃源。"这里的石门庵指雁荡山石门寺。《陪万五溪学宪至雁山》："雁山山下惠风和，野老追随使节过。海气尽消波色定，楝花才落鸟声多。林烟漠漠春将别，世路纷纷发易皤。借取僧房同一宿，夜凉明月下庭柯。"《章孝夫雁麓山庄》："阴阴竹树绕山根，石径云深荡北村。无数落花浮水面,尽随鸥鸟到柴门。钩帘静对千峰月,种药新开五亩园。长日南窗事高卧,漫将风景说桃源。"意象与用语均属自然。又如《忆雁山梅雨潭》:"老树茏葱染春碧,烟雾蒙蒙幂高石。山人爱看梅雨潭,葛袖芒鞋喜沾湿。悬河一道从天来,捣崖砯石如奔雷。风回电转忽飘散,细如洒雪轻如埃。波光日影远相荡,仿佛烟花吹复回。衔杯仰面坐莓苔,贪看未尽日已颓。深流自在白发翁,念之不觉令人哀。"《仙人桥》:"千百奇峰海上来,青莲无数日边开。仙桥只在云深处,欲问丹梯未有媒。"梅雨潭、仙人桥都是雁荡山胜景。

黄绾(1477?—1551? 或1480?—1554?),字宗贤(一作叔贤),号久庵,一号石龙。黄岩人。官至南京礼部尚书。有《石龙集》。《游散水崖记》:"人皆知龙湫之胜,而不知有散水崖。游散水崖,自荡阴章氏之居行二十里余,崖谷壁立,拔地数千尺。悬瀑自崖端垂下,直捣澄潭,若白蛇横空,匹练孤悬,照耀于丹屏翠壑、乔松古柏间,睹者莫不心骇目眩。余从瀑下援葛上崖半,坐洞穴中视瀑水如明珠缬箔当户,窥见旭日瞳眬,祥烟缭绕,妙不可言。又从崖半行,过东南隅,有石天窗,俨似楼阁栏槛。上有石梁,横若楣宇,凭槛而眺,奇岚叠障,皆可揽取。故记以补雁山之遗。"抑扬之间,结构趋于完善。《游永康山水记》也情趣横生。

金贲亨(1483—1564),字汝白,号一所,临海人。武宗正德二年(1507)中举,正德九年(1514)进士。金贲亨曾任南京刑部主事,江西按察司佥事等职。有《一所集》。金贲亨《与容庵游巾子山》描写巾山风光,也表达了与游人畅游的心情:"闲邀朋旧蹑崚嶒,郭里青山物外情。万树团阴双帻迥,千峰涵碧大江横。境缘惯我哦无力,交到相忘抱尽倾。重九节过花已吐,还喜诗订岁寒盟。"

田汝成(1503—1557),字叔禾,钱塘(今杭州)人。嘉靖五年(1526)进士,授南京刑部主事,历礼部祠祭郎中,出为广东佥事,谪知滁州,迁贵州佥事,转广西右参议。罢官后归寓杭州。田汝成遍访浙西诸名胜后撰成《西湖游览志》二十四卷。卷一〇《北山胜迹》写登北高峰一带如画景致,语言精纯,境界博大开阔:"群山屏列,湖水镜净,云光倒垂,万象在下。渔舟歌舫,若鸥凫出没烟波,远而益微,仅觌其影。西望罗刹江,匹练新濯,遥接海色,茫茫无际。郡城正值江湖之间,委蛇曲折,左右映带,屋宇鳞次,草木云蓊,郁郁葱葱,悉归眉睫。"又写飞来峰:"高不逾数十丈,而怪石森立,青苍玉削,若骏豹蹲狮,笔卓剑植,衡从偃仰,益玩益奇。上多异木,不假土壤,根生石外,矫若龙蛇,郁郁然丹葩翠蕤,蒙幂联络,冬夏常青。烟雨雪月,四景尤佳。"卷四《南山胜迹》写龙井风光,情美而意韵更佳,引人入胜:"林樾幽古,石鉴平开,寒翠甘澄,深不可测,疏涧流淙,泠泠然不舍昼夜。闲花寂草,延缘其旁,或隐或见。苍山围绕,杳非人间,时闻鸟韵樵歌,响答虚谷。"田汝成又辑有《西湖游览志余》二十六卷。

叶良佩(生卒年不详),字敬之,号海峰,太平(今温岭)人。嘉靖二年(1523)进士,任贵溪知县,官至刑部侍郎。有《海峰堂前稿》。叶良佩《游圣水寺》:"圣泉高挂碧山岑,流入山腰抱梵林。九曲尚纡游客路,一清真惬野人心。孙生坐啸鸾凤迥,谢客闲行云雾深。只合南州添胜事,故留松月待吾寻。"《天台山记》尤详:

> 天台山以高大之故称台岳,又上应天之三台星,故自昔以灵异闻。予每过其地,辄欲往游。人曰:"游非逾月,不足以尽其奇。"予颇难之。会予免官归,得故人新淦值尹速予之至,则馆于国清。要梅墅潘子与俱,而五峰、双涧之胜,已得之行住坐卧间,时嘉靖壬寅四月望日也。潘子曰:"游天台必自赤城始,此山之南门也。自是而北则循佛垄、访石桥,东行则为天封、华顶,西行则为万年、桃源,两岩则为洞天、桐柏。"于是遂结束自赤城始。

> 赤城山石纯霞色,望之壁立如城,具雉堞。绝顶有浮屠七级,西北有玉京洞、金钱池,寺废无僧。巳,复由故道寻九里,松月色在地,人行松影中。翌日,遂北行,逾金地岭,与察岭相连,其下为汉隐士高察读书堂。又五里,逾银地岭,至大慈寺前,观"佛垄"二大字。寺僧曰:"此智顗师初修地也。"又北,则山水渐益幽佳。日昃,抵石桥。先上昙华亭,倚槛观之,见两崖门立而石桥横亘其上,广不盈咫。琥上人掉臂行之无怖。山北左右肩有双泉飞出,合流而来,至桥乃伏出其下,泻为瀑可百余丈,挂岩石间。既惬所闻,复由亭右麓下至新亭,接其端而坐,则见石桥已在半天。而陨雪之溜自空中下,击潭水作疾雷声,震动林谷,于是乃大诧,以为奇观。是夜,宿琥上人海会庵,天明复往观之。

> 两日,乃从由山西行,寻万年寺。由铁船峡度罗汉岭,山萦水回,每数里辄一曲,及至上方,地则砥平如仰盂。登妙莲阁四眺,则八峰回抱,而直南诸阜累累,如列朗排衔。两涧水至寺门乃合流潆洄。南出前林,松杉成列。东涧古松数株,皆大十围。有五六鹤鹳巢其上,每休坐树阴,则闻鹳鼓牙及鹤喉之音与风泉相杂,倏然非复人世。留信宿,乃去。抵护国寺,出访钱太师墓。从者曰:"由此东北行,至刘阮洞颇近。"会蔡中甫、陈监元敏之适至,遂合策寻刘阮洞。洞去护国二里之遥,洞口如

门,有古木神祠。沿涧而上,两山绣壁参差,夹涧流水随山曲折,时漱石有声,曰鸣玉涧。水壖草树,芊绵东崦,特葱茜可喜,曰桃花坞。又折而北上,路渐艰涩。及水穷而路尽,有巨潭,渟澈如镜,中有洞门潜通山底,其深莫测。陈子曰:"此所谓金桥潭也,即刘晨、阮肇遇真处。"潭之南有盘石,可列坐以饮,于是取酒会饮其上。仰望三峰倚天,而东峰特秀,上有石如绾髻鬟,曰双女峰。昔人见双鬟戏水,或曰乃其精灵所为。是日晴出山,憩白郎寺,观岩石亦奇怪。是日,遂循董家庙、小田铺涉三四溪至广严寺,阅贫婆钟,谒荣师肉身像。师,宋淳化间人,习禅定,多异迹,时呼为荣罗汉,死而不腐。是夕投宿宁国寺。寺在平原,后垄靡迤多古松,前浸巨塘。紫凝峰在数里外,寂历可数。……

何镗(1507—1585),字振卿,号宾岩,处州(今丽水)人。嘉靖二十六年(1547)进士,授进贤(今属江西)知县。何镗官至江西提学佥事,任云南参政期间,以亲老乞归获得批准,在家闲居数十年,无欲无求。何镗编有《古今游名山记》一书,共十七卷,嘉靖四十四年(1565)刊行,又总纂《括苍汇记》。王士性《寄吴伯与学宪》:"振卿本虽冗,而搜辑之功多。"在《古今游名山记》的《后序》中,何镗自称:"余少好览观山川奇胜,乃自束发以来,于海内名山川厥睹盖七八云。"王士性曾与何镗结为忘年交,以后在《寄何振卿》一信中还深情地怀念当日的丽水之游,并称:"几上置明公《游记》一部,鞭棰退食,即夜阑犹烧烛读之数首,当卧游焉。满秩以间走嵩山,尽获梁、郑之观,不惮以二《记》志之,然无能当大方也。惟明公正之。"李元阳《游名山记序》说:"《游名山记》九十余篇,括苍宾岩何公自纪其宦辙所历之山水,与其喜愕快畅之情,邂逅交游之事,咸著之篇中,以志不忘者也。"

蔡汝楠(1516—1565),字子木,号白石,德清人。嘉靖十一年(1532)进士,任山东按察使江西布政使等,官终南京工部右侍郎,有《自知堂集》及《白石诗说》等。蔡汝楠"初,泛滥于词章,所至与友朋登临唱和"(黄宗羲《明儒学案》卷四〇),部分作品学习大历诗人钱起、刘长卿的笔法,《乌戍唐氏林亭》即是一例:"访旧乌溪畔,空林别戍闲。凿池通暗水,移石垒高山。微雨秋云后,疏花夕照间。平生爱幽寂,于此欲忘还。"诗篇给人以一定的人生启迪,文字锤炼而无痕迹,笔法疏朗清虚,意味澹远。又如《题岘山济公房》:"禅榻澄湖上,山光似镜中。疏钟摇落叶,细雨带秋虫。峰竹虚窗映,炉香别院通。何期碧云合,一酌对休公。"把湖州风物与绍兴相比,再联想到与湖州颇具佛源的名僧贯休,韵味悠深。

秦鸣雷(1518—1593),字子豫,号华峰,临海人。嘉靖二十三年(1544)状元,例授翰林院修撰,曾总校《永乐大典》,官至南京礼部尚书。秦鸣雷《九日冒雨独登巾子山》"何处钟声听转微,半山冷雨乍沾衣。黄花一院凭谁采,白鹤千年尚未归,极目江帆随浪卷,满亭峦翠滴空飞。佩萸从此称高会,争奈游人日渐稀",中间运用象征手法,最后两句表现了他对于人情世态的独特思考,深化诗歌主题。老友相聚,既有几分欢快,但也多了几分感慨。

冯梦祯(1548—1605),字开之,号具区,又号真实居士,秀水(今嘉兴)人。万历五年(1577)会试第一,第二甲第三名进士,官编修,与汤显祖、沈懋学、屠隆、王士性等以气节相尚。因得罪宰相张居正,病免,万历二十一年(1593)谪广德(今属安徽)州判,后任南京国子监司业、右谕德、右庶子等,迁南京国子监祭酒,三年后被劾罢官,遂不复出。移家杭州,筑室于孤山之麓。因家藏王羲之《快雪时晴帖》,以此名其堂为"快雪"。冯梦祯与紫柏、憨山、传灯等法师都有交往。有《快雪堂集》64卷、《快雪堂漫录》1卷、《历代贡举志》等。冯梦祯《东目记略》由东、西天目山东自具胜处展开评论,笔墨酣畅,使人思而得之:

> 飞桥,与临流亭相对。向坐亭上,见素练蜿蜒而出者,即过飞桥溪流也。归,且至平溪,见子晋、季象坐大石上,欲诡言飞桥之胜,而为申甫所露。过所题奇木石处,语二君:"飞桥当远让此,然非亲到,终不断疑,安得向上事,如到飞桥时耶?"小憩平溪,僧进茗饮。返黑驴,源上人具供面,甚佳。返昭明寺,日正中。
>
> 季象云:"两天目,西以石胜,东以泉胜,惟温之雁荡,兼泉石之胜。"予曰:"君至雁荡否?"曰:"未尝至,以图知之。"予曰:"非雁荡也。然泉胜一语,足以尽东目矣。东目泉自绝顶而下,至小仙峰分为二:其左出者,汇为上下龙池、白龙池、玉剑泉,而渡飞桥;其右出者,为瀑布,经垂虹桥,至临流亭之下。两泉合而汇为蛟龙池,右短左长,胜俱在左。游人至东目,即大仙峰罕有登者,况响炉、龙池诸胜乎?大仙无甚奇,但登山不至顶,如谒客但至厅堂。至于二八靡丽,百物珍怪,必在深宫曲房,非穷搜不能披睹。如粗丑奴婢、阶前屋后物,何足比数?而伧父眼中,遂为奇特,比如入石家厕,而曰'误入卿内',良可笑也。"

胡应麟(1551—1602),字元瑞,号少室山人、石羊生,兰溪人。万历四年(1576)中举,后困顿场屋。胡应麟《自严滩至新安途中纪兴》:"一滩高一丈,滩尽到天都。叠嶂云飞动,阴崖日有无。辛夷残紫落,踯躅乱红敷。独步行云里,分明入峡图。"蓄势而发,一片神行。最后点题,深化诗意。炼句炼意,皆足称道。又有为王士性所作的《王恒叔山居杂咏十首》,不奇而自奇。如《忘归石》:"双矶清莓苔,赤脚此闲坐。偶逢邻叟谈,不知夕阳堕。"又如《芙蓉城》:"层城粲朱华,彩艳照林薄。新篇露下吟,一一谢康乐。"

黄汝亨(1558—1626),字贞父,号寓庸,仁和(今杭州)人。万历二十六年(1598)进士,官至江西布政司参议,晚年结庐西湖南屏。有《寓林集》。《天镜园作》描写友人张汝霖的园亭生活,笔墨简净而意趣不凡:"冬日如春好放舺,逶迤晴野泊烟汀。光澄一水云俱白,秀落千岩镜共青。阁有图书分禹穴,池绕竹石半兰亭。此中未许尘客到,徙倚沧浪唱独醒。"先是真切地描绘天镜园的迷人景致,然后再从旖旎风光展开联想,有着禹穴、兰亭并不遥远,而就在眼前的审美感受。剖白心灵,至为感人。黄汝亨《洞霄游记》叙写游览洞霄宫的境况,既从大处着笔,也从细处落墨,笔法多变,仙风飘溢:

> 出余杭城西门,问所谓洞霄者而登焉。径自野间行八九里许,有竹十余林,俱密阴浓翠,日影不得下。渐近,山渐佳。左右俱岩岫,曲折幽绝,溪流齿齿从涧中下,声砰磕从屐齿间出。稍进而小桥、泉石更清澄可弄。旁多白泥,初视之,如堆玉积雪,似可观。闻之人言:白石在本山三里外,近为市夫凿取,入溪捣为粉,取重赀。为此,山聚秽。又恨无有以驱之耳。未几,老道士周尚文出迓。至洞霄残碑下,文字剥蚀不可读,书法近晋唐人笔,甚佳。又上则洞霄宫殿宇也。按《志》:兹山为大涤元盖洞天,汉武元封三年始建宫坛,历今千五百余年。唐建天柱观,历宋及我明,俱遣使崇奉之,甚盛。今半颓残矣,独玉皇殿系宋旧物,木皆用柏,无尘。三清殿系郭真君结茅处,已非故木,方丈有晦翁提举洞霄宫像在焉。一扁金书"洞天福地"四字,骨力精刚,则宋理宗笔也。
>
> 日方午,遂呼道士引至大涤洞。洞深窅,即汉武投龙简之所。持火炬乃得入。行许里,有唐宋人留题,灭没不能辨。石色如苍黑玉,中纵横白文如界,又似飞云片片。志称中有白鼠、玉芝,未得见也。洞口横石如鼓,击之有填填声。又上则天柱峰,千仞壁立。《名山记》称五岳之外,天有八柱,见于中国者三,此其一也。其上有栖真洞,暮不及登。又,亭有飞玉、宜霜,泉有镜潭、无骨箸,名字俱佳,已湮没,未得。独抚掌泉在宫殿下,昔人抚掌涌泉处。今已混浊,佳者已入子瞻品题,所称"青山九锁不易到,作者七人相对闲。庭下流泉翠蛟舞,洞中飞鼠白鸦翻"是也。

洞霄宫位于杭州市余杭区南部。

张文介(生卒年不详),字惟守,号少谷,龙游人,为"盛明十二家"之一。《雨霁登灵鹫峰》具有动态美和立体感,并不刻意雕琢,自有一丝虚无缥缈之美:"积雨十日不出门,乍晴山色青满轩。偶登悬岩豁幽抱,清虚绝胜桃花源。远公素得张仙趣,一笑开樽对芳树。醉罢白云犹未知,纷纷漫涌峰头路。"

第二节　刘基的山水诗文

一　刘基的生平与创作

刘基(1311—1375),字伯温,号犁眉,青田(其地今属文成)人。刘基二十二岁中举,至顺四年,即元统元年(1333)及第,二年后出任江西高安县丞。刘基求仕进之心固然綦切,但作为有经济才具的人物,砥砺节行,忧虑国事,更多的是怀着改造社会的用心而涉足政坛,"雄剑闷宝匣,中夜蛟龙吼。男儿抱志气,宁肯甘衰朽?"(《题陆放翁〈晚兴〉诗后》)由于身处王朝行将溃亡之际,仕途壅滞,诗人的急切用世之心与残酷现实之间构成突出的矛盾,满腹才志不得施展,有着一种浓重的人生失落感,只能以空文自见。至正八年(1348)任江浙行省儒学副提举,二十年(1360)受聘为朱元璋的太史令。身处易代之际的特定时空,险恶的政治风波加深了诗人对生命内涵的理解。晚年废退居乡,耿介自守,失志难平,含愤去世。武宗正德九年(1514)追赠太师,谥文成。陆以湉《冷庐杂识》卷一《谥文成》条指出"谥文成者,汉张良,晋郗鉴,宋殷景仁,唐卢怀慎,南唐晋王景遂,明刘基、王守仁。张良、刘基、王守仁为不愧",极是。卷四《明待功臣》条又慨叹说:"明待功臣之薄甚于汉。刘文成归后,惟棋酒度日,盖即子房辟谷之意。然犹不免于胡惟庸之毒害,可慨也!"

刘基论诗的主要观点如《〈照玄上人诗集〉序》所言:"夫诗何为而作哉?情发于中而形于言。《国风》、二《雅》列于六经,美刺风戒,莫不有裨于世教。"在明代这样一种历史性的审美新变进程中,刘基也称得上是其中较为突出的一位,走出个人生活的狭小天地,从时代潮流中汲取诗情,在诗歌史上做出过自己的贡献,从而使自己的作品获得了一定的文学史价值。叶蕃为刘基词集《写情集》所写的《序》中说:"先生于元季蚤蕴伊吕之志,遭时变更,命世之才,沉于下僚,浩然之气,厄于不用,因著书立言,以俟知者。其经济之大,则垂诸《郁离子》,其诗文之盛,则播为《覆瓿集》……"但长期以来,刘基诗名为文名所掩。在近年发表的有关刘基的文章中,与诗歌相关的连十分之一还不到,这一现象亟待扭转。王世贞《艺苑卮言》卷五就这样称颂:"迨于明兴,虞氏多助,大约立赤帜者二家而已。才情之美,无过季迪;声气之雄,次及伯温。孟载、景文、子高辈实为之羽翼。"①卷六又称:"当是时,诗名家者,无过刘诚意伯温、高太史季迪、袁侍御可师。"②沈德潜、周准编《明诗别裁集》,选入刘基诗共 20 篇,在同时代的诗人中,入选数量仅次于高启的21 篇。其评语说:"元季诗都尚辞华,文成独标高格,时欲追逐杜、韩,故超然独胜,允为一代之冠。乐府高于古诗,古诗高于近体,五言近体又高于七言。"③实际上,《明史·文苑传序》也是特别强调刘诗历史地位的:"明初文学之士,承元季虞、柳、黄、吴之俊,师友讲贯,学有本原。宋濂、王祎、方孝孺以文雄,高、杨、张、徐、刘基、袁凯以诗著。其他代胜遗逸,风流标映,不可指数,盖蔚然称盛矣。"

二 刘基山水诗文的思想情怀

第一,屈骚精神的深刻体现。作为一生推崇屈原与杜甫的诗人来说,刘基深得儒家文明的进取精髓,怀抱弘道济世之志,有着无比关切的仁者情怀,严酷的现实更是唤起他的忧患意识,为民生疾苦而立言,诗文创作讲求气高体正。在《送道士张玄中归桐柏观诗序》中,刘基感叹:"天下之为民者不易矣,怀才抱志之士,遗其身于方外,以远害而离尤,岂得已哉?"自身目光始终关注着现实人事。在他的诗学观中,看重文学发展与社会环境的关系,强调诗歌与现实有着血肉的联系,倡言"文之盛衰实关时之泰否"(《苏平仲文集序》),"言生于心而发于气,气之盛衰系乎时"(《王师鲁尚书文集序》),强调对国事的系念,也有着《离骚》的审美积淀,这可以说是这一传统在新的历史条件下的继承和发扬,拓展了兴寄艺术的内涵。沈德潜、周准《明诗别裁集》卷一评刘基《梁甫吟》:"拉杂成文,极烦冤瞆乱之致,此《离骚》遗音也。"④

"鱼龙浩漫沧溟阔,泽畔谁招楚客魂。"(《二月七日夜泊许村遇雨》)刘基固然在《苕溪皇甫秀才幽居二首》之二中有这样的愤激之语:"天目山前苕水

---

① 丁福保辑:《历代诗话续编》(中册),中华书局 1983 年版,第 1023 页。

② 丁福保辑:《历代诗话续编》(中册),中华书局 1983 年版,第 1039 页。

③ 沈德潜、周准编:《明诗别裁集》,上海古籍出版社 1979 年版,第 1 页。

④ 沈德潜、周准编:《明诗别裁集》,上海古籍出版社 1979 年版,第 2 页。

流,野华啼鸟自春秋。沧浪清浊吾何预,坐听松风笑许由。"但实际上这是对屈骚精神的深切体会后的另一种心灵独白,相对而言,《述志赋》的这一番慨叹则更为深挚:"乌鸢号以成群兮,凤孤栖而无所;楚屈原之独醒兮,众皆以之为咎。"《次韵张德平见寄》则自比屈原、贾谊:"贾谊奏书哀自哭,屈原心事苦难论。"《云门寺作》有着"若耶溪头过新雨,云门寺前芳草长。好将薜荔纫衣带,更取辛荑结佩缡"的艺术构想,与屈原可以说是心神感契。同时,《自衢州至兰溪》一诗中也有"歌传沧浪调"的侧面叙写。可见,屈、刘二人虽暌隔千载,但在人生态度、审美情趣等诸多方面却具有异代同心式的高度契合。

刘基反对那些无病呻吟之作,《照玄上人诗集序》说:"今之天下闻有禁言之律,而目见耳闻之习未变,故为诗者莫不以哦风月、弄花鸟为能事。取则于达官显贵人而不师古,定轻重于众人而不辨其为玉为石,惛惛恢恢,此唱彼和,更相朋附,转相诋訾,而诗之道无有能知者矣。"《题王右军兰亭帖》可称会心之言,实际也是自我心声的流露:"王右军抱济世之才而不用,观其与桓温戒谢万之语,可以知其人矣。放浪山水,抑岂其本心哉!临文感痛,良有以也,而独以能书称于后世,悲夫!"诗人在《项伯高诗序》中更是高屋建瓴,阐述了杜诗之所以动人心魄的深层原因:"予少时读杜少陵诗,颇怪其多忧愁怨抑之气,而说者谓其遭时之乱,而以其怨恨悲愁发为言辞,乌得而和且乐也!然而闻见异情,犹未能尽喻焉。比五六年来,兵戈迭起,民物凋耗,伤心满目,每一形言,则不能觉其凄怆愤惋,虽欲止之而不可,然后知少陵之发于性情,真不得已,而予所怪者,不异夏虫之疑冰矣。"《题陆放翁〈湖上诗〉后》一诗也赞赏陆游"甚欲赋诗追杜子,也能纵酒学陶公"。

正所谓"薄寒疏雨集春愁,愁极难禁独上楼"(《二月二日登楼作》),刘基的忧情常结合自然山水感发,如《感兴》:"赤城霞起接天台,上界仙宫此地开。沧海有波容蜃鳄,石梁无路入莓苔。当时玉帐耽罗绮,今日丝纶到草莱。传语疲氓聊忍待,王师早晚日边来。"表现伤时感世的忧患意识,最后直吐胸臆,抒其浩怀壮志。《春兴七首》其四营造一种氛围以象征时势的衰微:"会稽南镇夏王封,蔽日腾空紫翠重。阴涧烟霞辉草木,古祠风雨出蛟龙。玄夷此日归何处?玉简他年岂再逢?安得普天休战伐,不令竹箭困输供。"受时代的感召,诗人的《观钱塘江潮时教化平章大宴江上》承杜诗义脉而来,诗人从"苍苍吴越山,对峙束江腹。江开白银瓮,一浪天四蹴。金晶王高秋,风露气转肃。常年骇壮观,委巷雷击毂"的客观物象,却萌生"惧成庾郎哀,窃效杜陵哭"的心灵巨痛,在现实感中含蕴深沉的历史感,即事抒怀而又显露诗人的真性情。至于《发龙游》的"客子中夜发"则是直接袭用杜甫《咏怀》诗的成句。因此看见,刘基的屈骚精神是取法杜甫而直溯屈子,渊源有自。由于生当乱世(刘基诗多作于元季,少有入明之作),家国无宁,《岁晏》诗就有着强烈的象征意义,景象中蕴含着自己的见解,曲传其抑郁不平之气:"岁晏悲风急,空江白昼阴。黄芦与红蓼,无处不伤心。"于是,诗人常常是"忧思浩无际,起坐数更点"(《秋怀八首》)。这是一种富于时代性的感慨,也是诗人用世之志的显露。固然诗人的创作中也有一些游仙之类的作品,这也是身处动荡不安的社会的一种直接反映,隐性地折射出时代风云,如《游仙诗》"何不学神仙,缥缈凌虚游? 雷霆以为舆,虹霓以为舟"等,但倾注其中更多的则是一片忠贞爱国之心,少有空自嗟叹之音,如寓寄托于兴象之中的《稽句岭》:"白日隐岩鳌,千崖气势豪。溪流婺女阔,山入少微高。危石天欹侧,长风谷怒号。干戈方自此,行役敢辞劳!"为国力挽狂澜,虽死无辞,行役之累可奈何? 所以,诗人认为,奇崛险峻的山峰,终日怒号的长风,都难阻我心中的一片豪情。作品充分展现诗人的仁者情怀,既有历史的深度,又有现实的亲切感。他的诗歌就是这样闪耀着直面现实的精神。

刘基的山水诗充分展露了关心民瘼,救民于水火的情怀。如《铅山龙泉》一诗,诗人不做意象堆砌,而是在描写中移情于物,透露出对乱世的隐忧,使纯客观的自然山水也不禁感染了作者的哀乐,意真而诗美:"兹山近南服,胜迹冠朱方。石骨入海眼,地脉通混茫。金精孕清淑,水德融嘉祥。寒含六月冰,润浃九里长。鲸腮狎猎起,虎口咋呀张。发窦既窈窕,流渠遂汪洋。洞彻莹玉鉴,锵鸣合宫商。静含玄机妙,动见大智藏。养德君子类,膏物农夫望。……"刘基在《铅山龙泉》一诗中所展现的是他对百姓疾苦的一片痴情,而绝不是一种旁观的心态,因而是深切感人的。《七月四日自深谷之灵峰作》也有着对农家苦难的感同身受:"山盘涧萦纡,谷深岩错重。竹露滴皎皎,林霞散溶溶。度石苔藓滑,披萝烟霭浓。颇喜禾黍成,可以慰老农。"方国珍事起,刘基力排众议,力主剿灭,是当时态度最为坚决的人士之一。诗人一度奉命至台州,后离台至温州经苍岭古道时作《壬辰岁八月自台州之永嘉度苍岭》,诗人由"昨暮辞赤城,今朝度苍岭。山峻路屈盘,峡束迷暑景"的景致,不由得勾想起"盗贼道天诛,平人遭灾眚。伫立盼崟岑,心乱难为整"的心理波澜,忧时感世之情随之油然而生。又如《发嵊县至上虞道中》,也是用意沉潜:"磴滑泥深去马迟,残云青嶂不多时。荒烟蔓草中郎宅,素石清溪烈妇祠。日落风生临水树,野寒雪湿渡红旗。宣光事业存青史,北望凄凉有所思。"透过这些浸透着诗人真实感受的诗句,人们不难想见,现实时事、民众生活时常牵挂于诗人之心。叶蕃《〈写情集〉序》称刘基诗"或愤其言之不听，或郁乎志之拂舒，感四时景物，托风月情怀，皆所以写其忧世拯民之心"，可谓知言。"景物关情悲自老，江山满目惜时危"（《感兴三首》之三）就可以说是真正的夫子自道。郑敏指出："最近我纵观世界文、史、哲、艺术的发展，深感最伟大的创新者也必然是最伟大的继承者。一个有几千年诗史的民族如果不能从自己的诗歌史中汲取营养岂不有些荒唐？"①作为一个深具历史感的诗人，刘基也可以说是中国诗史上善于继承的人之一。总之，刘基对屈骚精神既有创作精神上的崇尚，也有文学形态上的追摹，是一种比较全面的接受方式。

　　第二，人生理思的全面展现。除了屈骚精神的深刻体现外，刘基的山水诗文也展露了其他丰富复杂的情怀，而所反映的社会生活也较为宽广，正如《绍兴崇福寺记》所说"因登其皆山之楼，眺于群山，悠然而怀古焉"，山水美景既能解忧，作者也可以借以传达逸怀浩气。《九日舟行至桐庐》一诗，就展现了主体复杂微妙的心灵世界："杪秋天气佳，九日更可喜。众人竞登山，而我独泛水。江明野色来，风淡波鳞起。苍翠观远峰，沉寥度清泚。沙禽泛悠飏，岸竹摇萝靡。溯湍怀谢公，临濑思严子。紫萸空俗佩，黄菊漫妖蕊。落帽非我达，虚垒非我耻。扣舷月娟娟，濯足石齿齿。澄心以逍遥，坻流任行止。"九日登高望远，天气佳美，更是可喜。诗人一路泛水而来，景致宜人。但清澈的桐庐江，既引得严子陵前来隐居垂钓，也见证了当年谢灵运贬谪羁旅的愁思，不禁慨然。从历史题材中进一步强化现实话题，增加词句的意义含量，有强化表现的作用。现在，一切都不复存在，唯有任舟行止，乐得逍遥。诗人实际上有更为凄楚的情怀隐含其中，诗句的描述是忠实而富于表现力的。《登安仁驿》："鸡鸣发山驿，天黑路弥险。烟树出猿声，风枝落萤点。江秋气转炎，嶂泾云难敛。伫立山雨束，客愁纷冉冉。"安仁驿在今浙江省衢州市境内。诗人就天气、景色、声音等等进行多角度的描绘，抒发了内心复杂的情怀，诗人的情态如闻如见。《题紫虚道士晚翠楼》中偶作出世之想，这主要适合主题表达的需要，属于一时应景之作："晚翠楼子好溪南，溪山四围开蔚蓝。微阴草色尽平地，落日木杪生浮岚。岩畔竹柏密先暝，池中芰荷香欲酣。闻说仙人徐泰定，骑鸾到此每停骖。"《晚同方舟上人登师子岩作》诗也展示了审美主体的真诚心灵，既有景致的精细描绘，更有深愁玄思

---

　　① 郑敏：《诗歌与哲学是近邻——结构—解构诗论》，北京大学出版社1999年版，第266页。

的展开:"落日下前峰,轻烟生紫林。云霞媚余姿,松柏澹清阴。振策纵幽步,披榛陟层岑。槿花篱上明,莎鸡草间吟。凉风自西来,飔飔吹我襟。荣华能几时?摇落方至今。逝川无停波,急弦有哀音。顾瞻望四方,怅焉愁思深。""荣华能几时",借发问加重议论语气。最后落脚在"怅焉愁思深",有着更为深广的社会意蕴,可谓思深力沉。《写情集》中的《散天花·舟泊中川》一阕也可列此:"落日长江泊小舟,碧空如水月如钩,闲寻孤屿上高楼。狂歌争击节,起沙鸥。   开遍蘋花已白头。错疑飞柳絮,点芳洲。悠悠片石砥中流。双峰缥缈处,拟丹邱。"

诗人本来就生活于"一岭摩天上,风云拥古村。高疑通上界,俯可数中原。地峻群山小,林疏老树尊"(吴捧日《刘文成故里诗》)的环境中,王冕《题青田山房》也称赏诗人:"青田刘处士,潇洒好山房。夜月移花磴,春云动石床。"求学的石门书院又是一处绝胜之地,人称"石门洞天"。这样的生活环境和情致,盘桓其中,自然对客观山水有着深厚的审美感受,长期羁旅在外,又会更加激发起诗人对故乡山水的向往和追恋,倾吐诗人思乡但又难以还乡的无奈与惆怅。所以,刘基的部分山水诗作也流露了诗人对大自然的陶醉之情,展现从佳山秀水中获得的感情上自我愉悦的满足。由此也可见文学现象的复杂性。元顺帝至正十三年(1353),刘基因反对招抚方国珍而被革职,诗人避地绍兴,寓居王原实家,一时有了较多的闲暇,也算是匆匆的人生旅途中寻觅到一片精神止泊之地:"兹邦控吴越,名胜闻自昔。湖山竞奇丽,物产亦充斥。"(《丙申二月别绍兴诸公》)于是诗情也随之展开,有《遣兴六首》等,如之一,就较好地展示了旖旎的山水风光,依次展现物色,环环相扣,写出自然景物的自在状态,表达了"暂止聊自足"的心情,吟唱出诗人的高旷情怀:"避地适他乡,息肩谢羁束。生事未有涯,暂止聊自足。南园实清旷,可以永幽独。层楼面群山,俯见湖水绿。杂英被郊甸,鱼鸟得栖宿。登临且慰意,未暇计远躅。圣贤有遗训,知命夫何卜。"《宗上人溪山亭》也运用了这样的主体构思,也许诗人那时寂寞又痛楚的心灵在自然的天地里果真找到了应有归宿,于是,就用敏感的心灵去感受着自然美带给自己的愉悦:"湖上清溪溪上山,山亭结构俯人寰。窗中树色宜晴雨,门外滩声自往还。炼药井寒玄鹤逝,采莲舟去碧波闲。春兰秋桂年年好,憔悴风尘漫厚颜。"这些作品都以自己的审美感受为中心。

刘基又有《松风阁记》、《游云门记》、《出越城至平水记》、《活水源记》、《白云山舍记》等山水散文,多作于绍兴生活时期,舒展性灵。《横碧楼记》物象的描写中有人生的深入思考:"天下之佳山水,所在有之,自有天地以迄于今,地不改作也,或久晦而始彰,有其数乎,抑或系于人也。故兰亭显于晋,盘谷显于唐,乃与右军之记,昌黎之序,相为不朽,物之遇也,果有待于人哉。"

刘基也有山水词,除上举的《散天花·舟泊中川》,又如《菩萨蛮·越城晚眺》:"西风吹散云头雨,斜阳却照天边树。树色荡湖波,波光艳绮罗。

征鸿何处起,点点残霞里。月上海门山,山河莽苍间。"作为一首山水词,《蝶恋花》透露出些许无可奈何的心绪,在品味中咀嚼出丝丝忧伤,耐人诵读:"白水茫茫烟渺渺,原野高低触处生芳草。草绿花红人自老,有情争似无情好。　　丧乱余身欢意少,肠断江山不肯留残照。门掩黄昏寒料峭,角声吹起双栖鸟。"

三　刘基山水诗文的艺术呈现与美学风格

刘基《〈项伯高诗〉序》称:"言生于心而发为声,诗则其声之成章者也。故世有治乱而声有哀乐,相随以变,皆出乎自然,非有能强之者。是故,春鸟之音悦以豫,秋虫之音凄以切;物之无情者然也,而况人乎!"刘基的作品也是自我心灵的真实而全面的展示,但又尽力避免情绪的直接叙说和倾泻,从而形成一种颇具深度的美感。散文《横碧楼记》在艺术上多用比喻:"凭之而觇,山之峙者翕然;俯之而瞩,水之流者渊然。或挺而隆,或靡而弛,如龙如虎,如蛟如蛇,如烟如云,如兰如苔,如带如屏,远近高低,萦纡蔽亏,举不逃于一览,于其地遂为甲观。"

《自衢州至兰溪》抒发的是较为复杂的情怀:"秋郊敛微雨,霁色澄人心。振策率广路,逍遥散烦襟。疏烟带平原,薄云去高岑。湛湛水凝碧,离离稻垂金。荞麦霜始秀,玄蝉寒更吟。幽怀耿虚寂,好景自相寻。心契清川流,目玩嘉树林。歌传沧浪调,曲继白雪音。仙山在咫尺,早晚期登临。"全诗前有伏笔,后有照应,情辞婉转,意味微妙。《稽句岭》也是主体心灵的一次敞开历程,把自己的感情寄诸物象,依靠意象的不断涌现使人们对诗人身处的现实有了较为感性的认识,景、情真切而浑成。除了情感的丰厚之外,诗人在审美艺术层面上也做了极大的努力,有着诸多创新。首先,刘基论诗主情主气,认为"凡气有所不平,皆于诗乎平之。是故饮食非诗不甘,坐卧非诗不宁"(《郭子明诗集序》),所以,山水诗文中也体现了这样一种精神。《题沙溪驿》一气贯通,纯从笔墨上求神趣,情溢诗行,踵武唐人:"涧水弯弯绕郡城,老蝉嘶作车轮声。西风吹客上马去,夕照满川红叶明。"其次,诗人也讲求格律的工稳与字句的斟酌与推敲。《望孤山作》:"晓日千山赤,寒烟一岛青。

羁心霜下草，生态水中萍。黄屋迷襄野，苍梧隔洞庭。空将垂老泪，洒恨到沧溟。”情感含蓄而不径露，承转自如，韵味深远，很能扣人心弦。诗歌又能注意构图高低远近的对称，对仗也极为工整。尾句的一个“空”字，总揽上文，较为准确地传达出诗人内心的意蕴。

在刘基诗歌中，山水诗并不占据主体地位，就是在这些作品中，也没有多少精力投放。这可能与诗人所处的实际生活状况有关。少时，诗人多于仕途上奔波，无暇顾及；元末明初，生逢衰世，志在有为，一路南北征战，谋划军政，即使心有余，也是力不足的；入明之后，更是衷心辅佐，心系国事，一切都以大明基业为重，自然也就少了中国传统诗人的那样一份闲情，诗作本来就少，山水诗更是几乎退出诗人的艺术审美视野。这也可见文学创作受时代历史文化制约之深。

刘基诗歌的主体风格一般都认为是古朴、雄健，实际上并不是很全面。当然，这主要是就五言古诗来说，还是大体准确的。诗人的山水诗也与主导诗风一致，如《若耶溪杳郭深居精舍》：“上人好山居，入山惟恐浅。纡余涉渊沄，结构依巉嶮。冈峦外挺拔，水木终隐显。其前对鹅鼻，突兀正冠冕。其傍连木禾，积翠森偃蹇。后有狮子岩，峭崒露龈齴。春花炫阳林，秋草馥阴畎。高通云雨过，侧见星斗转。桃源不远求，箕颍安足践？我来三伏凉，羁怀忽如展。谈经道心融，听法俗虑翦。疏窗夜深启，孤月挂遥岘。空蒙白毫光，闪铄动崖巘。何当此卜邻，永用辞洪湎。”但像《古戍》这样的近体之作，也承续这样的诗风，雄奇高古：“古戍连山火，新城殷地笳。九州犹虎豹，四海未桑麻。天迥云垂草，江空雪覆沙。野梅烧不尽，时见两三花。”但刘基诗风较为多样，并不拘于一家，如《萧山山行》，则是极为清丽的：“积雨今朝天气佳，山亭晓色上林花。未须汗漫思身世，且可逍遥玩物华。偶值断桥妨去路，却随修竹到邻家。篱边鸭惊野人过，拨刺飞鸣落远沙。”总体上看，刘基的山水诗内蕴丰厚，意余象外，兼容各家，不拘一格，在中国山水诗史中应有其一席之地。胡应麟《诗薮・续编》卷一：“国初吴诗派昉高季迪，越诗派昉刘伯温，闽诗派昉林子羽，岭南诗派昉于孙蕡仲衍，江右诗派昉于刘崧子高。五家才力，咸足雄据一方，先驱当代。”[①]潘德舆《养一斋诗话》卷三认为：“明诗不可以轻心抑之也。明开基诗，吾深畏一人焉，曰刘诚意；明遗民诗，吾深畏一人焉，曰顾亭林。诚意之诗苍深，亭林之诗坚实，皆非以诗为诗者，而其诗境直黄河、太华之高阔也。首尾两家，谁与抗手？抑明诗者，盍自较其所

① 胡应麟：《诗薮》，上海古籍出版社1979年版，第342页。

作乎!"①在卷六中更是推崇得无以复加:"岂惟明一代之开山,实可跨宋、元上矣。"②这样的评述衡之以史,也许有拔高之嫌,但也应该注意到这样一个客观现实,刘基诗歌形成具有一定个性的美学思想和艺术探求,格律精严,自有其内在的艺术魅力,其成就在有明一代确实不可等闲视之;在明代初年,更是迥出其类的,可与高启并称二雄,这是不容置疑的,即以山水诗而言,也是如此。但仔细分辨,二人还是有些不同。《四库全书简明目录》评刘基:"其学术经济似耶律楚材、刘秉忠,而文章则在二人之上。其诗沉着顿宕,自成一家,可亚高启。其文亦宋濂之亚。所不能突过二人者,神锋豁露而已。"陈文新认为:所谓"神锋豁露","即辞气过于奔放、畅达,因而丰神意态不够本色"。③

刘廌,字士端,刘基长孙。洪武二十三年(1390)十二月,袭封诚意伯。次年坐事贬秩,归里隐居于盘谷。洪武末年远戍甘肃,旋赦还。有《盘谷集》十卷。其山水诗亦有可观之处。《百丈漈观瀑》:"共说悬崖飞瀑好,鲛绡千尺下晴空。白迷云影满天雪,碧醮霞光坠地红。策杖忘形乘晚照,披蓑适兴坐春风。浮槎便欲寻仙去,应是银河有路通。"作者以恬淡的心情登上临水,悟出一番"寻仙"的思绪。

第三节　谢铎、王守仁、徐渭等人的山水诗文

总体上看,明代中叶谢铎、王守仁、徐渭等人都有着往还朝野的特殊经历。他们心地纯真,创作上都有现实感与身世感的交织,也表现为一种对于自由境界的向往与追求,致力于山水诗文创作。

一　谢铎

谢铎(1435—1510),字鸣治,号方石,太平(今温岭)人。英宗天顺三年(1459)中举,八年(1464)成进士,与李东阳同入翰林,为庶吉士。群聚都下,谈诗论文。宪宗成化十六年(1480),谢铎开始丁忧回家。此后,谢铎曾三仕

①　郭绍虞编选,富寿荪校点:《清诗话续编》(下册),上海古籍出版社1983年版,第2044页。

②　郭绍虞编选,富寿荪校点:《清诗话续编》(下册),上海古籍出版社1983年版,第2098页。

③　陈文新:《明代诗学的逻辑进程与主要理论问题》,武汉大学出版社2007年版,第168页。

又隐,看透一切官位与名利。谢铎卒赠礼部尚书,谥文肃。

受家学传统熏染,谢铎一生以弘扬儒业为己任。在七十余年的人生道路上,作为"茶陵诗派"的重要一员,诗始终是诗人忠实的伴侣,但所抒者并非一己之情绪。谢铎遵循茶陵诗派师古而不拟古的共同特点,也有着品诗论文的精到之见。沈德潜、周准《明诗别裁集》卷三:"永乐以后诗,茶陵起而振之,如老鹤一鸣,喧啾俱废。后李、何继起,廓而大之,骎骎乎称一代之盛矣。"①所论基本合乎创作实际,其间并无多少溢美拔高的成分。"在总的政治和思想文化背景有所松动的条件下,摆脱了理学统绪,因而能在一定程度上突破程朱理学文学观的束缚,对文学特别是诗歌本身的审美特征和要求进行探讨,是茶陵派有别于台阁体的主要特征。"②在挣脱台阁体羁绊的过程中,谢铎做出了自己的努力。孝宗弘治十七年(1504)年七月,李东阳作《和方石先生留别韵诗二首》。其二说:"客心乡路转依微,回首风尘袂一挥。已起谢安还复卧,未秋张翰忽先归。桃源再入花应在,赤壁重游事恐非。试向画图占寿考,老来诗骨更崔嵬。"诗歌不能成为个人的纯粹独白。"茶陵派中尚有别具一格的诗人,如谢铎有相当一部分关心民生疾苦、关心国家命运、忧虑时政的诗歌,沉着坚定,颇有老杜遗风。"③胡应麟《诗薮·续编》卷一对明诗歌发展史有所梳理:"国朝诗流显达,无若孝庙以还,李文正东阳,杨文襄一清,石文隐瑶,谢文肃铎,吴文定宽,程学士敏政,凡所制作,务为和平畅达,演绎有余,覃研不足。自时厥后,李、何并作,宇宙一新矣。"④

谢铎《谢公岭》山水描绘中蕴藏情理:"极目诸峰杳霭间,兴来聊复此跻攀。声名一代谢公岭,形胜千年雁荡山。峭壁似争诗句险,荒苔谁认屐痕斑。不知终古行人在,白发无情任往还。"先是开首入题,起得平稳,进行全景式构图,再着眼于谢公岭具体景致的描绘,意境开阔。最后发出慨叹,表现出对社会的清醒认识,袒露诗人的真实心声。这也是当时社会心理的真实写照。《方岩》写家乡风貌:"绝壁峭莫攀,一方剜不得。屹尔海东头,障此天西极。"诗歌表面写景,真正的内核实际上是抒怀,东西对举手法的运用,更使全诗获得一定的意义延展,深蕴理趣,个体人格也得到较为充分的表现。主题的开掘之深,少有人比。意象的营造使诗作既有深邃的哲理,又有

---

① 沈德潜、周准编:《明诗别裁集》,上海古籍出版社 1979 年版,第 75 页。

② 廖可斌:《明代文学复古研究》,商务印书馆 2008 年版,第 46 页。

③ 郭英德主编:《中国古代文学通论·明代卷》,辽宁人民出版社 2005 年版,第 28 页。

④ 胡应麟:《诗薮》,上海古籍出版社 1979 年版,第 345 页。

丰富生动的艺术感性。《游江心寺》:"地拥中川胜,天留半日谈。人谁是宾主,境已绝东南。旧雨山僧识,秋风海味甘。独怜乡思苦,丛杂可谁戡。"尾联有较为强烈的情思抒发。《白云深处》则是别一情怀的抒发,清新可喜:"岸海东行路若封,白云堆里草茸茸。一声鸡犬斜阳暮,知在青山第几重。"

二　王守仁

1.王守仁的人生与心学。王守仁(1472—1528),字伯安,曾筑室阳明洞,自号阳明子,人称阳明先生,余姚人。孝宗弘治十二年(1499)进士,次年授刑部云南清吏司主事。武宗正德元年(1506)因忤太监刘瑾,被杖责,贬为龙场(今贵州修文县)驿丞,至三年春实际到任。《贵州通志·建置志驿传》载:龙场驿设"驿丞一名,马二十三匹,铺陈二十三副"。不过,这样的打击并没有损害诗人心中的济世抱负。诗人处逆如顺,弘扬儒业。正德五年(1510),刘瑾伏诛,王阳明被重新起用,官南京鸿胪寺丞。正德十一年(1516)为都察院右佥都御史,巡抚赣南。十四年(1519)平宁王朱宸濠之乱,十六年(1521)武宗逝,世宗践祚。十月二日,王阳明被封新建伯。嘉靖元年(1522),王阳明上疏请辞封爵,不久丁父忧,后任南京太仆寺少卿、兵部尚书等。穆宗隆庆元年(1567)五月,赠新建侯,谥文成。神宗万历十二年(1584),从祀孔庙。作为著名的哲学家,王守仁发展陆九渊的学说,建立起以"致良知"与"知行合一"为宗旨的心学,影响深远。王阳明强调正心修己,如《传习录》卷上:"犹一两之金比之万镒,分两虽悬绝,而其到足色处,可以无愧。"有《王文成全集》。

傅雷有一句至理名言:"人一辈子都在高潮——低潮中浮沉,唯有庸碌的人,生活才如死水一般;或者要有极高的修养,方能廓然无累,真正的解脱。"[1]王守仁就是中国文化史上达到最高精神境界的少数杰出者之一。王守仁充满深邃的忧患意识,有对国运危机的敏锐感受,即便世道反复,身处逆境,仍自矢志不渝。郑敏《诗人与矛盾》说:"凡是诗,都是诗人的感性和知性的经历的记载。诗又总是围绕着一个或数个矛盾来展开的。"[2]王守仁的诗歌多以苍生为怀。王守仁固然认为"词章艺能不足以通至道"(《年谱一》),但在实际生活中却并不恪守陈规,而是文道兼擅,深通辞章审美之道。《四库全书总目》卷一七一《〈王文成全书〉提要》就这样评述:"守仁勋业气

---

① 傅敏编:《傅雷家书》(增补本),生活·读书·新知三联书店1994年版,第35页。
② 郑敏:《诗歌与哲学是近邻——结构—解构诗论》,北京大学出版社1999年版,第45页。

节,卓然见诸施行。而为文博大昌达,诗亦秀逸有致。不独事功可称,其文章自足传世也。"

2.王守仁的山水情怀。王守仁一生宦游四方,寻胜探幽,对山水有深厚的感情,对自然深刻悟化。即使身处平叛期间,诗人尚且自称:"从来野性只山林,翠壁丹梯出处寻。"(《即事漫述》其一)称赏门生方豪(1482—1530)也着眼于这样的角度:"方子廊庙器,兼负云霞姿。每逢泉石处,必刻棠陵诗。"(《过常山别方棠陵》)王守仁的山水诗多写陶乐情怀,并渐次构成深厚丰美的意境,实际上都以开阔宏大的历史时空为背景。《舍利寺》就是较为纯粹的情意抒写,但单纯而不单调,笔调清新:"经行舍利寺,登眺几徘徊。峡转滩声急,雨晴江雾开。颠危知往事,漂泊长诗才。一段沧州兴,沙鸥莫浪猜。"又如《芙蓉阁》二首之二展现了大千世界原生、自在的状态:"长风扫浮云,天开翠万重。玉钩挂新月,露出金芙蓉。"表面上看纯乎写实,但实际上也可以理解成诗人着力创造出来的心中之景,语调平和舒缓。《重游无相寺次韵四首》之四也韵致超绝:"瀑流悬绝壁,峰月上寒空。鸟鸣苍洞底,僧住白云中。"清心净虑,万物自安。又如《寻春》,也是以有限的笔墨表现无限的心灵世界,兴致潇洒飘逸,情调活泼流畅:"十里湖光放小舟,慢寻春事及西畴。江鸥意到忽飞去,野老情深只自留。日暮草香含雨气,九峰晴色散溪流。吾侪是处皆行乐,何必兰亭说旧游。"

王守仁在山水诗中也能透过眼前的自然景象,对人生进行思索,对山水意象做多层次的开掘。人们与大自然相融相处,在产生深厚情谊的同时,也会萌发出一种理性层面上的山水意识和人生觉醒。王守仁《龙潭夜坐》:"何处花香入夜清?石林茅屋隔溪声。幽人月出每孤往,栖鸟山空时一鸣。草露不辞芒屦湿,松风偏与葛衣轻。临流欲写猗兰意,江北江南无限情。"诗人在迭遭打击、精神愤懑之中体悟禅理,洞观古今,悟到了大自然的无限亲情,以动写静,自有意味。展现同样情怀的还有《岩头闲坐漫成》:"尽日岩头坐落花,不知何处是吾家。静听谷鸟迁乔木,闲看林蜂散午衙。翠壁泉声穿乱石,碧潭云影透晴沙。痴儿公事真难了,须信吾生自有涯。"诗歌融化着较为复杂的情感和人生体验,有沉重的人生感慨,但仍不失沉郁苍劲之风。《江旁阻雨散步至灵山寺》也情意相近,充满生活情趣:"归船不过打头风,行脚何缘到此中。幽谷余寒春雪在,丘檐斜日暮江空。林间古塔无僧住,花外仙源有路通。随处看山随处乐,莫将踪迹叹萍逢。"又如《溪水》,也是情调悠闲,但从后半部分看,诗歌所描写的已不再是一条普通的小溪,而是渗透了诗人情意的载体,表达了更为丰富复杂的情怀,思辨透彻:"溪石何落落,溪水何泠泠。坐石弄溪水,欣然濯我缨。溪水清见底,照我白发生。年华若流水,一去无回停。悠悠百年内,吾道终何成。"吴承学在《晚明小品研究》一书中认为:"袁中郎与山水之间的关系,似乎不是人对自然的品赏,而是一种与自然感情平等交流的过程。"①这也可以用来论述王守仁与山水之间的亲密关系。

　　心诚则艺精,王守仁山水诗在艺术上也取得很高的成就。王守仁的山水诗没有囿于前代的格套,而是力求新创,合乎气炼则句自炼的美学风范。《泛海》诗情真意挚,落笔超旷,把画面扩充到自我目力所及的范围,展现无限的空间世界,有神奇瑰丽的色彩,是可圈可点的创意出奇之作:"险夷原不滞胸中,何异浮云过太空? 夜静海涛三万里,月明飞锡下天风!"写物不仅仅纯然是为了欣赏所咏之物,也是借诗言理,理趣深长。《夜宿天池二首》以衔接自如的意象,写出景物的动态变化之美,神韵俱足:"昨夜月明峰顶宿,隐隐雷声在山麓。晓来却问山下人,风雨三更卷茅屋。""天池之水近无主,木魅山妖竞偷取。公然又盗山头云,去向人间作风雨。"诗歌是一种最精粹的文学体裁。铃木虎雄说过:"作为中国诗的重要特点之一,内容方面的诗趣高妙的程度与形式方面的文字数量的多少恰成反比例。"②七绝是最能体现这一精神的体式之一。王守仁的诗作符合这样的审美判断,笔墨省净,构图精工,善用比喻,化静为动。《香山次韵》韵致超然,有着清远的美学境界,也显露出作者诗风的多样:"寻山到山寺,得意却忘山。岩树坐来静,壁萝春自闲。楼台星斗上,钟磬翠微间。顿息尘宁念,清溪踏月还。"《游牛峰寺四首(之三)》:"偶寻春寺入层峰,曾到浑疑是梦中。飞鸟去旁悬栈道,冯夷宿处有幽宫。溪云晚度千岩雨,海月凉飘万里风。夜拥苍崖卧丹洞,山中亦自有王公。"尾句增加了诗歌的曲折度,画面意境得以进一步开拓,但不是一味地虚笔夸饰。由此可见王守仁不愧为写生高手,真正的诗意就在这些字里行间。又如以形写意、兴象超然的《重游无相寺次旧韵》,也是清远有神韵:"旧识仙源路未差,也从谷口问桃花。屡攀绝巇经残雪,几度清溪踏月华。虎穴相邻多异境,鸟飞不到有僧家。频来休下仙翁榻,只借峰头一片霞。"

　　王阳明弟子顾应祥(1483—1565),字惟贤,号箬溪,长兴人。弘治十八年(1505)进士,嘉靖六年(1527),迁山东布政使,不久任都察院右副都御史,巡抚云南,终南京刑部尚书,居官二年,离职回乡。作为王阳明弟子,顾应祥

---

① 吴承学:《晚明小品研究》,江苏古籍出版社1999年版,第116页。
② 〔日〕铃木虎雄著,许总译:《中国诗论史》,广西人民出版社1989年版,第170页。

有《传习录疑》、《致良知说》、《惜阴录》等，并有《箸溪归田诗选》一卷。顾应祥自称一生"野人不作繁华梦，只爱山间泉石清"（《泉石》），感慨"往事已俱随逝水，新题恨不遍名山"（《九叠韵答徐半溪》），《登南高峰次江石南大参韵》风貌古朴："层梯百折紫霄通，合是东南第一峰。今古山川有吴越，乾坤身世本萍蓬。楼台掩映诸天迥，烟雾微茫八极空。岂有长才能作赋，不禁豪思欲凌风。"《游道场山登绝顶次东坡韵》情思展放，气势恢宏："天风阻舟岘山麓，促我来游道场谷。平生览胜兴独豪，飞步宁愁病双足。松山郁郁云漫漫，石磴曲似羊肠蟠。忽然谷底天籁发，千岩万壑惊奔湍。层梯历尽浮屠出，俯瞰平湖如广席。湖中七十二峰青，疑有巨灵一挥植。相携何必双绿鬟，白云明月天地间。丈夫适意即仙境，浪说海外三神山。浮世悠悠旦复旦，弹指百年过已半。何如从此谢尘纷，独立丹崖发长叹。"顾应祥《净慈寺次金近山内翰韵》写西湖景致，诗风较为清雅浑厚："南屏幽胜处，秋日此跻攀。路转桥通寺，峰回塔映山。绕堤松柏古，悬磴薜萝闲。怅望平湖渺，长空一鸟还。"又有《晚晴》，也不见经营安排痕迹，较为自然："薄暮开新曙，残阳印浅沙。闲鸥明远渡，归鸟落飞霞。渔艇依桥泊，村帘出树斜。登楼遣孤兴，野思入眸赊。"

三 徐渭

1.徐渭的奇特人生与山水意趣。徐渭（1521—1593），字文清，更字文长，号天池山人、青藤道士、田水月等，山阴（今绍兴）人。徐渭天性卓异，少年时即有文名，以才气自负，但屡试不中，失意科场，难展怀抱，世事多艰，又性气狂放，傲岸不群，每为权势所摈弃。诗人的一生真可谓怀瑾握瑜而志不得伸，与当时政治风气的影响很有关系。"海上倭方急，云中虏又侵。"（唐顺之《宿荆溪上塘庵述怀，余向曾游此，匆匆十年矣》）37岁时，就浙江总督胡宗宪之请，任幕下书记，兼参机要，后胡宗宪因事被治罪，徐渭精神失常而自戕未遂，后又因杀妻事，系狱7年。出狱后，漫游齐鲁燕赵，以诗文书画糊口。徐渭一生疏放豪纵，是中国传统文人性格豪迈而又潦倒落拓者的典型，诗曲书画，无所不染，无所不精，却穷困以终。人们从徐渭的身上能充分看到当时社会的黑暗。徐渭有《徐文长文集》等。

袁宏道《徐文长传》对传主以颓放之姿与命运对抗从而寄情山水与艺术的心路历程有准确的把握："文长既已不得志于有司，遂乃放浪曲蘗，恣情山水，走齐、鲁、燕、赵之地，穷览朔漠。其所见山奔海立，沙起云行，风鸣树偃，幽谷大都，人物鱼鸟，一切可惊可愕之状，一一皆达之于诗。"徐渭《书〈石梁雁宕图〉后》一片痴情："台、宕之间,自有知以来,便驰神与彼,苦不得往,得见于图谱中,如说梅子,一边生津,一边生渴,不如直啜一瓯苦茗,乃始沁然。今日观此卷画图,斧削刀裁,描青抹绿,几若真物,比于往日图谱仿佛依稀者,大相悬绝,虽比苦茗,尚觉不同,亦如掬水到口,略降心火。老夫看取世间,远近真假,有许多种别,不知他日支杖大小龙湫,更作何观。"对于山水,驰神才是最高境界,如果仅是用来点缀外表,为人所不齿。王思任《〈徐文长逸稿〉叙》对徐渭创作有这样的定评:"见激韵险目,走笔千言,气如风雨之集。虽有时荣不择茅,金常夹砾,而百琲之珠,连贯沓来,无畏之石,针坚立破,英雄气大,未有敢当文长之横者。"

2.徐渭山水诗的美学追求。独特的表现源自独特的秉性与感受。徐渭才高命乖,生性狂放,《书〈田生诗文〉后》强调:"师心横纵,不傍门户,故了无痕凿可指。诗亦无不可模者,而亦无一模也。"诗人自己的山水诗就反映了追求个性解放的审美情趣,字字从心灵中流出,其才情与能力在山水审美方面得到较为充分的发挥,真率自然。徐渭《立玉亭》:"山当断崖孤亭立,竹树回环翠万层。倒看夕阳深洞底,不知云外有归程?"诗歌发自真心,以单纯表现丰富,扩展容量,但并没有刻意为之的痕迹,而是显出幽微深隐的美学风范。《天目山》:"天目高高八百寻,夜来一榻抱千岑。长萝片月何妨挂?削石寒潭几度深。芋子故烧残叶火,莲花卑视大江心。明朝欲借横空锡,飞渡西山再一临。"东西天目古名浮玉,雄峰峻岭,催人奋进。诗歌壮景与豪情浑然妙合,笔力遒劲。《早发仙霞岭》表现空间的辽阔与时序的永恒,层次分明而有立体感:"披衣陟崇冈,日中下未已。雄伟奠两都,喷薄走千里。百折翠随人,一望寒生眦。高卑互无穷,参差错难理。蔓草结层冰,乔木悬秀蕡。昼餐就村肆,小结依崖址。去壑知几重,剟竿引涧水。回视高峡巅,鸟飞不得比。"《江郎山》(江郎山三片石高顶,树生沉香,人或拾其朽落。又有小池雾雨鱼辄飞去。人相传鸟衔游鳞向啄,坠子生长)写江郎山所见所感:"危礛发闽甸,孤壁蠹江浦。日如云外升,天从隙中度。标映翠逾莹,赭错苍微护。不爱山人樵,自山水沉树。高顶澄方地,遥夜足春雨。蝌蚪自依苔,鲜鳞倏飞雾。何以致兹奇,鸟攫涧流鮒。清夕听啼猿,白日接仙驭。仰止莫能攀,搔首徒延伫。"

鲍桑葵在《美学史》中说过:"当我们感受大自然的美的时候,我们要把我们的心绪移到大自然的现象中去。"[①]从内心审美感受出发,以感性的物象

---

① 〔英〕鲍桑葵:《美学史》,商务印书馆1985年版,第572页。

来凸现心灵,传递内心真切的感受,与缺少内在感染力的作品相比,完全是别有一番天地。徐渭山水诗多能展示这样的风采。《将至兰溪夜宿沙浦》有着为情造文的审美特质,绝非泛泛之笔,而是有深沉隐微之妙:"中夜依水泽,羁愁不可控。远水澹冥壁,月与江波动。寂野闻籁微,单衾觉寒重。托踪蒲稗根,身共鸥凫梦。"《南明篇》写出如画的新昌风光:"天姥迢迢入太清,更分一壁作南明。为龙学凤看俱是,削障裁屏望即成。别有双峡中天起,青云不度高无比。岁岁花开似画中,年年度月如窗里。含奇吐秀无穷极,出云入雨随能得。叠岫许可作莲花,远峰翻借蛾眉色。"《五泄五首》寥寥几笔,就能写活景色,给人以高度的视觉美:"紫阆村中一线微,穿厨入灶浣裙衣。无端流出高岩上,解与游人作雪飞。""银球缟带簇花琼,百片冰帘织不成。莫依长风乱飘洒,旱时一滴一珠倾。""斗崖紧接大槽平,长练难倾怒愈生。绝似海门潮正急,白头翻点黑沙行。""欲看直捣隔遥岚,此是蛟龙第四潭。急过对山尖顶望,始知项羽破章邯。""轰雷千尺破银河,铁障阴寒夏转多。我已看来无此景,大龙湫比此如何?"《来青亭》:"画栋将云绕,修檐傍汉开。亭非邀翠入,山自送青来。远色书难写,遐观纵未回。共言春景丽,不见使人猜。"传统诗歌向以抒情空灵为上品,《来青亭》诗体结构疏朗,意趣自在,正合此境。

徐渭《浣溪沙·鉴湖曲》也有浓郁的山水描写成分,有着诗人敏锐的感受力,文笔绚丽:"浅碧平铺万顷罗,越台南去水天多。幽人爱占白鸥莎。

十里荷花迷水镜,一行游女怯舟梭。看谁钗子落清波。"黄宗羲在《青藤歌》中说:"岂知文章有定价,未及百年见真伪。光芒夜半惊鬼神,即无中郎岂肯坠?"

四 屠隆

屠隆(1542—1605),字长卿、纬真,号赤水、由拳山人、鸿苞居士等。鄞县(今宁波人)。万历五年(1577)进士,任颍上知县,七年迁青浦令,十年升礼部主事,历议制郎中。遨游吴越,寻山访道,啸傲赋诗。晚年出盱江,登武夷。《明史》本传说他"归益纵情诗酒,好宾客,卖文为活。诗文率不经意,一挥数纸"。据钱谦益《列朝诗集小传》丁集上《屠仪部隆》所载,屠隆"虽为吏,家无余资,好交游,蓄声伎,不耐岑寂,不能不出游人间",后以卖文为生。屠隆著有《栖真馆集》、《由拳集》、《采真集》、《南游集》、《鸿苞集》等,其散文瑰丽横逸,成就颇高。《四库全书总目》卷一七九《〈白榆集〉提要》:"隆为人放诞风流,文章亦才士之绮语。……文尤语多藻绘而漫无持择。"

在《送董伯念客部请告南还序》一文中,屠隆自称"不佞故海上披裘带索之夫也,偶邀时幸,窃禄下寮,生平有烟霞之癖,日夜不忘丘壑间,而苦贫无负廓一顷,饱其妻孥,不得已就五斗,中外风尘马蹄,未尝不结思东南之佳山水",《泛淀山湖》也有"故有沧州癖"之诩,均展现潇洒出尘的高洁情操。屠隆《由拳集》卷一二《寿黄翁七十序》认为:"诗取适性灵而止,不以雕虫之技苦心劳形。"《〈李山人诗集〉序》更强调:"故诗不论才而论性情,亦存乎养已。"杜濬(1622—1685)《读屠长卿先生〈由拳集〉有感》四首之一肯定屠隆诗歌开阔壮浪的境界:"爵跃扶摇溟涬时,云将无计遂攀追。人间七子堪为侣,海上三山定有期。勾漏丹砂容易得,长安卿相等闲知。依然贺监风流在,一镜湖头两系思。"但陈子龙等编《皇明诗选》卷一二也指出屠隆诗所存在的问题:"纬真诗如冲烦驿舍,陈列壶觞,顷刻办就,而少堪下箸。"

文学是社会生活的审美反映。屠隆的山水诗反映了不为世用但仍然自我充盈的人生情趣,以不断创新的山水华章展现纯然的山水境界。《三洞诗》二首写金华双龙洞风光,追寻返璞归真的道家风韵,意象虽多而不杂乱,并能传情准确,给人以出尘之想。其一:"千尺横梁压水低,轻舠仰卧入回溪。悬崖云叶垂垂下,削壁莲花朵朵齐。定有灵文封石简,何缘瑞榜发银题。探奇喜共澄怀者,一饭胡麻路不迷。"其二:"垂萝峭壁上堪扪,矫矫双龙巨石蹲。洞落千寻通地脉,光生一线透天门。阴崖陡觉云霞傲,冬日犹怜气候温。仿佛松篁奏仙乐,人间丝竹不须喧。"诗歌务求微妙写真,借以传达心中的清心静念。

《补陀洛迦山记》中间一段以记山水景象为主,注重色彩调配,气象壮观,笔势纵放,恢宏浑成:"由明州城桃花津,六十里至候涛山下,是为海门。东航海,抵翁洲。洛迦山周围百里,四际无岸,孤悬海中。赤县神州,不复记忆置在何处。秽土劫尘,邈焉隔绝。……远近诸山,大者如拳,小者如粟。三韩、日本诸岛,青螺一抹,杳霭烟际。乍有乍无,微风不动。天镜涵空,澄碧万里。惊飙下撞,洪涛上春。银山雪屋,簸荡天地。五鼓望日出扶桑,巨若车轮,赤若丹砂,忽从海底涌起。赭光万道,散射海水,奇鲜煜雪,晃耀心目。吴渊颖谓,空水弄影,恍若铺金,僧伽黎衣,尤极形容,奇哉观也。……山上宝陀禅寺,奉观音大士。上自帝后妃主,王侯宰官,下逮缁侣羽流,善信男女,远近累累,无不函经捧香,搏颡茧足,梯山航海,云合电奔,来朝大士,方之峨眉、五台有加焉。江津海浦,风涛覆舟,哀空侯,酹波臣,无时无之。独洛迦慈航,乘潮稳渡。开山以来,绝不闻有颠危之险。自非圣力默持,慈心垂佑,胡能然矣?"《海览》一篇,以近于汉赋的写法,写普陀海天佛国千变万化、壮阔奇丽的胜境,意境奇幻迷离。如开篇叙写作者"放舟桃花津,顺流东下,登候涛山,踞鳌柱峰,扪潮音洞。乘流送目,陡觉东南天地大荒,寥廓开朗,森然灏漾,金鸡虎蹲,两山对峙。奔腾峡口,蛟门峡束。谽谺鼓怒,巨涛摧碌,六合撼顿。夜宿佛阁上,通宵闻大风雷声,或如万面战鼓訇訇而来,遂疑卷此山去,令我眇焉,四大掷于何所? 其上挂扶桑蟠木,与阳乌亲乎? 其下撞蛟宫水府,与龙子友乎?"

五　陶望龄

陶望龄(1562—1609),字周望,号石篑、歇庵,会稽(今绍兴)人。万历十七年(1589)会试第一,殿试第三,授翰林编修,历官太子中允谕德、国子监祭酒。陶望龄弃官后曾与袁宏道(1568—1610)同游江南三个月,一起谈禅论道,意气相投,和光同尘,观五泄瀑布,"同览西湖、天目之胜,登黄山、齐云。恋恋烟岚,如饥渴之于饮食。时心闲意逸,人境皆绝"(袁中道《吏部验封司郎中中郎先生行状》)。品山玩水,于普陀山慈云石上题"鹫岭慈云"四字。在大自然的山光水态中感发诗思,真有飘然出尘之感。陶望龄卒谥文简。有《歇庵集》、《解庄》等。

陶望龄《途中杂诗》缘情造境,抒发复杂情怀,剖白自己的心迹:"驱马游京国,思家动越吟。短檠时有梦,孤剑自知心。驿树寒烟晚,官桥流水深。羁栖有朋好,聊足慰离襟。""一骑风尘里,千山县郭东。畏途逢落日,别思对孤鸿。仗策心逾远,谈诗气更雄。驱驰丈夫事,不必恨飘蓬。"诗句朴实而又洗练,显示了遣词炼句的能力,尾句尤为提升诗境,富有气势。《次沙河》:"望望日将夕,行行路转赊。乱流寒渡马,深树静栖鸦。隔岸催渔艇,寻村赴酒家。客身何所寄,愁思正无涯。"全诗描写渗透在叙述中,出语精警,浑然莫辨。《剡溪》以一种大写意的方式勾勒全景,一气流转:"剡溪如画映清波,石磴崚嶒挂碧萝。虹亘两桥思去马,帆轻百道傍浮螺。夜灯村落红千点,春钓汀洲绿一蓑。明月寒潭无限景,山阴乐兴雪中过。"《太末道中》也有自己的个性,思致巧妙,言短情长:"乱山深处有人家,一道青烟接树斜。水暖沙晴溪女出,绿萝低映小桃花。"物象安排,如同天造地设。袁枚《随园诗话补遗》卷二:"口头语,说得出便是天籁。"①陶望龄《太末道中》就属于这样的作品。

---

① 袁枚著,王英志校点:《随园诗话》,江苏古籍出版社 2000 年版,第 463 页。

第四节　王思任、张岱、祁彪佳的山水诗文

万历之后,危机日益加深,带有一种世纪末的色彩,终至生灵涂炭,战火横飞。这并不是简单的那种"将一家物与一家"(《南史·褚裕之传》)而已,而是给人以刻骨铭心的生活感受。这一悲剧性的处境,促使人们对于社会现实与人生有更为深刻的体验和认识,拒仕清廷,走上各自不同的抗争之路。一些士人醉心诗酒、放情山水,另有一些则完节明志、遁入空门。所以,这一时期的创作也往往成了他们作品中现实性最强的一部分,诗情、诗风都发生变异,但都能展示社会变革中的不幸,积郁着深深的故国之思,可见出他们心情之悲苦,不是一般的所谓遗臣遗民怀念先朝、眷恋故国的情态所能涵容。方东树《昭昧詹言》卷五:"古人处变革之际,其立言皆可觇其志性。"①随着主体意识的变化,审美理想与创作观念也自会随之发生相关的变化,诗风也由此而先后递变,借山水描写寄托陆沉之感。抱节而终的遗民诗人构建适合当时客观历史条件的美学理想,将抒情纳入时代的审美法则之中。

一　王思任

1.王思任及其旅游文学理论。王思任(1575—1646),字季重,号谑庵,又号遂东,山阴(今绍兴)人。万历二十三年(1595)进士,曾知兴平(今属陕西)、当涂(今属安徽)、青浦(今属上海)三县,多有惠政,又任袁州(今江西宜春)推官,擢南刑部主事,转工部,出为九江金事。王思任一生怀才不遇,"意轻五斗,儿视督邮,淹蹇宦途,三仕三黜"(张岱《王谑庵先生传》),属于真正的"徒有能而不陈"(司马迁《悲士不遇赋》),晚年僻居故里。顺治三年(1646),清兵破绍兴,一直以儒业为安身立命之所的王思任慨叹复国无望,济世弘道之志无成,遂闭门绝食,以死明志。有《王季重十种》。

王思任性喜游山水,从自己的性情出发去寻觅美的存在,讲求实地考察。汤显祖《〈王季重小题文字〉序》着重强调他遍历山水:"往来燕越间,起禹穴、吴山、江、海、淮、沂,东止岱宗,西迤太行,归乎神都,所游目,天下之股脊喉臆处也。英雄之所躏,美好之所铺,咸在矣。"正因为如此,作者在《〈淇园〉序》中有这样精辟的阐述:"天下山水,有如人相:眉巉目凹,蜀得其险;骨大肉张,秦得其壮;首昂须戟,楚得其雄;意清态远,吴得其媚;貌古格幻,闽

---

①　方东树著,汪绍楹校点:《昭昧詹言》,人民文学出版社 1961 年版,第 130 页。

得其奇;骨采衣妍,滇粤得其丽。然而韶秀冲停,和静娟好,则越得其佳。"

2.王思任山水诗。王思任的山水诗多作于早期,较少涉及对战乱时局的描述,而多体现出较为纯粹的抒情本质,展现广阔的诗意空间。如《衢江道中》:"百里皆卢橘,三家亦水湄。溪喧春自接,屋险树交支。鸟语深林碎,鱼行浅濑迟。游山不及老,灵运许心知。"全诗富于雕刻性,固然选取的都是一些具体而微的自然意象,但充满着动势,尾句尤引人遐思。《过剡》也抒发悠闲舒适的情怀,有着很大的想象空间:"千山夹束尽,顿尔一相宽。古县仙常到,名溪雪不干。晚鱼呼市酒,野鹤下舟滩。月色时来闹,挑眠梦未安。"《桐庐》即目会心而得,写出桐江山水的绰约之姿:"碧江千百顷,况复万山青。仙县无城郭,人家尽画屏。酒帘烟裹店,渔火月凉汀。蝉意常关切,临风细细听。"语似平易,实含机锋。细听之下,恍然有悟。《访虎跑泉》一诗也是意趣横生:"十日访泉来,山花特地开。僧投黄叶寺,钟绕白云隈。一岭通江细,千峰抱佛回。泉声悬树杪,渐入道人杯。"诗人将想象的异彩投射到客观物体上,着力描绘自然生机活泼之态,涂染上非凡的神采,疏朗的构图,与此相映成趣,给人以极强的审美愉悦。

王思任《石梁二首》以近指远,托物寄情:"谁将一匹缣,经纬万里雪。上有织机梁,提丝不听歇。天襄无此巧,火浣无此洁。文是观音莲,花花喷玉屑。""振衣千仞冈,请君腾一尺。濯足万里流,请君剪半席。神龙门下雪,白马江中汐。人人看石梁,人心不如石。"诗歌是透过物象对生活做深层展现,寄意于山水,押仄声韵使情调更为激越不平。王思任山水诗偶有四言之作,别有风味。如《游石门》:"我有匡山,石门伊阙。傍壁天来,无秋生月。峡堂青锦,雁关积铁。有絮缕如,有布万叠。二梁少豪,沈陆狂獭。但见叫呼,使我心悦。"以诗意的目光抚慰万物,心情自由无碍,一切都是令人愉悦的。

葛晓音《说王维的〈辋川集〉绝句》指出:"自然美只有通过人的深切感受才能展现它的全部魅力。"①文学创作要展现人生与自然的全部魅力,就必须吸收其他审美艺术的长处,以提高自身的表现力。王思任《韬光涧道》写出灵隐至韬光一带古木修篁、浓荫蔽日的风致,景美情美,无以复加,余味绵长:"灵隐入孤峰,庵庵叠翠重。僧泉交竹驿,仙屋破云封。绿暗天俱贵,幽寒月不浓。涧桥秋倚处,忽一响山钟。"又如《常山道中》:"石壁衢江狭,春沙夜雨连。溪行如策马,陆处或牵船。云磹滩中雪,人家柚外烟。故乡寒食近,啼断杜鹃天。"在虚实不同的场景中展开,扩张了诗句的表现力,自然而

---

① 葛晓音:《汉唐文学的嬗变》,北京大学出版社1990年版,第301页。

神妙。诗歌创作从诗情勃发，到立意谋篇，直至最后改定，这既是情感凝结为晶体的过程，也是美的升华的历程。王思任的山水诗创作就是一次次美的凝练的结晶。

3. 王思任山水散文。陆云龙（生卒年不详）在《翠娱阁评选王季重先生小品》卷首的《叙》中评论其山水记时说："而其灵山川者，又非山川开其心灵，先生直以片字镂其神，辟其奥，抉其幽，凿其险，秀色瑰奇，踞其颠矣。"王思任的山水散文多可称作山水小品，往往以一种完整的审美经验去表达一种独特的审美感受，着想颇为新奇。与山水诗一样，山水小品也在晋宋之际开始勃兴，此后一直盛行不衰。王思任散文深受徐渭和公安派的影响，并不恪守绳墨规矩，往往于放纵之中谐趣横生；也有竟陵派影响，但又不受其牢笼，追求一种新奇之境，以"我与公安竟陵不同衣饭，而各自保暖"（《〈心月轩稿〉序》）而自得。张岱《王谑庵先生传》评论其山水游记创作："自庚戌游天台、雁宕，另出手眼，乃作《游唤》。见者谓其笔悍而胆怒，眼俊而舌尖，恣意描摹，尽情刻画，文誉鹊起。"传统游记大多以清新自然、淡泊逸远、情味悠久为其文体特征，但王思任的大多数山水游记则有所不同，他以怪怪奇奇、纵横奇宕取胜。[①]王思任《〈袁临侯先生诗〉序》："弇州论诗，曰才，曰格，曰法，曰品，而吾独曰一趣可以尽诗。"王思任自己的散文也往往"趣"字当头。如《游剡溪记》，叙写出剡溪的迷人景致：

> 浮曹娥江上，铁面横波，终不快意。将至三界址，江色狎人，渔火村灯与白月相下上，沙明山静，犬吠声若豹，不自知身在板桐也。
>
> 昧爽，过清风岭，是溪、江交代处，不及一唁贞魂。山高岸束，斐绿叠丹，摇舟听鸟，杳小清绝，每奏一音，则千峦响答。秋冬之际，想更难为怀，不识吾家子猷何故兴尽。雪溪无妨子猷，然大不堪戴。文人薄行，往往借他人爽厉心脾，岂其可？过画图山，是一兰苕盆景。自此，万壑相招赴海，如群诸侯敲玉鸣裙。逼折久之，始得豁眼一放地步。
>
> 山城崖立，晚市人稀，水口有壮台作砥柱，力脱愦往登，凉风大饱。城南百丈桥翼然虹饮，溪逗其下，电流雷语。移舟桥尾，向月碛枕漱取酣，而舟子以为何不傍彼岸，方喃喃怪事我也。

《天姥》的感触又见新意，名山与名人之间真的有着说不完的话题，文章谈及李白与天姥的缘分："行十里，望见天姥峰大丹郁起，至则野佛无家，化

---

① 详参吴承学：《晚明小品研究》，江苏古籍出版社 1999 年版，第 215 页。

为废地,荒烟迷草,断碣难扪。农僧见人辄缩,不识李太白为何物,安可在痴人前说梦乎?山是桐柏门户,所谓'半壁见海','空中闻鸡',疑意其颠,上至石扇洞天,青崖白鹿,葛洪丹丘,俱在明昧之际。不知供奉何以神往?天台如天姥者,仅当儿孙内一魁父,焉能'势拔五岳掩赤城'耶?山灵有力,夤缘入供奉之梦,一梦而吟,一吟而天姥与天台遂争伯仲席。嗟呼!山哉!天哉!"即事生情,真切自然。又如《天台》的一部分,可谓由悦目而赏心:

> 诘朝,由竹厨下,看幽溪,坐般若石,听浪春。扪一反径,取圆通洞,三大石堆成,妙有天来,云听呼入,泉喉乱放,蜩咽鹤清,或直吼下如狮子作武,又或奏独笙,或击万鼓。攀萝上松风阁,顾瞻左壁,骨绣毛锦,灯公十丈宝莲舌,无庸导师,便便然灵文玄对,不可谓单直蒲团上来也。

> 去此三里许,一石跳地插天,欲往从之,茂草跋扈,遂别去。取旧岭上数里,望台邑,一方耕耳。俄有苍莨笋一枝,沉黑拔起山尾,是"国清"之塔矣。路眩陡不可舆,敕股健束,速向鞋底下取塔。取而益隔,旋十数岭,一蹊俯千丈余,一道银布,从绝涧抛下,乃石梁小弱弟析居此,而日夜啼号者。马栗人寒,各不得语,亦不能转换回侧。稍延至容足地,塔出予马首,然后有"国清"也。

二　张岱

张岱(1597—1689?),字宗子,又字石公,号陶庵,又号蝶庵,晚号六休居士,山阴(今绍兴)人。有《陶庵梦忆》、《西湖梦寻》等。张岱家学渊源深厚,又游兴浓郁,《大石佛院》称:"余少爱嬉游,名山恣探讨。泰岳既嵯峨,补陀复杳渺。"张岱生活在朱明王朝日渐衰微直至溃亡的时代,以直道事人,雄才博学而终无所为,有着对人生与社会的深刻体验和认识。《快园道古》卷四:"世乱之后,世间人品心术历历皆见,如五伦之内无不露出真情,无不现出真面。余谓此是上天降下一块大试金石。"于是,作者更加注重人格内塑,游览心态也渐趋宁静平和,以此为基础,构成个性鲜明的山水诗文美学风格。祁豸佳(生卒年不详)为《西湖梦寻》所作的《序》中对张岱山水文学作品有精当评述:"余友张陶庵,笔具化工。其所记游,有郦道元之博奥,有刘同人之生辣,有袁中郎之倩丽,有王季重之诙谐,无所不有,其一种空灵晶映之气,寻其笔墨,又一无所有。为西湖传神写照,政在阿堵矣。"《西湖》三首之二亦当此评:"一望烟光里,苍茫不可寻。吾乡争道上,此地说湖心。泼墨米颠画,移情伯子琴。《南华》《秋水》意,千古有人钦。"

"幸多山水缘,而有济胜具。"(《客有言余为徐文长后身者,作诗呷之》其十一)张岱《百丈潭》与所写之景相协调,选择一种奔泻式的情感表现形式,既有精妙的景物描写,也有耐人寻味的理思,熔铸进诗人的生命:"余曾入龙湫,仰面看瀑布。余踞龙湫上,瀑布出吾胯。石齿何嵯岈,奔流激其怒。鲠咽不得舒,张口只一吐。万斛遂倾囊,一去不复顾。风雷送白龙,攫夺山鬼怖。喷薄尽骊珠,逆鳞焉足护。余愤填胸中,磊块成癖痼。何日划然开,探喉如吐哺。大快复酸辛,破我千年锢。笑与涕泪俱,气栗无可措。此气既已伸,山灵敢复妒。愿随百丈泉,奔腾出云雾。"文章写观瀑的感受,胜境迭陈,不复他想。乔亿《剑溪说诗》卷下:"所谓性情者,不必关乎伦常,意深于美刺,但触物起兴,有真趣存焉耳。"①《百丈潭》诗应作如是观。张岱《白洋看潮》写观钱江潮,带有一种深情的调子,听觉与视觉交错为美,画面极富立体感与纵深感:"潮来自海宁,水起刚一抹。摇曳数里长,但见天地阔。阴阒闻龙腥,群狮蒙雪走。鞭策迅雷中,万首敢先后?钱镠劲弩围,山奔海亦立。疾如划电驱,怒若暴雨急。铁杵捣冰山,杵落碎成屑。聚然光怪在,沐日复浴月。劫火烧昆仑,银河水倾决。观其冲激威,环宇当覆灭。用力扑海塘,势大难抵止。寒慄不自持,海塘薄于纸。一扑即回头,龟山挡其辙。共工触不周,崩轰天柱折。世上无女娲,谁补东南缺?潮后吼赤泥,应是玄黄血。从此上小霅,赭垩噀两颊。江神驾白螭,横扫峨嵋雪。"

山水词《蝶恋花·镜湖帆影》抒发感受最深切之处,敷以种种色彩,吐属新颖:"山似芙蓉青百叠,隔住林峦,穿度轻如蝶。树底疏疏时闪灭,依稀深浅湘裙摺。 伫立高岗随宛折,刹水归帆,犹带山阴雪。遮在人家林外堞,墙头又露他山缺。"又如《念奴娇·丁亥中秋寓项里作》:"雨余乍霁,见重云堆垛,天无罅隙。一阵风来光透处,露出半空鸾翮。凉冽无翳,玲珑晶心,人在玻璃国。空明如水,阶前藻荇历历。 叹我家国飘流,水萍山鸟,到处皆成客。对影婆娑回首问,何日可方今夕。想起当年,虎丘胜会,真足销魂魄。生公台上,几声冰裂危石。"写作中突破现实时空的限制,注重情意的深度开掘,尽见遗民之心,提供了一种悲哀之美。过片几句是词作的灵魂与生命,寓有无尽的感怀,有着极为深厚的艺术涵盖力。

张岱《火德庙》观察角度与立意都很有新异之处:"火德祠在城隍庙右,内为道士精庐。北眺西泠,湖中胜概,尽作盆池小景。南北两峰如研山在案,明圣二湖如水盂在几。窗棂门榱凡见湖者,皆为一幅图画。小则斗方,

① 郭绍虞编选,富寿荪校点:《清诗话续编》(上册),上海古籍出版社1983年版,第1098页。

长则单条,阔则横披,纵则手卷,移步换影。若遇韵人,自当解衣盘礴。画家所谓水墨丹青,淡描浓抹,无所不有。昔人言'一粒粟中藏世界,半升铛里煮山川',盖谓此也。"又有《九溪十八涧》:"九溪在烟霞岭西,龙井山南。其水屈曲洄环,九折而出,故称九溪。其地径路崎岖,草木蔚秀,人烟旷绝,幽阒静悄,别有天地,自非人间。溪下为十八涧,地故深邃,即缁流非遗世绝俗者,不能久居。按志,涧内有李岩寺、宋阳和王梅园、梅花径等迹,今皆湮没无存。而地复辽远,僻处江干,老于西湖者,各名胜地寻讨无遗,问及九溪十八涧,皆茫然不能置对。"文章突出杭州九溪十八涧的清幽之景,方位、时间,耳目之悦,切合步行入山远近视听之理。

散文《白洋潮》展现大自然的惊险壮观之美,也显示出自身精微的观察力与惊人的叙写技巧:

> ……立塘上,见潮头一线从海宁而来,直奔塘上。稍近则隐隐露白,如驱千百群小鹅,擘翼惊飞。渐近,喷沫溅花蹴起,如百万雪狮蔽江而下,怒雷鞭之,万首镞镞,无敢后先。再近,则飓风逼之,势欲拍岸而上。看者辟易,走避塘下。潮到塘,尽力一礴,水击射,溅起数丈,著面皆湿。旋卷而右,龟山一挡,轰怒非常,炮碎龙湫,半空雪舞。看之惊眩,坐半日,颜始定。

论者断言:"上世纪九十年代以后流行的文化散文,从写作的路数上看,其实是张岱山水记的延续和发展,只不过,文化散文刻意凸显文化意蕴,在写作上不免张扬和喧嚣,对历史人物和历史事件进行过分的渲染和描绘,这类文章以其气势和文彩可以引起轰动效应,而论其境界与张岱的山水记不可同日而语。"①可谓深刻。

三 祁彪佳

1.壮志未酬的祁彪佳。祁彪佳(1602—1645),字幼文、虎子、弘吉,号世培,山阴(今绍兴)人。祁彪佳个人遭际坎坷不平,在明末颇具典型性:嗜学早成,十七岁中举,熹宗天启二年(1622)进士,授兴化府推官。崇祯初,升任福建道御史,引上疏"忤旨",而遭到"切责",于绍兴寓山之麓修筑"寓园"以自娱,"典衣销带,不以为苦;祁寒暑雨,不以为劳"(《越中园亭记》之五)。后巡按苏、松诸府。任上严惩豪强,肃清地方,深孚众望,但执法时没有回护权臣周延儒,遭其暗算,崇祯八年(1635)"得请归养",从著名学者刘宗周游学。

---

① 张则桐:《张岱探稿》,凤凰出版社 2009 年版,第 277—278 页。

崇祯十年(1637)组织诗社"枫社",倪元璐(1593—1644)、张岱等为主要成员。祁彪佳后拥福王朱以海监国,出任大理寺丞、右佥都御史巡抚江南等,可叹生不逢时,回天乏力。清兵破南京,下杭州,祁彪佳作《绝命词》"图功为其难,洁身为其易。吾为其易者,聊存洁身志。含笑入九原,浩然留天地",后殉节。有《寓山注》《远山堂诗集》。

2.众美兼备的文学创作。祁彪佳诗歌,体式完备,切近现实。"什么是美感呢? 就是以感性的个体性反映出人类普遍而深层的情绪,而时空逼发的失落感情绪就是这种美感经验和情绪。"①祁彪佳有敏锐的审美感觉,其山水诗正传达出这样的一种美感,寻觅个人的私密空间,以心写诗,又有着一股真气充塞鼓荡,与常人相比,颇多胜处。《东天目山》着力铺写标奇孕秀的山水景观,便体现为一种纯抒情的美感:"天目三千丈,东南第一峰。瀑来飞万马,石削起双龙。白日江花乱,青氛海气重。行歌秋更好,散发弄芙蓉。"深山的峰峦与飞瀑等迷人景致激发出作者不可抑止的想象力。

祁彪佳山水词创作,情感深厚,意象精美,写景抒情新颖巧妙,如著名的《蝶恋花·三山霁雪》:

> 贺监湖光才半曲,缥缈三山,倒影分为六。昨夜林峦都照玉,画桥流水渔舟宿。
>
> 晴日映来看不足,嚼碎梅花,瑶阙狂呼独。我有一峰相对矗,疑从海上银涛浴。

歇拍艺术地展示空间浓缩法,意在画面之外。相对而论,《寓山注》的创作更加彰显祁彪佳个性,自铸一体。张岱《跋〈寓山注〉》(其二):"古人记山水手,太上郦道元,其次柳子厚,近时则袁中郎。读注中遒劲苍老,以郦为骨;深远冶淡,以柳为肤;灵巧俊快,以袁为修目灿眉。"全面道出了祁彪佳文学创作的艺术渊源与美学趣味。如《远阁》:

> 阁以"远"名,非弟因目力之所极也。盖吾阁可以尽越中诸山水,而合诸山水不足以尽吾园,则吾之阁始尊而踞于园之上。阁宜雪、宜月、宜雨,银海澜回,玉峰高并,澄晖弄景。俄看耀魄冰壶,微雨欲来,共诧空蒙濛溪山色,此吾阁之胜概也。然而态以远生,意以远韵。飞流夹巇,远则媚景争奇;霞蔚云蒸,远则孤标秀出。万家烟火,以远,故尽入楼台;千叠溪山,以远,故都归帘幕。

---

① 吴功正:《中国文学美学》(上卷),江苏教育出版社 2001 年版,第 371 页。

若夫村烟乍起,渔火遥明,蓼汀唱欸乃之歌,柳浪听睍睆之语,此远中之所孕含也。纵观瀛峤,碧落苍茫。极目胥江,洪湖激射。乾坤直同一指,日月有似双丸,此远中之所变幻也。览古迹依然,禹碑鹄峙;叹霸图已矣,越殿乌啼。飞盖西园,空怆斜阳衰草;回舻兰渚,尚存修竹茂林。此又远中之所吞吐,而一以魂消、一以怀壮者也。盖至此而江山风物,始备大观,觉一壑一丘,皆成小致矣。

行文整散互见,迤逦写来,起收自如,极交叉错落之美,又能情溢言外。《寓山注》中的其他小品也多有可观,绝无俗韵。如《浮影台》:"从踏香堤望之,迥然有台。盖在水中央也。翠碧澄鲜,空明可溯。每至金蟾蹙浪,丹嶂迥清,此台乍无乍有。上下于烟波雪浪之间,环视千柄芙蓉。又似莲座庄严,为众香涌出。"《水明廊》:"园以藏山,所贵者反在于水。自泛舟及园,以为水之事尽,迤循廊而西,曲沼澄泓,绕出青林之下。主与客似从琉璃国而来,须眉若浣,衣袖皆湿,因忆老杜'残夜水明'句。以廊代楼,未识少陵首肯否?"又如《越中园亭记》之三对天镜园的精妙描写:"出南门里许为兰荡,水天一碧,游人乘小艇过之,得天镜园。园之胜以水,而不尽于水也,远山入座,奇石当门。为堂为亭,为台为沼,每转一境界,辄自有丘壑。斗胜簇奇,游人往往迷所入。其后五泄君新构南楼,尤为畅绝。越中诸园,推此为冠。"不作绮语,自然奇妙。吴承学认为:"一丘一壑,一亭一园,固足以令人玩味不已,流连忘返,然若以为天下之美尽于此,而不知此外复有名山大川、北海南溟,则陋矣!晚明小品空灵闲适,亦足以令人称赏;然若以为中国文学之精妙尽于此,或以为此即是古典散文之最精妙处,则亦陋矣!"①实为深刻认识小品文真正精髓的宏论。

第五节　徐霞客笔下的浙江山水

一　徐霞客的浙江行程与创作

明代中叶前后,处于社会政治文化大转变的重要时期。中国大地上一时间涌现出数量相对庞大的探索旅游山水文化以消弭功名之心的群体,这是社会发展情形演变、社会阶层分化与审美思潮流变的结果,限于篇幅,此处不做展开。这一群体中,王士性与徐霞客都是杰出的代表,很好地借助时

---

① 吴承学:《晚明小品研究》,江苏古籍出版社1999年版,第3页。

代的推力,爱游成癖,为中国的山水文学做出了突出的贡献。

徐霞客是中国历史上"从来都是游山水"(贾岛《赠僧》)群体中最为杰出的人物之一,矢志不渝,博闻广见。就对山水美感体验的丰富与深刻而言,徐霞客在他所生活的时代是一流的。徐霞客浙江行程几番匆匆,深具敏锐的生活实感,但每次又是那么的意犹未尽。关于徐霞客的浙江创作,先看《浙游日记》的部分片段:"十月初一日,晴爽殊甚,而西北风颇厉。余同静闻登宝石山巅。巨石堆架者为落星石。西峰突石尤岿嵲,南望湖光江影,北眺皋亭、德清诸山,东瞰杭城万灶,靡不历历。下山五里,过岳王坟。十里至飞来峰,饭于市,即入峰下诸洞。大约其峰自枫木岭东来,屏列灵隐之前,至此峰尽骨露;石皆嵌空玲珑,骈列三洞;洞俱透漏穿错,不作深杳之状。昔黝于杨髡之刊凿,今苦于游丐之喧污;而是时独诸丐寂然,山间石爽,毫无声闻之溷,若山洗其骨,而天洗其容者。余遍历其下,复各扪其巅。洞顶灵石攒空,怪树搏影,跨坐其上,不减群玉山头也。其峰昔属灵隐,今为张氏所有矣。下山涉涧,即为灵隐。有一老僧,拥衲默坐中台,仰受日精,久不一瞬。已入法轮殿,殿东新构罗汉殿,止得五百之半,其半尚待西构也。是日,独此寺丽妇两三群接踵而至,流香转艳,与老僧之坐日忘空,同一奇遇矣。为徘徊久之。下午,由包园西登枫树岭,下至上天竺,出中、下二天竺。复循下天竺后,西循后山,得'三生石',不特骨态嶙峋,而肤色亦清润。度其处,正灵隐面屏之南麓也,自此东尽飞来,独擅灵秀矣。自下天竺五里,出毛家步渡湖,日色已落西山,抵昭庆昏黑矣。"才情挥洒,美学趣味也得到较充分的发挥。

另有描写金华三洞的段落,有实景,有想象,有史迹,有感叹;如此大含量的内容交错使用,给人以新鲜之感:"自罗店东北五里,得智者寺。寺在芙蓉峰之西,乃北山南麓之首刹也,今已凋落。而殿中犹有一碑,乃宋陆务观为智者大师重建兹寺所撰,而字即其手书。碑阴又镌务观与智者手牍数篇。碑楷牍行,俱有风致,(恨无拓工,不能得一通为快。)寺东又有芙蓉庵,有路可登芙蓉峰。余以峰虽尖圆,高不及北山之半,遂舍之。仍由智者寺西北登岭,升陟峰坞,五里得清景庵。庵僧道修留饭,复引余由北坞登杨家山。山为此山南下之第二层,再下则芙蓉为第三层矣。绕其西,从两山夹中北透而上,东为杨家山,有居民数十家;西为白望山,为仙人望白鹿处。约共七里,则北山上倚于后,杨家山排列于前,中开平坞,巨石铺突,有因累级为台者,种竹列舍,为朱开府之山庄也。朱名大典。其东北石累累愈多,大者如狮象,小者如鹿豕,俱蹲伏平莽中,是为石浪,即初平叱石成羊处,岂今复化为石耶? 石上即为鹿田寺,寺以玉女驱鹿耕田得名。殿前有石形似者,名驯鹿石。此寺其来已久,后为诸宦所蚕食,而郡公张朝瑞(海州人),创殿存羊,屠赤水有《游纪》刻其间。余至已下午,问斗鸡岩在其东,即同静闻二里东过山桥。山桥东下一里,两峰横夹,洞出其中,峰石皆片片排空赴涧,形若鸡冠怒起,溪流奔跃其下,亦一胜矣。由岩东下数里,为赤松宫,乃郡城东门所入之道,盖芙蓉峰之东坑也。"然后展现另一番景象,更是开人心胸,富于美感:"斗鸡岩上有樵者赵姓居之,指北山之巅有棋盘石,石后有西玉壶水从石下注,旱时取以为雩祝,极著灵验。时日已下舂,与静闻亟从蓁莽中攀援而上。上久之,忽闻呼声,盖赵樵见余误而西,复指东从积莽中行。约直蹑者二里,始至石畔。石前有平台,后耸叠块,中列室一楹,塑仙像于中,即此山之主。像后石室下有水一盆,盖即雩祝之水也。然其上尚有涧,泠泠从山顶而下。时日已欲堕,因溯流再跻,则石峡如门,水从中出,门上更得平壑,则所称西玉壶矣。闻其东尚有东玉壶,皆山头出水之壑。西玉壶之水,南下者由棋盘石而潜溢于三洞,北下者从里水源而出兰溪之北;东玉壶之水,南下者由赤松宫而出金华,东下者出义乌,北下者出浦江,盖亦一郡分流之脊云。玉壶昔又名盘泉,分耸于上者,今又称为三望尖,文之者为金星峰,总之所谓北山也。甫至峰头,适当落日沉渊,其下恰有水光一片承之,滉漾不定,想即衢江西来一曲,正当其处也。夕阳已坠,皓魄继辉,万籁尽收,一碧如洗,真是濯骨玉壶,觉我两人形影俱异,回念下界碌碌,谁复知此清光?即有登楼舒啸,酾酒临江,其视余辈独蹑万山之颠,径穷路绝,迥然尘界之表,不啻霄壤矣。虽山精怪兽群而狎我,亦不足为惧,而况寂然不动,与太虚同游也耶!徘徊久之,仍下二里,至盘石。又从莽棘中下二里,至斗鸡岩。赵樵闻声,启户而出,亦以为居山以来所未有也。复西上一里至山桥,又西二里至鹿田寺。僧瑞峰、从闻以余辈久不至,方分路遥呼,声震山谷。"这一段游赏逸兴,有清晰的意脉贯穿,情境宛然,充满诗情画意,完全可以媲美苏轼《记承天寺夜游》与《前赤壁赋》。接着有一段写衢江的妙文,也是把自己的赏叹之情寄托于笔端,具有感人气象:"江清月皎,水天一空,觉此时万虑俱净,一身与村树人烟俱熔,彻成水晶一块,直是肤里无间,渣滓不留,满前皆飞跃也。"

二 浙江山水典范之作:《游天台山日记》与《游雁宕山日记》

徐霞客描写浙江山水的经典名篇有《游天台山日记》与《游天台山日记(后)》,《游雁宕山日记》与《游雁宕山日记(后)》,都属于体大思精之作,无意于佳而自佳,卓然独立,情见乎辞,深得后人称赏。《游天台山日记》是徐霞客潜心艺术的结晶:

　　癸丑之三月晦　自宁海出西门。云散日朗，人意山光，俱有喜态。三十里，至梁隍山。闻此地於菟夹道，月伤数十人，遂止宿。

　　四月初一日　早雨。行十五里，路有歧，马首西向台山，天色渐霁。又十里，抵松门岭，山峻路滑，舍骑步行。自奉化来，虽越岭数重，皆循山麓；至此迂回临陟，俱在山脊。而雨后新霁，泉声山色，往复创变，翠丛中山鹃映发，令人攀历忘苦。又十五里，饭于筋竹庵。山顶随处种麦。从筋竹岭南行，则向国清大路。适有国清僧云峰同饭，言此抵石梁，山险路长，行李不便，不若以轻装往，而重担向国清相待。余然之，令担夫随云峰往国清，余与莲舟上人就石梁道。行五里，过筋竹岭。岭旁多短松，老干屈曲，根叶苍秀，俱吾阊门盆中物也。又三十余里，抵弥陀庵。上下高岭，深山荒寂（恐藏虎，故草木俱焚去）。泉轰风动，路绝旅人。庵在万山坳中，路荒且长，适当其半，可饭可宿。

　　初二日　饭后，雨始止。遂越潦攀岭，溪石渐幽。二十里，暮抵天封寺。卧念晨上峰顶，以朗霁为缘，盖连日晚霁，并无晓晴。及五更梦中，闻明星满天，喜不成寐。

　　初三日　晨起，果日光烨烨。决策向顶，上数里，至华顶庵；又三里，将近顶，为太白堂；俱无可观。闻堂左下有黄经洞，乃从小径，二里，俯见一突石，颇觉秀蔚。至则一发僧结庵于前，恐风自洞来，以石甃塞其门，大为叹惋。复上至太白，循路登绝顶。荒草靡靡，山高风冽，草上结霜高寸许，而四山回映，琪花玉树，玲珑弥望。岭角山花盛开，顶上反不吐色，盖为高寒所勒耳。

　　仍下华顶庵，过池边小桥，越三岭，溪回山合，木石森丽，一转一奇，殊慊所望。二十里，过上方广，至石梁，礼佛昙花亭，不暇细观飞瀑。下至下方广，仰视石梁飞瀑，忽在天际。闻断桥、珠帘尤胜，僧言饭后行，犹及往返。遂由仙筏桥向山后越一岭，沿涧八九里，水瀑从石门泻下，旋转三曲：上层为断桥，两石斜合，水碎迸石间，汇转入潭；中层两石对峙如门，水为门束，势甚怒；下层潭口颇阔，泻处如阃，水从坳中斜下。三级俱高数丈，各极神奇，但循级而下，宛转处为曲所遮，不能一望尽收。又里许，为珠帘水，水倾下处甚平阔，其势散缓，滔滔汩汩。余赤足跳草莽中，揉木缘崖，莲舟不能从。暝色四下，始返。停足仙筏桥，观石梁卧虹，飞瀑喷雪，几不欲卧。

　　初四日　天山一碧如黛。不暇晨餐，即循仙筏上昙花亭，石梁即在亭外。梁阔尺余，长三丈，架两山坳间。两飞瀑从亭左来，至桥乃合流下坠,雷轰河隤,百丈不止。余从梁上行,下瞰深潭,毛骨俱悚。梁尽,即为大石所隔,不能达前山,乃还。过昙花,入上方广寺。循寺前溪,复至隔山大石上,坐观石梁;为下寺僧促饭,乃去。饭后,十五里,抵万年寺,登藏经阁。阁两重,有南北经两藏。寺前后多古杉,悉三人围,鹤巢于上,传声嘹呖,亦山中一清响也。是日,余欲向桐柏宫,觅琼台、双阙,路多迷津,遂谋向国清。国清去万年四十里,中过龙王堂;每下一岭,余谓已在平地,及下数重,势犹未止;始悟华顶之高,去天非远! 日暮,入国清,与云峰相见,如遇故知,与商探奇次第。云峰言:"名胜无如两岩,虽远,可以骑行。先两岩而后步至桃源,抵桐柏,则翠壁、赤城,可一览收矣。"

初五日 有雨色,不顾,取寒、明两岩道,由寺向西门觅骑。骑至,雨亦至。五十里,至步头,雨止,骑去。二里,入山,峰萦水映,木秀石奇,意甚乐之。一溪从东阳来,势甚急,大若曹娥。四顾无筏,负奴背而涉,深过于膝,移渡一涧,几一时,三里,至明岩。明岩为寒山、拾得隐身地,两山回曲,《志》所谓八寸关也。入关,则四围峭壁如城。最后,洞深数丈,广容数百人。洞外,左有两岩,皆在半壁;右有石笋突耸,上齐石壁,相去一线,青松紫蕊,蓊苁于上,恰与左岩相对,可称奇绝。出八寸关,复上一岩,亦左向。来时仰望如一隙,及登其上,明敞容数百人。岩中一井,曰仙人井,浅而不可竭。岩外一特石,高数丈,上岐立如两人,僧指为寒山、拾得云。入寺,饭后云阴溃散,新月在天,人在回崖顶上,对之清光溢壁。

初六日 凌晨出寺,六七里至寒岩。石壁直上如劈,仰视空中,洞穴甚多。岩半有一洞,阔八十步,深百余步,平展明朗。循岩右行,从石隙仰登。岩坳有两石对耸,下分上连,为鹊桥,亦可与方广石梁争奇,但少飞瀑直下耳。还饭僧舍,觅筏渡一溪。循溪行山下,一带峭壁巉崖,草木盘垂其上,内多海棠、紫荆,映荫溪色。香风来处,玉兰芳草,处处不绝。已至一山嘴,石壁直竖涧底,涧深流驶,旁无余地。壁上凿孔以行,孔中仅容半趾,逼身而过,神魄为动。自寒岩十五里至步头,从小路向桃源。桃源在护国寺旁,寺已废,土人茫无知者。随云峰莽行曲路中,日已堕,竟无宿处,乃复问至坪头潭。潭去步头仅二十里,今从小路,反迂回三十余里,宿,信桃源误人也!

初七日 自坪头潭行曲路中三十余里,渡溪入山。又四五里,山口渐夹,有馆曰桃花坞。循深潭而行,潭水澄碧,飞泉自上来注,为鸣玉涧。

洞随山转，人随洞行。两旁山皆石骨，攒峦夹翠，涉目成赏，大抵胜在寒、明两岩间。洞穷路绝，一瀑从山坳泻下，势甚纵横。出饭馆中，循坞东南行，越两岭，寻所谓"琼台"、"双阙"，竟无知者。去数里，访知在山顶。与云峰循路攀援，始达其巅。下视峭削环转，一如桃源，而翠壁万丈过之。峰头中断，即为双阙；双阙所夹而环者，即为琼台。台三面绝壁，后转即连双阙。余在对阙，日暮不及登，然胜已一日尽矣。遂下山，从赤城后还国清，凡三十里。

初八日　离国清，从山后五里登赤城。赤城山顶圆壁特起，望之如城，而石色微赤。岩穴为僧舍凌杂，尽掩天趣。所谓玉京洞、金钱池、洗肠井，俱无甚奇。

全文抓住方位、特征等叙写，景致如见，美不胜收，并且在刻画物象的时候，寓以自我性情志趣，可以称得上是一时佳作。徐霞客《游天台山日记（后）》：

壬申三月十四日　自宁海发骑，四十五里，宿岔路口。其东南十五里，为桑洲驿，乃台郡道也。西南十里，松门岭，为入天台道。

十五日　渡水母溪，登松门岭，过玉爱山，共三十里，饭于筋竹岭庵，其地为宁海、天台界。陟山冈三十余里，寂无人烟，昔弥陀庵亦废。下一岭，丛山杳冥中，得村家，瀹茗饮石上。又十余里，逾岭而入天封寺。寺在华顶峰下，为天台幽绝处。却骑，同僧无余上华顶寺，宿净因房，月色明莹。其地去顶尚三里，余乘月独上，误登东峰之望海尖，西转，始得路至华顶。归寺已更余矣。

十六日　五鼓，乘月上华顶，观日出，衣履尽湿，还炙衣寺中。从寺右逾一岭，南下十里，至分水岭；岭西之水出石梁，岭东之水出天封。循溪北转，水石渐幽。又十里，过上方广寺，抵昙花亭，观石梁奇丽，若初识者。

十七日　仍出分水岭，南十里，登察岭。岭甚高，与华顶分南北界。西下至龙王堂，其地为诸道交会处。南十里，至寒风阙。又南下十里，至银地岭，有智者塔已废。左转得大悲寺，寺旁有石，为智者拜经台。寺僧恒如为炊饭，乃分行囊，从国清下，至县，余与仲昭兄以轻装东下高明寺。寺为无量讲师复建，右有幽溪。溪侧诸胜，曰圆通洞、松风阁、灵响岩。

十八日　仲昭坐圆通洞，寺僧导余探石笋之奇。循溪东下，抵螺溪。

溯溪北上，两崖峭石夹立，树巅飞瀑纷纷。践石蹑流，七里，山回溪坠，已到石笋峰底，仰面峰莫辨，以右崖掩之也。从崖侧逾隙而下，反出石笋之上，始见一石蠹立涧中，涧水下捣其根，悬而为瀑，亦水石奇胜处也。循溪北转，两崖愈峭，下汇为潭，是为螺蛳潭，上壁立而下渊深。攀崖侧悬藤，踞石遥睇其内。潭上石壁，中劈为四岐，若交衢然。潭水下薄，不能窥其涯涘。最内两崖之上，一石横嵌，俨若飞梁。梁内飞瀑自上坠潭中，高与石梁等。四旁重崖回映，可望而不可即，非石梁所能齐也。其上有"仙人鞋"，在寒风阙之左，可逾岭而至。雨骤，不成行，还憩松风阁。

二十日 抵天台县。至四月十六日，自雁宕返，乃尽天台以西之胜。北七里，至赤城麓，仰视丹霞层亘，浮屠标其巅，兀立于重岚攒翠间。上一里，至中岩，岩中佛庐新整，不复似昔时凋敝。时急于琼台、双阙，不暇再蹑上岩。遂西越一岭，由小路七里，出落马桥。又十五里，西北至瀑布山左登岭。五里，上桐柏山。越岭而北，得平畴一围，群峰环绕，若另辟一天。桐柏宫正当其中，惟中殿仅存，夷、齐二石像尚在右室，雕琢甚古，唐以前物也。黄冠久无住此者。群农见游客至，俱停耕来讯，遂挟一人为导。西三里，越二小岭，下层崖中，登琼台焉。一峰突瞰重坑，三面俱危崖回绕。崖右之溪，从西北万山中直捣峰下，是为百丈崖。崖根涧水至琼台脚下，一泓深碧如黛，是名百丈龙潭。峰前复起一峰，卓立如柱，高与四围之崖等，即琼台也。台后倚百丈崖，前即双阙对峙，层崖外绕，旁绝附丽。登台者从北峰悬坠而下，度坳脊处咫尺，复攀枝仰陟而上，俱在削石流沙间，趾无所着也。从台端再攀历南下，有石突起，窟其中为龛，如琢削而就者，曰仙人坐。琼台之奇，在中悬绝壑，积翠四绕。双阙亦其外绕中对峙之崖，非由洞底再上，不能登也。忆余二十年前，同云峰自桃源来，溯其外洞入，未深穷其窟奥。今始俯瞰于崖端，高深俱无遗胜矣。饭桐柏宫，仍下山麓，南从小径渡溪，十里，出天台、关岭之官道。复南入小径，隙行十里，路左一峰，兀立若天柱，问知为青山茁。又溯南来之溪，十里，宿于坪头潭之旅舍。

十七日 由坪头潭西南八里，至江司陈氏。渡溪左行，又八里，南折入山。陟小岭二重，又六里，重溪回合中，忽石岩高峙，其南即寒岩，东即明岩也。令僮先驰，炊于明岩寺，余辈遂南向寒岩。路左俱悬崖盘列，中有一洞岈然，洞前石兔蹲伏，口耳俱备。路右即大溪萦回，中一石突出如擎盖，心颇异之。既入寺，向僧索龙须洞灵芝石，即此也。寒岩在寺后，宏敞有余，玲珑未足。由洞右一上，视鹊桥而出。由旧路一里，右入龙须洞。路为莽棘所翳，上跻里许，如历九霄。其洞圆耸明豁，洞中斜倚一石，颇似雁宕之石梁，而梁顶有泉中洒，与宝冠之芭蕉洞如出一冶。下山，仍至旧路口，东溯小溪，南转入明岩寺。寺在岩中，石崖四面环之，止东面八寸关通路一线。寺后洞窈窕非一，洞右有石笋突起，虽不及灵芝之雄伟，亦具体而微矣。饭后，由故道骑而驰三十里，返坪头潭。又北二十五里，过大溪，即西从关岭来者，是为三茅。又北五里，越小涧二重，直抵北山下，入护国寺宿焉。

　　十八日　晨，急诣赶赴桃源。桃源在护国东二里，西去桐柏仅八里。昨游桐柏时，留为还登万年之道，故先寒、明。及抵护国，知其西有秀溪，由此入万年，更可收九里坑之胜，于是又特趋桃源。初由洞口入里许，得金桥潭。由此而上，两山愈束，翠壁穹崖，层累曲折，一溪介其中。溯之，三折而溪穷，瀑布数丈，由左崖泻溪中。余昔来瀑下，路穷莫可上，仰视穹崖北峙，溪左右双鬟诸峰，娟娟攒立，岚翠交流，几不能去。今忽从右崖丛莽中，寻得石径层叠，遂不及呼仲昭，冒雨拔棘而上。磴级既尽，复叠石横栈，度崖之左，已出瀑上。更溯之入，直抵北岩下，蹊磴俱绝，两瀑自岩左右分道下。遥睇岩左犹有遗磴，从之，则向有累石为桥于左瀑上者，桥已中断，不能度。睇瀑之上流，从东北夹壁中来，止容一线，可践流而入。计其胜不若右岩之瀑，乃还，从大石间向西北上跻，抵峡窟下，得重潭甚厉，四面俱直薄峡底，无可缘陟。第从潭中西望，见石峡之内，复有石峡，瀑布之上，更悬瀑布，皆从西北杳冥中来，至此缤纷乱坠于回崖削壁之上，岚光掩映，石色欲飞。久之，还出层瀑下。仲昭以觅路未得，方独坐观瀑，遂同返护国。闻桃源溪口，亦有路登慈云、通元二寺，入万年，路较近，特以秀溪胜，故饭后仍取秀溪道。西行四里，北折入溪，溯流三里，渐转而东向，是为九里坑。坑既穷，一瀑破东崖下坠，其上乱峰森立，路无可上。由西岭攀跻，绕出其北，回瞰瀑背，石门双插，内有龙潭在焉。又东北上数里，逾岭，山坪忽开，五峰围拱中得万年寺，去护国三十里矣。万年为天台西境，正与天封相对，石梁当其中。地中古杉甚多。饭于寺。又西北三里，逾寺后高岭，又向西升陟岭角者十里，乃至腾空山。下牛牯岭，三里，抵麓。又西逾小岭三重，共十五里，出会墅。大道自南来，望天姥山在内，已越而过之，以为会墅乃平地耳。复西北下三里，渐成溪，循之行五里，宿班竹旅舍。

　　天台之溪，余所见者：正东为水母溪；察岭东北，华顶之南，有分水岭,不甚高;西流为石梁,东流过天封,绕摘星岭而东,出松门岭,由宁海而注于海;正南为寒风阙之溪,下至国清寺,会寺东佛陇之水,由城西而入大溪者也。国清之东为螺溪,发源于仙人鞋,下坠为螺蛳潭,出与幽溪会,由城东而入大溪者也。又东有楢溪诸水,余屐未经。国清之西,其大者为瀑布水,水从龙王堂西流,过桐柏为女梭溪,前经三潭,坠为瀑布,则清溪之源也;又西为琼台、双阙之水,其源当发于万年寺东南,东过罗汉岭,下深坑而汇为百丈崖之龙潭,绕琼台而出,会于青溪者也;又西为桃源之水,其上流有重瀑,东西交注,其源当出通元左右,未能穷也;又西为秀溪之水,其源出万年寺之岭,西下为龙潭瀑布,西流为九里坑,出秀溪东南而去。诸溪自青溪以西,俱东南流入大溪。又正西有关岭、王渡诸溪,余屐亦未经。从此再北有会墅岭诸流,亦正西之水,西北注于新昌。再北有福溪、罗木溪,皆出天台阴,而西为新昌大溪,亦余屐未经者矣。

最后看似信笔,实则不然。人们一旦感到自己受美的冲击,都会有表达这一感受的愿望。《游天台山日记》一文跨越自然界的春兴秋衰,变化万端而笔调仍自流畅,文风朗练,神韵俱佳。徐霞客的《游雁宕山日记》也很有代表性,条叙畅达,写出雁山神韵以展示作者的陶醉和神往,总体上表现了一种自然美的境界,但在再现自然美的同时也表现出想象奇谲的审美风范,既能壮人豪情,又自意蕴悠悠:

> 自初九日别台山,初十日抵黄岩。日已西,出南门三十里,宿于八岙。
>
> 十一日 二十里,登盘山岭,望雁山诸峰,芙蓉插天,片片扑人眉宇。又二十里,饭大荆驿。南涉一溪,见西峰上缀圆石,奴辈指为两头陀,余疑即老僧岩,但不甚肖。五里,过章家楼,始见老僧真面目:袈衣秃顶,宛然兀立,高可百尺。侧又一小童,伛偻于后,向为老僧所掩耳。自章楼二里,山半得石梁洞。洞门东向,门口一梁,自顶斜插于地,如飞虹下垂。由梁侧隙中层级而上,高敞空豁。坐顷之,下山。由右麓逾谢公岭,渡一涧,循涧西行,即灵峰道也。一转,山腋两壁,峭立亘天,危峰乱叠,如削如攒,如骈笋,如挺芝,如笔之卓,如幞之欹。洞有口如卷幕者,潭有碧如澄靛者。双鸾、五老,接翼联肩。如此里许,抵灵峰寺。循寺侧登灵峰洞。峰中空,特立寺后,侧有隙可入。由隙历磴数十级,直至窝顶,则宵然平台圆敞,中有罗汉诸象。坐玩至暝色,返寺。
>
> 十二日 饭后,从灵峰右趾觅碧霄洞。返旧路,抵谢公岭下。南过响

岩,五里,至净名寺路口。入觅水帘谷,乃两崖相夹,水从崖顶飘下也。出谷五里,至灵岩寺。绝壁四合,摩天劈地,曲折而入,如另辟一寰界。寺居其中,南向,背为屏霞嶂。嶂顶齐而色紫,高数百丈,阔亦称之。嶂之最南,左为展旗峰,右为天柱峰。嶂之右胁,介于天柱者,先为龙鼻水。龙鼻之穴,从石罅直上,似灵峰洞而小。穴内石色俱黄紫,独罅口石纹一缕,青绀润泽,颇有鳞爪之状。自顶贯入洞底,垂下一端如鼻,鼻端孔可容指,水自内滴下注石盆,此嶂右第一奇也。西南为独秀峰,小于天柱,而高锐不相下。独秀之下为卓笔峰,高半独秀,锐亦如之。两峰南坳,轰然下泻者,小龙湫也。隔龙湫与独秀相对者,玉女峰也。顶有春花,宛然插髻。自此过双鸾,即极于天柱。双鸾止两峰并起,峰际有"僧拜石",袈裟伛偻,肖矣。由嶂之左胁,介于展旗者,先为安禅谷,谷即屏霞之下岩。东南为石屏风,形如屏霞,高阔各得其半,正插屏霞尽处。屏风顶有"蟾蜍石",与嶂侧"玉龟"相向。屏风南去,展旗侧褶中,有径直上。磴级尽处,石阈限之。俯阚而窥,下临无地,上嵌崆峒。外有二圆穴,侧有一长穴,光自穴中射入,别有一境,是为天聪洞,则嶂左第一奇也。锐峰叠嶂,左右环向,奇巧百出,真天下奇观!而小龙湫下流,经天柱、展旗,桥跨其上,山门临之。桥外,含珠岩在天柱之麓,顶珠峰在展旗之上,此又灵岩之外观也。

十三日 出山门,循麓而右,一路崖壁参差,流霞映采。高而展者,为板嶂岩。岩下危立而尖夹者,为小剪刀峰。更前,重岩之上,一峰亭亭插天,为观音岩。岩侧则马鞍岭横亘于前。鸟道盘折,逾坳右转,溪流汤汤,涧底石平如砥。沿涧深入,约去灵岩十余里,过常云峰,则大剪刀峰介立涧旁。剪刀之北,重岩陡起,是名连云峰。从此环绕回合,岩穷矣。龙湫之瀑,轰然下捣潭中。岩势开张峭削,水无所着,腾空飘荡,顿令心目眩怖。潭上有堂,相传为诺诅那观泉之所。堂后层级直上,有亭翼然面瀑。踞坐久之,下饭庵中。雨廉纤为止,然余已神飞雁湖山顶,遂冒雨至常云峰。由峰半道松洞外,攀绝磴三里,趋白云庵。人空庵圮,一道人在草莽中,见客至,望望去。再入一里,有云静庵,乃投宿焉。道人清隐,卧床数十年,尚能与客谈笑。余见四山云雨凄凄,不能不为明晨忧也。

十四日 天忽晴朗,乃强清隐徒为导。清隐谓湖中草满,已成芜田,徒复有他行,但可送至峰顶。余意至顶,湖可坐得。于是人捉一杖,跻攀深草中,一步一喘,数里,始历高巅。四望白云,迷漫一色,平铺峰下。

诸峰朵朵,仅露一顶,日光映之,如冰壶瑶界,不辨海陆,然海中玉环一抹,若可俯而拾也。北瞰山坳壁立,内石笋森森,参差不一。三面翠崖环绕,更胜灵岩。但谷幽境绝,惟闻水声潺潺,莫辨何地。望四面峰峦累累,下伏如丘垤,惟东峰昂然独上,最东之常云,犹堪比肩。导者告退,指湖在西腋一峰,尚须越三尖。余从之,及越一尖,路已绝,再越一尖,而所登顶已在天半。自念《志》云:"宕在山顶,龙湫之水,即自宕来。"今山势渐下,而上湫之涧,却自东高峰发脉,去此已隔二谷。遂返辙而东,望东峰之高者趋之,莲舟疲不能从,由旧路下。余与二奴东越二岭,人迹绝矣。已而山愈高,脊愈狭,两边夹立,如行刀背。又石片棱棱怒起,每过一脊,即一峭峰,皆从刀剑隙中攀援而上,如是者三。但见境不容足,安能容湖?既而高峰尽处,一石如劈;向惧石峰撩人,至是且无峰置足矣。踌躇崖上,不敢复向故道,俯瞰南面石壁下有一级,遂脱奴足布四条,悬崖垂空,先下一奴,余次从之,意可得攀援之路。及下,仅容足,无余地。望岩下斗深百丈,欲谋复上,而上岩亦嵌空三丈余,不能飞陟。持布上试,布为突石所勒,忽中断。复续悬之,竭力腾挽,得复登上岩。出险,还云静庵,日已渐西。主仆衣履俱敝,寻湖之兴衰矣。遂别而下,复至龙湫;则积雨之后,怒涛倾注,变幻极势,轰雷喷雪,大倍于昨。坐至暝始出,南行四里,宿能仁寺。

十五日 寺后觅方竹数握,细如枝。林中新条,大可径寸,柔不中杖,老柯斩伐殆尽矣。遂从歧度四十九盘,一路遵海而南,逾窑岙岭,往乐清。

深谙艺术之道的徐霞客对自然山水叹赏之余,自然要有所题写。全文气之所储,情之所聚,以自我敏锐的观察力去迅速而准确地捕捉客观事象,既有隔空遥观之景,也有登临俯瞰之象,显示出高超的构图和写景造诣,兼以感悟,笔力强健,自具一种美的震撼力,令人不禁心荡神驰。首段"芙蓉插天"四字十分传神,也是本篇的精神所在;中间化用大量富于生命力的语汇如"上缀圆石"、"接翼联肩"、"摩天劈地"、"重岩陡起"等,写尽雁山的奇峭怪异,又使用博喻手法:"如削如攒,如骈笋,如挺芝,如笔之卓,如幞之欹";最后写龙湫这一段,情由山水触发而生,幽美静谧之外,别具一种气势雄健之美。

第七章　王士性山水诗文

第一节　王士性生平

王士性(1547—1598),字恒叔,号太初,又号元白道人、滇西吏隐,临海人。王士性的祖父王阃嗜书善文,生父王宗果也很有学识,又特别擅长诗文创作。王阃(1498—1530),字子乐,号兼山。所写的文章酷似苏辙,人们都称他是子由再世。王阃在自己所有书的封面都题上这样一首诗,抒发豪情:"草野雕镂惭孔孟,庙堂温饱辱伊周。伊周孔孟本吾分,不作人间第二流。"这可是普通文人鸿鹄之志的真切祖露。可惜王阃英年早逝,壮志未酬。王宗果(1522—1600),字由甫,号力仁。

王士性于神宗万历元年(1573)中举,次年落第,但他并不矢志于求仕,所以从北京回来的途中畅游金华的双龙洞等,又顺便游了缙云的仙都,历时近一年。五年(1577)成进士,为确山令,九年(1581)任满。王士性从南阳开始,经过洛阳,到达登封县,游中岳嵩山,终于迈出了游遍五岳的第一步,所以,在《嵩游记》中自豪地宣称:"盖余少怀尚子平之志,足迹欲遍五岳,乃今斯得自嵩始云。"王士性参拜名闻天下的少林寺,有"桓楹碍日,龙象如山,长夏无暑"的赞叹,题"六祖手植柏"。诗人遍游河南全省名胜,行程达二千三百多里,作《游梁记》等。十一年(1583)升礼部礼科给事中。十三年(1585),丁母忧。第二年,王士性游兴再次勃发,东渡普陀,折西经余姚、上虞而到绍兴,北渡钱塘江,过富阳,下桐庐,南入兰溪;再转东南到永嘉小住。万历十五年(1587),他从天台山开始,经杭州、苏州,入太湖,登上金山、焦山、北固山等眺望长江,游南京,一览九华山的风光,然后登上白岳(齐云山)。万历十六年(1588),王士性服丧期满回京,中途经过山东济宁,专程到曲阜拜谒孔子庙,登上东岳泰山。王士性又把山东全省的其他名山大川,一一遍览,此行作有《阙里记》《登岱记》等。至京复任原职。在办理公务之余,王士性利用一切闲暇时光,遍游京城西郊群山。不久,王士性改任吏科给事中,奉旨典试四川,先后游燕、赵、韩、魏、宋、卫、中山等古国旧地;继而进入陕西,取道华阴,登上西岳华山,实现自己"一飞越其间"(《华游记》)的理想,来到仰天池旁的摘星石,为之题写"缥缈巅"三字。典试完毕,王士性迁为四川参议,虽然实际上并没有到任,却使得他有了登上峨眉山的机会。当登上金顶的时候,王士性有幸看到了平日里人们难得一见的峨眉山奇观——佛光。对此,诗人在《游峨眉山记》中有详尽的描述:

> 一僧奔称"佛光现",余亟就之。前山云如平地,一大圆相光起平云之上,如白虹绵跨山足。已而中现作宝镜空湛状,红、黄、紫、绿五色晕其周,见己身相(像),俨然一水墨影。时驺吏随立者百余人,余视无影也;彼百余人者,亦各自见其影,摇首动指,自相呼应,而不见余影。余与元承亦皆两自见也。僧云:"此为摄身光。"茶顷光灭。已又复现复灭,至十现。此又奇之奇也!

固然峨眉山的佛光景象曾经在范成大《吴船录》的《峨眉山行记》等作品中曾经写过,但王士性以自己亲身经历再次深情描述,还是有独特价值。王士性离开四川后,游古隆中、武当山、东坡赤壁等地,又登北岳恒山。不久,王士性奉调桂林,担任广西布政司参议,一路南下,登庐山,欣赏洞庭湖胜景,有《过洞庭》诗五首记其事,如其三:"天际孤帆载白云,一空烟水半江分。九疑日落瑶华远,哭断潇湘不见君。"然后沿沅江、湘江逆流而上,继续往南来到衡阳,得以游南岳衡山。这样,王士性就成了我国历史上少有的遍游五岳的旅行家。万历十七年(1589),于广西参议上任,游桂林山水。十九年(1591),王士性任云南澜沧兵备副使,取号为滇西吏隐,游点苍山、鸡足山等名胜。后任河南提学、山东参政等,官终南京鸿胪寺正卿。

"山围屋后,无台阁可眺,故乡山水时来梦中撩人耳。"(沈守正《游香山、碧云二寺记》)王士性虽然一生漫游全国各地,所谓"忆昨发天台,层冰满江湄"(《泊瓜州一夕大风,望广陵城不至》)、"朝发天姥岑,暮投石门径"(《夜下剡川》),思乡的情怀也始终缠绕着他,所以是"往来不一至也"(《五岳游草》卷三《吴游上》)。在诗人的心中,家乡的一山一水已不仅是一处绝胜的景致,它实际上已深植于心,成为故乡的象征。所以,王士性晚年回归故里,在临海城东的山宫溪边上修筑清溪小隐。山宫本来是五代时期后晋天福元年(936)僧云晖修建的法安寺的俗称。寺的东边有百丈岩瀑布泉。瀑布泉飞流千尺,汇集于白龙潭。王士性在清溪小隐中开辟有"紫芝山房"、"小山丛桂"、"曲水濑"、"忘归石"等二十多个景点,曲折如意。王士昌为之作《清溪小隐十六首》。据何奏簧纂修的《民国临海县志》卷八记载:王士性于万历年间曾在临海市括苍镇张家渡象鼻岩一带修建白象书院,培养后学。《台中山水可游者记》写到象鼻岩胜景,准确传神:"象鼻岩踞江上游三十里,横石百丈,宛然真象,从山顶掀鼻吸潭水,水复㳺波凝碧,游鱼尾尾,余茸茅榭其上,为白象山房。山之左右有坎焉,深无底,流瀑布其中为石塘。其下流二里,石龟蛇相向锁之为小海门。"王士性最后把清溪小隐定名为白鸥庄,也可能与这一段日子的生活有关。南宋时期有高士张汝锴,中进士后厌恶官场上尔虞我诈之风,最终选择在张家渡象鼻岩隐居,其中的《咏象鼻岩》透露了诗人的审美意趣:"曾入苍舒万斛舟,至今鼻准蘸清流。君王玉辂催行驾,安得身闲伴白鸥。"王士性感同身受,自然就有了改名的念头。

王士性一生悦山乐水,探奇览胜,足迹几乎遍及当时的明代疆域。当时全国分为两京(南直隶、北直隶)十三省,王士性到过除福建外的两京十二省,完全可以说是南北西东,遍游神州了,这一点只有徐霞客才可以与之媲美。这一切不断加深了他对自然的认识,对于其开拓审美视野具有重要意义。诗人固然偶尔也会产生"登山临水为谁留"(《昆明池泛舟夜宿太华山缥缈楼》二首之二)的念头,但综观其一生,放情丘壑,品赏美景,基本上采取较为纯粹的审美眼光来观照自然,具有旺盛的审美实践能力,可以称得上是真正的"青山绿水恣行游"(《赋得大江行》)了。面对着"三山浮海外,五岳矗天表"(《赠黄说仲游云间》)的大千世界,诗人一番案牍劳形之后暂时忘却尘务琐事,与自然山水对话,做出常人所不及和所未到的审美体验,日常生活也就具有了普遍的诗化意义。王直(1379—1462)《会景亭记》:"予谓山川景物所在有之,然志于富贵者往往不知其乐,而驰志于利达之途。高明特达之士志其乐矣,则又率勤于所务,而有不可及之。虽人之心迹不同,岂亦天之所靳而不使之兼得耶?然则有能兼之者,其为幸岂细哉?"王士性就是中国文化史上极为少数能兼之而成为大幸的人之一。

在山水流连之际,王士性创作有《五岳游草》、《广游志》、《广志绎》等。

第二节　王士性的旅游文化思想

《五岳游草》卷一的《嵩游记》自称："余少怀尚子平之志,足迹欲遍五岳。"王士性在游赏山水中逐渐消解宦情的羁束,其旅游文化思想构成多层次、多侧面的丰富内涵。王士性在《与长卿》一文中揶揄屠隆:"足下诗道卓矣,游道则未知。"可见,王士性颇以识得"游道"自诩。在《五岳游草·自序》中,王士性又以客言的形式表示"夫游道则尽矣"。可见,王士性是很在意"游道"思想的建构与完善的。往前回溯,可以得知:明代以前,也有一些人不再仅仅停留于游山玩水,而是从不同的角度与层面思考热爱山水之所由。明代中叶,人们更是进一步上升到一个新的高度,逐渐去探索"游道"为何物。文化积累有一定的历史继承性,又与人们特定历史阶段的生活环境和思想感情相适应,在继承和创新中向前发展。

一　天游为上

王士性《五岳游草·自序》首先肯定"游亦有道",非到此一游而已。然后论"游道"之不同境界:"夫太上天游,其次神游,又次人游,无之而非也。上焉者形神俱化,次焉者神举形留,下焉者神为形役。然卑之或玩物,高之亦采真。"进而强调:"心志不分者神凝,耳目不眩者虑定。故丈人之承蜩也,若或掇之也,夏侯氏之倚柱而书也,雷霆而婴儿之也。余之嗜游类有然者。夫游必具宾主,戒车徒,提筐筲,语云:'良辰美景,赏心乐事,所以试也。'余游则不择是。当其霜雪惨烈,手足皲瘃,波涛撼空,帆樯半覆,朝畏岚烟,夜犯虎迹,垂堂不坐,千金谁掷,余不其然。余此委蜕于大冶乎何惜?遇佳山川则游。"《自序》接着认为:"吾视天地间一切造化之变,人情物理,悲喜顺逆之遭,无不于吾游寄焉。当其意得,形骸可忘,吾我尽丧,吾亦不知何者为玩物,吾亦不知何者为采真。""采真"语出《庄子·天运》"采真之游"。成玄英《疏》:"谓是神采真实,而无假伪,逍遥任适而随化遨游也。"只有这样,才能真正地解脱世网,这是最高境界的"道"。如《寄俞时泽》称:"顾麋鹿之性,在山林丰草,不便羁笼,聊为此道耿耿尔。"而此"道"之真正实现,又谈何容易?所以,在《寄陈思俞》一信中,王士性经不住感叹:"欲望天台、雁宕之颠,一息足焉。而世网羁人,进退惟谷,牛羊走圹,牧竖絷之。""天游"者,必是纵情山水,不为物累;至情至性,动人肺腑;以己观物,出尘拔俗。《游峨眉山记》就叙写这样的精神状态:"山后岷山万重,僧一一指之,近瓦屋,远晒经,侧为青城、玉垒，又缥缈中指火焰、葱岭，余不能悉。余山则皆累累砂塍也，所谓旷然天游者，非耶？已而暝色至，复篝灯与元承露坐台上。因思吾家右军动称峨山伯仲昆仑，而竟乏足迹；杜陵诗篇满巴、蜀，而未识嘉州，名山福地故有缘矣。"

张岱《海志》一文在描写普陀山时曾经这样自我打趣："余至海上，身无长物足以供佛，犹能称说山水，是以山水作佛事也。余曰：自今以往，山人文士欲供佛，而力不能办钱米者，皆得以笔墨从事，盖自张子岱始。"实际上，比张岱早生四十年的王士性，就已经有《游峨眉山记》、《入天台山志》等"能称说山水，是以山水作佛事"的成功案例。

二　推赏胜地

王士性论旅游既赞赏客观山水之胜，也比较推崇那些佛、道兴盛之地。《嵩游记》在比较中突出嵩山法王寺的历史悠久与文化韵味："其寺皆隋唐以前建，而法王一刹，则汉永平佛法初入时，在达磨（摩）四百年之先。其碑刻穹窿数十百道，多古今名贤手笔。而唐碑皆刻佛像无数于上，亦与今制异。其树多桧柏，即秦五品、汉三将军外，古木蘸天，亦多与寺俱起，经千百年，此宜他寺所不得伯仲也。"《广志绎》卷四就很以家乡为佛宗道源自豪："《道书》称洞天三十六，福地七十二，惟台得之多。临海南三十里，第十九，盖竹洞为长耀宝光之天；天台西五里，第六，玉京洞为太上玉清之天；黄岩南十里，第二，委羽洞为大有空明之天；仙居东南三十里，第十，括苍洞为成德隐元之天。福地，黄岩有东仙源、西仙源，天台有灵墟、桐柏。其它非《道书》所载者，刘、阮桃源，寒山、拾得灶石，皇华丹井，张紫阳神化处，司马悔桥，蔡经宅，葛仙翁丹丘，智者塔，定光石，怀荣、怀玉肉身。自古为仙佛之林。"

王士性也称赏那些有深厚历史积淀之所在。《五岳游草》卷四写富春江钓台的一段："钓台者，汉严光隐处也。两崖峭立，夹黟、婺之水而下桐庐，蜿曲如游龙者七里。水涨则矶激如箭，山腰二巨石对峙，突兀欲倾，名以钓台，天作之矣。好事者亭其上，左垂纶百尺，右留鼎一丝，登台而俯深渊，水靛如碧玉。山麓万木参天，其翠欲流，祠而颜之，以圣人之清然乎哉。山隔水为白云原，唐方雄飞隐居其上。有冢，则宋谢皋羽所恸哭而终焉者。二子皆闻先生风，如梁伯鸾觅葬于要离之侧。"文章既描绘了富春江两岸优美的自然山水，又有对方干、谢翱两位与钓台有密切关联的历史人物的叙写，进一步彰显严陵之风。但推赏胜地，也须基于基本事实，切不可随意附会甚至以讹传讹。如《游鸡足山记》："或云迦叶定鸡足山在西域，此山似之，故说者借以标胜,则余所不敢知。"又如《白岳游记》:"入玄武观,彩琉甲帐,题拘枊振,中坐玄君塑像,道流称百鸟衔泥以成,或谓神其说也。"都是极为科学的态度。《嵩游记》也提到以假乱真的社会弊端,值得今人反思:"殿前桧柏入霄汉,问秦封槐,则风摧二十年矣。今寺东一槐,亦可数百年。黠僧往往谬指以夸,游人无辩者。"

三 探寻因果

王士性在旅游过程中,结合见闻及一切所得,寻找不同地理环境与文化之间的对应关系。王士性性近豪放,喜爱各地的山川景物、风俗民情,详尽记载沿途的山川景物、人情风俗等等,无不历历在目,自具特色、自成体系。如《广志绎》卷四说:"薪竹为器,抽削如丝,纤巧甲于天下。"这些都透露出古代文人审美心理方面的转变信息。《西征历》:"庚辰,走邯郸道上,入卢生梦黄粱处,笑谓元承:'生梦者醒矣,余醒者则犹然梦也。因忆赵有邯郸,齐有临淄,周有三川,可谓佳丽足当年矣。何知今日皆荒城野烟,又安知姑苏、武林之它日乎,不转而黔阳、百粤耶?'"在这里,王士性由邯郸、临淄等地从历史到现实盛极而衰的客观现象,引发政治、经济与文化中心转移问题的推论,至今仍然具有指导性意义。《广志绎》卷一《方舆崖略》以长江为界,纵论地形、地貌与文化以及人才之间的关系,全面而深邃:"江北山川夷旷,声名文物所发泄者不甚偏胜,江南山川盘郁,其融结偏厚处则科第为多。如浙之余姚、慈溪,闽之泉州,楚之黄州,蜀之内江、富顺,粤之全州、马平,每甲于他郡邑。然文人学士又不拘于科第处,尝不择地而生。"卷五又特别拈出四川与浙江各自两处相邻的地方加以探讨,认为固然在行政区划上分属不同地区,但并不影响相邻之地在文化上的共荣:"内江、富顺虽分辖两府,然壤接境连,实系片地,故声名文物等埒,不相上下,犹余姚、慈溪之在浙东也。"

四 以民为本

王士性在《广志绎》卷四中认为:"游观虽非朴俗,然西湖业已为游地,则细民所藉为利,日不止千金。有司时禁之,固以易俗,但渔者、舟者、戏者、市者、酤者咸失其本业,反不便于此辈也。"这是他旅游思想最为清晰的表达之一,具有一定的民本意识,在当时是一种极为开明的思想,也有引起统治集团对苦难民生重视的目的。实际上,这也是王士性一贯苦民所苦精神的真切反映。如在《仙居重修学记》一文中,王士性如此称赞晋江人王明鳌:"王公甫下车,问民疾苦,即以风化为己任。"同时,明代中叶开始,许多学者也逐渐注意到这样的话题。王士性《岱游记》也提及泰山顶上旅游从业者的经营场景:"入天门左折,驰道如砥,庐而市者可三十家。"可以由此想见当日盛况。

云南矿业发达,由"硐头"雇佣"义夫"开采。王士性《广志绎》卷五对此有比较详尽的记载:"其先未成硐,则一切工作公私用度之费,皆硐头任之,硐大或用至千百金者。及硐已成,矿可煎验矣,有司验之。每日义夫若干人入硐,至暮尽出硐中。矿为堆,画其中为四聚瓜分之:一聚为官课,则监官领煎之,以解藩司者也;一聚为公费,则一切公私经费,硐头领之以入簿支销者也;一聚为硐头自得之;一聚为义夫平分之。其煎也,皆任其积聚而自为焉。"以理驭情,散发着强烈的时代文化气息,甚至可以说是超越了那个时代。王锜《寓圃杂记》卷五《吴中近年之盛》载:"吴中素号繁华,自张氏(张士诚)之据,天兵所临,虽不被屠戮,人民迁徙实三都、戍远方者相继,至营籍亦隶教坊。邑里萧然,生计鲜薄,过者增感。正统、天顺间,余尝入城,咸谓稍复其旧,然犹未盛也。迨成化间,余恒三四年一人,则见其迥若异境,以至于今,愈亦繁盛。闾檐辐辏,万瓦甃鳞,城隅濠股,亭馆布列,略无隙地。舆马从盖,壶觞罍盒,交驰于通衢。水巷中,光彩耀目,游山之舫,载妓之舟,鱼贯于绿波朱阁之间,丝竹讴舞与市声相杂。凡上供锦绮、文具、花果、珍羞奇异之物,岁有所增,若刻丝累漆之属,自浙宋以来,其艺久废,今皆精妙,人性盖益巧而物产益多。"王士性的描写从一个特定的角度触及这样的状况。

第三节　王士性的山水散文

林云铭在《〈五岳游草〉序》中说:"太初先生诸作虽为五岳写照,但其文之沉雄古宕,逶迤参错,盖将毕生精神与叠嶂层峦扶舆磅礴之气相遇,沐浴吞吐于窭寠间,故能落笔摇五岳若此。"也就是说,王士性讲求从大自然中汲取创造生命的力量,凸显抒情性,而创作不是生活情绪的复写。山水文学创作则要于浅易中见深沉,平实中见凝练。可以这样认为,王士性在前人的基础上寻求更新更美的境地,是明代一个具有很高审美能力又同时具备独立写作姿态的作家。他以独特的叙写艺术唤起读者相关的情感体验。

一　《五岳游草》

《五岳游草》是王士性一生最重要的文学作品。潘耒《重刻〈五岳游草〉序》:"名利之毒中于人心,争锥刀而竞尺寸,如鼠入牛角,如蝇钻纸窗,正由不知宇宙之广、日月之大,使能置身物外,旷观远览,则诸累可以冰释。太初为言官而不阿权贵,历方面而清白著声,擢开府而坚辞,卧丘园而自得,非唯天情旷达,盖亦山水之助为多焉。今《游草》一编具在,人于尘劳鞅辊之际,试一展卷披寻,未有不豁然心开,悠然神往者。天机深而嗜欲自浅,以是为解热之清风,疗烦之良药,不亦可乎!"

王士性的山水散文抒发了自我真情性,多以境界高远为上,主体和客体有机交融,达到物我同一、物我两忘的审美境界。如《入天台山志》中描写寒、明二岩一段文字:"二岩洞一山,以脊相背而倚。明岩道不容轨,两石崿如门夹之,岩窦嵌空,飞阁重檐,半在岩间,不复覆以茨瓦,即石成檐,如赤城也。洞口有帽影马迹,俗称为间丘太守胤遗云。胤谒寒山、拾得于国清灶中,追及之,二仙拍手,笑入岩去,岩阖,间丘蜕焉。崖上飞泉百丈,以铁索斜接之。又北行,转五里余,始至寒岩。马首望岩,真如天上芙蓉十二城,亦仿佛行黄牛峡也。寒岩石壁高百丈如屏,洞敞容数百人,夏至不见日影。一石方正,则寒山子宴坐处也。西临绝壑为天桥,堂宇皆置岩下。时有翠色入户牖,堪挹。"作者以山间清景与神奇传说的完美融会,凸显寒山、拾得二人的高逸之志。《入天台山志》中的一段写赤城山至国清寺一带的风光:"抵县出北门,过神迹石,咫尺国清矣。然西观霞标在望,意不能舍,遂先趋焉。道书玉京洞,十大洞天之一也。岩皆赤色,望之如雉堞,因名赤城。绝顶浮屠七级,飞泉喷沫落于中岩。中岩寺嵌岩中,昙猷洗肠井,井边青韭今尚生也。下山东十里入国清,浮屠比赤城倍之,然不见九里松矣,惟余'万松径'三字,围八尺,凿石山门。寺负五峰如扆,石坎泉盈尺,普明师卓锡而成。左廊三石错立,则寒、拾旧灶石也。智𫖮建台山十八刹,此为定光授记第一道场。出门平桥际崖,沿涧度盘回岭以入,涧水自高山落,与石齿啮,喧豗叫号,如玑如练,如翔鸾凤,倏忽万状。别涧而上金地岭。坐定光招手石,指银山,称佛垄焉。寺号真觉,则智大师所从蜕骨,双石塔存。"

《游烟雨楼》又是一段绝妙文字:"环嘉禾郡城皆水也,其高阜面城而起者,拓架其上为烟雨楼。楼之胜,琐窗飞阁,四面临湖水,如坐镜中,春花秋月,无不宜者。若其轻烟拂渚,山雨欲来,夹岸亭台,乍明乍灭,渔舠酒舸,茫茫然遥载白云,第闻橹声,咿轧眛昒,而不得其处,则视雾色为尤胜。郡本泽国,妇人女子有白首不知山者。鼎食之家,或辇石于太湖为之,次则为楼台临水以当之,登高眺远,如斯而已。"

二 《广志绎》

《广志绎》是王士性的代表作之一。宋世荦《重刻广志绎序》称:"(王士性)三生慧业,一代名流,百氏畅其咀含,五岳恣其游览,胸罗丘壑,唾落烟云,莫不卓卓垂今,骎骎入古,而以《广志绎》一书为最。"《广志绎》的重要成就体现在:

第一,体系完备。卷一为《方舆崖略》,介绍全国的总体情况,以后各卷则是分区记载,卷二是《两都(北都、南都)》,卷三是《江北四省(河南、陕西、山东、山西)》,卷四是《江南诸省(浙江、江西、湖广、广东)》,卷五是《西南诸省(四川、广西、云南、贵州)》,有总有分,条理井然。

第二,学风严谨。王士性《广志绎》卷四有关于"赤壁"的考证,对照比勘中得出科学的结论,显示出严谨的学风:"赤壁山,《一统志》云在江夏东南九十里。唐《元和志》亦称在蒲圻县西一百二十里,北岸乌林与赤壁相对,即周瑜焚曹操处。《图经》乃谓在嘉鱼县西七十里。至宋苏轼又指黄州赤鼻山为赤壁。盖刘备居樊口进兵逆操遇于赤壁,则赤壁当在樊口之上,又赤壁初战,操军不利,引次江北,则赤壁当在江南,今江、汉间言赤壁者五,汉阳、汉川、黄州、嘉鱼、江夏,惟江夏之说合于史。"

王士性在实地考察的基础上,在《广志绎》卷四中,将浙江地区分为浙东和浙西两大文化区,指出:浙东浙西两个地区以浙江(钱塘江)为界,风俗差别很大。浙西的风俗趣尚繁华,人性纤巧,豪富人家比较多,这些人常常身穿艳丽的衣装,骑着高头大马而招摇过市,家中豢养的僮仆动辄成百上千;而浙东的风俗则讲求敦厚朴实,人们一般都注意节俭,崇尚上古的淳朴风气,很少有那些显山露水的超级富商。这样的分析完全符合浙江的实际状况,也看见作者对各地的生活习俗都有着深透的了解。王士性在《广志绎》卷四中再进一步加以细分:"杭、嘉、湖平原水乡,是为泽国之民;金、衢、严、处丘陵阻险,是为山谷之民;宁、绍、台、温连山大海,是为海滨之民。"从而形成"稻作"、"樵采"、"海作"三种相对不同的生产方式,导致生活方式、风俗习惯和价值观念的差异:"三民各自为俗:泽国之民,舟楫为居,百货所聚,闾阎易于富贵,俗尚奢侈,缙绅气势大而众庶小;山谷之民,石气所钟,猛烈鸷愎,轻犯刑法,喜习俭素,然豪民颇负气,聚党与而傲缙绅;海滨之民,餐风宿水,百死一生,以有海利为生不甚穷,以不通商贩不甚富,闾阎与缙绅相安,官民得贵贱之中,俗尚居奢俭之半。"显示出对历史现象与地理特征的深刻认识,确实是洞微知著的深刻见解。《广志绎》卷四又对雁荡山的成因及开发历史等提出自己的一些看法,圆通而中肯:"雁荡一山,说者谓宋时海涛冲击,泥去石露,古无此山也。审是,则必洼陷地下然后可尔,今此山原在地上。或者又谓,乾道中伐木者始入见之。今左自谢公岭,右自斤竹涧以望,奇峰峭壁,万仞参天,横海帆樯,百里在目,何俟伐木入者始见耶? 若海涛冲击至雁荡之巅,温、台宁复今日有人? 第谢康乐守永嘉,伐木通道,登临海峤,业已至斤竹涧,有诗,而亦未入此,见与不见,又所未晓。"

《广志绎》卷五在与中原的比较中,分析云南的气候特点:"云南风气与中国异,至其地乃知其然。夏不甚暑,冬不甚寒;夏日不甚长,冬日不甚短,夜亦如之。此理殆不可晓。窃意其地去昆仑伊迩,地势极高,高则寒,以近南故寒燠半之,以极高故日出日没常受光先而入夜迟也。"自然环境往往造就各地独特的风俗。王士性对此做了深入的探讨。《广志绎》卷四说:"蕲、黄之间,近日人文飚发泉涌,然士风与古渐远,好习权奇,以旷远为高,绳墨为耻,盖有东晋之风焉。然其一段精光亦自铲埋不得。"王士性多次到过天台山,自称"自余为桃源主人,结庐洞口,不啻数十至矣"(《入天台山志》),看华顶归云,赏石梁飞瀑,所以,程正谊(1534—1612)在给王士性的《用韵答王恒叔六首》其五中称道诗人是"家在巾山麓,几度石梁桥"。《广志绎》卷四中,王士性还分析了浙江三处石梁的不同之处:"浙有三石梁,南明山石梁蜿蜒卧地,雁荡石梁斜飞倚天,天台石梁则龟脊横空,深壑无底,奔雷飞瀑,惊目骇魂,非修观遗生者莫能度。"

第三,叙写精美。在《广志绎》卷四中,王士性自豪地宣称:"(两浙)十一郡城池惟吾台最据险,西、南二面临大江,西北巉岩篸蒥插天,虽鸟道亦无。止东南面平夷,又有大湖深濠,故不易攻。倭虽数至城下,无能为也。"又说:"浙中惟台一郡连山,围在海外,另一乾坤。其地东负海,西括苍山高三十里,渐北则为天姥、天台诸山,去四明入海,南则为永嘉诸山,去雁荡入海。"《台中山水可游者记》也强调:"台郡上应台星,汉时曾迁江、淮,空其地,后复城于章安之回浦。回浦山川亡它奇,至唐武德徙治于大固山下,近佳山水,则今城也,盖千余年矣。余生长于斯,颠毛种种,即身所钓游,与乡先民遗踪古迹所尝留焉者,咸得而言其概。"在《台中山水可游者记》中,王士性对巾山的景致也有精美的描写,如写在巾山上看灵江的一段:"巾子山一名帕幘,当城内巽维,云皇华仙人上升落帻于兹山也。两峰古木虬结,秀色可餐,各以浮图镇之,山腰窅处一穴,为华胥洞,其趾有皇华丹井焉。前对三台山,半山为玉辉堂。登堂见灵江来自西北,环抱于前,流东北以去。江上浮梁卧波,人往来行树影中。海潮或浮白而上,百艘齐发,呼声动地,则星明月黑之夕共之。"

《广志绎》中,王士性对许多地区的地形特点都有生动的描绘。

三 《广游志》

《广游志》是王士性的又一部重要游记著作,也取得很高的成就。如《广游志》卷下《胜概》中的一段描写细密,多富气势,成功地表现一种自然美的境界:"天下名山,太华险绝,峨眉神奇,武当伟丽,天台幽邃,雁宕、武夷工巧,桂林崆峒,衡岳挺拔,终南旷荡,太行逶迤,三峡峭削,金山孤绝。武林、西山,借土木之助;泰岱、匡庐,在日仲之间。北岳不及嵩高,五台胜于王屋。雁岩无水,武夷可舟。远望则峨眉,登高则太华。水则长江汹涌,黄河迅急,两洞庭浩淼,巴江险峭,钱塘激怒,西湖妩媚,严陵清俊,漓江巧幻。至若朝日如轮,晚霞若锦,长风巨浪,海舟万斛,观斯至矣,胜斯尽矣,余皆身试,思之跃然。"《矶岛》一篇,承接这样的手法在对比中写出各地矶岛的胜致:"大江水中,石山突出,枕水为矶,如燕子、三山、慈母、采石、黄鹄、城陵、赤壁俱佳。采石四周皆水,江流有声,月夜有余景;赤壁三面临水,汪洋块抱洲渚浅处,芳草时立鸥鹭,晴日为宜;燕子仅水绕一方,然巇崿奇峭,怪石欲飞,晴雨雪月,无所不可人意。"

《广游志》卷下《楼阁》很能体现视野开阔的特点:"自古有名者仲宣楼,在荆州城上,所见惟平楚,亦非其旧址也。太白楼在济宁州城上,济汶、泗水横络其前,帆樯千百,过酒楼下,时有胜致。及登南昌滕王阁,章、贡大水西来注北,阁与水称,杰然大观。然不若武昌黄鹤楼,虽水与滕王来去不殊,而楼制工巧奇丽,立黄鹄矶上,且三面临水,又西对晴川楼、汉阳城为佳。总之又不若岳州岳阳楼,君山一发,洞庭万顷,水天一色,杳无际涯,非若滕王、黄鹤眼界可指,故其胜为最。三楼皆西向,岳阳更雄。"

曹学佺在《洪汝含〈鼓山游记〉序》中强调:

> 作文,游山记最难。未落笔时,搜索传志,铺叙程期,洋洋洒洒,堆故实于满纸,但数别人财宝而已,于一种游情了不相关。即移之他处游亦可,移之他人游亦可;拘而寡韵,与泛而不切,病则均焉。
>
> 记游如作画,画家必须摹古,间复出己意,着色生采,自然飞动。及乎对镜盘礴,往往难之。乃以为画不必似,盖远近位置,木石向背,逼真则碍理,两为入耳。法既不伤,于境复肖,又何以似为病也。

总之,"游记是一种特殊的文体,一方面它涉及历史地理文化,所以必须准确地了解有关的历史、地理和典故,不然便容易'泛而不切';但它毕竟是一种反映作家心灵活动的艺术创造,关键要表现一种'游情',不然则容易产生'拘而寡韵'之病",所以,吴承学指出:"曹能始这些话不妨看成是晚明文人对于游记艺术追求的理论概括。"①王士性的《广游志》等书行文不落俗套，用词准确，文笔优美，有力地促进了游记在明末的大繁荣。

第四节　王士性的山水诗

一　王士性山水诗的理性精神

与山水散文集中客观描写相比，山水诗更加偏重于个人情绪的宣达。一些日常生活与寻常景色，一到诗人笔下，便充满了诗情与画意。正所谓"每逢胜绝处，赋诗要难忘"（李彭《次九弟阻雪不得游云居》），大自然本身生动而富有变化，而有着这样现实土壤的滋养，诗人又在与大自然的相融相处中由审美的心灵去发现自然，其审美感受也就更加独特而丰富；然后心追手摹，以心灵的感悟捕捉丰富鲜活的原始材料以及景物之间的变化规律，进而从灵魂深处提炼出优美的诗句，把对象用诗的语言形式加以传载，诗歌也就多为兴会感发的产物，寄寓着人的心灵旨趣，这样的作品真称得上是生命节律颤动的结晶。《七夕宿江心寺》："巨鳌忽断双龙起，屹立寒涛薄太清。沧海无津烟屿远，青天不动暮潮平。星槎此夕通银汉，月色千山满玉京。灯火城南才咫尺，恍疑身世隔蓬瀛。"诗歌写出瓯江江心寺一带的壮美景致，而打量近在咫尺的温州城，真有身在蓬瀛之感。

"在那些善于发现美、品赏美的人眼里，大自然充满了情韵与灵性，仿佛不是欣赏主体靠近欣赏的对象，而是对象主动亲近欣赏主体，向欣赏主体展示自己蕴涵的美与魅力"，②如王士性《宿石梁》所写："独跨幽崖划鬼工，何来神物蜕岖峒。转疑白日填乌鹊，忽谩青天驾彩虹。飞瀑倒垂双涧合，惊涛怒起万山空。西楼月色终宵在，风雨无端满梵宫。"固然在生动多彩的对象面前，任何语言也许都会显得苍白无力。但是，由审美的一片痴情去发现自然，诗人在尘世间的一切不快就会被自然的美与静所消解，以此为基点传达出怡情山水的高雅志趣，又无堆垛之弊，才能真正追求诗的纯粹性，缔构成完美的诗境。

袁枚《看山有得作诗示霞裳》说："青山若弟兄，比肩相党附。恰又耻雷同，各自有家数。"审美客体是这样丰富多彩，审美感受也会随着环境的不同

---

①　吴承学：《晚明小品研究》，江苏古籍出版社 1999 年版，第 245 页。

②　高建新：《山水风景审美》，内蒙古大学出版社 2005 年版，第 11 页。

而有不同。王士性对此也有敏锐的感受。《嘉禾烟雨楼》细致入微地表现了诗人被自然景色所感染、所陶醉的审美心灵历程，可谓平易中见深厚："理棹入南湖，孤帆向空没。高楼起浮屿，差可望溟渤。吴山百余里，天际渺一发。何当名斯楼，烟雨莽超忽。我行暝烟收，因之弄明月。菰芦拍岸长，丛林间清樾。倒影逐流光，深夜惊栖鹊。临湖扉半掩，万籁静不发。对此神逾清，徘徊兴靡竭。"烟雨楼，在嘉兴南湖。诗歌成功地表现了一种自然美的境界，给人以真切而强烈的现场感；尾句的理思也完全从景中自然生发，通过整体意境的构建使诗歌饱含审美趣味。《西湖》诗所谓"水云三万斛，人在镜中迷"，用优美的语言将人生的审美体验化为诗句，充盈着优美的画意，也是这一审美运思模式的结晶。

邓以蛰先生《诗与历史》曾经说过："乡土最是被人忽视的。家山家水成天的在眼前，往往看不见它们的美处。"①王士性则不同，结庐桃源，醉心其间，自称天台"桃源主人"（《五岳游草》卷四的《越游上》）。诗人登华山的桃源洞，因名字相同，而勾起自己对家乡的思念之情，如《与刘元承登华山入自桃林洞因宿玉女峰冒雨上三峰绝顶》："桃源有路忆天台，曾是刘郎旧到来。"《雪后忆刘子玄紫芝楼》则因姓氏而展开联想："刘郎爱入天台路，万树桃花百尺深。"情到深处诗自来。家乡幽美的景致触发诗兴，援笔写来，不履前人陈迹，情韵也就融化在客观对象的描绘中而不露痕迹，浑然莫辨，更显得韵致无限。诗歌既有精工刻画的描写，又有着疏旷之情的抒发，这样的诗歌往往使人的情怀为之顿开。如《归天台》寄以浓厚深挚的感情，叙写出大自然的情韵与灵性，给人以强烈的心灵震撼，使人进入一种荣辱两忘、心随景化的人生境界："一万八千丈，白日行为斜。群山若塍埒，孤标隐嵚岈。仿佛天中垂，一朵青连华。四望周千里，莽苍瀛海涯。山高风亦烈，草木春无花。四时只烟云，晨夕呈天葩。东南无复胜，咫尺有吾家。还来卧此山，煮石餐赩霞。"日观令人迷醉的景象，浓郁的情思激发起无穷的想象。题中的"归"字是一诗之眼，扣住了它，也就把握住了诗篇的运行脉络，也才能更好地体会到诗人别具的艺术匠心。《上华顶》也是出之以淡淡的遐思缈想，笔性灵动："群山培嵝列儿孙，万八峰头此独尊。咫尺一嘘通帝座，东南半壁拥天门。仙家鸡犬云间宿，人世烟霞杖底扪。玉室金庭何处是，等闲拔地有昆仑。"精致轻宛的物态描绘，创造出奇妙无比的境界，使诗歌呈现一种秀逸之美。《两登巾山雨憩景高亭》完全是即兴之作，正应了"纷纷冶游子，此景不

---

① 邓以蛰：《邓以蛰全集》，安徽教育出版社1998年版，第54页。

足给。有诗在此境,佳句待人拾"(沈周《雨中看山》)的美学真谛。诗人以独具的慧心慧眼发掘与享受美,写出了寂静中蕴含生机的审美意绪,也是意态洒然。全诗笔墨近于自然,景物随视线移动而转换,而诗情画意又能完美融合,情与景汇,物与心谐,刺激着读者的期待视野,那还真可以说是"江山似与诗人助"(李弥逊《舟中对月》)了:"梦里怀人若有神,断碑荒草一时新。孤亭地拥双峰起,绝巘天开万井春。棹倚浪花来曲岸,槛回烟树落平津。江风江雨应无限,为洒徐卿壁上尘。"读着这样的诗,人们的心胸不禁为之豁然。景高亭,在临海巾山上,可惜现在遗址难觅。

　　艺术在表层上好像大多是在表现自我,但实质上无论如何都还是表现社会的。戴复古《论诗十绝》之五就有着这样的表达:"陶写性情为我事,留连光景等儿嬉。锦囊言语虽奇绝,不是人间有用诗。"王士性的山水诗也不例外,固然大多数诗歌纯写对山水景色的赏爱之情,有些作品则在自然美中融入了社会人事的深厚内涵,注重寓意的深度开掘,有着前人不曾道过的审美体验,议论感慨之间便有着无限深情,由此构成了王诗的主体理性精神。《登金鳌山》最具这一审美意蕴,言近而旨远:"巨鳌不戴蓬瀛去,独向江门枕浊流。曲磴眠云芳草湿,洪涛浴日曙光浮。山城坤垠黄沙碛,水国蒹葭白露秋。极目西风伤往事,谁家君相屡维舟。"(诗人自注:宋高宗、文信国俱航海至此。)金鳌山在今浙江省台州市椒江区章安街道办事处。建炎四年(1130)正月,高宗赵构驻跸章安,至今仍留有一些历史遗迹。赵构曾登金鳌山作《阻潮》诗:"碧天低处浪滔滔,万里无云见玉毫。不是长亭多一宿,海神留我看金鳌。"后文天祥起事抗元亦至此。《登金鳌山》诗起句点题,"枕"字充满力度,写出了金鳌山的气象万千。颔联承上,在蓄足气势后,诗人换一个新的角度落墨,托兴深微,因为这样的江山胜迹带给人们的不全都是愉悦,更有不尽的感伤。令人惊叹的更是诗人的最后一问,婉而含讽,意蕴丰厚。全诗笔酣墨饱,传达出诗人强烈的无限感伤的情怀,建立起一种苍凉而广远的审美风范,笔调雄浑:南宋君臣中兴乏略、国势日蹙,虽有文天祥这样的精忠报国之臣,亦难挽狂澜于既倒,以致终于落得个"寡妇孤儿又被欺"的下场。诗歌以此叠印成历史纵向的画卷,把巨大的现实内容压缩在这样的一首短诗里,展露出审美主体深沉的历史意识。情景相生、深意曲包的艺术呈现风范,使诗的进程始终伴随着动人的情感力量,显示出作者善于剪裁布局的艺术技巧。几百年后的张之洞《读宋史》中也充满了这样的慨叹"南人不相宋家传,自诩津桥惊杜鹃。辛苦李虞文陆辈,追随寒日到虞渊",但远不及王诗的理趣深长。黄庭坚《题胡逸老致虚庵》有言:"山随宴坐画图出,水作夜窗风雨来。观水观山皆得妙,更将何物污灵台。"也就是说,一切意象最终都源自创作主体的审美构思,诗中所蕴含的情怀中也较多地渗入诗人深刻的审美感受。王士性《钓台》一诗即体现了这一艺术构思模式,把传主高情逸趣和安贫乐道的心志表达得十分细腻,寄寓遥深,也映现着诗人的独特心态,超凡脱俗,自入佳境,与同题材的一般作品有所不同:"推蓬开晓霁,烟云四顾收。长江抱叠嶂,悬崖俯中流。山奇水亦绝,万木垂清幽。伊昔严先生,于焉披羊裘。垂纶有深意,世事非吾求。青天钓明月,沧波随白鸥。不知有天子,焉论公与侯。巍然汉九鼎,诧谓一丝留。千秋方谢邻,清风两悠悠。"诗歌的前半部分不啻是一幅精彩的写生,以"万木垂清幽"做一收束。"伊昔"二字直透题面,一番叙写后逼出"清风两悠悠"的情怀,善于收束,意余象外。以此观之,诗人的山水吟赏也可谓是别有襟抱,展现了一种理想的审美境界,壮人情怀。

二　王士性山水诗的美学风味

众所周知,只有审美的人生才是真正令人向往的人生,而艺术本又是生命的一种特殊存在方式。王士性视野宽阔,有着超乎常人的深刻体验,他的作品正是建立在坚实的审美观察和体验的基础上,从自然对象中觅取诗情诗思,以诗为陶写性情的工具,写出大千世界的烟岚气象,不纯是在构思和琢句上求新求巧。贯休《陪冯使君游六首·锦沙墩》所谓:"草媚莲塘资逸步,云生松壑有新诗。"王士性山水诗都是诗人游历的自然结晶。诗人一心浸染于自然美景中,往往带着审美的敏感来赏看山水,叙写山水,不去做刻板的客体物象描摹,而是力求创造美的意境,从而唤起人们对美的向往,感荡心灵,更多地具有一种唐人风范。

任何一个较为成熟的作家,往往都能在作品中呈现出审美风格的多元化趋向。王士性的诗歌是诗人感情生命全面投入的艺术结晶,应该说也已具有一定的审美个性,在诸多体裁上都有所成就,讲求诗化营构,殊为不易。即以七律而言,胡应麟《诗薮·续编》卷二认为:"嘉、隆一振,七言律大畅。迩来稍稍厌弃,下沉着而上轻浮,出宏丽而入肤浅;巧媚则托之清新,纤细则借名工雅。不知七言非五言比,格少贬则卑,气少婉则弱,词少淡则单薄,句稍缓则沓拖。"[①]王士性在这一领域也能力争有所创造,《春日游北泉寺》便是不可多得的佳作:"读罢残碑倚夕阳,白云深处一僧房。远山积翠迷烟渚,暗

---

①　胡应麟:《诗薮》,上海古籍出版社1979年版,第356页。

水浮花出草堂。白日几堪消客梦,清樽未卜是他乡。凭高极目川原老,岁岁春风百和香。"诗歌"夕阳"、"白云"、"远山"、"暗水"等意象,借强调景物层次来处理构图,加深韵味,最后将审美体验提升到更高的境界。晚唐以后,诗画艺术理论中出现了崇尚写意、韵味、情趣的明显倾向,不再注重敷彩设色,也就是说,以王维为代表的南宗画派思想逐渐占据主流地位。到了明代,这更成了文士孜孜以求的理想的艺术境界。《春日游北泉寺》便可以说是这样的作品。又如《舟次海口》,落笔酣畅,以情感为动力展开艺术想象,律严而不涩,句整而不板,注重整体境界的和谐,具有非画所可比的艺术张力:"蒹葭秋水木兰桡,挟客来观海上潮。万里苍茫空碧落,三山缥缈接青霄。西风木落惊帆影,南极星明射斗杓。目断扶桑天外尽,何烦鞭石驾危桥。"

不同的诗歌形式有着各自不同的美学功能。沈德潜《古诗源》卷一二在肯定《西洲曲》是"似绝句数首,攒簇而成。乐府中又生一体"的时候,强调诗歌"续续相生,连跗接萼,摇曳无穷,情味愈出"①,无意中揭示了组诗的韵味与魅力。"组诗的特点是积单成组,具有拆分和组合的灵活性。分则各篇成为独立的自足体,可以按原有诗体的规范,驾轻就熟地运转捷思,拈出妙句,锤炼精品。合则可以匠心独具地牵联多篇,排列顺序,巧设布局,联手合力,形成浩浩荡荡的气势和林林总总的景观。因此它可以避免单首诗篇可能出现的单薄,又可以避免排律可能出现的排比声韵的笨重,形成内不失灵便、外可以吸纳众长的诗学结构体制。这就是组诗分离效应和综合效应,是这种双重效应的交互作用。"②极是。五绝组诗《甘征甫先生江楼十六景》也有着新的拓展,自具门户,如《文笔晴尖》"暖风开曙色,百里献新晴。缥缈群山顶,惟余一点青",雕景绘色精妙传神,表达了绘画所不能表达的意境。《文笔晴尖》一诗捕捉到了这样的审美瞬间,并能给以艺术的呈现,称得上是语句平易而立意不凡。王世贞《弇州山人续稿》卷五一《〈王恒叔近稿〉序》赞赏"恒叔于诗无所不精丽,而歌行古风尤自出人意表,其索之也,若深而甚玄。既成而读之,则天然无蹊径痕迹矣。文尤近西京,出入《史》、《左》,叙事委致而以险绝为功。至于谈名理、探禅那,往往有心解神悟者",决非溢美之词。潘耒《重刻〈五岳游草〉序》更是推崇"先生凤植灵根,下笔言语妙天下,兴寄高远,超然埃壒之外……发为诗歌,刻画意象,能使万里如在目前。盖天下之宦而能游,游而能载之文笔如先生者,古今亦无几人",也不全是虚誉。

---

① 沈德潜:《古诗源》,中华书局 1963 年版,第 290 页。
② 杨义:《李杜诗学》,北京出版社 2001 年版,第 736—737 页。

"整个人类文学艺术发展史，便可以看成是各种审美理想不断嬗替的历史。"①可谓不刊之论。文学在其自身发展过程中，也同样呈现出新旧嬗递的发展态势，人们都在以不同的方式和声音证明自我的存在价值；而山水审美意识也具有一种流动性，让人感受到不同时代的精神脉搏。到了明代中叶，这样的审美意识有着更多的创造空间，山水诗文的大量出现正是最好的呈现范式，别林斯基指出："只有当诗人所表现的信念是发自衷心，而这信念又扎根在他那时代的历史和社会土壤里的时候，他才能是真挚的，从而是赋有灵感的。"②王士性的诗歌正是这样"真挚"而又"赋有灵感"的作品，诗笔也较为开阔，从一定的意义上说，它也进一步扩大了传统诗歌的表现内涵。所以，在山水诗这一艺苑中，诗人即使谈不上执时代之牛耳，其创作也应该是超出于流俗之上的，达到了时代的高度。"每个诗人有自己的诗的指纹，他不能是任何别的诗人。"③（本文所有着重号均为原作所加——引者）王士性也是在中国诗歌史上（特别是在中国山水诗史上）留下了自己的"诗的指纹"的人。清人常讥刺明人空疏无学，而王士性则是学术渊深，又有诗篇传世，固然没有达到陈尧佐《题华清宫》所推崇的"百首新诗百意精"的境界，也不是每首诗都具有丰神远韵，给人以更为深刻的美感，但其成就依然不可被低估。人们总是受到传统思维方式的影响，简单地认定明代是我国诗歌史上成就平庸的时代，其实并不尽然。陶文鹏在为自己与韦凤娟主编的《灵境诗心——中国古代山水诗史》一书所写的《导言》中说"明代山水诗既有复古，又有新变；不乏佳作，却缺少大家"，④道出了历史与时代对山水诗的限定，高屋建瓴，最为精辟深透。传统诗歌可以说是中国文化和中国人精神品质最为有效的艺术载体。所以，对王士性有关富涵深厚文化品性的山水诗的品读，既有助于我们在更深的层次上去体验作者的美学追求，又能进一步去探寻明代文学（包括山水诗）的审美品质与文化意蕴。

以王士性为代表的临海王氏家族是一个颇有成就的山水文学创作群体。

---

① 廖可斌：《诗稗鳞爪》，浙江大学出版社1999年版，第1页。

② 〔俄〕别林斯基：《别林斯基论文学》，上海新文艺出版社1958年版，第50页。

③ 郑敏：《诗歌与哲学是近邻——结构—解构诗论》，北京大学出版社1999年版，第301—302页。

④ 陶文鹏、韦凤娟主编：《灵境诗心——中国古代山水诗史》，凤凰出版社2004年版，第3页。

王宗沐(1524—1592),字新甫,号敬所,是王士性的族叔,嘉靖二十三年(1544)进士,担任刑部主事。累官至都察院右副都御史,总督漕运兼巡抚凤阳,南京刑部左侍郎,晚年退居家乡。王宗沐《早春同兄弟游巾山翠微阁》:"雨霁芜烟一望轻,千家灯火合春城。江流自绕东峰出,阁势还连北峙平。涛壮鱼龙惊鼓楫,座幽松竹学鸣筝。谢家词赋应谁似,解道池塘草渐生。"全诗以抒情的笔调来叙事,建构一个独特的听觉世界,落笔酣畅,语带烟霞,流丽无比。一些作品通过对乡居生活的叙写,展现一些较为复杂的情怀,如《登巾子山玉辉堂少时读书处》:"客怀寥落一登临,雨树风篁伴独吟。朋旧凋零惊老至,江天萧瑟叹秋深。世情人事有新故,水色山光无古今。我似东西鸿不定,雪泥踏处已难寻。"诗人重视的并不是客观物象,而是主观心绪的抒发。抒情言志,坦率真诚,并无伪饰。正因为有着自己的深切感受,诗歌才能显得那样的亲切而又深刻。又如《绝顶》:"双峰斗极并为雄,云阙霞标在眼中。楼护残烟疑结蜃,桥涵斜日见飞虹。藉草行杯濡翰墨,倚天谈剑忆旌弓。随朝更语关门使,白雉银罴久未通。"取材细微,物象丰富,后半也成了表现人情世态的篇章。王宗沐的《明庆寺》也与这样的情怀有关,有淡泊尘世的韵味:"背阁还凌兜率天,暂归游乐更须怜。振衣聊卜千寻地,出世终归半指禅。石顶莓苔当佛绣,洞门花雨和钟悬。苦吟一去任松子,松鹤年年月自圆。"最后一联是将唐代诗人任翻《宿巾子山禅寺》诗所做的感慨。任翻原诗是:"绝顶新秋生夜凉,鹤翻松露滴衣裳。前峰月映半江水,僧在翠微开竹房。"《登海门先月庵望海》尾句最有杜诗神韵:"谁植巉岩障碧瀛,平临蓬岛客衣轻。孤帆天外时来往,远屿云中半晦明。虎豹晨关连极动,鱼龙春水傍杯生。旌旗忽报千峰雨,应为东来洗甲兵。"

王士崧(1549—1598)是王宗沐长子,字仲叔,号禹阳。万历十一年(1583)进士。任光州知州、工部员外郎,升刑部主事。有《浮弋草》、《支离集》等。王世贞在《与王光州仲叔书》中感叹与王士崧相见恨晚,称《浮弋草》有乃父之风,得王家真传:"今者一日而遭公所著《浮弋草》,读之如司寇公也。俨然若周还沧海之若,而睹赤城之霞出没也,不亦快哉?……大篇有响、有象、有色、有格、有情、有调,稍加沉稳,即开元、大历诸家不足畏也。"可见其评价之高,固然不排除其中有溢美的成分。

王士崧的嗣子立程,字伯度,万历十九年(1591)举人,后任河南巨鹿县教谕。有《析酲草》。如《巾子山记》的一部分,文笔优美,也有作者的思想、精神寄寓其中:"山在临海郡,界天台、括苍,据大固,面灵江。西则石壁千寻,沿江稍缘一线,可通单骑,俯瞰层波,神魂惊愕。东枕湖,湖堤桃柳间错,春日游人如蚁,凉夜泛小艇,掬水弄月,雉堞倒影,潜鳞跃空,足畅幽致。"王立程又有《饮巾子山亭子》诗:"扪萝直上岭云西,四野天垂望不迷。日落山腰宫阁迥,烟横城郭女墙低。千樯灯火寒鱼箔,万井笙歌簇燕泥。醉倚长松明月下,夜深玄鹤正堪携。"诗歌直抒心声,表达了"醉倚长松明月下"的怡然自乐的情怀,疏朗的构图,与此相映成趣。又如《登白枫山观海》:"腥风落日海天秋,射影楼台蜃气收。涛击扶桑千壑怒,云横碣石万峰愁。神鲛夜掬前朝泪,铁骑朝寒战骨丘。眼底兴亡悲往事,怀仙空望十洲游。"白枫山,海拔162米,在今台州市区。

王士昌(1561—1598),王宗沐四子,字永叔,号斗溟。神宗万历十四年(1586)进士。任龙溪知县,后任兵科给事中等,累官至都察院右佥都御史,巡抚福建。有《三垣摘疏》、《镜园藏草》、《斗溟集》等。王士昌能诗擅画,名存画史。朱谋垔《画史会要》卷四载:"(王士昌)风流蕴藉,宛若晋人。能诗,亦能鉴古物山水,得黄大痴笔意。但惜腕自珍,笔不轻发。故传之者鲜,亦能水墨折枝。"黄大痴,指元代著名画家黄公望。

王士昌有些诗歌写得很美,应该是得力于自己的绘画经验。王士昌曾为王士性晚年的隐居地清溪小隐作《清溪小隐十六首》,往往能够产生多重意味、多重联想。现举其中几首,如《卧云坪》"几日门不开,白云昼封户。扫石还扫云,云去峰阴暮"、《忘归石》"日出抱琴往,日中听鸣籁。应接不知疲,归鸟斜阳外"等,都写得逸趣萧散,启人遐思。《白龙潭》"清泉流出山,脉脉细泉响。昨夜溪怒鸣,龙挟风云上",前后映衬,别具气势。

第八章　清代浙江山水文学

第一节　简说

　　清代是古典文化的总结时期,于唐宋之后又一次创造变化的极致,就山水文学而言,也基本如此,博洽工文者所在皆是,但也面临着巨大的创新压力。清代,版图有所扩大,人们得以进一步走向更为广阔的自然,饱览奇山异水。钱仲联为朱则杰《清诗史》所作的《序》中指出:"文学史上的清代,一般指它的前二百年左右,即鸦片战争爆发前的时期。"①极是。面对触发诗情的景物,浙江的山水文学家各逞才思,不废吟咏,又一番"湖上诗成共客吟"(周元范《奉和白舍人镜湖夜归》),在一定程度上增加了抒情的广度和深度,尽力拓展艺术变革与创新之路,精品佳构迭出,异彩纷呈,力图代雄,产生了袁枚等影响巨大的诗人,显示出特定的历史价值。"江浙能诗,时有所闻。"②这时的浙江诗坛又一次迎来鼎盛期。钱仲联在《梦苕庵诗话》中就特别指出:"清代诗风,浙派为盛,浙派尤以秀水为宗。"③由此可见浙江诗歌在清代的地位,山水诗领域亦近之。袁枚在《随园诗话》中交代桑调元"性孤僻,能步行百里,弃主事官,裹粮游五岳",称赞其山水诗作:"非深于游山者不能

---

① 　朱则杰:《清诗史》,江苏古籍出版社1992年版,第1页。
② 　徐珂编辑,无谷、刘卓英点校:《清稗类钞选》,书目文献出版社1984年版,第91页。
③ 　钱仲联:《梦苕庵诗话》,齐鲁书社1986年版,第83页。

言。"①桑调元只是清代浙江山水诗人的代表之一。桑调元(1695—1771),字伊佐,号弢甫,自号独往生,后号五岳诗人,钱塘(今杭州)人,以《五岳集》闻名,也有《雨后登南山亭》等作品。当然,一些作家集中精力写家乡的一处小景,希望以小见大,湖州地区还出现了南浔诗派;但也有部分作品流于率易。刘勰《文心雕龙·物色》:"古今辞人,异代接武,莫不参伍以相变,因革以为功,物色尽而情有余者,晓会通也。"②这大概也是文学内部的发展规律。从一定的意义上说,人们都生活在传统的笼罩下,传统总是以这样、那样的方式决定人们的实践活动。文学作品与前代总是有着不可分割的渊源关系,但也要强调思路创新,向文学的深层掘进并超越前人。吴乔《围炉诗话》卷一说:"唐诗固有惊人好句,而其至善处在乎澹远含蓄,宋失含蓄,明失澹远。"③如此看来,清人在追求精神愉悦的同时,就有找回含蓄与澹远的重任了,实现文约而意博的目标,艺术趣尚也需要求新、求变、求异,写作手法进一步拓宽。构建大型组诗便是最为显明的创造之一,比起明以前的作品来说,诗体就更为扩大,另外,描写更趋细腻也是清诗的重要成就。这些特色在山水诗领域都有比较明显的呈现。

　　文学演变总带有一定的规律性。郑敏指出:"在文艺上不存在新的淘汰老的问题,这与科学发明不同,传统在不断地延伸、发展、丰富。但每个历史时期都会随着人的物质生活、哲学思想、科学知识的变革而提出其具有新时代风貌的美学,从而为人类的文学艺术增添新品种。"④就清代文学尤其是清初而言,民族盛衰所引发的悲剧,是这一时期众多诗人形成艺术个性的历史背景,战争改变了人们的生活经历与思想情怀。明清之际这个充满苦难的时代,所谓"江河满目正颓波"(全祖望《偶示诸生》),直接改变了诗人的生存状态,深入体验现实人生的痛苦,引发艺术家心灵的震颤。谁被卷进这样的社会,都会导致内心世界发生相应变化。《老子》三十一章说过:"夫兵者,不祥之器,物或恶之,故有道者不处。"自从有了人类社会,战争也就与之伴随,当然这其中有正义与非正义之分。"孤村百战后,存亡双眼泪"(施闰章《禾塘麻天为宅》),天地变迁,血与火的社会现实与时代苦难,深铭乎心,使一些人发弭兵济世的宏愿,也能够更加真切地看到社会和人性复杂的一面,有恨

① 袁枚著,王英志校点:《随园诗话》,江苏古籍出版社 2000 年版,第 271—272 页。
② 刘勰著,周振甫注:《文心雕龙注释》,人民文学出版社 1981 年版,第 494 页。
③ 郭绍虞编选,富寿荪校点:《清诗话续编》(上册),上海古籍出版社 1983 年版,第 504 页。
④ 郑敏:《诗歌与哲学是近邻——结构—解构诗论》,北京大学出版社 1999 年版,第 55 页。

如天却也无可奈何。这一时期的诸多诗人最终还是能够跨越一己的苦闷,不全是通过吟赏山水而求得精神解脱,作品也多构成充满崇高感的艺术主旋律。在中国,固然"诗言志"是一个极为古老的诗学命题,有着极为久远的文化渊源,但在这一特定的时代背景下具有特殊的历史意义,跨越一时、一地的家国之思,潜藏着更为丰富的内蕴。李渔算是一个奇特的存在。李渔(1611—1680),字笠鸿,号笠翁,兰溪人,生逢乱世,却有《闲情偶寄》等,有合理的美学内容,也表达出独特的精神意趣,才名甚著。袁枚《随园诗话》卷九有这样的评价,比较中肯:"李笠翁词曲尖巧,人多轻之。然其诗有足采者。"①李渔《衢游返棹》诗就属于"足采"的作品。因势而下,舒展自如,别出新意,境界卓异:"数日曾穿万叠山,浑身衣带翠微斑。原来济胜非奇事,兴至登临若等闲。有句但思留石上,无魂不虑返人间。斧柯未烂归期促,愧自神仙洞里还。"易代之际远避山林而避祸全身固然不失为良策,但又往往身不由己,而李渔算是较为成功的一位,轮不到弹奏时代主旋律(固然李渔也有《避兵行》这样的作品),也许只能以变奏曲甚或小夜曲自乐,而能于其中表现出主体的才情和技巧。曹溶(1613—1685)与李渔年龄相仿,可以放在一起略加介绍。曹溶(1613—1685),字洁躬,号秋岳,又号倦圃,别名金陀老圃,秀水(今嘉兴)人。有《静惕堂诗集》等。山水诗创作以《冷泉亭》较具代表性:"寺门罗众岭,邀我入盘云。犬地深无象,溪山绿未分。遥空飞涧坼,清梵老松闻。幽意何人觉,沙边问鹤群。"翟灏等辑《湖山便览》载:"(冷泉)自莲花峰麓而下,渟蓄于云林寺前。"诗歌写心情与物境相融相合的艺术世界,与民族命运相联结的有关时代因素隐然不见。

　　章培恒指出明末清初时代环境激荡与文学创作升降的关系:"从万历三十年(1602)前后起,晚明文学高潮——其实也是整个明代文学的高潮——就终止了。不过,这并不意味着文学很快就处于衰落。从那时直到康熙中期的百余年间,文学仍取得了相当的成绩……从康熙后期到乾隆初期的近五十年间,文学的发展从表面上看来是处于低谷,但仍有前进的暗流在涌动,所以那只是黎明前的黑暗,接下来文学就又进到了一个新的阶段。"②具体到浙江的山水文学,也合乎这一现象,这一地域所处历史时期文化中"新的阶段"最显明的标志就是袁枚的崛起,卓然成家。袁枚山水诗往往能够打破旧有模式,把一腔深情转化为美的情境,有属于自我的美学特征。在清中

---

① 袁枚著,王英志校点:《随园诗话》,江苏古籍出版社2000年版,第232页。
② 章培恒、骆玉明主编:《中国文学史新著》,复旦大学出版社2007年版,第209页。

叶这一特定的历史时期,袁枚表现出与时人截然不同的审美趣味,登临赋咏,让客观物象展现自己的美,多系白描、杂用俚语而又笔底含情,字里行间颇见笔致。这种自我表现的艺术方式,无意于佳而自佳。其诗歌创作无论情感境界,还是艺术成就,都可以说是超逾时流。历史需要天才。丹纳(1828—1893)在《艺术哲学》中指出:"真正天才的标识,他的独一无二的光荣,世代相传的义务,就在于脱出惯例与传统的窠臼,另辟蹊径。"①袁枚就是中国文学史上少有的天才纵逸者之一,写出世间山水风物的各自性情与意态,在山水题材领域充分表现出艺术天赋,拓开一代文风。袁枚创立了性灵派,而"性灵派代表乾、嘉诗风"②。袁枚《随园诗话》卷二:"后之人未有不学古人而能为诗者也。然而善学者,得鱼忘筌;不善学者,刻舟求剑。"③以山水诗创作的实绩论之,以袁枚自己为代表的性灵派作家可以列入"善学者"群体。

《清世祖实录》载:"读书者有出仕之望,而从逆之念自息。"顺着巩固统治秩序的治国理念,更出于弘扬清王朝先武功而后文治的客观需要,在社会秩序渐趋稳定的大背景下,于是就有下一步动作。《康熙实录》载:"(十七年)正月乙未。谕吏部:'自古一代之兴,必有博学鸿儒,振起文运,阐发经史,润色词章,以备顾问著作之选。朕万几余暇,游心文翰,思得博洽之士,用资典学。我朝定鼎以来,崇儒重道,培养人材。四海之广,岂无奇材硕彦,学问渊通,文藻瑰丽,可以追踪前哲者。凡有学行兼优,文词卓越之人,不论已仕未仕,令在京三品以上及科道官员,在外督抚布按,各举所知,朕将亲试录用。其余内外各官,果有真知灼见,在内开送吏部,在外开报督抚,代为题荐。务令虚公延访,期得真才,以副朕求贤右文之意。'"康熙十八年(1679)二月开试博学鸿儒,是清代一次社会、文化的重大转机事件,也逐步改变着当时汉人知识分子对统治集团本来并无几多文明之风的原始印象,一些沉潜山野之人甚至以各种形式参与过抗清活动的强项不屈者一变而为入京馆臣,一时不得不放弃阮籍(210—263)《咏怀》其六"布衣可终身,宠禄岂足赖"的先哲教诲,传统意义上的家国之志有所弱化,于山水诗领域则是逐步达到山水物象与所拟题旨的尽力完美,情韵深邃,这是文学贴近时代并与政治紧密结合的文化现象在清代初年的真实反映,文人生命历程中的情感变化也

---

① 〔法〕丹纳:《艺术哲学》,人民文学出版社1963年版,第339页。
② 钱仲联:《钱仲联讲论清诗》,苏州大学出版社2004年版,第66页。
③ 袁枚著,王英志校点:《随园诗话》,江苏古籍出版社2000年版,第37页。

得以显现其间,毛奇龄就是其中之一,也较具代表性。毛奇龄(1623—1716),字大可,萧山人。本为明末诸生,康熙中召试博学鸿词,授翰林检讨,参与纂修《明史》。毛奇龄一生体验深切,著书甚富。《登富春山》写出富春江山水的特有风致,动态意象与静态意象较为完美地组合,既具绝壑峥嵘,也有安静闲逸,景物与情思又得以有机交融,措意遥深:"放溜下江关,春风辍棹还。青云开绝壁,一眺富春山。江鸟寒波静,山花锦石斑。高栖吾所向,聊此遂幽攀。"《携田甥登严陵钓台》则以深厚的历史感为前提,展现内心的自我省察:"缈缈临高台,凌虚亦壮哉。浮云分磴出,落日大江回。客户千秋在,滩鸣七里来。羊裘如可待,吾亦免竿才。"面对景物迁流,作品能够融主观情志于客观叙事之中,诗风也逐渐从凄厉衰飒过渡到平和雅正,较有韵味。正所谓作家"负质不同,所处时势又不同"(陈廷焯《白雨斋词话》卷二)。①生活于明末清初的施闰章在《登清凉山歌》表达了准确而复杂的情怀:"世乱余年仍薄游,剩水残山思坦步。"也就是说,这一时期的山水诗都是时代孕育培养的结果,来源于现实生活。

中国传统文人常常要历经仕隐考验的困扰,"屈原的二难困境,乃是传统文人的普遍困境,屈原的冲突乃是传统文人的普遍冲突。无论后世文人以什么样的方式来解决这个矛盾(陶渊明式或其他),困境始终存在。这真实地反映出中国传统文人在传统的社会——政治格局中的实际地位,……要么被排斥(如屈原),要么弃官归隐(如陶渊明)",②很难有第三条路提供给人们。身处朝代更迭之际的文人则要面临更加痛苦的抉择。他们经历种种人生磨难,为人处世方面难免有一些阙失,又因人生阅历与处世心态诸多不同而各异,这需要接受时间和历史的重审与评估,总结兴亡之理,但文学创作本身并不受某一种特定的法与理的约束,不同的时代也将迎来一片新的歌吟声,反映出真实心态有时显得很重要。例如,朱彝尊早年有复国雄心,《龙潭晓发》就是这样:"乘风万里外,击楫中流半。慷慨游子心,临江起长叹。"表现国家衰亡之痛,着笔痛切,而不是一般的乱世之慨。《经严子陵钓台作》也别有意蕴,赋中含比:"七里严陵濑,平生眺览初。江山谁痛哭,天地此扶舆。竹暗翻朱鸟,滩清数白鱼。扁舟如可就,吾亦钓台居。"朱彝尊中后期重新确认自我价值,创作发生较大变化,但并不是一般的所谓笔耕度日,而真情实感得以展现,可谓真诗(详下)。

---

① 唐圭璋编:《词话丛编》(第四册),中华书局 2005 年版,第 3813 页。
② 周宪:《现代性的张力》,首都师范大学出版社 2001 年版,第 310 页。

　　《清史稿·圣祖本纪》载:康熙治理期间,大清帝国气象露出端倪,最后已是"久道化成,风移俗易,天下和乐,克致太平。其雍熙景象,使后世想望流连,至于今不能已"的盛世景象,社会走向稳定,大多文人已经顺应无法改变的社会现实,反清复明的激情开始退隐,人生理念与心态自然发生很大变化,原先充溢心中的遗民感受与伤悼情绪逐渐淡化,或做更为曲折与隐晦的反映,不再以较为充分的展开方式出现,而是灌注浓郁深厚的感情于山水中,苦心孤诣。丁成泉在《中国山水诗史》一书的《序言》中指出:"山水诗是一种特殊类型的诗歌,它的表现对象就是山水景物,而不是诗人的主观情志,虽然,山水诗也不排斥抒情言志,但山水诗中的主观情志不占据作品的中心位置,其表达方式也以隐蔽为好,否则,它就将失去山水诗的特殊品格,不成其为山水诗了。"①作为记载心灵的精神产品,文学创作也随之出现新气象,因为时代的主题往往决定着文学的主题,时代的色彩也自然熏染着文学的色彩,人们很难超越自身所处的环境。人们乐游者众,神思更加清隽,造语力求典雅,作品也往往闪烁着较为睿智的理性色彩,意味绵长。当然,这既与社会剧变的时代风貌有关联,也与作家自身的个性气质、才识分不开,而山水文学领域的创新动力则始终如一。黄宗羲《论文管见》:"所谓文者,未有不写其心之所明者也。心苟未明,劬劳憔悴于章句之间,不过枝叶耳,无所附之而生。故古今来,不必文人始有至文,凡九流百家以其所明者,沛然随地涌出,便是至文。故使子美而谈剑气,必不能如公孙之波澜;柳州而叙宫室,必不能如梓人之曲尽。此岂可强者哉?"所以,只要"心之所明","沛然随地涌出,便是至文",山水文学亦须写心明志,以有丰厚的现实内蕴为背景,又何尝不是这样?李东阳《麓堂诗话》论明初的诗歌时说:"本朝定都北方,乃为一统之盛,历百有余年之久,然文章多出东南,能诗之士,莫吴、越若者。而西北顾鲜其人。"②除却统治者民族已经转换等因素外,立国"百有余年之久"的清初诗坛何其相似乃尔,以此也可以进一步探索中华文化现象的一些基本规律。在追求诗歌情感深度的同时,用笔设色多为雅化,诗歌主体艺术风格从悲沉凝重走向平和冲淡。

　　在所谓遗民群体人生情境与情志表现都发生变化的同时,一些明末或清初出生的人更没有不仕清廷的压力,较快地融入主流社会中。张大千《故宫名画读后记》说:"余以为吾国绘事之难也,非仅形之似物之状写而已。

---

　　①　丁成泉:《中国山水诗史》(第二版),华中师范大学出版社 2014 年版,第 6 页。

　　②　丁福保辑:《历代诗话续编》(下册),中华书局 1983 年版,第 1377 页。

……其所写山川风物,非仅世之山川风物也,而吾心所造之境也。"①亦适合诗画相通之理。这时期的浙江山水作家更加注意到山水实景与心境结合及融会的问题,试举几人:彭孙遹(1631—1700),字骏孙,号羡门,又号金粟山人,海盐人。顺治十六年(1659)进士,康熙十八年(1679)举博学鸿词第一,官中书舍人,终吏部左侍郎。有《松桂堂全集》、《廷露词》等,另有《金粟词话》。彭孙遹工诗善词,现就山水题材各举一首。《看潮》:"海涛八月播狂飔,画艇油车出看时。雪柱银山三十丈,临塘羡煞弄潮儿。"实境真境而显气象阔大。《二郎神·忆富春旧游》则于词中层层展现种种复杂的感情,意趣深厚,含蓄有致:"富春七里,水拖蓝,游鳞堪数。看往来运帆,浅沙深石,渺渺青溪渔浦。南北峰头登临远,望不尽,斜阳疏树。怅星子台空、桐君佩冷,旧游何处?　　羁旅,又经几度、他乡寒暑。白芍药花残,樱桃梦醒,肠断锦鞋一赋。谢客沧州、潘郎绿鬓,心迹犹然朝暮。算只有,山中明月,江上清风如故。"又如李绥祺(1649—1725),字介若,缙云人,康熙四十一年(1702)岁贡,候选训导,有《青芝山房诗集》。李绥祺《括苍岭上行》叙写家乡括苍山景色与传说:"名山列障好溪东,古洞深幽未可穷。陟岭初如人面壁,登峰遂若马行空。遥遥一水成衣带,历历千家隔彩虹。信是石梁仙路近,遥闻笙鹤过云中。"首联入题,中二联真切,最后展开遥想。结构井然,造句工稳。

　　再往后,朝代更迭早已成了往事,人们的创作只要能够真诚展现内心世界即可。施元孚(1705—1779),字德交,号六洲生,乐清人。科场失意,遂寄情山水。家近白石山,尝坐啸其上。遍游江浙名胜,归来即寝食雁荡山二十余年,闭户读书著述,专事吟咏。施元孚有《雁山志》十三卷、《白石山志》五卷、《释耒集》四卷等。施元孚《登龙湫背宿白云庵记》为常人所无,不必模拟古人,亦无动荡激越的情怀,但以真情真境,直指人心:"大龙湫之上有白云之庵焉。或曰湫水上下多白云,故名;或曰僧白云实创始之,因沿以名庵。余自龙湫至瑞鹿问途寻之,步峻岭,走绝壁之巅,扪薜以进,不敢下睇。约行三里,径稍夷,视湫前一帆峰直在履舄下。再一里,穿松林而入,林外一溪,而庵乃在溪北。缘石北渡,环顾四山,俨如平地,寂寂深静,洵绝境也。闻溪口有龙潭,急访之。溪流经横石前斜注石溜,溜蜿蜒如龙游状,溜穷为潭,潭外即湫之绝顶,景甚奇。倚横石俯瞩,峭嶒沸腾,辄股栗不敢留。既入庵,访上龙湫,僧涵谷以绝险告,不果,往,只登上白云观镜台峰而返。僧独住穷山,泊然无求者三十余年矣,视之似有乐者,与语久之。出庵前,暮云西流与

---

　　①　李永翘编:《张大千论画精粹》,花城出版社 1998 年版,第 7 页。

水相逐,知不可复返,遂宿于庵。至夜,山风萧瑟,水切切鸣,枕畔有声,如虎虎吼者,与猿啼相应不辍。窥之壁隙,星光黯淡之下,林薄动摇,赫然惊人,终夜不得寐。晨兴别去。既下,犹憀然如在故处也。"《入北阁登仙桥记》也涉及常人不及的题材,可见作者对家乡山水的熟稔与钟爱,醇厚有味:

> 仙桥,在北阁谷底,去北阁村二十里。游者自村西北行十里,过龙虎关,即仰见桥如偃虹,跨于半天。再数里,上山走北石梁;再北数里,陟险东上至山脊;又东数里,始至桥。桥长六十余丈,阔五丈,形如牛背,而中有线路可行。其路远而险,游客不至,亦不敢至。癸未初春,余与长子璟来游,百计攀跻,乃克抵桥上。方渡,闻桥下回风声隐然,如殷雷鸣。予初不知,愕而顾,欲返,谛而察之,乃相顾而笑。桥高百余仞,其左桥址,东延数百丈,四下壁立。矫首其间,恍然身为飞仙,凭虚容客冑。俯睇桥下,云流如水。遥望山下溪流,如白龙隐见蟠绕,世界都异。俄而,风从远来,力甚劲,立桥头,几为之仆。急俯伏,相视失色。风过而起,起而返,闻声逢逢然如伐鼓,乍徐乍疾,倏寂然无声,倏澎澎如大水骤至,与向所闻迥别。心异之,然脚跟踉踉若浮,不敢留,急渡而西下。土人谓山后有径,可攀至桥下,惜不及至。盖雁山峭险之景,莫此为最。世传王子晋吹箫处,故名仙桥。王梅溪亦云。

宋楠(生卒年不详),字基山,建德人。雍正进士,授翰林院检讨。《七里泷》是一首五古长诗,有因声显意,更借景抒情,折射出那一代人的情感心理,但也有生涩阻滞之处:"桐江折而西,滩急港名溜。长滩分上下,步步强弩彀。滩尽始入泷,沉沉井底瞀。古藤络巉岩,阴崖失晴昼。山如劈斧皴,水作青罗绉。巨灵生两拳,拔地矗奇秀。东台势嵲岈,心角互钩斗。破中击石笋,寻文不可究。西台势轮囷,俯入坤轴厚。石理横界断,重叠两棋覆。两台峙江心,积铁古苔绣。其旁击孤松,附石并坚瘦。千年饱风霜,岁久益伛偻。高高历星汉,跷跷落猿狖。阴阴云木合,瑟瑟风簧奏。团团网罟集,隐隐帆樯辏。泼泼鱼自跳,嘤嘤鸟初彀。鳞鳞厂下屋,只只路旁埭。依依烟雾横,晶晶沙石糅。丁丁响樵斧,溅溅鸣乳窦。朝昏各变态,光景难刻镂。我生山水窟,还往此中旧。翻以屡经过,妙境眼前漏。去来向风尘,朴朴牛马走。燕南赵北际,所见多朴陋。归来眼忽明,乃有此佳觏。近复客吴阊,好山日避近。丹青粉本摹,仅可称苑囿。宁知奥区固,造物穷结构。举手谢山灵,形骸愧尘垢。微吟向清流,吾齿或可漱。"

乾隆以后,清代更加进入一个表面繁盛的时代,浙江的山水文学创作也更多地展现出一种雍熙气象,随意而得,号称盛世却危机潜伏的本质特征很少在山水诗领域得以反映。冯赓雪(1720—1782),字缵修,号瑶田,临海人。有《台南洞林志》,可见其爱山之深。冯赓雪《盖竹洞》:"盖竹青青护上台,云霞凿出洞崔嵬。苔花著壁千岩耸,玉蕊分门两扇开。谁是采芝人未老,有时唤跃鹤飞来。丹炉传自商邱子,难得黄芽活火栽。"盖竹洞在今临海市汛桥镇,列道家三十六洞天第十九,为长耀宝光之天,因竹林茂密如盖得名。诗歌写盖竹洞景致颇为真切,后又道出历史之久远。

方芳佩(1728—1808),字芷斋,号怀蓼,钱塘(今杭州)人。有《在璞堂集》。《三衢道中》:"初到三衢问水程,江乡风物总关情。滩声澎湃飞流急,帆影参差夕照明。山鸟啼来偏悦耳,野花看尽不知名。挑灯坐听蓬窗雨,赢得诗怀分外清。"豪情与诗情有机统一,近于观花忘时,旨意含蓄。

朱琰(生卒年未详),字桐川,号笠亭,海盐人。乾隆三十一年(1766)进士,官直隶阜平县令,有《笠亭诗钞》及《唐诗律笺》等。朱琰《七里濑》:"行行至严陵,岸峭水奔濑。四山立如门,七里扼成隘。聚流起重叠,连山响硍磕。双峙倏波中,一折渺云外。弥漫只烟霞,帆席恐芥蒂。哀禽前后啼,条条参差挂。幸得驾风行,走更比马快。豁然天为开,淼尔江又大。来踪何处寻,巃嵸隔苍霭。"境界阔大,波澜层出。

陶廷琡(生卒年未详),字韫川,号南园,会稽(今绍兴)人。陶元藻次子,乾隆四十六年(1781)进士,官贵州清平、江西铅山知县。有《南园诗草》。陶廷琡《七里泷》:"江势忽如带,双鬟一涧通。峦光射篷碧,柏叶隔墙红。把钓怀严叟,听鹂忆戴公。好山无数至,浑似剡溪中。"美丽景物与美妙传说合一,本自神奇,最后一句更把眼前景与家乡情相勾连,拓宽情意空间。

俞葆寅(生卒年未详),字苍石,仁和(今杭州)人。俞葆寅《过严滩》诗突出严滩两岸峰峰相连的迷人景象:"滩前属玉去来影,滩外画眉高下声。船头白云飞不住,一峰才送一峰迎。"曹宗熙,字敬侯,号止园,兰溪人。《舟行七里滩》:"破晓移舟七里程,江澄如向镜里行。数声幽鸟不知处,两岸好山难问名。云脚树遮村屋小,船唇风散浪花轻。何人得似羊裘者,一片灵岩万古情。"固然"不知处"与"难问名",却以此赢得情真意切。

宋世荦(1765—1821),字卣勋,号确山,临海人。乾隆五十三年(1788)举人,后任陕西扶风知县。著有《红杏轩诗钞》。《椒江舟中》有一定代表性:"绿到春江早,沿流一棹拖。山横船影落,石瘦水声多。碧滟跳波鲤,黄披出壳鹅。乡居风味好,争不恋渔蓑。"诗人触目兴怀,直书无碍。

董正扬(1768—1816),字眉伯,号昙柯,泰顺人。嘉庆七年(1802)进士,官江西大庾(今大余)知县。有《太玉山房诗钞》等。《山交寺》韵味自具:"峡束白云归坳谷,天回明月入空潭。空山尽日无人到,僧与秋猿共一龛。"《百丈谣》以民谣形式创作而就,更能道出家乡美景:"百丈百滩,一滩一丈。迢迢罗阳,如在天上。"

钱仪吉(1783—1850),初名逵吉,字蔼人,号衎石,又号新梧(一作心壶),嘉兴人。钱仪吉《山行》:"雨丝吹溟湿微茫,松径连天一发长。决起舆前双白鹭,冲烟先我入斜阳。"首句柔美细腻,逐渐显露气象,最后更是富于动感。

清中叶以来,也有一些外省籍人士痴迷浙江山水,通过考察与游赏而认识浙地之美,有众作而宣扬,其中潘耒较有代表性。潘耒(1646—1708),字次耕,吴江(今苏州市)人,为顾炎武弟子中最受青睐者,《将出山,留别吴楞香及同游汪文冶、王名友诸子》自称"天下名山愿游尽"。潘耒《游仙居诸山记》写麻姑岩的段落真切如画:"以闰月十一日出郡城,西行二十里,至三江渡,逾大岭。岭头有三大佛,皆凿石为之,及肩而止,颇殊特。前,抵塘头,乘筏渡溪,缘山行可二十里,宿象坎之安禅寺。寺在深坞中,松篁四围,钟鱼清杳。明晨越岭,南行数里,望见麻姑岩。数巨石,礌立山巅,如鸟爪,中一石,端如药杵,孤插天心,古松数株,蟠络其上,不知何代物也。"写方岩的部分更为详尽:"去游方岩,逾岭,即见天半一峰,削成四方,俨然金城百雉,谓举足可到。乃愈趋愈远,二十里许,始造山麓。审视,始知山非削成一片,乃无数石笋,攒列成城,如排箫、编笙、骈拇、枝指,大势均齐而尖圆,秀颖各自出态,万仞削立,不可梯阶。从旁岭迂折而上,三四里始至峰腰。暴雨至,休于民家。度不可宿,笠而跣行,所见益奇。峰势皆如虎牙犀角,竞锐争猛。瀑布自其罅落,一一如大小龙湫。寻常磴道中,皆白波激射,杖拨怒涛,中得石磋,前足定,乃进后足。云雾晦冥,林木荟蔚,殆非人境。如是三四里,乃升山巅,则豁然平旷,如在原陆。隐隐闻钟鱼声。又过一冈陇,下就洼陷处,乃抵寺门,则已昏黑矣。洗足更衣,与院主完履茶话,谓深山雨夜,远客叩门,亦开山来希有事也。院在宋为护国寺,久毁于兵。雪窦之嗣湛庵,结茅居之。完公继席,渐成兰若。山顶宽广,与台郡城等。有田可耕,有池不涸,可以避世,如桃源、仇池,在半空中也。然山势险猛,峰峦铦削,如千矛万戟,有五台四门,一人守险,千人不得上。方国珍以为乱。其后山寇,数数踞之。佛刹既兴,化虎嵎为狮窟,福利为不少矣!质明雨止,周遭登眺,山峦体势之奇,于斯而极。天作高城,顿诸空中,四面方等,大巧若拙,一奇也。连山环抱一峰在中,单抽独立,毫无傍倚,二奇也。联千笋为一笋,排万筇为一筇,淮阴用兵,多多益善,三奇也。四面皆削壁,纯石无土,山巅反开平洋,纯土无石,镰划之极,反造平淡,四奇也。石色朱红、铜绿、苍黄、斑驳,天然彩绘,自发淡古,五奇也。意者,开辟之初,巨灵狡狯,毕枝竭能,以效奇于兹山,而惜乎人见之者少也。"

《游仙居诸山记》最后一段也是极有意味,借助情境的展开自具一种动人力量:"原仙居所由得名,固以山岩灵异,林木清幽,宜为仙灵所窟宅。乃彼地既少闻人,四方之宾,又绝无至者,遂使奇踪异境,而不宣。王太初最名好游,足迹及于峨嵋、点苍,而百里内家山,竟未一至,他人复何道哉?余也不徇名,不因人,率意独游,唯奇所在。故天台雁宕之游,人所同也;仙居之游,余所独也。天台幽深,雁宕奇崛,仙居兼而有之。余始见石梁、琼台,不谓复有灵峰、灵岩。见灵峰、灵岩,不谓复有玉甑。见玉甑,不谓复有景星、方岩。信造物者之无尽藏也。余益不敢轻量天下山水矣。"

潘耒于康熙三十年(1681)游天台,作《游天台山记》,自称:"盖几一月,面台山之游略遍,虽十得五六,颇多前贤所未到,余于此山缘亦不浅矣!"中探金庭洞:"溪路既绝,……飞瀑下注为龙湫,其深不测。一巨石斜压其上,欲落不落,则途穷于是矣。"最后感叹:"吾今而后,知台山之大也。吾足亦半天下,所见名山岳镇多矣。大率山自为格,不能变换。掩众美,罗诸长,出奇无穷,探索不尽者,其唯天台乎!华顶高旷,罗浮子飞云峰也;东苍秀润,泰山之御帐坪也;幽溪苍寒,五台之清凉石也;螺溪刻削,西山之秘魔崖也。寒岩峭特,其霍山之柱乎!明岩诡异,其劳山之华楼乎!珠帘娟秀,不减匡庐之三叠泉;龙潭幽险,岂逊九华之鱼龙洞;桃源隽永,有武夷九曲之势;赤城绮拢,有丹霞万仞之规。国清之静深,可以敌曹溪;桐柏之萧远,可以俪句曲。至若石梁飞瀑之雄奇巧妙,琼台双阙之灵异清华,吾遍拟之而不得也,则台山之独绝乎!台山能有诸山之美,诸山不能尽台山之奇。故游台山不游诸山可也;游诸山,不游台山不可也。"又有《华顶》一诗:"昆仑之脉从天来,散作岳镇千琼瑰。帝愁东南势倾削,特耸一柱名天台。天台环周五百里,金翅擘翼龙分腮。峰峦一一插霄汉,洞瀑处处奔虹雷。华顶最高透天顶,万八千丈青崔嵬。乘云驭风或可上,我忽到之亦神哉。游氛豁尽日当午,洞视八表无纤埃。南溟东海白一杯,括苍雁宕青数堆。千峰簇簇莲花开,中峰端坐一莲台。"

第二节　张煌言、黄宗羲的山水诗

全祖望《董高士〈晓山墨阳集〉序》："吾乡故国遗民之作,大率皆有内外二集,其内集则秘不示人也。转盼百年,消磨于鼠牙鱼腹之中。"任何艺术都是客观现实的反映。遗民历明亡之悲,遭人世更迭,家仇国恨一起涌上心头。他们往往以凝结着血和泪的语言,构建一些变形的意象,往往能融恶劣的自然环境与不平的政治气候为一体,来反映生活本来丰富复杂的内容,深有历史沧桑的创痛。这样的诗文颇具证史的功能,而作家的心灵也就自然流露出来,但一些作品则缺少应有的深度,一些则露出幻灭之感。查继佐(1601—1677),字伊璜,号与斋、左尹,海宁人,有异才。崇祯癸酉为兵部职方郎中,甲申后不复出,过上避世隐逸的生活。《夜泊七里滩》:"小棹凝寒落日边,碧空削出水云偏。烟将帆影疑前浦,雨共滩声度短眠。客去无星临此夕,我来何处认当年。只应郑重高深意,为是桐江莫与传。"魏耕(1614—1663),原名壁,又名时珩,字楚,别字白衣,慈溪人。抗清之志始终不衰。有《息贤堂集》。《钓台》写富春两岸景致给人的迷幻感:"四月富春江水清,两山抱江江不行。波流锦石红霞动,目过寒岚彩翠生。自采石华迷渡口,忽攀玄峤去曾城。何人为扫台前碧,好待回车弄月明。"周容(1619—1679),字鄮山,鄞县(今宁波)人。明末诸生,有《春涵堂诗文集》。《钓台作》先从远景展开,再收回视线,落到眼前。点出"清风"二字,意趣自生:"江潮去自杭,江流来自婺。两山相萦抱,谁辨江来去。挂帆过顷刻,抽帆守晨暮。清风不下山,长拂亭前树。"周希商,字男书,桐庐人。明末贡生,有《听鹏集》。《钓台》二首之一写尽雨中的景致:"每爱胜地憩,偏经风雨看。两山分滴翠,一水尽鸣湍。流急舟行使,风驰棹歇难。安能半日暇,携兴遍词翰。"总之,几首诗同写一地,立足点不尽相似,也各有胜致。

一　张煌言

1. 张煌言的复国努力。张煌言(1620—1664),字玄著,号苍水,鄞县(今宁波)人。明崇祯十五年(1642)中举。少年起,特立独行的诗人就有舍生取义的悲壮感慨。明亡,更是毅然以忠贞自任,不齿厕身于异族统治中。弘光元年(1645),清兵南下,张煌言起兵抗清,奉鲁王监国,以期实现自己的宏图大志,一展其济世之才。赐进士,加翰林院编修,兼兵科左给事中,擢右佥都御史,迁兵部右侍郎。永历帝在云南,亦遣使授张煌言为东阁大学士,兼兵部尚书。1649 年 6 月,张煌言攻占台州健跳所,自福建迎鲁王至此。10 月,鲁王移驻舟山。张煌言的人生抱负一直无法得以舒展,最后于康熙三年(1664)被俘,临刑前作《绝命诗》:"我年适五九,偏逢九月七。大厦已不支,成仁万事毕。"

2. 张煌言的诗歌创作。张煌言《〈奇零草〉自序》说"余自舞象,辄好为诗歌……于是出筹军旅,入典制诰,尚得于余闲吟咏性情",但多遗佚,现存有诗集《奇零草》《采薇吟》。"披襟已在芳洲上,尘俗何能解盍簪。"(《新秋鼓浪屿纳凉,分得"簪"字》)忧愤国运是中国士人的传统品质,奇特的人生道路造就了张煌言。张煌言见识深远,矢志救国,"其间忧国思家,悲穷闵乱,无时无事不足以响动心脾"(《〈奇零草〉自序》)。张煌言诗多记录自我壮烈人生,面对历史的悲剧和现实的苦难,借诗发表对国事的看法与对政局的忧虑,着意写社会的悲剧,营构一种浓郁的情感氛围,情怀壮阔,追求悲壮美。咏物其表,言志其中。如《忆西湖》:"梦里相逢西子湖,谁知梦醒却模糊。高坟武穆连忠肃,添得新祠一座无?"文化和艺术,社会和生活,都在诗意中融会贯通,情感内涵深厚。诗歌立意宏远,把历史与现实交织在一起,于模山范水之间留有空白,以意炼象重视言外之意,诗境扩展。王夫之《姜斋诗话》卷下说:"不能作五言古诗,不足入风雅之室;不能作七言绝句,直是不当作诗。"[1]杨万里《诚斋诗话》也认为:"五七字绝句最少,而最难工,虽作者亦难得四句全好者。"[2]综合王夫之、杨万里二家之说,约略可以见出古代诗人对七绝这一格式的重视程度。张煌言的七绝也有所成,《忆西湖》一诗即由自然物色,引出人生坚定意志的抒发与感叹。与一般的江河湖泊之景不同,西湖之美,既美在自然山水,也美在丰富而深厚的人文境界。岳飞、于谦等都是其中最具典范意义的人物,张煌言自然思而及之,于是,不集中笔墨做客观景象的细密描写,而是从历史中探寻价值,使诗篇别具一格,也更显得语义深长。又如《月夜登普陀山二首》之二:"海岸真孤绝,青青三两峰。月圆清梵塔,潮上翠微钟。鹤梦来何处,龙吟隔几重。迎门有灯火,僧话旧时踪。"先是集中写普陀山清景,最后以含蓄之语结之。

"曲曲溪流面面山,青峰千折水千湾。……却看两岸枫林晚,似送离愁到客颜。"(《新安溪行》)张煌言也有一些作品叙写诗人抗战之余偶得闲暇时所看到的迷人景致,饶有趣味。自然界的山水草木不只作为情意的载体,更

---

① 丁福保辑:《清诗话》(上册),上海古籍出版社 1978 年版,第 18 页。
② 丁福保辑:《历代诗话续编》(上册),中华书局 1983 年版,第 142 页。

多是营造出一种自得其乐、情怀自适的优美境界，传达诗人陶醉于自然美景中的怡适心情。如描写普陀山的《登菩萨顶》，融会了摹景与对佛理的感悟："绝蹬凌虚嵌佛龛，扪天柱笏恣豪探。苍茫远水横空碧，经乱群峰倒蔚蓝。双屐俄从银汉落，一卷几为石梁参。如来肉髻应非幻，最上何须驾鹤骖。"富于动感，将山水美景做近于极致的呈现，镜头逐渐由近而远，几乎以神游而非目视，意境以此有更大的扩展。《重过桃渚》尤见功夫之处，豪情纵逸，虚实之景融合难分，给人以神完气足的美感："一棹天台依旧迷，重来秋爽是攀跻。苔衣毣毣髯偏美，石磴鳞鳞齿未齐。梦到赤城霞气近，感深沧海水声低。临流空作桃花想，恨杀仙源是武溪。"清顺治十六年（1659），张煌言兵败安徽，辗转至台州，次年移驻临海桃渚等地，作此诗。诗人志在澄清天下，谁知时局难料，退守浙东。但最美的山水也难以消除心中的苦寂。

二　黄宗羲

黄宗羲（1610—1695），字太冲，号南雷，晚年自称梨洲老人，余姚人。曾随著名学者刘宗周治学。鲁王监国时期，黄宗羲参加抗清义军，失败后隐居，淡出主流社会，屡拒清廷征召，以风节自持。黄宗羲与顾炎武、王夫之同为明清之际三大思想家，著述宏富。有《明儒学案》、《宋元学案》、《明夷待访录》等。《南雷诗历》存诗五百余首，其中《穷岛集》即是清顺治六年（1649）前参与浙东海岛抗清期间的诗歌作品。

黄宗羲曾创修《四明山志》。四明山因上有方石，四面如窗，中通日月星辰之光而得名。明崇祯十三年（1640）游天台山等地，作《台宕纪游》。清顺治十七年（1660）撰《匡庐游录》，康熙三年（1664）完成《今水经》。《靳熊封游黄山诗文序》的其中一段文字论述了自然山水与文学创作之间的关系："文人与山水相为表里，岂故标致以资谈助也，其相通之处，非徒有精灵，实显体状，此酬彼答，不殊形影。昧者以为山川不能语，借语于文人，文人亦无不喜游山川，岂其然乎？凡洞天福地，皆有幽宫神治以慧业文人主之，彼慧业文人者，即山川之神也。"

方回《瀛奎律髓》卷三二"忠愤类"小序："世不常治，于是有《麦秀》、《黍离》之咏焉。"①也就是说，人们常通过历史题材的描述来反映现实。黄宗羲身经世变，在作品中能够艺术地再现真实的社会风貌。《过法相寺》："不到名蓝数十年，重来风景觉萧然。山中幸喜存长历，劫冷能留不坏烟。"通过对

① 方回选评，李庆甲集评校点：《瀛奎律髓汇评》，上海古籍出版社2005年版，第1346页。

自己闲居生活和山川游览的描写,融佛理入诗,抒发有志难酬和愤世嫉俗的感慨,隐含浓郁深重的历史兴亡感,体现出作者深厚的传统文化功底,构想上颇具匠心。黄宗羲认为"山川有定形而无定情"(《黄山续志序》),《过塔子岭》即以自然物候烘托出内心感伤,诗意真醇,流露出人生如梦的无常感,属于古代遗民诗的历史回响:"西风飒飒卷平沙,惊起斜阳万点鸦。遥望竹篱烟断处,当年曾此看桃花。""当年"二字有无限意味,含蓄点明题旨。《五月二十八日书诗人壁》三首之一:"不识山村路纵横,但随流水小桥行。一春尚未闻黄鸟,玉女峰前第一声。"通达世事人情,字里行间流淌着作者的真情,又深具杳远之趣,符合所谓"意当含蓄,语务春容"(胡应麟《诗薮·内编》卷六)①的美学要求。诗歌宛如一幅江南烟雨水墨画,也就是方东树《昭昧詹言》卷一所谓:"叙述情景,须得画意,为最上乘。"②这样的描景写境之作,深得画家构图妙境,且情与景切。应该说,作品留下诸多空白以供人想象。

第三节　朱彝尊、查慎行、厉鹗的山水诗文

入清既久,三藩平定,人们也盼望远离动荡,过上安定的生活。朱彝尊、查慎行等人对于朱明王朝谈不上什么深沉而执着的思念,开始融入新的生活,也都创作了一些委婉有致的佳作。吴伟业《遣闷》六首之二最后几句所表达的应该是时代之音:"去乡五载重相见,江湖到处逢征战。一家未遂升平愿,百年那得长贫贱。"文学作为精神的存在形式,从一个特定的侧面反映了诗人所处时代的历史真实。

一　朱彝尊

1. 朱彝尊的人生遭际与文学思想。朱彝尊(1629—1709),字锡鬯,号竹垞,晚号小长芦钓鱼师,秀水(今嘉兴)人。如上所言,朱彝尊早年有复国雄心,入清初期多年漂泊。顺治十四年(1657),朱彝尊离开秀水去岭南,两年后回到家乡。在这次短暂的游幕过程中,朱彝尊沿途寻访名胜古迹,写入诗中者就有紫金山、采石矶、小孤山、大孤山、庐山、大庾岭、浈阳峡、香炉峡、大庙峡等,还因为没有践屈大均罗浮约而遗憾,作《东莞客舍屈五过谭罗浮之胜因道阻不得游怅然有怀》三首。康熙六年(1667),朱彝尊为王士祯所作的

---

① 胡应麟:《诗薮》,上海古籍出版社1979年版,第111页。
② 方东树著,汪绍楹校点:《昭昧詹言》,人民文学出版社1961年版,第21页。

《〈王礼部诗〉序》中称："盖自十余年来,南浮滇桂,东达汶济,西北极于汾晋云朔之间,其所交类皆幽忧失志之士。诵其歌诗,往往愤时嫉俗,多离骚变雅之体。"康熙十八年(1679),以布衣举博学鸿词,授翰林检讨,充《明史》纂修官。有《曝书亭集》。

《四库全书总目》卷一七三《〈曝书亭集〉提要》:"彝尊未入翰林时,尝编其行稿为《竹垞文类》,王士祯为作《序》,极称其永嘉诗中《南亭》、《西射堂》、《孤屿》、《瞿溪》诸篇。然是时仅规橅王、孟,未尽所长。至其中岁以还,则学问愈博,风骨愈壮。长篇险韵,出奇无穷。……惟暮年老笔纵横,天真烂漫,惟意所造,颇乏翦裁。然晚境颓唐,杜陵不免,亦不能苛论彝尊矣。"陈衍《题〈竹垞图〉》对朱彝尊有很高的评价:"胜朝数学人,终首朱锡鬯。经世既淹通,诗文复跌宕。"朱彝尊在清初诗坛有重要的地位,与王士祯并称为"南朱北王"。赵翼《瓯北诗话》卷一〇指出:"朱竹垞亦负海内重名。至今犹朱、王并称,莫敢轩轾。"①朱庭珍《筱园诗话》卷二称:"竹垞诗、古文,皆成一家言,兼精填词;诗尤雄视一代,品在渔洋、荔裳、愚山之上,洵通才也。"②

朱彝尊论文讲求醇而不疵。《陈纬云〈红盐词〉序》指出:"词虽小技,昔之通儒巨公往往为之。盖有诗所难言者,委曲倚之于声。其辞愈微,而其旨愈远。盖言词者,假闺房儿女之言,通之于《离骚》、变《雅》之义,此尤不得志于时者,所宜寄情焉耳。"又《〈静惕堂词〉序》:"倚声虽小道,当其为之,必崇尔雅,斥淫哇,极其能事,亦足昭宣六义,鼓吹元音。"

2. 朱彝尊的山水诗作。朱彝尊晚年归居,纵情山水,又加以自我锤炼,精品不断。《〈荇溪诗集〉序》自称:"余舟车南北,突不暇黔,于游历之地,览观风尚,往往情为所移。一变而为《骚》诵,再变而为关塞之音,三变而为吴伧相杂,四变而为应制之体,五变而成放歌,六变而作渔师田父之语。"实际创作也许并没有这么绝对,但总体上还是道出了诗歌创作的阶段性特征。随着生活状况的改变,朱彝尊的美学思想自然也发生变异。山水诗也多描写清秀的自然风光为主,体现出自觉的艺术追求。山水之乐占据诗歌抒情的中心地位。《滩行口号六首》是诗人尽心建构的组诗,努力实现豪情与诗情的统一:"白鹭洲前动客愁,黄公滩畔驻行舟。谁开瘴岭天边路?惟有清江石上流。""铜盘滩急水西东,两岸千山四面风。绝壁倒流巫峡雨,悬流直

① 赵翼著,霍松林、胡主佑校点:《瓯北诗话》,人民文学出版社1963年版,第146页。
② 郭绍虞编选,富寿荪校点:《清诗话续编》(下册),上海古籍出版社1983年版,第2351页。

下石梁洪。""黄茅峡外野人居,潭影空明漾碧虚。长箭短衣朝射虎,鸣榔持火夜罾鱼。""断壑阴崖百丈牵,斜风细雨万山连。长年三老愁无力,羡杀南来下濑船。""红霞深树岭云平,两桨戈船石罅行。浦口清猿催客泪,一时齐作断肠声。""羊肠鸟道几千盘,设险宁惟十八滩。见说一滩高一丈,直从天上望南安。"诗歌真切地描绘山间水涘的景物形象,各篇内容又互相承接,构成了一个有机的整体,组成错综而和谐的复调旋律。又如《江行三首》之一,色彩丰富,情溢辞外:"潮落江平宿富阳,船头新月下微霜。晓看乌桕红千树,树梢半山鸭脚黄。"《渡钱塘》:"渡口乘潮漾北风,轻舟如马泊江东。明朝又是山阴道,身在千岩万壑中。"神思飞跃于广阔时空,诗歌借助想象实现完美的过渡,笔底透出无限深情。又如《雨渡永嘉江夜入楠溪》很能体现山水审美精神,给人以力的美感:"落日下崦嵫,飞雨自崇墉。驾言出北郭,泛舟横东江。近岫既凌缅,遥岑亦蒙笼。葱青水竹交,乃有樵径通。潜虬寒载蛰,海鸥夕来双。顾望云叶开,张星昏已中。荒岗响哀狄,枉渚遵轻鸿。故乡日已远,川路靡克终。寄言薜萝客,岁宴期来同。"《舟中望柯山》也很有代表性,以精细的写实之笔描绘山水景物,融入怀古意绪,情感表达得曲折深婉:"朝光丽华薄,清川荡浮澜。舣楫临江皋,流目肆遐观。丹葩眩重谷,素云冒层峦。我行既迟回,顾景多所欢。青林翳岩桂,香风过崇兰。空亭邈孤高,修竹自檀栾。缅怀古之人,知音良已难。"朱庭珍《筱园诗话》卷一:"作山水诗者,以人心所得,与山水所得于天者互证,而潜会默悟,凝神于无朕之语,研虑于非想之天,以心体天地之心,以变穷造化之变。……必使山情水性,因绘声绘色而曲得其真,务期天巧地灵,借人工人籁而毕传其妙,则以人之性情通山水之性情,以人之精神合山水之精神,并与天地之性情、精神相通相合矣。……使读者因吾诗而如接山水之精神,恍得山水之情性,不惟胜画真形之图,真可移情卧游,若目睹焉。造诣至此,是谓人与天合,技也进于道矣。"①朱彝尊的这部分山水诗大多能达此境。朱彝尊《缙云杂诗十首》离形得似,也很有特色,如《忘归台》:"连山积翠深,白石空林广。落景不逢人,长歌自来往。"

查慎行《曝书亭集序》称朱彝尊诗歌创作"句斟字酌,务归典雅,不屑随俗波靡,落宋人浅易蹊径"。在山水诗中,朱彝尊也充分施展自己的艺术才华,反复唱叹,佳作频仍,颇耐讽咏。《岭外归舟杂诗十六首》其三:"枕外潮

---

① 郭绍虞编选,富寿荪校点:《清诗话续编》(下册),上海古籍出版社 1983 年版,第 2345 页。

鸡报三更,朦胧月底暗潮生。客心最喜舟师健,贪趁朝霞半日晴。"全诗既以
实景胜,又以趣味胜,显示出一种独特的韵致。《野外》:"秋草飞黄蝶,浮萍
漾绿池。南楼夜吹笛,寥落故园思。"诗歌并没有胶着于咏物,从野景勾勒快
速跳转到抒情,一字不闲,虚处传神,展现出诗人选取和描绘景物的匠心,更
加完满地表现人的内在意绪。《雨后即事二首》中写道:"暑雨凉初过,高云
薄未归。泠泠山溜遍,淅淅野风微。日气晴虹断,霞光白鸟飞。农人乍相
见,欢笑款柴扉。"首联起兴,点染秋意,意象安排合理,增强诗歌的立体感。
全篇有摩诘诗韵,诗境清幽,只是尾句稍为浅俗。

　　朱彝尊的山水词也有可观之处,如《满江红·钱塘观潮》:"罗刹江空,设
险有、海门双阙。日未午,樟亭一望,树多于发。乍见云涛银屋涌,俄顷地轴
轰雷发。算阴阳、呼吸本天然,分吴越。　　遗庙古,余霜雪;残碑在,无年
月。迤扬波重水,后先奇绝。齐向属镂锋下死,英魂毅魄难消歇。趁高秋、
白马素车来,同弭节。"作品捕捉最足以表达情思的部分加以熔炼,理深艺
精,气势奔涌。又有集句词《蝶恋花·钱塘观潮》也有点韵味:"枫浦客来烟
未散(许浑),如诉如言(罗隐),渐落分行雁(李峤)。解道澄江静如练(李
白),风翻白浪花千片(白居易)。　　细雨湿衣看不见(刘长卿),浩汗连绵
(张希复),地阔平沙岸(杜甫)。信宿渔人还泛泛(同上),富阳山底樟亭畔
(白居易)。"日观胜景而生情,即使是集句创作,亦不影响作者词艺之精。

　　二　查慎行

　　1.查慎行的人生之路。查慎行(1650—1727),初名嗣琏,字夏重,号他
山,又号查田,海宁人。康熙二十八年(1689)遭《长生殿》事件后,始改名慎
行,更字悔余,少问世事。康熙四十二年(1703)特赐进士出身,官翰林院编
修。查慎行对苏轼最为服膺,晚年取苏轼《龟山》诗"身行万里半天下,僧卧
一庵初白头"语意,筑初白庵以居,号初白老人。查慎行遭遇恶浊的世俗,感
情不再激越,有对社会历史现象的哲理性认识,更有着参透人生、随遇而安
的感悟,《三闾祠》所谓:"莫嫌举世无知己,未有庸人不忌才。"《桃源舟中》:
"路比仙源迥不同,恍于此地作渔翁。帆移柳岸云浮白,日射芦村雾吐红。
直与迴肠纾郁结,放散双眼破鸿蒙。人间好境难多得,生怕明朝又逆风。"首
联平起,颔联紧承,对仗工整,最后显然是有感而发,并不是一般的泛泛之
论,但又讲求情感表达的节制与内敛。《雨过桐江严滩》也表现了诗人的真
情实感,对出处问题有独特的体认:"江势西来弯复弯,乍惊风物异乡关。百
家小聚还成县,三面无城却倚山。帆影依依枫叶外,滩声汩汩碓床间。雨蓑

烟笠严陵近,惭愧清流照客颜。"有《敬业堂集》。

《近游集》小序自称:"余自己未至今,南北往还,约计七万里,将收游踪,自远而近,兹集所以志也。"《清史稿·文苑传》载其"游览所至,辄为吟咏"。郑方坤《国朝名家诗钞小传》说查慎行"少日为诸生,即杖策从军,出入牂牁、夜郎之境,以及齐、鲁、燕、赵、梁、宋之区,驿壁邮亭,挥洒殆遍。又尝渡彭蠡,过洞庭,登匡庐五老之峰,探武夷九曲之胜,寻无诸之故墟,访尉佗之遗迹,江山神助,诗益富而且奇。癸未成进士,简翰林,即受特达之知,召入内廷供奉。比岁西巡,赓歌载笔,凡幽岨之区,瓯脱之境,为从古诗人所未历者。荡胸骇目,悉于五、七言发之。"

2.查慎行的诗艺追求。查慎行山水诗往往凝聚着作家对世界和生命的独特体验,铺写出丰富的内涵,感悟宇宙人生之大道,有对社会历史的理性思考,也充分体现自己的艺术个性。李重华《贞一斋诗说》所论甚当:"吟咏先须择题;运用先须选料。不择题则俗物先能秽目;不选料则粗材安足动人?"[1]如《七里泷》:"泷中乱峰高插天,泷中急水折复旋。泷中竹树青如烟,白龙倒垂尾蜿蜒。泄云喷雾为飞泉,晴光一线忽射穿。雨点白昼打客船,船行无风七十里。一日看山柁楼底,人入镜中品真谛。"即目所见的富春山水引发出诗人关于人生真谛的深层思考,全诗也可以说是诗人关于人生真谛的智性呈现,有较为隐微的内涵,获得特定的艺术效果。《度仙霞关题天雨庵壁》则是写景、纪游与感怀杂拌而出,不自觉地流露了诗人内心深处的淑世之情。诗歌运用时空的切合与变幻,表达出诗人婉转的情思,深化主题,既回溯以往,又着眼目前,充溢着理性的美:"虎啸猿啼万壑哀,北风吹雨过山来。人从井底盘旋上,天向关门豁达开。地险昔曾资剧贼,时平谁敢说雄才。一茶好领闲憎意,知是芒鞋到几回。"正如江湜《由常山至开化折回江山凡山行四日,共录绝句二十首》之一所说:"我要寻诗定是痴,诗来寻我却难辞。今朝又被诗寻着,满眼溪山独去时。"写山水之乐的作品也不少。如《舟中望江郎山》:"碓床石濑响泠泠,爱入归人旧耳听。岸草绿痕移蟋蟀,水花红影带蜻蜓。樵争晓市秋初寄,风转荒湾棹一停。云雾不遮南望眼,三峰回首逼天青。"小景入手,展开较为充分以后,行以时空拓展,有安闲而从容之态。尾联扬起,境界全出。赵翼《瓯北诗话》卷一〇有这样的精辟之论:"初白近体诗最擅长,放翁以后,未有能继之者。当其年少气锐,从军黔、楚,有江山戎马之助,故出手即沉雄绰厉,有幽、并之气。中年游中州,地多胜迹,

---

① 丁福保辑:《清诗话》(下册),上海古籍出版社1978年版,第932页。

益足以发抒其才思,登临怀古,慷慨悲歌,集中此数卷为最胜。内召以后,更细意熨贴,因物赋形,无一字不稳惬。"①从上述二首约略可知,自然拓深诗歌意蕴。再如《次实君溪边步月韵》:"雨过园林暑气偏,繁星多上晚来天。渐沉远翠峰峰淡,初长繁阴树树圆。萤火一星沿岸草,蛙声十里出山泉。新诗未必能谐俗,解事人稀莫浪传。"

《自题〈庐山纪游集〉后》:"偶然兴至或留题,聊借微吟豁胸臆。诗成直述目所睹,老矣焉能事文饰。"查慎行曾受业于文坛耆宿黄宗羲,为诗兼采唐宋,追踪香山、放翁,得其妙谛,力求自创一格,也有着较为明显的艺术探索意味。袁枚《随园诗话》卷八中说:"查他山先生诗,以白描擅长;将诗比画,其宋之李伯时乎?"②赵翼《瓯北诗话》卷一〇评查慎行诗:"随事随人,各如其量,肖物能工,用意必切。"③"要其功力之深,则香山、放翁后一人而已。"④赵翼称其诗才气开展,工力纯熟,可继唐宋诸贤之后,足与王士禛、朱彝尊鼎峙清初诗坛。查诗多用白描,所谓"老夫新句亦平平,要与诗家除粉绘"(《雨中发常熟回望虞山》),能把诗情画意融为一体,深婉沉挚。如《晚窗即目》:"变态多从咫尺看,只争浓浓浅深间。斜阳已落月未上,烟外数峰如远山。"给人以形象真切的感知,也给人以返璞归真之感。查诗用意含蓄隐微,追求悠然淡远的清韵。赵翼《瓯北诗话》卷一〇:"初白好议论,而专用白描,则宜短节促调,以遒紧见工,乃古诗动千百言,而无典故驱驾,便似单薄。"说的就是这一类作品,古体《十月朔五更鹰窠顶观日出》亦复如是,但"兴会所到,酣嬉淋漓,力大于身,虽长而不觉其冗矣"⑤。鹰窠顶山,一名南阳山,在海盐县。又如《严州》诗情意抒发也是极为自然:"过城滩更急,直下汇分流。树色含双塔,山形豁一州。炭烟浓傍坞,樵径细通舟。风日晴犹好,初冬似晚秋。"先点出"过城",后分写景物,切合时、地,最后得出"风日晴犹好,初冬似晚秋"的结论。

《晚泊刘公渡望对岸诸峰》有对大自然静美的独特发现,带有柔性特征:"澄江一道镜初熔,写出东西隔岸峰。指掌图中看倒影,夕阳一百二芙蓉。"审美主体以悠游自在的心情观赏山水,意象又有密切的关联性,主观情绪与

---

①　赵翼著,霍松林、胡主佑校点:《瓯北诗话》,人民文学出版社1963年版,第161页。
②　袁枚著,王英志校点:《随园诗话》,江苏古籍出版社2000年版,第194页。
③　赵翼著,霍松林、胡主佑校点:《瓯北诗话》,人民文学出版社1963年版,第161页。
④　赵翼著,霍松林、胡主佑校点:《瓯北诗话》,人民文学出版社1963年版,第147页。
⑤　赵翼著,霍松林、胡主佑校点:《瓯北诗话》,人民文学出版社1963年版,第160页。

客观景物配合极为工巧,二者浑然一体,用典切当,无迹可寻,增强诗歌语言的审美功能,几乎达到了独至的境地。朱庭珍《筱园诗话》卷二颇能道出查诗的妙处:"查初白诗宗苏、陆,以白描为主,气求条畅,词贵清新,工于比喻,善于形容,意婉而能曲达,笔超而能空行,入深出浅,时见巧妙,卓然成一家言。"①查慎行写自己家乡的《三月二日偶游硖石精舍》也有"两山钟磬东西寺,十里烟波远近山"的妙句。诗是语言艺术,也是精炼的艺术。《四库全书总目》卷一七三《〈敬业堂集〉提要》评:"明人喜称唐诗,自国朝康熙初年寖曰渐深,往往厌而学宋。然粗直之病亦生焉。得宋人之长而不染其弊,数十年来,固当为慎行屈一指也。"沈德潜《清诗别裁集》卷二〇对查诗也有极高评价:"所为诗得力于苏,意无弗申,辞无弗达。或以少蕴藉议之,然视外强中干,袭面目而失神理者,固孰得而孰失也。"②

三　厉鹗

1.厉鹗的奇特人生。厉鹗(1692—1752),字太鸿,又字雄飞,号樊榭,钱塘(今杭州)人。郑沄修、邵晋涵纂《乾隆杭州府志》卷五十二《风俗》:"钱塘为前代之遗都,风气清美,有山川台榭之胜。"厉鹗生于这样的文化环境中,少喜读书,尤嗜于宋元以来丛书稗说。康熙五十九年(1720),厉鹗被李绂录为举人赴京应试,不第。乾隆元年(1736),厉鹗被荐举参加博学鸿词科考试,因为误将论写在诗前违例而落选,科场再次受阻。厉鹗向往"何当携酒瓢,东郊看黄落。直追斜川游,不羡爽鸠乐"(《初寒》)的生活。厉鹗晚年的实际生活状况是:"南湖结隐八年余,又向东城赋卜居。颇爱平桥通小市,也多乔木映清渠。"(《移居四首》)总体上看,坎坷多难的生活使诗人更深切地了解现实人生,却难以泯灭其才情灵性。

厉鹗一生特立独行,"遇一胜境,则必鼓棹而登,足之所涉,必寓诸目,目之所睹,必识诸心"(《〈疏寮集〉序》),让日常生活进入诗的世界,有持续的艺术冲动以抒写性灵,通过山水的美学而寄托自己的情思,作品也多以奇制胜。陈康祺《郎潜纪闻二笔》卷七载:"尝曳步缓行,仰天摇首,虽在衢巷,时见吟咏之意,市人望见遥避之,呼为'诗魔'。"全祖望《厉樊榭墓碣铭》称:"其人孤瘦枯寒,于世事绝不谙,又卞急不能随人曲折,率意而行,毕生以觅句为自得。"诗人自己在作品中也多次提及,如《十一月一日自西溪泛舟之余杭》

---

① 郭绍虞编选,富寿荪校点:《清诗话续编》(下册),上海古籍出版社 1983 年版,第2358 页。

② 沈德潜:《清诗别裁集》,上海古籍出版社 1984 年版,第 785 页。

"性拙见山喜,匹如故疾失",《西溪巢泉上作》"玩溪遂穷源,东峰屡向背",《八月十八日同敬身观潮》"欲学罗郎无赋笔,老大胸次尚峥嵘",在为弟子江沅所作的《〈盘西纪游集〉序》中,自称"仆性喜为游历诗,搜奇抉险,往往有得意之句"。《六十生日答吴荠村见贻之作》表述更为详尽:"我生少孤露,力学恨不早。屡躯复多病,肤理久枯槁。干进懒无术,退耕苦难饱。帐下第温岐,归欤庐孟浩。风尘耻作吏,山水事幽讨。结托贤友生,耽吟忘潦倒。"厉鹗有《樊榭山房集》,另有《宋诗纪事》等。

2.厉诗的主体内容。厉鹗一生心血都凝聚在诗歌创作和诗艺探讨中,情愫流溢于肺腑。诗人生活中"平生湖山邻"(《湖上拟游龙井不果,寄汪大舆》)的环境中,又有"平生未了山游债"(《晓行皋亭道中》)的意愿。所以,厉鹗山水诗多为描摹家乡杭州的山水绝胜之地,注重表现细微感受与曲折心理,感物怀人,以此来扩展和深化情感。在诗人的心中,西湖已不仅是一处绝胜的景致,它实际上已深植于心,成为故乡的象征。西湖山水,一年四时之异,远近山水之趣,无不呈现笔底,但又能超越刻画工巧的艺术层面,而是经过一番主观体验后所形成的审美结晶,可以说是情性真,情景真。如《游无门洞》:"阴窦绝曦景,石雨垂痴龙。白云懒不收,缭绕东岩松。定僧涌壁像,海众惊灵踪。藤花拂又落,暝闻烟际钟。"无门洞即今黄龙洞,为杭州的一处胜迹,位于栖霞岭北麓,掩映在深林茂竹之中。诗歌在吟咏山水的同时寄寓情理意趣,也有一定的历史空幻感。《雨后坐孤山》也抒发了奔涌于心底的情思,又能够给人留下思索余地:"林峦幽处好亭台,上下天光雨洗开。小艇净分山影去,生衣凉约树声来。能耽清景须知足,若逐浮云愧不才。谁见石阑频徙倚,斜阳满地照青苔。"托尔斯泰《艺术论》:"区分真正的艺术与虚假的艺术的肯定无疑的标志,是艺术的感染力。"[1]厉鹗《雨中泛舟三潭同沈确士作》写景体物精细入微,意在象外,增强了情绪的表现力,情境萧索:"一雨湖山破清晓,云外诸峰殊杳杳。问谁著眼到空蒙,只有斜风吹白鸟。斜风忽断縠文铺,坏塔平林乍有无。浓拖高柳三升墨,乱打新荷万斛珠。画船低似荷花屋,瑟瑟梢梢闲芦竹。可惜今宵五月寒,不同我友三潭宿。"《初晴晓行湖上》:"一年难得是春晴,落尽梅花始出城。半白烟横山淡冶,初黄柳照水空明。"以心为诗,捕捉诗的韵味。诗人也有《泛舟鉴湖四首》这样的作品,如其一:"秋波渺渺碧无泥,云树参差望不齐。唤得乌蓬新艇子,好山都在镜湖西。"

---

① 〔俄〕列夫·托尔斯泰:《艺术论》,人民文学出版社 1958 年版,第 148 页。

3.厉诗的冷峭之风。风格是人之性情的外在显现。性情不同文风自然也就有异。正如歌德所论:"总的来说,一个作家的风格是他的内心生活的准确标志。所以一个人想写出明白的风格,他首先就要心里明白;如果想写出雄伟的风格,他也首先就要有雄伟的人格。"①厉诗风味多为清丽幽逸,迥异于常人,显示出一种刻意创造精神,有着完全属于自我的卓然独立的艺术风貌,汪韩门《〈樊榭山房集〉跋》谓之"蹊径幽微,取材新则有独得之奇"。李慈铭《越缦堂读书记》卷八的判断也比较接近:"先生取格幽邃,吐词清嘉,善写林壑难状之景。"如《灵隐寺月夜》着眼于冷清忧郁色彩景物的选择,意象繁密。所写的既是自然界景象,也可以说是诗人心灵的折射,藏奇崛于平常:"夜寒香界白,涧曲寺门通。月在众峰顶,泉流乱叶中。一灯群动息,孤磬四天空。归路畏逢虎,况闻泉下风。"《人日游南湖慧云寺二首》其一以深隐的笔法抒发复杂的情感,具险僻拗折之美:"南湖春水绿温暾,老柳生稀竹有孙。头白僧闲能引路,斜阳挂处指三门。"《夕次石门》:"望望石门县,秋烟路欲迷。村深忘远近,月出辨东西。桑影过桥密,虫声傍水低。吾衰怯风露,敢复暝鸦栖。""望望"二字被安置于诗的开头,紧接以"秋烟",一片迷惘、凄清之味扑面而来,以期富有特征的意象能够加深人的感受,衰飒、哀怨的时代气息隐隐透出。《初夏放歌至孤山》、《南湖雨中》等都是诗人的惊世之作,意蕴仍自朴真。

沈德潜《清诗别裁集》卷二四称:"樊榭学问淹洽,尤熟精两宋典实,人无敢难者,而诗品清高,五言在刘脊虚、常建之间。"②《理安寺》流露出一种难以排遣的悒郁情调:"老禅伏虎处,遗迹在涧西。岩翠多冷光,竹禽无惊啼。僧楼满落叶,幽思穷扳跻。穿林日堕规,泉咽风凄凄。"沈德潜评价此诗为:"寒翠欲滴,野禽无声,非此神来之笔,不能传写。"③《七里滩钓台下作》在现实与历史之间自由跳跃,画面多幻,但诗情不变:"山入严滩合沓遮,滩声尽日走云沙。禽鱼不解留行客,乡里唯闻重钓家。袅袅凉风帆影转,层层僧舍竹光斜。补唇晞发诗魂在,搜遍枯肠自煮茶。"王微《与从弟僧绰书》:"文词不怨思抑扬,则流淡无味。"厉鹗的诸多作品往往属于"怨思抑扬"之作,以宋调为主,呈现出精心雕镂的艺术风格。又如《秋夜听潮歌寄吴尺凫》:"城东夜月悬群木,汹汹涛声欲崩屋。披衣起坐心茫然,秋来此声年复年。壮心一和

---

①　〔德〕爱克曼辑录:《歌德谈话录》,人民文学出版社 1978 年版,第 39 页。

②　沈德潜:《清诗别裁集》,上海古籍出版社 1984 年版,第 969 页。

③　沈德潜:《清诗别裁集》,上海古籍出版社 1984 年版,第 971 页。

《小海唱》,二毛不觉盈吾颠。胸中云梦吞八九,要挽天河斟北斗。倏忽晴空风雨来,杳冥水府神灵走。时哉会见沧溟立,自是乾坤有呼吸。轩辕张乐万耳聋,洞庭天远鱼龙泣。须臾声从静里消,一蜑独语星萧萧。天明作歌寄吴子,想子中宵夜听潮。"在《〈盘西纪游集〉序》里,厉鹗强调:"辞未必经人道,而适得情景之真,斯为难耳。"厉鹗的创作很好地践行了自己的文学理念。厉鹗《归舟江行,望燕子矶作》追求瞬间与永恒的和谐统一,审美主体也完全沉浸在对象之中:"石势浑如掠水飞,渔罾绝壁挂清晖。俯江亭上何人坐,看我扁舟望翠微?"后二句属于诗思从对面飞来,受到杜诗《月夜》的启发,逆转突起,诗意推进一层,也强化了作品的生动性与真实感。

4.厉诗的地位认定。盛昱《题〈樊榭山房诗〉》:"《樊榭山房》版屡新。"厉鹗诗名早著,其才情在山水诗领域得以驰骋。《四库全书总目》卷一七三之《〈樊榭山房集〉提要》:"其诗则吐属娴雅,有修洁自喜之致,绝不染南宋江湖末派。虽才力富健尚未能与朱彝尊等抗行,而恬吟密咏,绰有余思,视国初'西泠十子'则翛然远矣。"以现代的眼光视之,部分作品称得上是荒野写作。全祖望《厉樊榭墓碣铭》称其"最长于游山之什,冥搜象物,留连光景,清妙轶群",可为诗人一生定评。《清史稿·文苑传》论厉诗:"幽新隽妙,刻琢研炼,尤工五言,取法陶、谢、王、孟、韦、柳,而有自得之趣。"但厉诗视域总是偏于一隅,而志趣又过于单一,表达的多是清苦幽僻的个人性情,固然也具备阴柔美,但难免有意旨枯寂之弊,个别作品更是艰深晦涩。袁枚《随园诗话》卷九:"吾乡诗有浙派,好用替代字,盖始于宋人,而成于厉樊榭。……樊榭在扬州马秋玉家,所见说部书多,好用僻典及零碎故事。"[1]但袁枚又强调:"先生之诗,佳处全不在是。"[2]

厉鹗的山水词也有较高的成就,体现出"平生我亦多情者"(《摸鱼儿·得汪舍亭婺州晚春见怀诗,用蜕岩韵答之》)的胸臆,如《百字令·月夜过七里滩,光景奇绝。歌此调,几令众山皆响》隐曲地表达人生际遇和复杂情怀:

> 秋光今夜,向桐江,为写当年高躅。风露皆非人间有,自坐船头吹竹。万籁生山,一星在水,鹤梦疑重续。拿音遥去,西岩渔父初宿。
> 心忆汐社沉埋,清狂不见,使我音容独。寂寂冷萤三四点,穿过前

① 袁枚著,王英志校点:《随园诗话》,江苏古籍出版社2000年版,第239页。
② 袁枚著,王英志校点:《随园诗话》,江苏古籍出版社2000年版,第239—240页。

湾茅屋。林净藏烟,峰危限月,帆影摇空绿。随风飘荡,白云还卧深谷。

又如《齐天乐·吴山望隔江霁雪》:"瘦筇如唤登临去,江平雪晴风小。湿锚楼台,酿寒城阙,不见春红吹到。徽茫越峤,但半沤云根,半销沙草。为问鸥边,而今可有晋时棹? 清愁几番自遣,故人稀笑语,相忆多少!寂寂寥寥,朝朝暮暮,吟得梅花俱恼。将花插帽,向第一峰头,倚空长啸。忽展斜阳,玉龙天际绕。"在幽窈的境界中,写出跌宕的气势。词意开合转接,扩展历史空间,整篇作品显得顿挫不平,流动而不板滞。又如《惜余春慢·戊戌三月二十二日泛湖,用清真韵》:"绿遍山腰,青回沙尾,花信几风吹断。屏间鸟度,镜里舟移,乍试苎衫绡扇。常把禅机破除,难负春妍,流光如箭。正蘅皋税驾,袜尘不动,黛明波远。 看渐是、弱絮萦烟,新荷铸水,丽景一番熏染。初啼鴂后,将噪蝉前,池阁嫩晴千变。谁道凭阑有人,暗忆年华,自怜幽倩。且停桡浅酌,霏雨沾衣数点。"用笔之细,无以复加。《西江月·秋晚同巘谷登烟雨楼》则更多的是以神写形:"浮玉塔前风色,销金锅畔晴澜。都来收拾一楼间,只少青山数点。 望眼苍黄越树,醉魂清冷吴天。柳边犹系五湖船,西子烟中去远。"吴锡麒《〈詹石琴词〉序》:"吾杭言词者,莫不以樊榭为大宗。盖其幽深窈渺之思,洁静精微之旨,远绪相引,虚籁相生,秀水(朱彝尊)以来,厥风斯畅。"陈廷焯《白雨斋词话》卷四"厉樊榭词,幽香冷艳,如万花谷中,杂以芳兰。在国朝词人中,可谓超然独绝者矣。"又认为:"樊榭词拔帜于陈、朱之外,窈曲幽深,自是高境。然其幽深处,在貌而不在骨,绝非从楚骚来。故色泽甚饶,而沉厚之味终不足也。"[1]均为有识之论。

朱庭珍《筱园诗话》卷二:"浙派自西泠十子倡始,先开其端,至厉太鸿而自成一派,后来多宗之。其清俊生新,圆润秀媚之篇,佳处自不可没。然病亦坐此,往往求妍丽姿态,遂失于神骨不俊,气格不高,力量不厚,无雄浑阔大之局阵篇幅,谐时则易,去古则远也。"[2]厉鹗与严遂成、吴锡麒、钱载、王又曾、袁枚等并称为"浙西六家"。《清史列传·文苑传》载:"遂成天才俊发,始为诗,示厉鹗,未之许也。后益肆力,不屑苟同昔人。雄奇、绮丽二者兼有。"严遂成(1694—?),字崧瞻,一作松占,号海珊,乌程(今湖州)人。雍正二年(1724)进士,乾隆元年(1736)荐举博学鸿词,累官至雄州知州。严遂成有《海珊诗钞》。严遂成《七里泷》景致摹写与情意抒发有所结合:"东台西台相

① 唐圭璋编:《词话丛编》(第四册),中华书局 2005 年版,第 3847 页。
② 郭绍虞编选,富寿荪校点:《清诗话续编》(下册),上海古籍出版社 1983 年版,第 2367 页。

对看,咿咿轧轧船上滩。水漪不生那容唾,山翠欲落如可餐。修鲤跃波雨点大,怪禽呼树风声寒。此间真个无六月,蓬背露坐星阑干。"《秋夜投止山家》:"山当面立路疑穷,转过弯来四望通。凉月满楼人在水,远烟着地树浮空。熊罴之状乃奇石,鹳鹊有声如老翁。清福此间殊不乏,可容招隐桂花丛?"意绪茫然,景亦随之,当然也突出没有闲人相扰的清幽,朴素澹远。

吴锡麒(1746—1818),字圣征,号谷人,钱塘(今杭州)人。乾隆四十年(1775)进士,累官国子监祭酒。有《有正味斋集》。吴锡麒《八角亭》平易中透露出无限情韵:"一片江烟外,荒荒落日寒。暝光投隔岸,诗思起凭栏。花歇风生树,人喧月上滩。归途就灯火,前渡正渔餐。"八角亭在今建德梅城镇,今圮。《观夜潮》笔墨细腻而又酣畅:"高楼极目大江宽,为待潮生夜倚阑。隔岸忽沉灯数点,如山涌到雪千盘。鱼龙卷地秋风壮,星斗摇天海气寒。明月渐低声已歇,一枝塔影卧微澜。"诗人意溢于水,《雨中过七里泷歌》是其代表作:"苍苍茫茫江一面,雨入江光吹不见,前滩后滩白如练。有风顷刻七里过,无风奈此七里何!忽然雨势挟风至,但听来船争唱顺风歌。我船甘让来船走,画本留看黄子久。望穷寒水竹回环,洗出青山橹前后。牧童自驱黄犊回,渔郎正放鸬鹚来。笠檐蓑袂尽邻舍,对江几扇柴门开。丹青未见今见此,水外是山山外水。客到先愁无路通,何况迷离烟雨里。山头雨作山中泉,蜿蜒都在树杪悬。东峰一泻落千丈,雷霆乃毁西山颠。此时忆杀严先生,羊裘孤拥寒不轻。我欲松门一杯酢,苔荒路滑无人行。传闻名利人,不泊钓台下。扁舟独纵横,问我何为者?玉壶买春雨堪赏,尺半白鱼新出网。饮酢抱瓮卧船头,听得舟人齐拍掌。数枝柔橹划玻璃,百幅蒲帆眼底齐。夕阳乍明风亦转,行行一路画眉啼。"王夫之《姜斋诗话》卷上:"情景虽有在心在物之分,景生情,情生景,哀乐之触,荣悴之迎,互藏其宅。"①确实如此,情景虽为二物,但在许多场合中往往互相交融,才得以显示出其意义。吴锡麒《雨中过七里泷歌》基本实现了这样的完美融合。

厉鹗又与杭世骏齐名,人称"厉杭"。汪远孙《读浙西六家诗》:"杭厉觥觥号两雄,晚年《过岭集》尤工。浙西诗派分明在,底事偏遗堇浦翁?"堇浦翁就是指杭世骏,作者认为没有把杭世骏列入浙西诗派是不妥的。杭世骏(1696—1773),字大宗,号堇浦,仁和(今杭州)人。雍正二年(1724)举人,乾隆元年(1736)举博学鸿词,授翰林院编修,改监察御史,后被贬归里,十六年(1751)复职。有《道古堂诗集》等。杭世骏《临平道中》:"树从烟际远,山比

①　丁福保辑:《清诗话》(上册),上海古籍出版社1978年版,第6页。

雨余清。野色围孤寺,溪光上短亭。"《碧湖》营造出一种独具特色的意境:
"苇路迢迢浪影微,淡淡流映碧因依。双栖翡翠生来惯,才到湖边作对飞。"
《过乌镇》表现生活之实境,意趣丰富:"苍凉西北栅,六邑一湾通。远树归帆
隔,斜阳戍垒空。风流思九老,憔悴倚孤篷。回首吴越路,荒荒有朔风。"六
邑:乌镇旧时为六县交会之地。六县指崇德、桐乡、秀水、乌程、归安、吴江。
《子陵台》二首外似浅白,实为含蓄,也可一读:"滩回峰转引帆来,江草连沙
划浪开。迫暮拣枝鸦背重,乱风斜雨子陵台。""浙河东去一条江,才过桐庐
便作双。七里泷边山势束,乱飞潮沫打蓬窗。"

第四节　齐周华的山水散文

一　齐周华的奇特人生

　　齐周华(1698—1767),字漆若,号巨山,天台人,诸生。雍正七年(1729)
因上书为吕留良《反清日记》案讼冤入狱,乾隆元年(1736)大赦出狱,游历名
山大川三十余年,《遁溪山房记》自称:"南遁于普陀,东遁于雁宕,西遁于湖;
在粤遁于桂林,在黔遁于波云、飞云,在吴遁于金山、茅山,在楚遁于衡岳、武
当,在豫遁于嵩。去年过秦,遁于太白、终南。今虽息游华岳,未知明年又遁
于何处?"旅游途中,"生平足迹之所到,苟有异境,虽为人物色之所不及,亦
不惮穷幽凿险以求之"(陈钟斑《序》)。齐周华在山水游乐中获得精神上的
欣慰,也增强了生命体验。如《台岳天台山游记》论:"历代不乏好游之君子,
或迫程期,或艰斧资,或一知半解,偶然适应,或风催雨阻,不能称心。更或
多携牲酒朋从,任情骄恣,腥秽僧寮,仅随舆人脚跟所转,以博高雅之虚名,
宁不为山灵所唾乎!"齐周华晚景生活凄凉,乾隆三十二年(1767)终因著作
"悖逆谬妄"而遭极刑。辛亥革命后与黄宗羲、杭世骏、吕留良祀于西湖"四
贤祠"。有《名山藏副本》。

　　齐周华一生情谊甚笃,坚守气节,奇崛耿介,显示了强烈的反传统精神,
体验生命自由的真谛。李贽《杂说》:"且夫世之真能文者,比者初皆非有意
于为文也。其胸中有如许无状可怪之事,其喉间有如许欲吐而不敢吐之物,
其口头又时时有许多欲语而莫可告语之处,蓄极积久,势不能遏。一旦见景
生情,触目兴叹;夺他人之酒杯,浇自己之块垒;诉心中之不平,感奇数于千
载。"所论洵是。一生追求自由抒写性灵的齐周华最具狷介人格,足当此论。

二 齐周华山水散文的情理世界

刘文潭《西洋美学古今谈》："以今日之眼光视之,艺术之活动出乎人类之一种基本的需要:艺术之创造乃艺术家本性之表现,它并非法则与技巧之产物。"①情感美是诗美的灵魂。才情过人的齐周华全身心投入山水审美中,恣游山水佳胜,追求自由任达的创作态度,其山水游记多即目触兴的写实手法,表现自我的人生感受,涌动着生命的激情,蕴含着独属于作家个人的情感内涵和精神强度。《台岳天台山游记》以深情写家乡风貌:"几一丘一壑、一草一木,靡不搜剔无遗,而又有秘思巨笔,细入大含。发前人之所未发,详前人之所未详,俾诸景一一灿之毫端。"

《台岳天台山游记》对赤城山的一段构想较为典型地体现了齐周华散文高标独出的思维特征:"夫赤城虽极挺拔,而才气太露,烟火未除……予窃有补景之想,思遣五丁力士,佐以秦皇驱山金铎,移大山障其前,凿国清之水绕其足,岸旁植以桃柳松竹,曲径穿林,斜桥卧涧,层峦夹澄泓而对峙,使游人染紫拖青,荡舟岩下,仰而看青天,回身入洞天,是为快也。"

三 齐周华山水散文的美学意义

诗人一生访奇览胜,体验到自然中所蕴藏的美的感悟,化山水入诗文,气雄而力坚。《台岳天台山游记》:"远眺滇渤,水色连天,四顾空蒙,杳渺无际。宿台中观日,俟东方微明,但见金霞缕缕,间以青气,日轮欲起,如金在熔,摩荡再三,始升天际。其初升也,体圆忽长,等卵黄之欲流;其既升也,则仍然一规,色兼红紫,轮似加大,及再升,反似渐小,却光芒刺目,不可正视。"这一段是作者深情写家乡风貌的集中体现,写天台山日出景象如画。诗歌艺术仅仅复写美的自然是不够的,更为重要的是创造美的自然。齐周华的作品能够达到这样的境界。

齐周华在山水游记中往往情不自禁地以诗抒情,诗艺亦有成。如《石梁》:"烦恼无端有,登亭气即清。深尝世路险,翻觉石梁平。触景头头悟,看僧个个行。昙花香入梦,殊愧负前生。"虚化山水物象,在诗中融入身世之感,立论坚实,情绪跌宕,直白的言辞中含有深意,自具远韵绝响。宋代曾任台州通判的陈知柔在《石梁》一诗中写道:"巨石横空岂偶然,万雷奔蛰有飞泉。好山雄压三千界,幽处常栖五百仙。云际楼台深夜见,雨中钟鼓隔溪传。我来不作声闻想,聊试茶瓯一味禅。"尾联诗情陡转,表现出哲理式的感

---

① 刘文潭:《中西美学与艺术评论》,台湾文物供应社1983年版,第57页。

悟,抒发了一种具有深刻社会内容的情感。与之相比,齐周华《石梁》诗传达了另一种感悟。齐周华《铜壶滴漏》亦可见诗人的运思之细,飘忽而奇妙:"古石青铜色,团团似玉壶。巨灵穿一指,鲛室喷千珠。漏滴龙楼晓,声喧鲸口呼。深知造花妙,原不假锤炉。"康德《判断力批判》:"美是不依赖概念而作为一个普遍愉快的对象被表现出来的。"①齐周华的这些山水诗文也实现着这样的审美目标。刘大櫆《论文偶记》说:"文贵品藻,无品藻便不成文字。如曰浑,曰浩,曰雄,曰奇,曰顿挫,曰跌宕之类,不可胜数。"齐周华的山水游记开拓出属于自己的艺术空间。

齐召南(1703—1768),字次风,号琼台,晚号息园,天台人。乾隆元年(1736)举博学鸿词,授检讨,官至礼部右侍郎。与齐周华并称"天台二齐"。

齐召南写家乡天台山的几首作品总体不错,笔轻而法密,境真而趣远,显示了诗人与传统景致之间的相契之深。如《桃源春晓》:"春深闲到洞门边,露气空蒙罨画连。曲曲水声还恨别,娟娟生色自成仙。几枝花插临妆镜,一片云行袤篆烟。杜宇只今啼未已,迷途归去趁红泉。"意象是诗人主观情理与客观物象融合的结晶。《桃源春晓》诗选择"水声"、"杜宇"等意象,虚实结合,展现了独特神韵,颈联尤为切合主题。《螺溪钓艇》:"见说当年现巨螺,碧溪深处隐渔蓑。长篙滩下孤标石,短棹山边半涉河。霄汉客星宜乘兴,烟云樵子定闻歌。风涛不比江湖险,但问非熊梦若何?"在意象组合上也颇见用心,最后一问,顿生言绝而意不尽的艺术价值。《清溪落雁》:"溪边入夜少人行,扶醉经过意信清。沙岸月明秋水阔,板桥风静暮云平。林端细见千灯影,天外空闻一雁声。到此欲归归又却,碧山如画延含情。"颔联的意象组合颇具意味。又有《过刘门坞》:"窈窕溪山画不如,行游况值雁来初。霜前陇色开茅屋,烟外春声渡笋舆。竹笕引泉分雪灌,麦畦梯壁带云锄。刘门道是刘郎宅,风物真疑汉代余。"一路写秋光中的超凡仙境刘门坞,最后才点出与当年刘晨之渊源,言外也有无穷意。齐召南《巾子山》:"江水连天白,人烟满地浮。巾子山上望,一览小东瓯。"诗体虽小,格局不凡。

第五节　袁枚的山水诗文

一　袁枚生平与诗歌创作概说

袁枚(1716—1798),字子才,号简斋、随园老人,钱塘(今杭州)人。少负

---

① 〔德〕康德:《判断力批判》(上卷),商务印书馆1964年版,第39页。

轶才,乾隆四年(1739)进士,入选翰林院庶吉士。年少中举而声名煊赫的袁枚,昂然自信,但在乾隆七年(1742)后却只是任溧水、江浦、沭阳等地知县。"一官奔走空皮骨,万事艰难阅岁华。"(《感怀四首》之三)大概感觉到与其浮沉于宦海,依附于人,不如全身而退,以至乐而娱身,也借以化解心中的失意之情。乾隆十四年(1749),袁枚不愿再苦于俗吏生涯,也不希图仕进,而是更加明确"宦情风景两难胜"(《署中感兴》),于是辞官隐居江宁(今南京)小仓山,筑"随园"以自适,消解了那份怀禄恋栈之心,人的心灵由此获得最大意义上的自由,也重新认识生命价值。袁枚从不掩饰自己对人生的见解。《随园记》称:"闻之苏子曰:'君子不必仕,不必不仕。'然则余之仕与不仕,与居兹园之久与不久,亦随之而已。夫两物之能相易者,其一物之足以胜之也。"事后,诗人有"自无官后诗才好"(《改诗》)的自足,年少科场盛名而最终诗坛驰誉。袁枚有《小仓山房诗文集》、《随园诗话》等。

空怀才智而无所为,壮志成空,于是,袁枚自觉疏离权力,脱却尘俗之羁,与世逍遥,但并不着意追求奇僻,如《过天姥寺》:"正是清明节,刚来天姥峰。青莲曾入梦,老衲又鸣钟。覆水竹千挺,迎人云万重。路旁雷劈树,正统四年封。"袁枚一生"足迹造东南,山水佳处皆遍"(姚鼐《袁随园君墓志铭并序》),在大自然的俯仰优游中寻找表达自己内在意绪的感性符号。也正是凭借着这些特殊的生活经验,逐渐有了对艺术的深刻见解。"自把新诗写性情"(《春日杂诗》之十二),袁枚是中国古代最高产的诗人之一。陈廷焯《白雨斋词话》卷八认为"小仓山房诗,诗中异端也。稍有识者,无不吐弃之",①而仅肯定"小仓山房诗,佳者尚可得百首"。②袁枚的诗歌确实存在一些问题,所以,就全部诗作而言,也许有一定道理,但所论过于极端,更何况,袁枚还有大量真正具有创造意义的山水诗在其中。"万里归来说武夷,江山成就六年诗。"(《春日偶吟》其三)袁诗有着明显的地域特征,所写的自然景观具有浓厚的记异的特点。袁枚浙江山水及其创作的关系,主要有:乾隆四十七年(1782),游天台、雁荡,得山水诗八十四首;五十七年(1792),重游天台,得诗十八首;三年后,年八十而游镇海,登招宝山,得诗二十一首。袁枚自称有"游山债"(《九华山》),更有着一份"我见青山多妩媚,料青山见我应如是。情与貌,略相似"(辛弃疾《贺新郎》)的两情深契,暂时隔绝尘世的愁烦,如《游桃源至会仙石遇雨而返》就注入诗人特有感受:"桃源无路行,行者

---

① 唐圭璋编:《词话丛编》(第四册),中华书局 2005 年版,第 3960 页。
② 唐圭璋编:《词话丛编》(第四册),中华书局 2005 年版,第 3961 页。

孰敢先。我独勇登之,垂老性命贱。初阶方寸崖,再凌千仞涧。踏石石欲动,跨水水复溅。五步一峰转,十步一峰变。重重天娇形,幅幅屏风面。神光果离合,青红遽隐现。神女示人难,不肯轻相见。喜到会仙石,洞门开一线。其奈山灵悭,飞雨争如箭。衣湿身难禁,峰压目屡眩。既无友麻餐,空有冷云燕。只好沿溪归,残桃拾一片。"诗人缘溪而行,历尽艰险,无奈大雨滂沱,不得不悻悻而回,这一番体验引发诗人的深深感触。

班固《汉书·翼奉传》:"诗之为学,情性而已。"人都有吐露心曲的需要。袁枚顺应自然,从人自身的生存状态着手开掘出丰富的题材,抒写发自内心的真情实感。

二 袁枚的"性灵"论

袁枚有愤世嫉俗思想,属于擅长理论思维的文学家之列,论诗反对盲目因袭,提倡性灵,注重抒写自我性灵,《续诗品·神悟》:"鸟啼花落,皆与神通。人不能悟,付之飘风。惟我诗人,众妙扶智。但见性情,不着文字。"在《续诗品》里又曾提出"尚识"两字,也有趋俗的审美特征,许多重要理论在当时都可谓惊世骇俗。袁枚《随园诗话》卷五认为:"自《三百篇》至今日,凡诗之传者,都是性灵,不关堆垛。惟李义山诗,稍多典故;然皆用才情驱使,不专砌填也。"[1]可谓真知灼见。袁枚《随园诗话》卷三记载:"人或问余以本朝诗谁为第一,余转问其人:《三百篇》以何首为第一? 其人不能答。余晓之曰:诗如天生花卉,春兰秋菊,各有一时之秀,不容人为轩轾。音律风趣,能动人心目者,即为佳诗。"[2]足以动俗。在《随园诗话》卷一二中,袁枚引谢深甫(1139—1204)语"诗之为道,标举性灵,发抒怀抱,使人易于矜伐",[3]对其独持性灵加以肯定。袁枚论他人的创作也着眼于有无体现性灵精神,如《随园诗话》卷二:"向读金陵孙秀才韶咏《小孤山》云:'江心突兀耸孤峦,飘渺还疑月里看。绝似凌云一枝笔,夜深横插水精盘。'后过此山,方知此句之妙。"[4]这些都体现了诗人诗歌美学思想的卓绝之处。胡明《袁枚诗学述论》对此有精到的论述与评价:"袁枚论诗虽以'性灵'标榜,崇尚真性情的自然流露和用笔作意的灵机翕张,天趣横逸,但他又很注重学问济性情,人巧济天籁。持论绵密周到,力杜流弊,四面设营,无懈可击。使先天与后天完美

---

① 袁枚著,王英志校点:《随园诗话》,江苏古籍出版社 2000 年版,第 111 页。
② 袁枚著,王英志校点:《随园诗话》,江苏古籍出版社 2000 年版,第 52 页。
③ 袁枚著,王英志校点:《随园诗话》,江苏古籍出版社 2000 年版,第 308 页。
④ 袁枚著,王英志校点:《随园诗话》,江苏古籍出版社 2000 年版,第 32—33 页。

融合,倚'性灵'不废读书,才与学合,真与雅会,勿执勿失,相得益彰。袁枚的性灵说之所以倾动海内,风行历久,恐怕正是由于其契合诗道,归诸自然吧。所谓'入则千门万户,出则性灵一路'。袁枚自称'余论诗使宽实严'(《诗话》卷七),殆非虚语。"①至于到底什么是袁枚所标榜的"性灵",所说也不一。袁行霈认为:"其所谓性灵指诗人进行创作时那一片真情,一点灵犀。"②郭绍虞主编《中国历代文论选》所论则要全面与深刻得多:"性灵之说,不仅重视性情之真,同时十分强调艺术上的灵感作用……把真实的感受生动活泼地表现出来,这就是性灵之说的真谛之所在。"③蒋士铨(1725—1785)《读〈随园诗〉题辞》可谓知言:"好风摇曳春云姿,雷雨卷空分疾迟。神仙龙虎杂怒嬉,幽禽古木山四围。水光澹澹花垂垂,境界起灭微乎微。难达之情息息吹,难状之景历历追。……海岳幽奥林泉奇,气象入笔皆可窥。高才博学严矩规,心兵意匠极艰危,归诸自然出淋漓。"江湜《自题诗卷》"将诗酬造物,不意却惊人。此实无他巧,我惟自写真",完全承袁枚的诗性精神而来,《幕府一首柬雪樵丈》也称"诗原不知性情外"。虽然不能说诗人的所有探索都进入成功的行列,但袁枚拥有自觉的探索精神难能可贵。

韦勒克说:"有责任的艺术家用感觉形式表现的人生观,不像多数具有时髦的'宣传性'的观点那样简单。"④袁枚诗歌固然也有《江心寺》"孤屿江心起,亭台耸碧霄。分将双宝塔,合作小金焦。来去沙汀雁,兴衰早晚潮。伤心文信国,曾把国殇招"那样中规中矩的作品,但多突出诗人对生命情态的关注,带来具有时代色彩的新变化。山水对于袁枚来说,如同知己;山水诗就是诗人真正的内心独白,性灵的自由舒展。"独来独往一枝藤,上下千年力不胜。若问随园诗学某,三唐两宋有谁应"(《遣兴二十四首》之六),正是最好的自我表白。袁诗笔力纵恣,清新灵妙,令人称奇。

三　袁枚山水诗的艺术创新

"不拘格律破空行,绝世奇才语必惊。"(赵翼《偶阅〈小仓山房诗〉再题》)袁枚山水诗创作以追求性灵精神为至上,为人们创造了一个充满真挚感情的诗的世界,展现出一种独特的人生感悟,也充分展现自身卓荦不凡的风采,超群迈古,真可谓在山水中尽显千般雅趣与万种风情。袁枚《〈忠雅堂诗

①　胡明:《袁枚诗学述论》,黄山书社1986年版,第72页。
②　袁行霈:《中国文学概论》,高等教育出版社1990年版,第137页。
③　郭绍虞主编《中国历代文论选》(第三册),上海古籍出版社2001年版,第471—472页。
④　〔美〕韦勒克、沃伦:《文学理论》,生活·读书·新知三联书店1984年版,第28页。

集〉序》称蒋士铨道诗："摇笔措意,横出锐入,凡境为之一空。"也可以视之为夫子自道。《随园诗话补遗》卷一○称:"信乎江山之助,不可少也。"①但袁诗重视的往往并不是客观物象本身,而是主观意兴心绪的抒发,在前人基础上进一步提升山水诗文的艺术品格,善变趋新,格调清丽,兼备唐人风韵。《钓台》未用一典,最后一笔飘开,具超然物外之态,飘逸迷人,尤具韵味:"春波二月平,垂钓足幽静。古石连云瘦,疏花映竹青。萍开鳞有影,丝细水无声。久坐不归去,溪头月正明。"《过剡溪水急不能上》:"看山不厌复,看水不厌曲。剡溪百里中,两景皆到目。乌篷船小沙石横,当时访戴难为行。想见风流王子敬,青天月照乌衣明。我来正值春潮起,白浪滔滔打船尾。纤断榄崩行不前,一落深愁没溪底。水哉水哉听我言,人生且住为佳耳。到海分明会有期,问君何苦狂如此?"诗歌通过对沿溪上溯所见景致的描写与自然的观照而反思人生,展示了深层的生命哲学,是真正的性情文字。呼告语的使用,又使诗歌平添了空灵飘逸的趣味。袁诗叙事详赡,齐言、杂言并用,力避用事,不屑于刻镂字句,并能吸收新鲜口语,实现了艺术驾驭情感的审美理想,并不是直白地袒露自己的现实之感,标志着一种新的诗美的形成。又如写永嘉山水的《荆坑道中》:"远望烟墩立翠微,白沙高岭势崔巍。滩奔石自排牙立,风急花如约伴飞。野庙墙崩神暴露,大洋山隔海依稀。瓯柑牡蛎江瑶柱,一路尝新我未归。"从山到水,从景到物,依次呈现生机之美,真的令人忘归。

　　姚鼐(1731—1815)为袁枚作的《墓志铭》称其诗:"纵才力所至,世人心所欲出不能达者,悉为达之。士多仿其体。"相比较而言,在所有的文体中,歌行与绝句最适宜性灵的充沛抒发。所以,与李白一样,袁枚的创作也多以这两类见长。

　　诗的韵律和节奏是诗的生命,是诗的重要特质之一。歌行没有律诗那样的森规严法,诗人充分利用这一体式的优长,有意打破诗句之间的平衡,追求一种奇异美;又不断变更观察点,从不同角度描写桂林地貌的奇特,原本沉寂的山峰以此有了灵动的生命。诗歌场景恢宏,语句新奇,景物安排并不显得密实,大转换的景都能够和谐地组合在一起,构思布局尤为纵横开阖,整而能变,变而不乱,形成一种波浪式的大的节奏感,最后将诗兴推向高潮。巧发议论,也更增添了诗歌奔放的气势,实际上已经写出人格化了的山水。如《到石梁观瀑布》,既表达断绝尘想之念,也突出石梁飞瀑的惊人声

---

① 袁枚著,王英志校点:《随园诗话》,江苏古籍出版社 2000 年版,第 619 页。

势:"天风肃肃衣裳飘,人声渐小滩声骄。知是天台古石桥,一龙独跨山之凹。高耸脊背横伸腰,其下嵌空走怒涛。涛水来从华顶遥,分为左右瀑两条,到此收束群流交。五叠六叠势益高,一落千丈声怒号。如旗如布如狂蛟,非雷非电非笙匏。银河飞落青松梢,素车白马云中跑。势急欲下石阻挠,回澜怒立猛欲跳。逢逢布鼓雷门敲,水犀军向皋兰鏖,三千组练挥银刀,四川崖壁齐动摇。伟哉铜殿造前朝,五百罗汉如相招。我本钱塘儿弄潮,到此使人意也消,心花怒开神理超。高枕龙背持其尻,上视下视行周遭;其奈泠泠雨溅袍,天风吹人立不牢。北宫虽勇目已逃,恍如子在齐闻韶。不图为乐如斯妙,得坐一刻胜千朝。安得将身化巨鳌,看他万古长滔滔!"

谢榛《四溟诗话》卷三有品诗论词的精到之见:"凡作诗不宜逼真,如朝行远望,青山佳色,隐然可爱,其烟霞变幻,难于名状。及登临非复奇观,惟片石数树而已。远近所见不同,妙在含糊,方见作手。"①袁枚山水诗多符合这样的审美要求,有悠长的韵味。《过仙霞岭》:"乱竹扶人上,蒙茸但见烟。千盘难度鸟,万岭欲藏天。古树拏云健,重门铸铁坚。分明两戒外,别自一山川。"诗歌可谓仙霞群山之合照,绘形写心,景、情并出,契合交融,气势醑放。袁枚《新昌道中》虚实结合,有效地突出景致的地域与季节特征:"朝出新昌邑,青山便不群。春浓千树合,烟淡一村分。溪水好拦路,板桥时渡云。仆夫呼不应,碓响乱纷纷。"《桐江作》四首也很有特色。之一呈现清净澄明之美:"桐江春水绿如油,两岸青山送客舟。明秀渐多奇险少,分明山色近杭州。"之二重在拟人手法:"兰溪西下水萦回,分付船窗面面开。紧记心头须早起,明朝无数好山来。"之三进一步写自适、闲雅之趣:"七里泷边水竹虚,烟村约略有人居。鹭鸶到此都清绝,不去衔鱼看钓鱼。"之四在比较中表达诗情:"久别天台路已迷,眼前尚觉白云低。诗人用笔求逋峭,何不看山到浙西?"

"我不觅诗诗觅我,始知天籁本天然。"(《老来》)英国文艺批评家安·塞·布雷德利在《牛津诗歌讲演》中说:"诗歌性质不应成为现实世界的一部分,也不是它的摹本,而应成为一个自成一体的世界,独立、完整、自给自足。"②这一结论很适合袁枚山水诗的创作实情。无穷的诗味,包藏在平易的语言之中。如蒋士铨《怀袁叔纶》所说的:"性灵独到删常语,比兴兼存见国风。"在《答程鱼门》中,袁枚自称:"仆诗兼众体,而下笔标新,似可代雄。"

---

① 丁福保辑:《历代诗话续编》(下册),中华书局1983年版,第1184页。

② 转引自〔英〕瑞恰慈:《文学批评原理》,百花洲文艺出版社1992年版,第11页。

《送嵇拙修》中也说:"我自挂冠来,著述穷晨昏。于诗兼唐宋,于文极汉秦。六经多创解,百氏有讨论。八十一家中,颇树一帜新。"袁枚通过自身的努力,增强了诗歌的情韵,后人也要以此开掘出更为丰富的阐释空间。

别林斯基《一八四七年俄国文学一瞥》指出:"不能忠实地摹写自然,固然不能成为诗人,但仅仅具有这才力,也还是成不了诗人,至少是成不了一个杰出的诗人。"①《清史列传·文苑传》称,袁枚"所为诗文,天才横溢,不可方物",沉湎诗艺,从内容表达的需要出发,对诗歌艺术进行了多方面的探索,才逸笔纵,时出名言隽语。但也不可否认,袁枚的一些山水诗也是轻巧有余,凝练不足。林庆铨《题简斋诗后》对袁诗以否定为主:"《仓山》一集久风行,气骨全抛但说情。汉魏盛唐窥也未? 空将袁派博时名。"

四 袁枚山水散文艺术

袁枚不仅精诗,而且能文,其山水散文与他的诗歌一样展现"性灵"风采,任情而发,进入一种完全自由随意的状态,取得一种陌生化的表达效果,开拓了山水散文的艺术空间。《浙西三瀑布记》作于乾隆四十七年(1728):

> 甚矣,造物之才也! 同一自高而下之水,而浙西三瀑三异,卒无复笔。壬寅岁,余游天台石梁,四面峯者屃蚁,重者巃嵸,皆环梁遮迤。梁长二丈,宽三尺许,若鳌脊跨山腰,其下嵌空。水来自华顶,平叠四层,至此会合,如万马结队,穿梁狂奔。凡水被石挠必怒,怒必叫号,以崩落千尺之势,为群磥砢所挡拟,自然拗怒郁勃,喧声雷震,人相对不闻言语。余坐石梁,恍若身骑瀑布上。走山脚仰观,则飞沫溅顶,目光炫乱,坐立俱不能牢,疑此身将与水俱去矣。瀑上寺曰上方广,下寺曰下方广。以爱瀑故,遂两宿焉。
>
> 后十日,至雁宕之大龙湫。未到三里外,一匹练从天下,恰无声响。及前谛视,则二十丈以上是瀑,二十丈以下非瀑也,尽化为烟,为雾,为轻绡,为玉尘,为珠屑,为琉璃丝,为杨白花。既坠矣,又似上升;既疏矣,又似密织。风来摇之,飘散无着;日光照之,五色映丽。或远立而濡其首,或逼视而衣无沾。其故由于落处太高,崖腹中洼,绝无凭借,不得不随风作幻;又少所抵触,不能助威扬声,较石梁绝不相似。大抵石梁武,龙湫文;石梁喧,龙湫静;石梁急,龙湫缓;石梁冲荡无前,龙湫如往而复:此其所以异也。初观石梁时,以为瀑状不过尔尔,龙湫可以不到。

---

① 〔俄〕别林斯基:《别林斯基论文学》,上海新文艺出版社1958年版,第17页。

及至此,而后知耳目所未及者,不可以臆测也。

后半月,过青田之石门洞,疑造物虽巧,不能再作狡狯矣。乃其瀑在石洞中,如巨蚌张口,可吞数百人。受瀑处池宽亩余,深百丈,疑蛟龙欲起,激荡之声,如考钟鼓于瓮内。此又石梁、龙湫所无也。

昔人有言曰:"读《易》者如无《诗》,读《诗》者如无《书》,读《诗》《易》《书》者如无《礼记》《春秋》。"余观于浙西之三瀑也信。

按人们一般的地理概念而分,这里的"浙西"当以"浙东"为是。文章分别叙写浙东各具特点的三大瀑布、形神并重:天台石梁、雁荡大龙湫、青田石门洞,能够从视觉、听觉、感觉等多方面突出特色,穷形尽态,写出突出而鲜明的特色,凸显大自然创造力的无穷无尽。与传统诗歌一样,真正实现首尾圆合的完美境界。同时,文章在写形处语词优美,刻画精细,而写神处则用语简约,内涵丰富,形成美的张力。

袁枚不但自身有着不同于常人的审美追求,由于家族文化的氛围与根基,袁枚的家族人员及门生故旧等创作也各有成,派有专承。袁枚在《随园诗话补遗》卷八中就以门人称"随园弟子半天下,提笔人人讲性情"而自得。①他们都以血缘或地缘为基础组合而成,以"性灵"相号召,心气投合,共同切磋。就山水诗而言,当以袁树较有特色。

袁树(1730—?),字香亭,号红豆村人,袁枚堂弟。袁树少从袁枚学诗,《寄兄》诗表达血脉相连的深情:"记得当年共读时,吟窗终日有新诗。山深但觉寒来早,林密翻嫌月上迟。亲拨岚烟开竹径,同锄春雨种花枝。至今回首园中事,泪落风前不自持。"胡德琳(生卒年不详)《〈红豆村人诗稿〉序》叙及:"幸得放浪吴越间,日从存斋作山中游,且闻起居坐卧,皆有林峦之胜。"袁树乾隆二十八年(1763)进士,任正阳(今属河南)、霍邱(今属安徽)知县,后知端州(今广东肇庆)府。工诗,有《红豆村人诗稿》。陆建(1730—1765)在《序》中称"群呼小苏,神似大苏","半生游览,由来踪迹皆同;满纸风华,大抵性灵相近",可见其不乏诗才。《桐江舟行杂咏》便留下取法苏诗的痕迹,意脉疏而不漏,使自己的诗作具有生机与灵性:"沙回舵转水湾环,满目秋容点翠斑。石出画家皴法外,波匀闺阁绣纹间。人居异境益无俗,耳触方音却似蛮。一自庄光千载后,更谁管领此溪山。"袁树《正月三日泊舟曲江关外,见对岸疏树有可图者,既写其意,因系以诗》也是佳篇,突出视觉所感及高逸

---

① 袁枚著,王英志校点:《随园诗话》,江苏古籍出版社 2000 年版,第 589 页。

兴致,艺术构思灵动活泼:"疏树曲江边,含情带野烟。枝横虬影乱,叶落鸟巢悬。远拓荒原势,孤撑夕照天。东风吹便绿,拈笔写春先。"袁枚《随园诗话》卷七:"香亭弟偶吟,往往如吾意所欲出,不愧吾家阿连也。"①袁枚以康乐公自诩,把袁树比作惠连,此言可信。

---

① 袁枚著,王英志校点:《随园诗话》,江苏古籍出版社 2000 年版,第 160 页。

第九章　近代浙江山水文学

第一节　简说

　　近代时期,变动剧烈。大清帝国所谓的"盛世"不再,内部贫弱落后、封闭保守,外部则列强环伺,险象环生。朝廷腐败,国势颓危,内外交困,这一时期的中国传统文人都经历了灵与肉的多重磨难。到了后期,更是列强入侵,山河变色,故国陆沉。中国古代文化语境发生极大变化,而文学的触觉总是异常敏锐。时代已然不同,心态更加有异。时代对文学有不可忽略的影响,文学创作也总是反映各自的生活情境与生存感受,人们在这期间的创作笼罩在一种浓重的悲哀中,吟唱着一曲曲时代的悲歌,从而也显示出中国诗歌演进的轨迹,独具一番风景,仍自闪耀古今。释敬安(1851—1912)写在辛亥革命前夜的《杭州白衣寺苦雨不寐》,生动表现了这一代作家的沉郁情怀:"谯楼鼓声咽,积雨黯重林。似洒天人泪,如伤佛祖心。潮横孤艇立,愁入一灯深。寂寂不成寐,神州恐陆沉。"另一方面,与历史上诸多传统文人一样,宁静恬淡的自然成了他们抚平心灵创伤的精神家园,避世以自洁成为一种选择。

　　这一时期,中华民族的生存发展受到严重的威胁,真有一种"寒江日西下"(朱彝尊《三水道中》)的生活氛围。有强烈的社会责任感、使命感和忧患意识的浙江作家在思考民族的命运,具有一种变中图强的精神活力,探求由乱致治的方法,找寻民族文化自新自强的路径。龚自珍等都是其中最有代表性的人物。他们在时代的漩涡中拼搏,观察并思考历史走向,但雅道弗替,任由诗兴之激发,着眼于情感上的提炼,无意在艺术上潜心琢磨,不对景物做过于琐屑的雕镂。"前水复后水,古今相续流。"(李白《古风五十九首》其十八)文学创作都存在着文化积累和承传的问题。他们也在寻觅着山魂水魄,而山水文学本就是传统文化与时代文化纵横交融的结晶。所以,在不同的历史时期,山水文学承担着各自不同的历史使命。可以这样说,浙江山水文学史也是一部文学艺术自身不断发展和完善的历史。因为,山水文学总是从一个特定的角度再现时代风云,有其特定的时代色彩。黑格尔在其《美学》中指出:"艺术的任务首先就见于凭精微的敏感,从既特殊而又符合显现外貌的普遍规律的那种具体生动的现实世界里,窥探到它的实际存在中的一瞬间的变幻莫测的一些特色,并且很忠实地把这种流转无常的东西凝结成为持久的东西。"①浙江历代山水文学作家有着深挚热爱大地的文化根性,深得山水真趣,回归林泉以诗文自适,努力地实现着"凝结成为持久的东西"这一目标。人皆知代各有诗,人各有诗。近代的浙江山水文学也算是千年风尚相传及发展进程一个比较完美的收尾,既创造了新的标志,也自觉不自觉地开启着一个新的明天,醒豁人心。尤侗(1618—1704)《〈天下名山游记〉序》指出:"嗟乎!山水文章,各有时运。山水借文章以显,文章亦凭山水以传。士即负旷世逸才,不得云海荡胸,烟峦决眦,皆无以发其嶔崎历落之思,飞扬跋扈之气。至于千岩竞秀,万壑争流,若无骚人墨客,登放其间,携惊人之句,搔首问青天,则终南、太华等顽石耳。"通观浙江山水文学发展史,知尤侗之言确乎哉。画家也好,诗人亦罢,"其始学也,必先师古人,而后师万物,而后师造化,终之以师吾心为的焉"②。

许正绶(1795—1861),字斋生,一字少白,上虞人。道光二年(1822)举人,九年(1829)进士,十一年(1831)选任湖州府教授,后任严州府(治今建德市梅城镇)教授。有《重桂堂集》。许正绶《南关》:"崚嶒双塔卫严州,下抱长江丁字流。城郭弹丸偏扼险,云山如画况经秋。风抟孤影寻归雁,沙滴清泉狎宿鸥。暝色苍然峰际合,两三星火上渔舟。"丁字,清《严州府志》卷四载:"即外双江,歙水直趋于南,婺港横截于北,形如丁字。"全诗不见有什么新奇语词,但切合时、地,意高景丽,画面感染力很强,得情景融合之妙。明人杨循吉(1458—1546)《松筹堂集》卷四《〈游虎丘寺诗〉序》称:"山林之间,相与游从以为乐者,其意真,其言肆,无献谀避讳之咎,而有输写倾倒之乐,故其

---

① 〔德〕黑格尔著,朱光潜译:《美学》(第二卷),商务印书馆1979年版,第370页。
② 李永翘编:《张大千论画精粹》,花城出版社1998年版,第7页。

言尤为易传。"一切山水诗文皆合乎这样的创作定论。如果说许正绶抒发野情的《南关》诗给人以美感,那么,《骤雨》一诗即目所得,着眼于骤雨来临时的切身感受,更多地启人神思:"不夜浑如夜,扁舟尽泊隈。风高驱浪立,雨重压山低。云树参差鸟,烟村远近鸡。晚凉天宇霁,依旧夕阳西。"

朱起凤(1874—1948),字丹九,海宁人。以《辞通》二十四卷享誉于世。《看潮》:"北赭南龛对峙青,惊涛瞥见破沧溟。光摇蜃市寒飞雪,势挟龙宫夜走霆。双管白描枚叔句,一旍红飚伍胥灵。霎时西入严滩去,遥指扬帆到越舲。"诗歌先从钱塘江两岸赭、龛二山的实景写起,突出江潮弥漫之象,接着展开想象,又以相关的历史话题再次拓展,最后回归江水西上的场景,真切感人。《观潮》的构想近似,只是尾句转涉人事,更蕴含着理趣,把世间美景构成某种象征隐喻,尽力实现山水气象与自我情感的相融为一,闪烁着哲理的光华,情味较足:"浊浪如山万里来,混茫一气海天开。古来不少难平事,只有胥涛作怒雷!"

第二节　龚自珍的山水诗文

近代以来,国势急剧没落,民族生存出现危机,最后还是帝国主义列强的坚船利炮打开了国门。在国恨家仇交织的岁月中,一代知识分子凭高伟卓绝的人格,以环视天下的气魄,涌动起衰救敝的补天愿望。悲剧都是社会的产物。这是一个思想新变的时代,文学创作也总是要表现新的时代精神。龚自珍是其中较具代表性的一位,情思复杂。

一　龚自珍的忧患意识

龚自珍(1792—1841),字尔玉,又字璱人;更名易简,字伯定,号定庵,仁和(今杭州)人。有《定庵集》。龚自珍与魏源(1794—1857)齐名,人称"龚魏"。

"气寒西北何人剑,声满东南几处箫?"(《秋心》)龚自珍有很深的忧患意识,对当时的社会现象洞察精深,痛恨"避席畏闻文字狱,著书都为稻粱谋"(《咏史》)的社会现实,忧心忡忡,并不停留在个人的遇合与升沉,进而迸发出时代的呐喊,着意抒发内心的激情,具有一种振衰起敝的力量,对中国传统文化中的忧患意识不自觉地流露与认同,真可谓是"一虫独警谁同觉"(程秉钊《乾嘉三忆诗之一》)。如《乙丙之际著议第九》形容十九世纪初的中国是"脾痨之病,始于痛疽;将萎之花,惨于槁木",以独特的思路胜人一筹。那也是因为,"智者受三千年史氏之书,则能以良史之忧忧天下"。诗人又有《赋忧患》一诗:"故物人寰少,犹蒙忧患俱。春深恒作伴,宵梦亦先驱。不逐年华改,难同逝水徂。多情谁似汝,未忍托襄巫。"

龚自珍一生以匡救世风,稗补时弊为己任,苦苦寻找变革强国的良方。但由于身处非时,才高人微,难以有大的作为。诗人只能在创作中借题寄意,披肝沥胆,传递时代信风。王文濡《〈龚定庵全集类编〉序》:"经研公羊春秋,史熟西北舆地。文宗诸子,奥博纵横,变化不可方物;诗歌浸淫六朝而出,清刚隽上,自成家数。"《题〈红禅室诗尾〉》所谓:"不是无端悲怨深,直将阅历写成吟。"韩作荣《诗的光芒》:"诗既是世态,也是心态。如果仅仅是世态,诗会沦为浅薄的影像;而诗仅仅是心态,则成为虚妄的谵语。或许,诗是世态与心态的化合,是心灵对世界深入透彻的理解。"①龚自珍的诗正可以说是世态与心态化合的产物,值得细品。

二 忧患意识下的山水诗文创作

对龚自珍而言,诗更是一种生命的符号,也有着自觉表现现实的意识,含寓忧国忧民之意。没有感情力量的艺术是苍白的。丹纳所论大概合乎此意:"诗歌的语言已经发展完全:最平庸的作家也知道如何造句,如何换韵,如何处理一个结局。这时使艺术低落的乃是思想感情的薄弱。"②意象的择取是龚诗中较为重要的一个环节,诗人以此从一个侧面展现病态社会的一角,表达对时世的怅惘。借用阿恩海姆(1904—1994)的话来说,就是:"他必须具有在个别事物和个别事件中发现意义,并把这些事物和事件看作是象征普遍真理的符号的能力。这样一些特质,对于一个艺术家是必不可少的。"③《夜坐》将个人感情与时代命运密切沟通,蕴藏着深厚而强烈的悲剧情绪,也可以说是以一种特定形式映现出时代精神的折光,寓意深厚,最得风人之旨:"春夜伤心坐画屏,不如放眼入青冥。一山突起丘陵妒,万籁无言帝坐灵。塞上似腾奇女气,江东久殒少微星。平生不蓄湘累问,唤出姮娥诗与听。"诗歌蕴含国势没落之感,客观景象与主观感受融合无间,失望与企盼有所交织,主体音调则低沉舒缓。王沂《题〈溪山风雨图〉》:"欲将笔力状奇绝,只恐山灵惊妙语。"此诗直写心怀,足以当之,是一个成功范例。

《己亥杂诗》中也有部分作品表现了另一种情怀,并不粘滞于物象刻画,

---

① 韩作荣:《诗歌讲稿》,昆仑出版社 2007 年版,第 55 页。
② 〔法〕丹纳:《艺术哲学》,人民文学出版社 1963 年版,第 401 页。
③ 〔美〕鲁道夫·阿恩海姆:《艺术与视知觉》,中国社会科学出版社 1984 年版,第 228 页。

字锤句炼,显得简劲有力。如其中的:"浙东虽秀太清屚,北地雄奇或犷顽。踏遍中华窥两戒,无双毕竟是家山。"诗歌立意得当,想落天外,富有创意,把浙江山水与北地风光加以对比,指出各自优劣。又如:"房山一角露峥嵘,十二连桥夜有冰。渐近城南天五尺,回灯不敢梦瓠棱。"近景远景交互出现,别开生面。

在浙江山水文学史这一领域,也应该有龚自珍的一席之地。《送徐铁孙序》有这样精妙的论析:"平原旷野,无诗也;沮洳,无诗也;硗确狭隘,无诗也;适市者,其声嚣;适鼠壤者,其声嘶;适女闾者,其声不诚。天下之山川,莫尊于辽东。辽俯中原,逶迤万余里,蛇行象奔,而稍稍泄之,乃卒恣意横溢,以达乎岭外。大海际南斗,竖亥不可复步,气脉所届,怒若未毕,要之山川首尾可言者则尽此矣。诗有肖是者乎哉?诗人之所产,有禀是者乎哉?自珍又曰:有之。夫诗必有原焉,《易》《书》《诗》《春秋》之肃若沕若,周、秦间数子之缜若岪若,而莽荡,而嘈呹,若敛之惟恐其氐,揪之惟恐其隘,孕之惟恐其昌洋而敷腴,则夫辽之长白、兴安大岭也有然。审是,则诗人将毋拱手欲馘,肃拜植立,拼乎其不敢议,愿乎其不敢吴言乎哉!于是乃放之乎三千年青史氏之言,放之乎八儒、三墨、兵、刑、星气、五行,以及古人不欲明言,不忍卒言,而姑猖狂恢诡以言之之言,乃亦摭证之以并世见闻、当代故实、官牍地志、计簿、客籍之言,合而以昌其诗,而诗之境乃极。则如岭之表、海之浒,磅礴浩洶,以受天下之瑰丽而泄天下之拗怒也亦有然。"饱含情味、寓意深长的意象中充满浓厚的忧国伤时之情,寓意婉曲。这样的作品也许正反映了一种世态,显示出对历史的深刻认识,又展现了自我独特的心态,所以备受后人推崇。以沉哀入骨的笔调,悲慨国运,表现尖锐、深刻的现实问题,开拓文学创作新局面,袁枚《随园诗话》卷四所谓:"凡作人贵直,而作诗文贵曲。"[①]

第三节 俞樾、沈曾植的山水诗文

一 俞樾

1.著作等身的俞樾。俞樾(1821—1906),字荫甫,号曲园,德清人。道光三十年(1850)进士,改庶吉士。咸丰二年(1852)授翰林院编修,五年任河

---

① 袁枚著,王英志校点:《随园诗话》,江苏古籍出版社 2000 年版,第 84 页。

南学政,后遭劾归苏州。俞樾天资卓著,超然拔群,成就巨大,在朴学、文学、哲学和教育等方面都有自己独到的见解和认识,一生著作等身,有《春在堂全集》。

2.俞樾山水诗。与一般诗人一样,俞樾也常醉心于峰泉云壑之中,其山水诗也是情感丰富。《谷雨日陈竹川、沈兰舫两广文招作龙井虎跑之游,遍历九溪十八涧及烟霞水乐石屋诸洞之胜,得诗五章》较有代表性。如其三,最得自然之妙趣:"九溪十八涧,山中最胜处。昔久闻其名,今始穷其趣。重重叠叠山,曲曲环环路。东东丁丁泉,高高下下树。搴帷看未足,相约下与步。愈进愈幽深,一转一回顾。每当溪折处,履石乃得渡。诗云深则砅,此句为我赋。但取涤尘襟,不嫌湿芒屦。俯听琴筑喧,仰见屏障护。九巘有九溪,兹更倍其数。迤逦到理安,精庐略可住。老僧具伊蒲,欣然为举箸。"叠字的使用,增强了全诗的音乐美。俞樾《篮舆入山,游香山洞、紫云洞、金鼓洞,而紫云尤深邃,纪之以诗》也有相近的意趣,展示了诗人游览进程的独特感受:"平生喜游览,所苦力不足。不能登山巅,且自入山腹。怪哉紫云洞,天然一石屋。规圆而砥平,不知谁所筑。中间路逼仄,取径缭以曲。仰观石峥嵘,俯首犹惧触。深入忽开朗,惊飞几蝙蝠。泉含一掬清,天逗半规绿。僧言此消夏,不知有三伏。灵运登石门,李愿隐盘谷。古来称胜地,视之亦何恧。愿言谢人事,来此友麋鹿。"首句的"平生喜游览"为一篇之魂,有实景,有虚景,最后发感叹以结之。

《新安舟次口占》:"布帆无恙又新安,多谢东风送上滩。天以云山慰游子,我因奔走悔儒冠。春来晴雨真难料,客里莺花总倦看。寄语故园诸旧侣,莫将名利换鱼竿。"从真实场景出发,渗入审美主体对山水的感受,阐说人生真谛,熔诗情、画意、哲理于一炉。《渡琉璃河》:"车声催梦醒,已向石梁过。秃树枯无叶,寒流小不波。风前微霰集,云外乱山多。未识骑驴客,寻诗兴若何。"涉笔成趣,别有寄托。

俞樾山水诗不但情感丰富,艺术上也取得较大成就,专意白描,追求体物真切的美学目标,并往往洋溢着一种特有的情意和神韵,辞气清雅,总体上呈现出富赡雍容的美学风范。《富阳》:"水复山回到此收,一城斗大压江流。远连歙浦无平地,俯纳胥涛亦上游。漠漠寒烟笼雉堞,荒荒落日起渔讴。山川形胜今犹昔,不愿重生孙仲谋。"诗意精妙,针脚绵密。层层写来,光景如画。首句即让静态的意象获得动感,平中有奇,下面的展开过程更表现出辽阔的空间感。《石桥岩》一诗景物刻画则以精细为美:"何年天上虹,化作山中石。遂令两山间,危桥架百尺。桥高百尺上接天,其下不凿天然圆。中间一峰隐复见,有如明镜窥婵娟(自注:石桥下有远山隐然,故亦名美女窥镜)。老僧筑屋住山腹,一朵奇峰压僧屋。但讶嶙峋雁齿高,不知宛转峨眉绿。我无仙人凌虚之长鑱,仰负飞鸟空中招。不然振衣登绝顶,请以石笔题其桥。"

《壬申春日自杭州至福宁集诗三十二首》追求全景式的景物描绘,往往有诗意化的独特视角,诗篇独立成章而又相互关联,成为完璧。其三:"舟窗闲坐倚雕棂,两岸烟峦似旧青。料得山灵还识我,重来只少一奴星。"(自注:奴子孙福乃昔年从余往返新安者,后以老乞归,庚辛之乱不知所终)奇情幻想,动人心弦。其九:"何处芙蓉五朵峰,入山便与画图同。篮舆不走红尘路,只在泉声山色中。"(自注:永康有五峰之胜,昔人诗所谓分明朵朵翠芙蓉者也,然入山后峰峦重叠,亦莫辨何者为五峰矣)以浅显之语,发清新之思。其十二描绘了远离凡尘的境界,道出游山的自然妙趣:"桃花高岭路弯环,曲曲溪流面面山。松竹丛中一条路,行人都在翠微间。"其十六以"雨"为画面中心,叙写青田县石门洞刘基读书处风光:"石门洞口雨中过,雨后山光翠更多。行到岩前看瀑布,直从天半泻银河。"其二十一:"飞云渡口水茫茫,历历风帆海外樯。江面乱流行十里,依稀风景似钱塘。"诗歌起笔自然平稳,勾画出水天一色的景象,然后在浙江南北两地渡口风光的闪回与叠合中,主体意象渐趋虚化,诗思新巧。其二十二以富有特色的"曲水"、"轻舟"以及"浓青浅黛"等色彩突出平阳南雁荡的山水印象:"平桥曲水路纤徐,一叶轻舟载笋舆。沿路饱看南雁荡,浓青浅黛染襟裾。"(自注:自平阳坐小舟三十里至钱仓一路山色甚佳,层峦叠嶂,应接不暇,盖即所谓南雁荡也)着一"染"字,就把浙南山岚、水色都写活了。福建之行,拓展了诗人的视野,诗思也得以充分展开。

俞樾蒿目时艰,讥讽时政,从现实生活中获得真切感受,发乎见闻,浸透了隐隐忧患,加强了诗的内涵,假物寓情,托喻深微,意高格高,如《九月十六日重至湖上俞楼作》,让悲哀显出质感:"俞楼楼外柳成荫,坐对湖山泪满襟。往事不堪重问讯,余生未卜几登临。黄花老圃秋容淡,白首孤灯暮气深。更向右台仙馆去,墓门松柏已森森。"对曾经的历史现象进行反思与评判,与诗中所写之景契合。《十月朔自俞楼往右台仙馆作》:"孤倚湖楼兴易阑,又于山馆一盘桓。轩窗静对仍开卷,墓域亲行等盖棺。生圹已成无虑死,危时未定暂偷安。不劳车马来相访,扶杖龙钟倒屣难。"俞樾作品笔法圆熟,议论纵横,尽为珠玑,又能景物描写中透露着诗人的情怀。俞樾博学,但在山水诗中还是有较多的白描手法,并无袁枚《随园诗话》卷三"填书塞典,满纸死气"

之虞。

3.俞樾山水散文。俞樾山水散文亦有足观者,如《春在堂随笔》卷六《游九溪十八涧记》一段文字,洋溢着诗情画意,体现出一种提炼、去杂的艺术精神,在一定意义上消融了诗文界限,笔致深幽,其中"重重叠叠山,曲曲环环路;丁丁东东泉,高高下下树"几句更是增添了全文的回环之美:

> 西湖之胜,不在湖而在山。白乐天谓冷泉一亭"最余杭而甲灵隐",而余则谓九溪十八涧,乃西湖最胜处,尤在冷泉之上也。余自己巳岁,闻理安寺僧言其胜,心向往之,而卒未克一游。

> 癸酉暮春,陈竹川、沈兰舫两广文招作虎跑、龙井之游。先至龙井,余即问九溪十八涧,舆丁不知,问山农,乃知之,而舆者又颇不愿往。盖自龙井至理安,可由翁家山,不必取道九溪十八涧。溪涧曲折,厉涉为难,非所便也。余强之而后可。逾杨梅岭而至其地,清流一线,曲折下注,虢虢作琴筑声。四山环抱,苍翠万状,愈转愈深,亦愈幽秀。余诗所谓"重重叠叠山,曲曲环环路;丁丁东东泉,高高下下树",数语尽之矣。余与陈、沈两君皆下舆步行,履石渡水者数次,诗人所谓"深则砅"也。余足力最弱,城市中虽半里之地不能舍车而徒,乃此日则亦行三里而遥矣。山水之移情如是。

九溪十八涧林木幽森,泉水叮咚,如梦似幻。作者开启审美化的生存方式,醉于其中,移情于此,涤除思虑,放任自适。《游九溪十八涧记》描绘精细准确、简洁自然,妙文与胜景互为映衬,堪称完璧。傅雷指出:"一切艺术品都忌做作,最美的字句都要出之自然,好像天衣无缝,才经得起时间考验而能传世久远。比如'山高月小,水落石出'不但写长江中赤壁的夜景,历历在目,而且也写尽了一切兼有幽远、崇高与寒意的夜景;同时两句话说得多么平易,真叫做'天籁'!"[①]叶维廉在其《中国诗学》一书中也认为:"中国的山水诗人要以自然自身构作的方式构作自然,以自然自身呈现的方式呈现自然。"[②]俞樾的山水诗文足以当之。

二 沈曾植

沈曾植(1852—1922),字子培,号巽斋,别字乙庵,晚号寐叟,嘉兴人。光绪六年(1880)进士,官刑部主事、江西按察使等。历经时代巨变,沈曾植

---

① 傅敏编:《傅雷家书》(增补本),生活·读书·新知三联书店1994年版,第255页。

② 叶维廉:《中国诗学》,生活·读书·新知三联书店1992年版,第97页。

于宣统二年(1910)辞官归里。有《海日楼文集》。沈曾植是清末宋诗派的代表,与袁昶(1846—1900)同为"后浙派"的首领。莫砺锋指出沈曾植暗里承袭宋调的创作特点:"沈曾植是学贯古今的大学者,他那奇奥僻涩的诗风颇像宋诗中'以才学为诗'的一路。"①

"残年泛泛住虚舟,也作西湖十日留。"(《西湖杂诗》十五首之一)这样的生活积累了丰富的山水感性体验。沈曾植的作品既有诗的美学追求,又承载着深沉的哲学思考。《楼望》二首饱含情思,如之一:"冶城北望暮云开,浩荡秋从此处来。三面风涛环睥睨,一时盘错见雄才。皖山乱叠晴还好,秋暑无多送却回。直为苍生留谢傅,可堪丝竹不胜哀。"尾句的哀叹在前面描写的基础上自然生发而出,拓展了画面的艺术深境,有令人感怆的成分。之二:"佳客岁时论学地,高楼登眺感秋来。庐江极目延长薄,大霍何年发异才。南雁有书传客去,西风无语送潮回。丈夫夬荡千秋意,未作江关庾信哀。"诗句本非平直之叙,写完了景致,更马上接以情意的抒发。诗意丰富,感慨深婉,绾合史事,含而不露,展现出灵活多变的章法艺术。《游韬光》构思奇巧:"已过灵隐寺,才转普南房。翠竹凌霄静,青泉引籁长。山深多月窟,寺古人云乡。池上金莲发,韬光自有光。"国人对诗歌理趣总有一种特殊爱好。《游韬光》可谓传神写意之作,使情景融化在一起,自能打动人心。

《西湖杂诗》十五首不做玄虚的议论,多依景而发,展示了层次丰富的视觉形象,平顺流畅,含情无限,增强山水情韵,也往往使诗作获得阐释的多维空间。如之二:"湖上波光罨雪光,张祠清绝胜刘庄。仙人自爱楼居好,六面山屏晓镜妆。"诗风晓畅。之八:"山环一匝带湖腰,可惜亭台半水坳。欲与元龙商建筑,吴山高处酹胥潮。"诗笔峭奇。之十二:"郎当岭上担郎当,蜀道难宁在故乡。绝顶一回舒望眼,近收湖色远山光。"又是一番面目,别具悠然不尽的神韵。贡布里希认为:"艺术家的倾向是看到他要画的东西,而不是画他所看到的东西。"②贡布里希在这里固然就画而论,但实际上也适合于其他门类的艺术样式。沈曾植亲近自然而后作的《西湖杂诗》可当此论。

---

① 《文学遗产》编辑部编:《世纪之交的对话——古典文学研究的回顾与展望》,上海古籍出版社 2000 年版,第 102 页。

② 〔英〕E. H. 贡布里希:《艺术与错觉——图画再现的心理学研究》,浙江摄影出版社 1987 年版,第 101 页。

第四节　秋瑾的山水诗文

一　秋瑾的人生道路与救国理想

秋瑾(1875—1907),原名闺瑾,乳名玉姑,字璿卿,号旦吾,别署鉴湖女侠;留学日本时易名瑾,字竞雄,又署汉侠女儿、秋千,山阴(今绍兴)人。

"幽烟烽火几时收,闻道中洋战未休。漆室空怀忧国恨,难将巾帼易兜鍪。"《杞人忧》是诗人自我心迹的自然流露。又如《日人石井君索和即用原韵》:"漫云女子不英雄,万里乘风独向东! 诗思一帆海空阔,梦魂三岛月玲珑。铜驼已陷悲回首,汗马终惭未有功。如许伤心家国恨,那堪客里度春风。"秋瑾一生矢志求真。怀着了解世界、探寻现实出路的热望,1904 年春,秋瑾以"拼将十万头颅血,须把乾坤力挽回"(《黄海舟中日人索句并见日俄战争地图》)的豪情东渡日本留学,壮阔了诗人的情感。1905 年初回国,加入光复会,7 月返回日本后,加入同盟会,年底再回中国,奔走沪杭各地,组织武装起义。1907 年事败遇害。历史塑造了真正的巾帼英雄,其凛然志节令人仰止。秋瑾《致徐小淑绝命词》较为全面地表达了自己的豪情:"痛同胞之醉梦犹昏,悲祖国之陆沉谁挽。日暮穷途,徒下新亭之泪;残山剩水,谁招志士之魂? 不须三尺孤坟,中国已无干净土;好持一杯鲁酒,他年共唱摆(拜)仑歌。虽死犹生,牺牲尽我责任;即此永别,风潮取彼头颅。壮志犹虚,雄心未渝,中原回首肠堪断!"这既有时代精神的激发与感染,更有诗人自身的真切体验,是不朽的思想文采。

陆游《次韵和杨泊子主簿见赠》"谁能养气塞天地,吐出自足成虹蜺",把握了诗歌的真谛。身当国难日深之际,作为越文化的承继者,秋瑾沐浴着时代的风雨,也能超越一己欲求,乘时而起,创作中表现出不同往日的境界。皮日休《太湖诗并序》可谓感悟之言:"道之不行,有困辱危殆;志之可适者,有山水游玩,则休戚不孤矣。……豁平生之郁郁哉。"落拓失意的悲慨,在中国诗史上代有不绝。文学大概也就成了人们最大的安慰,于是不得不通过创作来消解内心的忧郁。

秋瑾《黄金台怀古》:"蓟州城筑燕王台,招士以财亦可哀! 多少贤才成底事,黄金便可广招徕?"诗人一生砥砺意志,抱守坚贞的人生信念,矢志不渝地探求救国之道,正如《失题》一诗中所说的"粉身碎骨寻常事,但愿牺牲保国家",笔调激烈亢奋,气势纵肆,在当时的社会环境下,救亡抱负殊难实现,但诗人救国之志益坚:"他年成败利钝不计较,但恃铁血主义报祖国。"(《宝刀歌》)创作中表达民族复兴的社会理想,痛陈时弊,体现出剑气如虹的豪情。顾炎武《日知录》卷二一《古人用韵不过十字》说:"诗主性情,不贵奇巧。"秋瑾从历代诗人身上汲取人生与艺术的营养,表现出对自然的一份深微感受,在前人已有的题材范围内开掘出思想深度。《赠某君》深刻挖掘生活最为本质的内涵,抒发沉痛的家国之思,有着丰富的社会内涵:"河山触目尽生哀,太息神州几霸才!牧马久惊侵禹域,蛰龙无术起风雷。头颅肯使闲中老?祖国宁甘劫后灰?无限伤心家国恨,长歌慷慨莫徘徊。"袁枚《随园诗话》卷九:"王西庄光禄,为人作序云:'所谓诗人者,非必其能吟诗也。果能胸境超脱,相对温雅,虽一字不识,真诗人矣。如其胸境龌龊,相对尘俗,虽终日咬文嚼字,乃非诗人矣。'余爱其言,深有得于诗之先者,故录之。"①秋瑾就是中国文化史上胸境最为超脱的诗人之一。

二　秋瑾山水诗文的独特地位

诗歌永远不可重复,诗歌的殿堂总为那些勇于奋进的人敞开。秋瑾的《轮船记事》写于东渡日本途中,显得新奇。诗歌取景宏阔,把山水萦怀与时代忧情有机融合,巧妙地运用兴寄艺术从而达到一种深远的诗境,构成一幅波澜壮阔的历史画面,与气格衰微绝缘:"水天同一色,突兀耸孤峦。望远胸襟畅,凭窗眼界宽。银涛疑壁立,青海逼人寒。咫尺皇州近,休歌《行路难》。"《行路难》是乐府《杂曲歌辞》旧题,吴兢(670—749)《乐府古题要解》谓此类歌谣"备言世路艰难及离别伤悲之意",作品往往融会对时代、社会、人生的凄凉感受,如李白的有关诗篇。列·斯托洛维奇指出:"审美关系虽然被人看作纯个人的、绝对自愿的关系,但它却用看不见的,然而是最密切的纽带把个人和社会联结起来。人通过审美价值也加入到道德关系、政治关系和其他所有社会关系中,同时不失却自己个性的独立自主感,并体验到精神享受,这意味着人不是表面地而是深入持久和切实地加入到这些关系中。"②秋瑾的《轮船记事》符合这一审美判断,情溢其中,表现出深远的理性思考,可以说是从自然山水内省为报国壮志。

有时候,诗人又能纵情于山水而忘却一切世事烦扰,以独特的角度和表现手法表现现实,真情真景。《登宜月楼》表达思乡之情:"住久由来浑是家,

---

① 袁枚著,王英志校点:《随园诗话》,江苏古籍出版社 2000 年版,第 235 页。
② 〔俄〕列·斯托洛维奇:《审美价值的本质》,中国社会科学出版社 1984 年版,第198—199 页。

异乡容我傲烟霞。数声短笛临风晚,露湿夭桃月影斜。"又如《望乡》:"白云斜挂蔚蓝天,独自登临一怅然。欲望家乡何处似?乱峰深里翠如烟。""夫文生于情,情生于哀乐。"(柳冕《与滑州卢大夫论文书》)正是如此。在特定的语境中,《望乡》一诗的每一意象都承载着深浓的情感色彩。诗歌转接自然,尾句更增加了抒情的厚重感。更为经典的是《登吴山》:"老树扶疏夕照红,石台高耸近天风。茫茫灏气连江海,一半青山是越中。""吴山大观"本是清代西湖十八景之一,"吴山天风"又得以被列为西湖新十景。诗人登上吴山,隔江可远望隐约中的故乡绍兴,不禁感慨万千。诗歌整体布局上强调"空",有辽阔久远的时空境界,尾句尤见意蕴的多义性与朦胧美。不事设色,却自然成文,显示出构思不凡的特性。浜田正秀指出:"艺术既能使人满足理性方面的要求,又能使人满足感性方面的要求。艺术是一种'生动的形象',其生动这一面,给人以感性的喜悦;其形象这一面,给人以理性的满足;这样,人们便可以从中得到全面的享受。"①秋瑾的《登吴山》应该属于那种给人以"全面的享受"的作品之一。

《黄海舟中感怀》二首之一抒发磊落不平的感慨:"片帆破浪涉沧溟,回首河山一发青。四壁波涛旋大地,一天星斗拱黄庭。千年劫烬灰全死,十载淘余水尚腥。海外神山渺何处,天涯涕泪一身零。"诗歌所写固然切乎实境,但并不是一般的舟行纪实,也与一味地壮志抒发有别,而是善感物态,有机融会自然之景与人生之况。意象富有暗示力,色彩、情调极为和谐,严密而又精工,具有浑厚的苍茫感。姚鼐《五七言今体诗抄》说:"七言今体,句引字赊,尤贵气健。"秋瑾此诗肯定符合"气健"二字的定位,既有豪迈神情,但也有无奈的语调。杨循吉《〈朱先生诗〉序》:"余观诗不以格律体裁为论,惟求能直吐胸怀,实叙景象,读之可以谕,妇人小子皆晓所谓者,斯定为好诗。其他饾饤攒簇,拘拘拾古人涕唾,以欺新学生者,虽千篇百卷,粉饰备至,亦木偶之假线索以举动者耳,吾无取焉。大抵景物不穷,人事随变,位置迁易,在在成状,古人岂能道尽,不复可置语?清篇新句,目中竞列,特患吟哦不到耳。"秋瑾《长崎晓发口占》二首可以说符合这样的结论。之一:"曙色推窗入,岚光扑面来。行行无限意,搔首一低徊。""搔首"的动作,正写出"无限意",细腻中见真性情。之二:"我欲乘风去,天涯咫尺间。何当登帝阙,一叩九重关。"笔调一转,既表达了作者的济世仁心,又不伤及整首诗的诗意,可谓气吞环宇而自功力深厚。真切的时空推进与虚实相生的场景交融在一

---

① 〔日〕浜田正秀:《文艺学概论》,中国戏剧出版社1985年版,第13页。

起,构成时空的错综关系。王运熙阐发刘勰关于"风骨"的论述时指出:"风的特点是清、显、明,是指作者思想感情骏发爽朗,形成一种鲜明显豁的风气;骨的特点是精、健、峻,是指作品语言端直精要,刚健有力。"①总体而言,秋瑾山水诗直面世事,呈现耳目所寓之境,很合乎这样的美学格局。

---

① 王运熙:《文心雕龙探索》(增补本),上海古籍出版社 2005 年版,第 125 页。

参考文献

一　文论与美学

何文焕辑:《历代诗话》,中华书局 1981 年 4 月版。

丁福保辑:《历代诗话续编》,中华书局 1983 年 8 月版。

魏庆之:《诗人玉屑》,上海古籍出版社 1978 年 3 月版。

吴景旭著,陈卫平、徐杰点校:《历代诗话》,京华出版社 1998 年 6 月版。

丁福保辑:《清诗话》,上海古籍出版社 1978 年 9 月新 1 版。

郭绍虞编选,富寿荪校点:《清诗话续编》,上海古籍出版社 1983 年 12 月版。

刘勰著,周振甫注:《文心雕龙注释》,人民文学出版社 1981 年 11 月版。

胡应麟:《诗薮》,上海古籍出版社 1979 年 11 月版。

王士禛著,张宗柟纂集,戴鸿森校点:《带经堂诗话》,人民文学出版社 1963 年 11 月版。

何焯著,崔高维点校:《义门读书记》,中华书局 1987 年 6 月版。

袁枚著,王英志校点:《随园诗话》,江苏古籍出版社 2000 年 5 月版。

方东树著,汪绍楹校点:《昭昧詹言》,人民文学出版社 1961 年 10 月版。

刘熙载:《艺概》,上海古籍出版社 1978 年 12 月版。

俞陛云:《诗境浅说》,北京出版社 2003 年 1 月版。

唐圭璋编:《词话丛编》,中华书局 2005 年 10 月第 2 版。

陈伯海:《中国诗学之现代观》,上海古籍出版社 2006 年 11 月版。

钱锺书:《管锥编》,中华书局 1986 年 6 月第 2 版。

钱锺书:《七缀集》(修订本),上海古籍出版社 1985 年 12 月第 1 版,1994 年 8 月第 2 版。

潘立勇:《审美人文精神论》,浙江大学出版社 1996 年 12 月版。

韩作荣:《诗歌讲稿》,昆仑出版社 2007 年 1 月版。

盛子潮、朱水涌:《诗歌形态美学》,厦门大学出版社 1987 年 12 月版。

宗白华:《美学散步》,上海人民出版社 1981 年 5 月版。

吴功正:《中国文学美学》,江苏教育出版社 2001 年 9 月版。

傅敏编:《傅雷家书》(增补本),生活·读书·新知三联书店 1994 年 8 月版。

叶维廉:《中国诗学》,生活·读书·新知三联书店 1992 年 1 月版。

刘文潭:《中西美学与艺术评论》,台湾文物供应社 1983 年 7 月版。

黄永武:《中国诗学——思想篇》,巨流图书公司(台北)1979 年 4 月版。

郑敏:《诗歌与哲学是近邻——结构—解构诗论》,北京大学出版社 1999 年 2 月版。

伍蠡甫主编:《西方文论选》(上卷),上海译文出版社 1979 年 6 月新 1 版。

伍蠡甫主编:《西方文论选》(下卷),上海译文出版社 1979 年 11 月新 1 版。

中国社会科学院外国文学研究所编:《欧美古典作家论现实主义和浪漫主义》(一),中国社会科学出版社 1980 年 3 月版。

张京媛主编:《当代女性主义文学批评》,北京大学出版社 1992 年 1 月版。

〔俄〕别林斯基著,别列金娜选辑,梁真译:《别林斯基论文学》,上海新文艺出版社 1958 年 7 月版。

〔俄〕别林斯基著,满涛译:《别林斯基选集》(第二卷),上海译文出版社 1979 年 7 月新 1 版。

〔俄〕列·斯托洛维奇著,凌继尧译:《审美价值的本质》,中国社会科学出版社 1984 年 7 月版。

〔苏〕维·什克洛夫斯基著,刘宗次译:《散文理论》,百花洲文艺出版社 1994 年 10 月版。

〔法〕丹纳著,傅雷译:《艺术哲学》,人民文学出版社 1963 年 1 月版。

〔法〕德拉克罗瓦著,平野译:《德拉克罗瓦论美术和美术家》,辽宁美术出版社 1981 年 11 月版。

〔英〕鲍桑葵著,张今译:《美学史》,商务印书馆 1985 年 1 月版。

〔英〕H. 里德著,王柯平译:《艺术的真谛》,辽宁人民出版社 1987 年 8 月版。

〔美〕韦勒克、沃伦著,刘象愚等译:《文学理论》,生活·读书·新知三联书店 1984 年 11 月版。

〔美〕卫姆塞特、布鲁克斯著,颜元叔译:《西洋文学批评史》,中国人民大学出版社 1987 年 11 月版。

〔德〕康德著,宗白华译:《判断力批判》(上卷),商务印书馆 1964 年 1 月版。

〔德〕康德著,韦卓民译:《判断力批判》(下卷),商务印书馆 1964 年 10 月版。

〔德〕爱克曼辑录,朱光潜译:《歌德谈话录》,人民文学出版社 1978 年 9 月版。

〔德〕黑格尔著,朱光潜译:《美学》(第一卷),商务印书馆 1979 年 1 月第 2 版。

〔德〕弗里德里希·席勒著,冯至、范大灿译:《审美教育书简》,北京大学出版社 1985 年 12 月版。

〔德〕荷妮著,李明滨译:《自我的挣扎》,中国民间文艺出版社 1986 年 12 月版。

〔德〕玛克斯·德索著,兰金仁译:《美学与艺术理论》,中国社会科学出版社 1987 年 12 月版。

〔瑞士〕西格蒙德·弗洛伊德著,傅雅芳、郝冬瑾译:《文明及其缺憾》,安徽文艺出版社 1987 年 4 月版。

〔法〕德里达著,汪堂家译:《论文字学》,上海译文出版社 1999 年 12 月版。

〔日〕铃木虎雄著,许总译:《中国诗论史》,广西人民出版社 1989 年 9 月版。

二　中国古代文学与文化

释慧皎著,汤用彤校注:《高僧传》,中华书局 1992 年 10 月版。

柳存仁、陈中凡、陈子展、杨荫深、何敦伯、吴梅、宋佩伟、张宗祥等:《中国大文学史》,上海书店出版社 2001 年 4 月版。

钱基博:《中国文学史》,中华书局 1993 年 4 月版。

萧涤非著,萧光乾选编:《萧涤非文选》,山东大学出版社 2006 年 11

月版。

李炳海：《民族融合与中国古代文学》，东北师范大学出版社1997年9月版。

尚永亮：《生命在西风中骚动——中国古代文人与自然之秋的双向考察》，陕西人民教育出版社1989年8月版。

尚永亮、张强：《人与自然的对话》，安徽教育出版社2001年6月版。

钱谦益：《列朝诗集小传》，上海古籍出版社1983年10月新1版。

陈祚明评选，李金松点校：《采菽堂古诗选》，上海古籍出版社2019年4月版。

张玉谷著，许逸民点校：《古诗赏析》，上海古籍出版社2000年12月版。

王夫之评选，张国星校点：《古诗评选》，文化艺术出版社1997年3月版。

沈德潜：《古诗源》，中华书局1963年6月版。

袁行霈：《中国诗歌艺术研究》（增订本），北京大学出版社1996年6月第2版。

吴晟：《中国意象诗探索》，中山大学出版社2000年4月版。

逯钦立辑：《先秦汉魏晋南北朝诗》，中华书局1983年9月版。

严可均校辑：《全上古三代秦汉三国六朝文》，中华书局1958年12月版。

余嘉锡：《世说新语笺疏》（修订本），上海古籍出版社1993年12月版。

郦道元撰，陈桥驿点校：《水经注》，上海古籍出版社1990年9月版。

钱志熙：《唐前生命观和文学生命主题》，东方出版社1997年6月版。

钱志熙：《魏晋诗歌艺术原论》（修订本），北京大学出版社2005年9月第2版。

钱志熙：《魏晋南北朝诗歌史述》，北京大学出版社2005年6月版。

李文初：《汉魏六朝诗歌赏析》，广东人民出版社2008年4月版。

张可礼：《东晋文艺综合研究》，山东大学出版社2001年1月版。

胡大雷：《玄言诗研究》，中华书局2007年3月版。

陈怡良：《田园诗派宗师——陶渊明探新》，里仁书局（台北）2006年5月版。

李剑锋：《陶渊明及其诗文渊源研究》，山东大学出版社2005年10月版。

方回选评，李庆甲集评校点：《瀛奎律髓汇评》，上海古籍出版社2005年

4 月新 1 版。

　　尚永亮:《唐代诗歌的多元观照》,湖北人民出版社 2005 年 6 月版。

　　尚永亮:《唐诗艺术讲演录》,广西师范大学出版社 2008 年 6 月版。

　　葛晓音:《汉唐文学的嬗变》,北京大学出版社 1990 年 11 月版。

　　廖可斌:《诗稗鳞爪》,浙江大学出版社 1999 年 10 月版。

　　张明非:《唐音论薮》,广西师范大学出版社 1993 年 8 月版。

　　刘洁:《唐诗审美十论》,民族出版社 2002 年 3 月版。

　　刘洁:《唐诗题材类论》,民族出版社 2005 年 11 月版。

　　何方形:《唐诗审美艺术论》,浙江大学出版社 2007 年 11 月版。

　　〔美〕宇文所安著,贾晋华译:《初唐诗》,生活·读书·新知三联书店
2004 年 12 月版。

　　莫砺锋:《唐宋诗歌论集》,凤凰出版社 2007 年 4 月版。

　　杨义:《李杜诗学》,北京出版社 2001 年 3 月版。

　　林继中:《文化建构文学史纲(魏晋—北宋)》,北京大学出版社 2005 年 4
月版。

　　何炳松:《浙东学派溯源》,广西师范大学出版社 2004 年 12 月版。

　　周密撰,吴企明点校:《癸辛杂识》,中华书局 1988 年 1 月版。

　　四水潜夫(周密)辑:《武林旧事》,西湖书社 1981 年 1 月版。

　　王水照主编:《宋代文学通论》,河南大学出版社 1997 年 6 月版。

　　吴之振、吕留良、吴自牧选,管庭芬、蒋光煦补:《宋诗钞》,中华书局 1986
年 12 月版。

　　北京大学古文献研究所编:《全宋诗》,北京大学出版社 1991 年 7 月—
1998 年 12 月版。

　　厉鹗:《宋诗纪事》,上海古籍出版社 1983 年 6 月版。

　　钱锺书:《宋诗选注》,人民文学出版社 1958 年 9 月版。

　　唐圭璋编:《全宋词》,中华书局 1965 年 6 月版。

　　曾枣庄、刘琳主编:《全宋文》,上海辞书出版社、安徽教育出版社 2006
年 8 月版。

　　陈书良:《南宋江湖诗派与儒商思潮》,甘肃文化出版社 2004 年 7 月版。

　　张晶:《辽金元文学论稿》,北京广播学院出版社 2004 年 1 月版。

　　王锡九:《金元的七言古诗》,南京师范大学出版社 2000 年 11 月版。

　　徐朔方、孙秋克:《明代文学史》,浙江大学出版社 2006 年 6 月版。

　　廖可斌:《明代文学复古研究》,商务印书馆 2008 年 11 月版。

永瑢等:《四库全书总目》,中华书局 1965 年 6 月版。

钱穆:《国史大纲》,商务印书馆 1996 年 6 月修订第 3 版。

祝穆撰,祝洙增订,施和金点校:《方舆胜览》,中华书局 2003 年 6 月版。

三　山水文学与浙江古代文学

谢凝高:《山水审美——人与自然的交响曲》,北京大学出版社 1991 年 11 月版。

高建新:《山水风景审美》,内蒙古大学出版社 2005 年 2 月新 1 版。

李文初等:《中国山水文化》,广东人民出版社 1996 年 9 月版。

臧维熙主编:《中国山水的艺术精神》,学林出版社 1994 年 6 月版。

王国璎:《中国山水诗研究》,中华书局 2007 年 8 月版。

丁成泉:《中国山水诗史》(第二版),华中师范大学出版社 2014 年 5 月版。

李文初等:《中国山水诗史》,广东人民出版社 1991 年 5 月版。

陶文鹏、韦凤娟主编:《灵境诗心——中国古代山水诗史》,凤凰出版社 2004 年 4 月版。

朱德发主编:《中国山水诗论稿》,山东友谊出版社 1994 年 12 月版。

林文月:《山水与古典》,三民书局(台北)1996 年 6 月版。

葛晓音:《山水田园诗派研究》,辽宁大学出版社 1993 年 1 月版。

何方形:《中国山水诗审美艺术流变》,广西师范大学出版社 2006 年 5 月版。

余冠英主编:《中国古代山水诗鉴赏辞典》,江苏古籍出版社 1989 年 7 月版。

王凯:《自然的神韵——道家精神与山水田园诗》,人民出版社 2006 年 9 月版。

时志明:《盛世华音——清代顺康雍乾诗人山水诗论》,凤凰出版社 2017 年 1 月版。

倪志云、郑训佐、张圣洁主编:《中国历代游记精华全编》,河北教育出版社 1996 年 12 月版。

李伯齐主编:《中国古代纪游文学史》,山东友谊书社 1989 年 12 月版。

王立群:《中国山水游记研究》(修订版),中国社会科学出版社 2008 年 5 月版。

梅新林,俞樟华主编:《中国游记文学史》,学林出版社 2004 年 12 月版。

王玫:《六朝山水诗史》,天津人民出版社 1996 年 8 月版。

朱晓江:《山水清音》,浙江古籍出版社 2004 年 6 月版。

夏咸淳:《明代山水审美》,人民出版社 2009 年 5 月版。

王嘉良主编:《浙江文学史》,杭州出版社 2008 年 12 月版。

徐志平:《浙江古代诗歌史》,杭州出版社 2008 年 12 月版。

朱汝略主编:《两浙百家三万联》,华龄出版社 2017 年 10 月版。

胡正武选注:《唐诗之路唐诗选》,中国文史出版社 2004 年 7 月版。

胡正武:《浙东唐诗之路与隐逸文化》,中国社会科学出版社 2006 年 12 月版。

申屠丹荣主编:《富春严陵钓台集》,百家出版社 1999 年 4 月版。

蒋叔南重修,卢礼阳、詹王美校注:《雁荡山志》,线装书局 2009 年 12 月版。

曾唯辑:《广雁荡山志》,浙江摄影出版社 1990 年 11 月版。

顾绍柏:《谢灵运集校注》,里仁书局 2004 年 3 月版。

马晓坤:《趣闲而思远:文化视野中的陶渊明、谢灵运诗境研究》,浙江大学出版社 2005 年 6 月版。

李雁:《谢灵运研究》,人民文学出版社 2005 年 9 月版。

刘明昌:《谢灵运山水诗艺术美探微》,文津出版社(台北)2007 年 4 月版。

林家骊:《沈约研究》,杭州大学出版社 1999 年 8 月版。

高利华:《越文化与唐宋文学》,人民出版社 2008 年 12 月版。

骆宾王著,陈熙晋笺注:《骆临海集笺注》,上海古籍出版社 1985 年 9 月新 1 版。

周琦编:《寒山诗与史》,黄山书社 1994 年 12 月版。

戴建业:《孟郊论稿》,上海古籍出版社 2006 年 12 月版。

陆游:《陆游集》,中华书局 1976 年 11 月版。

陆游著,钱仲联校注:《剑南诗稿校注》,上海古籍出版社 1985 年 9 月版。

欧小牧:《陆游年谱》,人民文学出版社 1981 年 7 月版。

中国陆游研究会编:《陆游与越中山水》,人民出版社 2006 年 11 月版。

欧明俊:《陆游研究》,上海三联书店 2007 年 12 月版。

邹志方:《陆游研究》,人民出版社 2008 年 10 月版。

李建军:《宋代浙东文派研究》,中华书局 2013 年 5 月版。

浙江省武义县政协文史资料委员会编:《吕祖谦与浙东明招文化》,社会科学文献出版社 2006 年 12 月版。

杜海军:《吕祖谦文学研究》,学苑出版社 2003 年 7 月版。

周梦江:《叶适与永嘉学派》,浙江古籍出版社 1992 年 7 月版。

胡俊林:《永嘉四灵暨江湖派诗传》,吉林人民出版社 2000 年 1 月版。

翁卷著,余力笺注:《翁卷集笺注》,线装书局 2009 年 4 月版。

金芝山校点:《戴复古诗集》,浙江古籍出版社 1992 年 8 月版。

吴茂云校注:《戴复古全集校注》,中国文史出版社 2008 年 1 月版。

戴福年主编:《戴复古全集》,文汇出版社 2008 年 5 月版。

戴复古著,吴茂云、郑朝伟校点:《戴复古集》,浙江大学出版社 2012 年 8 月版。

汪元量撰,孔凡礼辑校:《增订湖山类稿》,中华书局 1984 年 6 月版。

汪元量著,胡才甫校注:《汪元量集校注》,浙江古籍出版社 1999 年 12 月版。

毛阳光:《元代宁波的历史文化》,中国文联出版社 2008 年 2 月版。

何向荣编著:《刘基与刘基文化研究》,人民出版社 2008 年 4 月版。

谢铎著,林家骊点校:《谢铎集》,中华书局 2002 年 10 月版。

林家骊:《谢铎及茶陵诗派》,中华书局 2008 年 1 月版。

华建新:《王阳明诗歌研究》,安徽人民出版社 2008 年 12 月版。

王士性著,周振鹤编校:《王士性地理书三种》,上海古籍出版社 1993 年 4 月版。

王士性著,吕景琳点校:《广志绎》,中华书局 1981 年 12 月版。

王士性撰,朱汝略点校:《王士性集》,浙江古籍出版社 2013 年 1 月版。

范宜如:《行旅·地志·社会记忆:王士性纪游书写探论》,万卷楼图书股份有限公司 2011 年 9 月版。

朱汝略:《王太初游草徐霞客诗钞笺注》,中国文史出版社 2008 年 8 月版。

张岱著,夏咸淳辑校:《张岱诗文集》(增订本),上海古籍出版社 2014 年 11 月版。

张则桐:《张岱探稿》,凤凰出版社 2009 年 7 月版。

曹淑娟:《流变中的书写——祁彪佳与寓山园林论述》,里仁书局 2006 年 3 月版。

张仲谋:《清代文化与浙派诗》,东方出版社 1997 年 8 月版。

齐周华撰,周采泉、金敏点校:《名山藏副本》,上海古籍出版社 1987 年 7 月版。

袁枚著,周本淳标校:《小仓山房诗文集》,上海古籍出版社 1988 年 3 月版。

胡明:《袁枚诗学述论》,黄山书社 1986 年 4 月版。

石玲:《袁枚诗论》,齐鲁书社 2003 年 6 月版。

后　记

　　拙著着重从地域与人文关系的角度切入,厘清文学史上的真实面貌,构拟浙江山水文学发展轮廓,探寻其演化历程,用现代的文学观加以审视,深化前贤今哲的研究成果。虽有一些原始积累,并且花去多年的时间,也已尽了心力。但当此完稿之日,由于视野所限,学养欠缺,自知距既定目标尚远,不禁汗颜!凭一己之力力探阃奥,对数千年浙江山水文学做一定程度的梳理与解读,再加上没有适当的范本可以参照,难度之大可想而知,所以尽力自圆其说。但由于学识浅薄等原因,疏失、纰漏、偏颇甚或悖谬之处在所难免,一些话题所论尚属粗疏,未及深化;一些地方举例亦或烦冗。诚望各位指正,以求日后完善!无论如何努力,文学史总是残缺的。几年来,不闻他事,读书自乐;偶有所感,随记随录。本人愿把本书完稿,看作是从事山水文学研究的新起点。

　　拙著部分内容曾经发表,主要有:《泰不华诗歌创作初论》,《民族文学研究》2007年第1期;《戴复古山水诗的写意艺术》,《台州学院学报》2007年第2期;《戴复古山水诗的审美情感》,《湖北师范学院学报》2007年第6期;《王士性山水诗审美意趣论》,收入廖可斌先生主编的《2006明代文学论集》,浙江大学出版社2007年7月版;《论刘基山水诗的屈骚精神及其他》,收入何向荣先生编著的《刘基与刘基文化研究》,人民出版社2008年4月版;《陈孚诗歌论》,《浙江社会科学》2008年第6期;《论王士性山水诗文的乡关之念》,《台州学院学报》2009年第2期;《吕祖谦山水诗文初论》,浙江师范大学江南文化研究中心编:《江南文化研究》第3辑,学苑出版社2009年6月版;《明代临海王氏家族文学初论》,陈文新、余来明先生主编:《明代文学与科举文化国际学术研讨会论文集》,武汉大学出版社 2010 年 7 月版;《论王士性散文的时空形态》,陈庆元先生主编:《中国古代散文国际学术讨论会论文集》,凤凰出版社 2011 年 11 月版;《谢灵运山水诗意象论》,《台州学院学报》2013 年第 4 期;《王士性旅游文化思想探论》,《台州学院学报》2017 年第 1 期;《谢灵运山水诗渊源探寻》,《台州学院学报》2018 年第 1 期。特对有关刊物与论集主编表示深挚谢意!

　　本书出版得到台州学院申硕专项资金资助,特此致谢!

　　昔年旧稿,在品味酸甜苦辣之后,终于迎来出版之日,亦当自珍。

何方形

2019 年 5 月酌定